疯狂的榛子

HUSTLEN HAZEL

袁劲梅◎著

北京出版集团公司
北京十月文艺出版社

一粒沙不过就是一块岩石吗？就是说，沙，其实不过就是无数粒非常小的石头。那么月亮呢，是一块巨大的岩石吗？如果我们懂得了岩石，我们是不是也可以懂得沙和月亮？……如果，我们就这样一点一点地分析周围的所有事物，把那些第一眼看上去很不相同的东西，最终放到了一起。我们这样做的时候，怀着一个希望，就是能够排除不同，从而，最终更清楚地认识事物。

——Richard Phillips. Feynman

（理查德·菲利普·费曼，1965 年诺贝尔物理奖获奖者）

　　我们所说的一切，不过就是：给和平一个机会。

——John Lennon

（约翰·列侬，英国著名摇滚乐队"甲壳虫"主唱）

**疯狂的
榛子**
H U S T L E N
H A Z E L

战争拿生命作筹码赌输赢。我们只能把生命押在正义上，死得才有意义。

人如果不自己站着，走不到现代文明。

目录

目录

自序

　　我本想写一部单纯的爱情故事，可是，爱情故事一到中国，就单纯不了。就是梁祝和宝黛那样的爱情，悲欢离合也全是在一个文化结构里演绎。结果，我这部爱情故事就走过了三个时代和一个千年没变的社会结构。正义、自由、人性、幸福在追求爱情中被我们的民族心理演绎、诠释。等写完了，回头一看，我这部长篇小说写成了，顺着爱情走，一路诘问：人怎么才能好好地"活着，爱着，原谅着"？

　　把爱情放到战争、灾难和折腾中写，不是我要的，是历史安排的。我们碰巧生活在一个热闹的时代。日子从一头过到另一头，也没用多少代。人们希望发生的事没发生，种下西瓜，长出来成了傻瓜。想不到的事一件一件从天上落下来，就白了少年头。看看过去，再看看将来，好在天也没塌下来，星星还是尧舜时代的。站在过去和将来之间，反思人性，反思人造的灾难和灾难踩在人心上留下的脚印，我跟着故事里的人物一起寻找，书里书外的人，能做的也就是这么多。谁能说"寻找"本身不是生命的意义呢？

　　"寻找"是这样开始的：2010 年，我写了一部长篇小说，叫《青门里志》，是反思从"文革"到商业社会这阶段的人性故事。"文革"中的野蛮，在我看来，是一种全民族的返祖，行为伦理返回黑猩猩一族的游戏规则。走到人性最深处，人还真不能太骄傲。我们身上带着我们动物祖先的基因。看看我们干过的事，

"对社会的罪恶，我们谁都脱不了干系"。从"文化革命"转到商业资本的纵欲，也没把人提拔多高，我们的动物堂兄博诺波猿早就能用"房中术"边治国边玩（解决争端的方法是性交）。现代的腐败官员的行为也是继续返祖。那什么叫作"人"呢？不能活了一辈子，连自己属于《山海经》里的哪一支都不知道。现在有人类学、社会学、心理学、生物学这么多"学"，就想把"人"讲清楚。

　　人常常活成了一个老顽固，却也未必能搞清楚自己。这时候，文学就有事干了。文学说：我来把人的故事记下来，看看能不能把"人"讲清楚。写完《青门里志》后，我并没有想再写一个长篇，但是，我想再写探讨"人性"的故事。这时候，青门里的一个小朋友对我说，你写我妈的爱情故事吧。我答应了。《疯狂的榛子》中喇叭妈妈的爱情故事就这样铺展开来。

　　喇叭妈妈的爱情故事，我从小就知道一点，是那种大而干净，且不能轻易让妖怪碰的那种。写这种爱情故事，凄凄哀哀是一种糟践，没有宏大的背景托不住。因为它不仅是一个美人落难的爱情故事，是历史，是社会，是特定社会结构制造出的人性悲剧。它像一滴水，把一河水的性质都反映了。好也是它，坏也是它。大河说了算。一滴水的梦想不过是平平安安地当一滴水。风可以使劲地刮，浪可以翻了天，壮观也好，动荡也好，一滴水想要的只是，给风平浪静一个机会。喇叭妈妈的爱情故事发生在第二次世界大战时期的中国战区。那爱情故事做着风平浪静梦，发出了一些种子，种子一直长到现在，到我们这代还在寻找和平的机会。

　　中国姑娘爱什么样的男人，有群体性和时代性，反映社会价值观变迁。我小时候，看见过姑娘们就想嫁个当兵的，墙上好男人的照片身着草绿军装，腰上扎个皮带（我太小，自然是轮不着，就要到了一顶军帽，也欣喜雀跃，抱着睡）。后来姑娘们转成要嫁大学生了，文化人成了理想男人。再后来，转成要找科级以上的公务员，当官的男人给女人安全感。到现在，姑娘们要嫁有钱的，男人腰上要扎个大钱包了。一个时代有一个时代推崇的价值精英。喇叭妈妈的家庭是"扎个大钱包"的那种，她那个时代的英雄豪杰是保卫中国天空的航空战士。我在美国代顿空军博物馆看到过当年国民政府散发给中国老百姓贴的门神，就是肩插野鸡翎毛，头带飞行镜的洋关公。喇叭妈妈爱的人是当年中美空军混合联队中的一名中方航空兵。

　　这样，我的"寻找"就从爱情转向了它的背景——战争。

　　我写战争、写航空战士，有朋友说，你是女的，战争的事你就别谈了。

好像战争的性别是"男"。但是，我觉得，我小小年纪就有过"军帽情结"，应该还是有能力从我自己熟悉的角度写好"英雄""美人"的。我没想写将军指挥战役，没想写士兵徒手肉搏，我想写战争中的男人女人，他们是活过战乱的人，我可以跟着他们的内心，去发现另一场内心的战争。"没有一场战争不同时也是内心的战争"（玛丽安·穆尔语）。哪怕是正义战争，战争强行带来的暴力也是人类的不幸。暴力对人的影响和伤害，除了让人断胳膊断腿，还会让人心理受伤。我想写对暴力的反思，不仅诘问暴力和反抗暴力的结果，而且诘问：暴力产生的原因？暴力留下的后果？人为反抗暴力牺牲的目的？

这些想法刚开始构思时并不清晰，一边读书，一边写，一边想，才慢慢清楚的。和我写其他故事一样，我先得找书看。看着看着，我发现中美航空战士真是值得爱，他们担负着中国战场上的重要抗日任务，却又那么人性。有一本书叫《火焰和陷落》，是那时陈纳德第14航空军中最年轻的前沿指挥官，二十九岁的文森特将军写的日记。其中有一段记录他带了一封陈纳德写的信给罗斯福。信中写道："我们没有干活的工具（指无军需补充）……我们能成功地一次次打败日本人只是靠了我们航空机组和地勤人员的勇气、进攻性和决心。"当中国地面军队无法守住前沿空军基地衡阳，文森特将军下令炸衡阳基地的那天，他在日记里写道："毁了我们美丽的衡阳基地，我心都碎了。"等我看了上百本回忆1942-1945年中国战场空中战事的书后（从老飞虎队进入中缅印战区到"二战"结束），有一次上逻辑课，和学生谈了一点当年的美国第14、第20航空军在中国的空中战事，学生说："您教历史吧，这个好听。"这时，我想，我可以开始写了。

写作过程中，我的"寻找"从外部背景伸展到人物的内心。

我找到好几个去过中缅印战场的老兵，做访谈，每一个访谈收集的都是历史遗产。我还和各色老兵成了朋友。有一个老兵叫亚当，当年在菲律宾战场。在吕宋打下来之后，被调到日本驻守。战后的日本，没油没电没食物。他去书店买字典时，给了一个伙计一些食物。直到现在，还和那伙计的孙子互相拜访。亚当八十多岁，是我班上的学生。有一次，我们在南京大屠杀纪念馆，正巧碰上有菲律宾战场图片展。我说："亚当，那里说不定有你的照片哩，我们去看看。"他坚决不去。其他学生都跑去看了，可任我和其他大学生怎么劝说，亚当都不去。他说："我不想回忆那些事情。"亚当那年在中国过了八十四岁生日。还有一个老兵，是个哲学家，来我所在的大学做演讲。我跟他聊天，讲到他的过去，他感慨地说："五十多年前，我正在战场上跟你爸爸对打（指朝鲜战争）。"我说："我爸没去过朝鲜战场，我叔叔当过志愿军到过朝鲜战场。"哲学家老兵问："你叔叔还好吗？"我说："他还活着，跟您一样，也快九十岁了。"哲学家老兵诡秘地笑了，说："你知道为什么？我跟你叔叔都是冲天开的枪。"

　　这类故事让我感到，经过战争和暴力的，其实是具体的人。具体人才会谈恋爱，会受伤，会软弱，会后悔，会在战乱中、战乱后审视暴力。喇叭妈妈的情人才写得出情愫真挚的《战事信札》。具体的正常人并不喜欢暴力，不以弄过暴力为荣。不怕死的英雄，杀敌不眨眼的战士，是宣传品中的人物。他们也许存在。但我知道我想写的平民战士，他们是灾难的承担者，他们不是"也许存在"，而是：就是我们的父母亲。

　　再往下"寻找"，就找到我们自己了。一个一个爱情种子合适不合适反正都长出来了，回过头来诘问：喇叭妈妈的爱情悲剧原因何在？

　　我们生在一个祖宗留下的社会结构中。我们的父母亲活过了战争，又活过各种运动，活到了有我们冒出来。一条长长的寻找和平的道路，从"他们"一直走到"我们"。要是喇叭妈妈的爱情在抗战胜利后就堂堂正正地开花结果了，那我们这代人的事儿就简单得多。偏偏不是。我们小时候，傻乎乎地跟着他们过了一场"文革"，长大了，又一转脸自己头里跑到了商品经济。回头再看他们，那么认认真真且又无可奈何地活在一个集体定义的角色上，战争结束了却还按战时的德行思维，紧紧张张，防范上司，防范同事，防范骗子。当一滴水，不敢。消失在一河水里，又不甘心。我这才意识到，英雄和美人的故事从一开始就是长在这块土壤上的，并按老规矩延伸和结尾。

　　那些在中美空军混合联队时期就显现出的深深的文化结构与人性的冲突，那些君子的"效忠"，小人的"腐败"，再加上革命打碎表面结构带来的兴奋，等一一落回到中国文化的深处，就是容不得"不同"。把人划成等级的方法和标准可以变（如，从"钱"变到"政治"，再变回来），"等级"是祖宗定的宗法，不能变，要变，也只能把"你"变成"我们"。一个好爱情并没有因为经过战争而伟大，却转而变成了个人自由意志与集体冲突的传统悲剧。中国的宗法结构跟军衔制似的，那君君、臣臣、父父、子子的人际关系，打仗和革命时叫"效忠"，搞资本时叫"资源"。喇叭妈妈爱情悲剧的原因还不仅是因为日军发动的侵华战争，情人入伍两地分居。我们这块土壤自己也有问题。我寻到了宗法制。

我读到这样一个记录：一位当时管处理昆明基地美国士兵和中国百姓冲突的下级军官，接到了一个车祸的案子。美军吉普车撞死了一个在路边玩的小女孩，叫小木仙。美军赔偿了二十六美元。这个军官会说中文，他认为赔偿费写错了，前些时候撞死中国商人一头驴还赔了一百五十美元。得到的回答是：按中国的算法，驴得按市场价赔。一个六岁女孩没有标价也不挣钱，按她家收入算养她的费用，再加一口小棺材，算出来就赔这么多。这个下级军官去送钱，看见一个穷困悲伤的家庭，心里觉得实在太不像话，很内疚却无能为力。过了几天，小木仙的老农民父亲推着一个独轮车来了，送给他一个信封，信封里有六美元，说是送给他的谢金。军官不要，老农民不走。老农民说，你非得收不可。接下来报了一笔账：从镇长，到村长，到族长，到村里长者，他都送了钱。按此一算，小木仙的命换来的二十六美元就差不多打点光了。这个美军军官觉得，这是怎么回事儿？简直太不合理。从此成了共产主义者，到了延安加入了中国共产党（中文名叫李敦白）。

宗法制最大的问题是：保护宗族，保护等级，不保护弱小。它带着较多的黑猩猩氏族社会的特点。首领雄性黑猩猩是非搞等级和专政不可的。下级雄性若想越位，每一次权力更替都要打得血淋淋的。转到讲人的宗法社会，大家都住在一个山村里，血缘相通，生于斯，长于斯，死于斯。对和错他们自己说了算。弱小的得巴着强大的活，没有制度保护弱小。小木仙她爸只有巴结权势的义务，却没有公正。梁祝和宝黛那样的爱情，不合那样社会结构要求，成了悲剧。喇叭妈妈的爱情虽然延续到1949年之后，还是因为不合新式宗法的要求（按政治划等），也成了悲剧。我们不会保护弱小。以为丛林法则是真理，不知道丛林法则是野兽的真理，不是人类的。

我们这代人，最多能做的就是像《皇帝的新衣》里的那个说实话的小孩，告诉顺着权威说甜话的人们：其实皇帝啥新衣服也没穿。我们要对付的还是三千年的老问题。

什么都有后果，人经受过的灾难，不会一过去就烟消云散。我对灾难后果的寻找，走到了认识恐惧给人留下的一种心理病，叫"PTSD"。

PTSD（Post-Traumatic Stress Disorder），是经过灾难、压力造成的恐惧之后，人的心理紊乱。表现为：没有幸福感，没有安全感，没有自信心，做噩梦，还会有暴力倾向。PTSD 是常见的，却长久被忽略的心理疾病。人心里有一些软软的地方，那些地方让人有人性的敏感。战争，革命，暴力，一群整一个的压力都会在正常人的神经上留下瘀伤。要慢慢治疗。

战争的可怕，革命的残酷，宗法的压力，都在于不尊重具体的人。人和动物的那一点儿不同，并不在于人能打胜仗，能管教小孩、能讨好上司；而在于人知道要呵护弱小，保护生命。当个体生命不受到尊重，只被当作工具来使的时候，不管你有钱没钱，有地位没地位，人都生活在恐惧中。从"二战"至今的中国历史，是平民在文明和野蛮的底线上，进进退退，捍卫人文和民主的历史。仗打过了，命也革了，房地产的快钱也发达过了。对付老问题，在种种法子试过之后，为什么不能给和平一个机会？让"不同"共存。

当社会制度走向保护正常的平民利益，不再按军队的非正常结构制定，而是按共同法行事。这是旨在不用暴力解决权力和利益之争，是现代人的文明和进步。倘若不能把一些基本权利像呼吸的权利一样让个人所有，那还没有从战争状态下回到正常。战争与和平是两站路。和平的道路不是可走可不走，而是如果不走，前辈们在战乱中付出的牺牲就全白费了。

任何暴力都是人类悲剧。"二战"的意义在于平民保住了人性。而走上法治的道路，是人能保住和平的希望。法，是针对人性的动物性条件（人性恶）定的。想到我们身上的黑猩猩基因（百分之九十七与黑猩猩相同），再看看我们与野兽差不多的施暴历史，谁也不敢保证自己就是天地之精英。让法管着所有人是好的。

我最后的"寻找"是：去了衡阳。第 14 航空军当年的旧空军基地成了现代人的练车场。人们不再生活在山村了，开车跑了。红灯停，绿灯行，是过新生活的基本训练。

作为一个作家，我能做的一点事，就是"寻找"。找到一个问题，找到很多故事，找不找得到答案，我不知道。我最多只能把问题讲清楚。文学对于我，是寻找真理的一种方式。

袁劲梅

2015 年 11 月 5 日

第一章：喇叭家的《战事信札》

沙1：喇叭

世界上的水可以这么清澈，清澈得像长亭外的钟声，一圈一圈散开，一圈一圈变成月光，一圈一圈化为空彻万古的年轮。清澈得欲说还休，连湖面上吹来的风都直沁人心，像萤火虫的光，轻轻扫了一抹诗情画意到孩童心里。

喇叭在她妈去世十八年之后，把她妈的骨灰沉在这个清澈的大湖里了，连同她妈戴了一辈子的一粒青玉。青玉像个小炸弹，一头尖尖，一头圆，温暖浪漫的青色。在喇叭还要她妈抱的时候，她会把这枚青玉抓在手上玩，叫它"小鸡蛋"。喇叭妈妈那么一个温文尔雅的人，居然对小喇叭说，"小炸弹"。

现在，"小炸弹"扔下湖，空灵和人间烟火全乘着白帆与红帆，变成故事，远远地在水面上滑过去。这个湖叫"安大略湖"，在加拿大和美国边界上。湖里冒出一群一群小银鱼，像从清澈无底的水中升起来的气泡，这让喇叭产生了一个固执的想象："小炸弹"一直落向湖底，落到了地球那一边，落到一座坟堆的脚下。

炸不炸。不知道。随它去。

她妈的信物自有自己的灵性，跟喇叭脖子上戴的信物不同，是两代人用的东西。那"小炸弹"里装了一肚子炸药，还是一肚子怨恨，还是一肚子爱情，喇叭猜不出来。猜不出来，不代表不想猜。她就想猜出来，那枚"小炸弹"到底要去炸哪家的坟。

喇叭长到四十岁，才赶上她妈二十岁时的漂亮。她算算，她妈漂亮了一辈子，她到四十岁才漂亮，只能漂亮半辈子。她把这道算术题跟先生讲了。

先生，就是送给她脖子上那个信物的人——艺术家宁照。喇叭戴着一串墨绿色的小贝壳，每个贝壳里有一粒酱红色的小木珠。不闪光，不值钱，还不如说戴着一串情调。艺术家不买信物，宁照能看中的信物，只能是他自己做的艺术品。宁照说："这是你妈的情调，你最好继承下来。"喇叭比她妈要闹人一百倍。她盯着先生问："你说，为什么我妈比我早漂亮二十年？"

先生宁照正在画一只鸭子。这是一幅大油画，宁照画的是西方油画，但鸭子却是正宗的中国鸭子，是那种祖宗一看就能看出"大道之行"、厨子一看就想杀了吃的胖鸭子。它翅膀举起，胸脯挺着。最妙的是，有一圈一圈蓝得发亮的水纹，在鸭子胸前灰黑相杂的羽毛下张开，由深到浅，由浅入无，入进一片华兹华斯和王维写进诗里的那种湖区或芦苇："赤身裸体的小木筏，在与它不可分离的水中" / "宁静玄远"，这两句西诗中词在宁照脑袋里藤子一样纠缠在一起。宁照正在境界之中。他在画一幅"暖春"，画几笔，退后看一看。当喇叭第三次重复她的算术题，"为什么我妈比我早漂亮二十年"时，宁照心不在焉地说："春江水暖鸭先知，叫'鸭先知'怎么样？"

喇叭就叫起来："又是'鸭先知'？凡上画上诗的鸭子都成先知。凡上桌子的就成了'北京烤鸭''荷香鸭''盐水鸭'……人格分裂逼着鸭格也分裂。我说不如叫'鸭头春'，清淮晓色鸭头春。"

宁照说："俗。画儿要在北美卖，翻译成英文，Duck-Head's Spring（鸭子头的春天），谁敢买？"

喇叭是情感做的，但宁照却不是她自由恋爱找到的男人，是她妈肯定下来，叫她嫁的。因为喇叭听话，从小到大都是母亲帮她做决定，没谈恋爱就结了婚，跟宁照过上了比上不足比下有余的家庭生活。以后，随便宁照怎么处处想着喇叭和小家庭，喇叭总觉得，她只过了家庭生活，没过上爱情生活。虽然从父母家跳到宁照家，反正她都是被保护对象。被保护自然好，但没有自由恋爱过，就像从河这边一脚跳到河那边，两岸也没什么大区别，桥上的好风景却没看到。喇叭一回头，一想到"没过桥"就到了对岸，就觉得，这不亏了呀。书上电影里描述来描述去，最精彩的生命阶段，她就这么稀里糊涂一跳，跳过去了。所以，一不高兴就说，想跟宁照离了重过，哪怕是世界上没男人了，到最后还得嫁给宁照，那也得先热热闹闹恋爱一回，才去过小日子。

宁照对喇叭的"爱情缺失"不同情。他认为喇叭生在福中不知福，还说，把他宁照当成最后一个男人，是把他当备用品看，简直是奇耻大辱，他宁照比大部分男人好多了。宁照理直气壮地宣布："我不会谈恋爱，只会过日子。我还没成艺术大师呢，没人养着供着，不会过日子，光谈恋爱怎么活？"

现在宁照说喇叭的鸭头春"俗"，喇叭就又想闹人了，一闹人就秋后算账："我真不知道我妈怎么会替我看中你。我敢保证她自己的情人肯定不是你这种面条脸。"

宁照不理睬，换了支笔，画湖边的沙。安大略湖被太阳照耀着，湖边有棕红色的沙滩。宁照油画上的沙也是棕红色。这片沙由远及近，远处的沙，宁照就用笔画成一粒一粒小小的"X"，棕黑色，像历史那边过来的老故事；近处的沙，宁照就用笔画成一粒一粒小小的小晶体，发亮的棕红色。颜色变化有点奇怪，又有点沧桑感。当地连岩石也是棕红色的。宁照的油画在当地卖得好，当地的加拿大人都知道沙滩可以是棕红色。

宁照以"认真艺术"著名，并不是所有人都喜欢前卫现代派。宁照画的沙，一粒是一粒，他把光线画在沙上，让棕红色的沙滩和蓝水一起发亮。他画着沙，心里就有好感觉，他对喇叭说："这就是你，就是我们。你挨着我，我挨着你，比写情书好。"又用笔屁股指指墙上一幅漫画肖像："墙上的那个人不是面条脸，是政府脸。"

那漫画肖像，是喇叭爸爸颐希光。老头子在加拿大前前后后待过两年，天天在楼上看中文电视，吃饭的时候就给大家上政治课。电视里看了什么却记不住，张冠李戴。过去的事情，倒好像还能记得，有时候，会把喇叭当作她妈舒暖叫。宁照不喜欢喇叭爸爸一开口就说："现在形势大好，中央有政策……"宁照不软不硬地顶过老头子一次，他说："形势，与画家无关。画家把自己画儿画好了，把自己人做正了，就行。干什么要活得像个蜗牛，走到哪儿身后背一个大形势？"老头子不高兴，说加拿大盐不咸，糖不甜，没有中国吃得好。

喇叭是一粒沙。她承认自己很渺小，有时候，她觉得自己渺小得可以化掉。但她恨宁照也把她画得还不如那肥鸭子大。她看看墙上的漫画，不知道"政府"怎么能渗透到人的脸上去。喇叭不喜欢电视里进进出出的各色官员。他们怎么都长得"阔面方嘴，剑眉星眼，直鼻方腮"，那是贾雨村呀！

喇叭看《红楼梦》，也没当回事看。直看到这一行的时候，突然心里一跳：原来，这个"知仁知恶，才干优长"却仍然玩权贪酷的贾雨村，就是个"贪官污吏"的种子选手呀。宁照这个混蛋，把贾雨村的基因画她爸爸脸上去了！

喇叭走到书架，拿下《红楼梦》，翻到这一行关于贾雨村的长相，找宁照算账。宁照说："你不要整天没事就整我，再整，我脸也成那样了。"

宁照那张漫画，画的是"神"。宁照是学中国画起步的，会捉"神"。"政府"的"神"怎么跑到喇叭爸爸脸上去了？颐希光是"颐少爷、颐学长、颐爸爸、颐教授、颐老头"，从上西南联大起，喇叭爸爸颐希光一辈子就在学术圈子里，这个"政府脸"整容术的过程有多长？怎么发生的？喇叭说不清。

但是，那幅漫画是宁照画的；如今，宁照又用笔屁股点破了"神"。一切都是宁照搞的鬼！喇叭说："宁照，你这个坏蛋，我就想跟你离。我马上就买飞机票，明天就到浪榛子家去，不回来了。"

"浪榛子"是喇叭的"战略基地"。一跟宁照吵架，喇叭就以转移到浪榛子家相威胁。

宁照听喇叭说"我就想跟你离"这样的话，已经听成习惯，就像听"明天我上班"这类的话一样。他知道喇叭明天不会去浪榛子家，也不会跟他离婚。喇叭从来没有完全从"女儿"的角色转到"太太"上来。宁照带喇叭带得辛辛苦苦。年轻时还好带，宁照说什么，喇叭相信什么。四十岁一过，喇叭学会造反了，不好带了。宁照和喇叭结婚时，喇叭妈妈对宁照说："喇叭全交给你了。"宁照一口答应。这一答应，是宁照和喇叭妈妈之间的秘密契约。他俩都知道，宁照答应了要像保护女儿一样保护太太。

明天早上，宁照会把喇叭叫起来，然后送她去保险公司上班。一切就和今天一样。

第二天，喇叭去保险公司上班。那天，喇叭的印度同事脖子上和手腕上都戴着油光闪闪的金首饰，说是她女儿要结婚了，又说多少亲戚要从印度来参加婚礼。从她女儿说到她自己的陪嫁，从陪嫁说到她娘家，从娘家说到她外公，她娘家祖上是吠舍种姓，商贾人家，到她外公，孩子太多，大家一分，家境不如从前了……家史一般。

当印度同事兴高采烈地说完自己，回过脸来问喇叭："你祖上是干什么的？"喇叭说："我外公活着的时候开银行，我爷爷活着的时候在南洋经商，我妈是经济学教授，我爸是物理学家。"印度同事的眼睛都瞪圆了。她说："你家很有钱呀？！那你还在我们这个小破公司干？"

喇叭不置可否。回到家，找出一个本子，从本子里抽出一张纸。那是她妈去世前写给她的财务账。纸上记着她妈留给她的存款和这些钱的来历：小舅寄来港币一万，几次讲课费共三千，父母工作四十多年省下工资结余存款一万七千。大大小小，加在一起共有人民币三万多块钱。她妈十八年前就留给她这么多钱，没有一分钱是黑的。

以后好几天，她都想：是呀，我们家很有钱。钱呢？为什么祖辈连个糖果也没给我留下？这才三代呀。她想起妈妈说过："钱多，不是好事，要有报应的。"为什么要有报应，为什么会有报应，她妈没说。她妈对喇叭说："谁能精明过你外公？你外公都守不住家业，你想都不要想'金钱'二字。那是荼毒人心的字儿。所有我们这辈人经过的灾乱和邪恶，就到我们这辈人止。我就希望我的孩子能有一小块安静的家园，当个平常人，再生个把傻儿傻女，天天高高兴兴就行了。"

喇叭就是按她妈的希望活的，天上掉下来什么，就得什么。不争不抢。没她的份儿，也不伤心。她日子该怎么过，以前妈妈负责，后来宁照负责。谁知她过到今天，突然会往四下看了。怎么人们又都跑到"发财"这条路上了？还竞争激烈。都疯了般的忙挣钱，没人怕"报应"，也没人想到"报应"，那"荼毒人心的字儿"成了红太阳，金光闪闪，俨然天理一般在人头顶上指路，目标明确。喇叭不知道，现在奔钱而去的人，那样的努力，到了他们的儿孙辈，这些努力又有多少意义？就算有谁能像她外公一样精明，种下一棵人人喜欢的金钱树，能守得住叶子不落、树不倒、猢狲不散吗？

于是，喇叭又有新问题来烦宁照了："我们家的钱呢？"

宁照说："我最喜欢你的地方就是你从来不谈钱。不俗气比有钱重要。像你这样的人应该问，美吗？不应该问，钱呢？"喇叭说："宁照，我跟你越来越没有共同语言了。你不要以为弄几包话梅就能哄住我。你要不能回答我这个问题，我就跟你离。"宁照说："你跟我离，我也回答不了。我既不懂政治，又不懂经济。"喇叭说："我妈说过，有一种结构生产毒菌。你不是研究过人体结构吗，说，结构怎么产生毒菌？"

宁照知道喇叭胡搅蛮缠了。在这个远离政治，甚至远离尘嚣的安大略湖边小镇生活，喇叭越发被他宠坏了。宁照宠老婆远远超过宠儿子。结构？什么都有结构。人体有结构，沙石有结构，社会有结构……就是爱情没有结构。宁照从来没想到，情感做的喇叭，从过了四十岁起，关心起社会问题了。儿子上了大学，住校了。喇叭把以前花在儿子身上的时间，用来读《红楼梦》。宁照以为喇叭要跟他谈金陵十二钗了，没有。喇叭跟他谈"官商勾结"。他哄喇叭说："你还是去研究你妈的爱情故事好了，别过问社会。那些事，你管不了，也懂不了。"喇叭说："我懂得了。我家被抄检大观园了。"说完，又无遮无挡地加了一句："我就不懂，我怎么会嫁给你这贾府门口的石狮子！"

喇叭说完就甩手上楼，回卧室去了。画室的门在喇叭身后砰然关上。白墙上挂的一幅小楷书法，镜框微微晃了一下，不动了。宁照的画室重归安静。白纸无声，黑字也无声：

> 先是他们来抓社会主义者，
>
> 我没说话，因为我不是社会主义者。
>
> 接着他们又来抓贸易工会会员，
>
> 我没说话，因为我不是贸易工会会员。
>
> 然后他们又来抓犹太人，
>
> 我也没说话，因为我不是犹太人。
>
> 当他们来抓我的时候——
>
> 已经没有人
>
> 来为我说话了。
>
> ——舒暧译Martin Niemöller[1]诗

Martin Niemöller 是谁？宁照不知道。但他和喇叭都喜欢这首喇叭妈妈上世纪80年代翻译的诗。这幅书法是舒暧的终身好友、文学家南诗霞用劲秀的小楷恭笔抄写的。"文革"刚结束的时候，中国文人们想的就是这些问题。这也算是喇叭妈妈的遗物了。

无声中，宁照从诗人不说话的结果，想到喇叭刚才说他是贾府门口的石狮子。

---

① Martin Niemöller（1892-1984），德国牧师，著名反纳粹人士，在纳粹集中营坐了七年牢。此著名诗句写于上世纪50年代，主要反思德国知识界面对纳粹的软弱、容忍，和由此带来的后果。

用贾府焦大的话说，贾府就这门口的石狮子算干净的。在这个纸醉金迷的世界上，能干净就不容易了。但是，石狮子不说话，放在那里"龟虽寿"，最多算个"人民"。"藏之庙堂之上"，好名字给你象征象征，其他与你无关。石狮子不说话，命运如何？宁照不说。硬要说，他也只能说：有中国特色。

当年宁照要和喇叭结婚，喇叭妈妈曾笑着对他说："你知道了我们的家庭历史，还敢娶喇叭？那我就不必担心只剩焦大敢娶我们喇叭了。"

对焦大，宁照有很多感慨。他不知道焦大对媳妇怎么样，不过，他认为，奴才当到焦大的份儿上，也就当出精英来了。自己挨饿，偷食给老主子吃。得半碗水，给老主子喝，自己喝马尿。瞧这奴才的伦理，一应全在他身上开花结果。所以，小主子们都让他几分，听他骂"败家子"。和那阿Q比，别有一番不同。阿Q胆子多小呀，在小尼姑脸上拧一把，还要找个佐证："和尚摸得，我也摸得。"不如焦大干脆整天就醉着，骂人也醉着骂了，怎么的？奴才和奴才一比，原来，一个乡下奴才，一个城市奴才。光一个城乡差别，就能把人分成等级。鲁镇的，哪赶得上金陵贾府的？关系网也不一般大呀。若是奴才之间也能分出个高下有等来，那真成文化了。奴才之间也没得太平，窝里斗不光在宫廷，民间也没停过……我们这个等级色谱也太细致，跟军衔似的，排长狠班长，班长狠小兵，小兵狠百姓，百姓打儿子，儿子兜着走，不然不孝。谁越小，谁兜的灾难越多。

宁照一边胡乱想着，一边就换了一支画笔，拿在手转，庆幸喇叭走了，同时决定下次不骂儿子了，只批评。宁照喜欢想，不出声，就在脑袋里想。想的时候，非常大胆。他画画儿，总是一边想怎么落笔，一边自己跟自己讨论问题。他把笔在调色板上抹了两下，蘸了一些黑色，又在调色板上胡乱画了两个圈，颜色重了。宁照对自己说："这个炭色画个'焦大醉酒'不错。为什么动不动就画'贵妃醉酒'？等我有空，我就画焦大。焦大若活在这个时代，混成个房地产商也不是不可能。"

说着，宁照又把画笔在手上转几圈，再走近几步，看着"春江水暖鸭先知"，一片蓝水，蓝得生命欲滴，情绪很好。但宁照笔却不知道往哪里落了。"焦大"和"鸭先知"犯冲。想了一圈石狮子和奴才，宁照灵感没了。没有灵感连"鸭头春"也画不出，只好拉倒，宁照不想画坏了蓝水的意境，就暂停不画了。他对自己说："给喇叭闹得变异了。灵感全得从喇叭的吵闹声中产生。"没有喇叭吵吵闹闹的声音，就像没有了调色板，心思里没颜色，日子不热闹，下笔无神。

宁照小时候，住在南京鸡鹅巷。那里离旧时的宁国府不远，市井和历史在巷子的石头路上织来织去，织了一千年，精细得连虫子都能成了趣。巷子深深，两棵美人蕉在细细长长的小空间里修炼成了精，才在一起拔了叶子开了花；谁走过一棵就听见它在说另一棵的坏话。一年到头，阳光总是只能照在一侧墙上，另一侧在阴影里，像一白一黑两块包裹布，裹起包袱，若要，就一起背着；若不要，就什么都没有。窗户外动不动就是婆媳吵架，老子训儿子，下棋的掀了棋盘，斗虫子的欢呼某蟋蟀荣获"大将军"。是人都得快快乐乐地活，市井炊烟里，这些吵闹声像浑浊的水，你不喜欢，却也少不了。这点，在和喇叭的生活中被验证。这就是普通人的日子。沙滩上的沙，在太阳底下存在着。

宁照放下画笔，从地下室走上楼，楼梯口挂着宁照画的几幅小画。其中一张是喇叭十八岁时的肖像，一条傻乎乎格子围巾围在脖子上，托着一张傻乎乎的皮球脸。真是没她妈年轻时漂亮，宁照想：我要会奉承人就好了。当初为什么没把她画漂亮一点？现在来闹人。

宁照走到卧室门口，从门缝里往里看，看见喇叭低着头，盘腿坐在床上打电话，像她妈看书时的神态。文雅。盘着的两腿前面放着她妈留下的遗物——一本纸页都变成棕色的《战事信札》。她妈留给喇叭的那张家产记录，原来就是夹在这个本子里的。

她妈扑朔迷离的信物又拿出来了。宁照想，过去和现在，就跟个沙漏似的，沙从昨天流到今天，是找到了历史故事；沙从今天流到昨天，是断不了线的爱情故事。过去和今天分开了，又分不开，过去的沙和今天的沙混在一起，就是家史。人、家、儿子大概就是这样连起来的吧。喇叭喜欢过去的故事，因为沙在远方，扑朔迷离。她不拿我当回事，因为，沙都在沙滩上躺着呢，不稀罕。

宁照知道，那扑朔迷离的本子，扉页上贴了半张奇奇怪怪的蓝色门神，高鼻子，蓝眼睛，头戴飞行帽，肩上插着野鸡毛。就是一个美国佬插了杨家将的翎毛，不知是哪方将领，也不知为啥成了门神。

扑朔迷离的本子里面，一天一天的战事多是中文夹着英文书写，每个汉字和英文字母都是正楷写法，标准。只是缩写太多。页码边上也有一些加上去的中文字，那明显是喇叭妈妈的手迹，草体。喇叭妈妈后来加写在页边上的那些字句，像是天书密码：

　　　　"荷花使命"；

　　　　"任务A ——命运使命"；

　　　　"马特洪峰使命"；

　　　　"大合唱使命"；

　　　　"长龙使命"；

　　　　"地谢使命"；

　　　　"α使命"；

　　　　"大乌鸦使命"；

　　　　"屠夫使命"；

　　　　……

这都是一些什么故事，宁照和喇叭大多没听说过，或以前根本不知道。但他们知道，这本子的最后命运是火里逃身，被喇叭家的老保姆张奶奶神不知鬼不觉从火里救下，悄悄送到乡下儿子家藏起来，逃过了"文化大革命"大劫。张奶奶对她儿子说："这个门神烧不得。日本人来的时候，就怕这个。从前我们山里人，家家都贴这个。灵。一家房子都没被日本飞机炸倒。小孩生个什么病，女人坐月子，都到门神下过一过，保平安。"

到物归原主的时候，宁照已经娶了喇叭多年，而张奶奶已作古。是张奶奶的儿子进城时，顺便把原物送回来的。喇叭妈妈见到这东西的时候，半天无语，脸上的表情与其说"惊讶"，不如说"复杂"。

张奶奶的儿子把那个本子又向前递了一次。这时候，有一个词，叫"含情脉脉"，像郁金香一样，就在空气里开了。那个棕色的本子在喇叭妈妈手上微微颤抖，散发出来的乡下灶房里的柴火气味，就合了"含情脉脉"。张奶奶的儿子把这个本子放在以前供灶王爷的龛里，北面供着，一放就放了二十年。到翻盖新房子的时候，不用灶，用天然气了，这才拿下来。他说："那时候，乡下也不让拜神，不过村长没敢把灶王爷废掉，废什么人也不能废管吃食的灶王爷呀。所以，最苦的时候，我家在山里过年还是吃到元宵的。"根据这个故事，这个蓝门神，这么多年好像是又兼过了灶王爷的职。在山里人富起来之后，终于下岗了。

宁照也知道这本《战事信札》只与喇叭妈妈有关，与喇叭爸爸无关。喇叭爸爸没当过一天兵。那本《战事信札》与其说是一本战事记录，不如说是战地情书。爱情从沙漏的"过去"那一盅流到"今天"这一盅，沙是陈年的沙，流动的爱情却依然新鲜，让在"今天"这一盅里的人向往。喇叭的心思，宁照知道。她就想搞清楚，这个英雄情长的航空兵是什么人？她爸又是哪里冒出来的？如此英雄情深的信物在她妈手上，怎么会变成一个重新组合？喇叭自己没谈过浪漫爱情，不知道生死相恋的感觉和两口子上街分吃一碗牛肉面的感觉到底有多少距离。找她妈的爱情故事，就像是找她自己的一样。

在用沙漏记录的历史中，沙在沙漏里流过，时间原也有灵性，它们喜欢对话。过去人和这代人对话，这代人和下代人对话。一代一代寻找，找"人"，找"爱情"，找"幸福"。或许找错了地方，只找到了一些虚无的位置。但是，时间还有，再找下去。"寻找"本身也是生命的意义。

宁照也想制造爱情，把浪漫的色彩不仅涂在油画布上，也涂在每天的日子上。可惜他不会。他的最高追求就是：过正常生活。他见过鸡鹅巷男女调情三步。热烈阶段：男人送女人一把梳子，女人给男人织一双手套

（后来升级成，男人给女人一个金首饰，女人给男人一套西装）。幸福阶段：男人在街上打牌，女人在家喂奶。正常阶段：男人在前街跟卖香瓜的女人打情骂俏，被卖香瓜的女人推了一把，笑骂道，"死鬼，回家作去"；而自家的女人正在家门口叫"挨千刀的，回来吃饭"。这三步，一步也不合他和喇叭的关系。

宁照住在鸡鹅巷的时代，正好是社会以"穷"和"红"为标准排列人民社会地位的阶段。物质上平均了，大家都拿一样多的薪水，分一样多的粮票、布票、肉票。但是，高下有等也得从心理上排出来，叫"政治地位"。"社会主义好，社会主义国家人民地位高。"什么都没有，也要有好感觉。这样一排，宁照家出了问题。他妈是个大学生，家庭出身不"穷"也不"红"，应该排到下等人的位置上去；他爸爸则又"穷"又"红"，小学都没上完就在廊坊当了兵，当的还是共产党的兵，应该排到社会上层去。女人追着要嫁什么人，常常反映中国金字塔社会等级结构是怎么排列的。在某个时期，用什么标准排列人的位置，可以换来换去。但结构从来不变，总是要有上等人和下等人。他妈的时代，正好是女人追嫁红色军人的时代。

宁照他爸并非因为自己的魅力，而因为八路军"连长"这个小军衔的魅力，娶到了一个女大学生，非常高兴，高兴得忘记了自己在廊坊乡下还有一个原配老婆和一个儿子。忘记了就可以不说。"大学生"和"小学生"就结了婚。结婚之后，原配老婆儿子再冒出来，也就是"人民内部矛盾"了。"大学生"再吵也没有办法。老婆是旧式的，可以休掉，儿子却打死吵死也不能甩掉。那是个带"把"的，"把"里装着一壶"宁有'种'乎"。

陈胜对吴广说："王侯将相，宁有种乎？""种"在宁家，有宗教信仰的意义。谁知道将来是哪个儿子出息了？儿子再多不嫌多。

如果按嫁鸡随鸡的传统理论来定宁照家的社会地位，在那个刚解放的革命时代，他爸说起来也当了五年兵。他的"穷"和"红"应该能把他妈的坏成分给恩荫了。也就是说，他家不应该住在鸡鹅巷，至少也得住在一个什么军区大院。可惜，他爸喝多了和战友胡说，犯了一个"清风不识字，何必乱翻书"的语言错误。他说："美国大兵在廊坊铁路站救过我一命，给我看过伤，对我们很和气。怎么这就又要打他们呢？"

宁照爸说的典故是：1945年9月，四十个美国大兵从北京到廊坊来接受日本鬼子投降时的事。廊坊是铁路枢纽，有一个铁路线上的电台。因为是在铁路线上，廊坊有很多日本兵。这些日本兵，全部向美军缴械。他们不分官大小，见了美国大兵都行礼。

美国兵很傻，把中国人都当好人。廊坊当时是个五百来人的小村子，电台在村子外。美国兵住在村外电台站，有围墙。有小孩子来看他们，他们就站在围墙上扔糖，扔饼干给小孩子。八路军的部队就在廊坊附近，美军拿罐头来和他们换鸡蛋。八路军在廊坊的目的是准备端掉廊坊村子里的国民党军队和向国军投降了的满洲国伪军。四千多人夜里突袭廊坊村里的敌军，战斗激烈，打了一夜没停。美国兵分不清谁是谁，也不知道廊坊之战为了什么。他们只守在电台站，哪边也没帮。后来，那些投降了的日本兵突然开出了缴械的空坦克，一队人马进了廊坊村。战事停下后，鬼子要把受伤人员运走。两方伤员当时虽然受伤，却没有停止共军、国军、伪军伤兵拼打，一路不共戴天。结果，受伤的八路军，被送到美军营地治疗，国军和伪军被带到日军营地治疗。

宁照爸这样说的时候，他的大学生老婆在桌子底下拿脚踢他。那时候正抗美援朝，美国大兵叫"野心狼"。宁照老爸连忙改口，说："美帝野心狼，在廊坊给我看过伤。"

但是，太迟了。"老农民"和"美帝"的关系已经暴露。八年抗战加三年内战刚完，中国人民又在打一场抗美援朝的新战争。"老农民"身为军人，说了这样"通敌"的话，自然是断送了自家前途。在营级干部位置上被部队要求退了役。冤枉呀。这下才晓得，中国"军衔制"的前提是忠孝，不是实话实说。

"老农民"下来后，就当了红星家具厂厂长，从此不升不降。生产的也不是什么军火物资，多产一点，少产一点，关系不大。厂长的工作就是签字批条子，连做全厂报告都是书记的事。"老农民"保持了农民的本色，老老实实，守着二亩地一头牛，喝喝酒下下棋，轻轻松松一辈子。

但自从搬到鸡鹅巷，大学生妈妈就生活在委屈中。命运不由人。丈夫屁股下坐着的位置一拿掉，警卫员没了，也就是拖着一个油瓶的"老农民"。"大学生"对男人的"祸从口出"也只好认了，平时不撒野，不吵架，但"革命"的暗流总是在家庭生活的地底下此起彼伏，有机会总要冷嘲热讽说男人几句。好在男人文化水平不高，酸酸的挖苦一概听不懂。在他看来，吵架，就是人家指着骂到"断子绝孙"。按此定义，他们宁家从来不吵架。"大学生"妈妈人到中年，重新认识到，"知识就是力量"，其他的靠不住。这样，宁照就在鸡鹅巷的日子里长成了一介书生，与红二代无缘。

鸡鹅巷的书生，爱情永远只长到"小荷才露尖尖角"，这是宁照困难的地方。他既不屑于市井里的打情骂俏，也学不来英雄时代的男人大开大展。"尖尖角"，光尖不开。爱得再深刻，到该说甜话的时候，他总是王顾左右而言他。宁照要讨好喇叭，就跟喇叭谈谈她儿子。

沙X："命运使命"

宁照走进卧室，本想讨好喇叭，跟她说："儿子怎么这么多天没打电话来？"

喇叭看他来，却拿着电话跑书房里去了，不想让宁照听她在说什么。

那本《战事信札》打开着，放在床上。一种陈年的乡下柴火气味在艺术家宁照眼前从气味变成缥缈的形状，又从缥缈的形状变成问号。问号落在某一页的边缘，是喇叭妈妈手迹："荷花使命——'田田多少，几回沙际归路'？[1]"

宁照拿起《战事信札》，正好是这一段：

1944年8月28日（1944年12月等油期间补记）

搭308飞行大队的"B-24J解放者"大型轰炸机去印度Chabua，接我们中美空军混合联队（Chinese American Composite Wing，简称：CACW）才到的新飞机和新飞行员。

总算给我们补充了。

离开昆明的时候，天气是好的。我还想，你描述学校"新文化新生活"的那个词，"蓝天白云"正好用上。还有，我喜欢你给我的B-25飞机新写的白话诗，读起来就像我带着你在桂林的溪水里找卵石，一个字蹦出一个带水滴的联想。不过，我还是最喜欢在衡阳时收到的你那首《疯狂的榛子》。

在这样的天气里飞，我真想有人能立刻叫停这场战争。

308大队734飞行中队马希尔上尉开的这架B-24J，叫"大泥鳅II"，能用雷达瞄准目标。这是我最想开的飞机之一。很多人都说B-25长得比B-24好看。B-25，两个引擎，身子短，机翼短，前面圆后面尖，灵活、有劲，起飞跑道短，马达一开，身子一弹，就像个疯狂的大榛子，一直炸到天。但是，B-24几种型号的轰炸机都长得丑，橄榄灰，方嘴方头，两把前卫枪，像虫须子一样伸出来。308飞行大队有不少人，按早前AVG[2]画他们飞虎队的驱逐机P-40一样，把B-24的头嘴也画成鲨鱼牙，样子倒是凶狠，但就是不像"飞虎"，像个龇牙咧嘴的大蝗虫。不过，我就喜欢这种大型轰炸机，四个引

---

① 出自南宋诗人姜夔的《念奴娇》。

② AVG，The American Volunteer Groups 的缩写，全名为：中国空军美国志愿援华航空队，被称为"飞虎队"，成立于1941年9月，1942年7月4日解散。

擎，翅膀宽大厚实，这是男人的飞机。将来我要是能开一架B-24J，我就把我现在B-25的机名传给它。那是你给起的名字，我走到哪儿带到哪儿，让你好再给它写新诗。怎么样？

飞机上除了十个机组成员，还有我和另外两个美方机长，我的僚机机长丹尼斯和第2驱逐机队小队长怀尔特。我们是搭机的。我们中美空军混合联队第一轰炸机队有三架新B-25米切尔式中型轰炸机到印度，驱逐机队新得了四架最新的P-51马思腾（我们叫它"野马"）。我们去接机，并要带着十来个新队员一起飞回我们的桂林二塘基地，然后再转到白市驿总部，和现在在那里等油的第一轰炸机队会合。

马希尔上尉是个快活人。他这趟飞越"驼峰航线"，是运汽油。308飞行大队的B-24因为大，"老头子"①陈纳德要他们自给自足，除了轰炸还要自己给自己运给养和炸弹。去年一年，他们跑"驼峰航线"就跑了1331个来回②，自己运油运弹，运够了就打。不像我们中美混合联队，主要靠一架老式C-47运给养。那架C-47运输机像条大青鱼，光溜光溜，运输队的人在上面画了三个戴草帽的中国苦力。苦力辛苦，老牛拉破车，也运不来多少物资。中美空军混合联队动不动就没油没弹。我们中方队长张义富会节省，一滴油一粒弹都不浪费。美方队长摩斯开始还大手大脚，结果，跟中方飞行员在一起生活了一年，中文学得不快，"会省"学得很快。跟中方队长一样，天天去查还剩多少油多少弹。还对我们叫喊："粒粒皆辛苦！"

1942年5月缅甸小路断了以后，到现在，我们的一切都要从"驼峰航线"运来。每一公斤汽油要花七公斤汽油去运过来。这笔账小学生算，都一定知道这仗打得太昂贵。我小时候在山里，天一黑，一家

① "老头子"是第14航空军飞行员们对陈纳德将军的昵称外号。
② 见Carroll V. Glines, *Chennault's Forgotten Warriors: The Saga of the 308th Bomb Group in China* (Atglen: Schiffer Publishing Ltd., 1995), 109.

老小都上床，洋油灯都舍不得点。现在，我一个炸弹扔下去用的油，就够我们一镇子人天天点起长明灯。

战争是最没有逻辑的事，是疯子发动的，我打这场战争的唯一逻辑就是，给和平争取最后的机会。有一次，我问我们驱逐机中队长瑞德中校：人们一开始怎么就容忍了那几个野蛮的疯子，给了他们机会糟蹋世界呢？

瑞德中校是混合联队中最老的飞虎队队员。他1941年9月从海军退出，扮成一个民间会计，和其他一百多个扮成民间人士的美国飞行员一起参加了飞虎队。他们装成记者、商人、学生、玩马戏的、诗人，坐了一艘德国船来到CBI（中缅印战场），成立了后来战绩赫赫的"飞虎队"。（听瑞德中校说，"老头子"陈纳德护照上的身份是"农民"。有人说他不像农民，他说："我家在路易斯安那州有农场，不打仗我没准就是农民。"）

1941年12月8日，美对日宣战后，以"民间志愿队"来打仗的飞虎队于1942年7月解散，被CATF ①替代，瑞德中校回国六个月，卖"战争债券"募捐。直到1943年3月，第14航空军成立，他又回到中国战场，从民间回归军队，是几个自愿留下没走的老飞虎队员之一。他在我初飞的时候，救过我一次，我拿他当长兄一样信任。我想，他应该是懂得"战争"最多的军人之一。

瑞德中校说，是呀，他也常想这个问题。希特勒可是民选选上去的呀！希特勒一上台就废了民主制。看来，并不是能投票选举就能有民主自由。独裁者很会控制大多数，拿大多数人当工具。民主，在于是不是有个制度，能拿人当人待；民主的核心不能只是投票，必须是尊重人。可惜，我们这个世纪，是黑暗时代。一开张，刚诞生的民主就在德国、西班牙、意大利垮了。更不要说军国主义日本在东

---

① CATF，China Air Task Force 的缩写，全名为：中国空军特遣队，1942年7月4日代替 AVG（飞虎队），1943年3月解散，由美国第14航空军代替。陈纳德将军指挥。

方，才高效发达起来，就侵略亚洲诸国，又炸美国珍珠港，发动太平洋战争。

至于为什么强盗能走到这步？

瑞德中校说，这得要政治家去想了。他只知道，日本和德国这两个法西斯国家，有一个共同点：都以"军队或军国意识"鼓动国民，并且用宣传机器把他们的"光荣战争"制造成人类走向"新社会"的必由之路。可见，独裁者不允许不同，拿他自己的国民也不当人，当工具。他们总有理由去抢夺和欺侮不想按他指定的方式生活的其他人。

听瑞德中校这么说，我想起在美国雷鸟基地听罗斯福总统讲话，我也能听出罗斯福总统的担心。总统说：难不成民主的火光真就这么被黑色野蛮扑灭了？

我不知道这场仗还要打多久。但是我们只能打赢它，不然，中国人别说当"自由人"，就当个平头百姓，过个正常人的生活也过不成，成亡国奴了。我相信：正义，在我们受欺侮的人这边。

我们中美空军混合联队1943年7月刚成立的时候，有一百来个美国飞行员和一百来个中国飞行员。打到今天，发展到今天，赶上"老飞虎队"的战龄了。一说起战事来，大家心里都想快点打完这场该死的战争，好回家。现在，已经到了正常人只好用疯子的逻辑把疯子打回去的时候了，野蛮的疯子把我们也逼疯了。

只有"回家"，是我们的希望。我为了希望打仗。油，我们一定省着用，炸弹我们一定扔准了。哪怕我们在给养单子上排最后，我们也可以等。我们军中有一句话，叫"Pecking Order——大鸡啄小鸡"，在美国空军里，我们第14航空军是小鸡。才从印度的第10航空军分出来，独立作战没多久，飞机在所有美国航空军团中是最少的。而在第14航空军里，中美空军混合联队又是最小的鸡。中员美员混合一体空中作战，本来前所未有，像军中试验队。但是，就我们中美空军混合联队这只"试验小鸡"，却也要在今年3月制定的第14航空军A

和B两个大任务中起重要作用。

任务A（Project A）的代号叫"命运使命"：1. 打中国日占区的日本空军基地；2. 炸黄河大桥；3. 炸新乡到开封的日本人铁路枢纽；4. 捣毁汉口以北至信阳的铁路线；5. 炸威胁通向自由中国的日占铁路线和仓库；6. 打日本在长江、黄河沿岸的机场、飞机和运输船；7. 支援中国地面部队。

任务B（Project B）即东、南中国海战事：1. 控制南中国海和东中国海，不让日本各类船只来往航行；2. 炸中国沿海港口和海岸线上的日本船只；3. 打台湾、海南、香港、广东的日本机场；4. 埋水雷；5. 给美国海军潜艇提供情报。

这么多的任务，几乎全中国的战事都与我们有关。我们还要保护"驼峰航线"，史迪威将军还要我们支持他在缅北的"Y-Force"，简称Y部队的反攻。

我们第14航空军目前只有五百架飞机，怎么完成？

"老头子"把第14航空军分成68飞行大队和69飞行大队，一部分69大队在昆明基地保卫后方，所有68大队由二十九岁的年轻将军文森特（Clinton D. "Casey" Vincent）指挥，在前沿基地执行"命运使命"。308轰炸机队和我们中美空军混合联队都属68飞行大队。我们第一轰炸机队一分为二，一部分和308在前沿基地重点控制南中国海那一带。另一部分，按老头子制定的"任务A"，向北调动，在黄河、长江一带苦战。短短时间我们就炸毁击沉日军五十万吨船舰物资。

"回家过日子"值得一切代价。因为"希望"不是一个经济问题，是爱情问题。若你在自由中国还有学上，还在一天天长大，我的"家"就在，"希望"就在。为"希望"而战吧。

周围的群山像驼峰一样绵延，我们的"船"要在这茫茫的不会动的浪峰之间航行。往窗外看，雪峰棱角分明，全是男人的世界。想到你，心里就有一些柔软，有了一些正常人的感觉。看了你写给我的诗，我也想写诗给你。可惜真不会。

你站在桥上看风景,

看风景的人在楼上看你。

明月装饰了你的窗子,

你装饰了别人的梦。

这是卞之琳的白话诗,我就想把它翻译成英文,给我们第14航空军油报《中国灯笼》登一登。《中国灯笼》油报的编辑总在为"士兵莎士比亚"栏目找中文诗或寓言,算是没忽略我们中美空军混合联队的一百多个中国飞行员。听美方飞行员说,他们在昆明,去看过雨季时的"G.I.大学(士兵大学)"在上中文课。这诗若放在中文教材里,保证叫那些美国大兵喜欢。

现在,"看风景的人"在B-24J上看你。愿明月装饰你的窗子。

飞机爬高平飞以后,我们三个搭机的,到前面驾驶舱和马希尔上尉聊天。我和马希尔上尉是老战友了,平时大家都忙,这下得了个好机会聊天。要谈故事,那是说不完的。光我们在一起打的大仗就有十几次。譬如,去年8月21日我们一起炸汉口日军空军总部和基地。他们308按计划是第一批进目标,可日机前一夜偷袭了我们三个前沿基地,护航驱逐机P-40无法及时起飞,但B-24J轰炸机机鼻、机顶和尾部都有机枪,自己也能打,有自卫能力。他们没有护机就去了。到汉口日军空军基地上空,50架日本零式机来挡截,他们自卫还击,就打下了35架。45分钟后,等我们的B-25和护航机P-40第二批进入目标上空时,就只管投弹炸敌人机场,日方没有反击火力了。那次,他们损失了两架B-24,一架在空中爆炸,没有一个机组成员生还。[①]308

---

① 见文森特将军(Casey Vincent)日记。Clinton Vincent and Glenn E. McClure, ed. *Fire and Fall Back: Casey Vincent* (Texas: Barnes Press, 1975), 117.

是我们中美空军混合联队的生死兄弟。去年11月，我又和马希尔上尉一同炸过缅甸仰光。那也是一场大战，308打头阵。今年2月29号，我们又一起炸过幽州日军铁路物资集中场。

马希尔看我们把头伸进驾驶室，就说："你再也猜不到那次轰炸仰光我看到了什么。"我说："你看到什么我都不吃惊。这是战争。"他说："你不吃惊？真的？我看到了日本飞行员嘴里的金牙。"

我嘴上说不吃惊，但还是很吃惊的。我在美国受训时，听从瓜达尔卡纳尔岛（Guadalcanal）回来、卖战争债券的美国海军陆战队的老兵说，日本人一成年就要镶一粒金牙。他们与日本兵肉搏的时候可以看见。有海军陆战队士兵拿金牙当和日本战刀一样的战利品待。

马希尔说："看到他嘴里的金牙，真是恶心。我是空军上尉，要打就打，我不想看他的隐私。"

我们都笑。

我说："信不信由你们，我还看到过日本飞行员的内裤哩。我告诉你们我怎么看到人家内裤的；你们告诉我，你们怎么看到人家金牙的。怎么样？"

马希尔和他的副机长，还有我的好朋友丹尼斯和怀尔特都哈哈大笑。马希尔说："真绝了。欧洲战场上的航空兵，再也想不到我们在中缅印战场上见识到的'世界大战'。我们一直打到敌人的内裤和金牙。快说你怎么看到的。"

我说："就是前不久，8月10号，我从芷江基地出来，去救衡阳，空投。那天要多热有多热。半路上，碰见三架日机。为我护航的P-40驱逐机，就在我头顶上打下一架日本Ki-43。那个日本机长跳伞了，什么航空服也没穿，就穿了一条内裤。想是热极了，脱光了开飞机。他要落在中国老百姓手里，光光地被捉住，可是丢尽了帝国皇军的面子，还活不成。"

没人回应我的精彩故事。扫兴。

马希尔上尉就开始说了他们的金牙故事：去年11月，那次中美空军混合联队的B-25和他们308大队的B-24J分两批打仰光附近的日军空军基地和给养仓库。因为他们308的56架飞机是第一批轰炸,快到目标上空,突然就有25架日本的零式驱逐机和奥斯卡驱逐机冲上来拦截。B-24J飞行方阵的领队长机被8架敌驱逐机围着打,被打下。方阵二号机代替长机继续领飞。308的护航驱逐机是4架P-38和5架P-51,数量没敌驱逐机多(他们都是驻印度的第10航空军的,P-38闪电驱逐机,双体双引擎,快。P-51野马是最新式的,那时我们一架都没有)。

马希尔的B-24J"大泥鳅II"正在飞行中队的最边缘。突然,有9架日本零式机排成一线向中队一侧边缘冲来,想打乱飞行方阵。我方的一架P-38闪电驱逐机像一只双身联体的大蜻蜓,从上面冲下来,追着第一架零式机,打掉了它。但马希尔的机尾枪手却看见另一架零式机正盯上这架P-38驱逐机的双尾。机尾枪手就立刻开枪打它,想救我们的P-38。那零式家伙明明是被打中了,却一翻身,肚子冲着马希尔的"大泥鳅II",放出几片银闪闪的长条,钻云里去了。马希尔与副机长对视一下,问:

"那是放的啥屁?"

副机长说:"难不成是情报员说的,鬼子新发明的凝固燃烧弹?"

"不灵呀。这一泡猫尿叫燃烧弹?抄袭咱们抄错了方子吧。"

正说到不灵,突然,那架零式机又从他们前面的云层里冒出来,不顾死活直对着马希尔的"大泥鳅II"机头冲过来,一副自杀机的样子。快撞到的时候,我们一架P-51赶过来,从上面一个俯冲,把它的引擎打得冒黑烟。因为太近,敌机头一栽,掉下去的时候,日本机长张嘴大叫,嘴里金光一闪。马希尔和他的副机长都看到了金牙。"肉搏"的经历也有了。

看见敌人的内裤和金牙,这种经历不是我们航空兵想要的。

当航空兵开起枪或扔起炸弹来,我们常常觉得周围的世界不是真的。我们有两个"我"。一个"我"只做着我们任务里说的事儿。生活再苦，空战再激烈，这个"我"是个航空战士。他都承受，都得去做。我们面对的敌机或地面目标是机械，那些机械有枪有炮，要把我们打死。我们必须摧毁它们。

还有一个"我"却不在战场。在家乡，他是个好人、正常人、清净人，谁也别想碰他。我的那个"我"，在桂林，在你身边。马希尔的那个"我"，在宾州水码头的红枫林里，他的副机长的那个"我"在爱荷华某个小镇里。我们的那个"我"高高地待在天上，或藏在我们心里的一个角落。这个角落是绝不让战争碰的。

我能懂马希尔上尉和他的副机长为什么说看见金牙恶心。第一，你说那金牙的主人是不是人？马希尔说："我不想杀人，我们轰炸机的任务不是杀敌人有生力量，是炸敌人的战争机器。譬如说炸敌人后方机场、工厂、仓库。在天上打敌机，日本飞行员跳伞，我是不会打的。"第二，那个"金牙"离他们太近，这么近的距离，那一口的饭臭气，吹到了马希尔和他的副机长脸上，碰了那个他们绝不想让任何人碰的、另一个与战事无关的"我"。恶心。

这种心理，我太懂了。我也不想看日本人的内裤，跟尿布兜似的。但是，在战场上，在看过日本人杀中国人、炸中国城市、扫荡中国乡村七年之后，在看到那么多中国平民被不当人待七年之后，我打起仗来，只能让那个战场上的"我"什么也看不到，什么也不想，只想不被敌人从天上打下来。这个战士的"我"得活着，那个远在天上、在你身边的正常"我"才能生存。用我的思想教官瑞德中校的话说："战争是坏事。但我们到了不打，是更坏的事的时刻。"

"杀还是不杀跳伞的日本飞行员？"是战后的一个伦理问题。战场上的"我"想不了那么多。看见他的金牙和内裤，战场上的"我"也不想把他当人。我的命运让我读了书，还读了很多，若当年从山里出来就去当个小兵，或许，看见金牙或内裤就不是问题了。我无法不想：我打仗、吃苦的意义是什么？还有那些中美空军混合联队里死掉的中美兄弟们，他们的死，得有意义。就是那次打仰光的战役，我们第14航空军4架P-51、2架P-38，6架B-24被打中，3架B-24失踪。后来找到一架，落在水里，机组成员被老百姓救起，另外两个机组20个飞行员被日本人俘虏。他们的命运落到"金牙"嘴里，将是最悲惨的。这种命运，随便哪天都能发生在我自己身上。这些牺牲得有意义。要不然，我不能坚持下去。

我想，"我"的分裂不过是为了让那个正常的我，将来能生出一个正常的儿子。这样，我们的后代从此不用再经历我们经历的战乱和人格分裂，可以过正常日子。这是我看到的意义。我理解的"为正义而战"，大概就是为这样的"正常生活"而战吧。

这时，马希尔上尉问我，要是不打仗，我会干什么？我猜，他大概也和我在相同的思路上。飞在蓝天上，世界那么大，那么干净，让我们非想到另一种美好的生活不可。我说不知道，可能当了理发师吧，要不然就当牙医。可惜，我在老家范水上学的时候，战争就在中国开始了。镇子上长年驻着国军。战争就在我们的日子里。不过，有一点是肯定的，要是不打仗，在我家乡，我这个年龄就该结婚生孩子尽孝心了。这是那个"真我"想要过的日子。

马希尔上尉说，他在美国的时候，从来没有想到会跑到中国来打仗。昆明、桂林在什么地方都不知道。日本炸珍珠港前，有人搞了个民意调查：日本入侵中国，你同情谁？37%人投了"同情中国"，1%的人投了"同情日本"，52%的人说不清楚怎么回事。马希尔上尉说："我就是那52%里的人。"

1941年12月7日，日本人偷袭珍珠港的时候，他正在一个民间飞行俱乐部里当飞行教练。开T-6训练机，就是"泰克森（Texan）机"。600马力引擎，单人驾驶，模样像个胖乎乎的大蚂蚱，开起来稳而快。他刚给新学员示范了一个滚翻，满心胖乎乎的得意和快乐从天上下来，就看见另一个飞行教练从机库里跑出来，一边跑一边叫："战争！战争！"马希尔上尉说，他当时怎么也想不明白，我们是好人呀，为什么会这样突然就挨人打？

不久，美军就雇佣民间飞行俱乐部的教练训练空军飞行员了。马希尔训练了一批又一批军队飞行员，但还是民间教练，没有军衔。直到308飞行大队招募人的时候，他才参了军，正式有了军衔。

308飞行大队招了很多民间飞行教练，马希尔上尉也在其中。我猜，"老头子"陈纳德是打算好了，308飞行大队飞行员不仅能轰炸，还要能飞这条唯一连接中国和外援的驼峰运输线。这条线太难飞，非得有很好飞行经验的人来飞才行。

马希尔上尉到中缅印战场两年多了。他说："在中国清澄的天空上，我现在是一看见日机翅膀上的红肉圆子，就头发竖起，习惯性地摸手枪，成第二本能了。"但他承认，他第一天性就是个民间飞行俱乐部的教练。那种飞在和平天空的日子，多蓝，多清明，多自由，多快乐。钱还挣得多。过了三十岁才招募入伍，他只是尽公民责任，不想当职业军人。等他这趟飞回来，他的四百小时战争阵地飞行，就快完成了。他就可以回美国了。他说，从到中国战场飞行起，这两年多来他一直记日记。这次上飞机前，日记被监审员收走了。监审员说："日记是军事保密文件，只能通过特别军事通道寄回美国，半年也不定到得了。早过监审，早出境，早到。"马希尔上尉对监审员说：我花了很多工夫记这些日记，我的很多308大队的队友死在中国战场了，为了他们和他们的家人，我也一定不能把这本日记丢了。"监审员就开玩笑说："放心。我把你的日记当绝密文件寄。"

因为同样的原因，我也认认真真地记战事日记，我还想着你老是问我军中的生活，我想告诉你，却有军纪，这些记录就叫《战事信札》，也算是写给你看的。前两次炸黄河大桥和汉口大战时，我的记事本也被书信监审官收去保管。我交了两本《战事信札》上去。7月，《中国灯笼》上又出命令，要我们交日记。所有人都得交。我的《战事信札》之三和之四又交上去。我知道，战争结束前，谁也看不到我写了什么，你也看不到。不过命令要求我们把日记包好封好，在

左上角注明："××战士日记，××飞行队"。在一般信件写地址的
地方，命令要我们写上："至解禁之日，寄至××人，××处"。我
写的是："寄至舒暧，"寄到你家桂林宅子。估计那解禁之日，得等
到抗日战争胜利之后了。

我希望总有一天你能看到这些《战事信札》，这样你就会知道，
我给你写的信，并不是短短的几句，没有内容。我全都写了长长的回
信。而你收到我的那些信最多只是我长信中的结尾或开头。对不起，
任何战事我都不能写在寄给你的信里。可除了战事，我没别的写。所
以，给你的长信，都写在这一本又一本《战事信札》里了。

沙X：衡阳

我和马希尔上尉东扯西拉，是在聊天，挺轻松的。这飞机上的所
有人都想轻轻松松飞这条长长的航线。为什么我们在这时候，突然能
得到一些新给养？我们心里都知道，因为衡阳沦陷，前方吃紧，史迪
威将军开恩了。但我们又全故意回避我们最想谈的战事："衡阳"。

我刚才提了这两个字，一带而过，也没人回应。可聊天才停了一
小会儿，我们所有人心里就有一块大大的战事阴影跟着那两个字飘
来。越不想提、不愿碰，"衡阳"这两个字就越时刻跟着我们。大家
都不说话，可这两个字就写在每个人的脸上。因为，几天前，我们刚
丢了我们第14航空军的衡阳基地，那是我们最重要的前沿基地之一。
衡阳一失，下面的前沿基地都难保。

我们都是在前沿基地作战的人，比后方的人清楚战事有多严重。
我们的"命运使命"（A任务）还没完成，今年4月17日，日本人的
"Operation Ichi-go"（一号作战）就开始了。一开始，我们不知道
日本人要干什么。中方的情报人员报告了第14航空军：大批日军在黄

河以北集聚。"老头子"很担心，叫我们随时做好准备。史迪威将军一心要打密支那，中国境内的日军动向他没重视。现在，大家都明白了。"一号作战"是日本人在中国，甚至太平洋战区发动的一次前所未有的最大进攻。他们整了一百五十万兵力，暂时放弃向西打重庆。兵分三路，北从河南过黄河，中起洞庭湖，南从广东，三路打中国东南地区。

北路，是突然从河南过黄河的。直打洛阳。河南1942年大旱后，饥民遍地，流入陕西。汤恩伯、蒋鼎文的军队守洛阳，腐败，无军纪。结果汉中百姓也不帮他们，反而动不动就袭击国军，把他们的枪和粮食抢了去。洛阳三个星期内就丢了，还留给敌人一个能供二百万士兵吃五个月的大粮仓。[①]日军控制了北平到汉口的铁路线。中路，从洞庭湖、湘江过来，打长沙、衡阳。南路从广东出发打过来。这两路直对我们第14航空军的前沿基地，衡阳、零陵、芷江、柳州，还有桂林的秧塘和二塘。有一点史迪威将军说对了，陈纳德的第14航空军把日本人打急了，反咬过来了。

我们"老头子" 陈纳德选的这些前沿基地，从北到南，一线下来，让我们能守自由中国，能打到中国沿海，能打北方日本人控制的满汉铁路和那里的冶铁工厂，还能打从上海到汉口长江一线日本人的运输船；不仅如此，每一个基地都是我们的家。一个任务下来，飞机受伤了，有紧急情况了，飞不回原来基地了，这些前沿基地，我们都可以降落。这些基地我都停过，特别是晚上，当我开着受伤的飞机看到前沿基地为你打开了淡蓝色的跑道灯，那感觉就像看到了家乡小路边，为你开的牵牛花。

"老头子"不但会打空战，还是个战略家。在飞虎队时代，他的空战理论就是：打敌人的弱点，利用自己的强势。他叫飞虎队的P-40不跟日本的零式机打圈子架。零式机轻，灵活。他让P-40爬高，俯

---

① 见Rana Mitter, *Forgotten Ally: China's World War II: 1937–1945*（Boston: Houghton Mifflin Harcourt, 2013），322.

冲，从上向下打。零式机爬不了P-40那么高。这技术，我们的驱逐机大队现在依然用着。"老头子"还叫我们打乱日本飞机的方阵，这也是一个绝好的战术。别看敌机一来30架，一个大团队，只要把它的方阵打乱，日机飞行员马上就慌了。他们不是个人，是集体。要了集体的力量，也失了个人的决策能力。还有，日本在中国打仗，得不到中国老百姓的支持，这也是敌人的弱点。而从飞虎队参战到第14航空军成立，打到今天，中国老百姓都全力支持盟军。陈纳德的空战理论，不光是天上打，还建立了覆盖全部东南中国的防空警报网。敌机一出洞，田里种地的老百姓都会向防空警报网报告。我们基地的人能提前个把小时知道，等在空中打。我家三弟就在老家范水管三架防空警报网的电话。每次，基地防空警报球一升起，我就对战友说："我家三弟来信了。"

战争打到1944年，我们能控制中国的天空了。"老头子"的战略转向全面控制南中国海，打日本船舰。切断日本国内战争机器的一切资源和任何兵力转移。从去年到今年夏天，我们主打黄河以南中原一带至长江以北，马希尔他们308大队主打南中国海，新到第20航空军的B-29主打中国北方和满洲国。各飞行队随时调动，互相支持。我们都在桂林和柳州这两前沿基地轮流起落，待两周，换一批，轮流在南中国海打日本运输船。从这两个前沿基地飞南中国海，比从昆明飞，省下两个多小时的路程，能覆盖南中国海从广东、香港、海南岛、台湾海峡到菲律宾吕宋的更大海域。盟军打南中国海，敌人很害怕。到如今，从南中国海送到日本的煤炭、生铁、兵源，来来往往全都在我们控制下。

在南中国海，我们中美空军混合联队的B-25很会用"跳弹"炸敌人船舰。B-25贴着海低飞，然后突然拉起，猛地投弹，让炸弹打在水面上，再弹起来向前飞，能弹跳四五次，直打敌人船舰下部，像个大鱼雷。同时B-25借着拉起的力量，用机鼻前位机枪猛扫敌舰甲板，从敌舰头上突然拔高，飞入云层。这种打法命中率高，还安全。

我们也用这种方法打过黄河大桥。

我们有好几个喜欢军事的飞行员，美方飞行员戏称我们"参谋部"，中方飞行员叫我们"诸葛亮"。每次"Briefing（战况介绍）"或执行任务回来，我们军事小圈子的兄弟都会在一起谈谈战事，分析形势。中美空军混合联队的中美飞行员太聪明了。在第14航空军里有正宗的耶鲁人、西点军官、南方派军师、麻省理工（MIT）头脑。

我们第68飞行大队长文森特就是西点军官，美国空军中第二个最年轻的将军，会打仗，会预见战局。有这样的将军，我们的人当然也不是盲目打仗的人。虽不是将军，我们也喜欢分析形势。一分析清形势，我们就觉得"老头子"设计得好。我们在中国战场打南中国海，是直接支持太平洋战区尼米兹将军的南线和麦克阿瑟将军的北线，用蛙跳战略（打一个日占岛，跳过一个，再打下一个。中间的敌占岛成了孤岛）顺利跳向日本本土。我们"老头子"继续在实行"打敌人的弱点，利用自己的强势"的空战理论。日本战争机器的弱点，就在于它没有国内自产的资源。它用的88%的生铁都是从中国运去，82%的石油、100%的橡胶都要靠进口。我们打掉所有这些运输船，比打胜一两个地面仗，更让日本战争机器害怕。

"一号作战"，日本人花那么大的本钱来对付我们第14航空军，不但是为了占中国的土地，更是为了它的本土安全。"一号作战"明摆着和太平洋上的战事相连。日本在太平洋不断失利，而第20航空军的"Matterhorn Mission（马特洪峰使命）"[①]开始。第20航空军的100架最新的大型远程轰炸机B-29"长程超级堡垒"从"驼峰航线"进了成都前沿基地。35万苦力全用手工，几个月内建了四条B-29能飞的跑道。

6月15日，76架B-29第一次从中国成都基地出发轰炸了日本本土

---

① 马特洪峰是阿尔卑斯山脉一座很难翻越的山，位于瑞士和意大利边界。

八幡市的钢铁厂。这是继杜立特1942年4月18日奇袭日本本土以来，日本本土第二次被轰炸。听B-29的人回来说，八幡市的天气太坏，第一次出任务，完成得不好。很多B-29因看不见目标，带去的炸弹没扔，又带回来了。直接击中目标的只有一枚炸弹。还有两架B-29出了故障，掉下了海。大家都很沮丧。但是，日本电台的"东京玫瑰"那天晚上讲到76架从来没见过的特大飞机，在八幡市突然出现时，调子都变了。她说：这些"B-先生"长长的身体像银光耀眼的鳗鱼，队列整齐，声音低沉而深厚，居民的房子都被声音震动了。它们没扔多少炸弹，它们来干什么？示威呀！

B-29炸八幡市，成功地扔了一枚"心理弹"。

同一天，美军陆战队在太平洋又打下了马里亚纳群岛中的塞班岛，并且立刻在马里亚纳建空军基地。从那里，盟军的B-29就能直接起飞轰炸日本任何地方了。这样的架式，不是越来越清楚，盟军要打日本本土了吗？对中国，这是围魏救赵之举。围起来的圈子有一面——南中国海和东中国海的封锁，这得靠我们第14航空军。

日本人这时却野心勃勃地要横扫中原和东南中国。他们害怕被围。他们认识到，我们第14航空军已经掌握了中国天空，我们是他们的"天敌"。他们再也别想像1937到1942年间那样，想怎么炸中国就怎么炸中国了。他们得保自己为先了。他们越来越害怕我们第14航空军不停地打他们的基地，炸他们的给养。当我们控制了南中国海、东中国海和台湾海峡，实际上，就是把日本占领的中国资源和日本本土割断，让他们的关东兵都没法回去援救他们在太平洋的失败。

6月，我们"老头子"认识了日本人的"一号作战"令的目的，他告诉我们："一号作战"旨在把美国的空军力量挤出中国，保证日本到中国东、南海路畅通。而如果他们把我们这些前沿基地打掉了，让我们不能飞，他们就可以打通北平、天津、武汉、广东、香港铁路与湘桂黔铁路，把他们的中国占领区和缅甸占区连成一线，同时得到海上安全。"一号作战"是日本人想挽回全面战局的战略棋，直对中美空军的前沿基地。很凶。第一步，他们就赢了。

7月、8月，长沙和衡阳相继沦陷，衡阳基地丢了。这是我们第14航空军最沮丧的时刻。"老头子"陈纳德一直在计划用我们的空军力量，从中国前沿基地起飞，打日本的本土。我们的前沿基地保不住，这个计划就泡汤。完成任务A和任务B，也要困难得多。

但是，衡阳之失，我们失得不服气！

我们人人想打，6月、7月是我们打得最好的时期。但是，却没有油。

史迪威将军不相信空战，也不相信日本人真在搞那么大规模的"一号作战"，认定胜利得靠陆军。他在印度训练中国士兵，全是美式装备。还有大量人马在修Ledo公路（又叫史迪威公路），想从印度用公路把中缅印给养运输线开通，弥补失去缅甸小路的损失，再打回缅甸去，报复失缅甸之仇。这当然好，可是敌人根本不给我们时间修路、练兵。史迪威将军从今年3月起打密支那，打到6月才打下。可4月，日本人在中国战区的"一号作战"就开始了。而我们从"驼峰航线"进来的物资，属史迪威和第10航空军司令官毕塞尔（Bissell）管。缅北一打上，物资都尽他们用。一个月，我们的11000吨物资，常常只得到应该给我们的三分之一。有时候，一个月只得到1000吨。

对付"一号作战"，在长沙、衡阳打"长、衡战役"的中国地面部队是薛岳司令第九战区，20军的全部兵力，从25万人打到只剩下15万，只有5万把步枪。守衡阳的第10军方先觉军长，带领士兵死守不让，浴血奋战，跟坚守斯大林格勒有一比。

而我们空军则从空中支持，我们打得很好呀。

6月9号，我们从芷江、零陵、衡阳、遂川四个基地出发，轰炸了汉口和武昌，断敌人后援。路上还顺便打下3架零式机，消灭了几百个地面日军。当我们回到芷江加油的时候，文森特将军在芷江，他对我们说，要是我们这样的军人还不能阻止日军，他就不知还有什么人能了。

6月10号，我们一天就出了一百多次任务，空中支援长沙、衡阳一带的薛岳部队和衡阳城里的方先觉军长。

7月份是我们中美空军混合联队打得最苦也是最好的月份。文森特将军一天就下了两百个飞行任务。我们基本上是连轴转，睡觉的时间都没有。日本人还晚上来袭击，警报一响，我从床上跳起来进了防空壕，坐下就又睡着了，旁边一泡苦力白天拉的屎，也不妨碍。第二天，天没亮就又出任务。回来后，我的美方机顶枪手向我坦白：他出任务的时候睡着了，一醒，听见我已经在叫"开火"了。这个事故我没报告。我若没在那泡屎旁边睡了一觉，我自己出任务时说不定也能睡着了。

1944年的夏天，天空像病人的黄脸，闷得空气都发汗。说刮风就刮风，说下雨就下雨，一下就是雷暴大雨。长江上的孤帆远影被打得直不起身，洞庭湖上的落霞孤鹜全从天上掉下来没进浊浪。日本人想利用雨季不利于第14航空军的机会，踏过河南，打下长沙、衡阳、桂林，占领东南中国到印度支那的通道，打掉我们所有前沿基地。虽然河南汤恩伯的军队不堪一击，看着就像潮水一样溃败了，"东京玫瑰"宣称：日军能在九十天内打下华东基地，但是，长、衡战役却让他们打了六个月。

就是在雨季那按理论"不能飞"的五个星期里，文森特将军不让我们轰炸机飞了，但P-40驱逐机依然天天都在黑云大雨里突袭敌后。我们的第17、第26、第75和第23驱逐机组从芷江基地出发，低飞到一百米云下，找敌人打。他们在洞庭湖附近发现日军白螺矶机场，看见有很多敌机停在那里。他们7月14日、24日、28日三战就炸毁66架敌机，打伤24架（还有32架可能也炸毁）。28日那次，只有几架敌机腾空抵抗，被美方飞行员帕克上校和中方飞行员张义凯各打下一架。

听23驱逐机大队的人回来说，低空飞行连躲在洞庭湖附近林子里洗马的日本骑兵队都给他们打到了。一次就打死了三百多敌人和马四。我们中方驱逐机飞行员老田，也在林子里打到一批骑兵。在餐厅，我们轰炸机队的人，因为上不了天，就盯着他问。他兴奋得结结巴巴："没数，没数，都漂在河里。数不清。他妈的，吃饭时别谈。一谈我啥也不想吃，只能喝稀饭。"①

我们轰炸机队因为天气不好，飞不了。在基地上做维修或者打牌。一肚子火。有一天，好朋友丹尼斯跑进我的宿舍，把我从床上拖起来说，这两天天气糟，战事糟。大暴雨下得驱逐机也飞不出去了。23驱逐机大队的大队长、老飞虎队员黑尔（Tax Hill）在地上待不住，拿着卡宾枪，带23驱逐机大队的飞行员到中国山上去打游击了。②

我一听，立马从床上跳起来，去拿卡宾枪。丹尼斯一只脚踏着门槛，卡宾枪已经背在肩上了。他催我说："哥们儿快！打不到零式机'肉丸子'，打游击去。"

衡阳城里有一个著名的方亭子，老百姓说是给军人立的亭子。那亭子不是一般的六角亭，是四角亭，高高立在一座石山中腰，从下面往上看，就像一个头戴军帽的士兵，四四方方，稳稳立在石头上。这个亭子叫"忠勇亭"，两边的对联是："忠昭青史弘浩气，勇冠神州壮军魂。"中美空军混合联队的中方士兵到衡阳都喜欢去"忠勇亭"。美方士兵也跟着去。很多中美航空兵在那里手挽手，站在亭子前照过相。我、丹尼斯和怀尔特，前一天刚去过"忠勇亭"，站在台阶上，手挽手照过一张团结照，我说："把老怀尔特叫上，我们三人一组打游击。"

在打长衡保卫战时，我这个轰炸机飞行员连打游击的经历都有了。我们这仗打得叫"壮怀激烈"吧。我不知道世界上还有多少空军战士比

① 1944年6—8月出任务的记录，参见文森特将军（Casey Vincent）日记。Clinton Vincent and Glenn E. McClure, ed. *Fire and Fall Back: Casey Vincent* (Texas: Barnes Press, 1975), 163—191.

② 见Claire Lee Chennault, *Way of A Fighter: The Memoirs of Claire Lee Chennault* (New York: G.P.Putnam's Sons, 1949), 291.

我们更勇敢。

天好了。但是，我们第14航空军却没油了。五天没油，十天没油。《中国灯笼》油报上说，柳州的老百姓，习惯了天天听着基地的飞机起起落落，动不动就在头顶上和来偷袭的日机打得"砰砰"响。怎么突然几天就没声音啦？他们就派了一位中学校长，代表百姓进基地看看。老先生穿着长马褂，客气有礼，见人鞠躬，转了一圈，知道是飞机没油了，什么也没说就走了。到了下午，成百上千的柳州老百姓拿着小壶、小罐子，排着长队，来给飞机加油。他们把家里点灯用的洋油，全城卡车、摩托车用的汽油，修锁用的润滑油，都收集来，倒进我们的油桶里，让我们飞。还有没知识的妇女把自家烧菜的豆油也提来了。因为不能用，抱着瓶子不回去。结果，柳州基地的厨子把她们的豆油收下了，她们才高高兴兴回家去。中国人倾家荡产就是为了能够自由地活。这事，我向我们队里的历史记录员建议：应该记录在我们第14航空军的空战史上，让史迪威将军看看，让所有的后人看看。

最后，第14航空军所有的基地都没油了，只有我们芷江基地还有一点储备油和给养。那还不是因为我们一半是中国航空兵，把中国节省的传统带进混合联队啦。第14航空军哪个中队也没有我们团的中美长官和飞行员会省。我们平时一点一点省是因为会过穷日子。想想我当年第一次从印度飞到云南，过"驼峰航线"连氧气都舍不得吸，飞机开得歪歪倒倒，也没吸一口氧气。我们芷江基地的那点物资和油，都是这样省下来的。

到这时，长沙沦陷。"老头子"让我们的几架飞机来回飞衡阳，想支持方先觉军长在衡阳的守军。我每次看着日本人来袭击，中国地面部队溃败，我们的飞机却没油飞起迎击或空援，真生气。

当下级士官的，虽不该评论长官，但是，我和丹尼斯是我们混合联队军事圈子里的人，我们俩无论是打北边的铁路，还是在南海出行海巡总是成对，一起出任务，回来后，私下常常讨论战事。我们俩都觉得史迪威将军是个好军人，但他不懂现代空战的作用。他要战役胜利，却没有战略眼光。想想这仗打得像分了家似的。中国最强的Y-Force（Y战队），跟着史迪威将军往西边打，日本人大军压来打东边，一路没有强军地面抵抗。要是华东战场垮了，中央政府撑不住了，中国日占区和缅甸日占区连成一片，中国日占区和日本本土之间的大片海域就会变得畅通无阻，中国日占区就成了日本本土的大后方，太平洋战场将是什么情景？就是他在西边修成了那条Ledo公路，打下缅甸的密支那又有什么用？为了让中国战场再困难也不垮，我们第14航空军必须得有起码的物资和弹药。无论如何不能放弃中国战场。

我们都听说史迪威将军和蒋委员长关系搞不好。他骂中国官府和军队腐败，光想要物资，不肯打仗。我心里很着急。骂，没有用。蒋委员长的中央政府能行令中国，因为这个政府抗日。

中国官中和军中的腐败，谁都恨。我们亲眼见到，七万日本兵从湘江过来，打长沙、衡阳城，薛岳司令苦守无援，因为他不是委员长的嫡系。我们"老头子"陈纳德本来也不认识薛岳，因为薛岳发了誓要死守长沙、衡阳，两人志同道合，空战、地战互相支持。"老头子"就想把我们从"驼峰航线"运来的物资和枪弹分一千吨给他。没批，降到五百吨，还是不批。原来，军援薛岳军队不成，关键还不单在史迪威将军，蒋委员长也不同意。蒋委员长不放心，说薛长官没有对蒋委员长宣誓效忠。物资军火要给，只能给中央军，统一分配。给了地方武装，蒋委员长怕地方武装拿了武器不打日本，打中央政府。

每次，在基地看见那些光着脚、打着绑腿、扛一把步枪站在飞机前为我们守飞机的中国士兵，他们脸上的那种自豪和信任，让我和丹尼斯都觉得，我们对不起薛岳司令。他长得像个书生，但是会打仗。要是给他空投军援，他这只"长沙虎"哪能丢了长沙？

薛岳司令曾经看到我们第14航空军用的电台，很羡慕。他一直想要电台，好和他的部队随时联络。他自己不知从哪儿花了大价钱买了十来个中国造的，长沙之战一用就坏了（我猜上了奸商的当）。我们"老头子"从第14航空军里搞了几部电台送给他，还留下电报员教中国兵怎么用电台。薛岳个子小，他那边的代号就叫"小老虎"。"老头子"个子大，第14航空军的代号就叫"大老虎"。薛司令欢喜得要命，送了我们"老头子"一把日本军刀和一个在长沙之战时，被我们的P-40打了一个洞的日本钢盔。[①]结果，我们的电报员跟着薛岳的队伍在长、衡一带跑。"小老虎"呼叫"大老虎"的电报天天是：薛岳的士兵一天只能吃两碗白饭，没菜没枪没炮。伤员没药治。就这样，薛岳的士兵还是寸土不让，要护基地，守衡阳。

所以，当"老头子"做主，要我们把我们芷江省下来的那些储备给薛岳的士兵时，我们一点没有不舍得。可惜一共只空投了两次。一次是长沙快沦陷的时候，我们往城里投了一些食物和药品，那种空投，真谈不上是军援。第二次，是空投进衡阳城里，支援死守衡阳的方先觉军长。我们投的是一些我们平时不用的步枪和机枪。

我就是在第二次军援衡阳的那次，看见日本机长的内裤。

我们是空军，最有效的使用空中力量，是炸敌人后方的空军基地和给养线。"老头子"给我们的打击目标顺序是：1.机场，2.船舰，3.火车、军用仓库、卡车运输队、桥梁。其他目标一概不准我们打。我们的炸弹一个也不能浪费。

但是，长衡之战，文森特将军6月初在前沿基地就告诉我们，如果长衡一带守不住，其他南方前沿基地都要随时准备撤，东南中国有可能要失去。到此生死存亡之际，我们空军也得被当作前线作战的地面部队用了，不但要空中支援中国地面部队打日军地面部队，还要自己从空中歼敌。

中国地面士兵保卫不了我们的基地，这点，我们中方飞行员不愿

---

① 见Claire Lee Chennault, *Way of A Fighter: The Memoirs of Claire Lee Chennault* (New York: G.P.Putnam's Sons, 1949), 261-267.

意承认，但我们心里知道，如果我们的精锐（受美式装备和训练）Y战队都在缅北打密支那，那我们中国战场就只好靠国军地方武装。我们队的中方飞行员老田是从陆军军官学校进空军军官学校的。听他说，他在陆军军官学校时，被派在湖南这一带带兵，一来就学了一个新词，叫"飞机"。穷人家的被抓了丁，只好当兵。有钱人家的，可以用三千块钱，买个人顶替。这种人叫"飞机"。他们入了伍，一两个月后就逃走，再卖名顶替。这成了职业工作。薛岳司令部队中有多少"飞机"，我们不知道。我们只知道要没有中央国军支援，除了奇迹从天上掉下来，任薛岳司令多会打仗，他们也抵挡不住那么多的大队日军。

可如果我们这些从天上打的"天兵"，没有足够的油，不能飞，我们就是塘里的鸭子，等着挨打。我们只好自己调笑说，我们不但飞机要能随时准备起飞，基地也得随时准备飞。

6月16号，文森特将军对我们说："毁了我们美丽的衡阳基地，我心都碎了。"说完，就下令：撤出衡阳基地，炸。留给敌人一座废墟。

我们太懂文森特将军这句话的酸楚了。衡阳基地在老飞虎队时期就载入了史册。熊猫中队最早在衡阳上空打败了横行霸道的日空军54中队两个方队二十多架Nate飞机，打得他们只剩一架Ki-27，撞到机场自杀爆炸。然后，中国老百姓就贡献出衡阳女子中学两层楼的校舍，给航空兵作营房宿舍。每次在衡阳过夜，看着宿舍墙上残留的女孩子的装饰品，我们都能嗅到女孩子的香气，让我们感到又回到人类。衡阳基地的跑道宽大平实，飞机冲2.5公里，在清明温和的湘江边一掠而起，这差不多就是我们前沿基地中最好的跑道了。

现在，所有这些都要被我们自己炸成焦土。那些女孩子和修跑道的苦力会和我们一样伤心。

中美空军混合联队在衡阳的飞机一部分转移到前沿芷江基地，一部分回到白市驿基地。

衡阳一丢，下面就是零陵，接着，桂林就危险。混合联队总部也从桂林的二塘基地转到白市驿。（你还在桂林，不过你不用担心。我这趟"驼峰"回来，就一定来桂林保护你。桂林现在是最前沿了。在最前沿飞的总是我们。）

我们撤的时候，薛岳的士兵还在离我们不到二十里的地方坚守。我因为忘记带走我们宝贵的工具箱，起飞了，又转回去拿。我在基地旁边看见了那些保卫我们的薛岳司令的士兵，一队人马走过，也就是一些二十来岁的乡下男孩。我真是不知该怎么说我的感觉。他们的土黄色制服，苦巴巴地皱着，土黄色的脸也苦巴巴地皱着。很多都光着脚，连草鞋都没有。三个人中间能有一个人扛着步枪就不错了。别的没枪的兵，就扛着大铁锅，或拎着从农民家弄来的鸡，还有赶着羊的。

看到这样的情景，我对史迪威将军、毕塞尔将军还有我们自己的委员长，一肚子抱怨。他们若给我们足够的油，我们不会就这么丢掉一个前沿基地。若让我们空投"军援"给薛司令，日本人也不能就这么长驱直入。

《纽约时报》的记者泰德·怀特（Teddy White）在衡阳沦陷后，从印度的中缅印战场总部飞过来采访我们。他说，史迪威总部还真收到东战区某李司令的电报，声称长、衡已失，蒋委员长已被他废了。要求所有的援华物资都要送到李司令的地区。这样看来，蒋委员长的担心也并不是毫无道理。我们这个社会结构怎么这样呢？上下关系森严，却互相不信任。大敌当前，还是要争权，你废了我，我废了你。

泰德·怀特因报道过1942年河南大饥荒，与中国地方政府和中央政府打过不少交道，他说他不懂为什么中国上层官员们你恨我，我恨你，大家打的都是同一场"抗日战争"吗？他说："你们这些中美空军混合联队的航空战士东西皆通，能不能给个好解释。"联队里有人说："中国不统一，军阀占地为王。"还有人说："他们忘了国耻。"

我没说话，但心里想，我的老家范水，有一种等级次序，像个大家庭一样，上人压下人，兄弟常常互相不买账，你恨我恨，吵呀闹呀，各人有各人的理。万事得"爸爸"仲裁决断。若"爸爸"病老，子孙忤逆，外人乘机来袭，就会家道中衰。

中国的"爸爸"是皇帝。朝代更替时，均是皇帝老了、病了，或天下腐败，最后一朝皇帝被废。皇帝的制度是保护等级次序的，并不保护老百姓，人一分等，天生制造"恨"。只不过有个秩序能压住歹人之心，比兄弟混战好。我们范水老百姓就把破坏等级次序的事儿看成是天大的坏事，叫"不知廉耻"或"犯上作乱"。譬如说，谁家儿子不尽孝道，那一村子人都要骂他寡廉鲜耻。一群指戳一个，那个当儿子的就没脸活了。知廉知耻知孝知顺，就是范水人活了几千年的宗法。就像军人训练，一个人不能让大家丢脸。"耻"是团队的德行，自己给自己心理压力，自觉维护大家庭的面子。

现在这个时代，皇帝被废，旧"爸爸"没了。新式的"爸爸"人物还没完全确立。我们的廉耻文化乱了。心理压力也变了，兄弟之间你争我夺，抢权分利，谁也不服谁。兄弟间心里正想着当真龙天子，日本人就恰好这个时候打进来了。这本是兄弟团结对外的时候，若不能精诚团结，自然打不过外敌。

范水的秩序太老，总是一种范式：从治到腐，再从腐到乱，等着乱中打出新皇帝。乱世，那天生制造"恨"的宗法劣根性能全表现出来。所以，泰德·怀特看到中国上层官员们大敌当前，还是你恨我，我恨你。

没什么可说的，等打完仗，我们一定要改旧秩序。

因为我又返回衡阳基地拿东西，我差不多成了最后离开基地的几架飞机之一。我奔回我们住的营房，从床底下拖出我们无比珍贵的工具箱，扛在肩上准备往机场走。回头一看，门口站了三个苦力，大概是最后几个离开基地的苦力。其中一个苦力用英文说："Bissell Nuts（毕塞尔笨蛋）。"我就笑了，回答说："Nuts（笨蛋）。"

这是我们美方飞行员干的好事。他们教苦力用英文说"你好"，教的却是"Bissell Nuts"。不少苦力就当这句话是"你好"的意思，用这句话向飞行员问好。中方飞行员也从来不纠正他们，还盼着哪天毕塞尔将军真来了，一下飞机就听见一大群苦力对他说："Bissell Nuts。"可惜，这天没盼到，基地就没了，苦力也散了。

这三个苦力说愿意帮我扛工具箱。我谢绝了，叫他们赶快离开基地，回家。这里马上就要成废墟了。

苦力走后，我看见地勤队的工程师在跑道上埋炸药，一边挖坑一边哭。那跑道全是苦力用手工一块石头一块石头建的呀。男苦力用水牛和毛驴，从湘江里把大鹅卵石一车一车运到机场，堆在跑道两边，成千上万的苦力用小锤子，一点一点把大鹅卵石砸碎。那些苦力，大部分是妇女和儿童，戴着尖尖的斗笠，坐在大太阳底下，或者坐在寒风里，天天砸，日日砸。然后，大鹅卵石铺底，倒上黄泥浆，再铺小碎石。小碎石的大小，地勤工程师要用尺子量。没有轧路机轧，几百个男男女女，就拖着巨大的石碾子来回轧实，直到地勤工程师通过为止。

（那些女人和儿童苦力干的活儿，我曾经告诉过你。我说你多幸运，虽然离开了上海，你还能在桂林上学。还有那么多人爱护你。没想到你回信说，中国的穷人和富人相安无事地过生活，因为有一层一叠的围墙把富人圈在里面。若不是抗日战争，你都不会有机会看到围墙外的世界上还有那么多苦力，为两碗米苦一天。你说，"苦"，一天一天地挣钱活下来，他活的是个"苦力"。在你家圈子里进进出出的某些男人和女人，钱多多的，却活成了"分裂症"，说的话和干的事相反。他们说抗日，却讨好你爸爸，给你爸送礼，就为一件事：转移钱。他们竭力在桂林黑市上挣战争钱，挣到了钱就立刻想着怎么把钱转移到国外去。你说，他们和卖国贼有什么不同？"苦"也许比"脏"还干净。）

我的飞机上天后，我在衡阳基地上空转了两圈，那时，我脑袋里想的就是你这句"'苦'也许比'脏'还干净"。想到这些妇女儿童用血汗筑的跑道，就要被我们这些天天在跑道上飞起飞落的人炸毁，连我都想哭，觉得对不起那些把学校让给我们的女孩子，对不起那些苦力，对不起那些保卫我们飞机和机场的中国士兵，也对不起我自己，还对不起在桂林读书的你。

衡阳基地丢了。

这时，跑道就在我下面被炸了。接着，我们住过的营房和餐厅也全被我们自己炸了。

我又一次想到：战争，是最没有逻辑的事。我只希望到我这代止，天下从此无战事。要不然，我打的这场苦难战争就失去了意义。

我们的基地撤了。日本人占领了一座废墟。我们第14航空军丢掉了第一个前沿基地。方先觉军长在二十英里外的衡阳城死死抵抗了48天，直到8月22日，衡阳城沦陷。虽然，在衡阳城被围的时候，我们的飞机去空投过蒋委员长的指令，要城中官兵死守，告诉他们援兵将至。但衡阳的48天，方先觉军长已经打到了极限。沦陷是不可避免的。我们第14航空军剩下的优势就是，我们能飞，能炸。他拿下我们一个基地，我们就给他一座废墟。我们飞到别处，再炸他后方要害和南海东海的船舰。

我知道，我没有理由相信战争会结束，但我真希望这场该死的战争明天就结束。

沙X：长官

丹尼斯是第一个打破沉默和禁区、开口谈"衡阳沦陷"的人。他说："告诉你们一个大实话，衡阳沦陷，让我从来没有像现在这样感到我的国家不管我们这些在中国前线苦战的大兵了。你们看看我的飞行靴，还算新吧？那是因为我一下地就穿草鞋，省的。"

308大队的人没穿过草鞋。马希尔问："你穿苦力们穿的那种草鞋，在地下走？"

丹尼斯说："你们308就是比我们联队气粗。我拿爆炸的飞机轮胎皮子跟苦力换草鞋。我们的中方飞行员都是守家、把家的天才。他们先换草鞋穿时，我还笑他们，空军穿草鞋？可以上世界空战史啦！结果怎么着，一个一个美方飞行员也拿破轮胎皮换草鞋穿了。毕塞尔和史迪威将军不给我们送飞行靴来。这是我最后一双。穿坏了，我怎么飞？"①

一直没说话的怀尔特，是个老飞行员，也是我们联队中最有思想的人之一。他快四十岁了，是祖籍爱尔兰的美国人，战前自己还有个一架小飞机的航空公司。他留着灰白相杂的大胡子。我们给他起的外号叫"教授"。他还是我和丹尼斯的战场检测驾驶员。第14航空军不让没有作战经验的新飞行员飞首次实战驾驶，要跟老驾驶员飞一次到几次，通过了，才能单独飞。怀尔特带过丹尼斯，也带过我。我们都很尊重他。他有很强的宗教情结，是一个非常负责、非常绅士的忠实朋友。

怀尔特这时也忍不住了，他清清嗓子，说："长沙衡阳失守，是我见过的最英勇又最无助的保卫战。"他说："我算见识在中国打仗是怎么回事了。"他解释说，刚到中国时，在呈坎基地，他去了小教堂。在中国生活了二十三年的神父Steel（斯迪尔）给了他一个告诫：中国人会自己人打自己人。如果见到了，不要对中国失去信心。怀尔特一直都在想，这是什么意思。

马希尔上尉插话说："那就是说，柳州的百姓、薛岳的兵，还有

---

① 见Ken Daniels, *China Bombers: The Chinese-American Composite Wing in World War II* (North Branch: Specialty Press, 1998), 33.

成千上万的苦力，让我们不要对中国失去信心。我们是盟军。没我们，他们打不赢。没他们，我们也打不赢。"

丹尼斯也有和怀尔特一样的疑惑，他立刻说了我们第一轰炸机队撤退回白市驿基地后见识的一件事。这件事也是让我一头恼火的事。

8月大暑，最好的前沿基地之一刚失守了，大家撤回后方基地白市驿，轰炸机没油，全都停在地上。心情正是烦躁时。夜里老鼠就在蚊帐外面跑来跑去，鸡在营房里拉屎，让我恨不能拔枪打老鼠打鸡。白市驿热得像个大蒸笼，我们一夜睡不好。一大早，却突然来了命令，要我们全穿上飞行服，把飞机滑出机库，各机组人员在自己飞机前排好了，等待检阅。我们怨声载道，不知好好的要检什么阅，又没打胜仗。

我们穿着厚厚的飞行服，站在太阳底下等了一个多小时，热得连我都想像那个日本机长一样，脱光了，只穿一条内裤。突然，天上飞过来两架C-47运输机。前面一架停下来后，从飞机上走下来一位中央高官，曹长官。他长了一张"国"字脸。嘴巴在"国"字的下方，炮弹一样噘着。他穿着笔挺的制服，戴着绶带，高高站在机舱门口，一只手搭在肚皮上，另一手施恩一样向我们挥着。这高官是谁，别说丹尼斯不感兴趣，连我都不知道凭什么他要来检阅我们？打仗的时候，这些人都到哪里去啦？

更荒唐的是，第二架C-47停下后，上面下来一队仪仗队，穿着簇新的制服和油亮亮的皮鞋，打着鼓，吹着号，跟在曹长官后面来检阅我们。当时我就听见丹尼斯说："他娘的，制服和鞋都跑这拨人身上去了。我今天就应该穿草鞋来。打仗的时候怎么没见他们影子呀。"

美方飞行员哪见过这种形式主义？他们不懂，曹长官是以上司的身份来视察下属。光他这一来访，就是给我们面子。

曹长官才从我们面前一走过，美方飞行员立刻跑得光光，一边跑一边脱飞行服，骂骂咧咧地说：

"我们没油飞,他才有运气检阅得到我们的飞机。若有油,他应该到南中国海来检阅我们炸掉的鬼子军舰。"

"这家伙是什么人?我们没油,他倒开两架C-47来,哪来的油?还不如给我们打仗用。"

"我×。老百姓点灯的油省下来打日本,两架C-47的油用来摆排场。"

丹尼斯的飞机是我给开回机库的。美方人员感到受了中国官员的愚弄,我们中方飞行员觉得对不起他们。他们今天有理由发火。他们到中国来打仗,和1942年来中国的老飞虎队还有一点不同。老飞虎队是中国用罗斯福给的"租赁法案"的钱,高薪聘请来的雇佣飞行员,好歹他们为中国拼命,还能得一个月五百美元的高薪水。打下一架日机还有五百美元赏金。第14航空军的美方官兵就是普通航空兵,来中国打仗,是执行任务。不但没有高薪水,连给养都是全美空军中最差的。我们联队的驱逐机队里,有几个从欧洲战场转来的飞行员,一来,就笑我们还在用老飞虎队留下的P-40。他们说:"难怪中国老百姓还叫你们'飞虎队'呀。飞机从不换。什么都是P-40,我们早开过P-51野马式啦。在中国战场,你们P-40就差没有装上个潜望镜,当潜水艇用了。"

现在怎么着?这拨欧战老兵,还不是骂骂咧咧跟中方驱逐机飞行员学着,向苦力换草鞋穿。

想想看我们是中方飞行员,是为自己祖国打,再苦再委屈,我们应该担待。我们听陈纳德指挥,也得听中国空军长官部的话。(中美空军混合联队是双制,飞机机翼上一边是12角的民国白日,另一边是星条旗,属第14航空军指挥,但中方航空兵来自中华民国空军,最后也要回到中华民国空军。)曹长官要检阅,我们认了。

可美方飞行员凭什么要和我们一起受这个曹长官的折腾?这吃了败仗的大暑天,他们凭什么还要受这档子"中国风俗"折腾?中国、蒋介石、曹长官跟他们有什么关系?都是二十几岁的人,他们谁不想回家谈恋爱，却在这里拼死打仗？

我们中方人员打的是两场战争，一场是抗击日本暴力侵略，另一场是对付我们自己制度的问题。美方人员只打一场抗日战争。

丹尼斯说过，他拼死，是为了不给"老头子"和文森特将军丢人。他信任他们不会让自己的士兵干不正义或无意义的事。他为"老头子"的一句话效忠第14航空军，在中国拼死打仗。那时，我们刚到中国战场，"老头子"来看我们，他问丹尼斯从哪里来，丹尼斯紧张地说："密苏里乡下农场。""老头子"是将军，他高声对我们这些"青豆子"说："好极了。农场出'好极了'的航空机长。我就是从路易斯安那的乡下农场来的。"连我听了这话都立刻想到，我是从范水山区来的！感觉好极了。

这是军人对军人的关系。曹长官是哪方神仙？他打着鼓吹着号来，就够腐败的了。美方飞行员凭什么要热死了撑他的面子？

丹尼斯气哼哼地把他的B-25给我的时候，我还得站在那儿等着听曹长官看完作战部后出来训话。我用一副小媳妇替婆婆受过的腔调说："丹尼斯，委屈你们美方飞行员了，大热天的，还得和我们一起受这中国规矩的罪。"丹尼斯狠狠地说："我再在这里待两年，小脚大概也给你们裹上了。"我扑哧笑了。丹尼斯一双大脚，可以裹出五双小脚。[1]

马希尔上尉的308大队不受中方管，哪听过这种事儿？马希尔和他的副驾驶同时说了："Fuck（我×）！"

我知道一提起这件事，美方飞行员就生气。人家是来打仗的，不是来给中国长官送好感觉的。他们哪能懂中国官场的游戏规则。这回，在马希尔上尉的飞机上，丹尼斯又骂骂咧咧地把曹长官检阅这件事说出来后，怀尔特皱着眉头，非常艰难地总结了他对"长沙、衡阳

---

[1]　此事亦记录在 Ken Daniels, China Bombers: *The Chinese-American Composite Wing in World War II* (North Branch: Specialty Press, 1998), 41.

沦陷"的认识。

他说："对。你们说的都是失败原因。但我总觉得还不止这些。我在中国待了两年多了，感觉是，中国整个社会都好像是按军衔编制设的，走到哪儿都有上下级。可军衔等级只能设在军队，不能全社会都按军衔制建构。你不能把军衔安在农民头上吧？农民得自己做主是种玉米还是大豆。你也不能把军衔安在教授头上吧？教授得自己做主研究什么，说什么话。要说军衔制好，也就是有效率。譬如说：美国军队有严格的军衔等级。那是为了有效打仗。可中国全社会的军衔等级，也不是为了有效打仗，是为了有效统治。效忠不效忠，嫡系不嫡系，给不给面子，成了比对和错、胜和败还要重要的事儿。柳州的市民和薛岳的兵都是好市民、好士兵，可惜他们不是嫡系，长官不给他们面子。"

怀尔特对衡阳沦陷的看法，让我吃惊。他能看到中国问题。这些问题，我们中方官兵都习以为常，见怪不怪了，他却能说出来。大概是因为他没见过"嫡系""效忠"和"面子"这类中国文化深层的事，一看到，就特别敏感。他觉得奇怪的地方，还正是我们的问题。衡阳沦陷，我们都在想为什么。联队的中美官兵算是全军中最互相了解对方文化的人。怀尔特没白和我们中方飞行员整日厮混。"教授"的外号也没白得。

中国能和日本打七年，就不简单了。东一块，西一块，打着外敌，自己内部还打着座次之战。好军人多少都战死了。到这会儿，在国军里的士兵多是田里抓来的壮丁，不会打仗，也不想打仗。薛岳还能有这么多真心想打仗的士兵跟着他拼命，他就是"老虎"司令了。可惜"老虎"是远房的，不受信任，又犟着不肯向蒋委员长宣誓效忠。若曹长官哪天去检阅了他的兵，搞不好，一点头，他就能得不少枪支弹药了。

据说，炸了衡阳基地的时候，文森特将军说，战争结束后，他要写一本书，叫*Fire and Fall Back*（《烈火与陷落》）。我要是写一本书，我得写《陷落与面子》。我不愿意在美方飞行员面前批评我们的中央政府。若全是中方飞行员在这架飞机上，我就要说，这样打仗，也真是让我对中央政府失望透顶。中国人有中国人的情结。家丑只能关起门来揭。门一开，是要面子的。失败了更要检阅。"好日子"和"气势"是做出来给人看的。所以，我什么也没说。

我们的闲聊天和战事分析突然终止。新情况冒出来了。现在，还没出雨季，"驼峰航线"的天气说变就变。马希尔在这条航线飞过很多次，他说："天要变了。这条航线天气一分钟一变。昆明基地是好天气，印度Dijian基地那边就准是坏天气。飞高了没有氧气，飞低了，山就会随时跳到机鼻子前。"

我们离开昆明约三小时后，突然起了暴风雪，正应了"胡天八月即飞雪"，能见度成了零。马希尔上尉在机内麦克风里对我们说，飞机机翼挂冰了，他得把冰甩掉，叫大家系上安全带坐好。我们三人全都回到自己座位。马希尔摆动机翼，没用。外面太冷，飞机的化冰系统根本不能工作。他想爬高，避免能见度太差，撞上高山。但冰结得太快，飞机不但没有爬高，反而下掉。作为机长，我开的B-25虽然没有B-24这么大，但我知道这意味着我们的坏运气来了。在"驼峰航线"遇上冰雪，连机翼油箱的油都能冻起来。这是一条吃掉过上千架飞机的"铝片"航线。飞机掉下去，就是死。下面都是大山，援救飞机基本没法援救。

马希尔上尉在机内麦克风上对大家说："回到你的作战位置，带上降落伞。我们遇上暴风雪了。如果冰凌结得太快，引擎停转，各位随时做好跳伞准备。"

……

这些故事宁照都看过，他知道喇叭想要的就是这样的情书，英雄浪漫。可惜宁照写不出来。他天生就生在鸡鹅巷那种柴米油盐都要计划供应的时代。他不会说甜话，也不敢跳降落伞，连下楼梯都一级一级下，不跳不冒险。他给喇叭的第一封情书是无论如何不能和这位空军飞行员的才情相比的。他不过就写了："从一年级到六年级，我五次被评上三好生。在中学一直任班长。大学期间任团支部书记。大学毕业留校。不会教书，入美术家协会，成专业画家。"

他的这封"情书"给了喇叭，喇叭嘻嘻哈哈就给朋友看了。结果，喇叭的好朋友们开宁照玩笑，一直开到今天，说他的情书跟求职简历一样。不过，宁照知道个人责任。没有战争的年月，也并不尽是清风些许。"良人罢远征"只是罢了"二战"反法西斯的硝烟战，之后，各式奇奇怪怪为寻找自由而起的"战事"，他这代人也没少经历。

喇叭笑他在"情书"里说套话，因为他那时不敢有独属于自己的情愫，在他的时代，哪个中国人不是从小就被训练成了人格分裂？话要分两套说。一套对外，一开口，有一套固定俗语，叫"官话"。人说官话，多是以表忠心或显忠心的样子出现。说着说着，写"情书"就写成那种样子了。还有一套语言，是宁照自己的，不能在公开场合说。那是他的艺术语言，是他的色彩。艺术家的生肖是"自由"。"笼子"和"自由"争吵的时候，艺术就爆发了。宁照很奇怪，他一天战争年代没过过，怎么也分出了两个"我"？

宁照能和那航空兵有一比的是，起码他能用艺术这种最和平的方式养家糊口，走到哪儿都把喇叭护着，他没让喇叭受过苦。而那个六十年前写出如此英雄柔肠式情书的男人，又对喇叭妈妈怎样呢？

想着，宁照放下《战事信札》到书房去找喇叭，继续哄。喇叭不难哄，同意她的要求就行。譬如说：好吧，好吧，那幅《鸭先知》就叫《鸭头春》，大俗小雅，行了吧？或者，听她说废话听到睡着也行。明天，该怎么样还怎么样，喇叭已经把今天的事忘记了，狗熊掰棒子，掰一个扔一个。喇叭只有一件事掰来掰去不放掉：就是她妈和那个航空兵的爱情故事。

宁照走进书房的时候，喇叭正在电话上对她在美国的"战略基地"——浪榛子说："……我就想把我大哥找到。宁照是不会帮我的。你一定要帮我。既然你同意我把我妈的骨灰撒进安大略湖，你就得同意帮我找我大哥。现在，大哥是我和妈妈的唯一联系……"

浪榛子说："不对，还有我呢。什么时候你大哥比我更像你家人啦？"

浪榛子的母亲是喇叭妈妈的终身密友，南诗霞。喇叭和浪榛子从小在青门里一起长大，形同姐妹。

第二章：为了一个平民梦

朋友、丈夫、儿子、狗

浪榛子不知道如何找喇叭那个子虚乌有的大哥，她说："我得想想。"

喇叭说："大哥你不找，谁找？你妈'被革命'的时候，是不是我妈天天给你洗脸梳辫子，做好吃的？"浪榛子说："你若想要个大哥，宁照就是你爸、你哥、你先生，三位一体。你那子虚乌有的大哥在哪儿呀？你妈都没找，你找什么？你妈没做的事，用不着你去替她做。"喇叭就开始不讲理："浪榛子，你这名字还是我妈给起的呢。你至少得找出我大哥姓甚名谁，才够朋友吧？"

浪榛子从喇叭妈妈那里得来了这么一个奇奇怪怪的小名，从小叫到大。很长时间谁也搞不懂什么意思。反正"浪榛子"挺好听的，小时候大家都这么叫，浪榛子的大名"南嘉鱼"倒难得被用一次。浪榛子小时候一直以为是两位母亲有修养有情调，她妈起的大名诗情画意，"南方有嘉鱼，南方有嘉木"，小名也得诗情画意，喇叭妈妈就取了个"浪榛子"，跟个词牌差不多。大名从《诗经》，小名仿"宋词"。

直到她和喇叭到了谈恋爱的年龄，她们才搞清"浪榛子"的典故。

听喇叭提到她名字，浪榛子就笑了，说："你就要个姓名，那好办，我给你大哥起几个好名字，你选一个，算我的贡献？他叫'破阵子''摸鱼儿，'贺新郎'怎么样？各个性别都是'男'，跟大哥合上了。"

喇叭就笑，说："去你的。我就知道你不懂孝悌。"

宁照这时走进书房，也在旁边笑，说："别起啦，我知道，她大哥叫'尚梁正'，喇叭叫'夏梁歪'……睡觉，睡觉。明天喇叭要起早学跳舞。"

浪榛子也笑，觉得宁照还是有一点幽默感的，比面条脸有趣味。

宁照则觉得世界上有个浪榛子，是天助自己。至少他不是喇叭唯一的垃圾桶，喇叭的那些鸡毛蒜皮，得有地方倒，两个"垃圾桶"分着接，自己负担轻一点。但是，浪榛子有很多毛病，又时常让宁照担心会把喇叭带得不文雅了。譬如说：浪榛子总有恋爱可谈。蓝天白云之下，每一次都不是闹着玩，都是全力以赴，跟做学问一样认真，却光谈恋爱，不结婚。

有一次，宁照在漆墙，喇叭告诉宁照，浪榛子摔跟头摔成世界冠军了，她还高高兴兴地走在大路上。宁照一笑，当笑话听。他手上沾着油漆，不要喇叭帮忙，怕喇叭漆不出他要的艺术效果来。喇叭就扶着木梯子，仰着头跟他说废话。宁照说："浪榛子要有'漆墙冠军'的故事，你叫她讲给我听听就行了。"喇叭说："浪榛子讲的'爱情故事'才是你最该听的。"

宁照说："你要讲，等我从梯子上下来再讲，她的故事能让我受惊。我不想摔跟头摔成世界冠军。"

喇叭坚决地要把浪榛子的爱情理论在宁照漆墙的时候讲给他听。宁照只好听：

浪榛子年轻时对书本上、电影里那些把恋爱谈得血淋淋、苦兮兮的故事，疑疑惑惑地喜欢过一两个。然后，她就想，爱情是最自我的事，听人家故事算什么？哪怕人家的爱情再激烈疯狂、再铭心刻骨，我也不想重复任何人经历过的爱情。哪怕人家的爱情再甜甜蜜蜜、再耳鬓厮磨，那也是人家的天长地久，我也不稀罕。

浪榛子宣称好的爱情故事与他人无关，与时间无关，与得失无关；只与为什么要跟这个男人分享一段生命有关。一切情感，一切美，自己发现。是诗，就作诗；是电，就触电；结果自己担当。

浪榛子说，苦兮兮的爱情，还不如不谈。好感觉，要；坏感觉，不要。爱情一由好变坏，腿一抬，跨一步，再向前走就是了。又不是卖身，为什么要"为伊消得人憔悴"？都是自由人。爱男人可以，为了男人，自己跟自己过不去，那是上当受骗。

喇叭仰着头，对宁照用下总结的口气说："浪榛子说，我妈的爱情就属'人憔悴'类。上辈人比较傻。"

浪榛子曾经背着宁照对喇叭吹过不少歪风。她说她新买了房子，价钱很好。可她根本不谈房子，谈原来的房主。那是一对白人老夫妻。老太太九十三岁，爱上了一个七十多岁的老先生，和自己的丈夫闹离婚，匆匆就把房子卖掉了。

喇叭大惊失色："九十三岁还谈恋爱，闹离婚！"

浪榛子就把自己的恋爱理论教给喇叭："为什么不呢？爱情问题不过是个自由问题。不恋爱，活着干什么？恋爱了，就光明正大。偷偷摸摸，桌子底下捏一把的游戏和自由犯冲。我不玩。"喇叭说："我真羡慕你们大胆。"浪榛子说："这个老太太九十三岁还能为爱情倾家荡产，我还没嫁人呢，为什么要限制自己。六个月热恋，一个月调整，失恋了再谈，男人很多的。大六岁算什么了不起的事？又不是我零岁他六岁。要叫我看，正负二十六岁都行，对男人公平，对女人也公平，对不对？一直要谈到九十三岁再说。"喇叭就说："难怪我妈喜欢你，你敢做她想做的事。但是，我就不懂她为什么要把我早早嫁给宁照，不让我谈恋爱。"

喇叭在没心没肺的年龄早早就嫁给宁照。恋爱谈没谈也不知道，就和宁照结了婚，早早生了儿子，然后又跟宁照移民加拿大。到了四十岁，突然觉得非常吃亏，有时候，甚至怀疑她妈是不是对自己保护过头了。浪榛子对这事的评论是："喇叭妈妈比喇叭还要怕女儿失恋，试都没让喇叭试试什么叫恋爱，就直接叫喇叭嫁给了宁照。这份苦心呀。"喇叭说："对呀，这有什么好？结果，一辈子就看一张面条脸，看烦了就要吵架。"

　　宁照知道浪榛子跟喇叭说的每一句话，因为，只要一吵架，喇叭就把浪榛子的言论当独立宣言，一字一句传达给宁照听。有人为过日子活，有人为爱情活。这是宁照和喇叭理想上的不同。"你把爱情都省略掉了，还要做什么假斯文状呀？"喇叭说，"我为什么要诗情画意，你才喜欢？浪榛子还说粗话呢。喜欢她的男人照样很多。谁能说她不诗情画意呀？"宁照说："我们是中国人，说话能曲径通幽是含蓄，是文雅。这从来是文人士大夫的乐趣嘛。你喇叭就已经是个大白话啦，还要跟浪榛子学，说粗话？"

　　喇叭说："你不懂。浪榛子说'士'，没有啦。我和她是'改造过的知识分子'，跟老农民差不多。你想学的那个'士'——那个承传中国古风的'士大夫'，那个'士、农、工、商'结构里的士，没了！上个时代是'打翻在地再踏上一只脚'，这个时代是'商、商、商、商'。我们老农民就算最爱中国文化的了。我们不喜欢你说起话来曲曲折折。"

　　士，怎么就没了呢？

　　为女文人说粗话的事，宁照跟浪榛子直接谈了话。他写了一个长长的Email（电子邮件）给浪榛子，问浪榛子为什么教喇叭"粗俗"。谁知浪榛子长篇大论回了一段，把宁照给吓得差点跳起来。

　　"'粗俗'成精了，叫'有文化'！"浪榛子说，"'鸡巴'已经是粗话中间最文雅的了，且意思最明确。用不着那么紧张。不想当个好奴才的文人，在手里什么都没有的时代，那不就剩说粗话了？还不准说？其实，说了，也不是文人的不是，是中国文字好用，本来就很性感（你要说下流也行）。不仅性感，还直接给图像呢。"

　　浪榛子还引经据典："我小的时候喜欢翻我妈的书看，其中有一本叫《说文解字》，就我刚说到的那个'且'字，古代读：ju。《说文解字》里有解释，有图，有古代的写法。你看那'且'字，是不是'鸡巴'的意思？而且还形象得很。"

这下好了，一大串字都下流起来。"祖国"是什么意思？"祖"，庙堂下趴一人儿（准是女人），在拜一个"鸡巴"。拜着拜着，就拜出了一大群子孙，成了"國"。"國"也不是什么好字，一个天圆地方的疆界，一群人（子孙们），为了一张"口"（吃），持"戈"相向，打出来的江山。看看中国的宗法、历史和文化，不就是一个"吃"，一个"性"，一个"窝里打"吗？所以，"热爱祖国"一分析，也不成好词，不能说了。

宁照听得一愣一愣，这种文字游戏、解构思维，画家没玩过。浪榛子半考据半胡扯，还随意联想，让宁照见识了原来文人可以变种，除了儒雅、穷酸，还有一种"女土匪"。浪榛子真野。宁照想，什么"博大精深"修出了这么一个女妖精？

以后几天，浪榛子又相继发来几个Email，继续举例说明女文人可以说粗话。她说："兹事体大。你不让说，我们就说不成中国话了。"她说，再看"也"字，最常用的吧。你宁照就是整天说"之乎者也"都躲不掉"也"字吧。你看它是怎么写的："ﬗ"。《说文》里说："也，女阴也。象形。"象什么形？一个"且"字颠鸾倒凤男女交欢。再看"蛆"，一个像"鸡巴"一样的虫，对不对？再看"见"的繁体字，"鸡巴"连着"儿子"。原来看不到的小baby（毛孩）冒出来了，就叫"见"，读：xian（现）。还有，"直"，"鸡巴"准备行动。"值"，"人"从"鸡巴"的行动中出来了……你要多少"粗"字，我给你找出多少来。装斯文多累呀，还不如就承认，我们这个文化骨子里就是肉做的，有跟着欲望走的冲动。建个一夫一妻制都这么难。这才会有圣人一遍一遍说"思无邪""存天理"。圣人叫什么越响，就越说明我们缺什么。到如今，大门一开，资本一来，人人从商，宗法关系不变，成就了遍地小人。我们已经把圣人气死了，还做什么儒雅状呀。想别的法子管自己吧。

宁照也把《说文解字》找来翻翻，看了，没大兴趣。他不愿意走极端，传统还是要要的。那春宫图也有画得细腻的，但他宁照绝不画。不过，他还是同意了浪榛子的一个理论。浪榛子说，中国字多和三件事相关联：性，打，吃。连我们的圣人也得说："食，色，性，人之大欲也。"

圣人说这些干什么？要我们自己拿起道德文章对付自己。可惜，一场"文革"，圣人全打倒了；又一市场，"圣人"全成商品了。像打了两场拉锯战，阵地换人，其他没变，还是性，打，吃。用这样的文字思考、从政，天生一不小心就能走到彻头彻尾的物质主义。要对中国文化有彻底认识，去看它的字源学。那是我们最早、最基础的价值观。

宁照画国画出身，笔下的功夫和"国粹"共存亡。他的油画在加拿大卖得好，是因为中西合璧成功。意境是他个人的，画法不过是个技术问题。从浪榛子的理论，他想到了一个基本技术问题：油画讲色彩，色彩要匹配。皇帝和圣人的角色功能和中国社会匹配了三千年，也许，就像银灰配粉红，值得分析解构。想想若不是皇帝一次一次挡着，圣人一次一次要"存天理，灭人欲"，把"生意人"放在"士、农、工、商"结构的下层，用道德文章紧管着，资本主义恐怕早就在中国发达了。那1793年，英国使节来要求通商，皇帝都没在京城见他，把人弄到热河，还叫三跪九叩首。自然是夜郎自大，家门关得还是紧的。皇帝聪明不聪明，不知道。皇帝有本能，知道家门一开，皇帝就不好当了。皇帝要存活，得有皇帝存活的条件，譬如说：宗法等级加道德文章。

这近代两百多年来，门一会儿开，一会儿关，在开门关门之间的争斗和悲剧就没停过，像对付一个老房子，外面里面可以油漆装修，骨架子摇来晃去，却还是祖制。为了漆什么颜色，装潢什么款式，住一个房子里的人动不动还同室操戈。其实又何必呢？想清楚了，不过是一个色彩匹配问题。黄金色得配上黑色才压得住。发财梦，放开做，人欲被开发出来当发达社会的合法动力，权贵成了"生意人"，"生意人"成了领导阶级。礼崩乐坏是自然的事。若老房子还是宗法结构，刑不上大夫，权力、人情、关系大于法，公正只得靠抄检大观园来体现，却又把"礼义廉耻"丢了。这就是色彩不匹配，祖制出了技术问题。

宁照回想起他的大学历史老师说的话："我讲中国近代史，要哭着讲。从鸦片战争，一直哭到'文革'，却还停不住……"老先生哭的是什么呀？哭道统？哭挨打？哭改制？还是哭挨了打，制没改，道统却没了？

中国的大门被洋人的大炮硬打开，到如今，心里想的还是"师夷长技以制夷"。结果，"夷"国的小孩子一个一个跑去玩体育了，我们却逼着一国小孩子学英文，为了"夷"文，古汉语倒废掉了。……圣人的话是不能不听的，我们是礼仪之邦……可是，我们天生爱"发财"，经不得欲望刺激。一不修身养性，就成了现如今这样：小人喻于利，君子全被小人拉下水。而中国人最自信的活法——小桥流水诗意人生，不是沦落成了旅游景点，就是"无可奈何花落去"……

宁照人到中年，移民加拿大，一肚子忧国忧民。

宁照也同意浪榛子关于"见"的解释，"鸡巴"连着"儿子"。他没学英文就跑到加拿大来重开天下，从画国画改成画西洋油画。说到底，也是为了儿子。儿子冒出来了，就有一个教育问题。当时没出国的时候想，若在国内又要请家教又花钱，逼着儿子学英文，不如就移民加拿大，学个正宗的。可等英文成了儿子的看家本领，宁照又非常遗憾儿子没承传到"博大精深"。他自己画来画去，想画出来的还是"小桥流水"的意境，这点根子是他的特色。没了，他就不能是中国人。他的鸭子是肥了一点，但那"水暖"和"先知"，还不就是前一个时代的绝响。

为了这点绝响，宁照又反过来折腾，让儿子学中文。没有环境和压力，中文哪里是好学的？父子俩天天为写三百个汉字吵架。宁照天天生气。喇叭也想儿子学汉字，但她舍不得儿子挨骂。别人家小孩都不学，她儿子不肯学也可以理解。反正坏人宁照一个人做。

直到儿子三年级了，喇叭突然想通："博大精深"还可以用其他法子来承传嘛。跟宁照一说，宁照觉得也对。于是，写汉字要求放弃。在家家小孩都学弹钢琴的风气下，他没让儿子弹钢琴，让儿子学吹箫。给儿子起了个英文名，叫Reed（芦笛）。这个名字不是他想出来的，是喇叭在她妈留下的那本《战事信札》里看到的英雄名儿。一家三口都喜欢Reed，英文读起来好听，"瑞德"，又有竹林七贤之神，中文意思是"芦笛"。

只可惜，他家芦笛是加拿大人，汉字不肯写，箫也不吹。跟竹林七贤搭不上边。从上小学起，手里若拿着什么长条状的东西，也不叫"箫"或"芦笛"，叫"棒球棍"。人家玩棒球。

宁照"博大精深"计划又破产，想想不高兴，对儿子说："棒球玩玩就行了，不能当回事做。我们中国人，脑袋发达，智商高，情商高。你的体型就不是玩体育的料，要有自知之明，利用自己的长处。不要看人家玩，你就玩。"

儿子跳起，拿了棒球棍就跑，一句话也不说。这就是最大的孝顺了。

宁照对儿子常常气不打一处来，到了加拿大，小孩打不得了。宁照已经硬忍着不骂，只批评。喇叭还跳起来护，对宁照吼："你怎么这样对儿子说话呀，打击他的自信心。"宁照说："护，全是你护坏的。不孝子孙。"

喇叭就把他定义成"面条脸"。

芦笛在喇叭眼里，学不学得成"博大精深"不重要，他反正就是全世界最棒的儿子。为生了这个儿子嫁给宁照，喇叭可以承认"婚姻美满"。

只是移民加拿大以后，看看人家其他国家的移民，都喜欢找根，就她自己家好像是石头缝里蹦出来的。在国内没亲戚，到国外还没有。她儿子是独生子女，等她和宁照死了，儿子就成孤儿。能当她家亲戚靠的就是儿时的姐妹浪榛子。可浪榛子没小孩，儿女心不像喇叭那么细致。

喇叭舍不得儿子。听她母亲说她们舒家本来是个大家庭，过去的全家福，人到不齐也能有二十来个。怎么弄到她和儿子辈，成孤家寡人了？亲戚朋友都到哪儿去了？

芦笛小时候，先是闹要弟弟，弟弟没要成，换成闹要狗。闹了好几年，喇叭同意了。瞒着宁照，先斩后奏，领回来一只小黑狗，芦笛立刻给取个名字叫"冥王星"。

"冥王星"红红的小肚皮上爬的都是跳蚤。喇叭和芦笛把它抱进浴缸，给它洗澡上药。两人跟"冥王星"说话，全尖起声音，小声小气，像家里又生了一个小儿子。从此以后，毛病就坐下了。狗不准人在家里大声说话。谁一高声，狗就跳浴缸里，再也不出来。

宁照很生气，一遍一遍说，狗不能养，养了以后，是要死的。到死的时候，有感情了，受不了。人为什么要好好地制造伤心？芦笛不理，把狗抱上床睡。早上起来，一头狗味。接着，宁照说的话成真了，人狗有感情了。

按"宠物法"，小狗还得打这个针那个针。这个不谈，宁照认了。可没有多久，"冥王星"就开始出毛病了，长了一身癞子。兽医一查，是先天性皮肤病，碰见什么枫树叶、黑蚂蚁、树皮、草根……都会过敏。要一天到晚吃狗过敏药，结果也不管用。喇叭只好去找了一个老中医，开回来了一方人药，打仗一样喂狗吃下去。灵，一吃，好了。一个疗程吃完，"冥王星"又出去玩了黑蚂蚁，立马又坏了。从此家里多出很多事，狗已经是家庭成员了，不忍心看它生病，只好大家一条心给它治。"冥王星"成了"红太阳"，端坐着，看金星、水星、地球围着它转。

因为长癞子是先天遗传，还不好治，折腾了两年也不见好。兽医说还有一条路可试试，就是要打了一百针抗过敏针，或许能好一点。反正根治是不容易的。想想一百针后面有一线希望，"冥王星"能过上正常狗的日子，喇叭和芦笛就闹着要试。

狗，是他们要的，针，得宁照打。为了打这一百针，宁照还被兽医招去，上了"打狗针"训练班。学会了要在狗脖子上拎起一块，扎针快，拔针快，推药也要快。回到家，宁照很得意，向喇叭和芦笛炫耀：会打针了。吃完晚饭，宁照成了中心，俨然医生一般，拿起针，推一下针管里的气泡，拎起狗脖子上一块皮肉，嘴里说着"要快，要快"，对狗一扎。

哎——，怎么流血啦？再一看，扎他自己手上去了。

"冥王星"跟芦笛一样不懂孝道。不知道打针是为它好。从宁照给它打针起，宁照就老发现他的画儿上有了狗臭味。宁照跟踪"冥王星"一天，发现"冥王星"有要撒尿的状态，转来转去，找树根状的东西。一眨眼，它就找到了宁照的油画框。先转个圈，一脸"投我以木桃，报之以琼瑶"的神情。腿一抬，就尿了。宁照气哼哼地冲过去骂狗："随地大小便，臭。这么臭。"之后又洗又刷，又拿电风扇来吹。画框上的臭气却生根发芽，再也拿不掉了。宁照抱怨道："这么臭的框，我的画儿怎么卖给人呀？"

宁照正在拿狗没办法的时候，狗犯错误了。不是犯错误，是犯了法。那天，邮递员来送信。"冥王星"站在阳台上乱叫。宁照正在来灵感，给狗吵得很烦，跑到阳台上，想对狗说"Go home！（回家！）"，结果说错了，说成了"Go！（追！）"。狗一听这个字，立刻就从阳台栏杆上翻出去，追上已经送完信、走到大街上的邮递员，对人家屁股咬了一口。

此时，小狗已四岁，到了犯罪年龄。一个小时后，警察来了，把"冥王星"抓进了"狗监狱"，判了三个月的徒刑。"冥王星"知道自己犯了罪，走的时候，垂头丧气，夹着尾巴跟在警察后面。

芦笛已经上了大学，"弟弟"判刑的事没敢告诉他，怕影响他学习。到那年圣诞节，"冥王星"徒刑还没满，正在狗牢里服刑。芦笛高高兴兴从学校放假回来了。回到家，没见"弟弟"到门口来接，就穿着一双大头鞋楼上楼下找"弟弟"。"弟弟"没了。

宁照都没敢骂他不换鞋就在家里乱跑。等儿子气呼呼站在他跟前了，他才结结巴巴把狗犯罪的事情说了。一说，芦笛很伤心，坐在楼梯上，要哭了。这下，一个圣诞节怕是要过得像家里死了人。芦笛对他爸一肚子恼火。人下了一个错命令，为什么狗坐牢？下命令的为什么不承担责任，叫执行命令的承担？

"爸爸应该去坐狗牢。"儿子说。

而宁照在这个狗案子中，已经前思后想了两个月，到这天，如获顿悟，想通了一件大事：要让人欲开放，玩资本主义，连狗都要守法才行呀！

宗法等级制让皇帝、官员、爷爷、父亲在中国玩了三千年，玩得炉火纯青，却也终不灵了。中国跟着世界搞了资本主义，市场经济，自由挣钱了。资本主义靠什么玩？靠"法"玩。你就只能假设：欲望一自由，人人都有犯罪可能。狗都要守法。

当宁照把这个深刻认识当真理一般向喇叭和芦笛宣布了以后，喇叭同意。但没想到儿子却说："为什么这些法律常识都要在我们家被当成重大发现？"

喇叭就立刻转向儿子，说儿子有道理，宁照只懂忠孝不懂常识。

形势一转，成了二对一，宁照被孤立。那宁照还能不生气？他活了半辈子，走了半个地球，天天用脑袋想，还用得着儿子来教育他什么是常识？儿子懂个屁。他根本一步也没走过如何让"法"成为常识的道路，以为自己天生就是天之骄子哩？

儿子这样犯上，宁照当然要开始批评人了，而且，一批评就是秋后算账。儿子的毛病多多。他说："芦笛，你小时候还能主动给父母拿拖鞋，到大了，看见我在院子里割草，也不知道主动出来帮帮。年纪轻轻，做事要主动，要懂孝道，不要像算盘珠，拨一下动一下。"

芦笛就顶嘴："不是在说您冤枉了狗吗？怎么又扯到割草？您真是没有逻辑性。您要不喜欢割草，可以请我帮助，您不说，我以为您喜欢做庭院里的事呢……"宁照打断儿子："你不长着眼睛和脑袋吗？家里事你要主动做。这点儿孝，儿子总该尽一尽的吧。等我说了你才做，就不值钱了。"芦笛反驳说："爸爸不讲理。您有话不直说，谁知道您是叫我猜谜呀？我为什么要猜您的心思？那是您的隐私，我不想知道。您要人帮助还不平等对人。"

喇叭赶快拿了一盘新做好的牛肉来，讨好儿子说："芦笛你到自己房间吃，这是你喜欢的。其他的菜你也不喜欢吃。自己照顾自己去。"芦笛拿了牛肉，说了声"谢谢"就走了。把自己房门关得紧紧，不理他爸。

喇叭就对宁照说："你把他的狗弄牢里去了，还要挑他一年前的毛病。不是存心想过节时候吵架吗？你儿子将来有家庭，有的是割草的机会。他给你割草是做义工，你说个'请'字，也是尊重义工。"宁照一脸不高兴，冲着儿子的房门说了句："不懂事。"又转过头来对喇叭发火："这种时候，你该给儿子一盘牛肉吗？你应该跟我站在一起教育儿子呀。"

喇叭一听宁照转过来骂她，正要跟宁照吵架，浪榛子打电话来问"圣诞快乐"了。这个时候有人打电话进来，让宁照喜欢，他赶紧没事人一样，跑自己画室里去了。

"幸福的家庭都一样"，全是为淡饭咸盐之类的琐事吵架。天天吵。在这些吵架中，宁照认识到，自己不搞政治，不懂经济，管不住儿子。能认清搞资本主义要有《经济法》《税法》《民法》……还有民主监督权力，就已经是思想家了。皇帝也未必能认识到自己的子民怎么就突然不听话了，什么都能拿自由市场上去买卖，还不让一个家长说了算。还要建立工会，不让资本家任意当主子。对中国人来讲，都是新活法。资本的活力来自个人的创造力和欲望的推动力。"法"管着个人的力量和私欲，到不伤害他人止。穷人家的狗，富人家的狗，都不能咬人。儿子老婆不欣赏他的深刻，罢罢罢，君子独善其身，自己活得明白就行。画家发不了财，家，还是要养，人，也还是得做。

而这时喇叭已经在电话里把宁照陷害了狗，又骂了儿子的"罪行"全对浪榛子说了。还说儿子现在大了，什么事也不肯跟他们讲。宁照要再这么管，儿子以后都不肯回家了。

浪榛子从来就把芦笛当自己儿子待，也宠芦笛。她说："我最喜欢你们家芦笛，我跟他谈谈怎么样？"喇叭就把电话送到儿子房间，让浪榛子调停。浪榛子一直在美国的北湾当大学法学院教授，总是接触一批又一批年轻人，了解当代年轻人心情。

喇叭推开儿子房门，突然发现她和宁照看的那本《战事信札》居然在儿子房间。喇叭大喜，儿子读汉字啦？她没问，也没多说，把电话交给儿子，心花怒放跑到地下室，把宁照的一切"罪过"忘得一干二净，对宁照得意洋洋地宣布："'博大精深'计划，无为而治，成功了！"宁照虽然心里也喜欢，但他不相信。他说："你儿子样样好。拿着汉字书就叫会了汉字呀？说不定，他就是看看那本子里的门神图片呢。"喇叭说："我就想跟你吵架，你就是个大负数，看儿子都是先否定。"

芦笛则在电话里向浪榛子告他爸的状。他说："我爸就是个典型的中国虎妈。就想手拿'王戒'制七方权力为一身。我小学就读过《指环王》。权力就是'王戒'，谁拿到它，谁都有可能被'王戒'的魔力变成嗜权的恶魔。魔鬼当然想要它，很多爱权力的人想要它，就是好人得到了它也会抵挡不过权力的腐蚀。权力就是个腐蚀剂。要法律干什么？就是把那个'王戒'让最小、最不要权力的小矮人拿着，才能把它扔进地狱之火，毁了。就是连小矮人拿'王戒'久了，到该扔的时候，都舍不得扔。我爸就是《指环王》里面的'人类代表'，'孝孝孝'一天要重申几遍，他是我爸，手上有个'王戒'，天生要管我一辈子。"

浪榛子不想评论人家的父子关系，就泛泛地说："把独裁的权力毁了，是一条艰难的道路，不是死一个或推翻一个独裁者就能完成了。人类得一路自己跟自己的欲望作战。每个人，包括掌握权力的好人，都得知道拿着'王戒'的危险才行。"

芦笛却还要抱怨他爸，一副积怨已深的样子："我爸刚才说我一步也没走过如何让'法'成为常识的道路，但不代表我不知道这条路是怎么走过来的。他们在家动不动就看外婆留下的《战事信札》。那记下的是和平和民主在最艰难时刻走过的道路。我上小学的时候，小学老师就让我们想，'二战'死了那么多生命，人究竟要换来的是什么？我说，要换来的就是让我们小孩子能有自由和平的生活。不让坏人欺侮好人。老师说，那是人类打的又一场'王戒'之战。成千上万的平民拼死对付几个独裁者。我承认那时我不懂老师是什么意思。现在我都大三了，我懂，什么人都不能手拿'王戒'，社会的最高权威不是皇帝，不是少数精英，甚至不是人民，而是《宪法》。"

浪榛子很吃惊。下一代人的认识，比自己这一代跑得快。在她父母一代，抗日，政府就有合法性；到她自己这一代，把政府的合法性定在能不能给人民过上好日子，富了就心满意足了；到芦笛，人家要求，就是"民有、民治、民享"的政府，也没"法"大，也得"守法"。她说："芦笛，你为什么这样想？你学法律啦？"

芦笛说："没有。还没定呢。我一会儿想学物理，一会儿想学新闻当记者。物理不撒谎。记者揭露谎言。狗有狗的特性，才能有'狗'这个独立的物种；海豚有海豚的特性，才能有'海豚'这个独立的物种；人也得有人的特性，才能有'人'作为一个独立的物种。我不想哪天字典里把'撒谎'定义为'人'的特性。我想把'理性''快乐''守法'定义为人的特性。"

浪榛子就想，二十岁的年龄正是容不得丑恶的年龄，是非分明呀。若真能这样定义人，"人民"就得解放了，不必被各色政客当大牌子用了。挂在口上说来说去，好像他就是"人民"意志。也不必官员们劳神，去当人民的父母官了。

浪榛子也听出芦笛和他爸的代沟和文化冲突。她说："你的想法很好呀。这个世界，人手里拿着的不再是石头和弓箭，是核武器。粉碎独权的道路不是可走可不走的问题，是除了这条路，人再没有管住自己的安全道路可走了。不过，你也可以听你爸谈他的道路，也可以就像你对我说的这样，告诉他你的想法。民主，就是尊重不同嘛。"

芦笛还在生气，说："我不跟他说。我爸事事做主，跟他不一致，我就已经是错定了。一个'孝'字，'王戒'就天生戴他手上去了。他犯错误，狗坐牢，我一回家就挨骂，我们家出的那些'二战'英雄亲戚不是都白死啦。他要给我一个说话权利，我就问他两个问题：第一，不守法，守什么？谁都知道这是常识。我说不是爸爸的重大发现，爸爸有什么好生气？第二，为什么家里老吵架？因为爸爸不懂，当爸爸是责任，不是特权。要法律干什么？保护弱小的基本权利（我家的弱小：我、狗、妈妈）。谁大谁说了算，那我家就成酋长社会了。我、狗、妈妈都不要'王戒'，就我爸爸要。"

……

两个人在电话里谈了好一会儿，喇叭再进芦笛房间时，见芦笛腿跷在桌子上，哈哈笑。芦笛从来不跟他爸说笑。

等电话又回到喇叭手里，喇叭就问浪榛子："你们都说了些什么呀？这么开心。"浪榛子说："叫宁照来，我一起告诉你们。以后可别再拿芦笛当小朋友待了。"

　　宁照自然是想了解儿子想些什么，都在学校忙些什么。他自己也当过儿子，怎么就成了不懂儿子是怎么回事了呢？他听喇叭一叫，就赶快从画室上来，叫喇叭倒了一杯茶，两人就坐在沙发上一起听电话。

　　浪榛子转达了芦笛的两个问题。

　　宁照忍不住了："他能呢。我不懂这不懂那，我懂要守'道'。等他自己当老子，他可以不要孝道。在我家，这点好东西一定要保住。"喇叭就替儿子反驳宁照："你自相矛盾。画起画儿来，要西方的自由，一对儿子，就要当中国的老子。悟出来了：不匹配。最不匹配的就是你自己。"

　　浪榛子说："你要守'道'，你儿子把'道'都写成文章，送他们学校的校报上发表了。芦笛写了科学家抓到'微中子'的报道，还要自己定义'人'呢。"

　　"微中子"、定义"人"？这些大名词一出来，宁照和喇叭都傻了。儿子不是在忙打棒球吗？

　　宁照立刻想，写这"子"呀、'人'呀，将来能不能找到工作？他问："说得神了。研究这些'子'呀、'人'呀有什么用？"浪榛子回答："你儿子说，微中子无处不在，没有任何东西能挡住它们，研究微中子，我们就能知道宇宙中还有多少能量。'人'只是地球上一个物种，定义'人'，让人知道自己在宇宙中的位置……"喇叭叫起来："我们在想银行里还有多少钱。我们儿子在想宇宙中还有多少能量。真是，真是。"

　　宁照忧国忧民，芦笛忧宇忧宙。"人"在宇宙中不过就是另一类微中子，在地球这个池子里游泳。可以随意游，也可以排队游。随意游，讲德性，劲大的要管劲小的有饭吃。劲小的被挤到角落里去，也不会反；排队游，讲公正，大家得管着自己，也管着那些劲大的别占了人家游的泳道。那就只好守法。

　　宁照和喇叭听得一愣一愣，心里喜欢儿子。再转念想想：他们自己这第一代移民，折腾、受苦，不就是为了让下一代能过正常日子，做自己想做的事？宁照想通了："随他，他愿意做什么就做什么。没工作，反正有他老子养着。"

芦笛也不知什么时候跑到客厅来了，听到这句，立刻说："我和我的女朋友都说好了，没工作，我们就到非洲保护野生动物去。不要您养。"

宁照和喇叭又都吃一惊：芦笛有女朋友啦！爱情跟"微中子"差不多，无处不在，什么也挡不住。从上代传到下代，从宇宙浪漫到非洲！

那个圣诞夜，浪榛子在结束这通长电话的时候说："星空月下，人要不是一个自由的灵魂，不寻找天地正道，那生命长短不过就是多吃几碗饭、多拉几泡屎的事。"

一天的星星从黑夜里浮出来，圈圈点点，如同满天不安分的"子"，看到看不到，抓到抓不到，都跟着宇宙正道跑，像无数"孙悟空"一般上蹦下跳，踩碎了浔阳江头的冰清玉洁，溅起满天大珠小珠，嘈嘈切切。一曲天音《琵琶行》从安大略湖一直奏到"唯见江心秋月白"。当宁照从宇宙往下看人类，他看见多少的圣人言像"子"之真谛那样浮在人欲横流的尘世。"正义的人是幸福的人"（亚里士多德语）说的是要追求正义，没有正义就得不到幸福。"不患寡而患不均"（孔子语）说的是没有相对公正，有人就要造反。他自己的道家信条："宁静致远"，如小雨飘洒在没有引力的空间。"没有一样人类的争斗不应该化成轻声慢语。"他想。

这时，喇叭对他说："你看多好的圣诞节，就缺一只狗。都怪你。"

沙X：跳伞

那天晚上，宁照和喇叭到院子里看雪看灯。这是他们在安大略湖边新买的房子。房子不是巨大，但院子很大。里里外外全是宁照一个人打点装饰。房子一圈的花廊里四季都有植物。就是在大冬天，也有几丛大松鼠尾巴式的茅草弯弯地从雪地里冒出来。一串小黄灯一挂，让人除了有圣诞的感觉，还有"有仙则灵"的感觉。房间的墙壁也是宁照刚油漆的，乳黄色。墙根一圈，就着地板的颜色漆了一条赭红色的边。那乳黄与赭红交界处是一条分毫不差的经纬线。从院子里往屋看，家的色调从一串窗子里溢出，像麦浪涌来的气息。宁照很满足。等他们在院子里走了一圈，回到家，又透过卧室里的大落地窗，看到他们自己在雪地上踩出的脚印，宁照忍不住对喇叭说："你看看窗外，雪地上那一排脚印，是不是'穷巷牛羊归'几个字呀？"

画家宁照钱不多，但他一心就想给喇叭一个可以随意却又有品位的家。那种簇新锃亮或高朋满座，在他看来，都不叫"有文化"。"有文化"体现在一根线条、一串脚印或一丛茅草上，或者，体现在不经意上。他觉得自己是个好男人。他让老婆孩子过着正常生活。

可喇叭心里想的不是这些。她在想，儿子有女朋友了，他的爱情故事一定不能像我的这样乏味，没爱就成了过日子。儿子要好好恋爱，像个男人一样恋爱，像她妈的那个空军旧情人那样给女人写情书。问题是喇叭藏不住心思，她这样想着，就把话说出来了。宁照上了床，正要开电视看，一腔好心情给泼了冷水。真不懂女人是怎么看"爱情"的？心里真是嫉妒这个中美空军混合联队的"老情种"。啥也没给人家母亲，倒又把女儿辈给哄得一惊一乍。凭什么那个男人就比他宁照好？

喇叭不但不理解宁照的不服气，还故意添油加醋，说："那样的男人，不是没有了就是太少。都成'国'字脸了。麻将牌形。钱和权把人脸都洗成一个样，变成麻将牌脸。真不如'乡下王老五'可爱。好歹'王'字还没被规矩成麻将牌形。"

宁照被子一蒙，睡觉。

儿子回到家，却没狗跟着一起睡了，喇叭不放心。等宁照睡着了，喇叭就起来去看儿子。轻轻推开儿子房门，看儿子也睡了。喇叭蹑手蹑脚走进去，她想搞清楚儿子为什么也突然对外婆的旧故事感兴趣，要拿外婆的《战事信札》看。她估计儿子的汉语水平看起来不定能懂。但儿子英文好。也许可以找用英文写的部分看。喇叭看见在那段边缘有喇叭妈妈手迹"荷花使命（Lotus Mission）——'田田多少，几回沙际归路'"那页，儿子夹了书签纸。喇叭翻开来，看见书签纸上有儿子对"荷花使命"查到的解释：

　　1941年起，按陈纳德的计划，由中国送中国空军飞行员到美国，按美国教程与美国飞行员同时受训。第一批一百名中国飞行员学成，经印度卡拉奇回国作战，1943年7月31日中美空军混合联队在印度卡拉奇附近的Malir（马里尔）基地成立，飞往中国作战。至战争结束，约有一千名中国飞行员先后成为"荷花使命"航空战士。

　　喇叭把《战事信札》翻到她最喜欢的一段，打开放回儿子的桌子上。她希望儿子明天能看这一段：

　　　　　　　　　　　　　　　　1944年8月28日（1945年1月补）
　　……

　　马希尔上尉在机内麦克风上对大家说："回到你的作战位置，带上降落伞。我们遇上暴风雪了。如果冰凌结得太快，引擎停转，各位做好随时跳伞准备。"

　　马希尔上尉指令一发，剩下我们能做的就是祈祷了。

　　我飞过这条航线两次，一次是1943年1月从美国雷鸟空军基地毕业后，到达印度卡拉奇的马里尔基地待命。等了四个月，带下批新学员。还干了一件坏事，差点上军事法庭。幸亏命令来了：立刻起飞到中国战区。

　　那次，我飞"驼峰航线"，天气大好。飞到中途，飞机突然一震，右机翼挨了一击。我们全都一惊，以为是碰上了日本Ki-43驱逐机（我们叫它"奥斯卡"），结果，是撞上了一只秃鹰。那家伙真是有劲，把右机翼撞了一个裂口。到了保山机场加油，一看，一片血迹，还有几根黑毛夹在裂缝里。保山的中国地勤没有修理材料，我看见一架P-38驱逐机，中了二十几个弹洞，几个中国地勤在用自制的木胶临时补洞。我非常吃惊：用胶水修飞机！航空史可以记一笔啦。但是千万不要用胶水来修我们的B-25呀。结果，中国地勤还真用胶水把裂口封了一下，让我们凑合开到二塘基地。到二塘，我们团的地勤人员修了半天，才把机翼复原。第一次飞就见识了这条路的惊险。

第二次，是去运钱。那次也是晴天，能看见左一处右一处"铝片"在太阳下闪光。那些是飞机尸骨标出的路标。中国航空公司在这条航线上冒死为中国战场运送抗日物资，到1944年7月，他们已经在这条航线上飞满两万次来回了。我在印度装钱的时候听他们说，1944年光运钱，他们已经运了两百四十四吨进中国。1938年在重庆九块钱可以买一担米，1944年5月涨到要九千块。[1]运钱也成了任务。我要不来运，等钱分到我们第14航空军雇的苦力手上，他们的饷钱就更不值钱了。快运，快发，苦力还能多买一点米。

运钱的那次，我还想过，要是我的B-25在这条路上出了事，那我一飞机红红绿绿的票子就会飞得满天都是，落进"万径人踪灭"的大山。发财梦从天上掉下来，却成了笑话。结果，等我回到基地才知道，那一飞机钱被我安全运回来，本身也是笑话。中美空军混合联队的队友们都问我：为什么要用一飞机宝贵的空间，运回来这么多花花绿绿的中国钱？我说："这是我们第14航空军给修机场的中国苦力的饷钱呀。"苦力在第14航空军基地是蚂蚁大军。哪个基地都有蚂蚁大军。蚂蚁啃骨头，苦力们在成都双流那里，给B-29修机场，三个月就修了四个能让B-29起飞降落的大机场。没有机器，全是人工。其他的基地，日本飞机这边才炸了我们的跑道，警报一过，苦力们就蜂拥上来，立刻就把弹洞补好，让我们能飞能落。前沿基地更忙，苦力更多，光芷江前沿基地那边就四万苦力在等饷钱呢。

队友们说，这一飞机中国钱也不值多少钱。我们刚来的时候一块美元换两百法币，现在，一块换两千了。这么多钱，白占了汽油或炸

---

[1] 数字参见Gregory Crouch, *China's Wings*（New York: Random House, 2012），351–352.

弹的地方。有这空闲，还不如运一飞机啤酒回来。运一飞机美国香烟也比这些票子值呀！苦力才挣多少钱？二十五美分加一碗米一天。还不如每人发他一包烟，拿黑市上去卖，他们保证要香烟不要饷钱。桂林黑市上，美国香烟都卖到二十美元一包了……

现在，我没时间再说闲话、想闲事了。

马希尔上尉又发通知说：冰结得太快，两个引擎已熄火，他快控制不了B-24J了。飞机已经下掉在山谷里飞了，随时可能撞上大山。他在麦克风里宣布了弃机跳伞。跳伞顺序：我们三个搭机的B-25飞行员先跳，然后机组人员，然后副驾驶，他自己最后跳。

马希尔上尉是技术最好的机长之一，他不会轻易放弃飞机的。他的这架"大泥鳅II"和十个机组成员，是最英雄的飞机和机组之一。1943年夏天，一次轰炸海丰和海南岛日军基地，"大泥鳅II"在起飞的时候，前轮坏了，收不回去，歪挂在飞机头下。马希尔硬把飞机拉起来，拖着前轮，跟着大队去完成任务。回来的时候，他的机枪手，从油箱进油管和机翼之间的洞口爬出去，没带降落伞，就用两手吊在空中，用脚硬踢松了车轮闸，把歪着的前轮踢回去了。然后，再爬回机舱来。等"大泥鳅II"飞回呈坎基地，地勤人员都知道这"大泥鳅II"没有前轮了，他们把跑道两边所有易燃易爆、坚硬挡路的物品全都移走，准备让这架伤残飞机损坏性硬着陆。"大泥鳅II"上的十个机组成员一个也不愿意跳伞。他们把降落伞还有其他软的衣物裹在身上，准备硬着陆撞击。结果，马希尔上尉关掉所有的引擎，防止撞击时失火，然后，提着机头，用两个后轮着地，滑了一会儿，才放下机头，从跑道上滑到跑道边的草地上，飞机鼻子着地，一直滑到慢慢停。居然没一个人受伤，飞机既没散架，也没爆炸。修修机鼻子，换了个前轮,又能飞了。①

所以当马希尔上尉说要弃机的时候,大家都知道这是最后选择,要和"大泥鳅II"永别了。在驼峰一样的群山之中飞,飞行技术是"老二",运气是"老大"。今天老大跑了,老二本事再大,也得败给了"驼峰航线"的冰雪。

弃机命令一下,大家其实都知道这意味着什么。怕,我们都怕。只有笨蛋才会在战场上说"不怕死"。我刚回到中国战场上时,文森特将军给我们训示,他说:"没有一个航空战士不害怕死。你能做的就是把死看淡了,假设你自己已经死过了,这样就会容易一些。"我一边拿降落伞,一边重复这句话,让自己快跳的心能放松。严酷的战事已经告诉了我们一个严酷的真实:我们的生命之线,说断就断。在我经历了这么多战事后,与其说死亡让我害怕,不如说不知怎么死让我害怕。而现在,在这"驼峰航线"上往下跳,真是让我最害怕的,不知怎么个死法在等着我。我最害怕的死法,是死的时候都没有机会和你道别,而你却不相信我死了,还在不停地找我。我知道你的任性脾气。

机上的人都没有慌。我怕,我也没慌。慌又有什么用?我们都经过危急训练。因为我不是这架B-24J的机长,也不是第一个跳,所以,在跳伞前,我还有时间。我背好急救包,又抓了很多巧克力糖装在兜里,我把所有的兜都装得要爆炸,才停。临跳下去的时候,又随手抓了一条香烟和两盒饼干,披在腰上。在我后面跳的308炸弹员,还调笑说,他一着地,就要来找我。我这里带了一个"杂货店"。

我抬脚跳下去之前,怀尔特在我后面又说了一句哲理:"一跳下去,我们'每一步都是迷失,直到我们找到正确的路'②。"

……

---

① 见Kenn C. Rust and Stephen Muth, *Fourteenth Air Force Story* (Temple City: Historical Aviation Album Publication, 1977), 13.

② 原句出自但丁的《炼狱》。

　　下面这些，是我最想告诉你的话（你现在十四岁，不知懂不懂我的意思。我一直想等你长大一点，再跟你说这些话。但现在我就得说出来，我怕以后没有运气说了。反正将来等你能看到这一本本记录时，一定长大了）：

　　当我从B-24J的炸弹口跳下去的时候，我觉得那降落伞没打开前的七秒钟，就像七小时那么长。我甚至都觉得降落伞不会打开了。在这七秒钟里，所有我以前的生命都挤进来了。我第一次见到你，就在街上跟着你坐的敞篷车往家跑，多少桂林的小孩跟在我后面跑。我知道你是谁，家里那几天上上下下的人都在说，你要回来了。桂林的小孩好像都认识你，他们叫着：

　　"舒家的小仙女从上海回来了！"

　　"跳水冠军！跳水冠军！"

　　你耳朵上戴着一对湖蓝色的大耳环，一回头，像两只蓝蜻蜓，一前一后飞，让我真是喜欢。要是我的降落伞真的没打开，我就会用这最后一点点生命一直跟着你跑，到死。像一只蓝蜻蜓一样，撞在"驼峰航线"的雪峰上。这也许能算一种和你道别的方式。

　　七秒钟过完了。我拉了D形环。降落伞没打开，落地速度却越来越快。我再使劲拉D形环，降落伞还是没动静。我正吓得要大喊大叫的时候，突然头上一阵窸窣响，胸前的背带一紧，我被向上一提，降落伞打开了。这一提，风太大，降落伞带子一紧又一紧，把我甩得打转转。——我的"杂货店"垮了！兜里的巧克力稀里哗啦就飞了出来，还打在我脸上，腰上的香烟和饼干也全飞了。"杂货店"一分钟倒闭，飞到天上没影子了。三天的给养跑了，不仅如此，我爷爷给我打的、将来娶媳妇用的金戒指都从我中指上给风吸走了。

　　钱食两空，一切听天由命。

　　我听见我的心脏在跳，跳得像一粒一粒子弹在身体里爆炸。这就是我第一次在家门口，看着你从敞篷车上跳下来时的感觉。你叫我

"二哥"。

"杂货店"飞走之后，我周围就只有心跳加风声和雪声。都说雪落无声，但是"驼峰航线"上的雪，是有声的。声音打转转，跟无数个白蜂子一样，在我周围嗡嗡叫。我往下落的时候，突然觉得我终于有时间了。我大概有七分钟时间。从1943年8月回到中国战场，到现在，我总是没有时间。不是出战就是到处找汽油或维修飞机。但是，这七分钟时间，全是我的。马希尔上尉让我们早早就穿上了厚厚的航空服，我大概像月亮上下来的吴刚。当那些白蜂子在我身边飞舞的时候，我没有不喜欢它们。要是我生命结束在这个时刻，那已经比我们大队那几个被日本人抓住的跳伞飞行员幸福多了。

白蜂子般的雪片像一些杂乱的汉字，在我眼前说着一些章法全无的胡话。我就想：我可以把它们抓住。不是没笔没纸吗？我把雪花抓住，叫它们给我写信，也就写几个字，告诉你：我很好。很想你。

我的降落伞突然停住了，但我没着地。我掉在丛林里了，降落伞被挂在树枝上了。我抖伞绳，降落伞不动。我不知道我被挂在树丛中，还是被挂在悬崖上。好在这个山谷里，没有暴风雪。也许，天上那场暴风雪突然停了？这"驼峰航线"一路都是神秘恐怖，恐怖得不像真的世界。让我一时有一种不知道怎么证明我还活着的感觉。

看看天也黑了，我就把急救箱打开（它没跟着"杂货店"一起跑，是我的运气），从里面拿出一个手电筒，向下照。什么也看不见。手电的柔光，落在黑幽幽的丛林里，化得像水似的，聚不起来。我从急救箱拿出一块压缩饼干，吃了。感觉不错。这下证明我还活着。于是，我为我那些飞得无影无踪的巧克力和香烟狠狠地伤心了一回，然后决定，我就挂在空中过夜。谁知道下面是什么？有没有野兽？挂在空中虽然无比的不舒服，但至少是安全的。我得等到明天天亮了，搞清地况再决定是否割断伞绳，跳下去。

也不知其他几个飞行员都落到哪里去了。掉在这种大山里，只好各自为战了。摸一摸腰，我的Colt-0.45口径的手枪还在。我的心脏猛跳了好一阵，在摸到手枪时，稍微慢了几下。书上和戏里的那种不怕死的英雄是不存在的。我每一分钟都要警惕着"死"从某个角落跳到我跟前来，如履薄冰，如临深渊，才活到今天。而我的敌人，也有跟我一样强烈的"要活"的冲动。

混合联队的王牌飞行员、驱逐机队的大队长瑞德中校，在印度马里尔的时候，送我一句名言："好士兵，绝不拿生命开玩笑。你必须比你的敌人更爱生命，才能赢。"

我第一次跳伞，跳错了。拿生命开了一次玩笑。那时，我还是一个新学员，在马里尔等着去美国受训。一从昆明到了印度卡拉奇马里尔基地，带我的机长就把我混在美国飞行员机组，共同训练。那时候，我真是一个"青豆子"（美方的俚语，叫"Green Pilot"，译过来叫"绿飞行员"）。和我一年后再回到马里尔自己带新兵训练时，根本就是两个层次。试飞时，我本可以坐在美方机长旁边的副驾位置上看，但我们的导航员在临上机前，摔断了腿，不能参加那天的训练。我就代替了导航员，坐到了机舱。当飞到卡拉奇北边的沙漠上空时，机长在机内通话线上下令，打开炸弹门。那天，我们并没有带实弹，不过是练习。投弹员就把弹道门打开了。接着机长说了一句给"导航员"的指令。那会儿，我英语不好，似乎听机长说："导航员跳伞。"我心里有点奇怪，但怕机长嫌我英语不好，又怕给中方飞行员丢脸，心想：也许跳伞也是训练一部分？也没敢再要机长重复一遍，就穿好降落伞，走到弹道门，准备往下跳。

投弹员是美方飞行员，扶着弹道门，对我哓哓叫。我也没懂是什么意思，只是显出非常勇敢的样子，腿一抬，就跳出去了。跳出去后才发现，怎么就我一个人跳伞？等我落到沙漠里，我们的飞机在我头上绕了两圈，投了一些干粮和水下来，就飞回去了。我这才想，是不是我听错了命令？

那是我第一次跳伞，也是最糟糕的一次。我一个人在沙漠里往营地方向摸，一路还担心，听错了命令，"老头子"不送我到美国去了。我在昆明航空学校白折腾了。一场实战没打，就又回国了。那不才是气死人。要气，当然只能气我自己。我不是学过英语的吗？怎么就像没学一样。

我在沙漠里整整走了三天，干粮没了，水没了，就靠夜里沙漠里下的一点雨解渴。下了一肚子决心，要把英语学好。

三天后，我才摸到沙漠边缘的一个小镇。全是印度人，都说当地土话，也不好交流。我好不容易才找到了一个电话局，和基地联系上。第二天，我按说好的时间，在一条土路上等救济物资，瑞德中校开了一架P-40驱逐机来了，我在土路上高兴地向他挥手。瑞德中校在天上向我摆动机翼。

又看见自己兄弟，我真是高兴。

瑞德中校就往下扔救济包。一个大包裹落下来，我赶紧拿了打开看。里面有饼干、四包烟、一张地图、够我坐火车回去的钱，还有一瓶酒。我真高兴，以为下面就是我自己的事了，瑞德中校要回去了。

我抬起头准备向瑞德中校的座机挥手告别，可一抬头，瑞德中校却在降落。这让我非常吃惊。瑞德中校的P-40驱逐机叫"老板鞋"，是单人机。只有一个座，带不了人的。

等瑞德中校的驱逐机在这条又细又泥泞的乡下小路上落下来，机轮跳了好几次才停。我赶快向飞机跑去，瑞德中校从机舱里爬出来，一边用怪腔怪调的中文对我叫："范，上、上。"一边把他机座后面的东西往外扔。他使劲扔掉了飞机上的无线电台，又把我往那个小空档里推。等我在他机座后面坐定，他就在小泥路上起飞。路不直，不平，飞机不上劲，他骂了好几次"婊子养的泥路"，飞机才腾空。

到了空中，他对我做了个OK手势。我问他："为什么下来？"他说："你那么孤单，一个人站在泥路中间。我不忍心。"

这样，瑞德中校花了一个无线电台的代价，把我接回去了。前不久，守卫衡阳的时候，驱逐机队的中方机长虞为说，他是全世界坐过

P-40机肚子的第一人，因为他的中队长特纳少校（William Turner）扔掉无线电台，把他塞进P-40机肚子，从敌占区救回来了。关于谁是"世界第一人"，我跟他有一争。

总之，"好士兵，绝不拿生命开玩笑。你必须比你的敌人更爱生命，才能赢。"这句名言，是瑞德中校那次在飞机上对我说的。从此，我把瑞德中校当作我的思想教官。

我一年后再次回到马里尔，脱了"青豆子"的帽子。在美国，我先上了雷鸟基地的初级班，又从美国卢克高级空军基地毕业，在选"驱逐机"或"轰炸机"时，我选了开"轰炸机"，又到科罗拉多州汉塔基地去受实战训练，开B-24和B-25轰炸机。我太喜欢B-24重型轰炸机了，它们大，像个老大哥，方头方脑，一身男人气。但是，我们只得到了B-25中型轰炸机。虽不如B-24大，但我们得到的是全新的B-25。我们是直接到田纳西州的孟菲斯飞机制造厂去，提了飞机直接开往中国战场。看到这些山榛子形状的新B-25在太阳底下闪着有弧线的光，我立刻也喜欢上了这些年轻的"弟弟"。

我们领到了飞机，和美方援华空军一起把八架B-25从工厂直接开往中国战场。每个机组有三个美方飞行员，一个中方飞行员。也不编队了，单机飞往印度卡拉奇。那次，我是副机长。

等回到中国战场打了多次空战，听为我们护航的驱逐机兄弟们叫我们B-25"老大"，我才感觉到，第14航空军就是一个大家庭。在战争中，因为有共同敌人，战友是靠"宽容"结成一家人的。谁也不用爱面子，端架子。不懂就是不懂，爱面子就是自己找罪受。我们本来就是个混合联队，白人和我们黄种人，语言不同，也能像兄弟一样共事，虽然常常闹笑话，像我在印度听错指令跳进沙漠这样的事，后来都是我们下酒的笑料。

在第14航空军中还有黑人、印第安人、马来人、菲律宾人。当他们在远离家乡的中国战场作战时，和生死相比，那种肤色区别、贫富区别又有什么重要呢？我们都是一条战线上的"人"。我真是非常喜爱我们这支混合联队。我想念白天还跟我在一起的丹尼斯和怀尔特，想念团里的每一个弟兄。

这时，我懂得了"盟军"的含意：当世界被糟蹋到一个限度，所有的平民就只能手拉手站在一条"人"和"兽"的界线上拼死一搏了。

夜里，山里很冷。脚不着地吊在空中，绝不是睡觉的姿势。我在美国雷鸟空军基地受训的时候，夜里每半小时就给训练官闹起来一次。在亚利桑那州的沙漠里，都能睡觉。但吊在空中睡觉，还没学会。脚不着地吊在空中，只能让我害怕。这是一种我自己无法掌握主动权的姿势。失去控制力，是我们飞行员最害怕的情境。在这种黑幽幽的深山里，吊在树上，谁也别想称英雄。能哆哆嗦嗦地过一夜，就是我的运气。我决定，从现在起，到天亮，每一分钟，都要让我的大脑清醒着。

天上的星星出来了，一个个口齿伶俐，不像是星星，像是天空吐出的诗句。天上才出了诗句，山谷里不远处就传来野兽的嗥叫。生和死怎么能脸对脸，这么近呀。我怎么会挂在世界的这个犄角上了？可恶的战争，人怎么能发明出这么一种游戏？要是我就这么死了，真是太不公平了。但愿我的运气还在，至少活过今夜。等太阳出来了，看清这是个什么鬼地方再死。

那个我和瑞德队长讨论过的问题又冒出了：为什么要打仗？我们打的真是消灭一切战争的最后一战？

现在，唯一可以安慰自己的是，这么野的大山里，大概是不会有日本兵的。

去年11月，308航空大队派了一个编队，过"驼峰航线"自己给自己运汽油、炸弹和食物。一趟来回，去的路上碰到一拨日军Ki-43，回来的路上又碰到一拨。我们"老头子"最能猜日本人的心思。他告诉308航空队，六架一队，飞得松松的，拉开距离，他希望日驱逐机把B-24J误认作C-87运输机（C-87是老B-24改装成的运输机，没有自卫能力。样子和B-24J很像，很丑，方头方脑，像个灰绿色的大知了）。他说，所有的枪手都别打，要装成像是C-87运输机，等日机靠近了再突然猛打。

果然，去时，日军30架驱逐机以为这是C-87运输机队。日机突然冒出来，想在"驼峰航线"上打个软柿子。结果，没想到碰到的是有自卫能力的B-24J轰炸机群。日本的零式和Ki-43驱逐机，小而轻，被B-24J上的枪手打得七零八落，一次就损失了十八架。等那批B-24J从印度载了油回来，在回来的路上，又碰到同样笨的日机，又把B-24J当成了C-87。结果，又狠狠挨了B-24J一顿打。

据说，那个方队的B-24J中，有一个枪手以前是印第安人中的猎手。他把机顶枪位上的机枪捆在自己身上，脸转到哪个方向，机枪转到哪个方向，想打哪儿，就打到哪儿。他一个人，那一次就打下了四架Ki-43。据说，那天还有一个长官跟着他。因为308大队报道过他的非常战绩，第14航空军长官部觉得太神奇，想把他的诀窍给挖出来，普及了。正轮着他们队跑"驼峰"，没有轰炸任务。长官还觉得来得不是时候，结果，一仗下来，看得目瞪口呆。那个印第安枪手把日机当狼打了，一边打，还一边嗷嗷叫。《中国灯笼》邮报上说：他打仗之前，跟印第安人的"大精神"谈了话。"大精神"说：可以打，那些狼先咬了人。所以，他枪一开，就像回到了美国西部旷无人烟的大峡谷。与狼独对。印第安人的"大精神"是不允许无端杀动物的，得要有正当理由。譬如说：狼吃了他们的孩子。他们打野牛吃之前还得先跳个太阳舞，感谢野牛，请野牛原谅。"大精神"告诉他：他到中国来打"Japs（日本鬼子）"的正当理由是"Japs"无端炸了他的家园。

我们中国的老祖宗恐怕也是这类的英雄豪杰。所有的敌族都给他们加上了一个反犬旁。都不当"人"待。譬如说：狄，猃，獫，獠，獾，杀了就杀了，跟打猎似的，没有不仁的感觉。人可以打猎。但打同类，就得想法子把对手贬成"野兽"再打，心里才能接受。就是说，在最野蛮的战事中，人也还想保住一点不是野兽的东西。

从那以后，到现在还没再听见日机来偷袭"驼峰航线"的消息。

沙X：虚无时代之一

现在，我认识到，我不仅有七分钟，而是有一夜属于我自己的时间。上不着天，下不着地。就我自己。也许，我不是有一夜的时间，而是有无尽的时间。挂在空中，我想到了一个词："虚无时代"。

在空无一人的地方，只有我一人，是一种虚无。在全是人的地方，找不到自己也是一种虚无。我掉进了一个"虚无时代"。我感觉到没有目的的时间在我周围。这感觉一定就像你大哥在人头涌动的桂林城里，却不知道哪个是他自己。他总是喜欢醉醺醺地躺在树荫下，说："没意思。"有大把的时间扔在他周围，他可以什么都不关心，什么都不在乎，写几句"孤云独去闲"的诗，再和小丫头调调"桃花情"，还说："没意思。"看着他这样活，我想过，他那种生活，我一天也过不来。我喜欢在虚无中搅起疯狂。

可是，没想到，在这不上不下、无边无际的黑夜里，我体会到了"虚无"。活着，就是活着，非得活着，却没有制控权。

我虽然有你父亲资助，但我是山里出来的，不敢闲着。从军后，军队总是让我一分钟不停地忙。这样吊在空中的"虚无"感，让我不适应。我决定想一些正常的事，就像平时我们在基地时一样，让我自己忙起来。一想到基地，我的好朋友丹尼斯就跳到我跟前来了。刚才我们还在一个机上坐着，听他嘲笑"曹长官"。这会儿，不知他落在哪片树林子里了。我对着"虚无时代"高叫了一声："丹——尼——斯——"

　　声音一出，就像针叶松的针叶落进无边的湖里，连个眼儿也没扎出来。这个世界上，就我一个人了。我很不习惯。

　　平时，丹尼斯总是和我形影不离。我们俩同期在雷鸟和卢克受训毕业，他是分到我们中美空军混合联队的美方飞行员。在美国受训的时候，一开始，我们俩都没"放单飞"，航空镜只能挂脖子上，不能放在帽子上。按训练基地不成文的习俗，我们都叫"Dodo"。

　　"Dodo"要通过基本训练，每人发一把步枪。长官说："步枪是你们的女朋友，给它起个名字，抱着睡。如果空军学不成，就去当陆军。"我只当长官是开玩笑，结果，新兵个个都抱着步枪睡了一个星期。那时，我才知道，当一个飞行员，要训一年。百分之五十的淘汰率。

　　我们没"放单飞"的学员，到另一个学员宿舍找人，得一边敲门一边说"Dodo"，意思是"还不会飞的小鸟"来找人了。

　　一到周末，不是丹尼斯来"Dodo"我，就是我去"Dodo"他。然后，我俩一起到附近的小镇子去玩。他带我到他喜欢的几家当地餐馆去吃意大利通心面、墨西哥夹饼。那时，他是主人，我听他的。他给我点什么，我就吃什么。

　　后来，有一天，我的教官带我飞完后，叫我别下训练机。他一个人下去了。然后，他把他的飞行员幸运白围巾系在杆子上。我高兴极啦。那是让我放单飞的信号。那天，我放完单飞，就把航空镜放帽子上了，感觉就像王子加冕。再看到丹尼斯，他说"Dodo"，我不用说了。我们俩一起出去，走到基地门口，他得先给站岗的士兵敬礼；而站岗的士兵得先给我敬礼。到餐馆吃饭，他说："这下，是长官点什么，Dodo吃什么了。"我成军官了！那一天，我懂了军衔。军衔都是人定的，让你好办事，爬上一级，高兴一次。几天后，丹尼斯也放了单飞。我们俩都戴上了白围巾，航空镜放帽子上，不用再说"Dodo"了。感觉好极了。

　　空军军官学校毕业，我们俩到了印度马里尔基地。各带了一组将去美国受训的下一批中国新航空兵试飞。这些人就像我一年前一样，自以为已经是航空兵了。结果，新学员试飞时，我带的那只小"Dodo"机长一下没拉起来，飞机掉得太低。后面丹尼斯那架的新学员以为这是他也得做的动作，也把飞机突然掉下去。我对我的"Dodo"机长大喊大叫，同时听见耳机里丹尼斯也在大喊大叫。两架飞机从人家印度农民家的骆驼头顶上飞过，把人家怀孕的母骆驼吓流产了。

我和丹尼斯被人家印度农民告了一状，案子送到基地的军事法庭。幸亏不久我们第一轰炸机队接令从卡拉奇进中国了，我俩逃过了"骆驼案审判"。估计是山姆大叔赔钱了。若判我和丹尼斯赔，我们就至今还欠人家一条小骆驼的命。

平时，这个时候，若在基地，丹尼斯也是和我厮混在一起。我们会听"东京玫瑰"的英语广播。"东京玫瑰"是美国大兵给这个东京播音小姐起的名字。她的电台不是在香港，就是在上海。信号很强。据说她在美国加州洛杉矶大学读的书，英语说得柔声柔气。她天天报道皇军节节胜利，又有多少日本武士成仁。在夜晚，她就会用色情兮兮的语气说：多少日军战士，现在正在和他们的慰安妇或情人进入警幻仙境；而当美国大兵躲在冰冷的防空壕里时，他们的太太，在美国正爬上了别的男人的眠床。然后就放美国音乐。联队的美国飞行员们就会大笑。

有一次，吃晚餐的时候，丹尼斯穿着降落伞做的睡衣，带着两个同样穿着降落伞睡衣的美方飞行员到我们中方餐厅来炫耀他们的发明。睡衣抖抖，纽扣洞是用香烟烫出来的。他们看我们这桌人还在吃饭，就坐下来分吃我们的四菜一汤。丹尼斯说，他们西餐厅吃的是煮牛肉。他说中国的牛肉不是牛肉，是在水田里拉犁的老水牛。一百岁了，拉不动犁了，杀了当肉吃。这种老水牛，就跟"苦力"一样。给你干了一辈子活儿，老了，应该给它养老送终，埋掉。西餐部的中国厨子却把它的肉买来，在水里煮了四个小时，当烤牛肉给我们吃。第一，我不忍心吃"苦力"；第二，太难吃；第三，咬不动。

　　所以，他们就跑到我们中餐桌上来蹭点青椒炒肉丝吃。那天我们的四菜一汤还有：拌黄瓜、煮花生和小咸鱼。丹尼斯吃了两个馒头，但不喝我们的稀饭。他说："你们这些老稀饭，就是水加几粒米，能活命？"我说："你们那西餐桌上，除了有鸡蛋，我会去蹭。不然，我情愿喝我们的老稀饭。"

　　丹尼斯就指出："上一次，我们的西餐部大厨炸松鼠给我们吃，骗我们说是鸡。那天，你不是也来蹭过？"我说："不谈不谈。那是大厨想给你们多加点荤，你们还不领情，不吃。那我们就不客气了。凡油一炸，松鼠和鸡也差不多。"

　　（想到这些吃的，我真是饿，就又从急救包里摸出一块压缩饼干，掰了半块吃了。这些洋东西，就是吃不饱。要有一大碗热稀饭，才过瘾。妈的。这场该死的战争。）

　　我们空军混合联队的中美人员，什么都混在一起干，但是吃饭一直分中餐西餐。他们来凑热闹是常事。那天，我又跑回宿舍弄了一些啤酒，这些啤酒是我从瑞德中校那里骗来的，条件是给他弄三枚美式炸弹。这三枚炸弹，我得节约下来给他。有了我们轰炸大队之后，他们驱逐机队已经不用再经常搞什么俯冲投弹了。时间一长，瑞德中校手痒了。他说，他们早两年扔的那些炸弹都是俄国制的小炸弹，或中国自己制的土炸弹，威力有限。他还没扔过正宗的美制炸弹哩。

　　啤酒来了以后，我说："吃完打牌。"丹尼斯说，有酒，就要来点音乐，就把收音机旋钮转来转去，把"东京玫瑰"的信号调得强强的。"东京玫瑰"有一点音乐天赋，她新闻报完就会放音乐，选的还都是美国的好音乐。她动不动就放Some where are the Rainbow（《彩虹那边》）。

　　在中国战场，听不到什么英文广播，一开就是"东京玫瑰"。美方飞行员就听得懂这个台。"东京玫瑰"说："日军在洞庭湖打下了一架美国B-24。""东京玫瑰"说："这架轰炸机是女人开的。这说明美国已经没有足够的男人当飞行员了。""这些女飞行员像什么样子呢？""东京玫瑰"非常开心地说："她们都没有飞行服穿。她们的装束就像迪斯尼电影里的光大腿女郎。"

丹尼斯笑得把凳子都踢翻了，其他中美飞行员也一起大笑，因为我们知道她在胡说。她说的"光大腿女郎"是美国飞行员画在他们飞机上的图画，是那架飞机的名字。美国飞行员都喜欢用他们的女朋友、太太、巫女、女明星、电影里的女人的名字，命名他们的飞机。飞机是他们的"情人"。丹尼斯的B-25叫"婊子姐"，够野的吧。开始，我们中方飞行员，没有一个好意思把女人的名字用来叫飞机。所以，我们叫"悟空大队"，一群孙悟空。丹尼斯不懂"悟空"是什么意思。我说："魔猴王。"美方飞行员就叫我们"Magic Monkey（魔猴大队）"。

后来，我决定"西化"，在我的B-25上描了你起的浪漫名字和疯狂诗，首先浪漫了。你随时在我身边，我为你而战。我的B-25因为有了浪漫名字，不再是架飞机，是我的小情人了。在这个虚无的空山里，我想念我的小情人。

我的梦想是到308大队去，开一架大型轰炸机B-24J。"J"型的B-24是最新式的，雷达瞄准。就是天气不好，看不见，也能炸到目标。我们的炸弹太少，一定要炸得准。我要能活着出去，我相信迟早能得到一架B-24J，我在美国学过开这种四引擎的大型轰炸机。过瘾。我要有了B-24J，她就是我们家的老二，她的名字也是属于你，只有你懂我懂。

这时，已经是深夜了。又冷又黑。我的厚飞行服挡不住深夜的冷风了。我决定要在心里找一点温暖的东西，让自己温暖起来。我就开始想你，想夏天我们俩在一起的事。

有一次我从昆明航空学校放暑假回桂林。我们拖了长工老李运货的竹筏子，从你家后院的玉米棒子山出发，想划到阳朔河里去玩。下水的时候，你大哥坐在后花园的假石山上心不在焉地喝酒听音乐。他嘲笑我们到了水里就会迷路。结果，我们真在桂林山水里迷了路。我们身上衣服都湿了，头上还顶着个大太阳。我们走错了一条水道，就认不得路了。干脆，也不划了，随竹筏漂流。竹筏不知给水冲到了什么地方，停在一块月亮石脚下。我们又热又饿。你说，水是你最好的朋友。你不怕在水上迷路。你说，你敢从玉米棒子山上，往流过你家后院的河里跳。

你说，那是因为桂林太热，在屋里给你拉绸扇的小丫头，一见你进屋，就跟着跑进来，给你拉挂在屋顶上的绸扇。有一次，你忘记屋顶上的绸扇还在扇，没叫她停，她就不敢停。一直拉到一身臭汗，实在拉不动，才说："二小姐，我能不能停一下。"你说，你觉得自己像犯了罪，把对你那么好的小丫头差点累死。你还说："我想到我妈。"

我知道你妈就是从当小丫头走到二太太的位置上的。那是中国漂亮女人过好日子的一条近路，但不是一条容易的路。不知你妈以前是怎么被大管家欺侮着走过来的。舒家的规矩跟军营一样，关系复杂，等级明了。大管家一开口就说假话，只讨好一个舒老爷。大太太得了封闭症之后，不再说话，万事不管。舒先生就把什么都交给你妈。你妈尽心为舒家里里外外操持，她聪明，给大管家留足了面子。

我爷爷死后，你姐夫丛司令把我们作为烈士遗孤送到你家。第一天，你妈就对我和我弟说，要听大管家的。大管家的位置就是个上下逢源的位置。你妈成了二太太之后，大管家对你妈说话都尽拣美言来说。不过，家里下人们谁在挑拨离间，谁想仗势欺人，你妈全知道。她能把种种关系摆平了，且不报复大管家，所以人人都喜欢她。

你说："这种本事，没让我妈觉得光荣，反让她觉得无聊。人要这种本事干什么呢？浪费生命。"

我说："你不懂，你妈全是为了你和你弟弟。她摆平关系，就是为了让你和你弟弟能过你们自己想过的自由生活。给人当二房是她那代吃的苦，到你这代结束。你就是堂堂正正的舒家二小姐。将来，会有人堂堂正正地来娶你。你心肠好，生在大富大贵人家，一点也不骄横。"

你说："我妈总是教我要对下人好。我不要人给我打扇子。一热得厉害，我就从玉米棒子山跳进河里去凉快凉快。上海的游泳池都没有桂林的水柔软。跳到河里，像跳到画里一样。"

我就笑，说："小仙女，看你说得神气活现，今天是谁带着你下水的。"你就摇头晃脑地说："是我自己，就是我自己。你在筏子上招招手，跳下水的还是我自己嘛。"

你知道那时候我想到的是什么？我决定为你窜改古诗："锦瑟无端五色弦，一弦一柱诗华年。"①你举手投足，都合了我这两句诗。你就是一个"诗华年"。

我真希望你永远就这么跟我两小无猜地胡搅，但是，我也真希望你能早早看懂我的心思。要是那时我们之间还有一张纸，那就是时间。我只好耐着性子等你长大。不然，好像我欺侮你似的。

那天，我们俩坐在竹筏子上，东拉西扯，说了很多介于成人和小孩子之间的话。你说在上海，不用人拉扇，有电扇。你很想回上海。你很久没见到你的法国游泳教练了。你的教练说，要不是打仗，你能成全中国的跳水冠军。然后，你抱怨你大哥，说他上杭州航空学校就是为了试新鲜，那个学校有太多的官宦富家子弟，他们不能打仗。1937年上海沦陷前的空战，中国空军打得太臭。叫他们炸城外停在黄浦江上的日军军舰"出云号"，他们飞来了，天气不好，他们改变了飞行高度，又不知道调整弹距，居然把炸弹扔到上海城里，有一粒就在大世界旁边爆炸。那次事故炸死了三千多老百姓。

我说，这个灾难，我在昆明航空学校第一天上课，陈纳德将军就要我们牢记在心上。等我从美国学成归来，我飞给你看。我能让你回上海。

---

① 原句为：【唐】李商隐诗句："锦瑟无端五十弦，一弦一柱思华年。"

你就笑，跳到水里去了，说，你先变成一只鱼鹰给我看。我看你游泳，真好看，不像鱼鹰，像一条美人鱼。我就也跳下水，我们俩合作，一起捉一条鱼。回到岸上，系了竹筏，躲在月亮石后面背阴的地方，把鱼烤了。你吃鱼肚子，我吃鱼头和尾巴。

你说，烤鱼好吃。可你哥却总是胃口不好。他说，世界上没有好吃的东西，坐飞机到香港去吃一顿早点，去的时候还行，回来的时候，那早点也腻死了。你说，你担心你大哥。最糟糕的是，他什么都想要最好的。要到了，"最好的"立马就在他眼里不值钱了。他想要这，想要那，什么都想要，却不知道想要什么。

我说："他是'虚无主义'。钱害的。半个中国都没了，还能想要什么呀？先想当个自由人吧。"

你说："回去告诉大哥，我们吃了烤鱼，让他羡慕。"

我说："你大哥得的是富贵病。他不会喜欢这条鱼。"

然后，你就说了几句让我开心了好几个月的话。你说，你喜欢做事有目标的男人。男人得知道他想要什么。想抓鱼，就把鱼抓到，想上天，就飞到天上去。等战争完了，你就要嫁给这样的男人。

我想问："我是这样的男人吗？"结果，说出口的却是："你怎么告诉这样的男人你的心思呀？"

你说："此时无声胜有声。"

那时候多好呀。

沙X：野蛮人

下面，我就不知道该想什么了。没有逻辑了。思想跑到哪儿算哪吧。就是睡着了，我也不坚持了。在我死的时候，能肯定我自己是个好人，是个君子，是个好航空兵，也就盖棺论定了。我不知道我炸死过多少日本兵。美方飞行员把日本兵叫作"Japs"，比"Japanese"
（日本人）少一节。我也可以跟中国老祖宗学，给日本兵加个反犬
旁，把侵略者划到野兽中去。我没杀过人。

想到君子仁人，我就开始想念怀尔特。怀尔特是真正的君子。
混合联队这个月刚得到三架P-51马思腾（野马）驱逐机，怀尔特得
了一架，还没拿到手，名字都起好了，叫"正义美人II"。把他的老
P-40"正义美人I"给了新来的飞行员。怀尔特三十九岁才当兵。他
说，在此之前，他已经看过了很多生命中的趣事。没想到，来到中缅
印战场三年，他的阅历赶上了他一辈子所有的想象力。

怀尔特父亲和叔父都是美国太平洋铁路总部的工程师，跟着铁路
定居在铁路枢纽镇平河北。他从小就是运动员，当篮球队长、棒球队
长，还是学校短跑冠军。他说他们"平河北高中"就开始招平民预备
军官生，男孩子参加了，就可以发一套"一战"时的制服穿，还可去
学射击。很多男孩子都参加。等他上了大学又上了牙医学院，依然是
学校的军官生。一毕业，天下无战事，就在平河北当牙医。1929年经
济危机，平河北镇子上的所有银行都破产了。农民来看牙，没钱付
账，就送他两只鸡，或者一袋土豆，或者一桶牛奶。他也不计较，农
民来了，他全看。养家不成问题，日子久了，他没钱给车加油了，加
油站的人说："您只管加油，等您有钱了再付。"下次去加油，还是
没钱。加油站的人又说："您只管加油，等您有钱了再付。"怀尔
特说，那时候的人就是这样穷快乐，穷君子。现在没有这样的民风
了。

后来，经济好了，怀尔特有钱了。他用当牙医挣的钱，花了一万
美元买了一架双翼飞机，还成立了一个一架飞机的小航空公司，飞从
达科他州到爱荷华州的航线，雇了一个飞行机长给他飞这条航线。结
果，看人家飞，他又心痒，就跟着机长学，也学会了，得了飞行证，
他飞周末，机长放假。

这样的平民日子过得正好，突然有一天接到军队一个电话，叫怀

尔特三天之内去斯莱林基地报到。怀尔特说："三天？我手上这么多事，三个月时间我也安排不好呀。"军队的人说："你只有三天，这是命令。"用到军官生的时候到了。

怀尔特以为军队要他去当牙医，结果不是。军队要他去训练航空兵飞行。怀尔特停了自己的小航空公司，关了自己的牙科诊所，给军队训练航空兵。一直到"二战"爆发，他都在部队当航空兵教练。驱逐机，轰炸机，都会开。1942年被陈纳德招进了第14航空军，分到混合联队，当驱逐机航空队小队长，兼美方人员的牙医。怀尔特决定跟陈纳德到中国来，因为他不想把当牙医的本事荒废了。他说，打完仗，回到平河北镇，他还是当牙医。

因为我父亲是混合联队的中方医生，也会治牙。两个人年纪也相近，他经常带着我做翻译，去和我爸爸互换药物，或去看我爸爸如何用中药行医。每去看一次，怀尔特都要大惊小怪一次。我爸对他说，战前，在我们老家范水，我家祖上给人拔牙也不收钱。收点萝卜什么的就行。怀尔特和我父亲很谈得来。他教我爸说医院医生说的专业英文，教了不少医用术语和洋药的名字。我爸就算第14航空军中最懂英文的中国医生了。怀尔特是运动员的品行，对任何机会都要准备好。他说，说不定哪一天，中方病人会来找他看病，美方病人会去找我爸看病。他们都得准备着。

有一天，"东京玫瑰"播完新闻，放音乐。我和丹尼斯听音乐的时候，怀尔特正好进来了。他走到我面前的时候非常生气，把一捆传单扔在我面前，责问我，到京汉铁路日军储备仓库侦察巡逻时，为什么不按计划把这些传单扔下去？美方飞行员都扔了。

那传单上，画着两个中国铁路工人，夹着包裹跑。旁边写着："中国劳工们，你们快跑吧。我们是美国空军，我们就要炸这条铁路和火车站上的日军储备仓库了。我们是你们的朋友。日本人是我们的共同敌人。你们不要再给他们干活，快快逃命去吧。"

那捆传单我是没扔。我说："我忘了。"其实，我当时就没想扔这玩意儿，就又加了一句："说不定那些给日本人干活的人，大多都是汉奸呢。汉奸是中国人的叛徒，跟日本人一样坏。炸死就炸死了。"怀尔特说："他们是民工，给日本人干活，是被逼的。说不定我们还有情报人员就在那些铁路工人中间，为我们收集情报呢。哪天我们跳降落伞落到了沦陷区，我们还指望他们救我们。你怎么能把你的同胞当作汉奸？你要在他们的境遇里，说不定也得做他们做的事。他们都是人呀，有妻儿老小的人。"

我们中方飞行员一般对这种预先扔传单的事，都不怎么当回事。反正中方官员从没给我们下过扔传单的命令。我自己说不定明天死了呢，还管那些给日本人干活的人。我们中国人痛恨为敌人做事的人。我们也没炸沦陷区的平民区。你跑到铁路上给日本人扳道岔，被炸死了，那就不是我的事了。

但是怀尔特说："所有非战斗人员，都不是你的敌人。那些民工是你的同胞。战争是人类的悲剧，它不光是要死人，它还会把人变成野兽。我不想你们这些年轻人在战争结束之时，却失去你的悲悯之心。所有战争中的规则都是非正常规则。在少有的几个能做正常人的时刻，你不做，你不后悔呀？"

我当时想怀尔特是洋医生出身，他有洋人的道理，他要把那个我们存在天上的"我"拿到战场上来用。他不像我们中国人这么仇恨日本人和汉奸。仇恨比什么都能让一个民族团结。

我就说："我恨日本人，管不了那么多。扔传单不是轰炸机干的活儿。"没想到怀尔特说："我大弟弟是水兵，在美国休斯顿号巡洋舰上。1942年2月休斯顿号在爪哇海（the Java sea）和日本舰队激战，以后就消失得无影无踪。舰上一千名水手，包括我大弟弟在内全部失踪，死活不知。我二弟弟是第一海军陆战队的士兵，死在太平洋第一大战瓜达尔卡纳尔岛（Guadalcanal）。叫你先扔轰炸通知传单，不是仇恨问题，是我们的军纪、军德问题。"

怀尔特讲到军纪、军德，我就没话说了。想起我们在雷鸟受训的时候，美国长官谈到若跳伞被俘，可以告诉敌人你的姓名、部队番号和你所知道的任务，出来还一样是英雄。这在我们，就是叛徒，不可能是英雄。我们的英雄要做人做不到的事情。怀尔特能为扔传单的事和我这么较真，我觉得，这家伙还真蛮英雄的，他冒战事之大不韪，把那个在天上或心里某个秘密处所当着"正常人""普通人"的第二个"我"，拿到和日本鬼子打了七年的中方人员的军营里来了。蒋委员长"用土地换时间"的大撤退，撤得多少中方人员家乡都成了沦陷区。他还要我做正常人做的事。这个老家伙，真是个美国牙医，绝了。

现在，我想，如果我还有机会，我要对怀尔特说："您别为这点小事生气，下次我扔传单就是。"

从扔传单的事，我又想到，还有一天，收音机里，"东京玫瑰"正用柔声说，一百多个慰安妇刚刚从韩国到了满洲国，皇军的官兵们将会有幸福的夜晚。你们美国大兵的情人在这个幸福的夜晚，也很幸福，只是睡在别的男人的床上。

怀尔特正在给他老婆写信。他老婆是个小学美术老师，每次在给怀尔特的信封上，她都会画一个美人，次次美人都不同。所以，怀尔特的信，在我们这里都得先传一圈，才会到他手上。怀尔特的信那次是停在我手上了。信封上的小美人穿了一条蓝裙子，屁股撅得高高的，回过头来，噘着嘴，送一个飞吻。

怀尔特追信追到我们屋里来。我们正好有西瓜，他看了信，就在我们屋里吃西瓜。没吃完，就说他来了想法了，要立刻给他老婆写回信。他老婆问他，女儿过生日，他想送个什么礼物给女儿？他说他要告诉他老婆，他想送女儿一个穿中国衣服的娃娃。他下次到桂林或昆明或重庆时，若看到，就给女儿买。

这时候，"东京玫瑰"说到了"慰安妇"的新闻。

怀尔特嗤之以鼻，说："男人当兵，是为了保护女人，保护弱小。日本人把女人当成慰安妇，当工具使，这和强奸民女有什么不同？嫖妓还要付钱呢。这慰安妇连最起码的公正都得不到。'东京玫瑰'还天天当好事说。简直不懂这些鬼子行的是什么伦理？"

丹尼斯说："《邮报》上有文章说，已经证明鬼子是人类的次品，叫大家买一份战争债券，杀一个鬼子。"

怀尔特叹口气，说："那我也不同意。他们也是人。日本有一流不怕死的士兵。只不过那个国家的教育或上层出了问题。野蛮制造野蛮。你丹尼斯说的那些是美国的战争宣传。不能信。'战争的第一个伤亡就是真实。'①日本人还说我们美国人不过是些小业主，打不了仗呢。结果怎么样？我们没有败给他们。我们的敌人和我们一样，也是想打个胜仗回家的航空兵，不一样的是双方打仗的目的。"

丹尼斯说："我堂兄在第一海军陆战队，他来信说，他们打下佩莱利岛（Peleliu Island）之后，人都打疯了。有一个士兵收集鬼子的头盖骨当纪念品，还把头盖骨磨得光溜溜的，寄回去给情人。"

怀尔特吼起来："希特勒纳粹把犹太人杀死，收集他们的金牙。你写信给你堂兄，叫那个士兵不要跟纳粹学成野兽。'一个战士心里要怀着高尚的火，他的心得放在理性和欲望之间。'②你我都是平民，穿上军装来打仗。不是为了杀人，是为了过我们自己的自由日子。我只知道以前，仗，也是不想打仗的平民打胜的。我不想到打赢了战争那天，回到家，不会当平民了。"

丹尼斯又插话道："我知道我们跟鬼子不同。我们让我们的女人和孩子有安全的家，他们让他们的女人和孩子当军国主义的工具。日本女人跪着给男人开门！"

我们中国飞行员没觉得开门这事有什么大惊小怪的。虽然，我在美国受训时，总是看到男人给女人开门，但中国男人不给女人开门我习惯了。再说，在战争中，人都是要死的。说到谁给谁开门，真不是

---

① 美国政治家Hiram Warren Johnson（1866-1945）名句。
② 柏拉图语录。

提得上筷子的事。日本人公开杀死了多少中国的小孩女人，光报复1942年4月18日杜立特少校16架B-25轰炸机偷袭日本本土，中国人救助了杜立特飞行员，我老家浙西山里就被他们大扫荡过。我爷爷就死在那个时候。这些我们才不能忘记。

但是，怀尔特对丹尼斯说的事儿却很认真。他说："男人给女人开门，看起来只是一种行为，但深层是一种德行。想一想如果男人都不给女人开门了，我们成了什么？我们就回到了野蛮人时代！"

当时，我一听，心里想，啊，男人不给女人开门，就叫回到野蛮时代？你怀尔特的那个"文明自我"，就跟你的英国绅士风度一样，再穿军装，再不合情境，也能冒出来。真是个洋人"宋襄公"呀。

宋襄公自喻是仁者之师，敌人过河时不打，敌人没排好阵势时不打，结果自己被打得一败涂地。他把正常生活时人的道德拿到战争时用了。不行的。我就把这个宋襄公讲给怀尔特听了。

怀尔特说，他不是宋襄公。他不过是把战时伦理和正常伦理当成两种棋盒子里放的下棋规则，分开来看。我们现在是不幸掉到战争棋盒子里的棋子，得按这盒棋的规则走棋，这盒棋的规则要利用人性黑暗面。但我们一定是要回到正常棋盒子里去的。所以，不能忘记正常棋盒子里的规则。

我当时这样想，就是怀尔特的正常棋盒子里的规则，到中国也不灵。一千多年，我们中国男人都一致同意把女人脚折断了，裹起来。因为三寸金莲性感。女人的伤残美，给中国男人好感觉（不知是什么心理）。我们联队中方和美方航空兵，在白市驿去南山里小村子躲空袭，那村里的女人都裹小脚。美方航空兵看到小脚妇女背着背篓，挑着担子，在山路上飞快地走，一个个眼睛都瞪圆了。我们中方航空兵解释说，那个村子落后，民国妇女不裹小脚，后来，美国飞行员看到基地的妇女苦力中，多有裹小脚的，就说："民国前的橄榄脚都参战了！"我们这样对女人，那我们成了什么时代呀？就是现在，在我的老家，我妈都是从来不上桌子吃饭的。不给女人开门都叫不文明？那我也是野蛮人。

真是可笑，我们打着一场最野蛮的战争，却讨论着怎么不当"野蛮人"。而现在，我在这地球上最荒蛮的丛林里，却想到不当"野蛮人"的争论。也许，这种感觉对别人不重要，但对我们很重要。我们不想和我们的敌人归为同类。我在这个无人烟的丛林里，挂在树上，想到这些讨论，就像在荒蛮中寻找正常的自己，也寻找和我生死同机的伙伴。能想这么多事情，我还活着，还没有迷失。

现在，在这无边的风声树语的世界里，我恐怕是唯一的一个还有大脑在转的生灵。也许，这是我最后一夜与我自己的大脑活在一起。在这一夜，我基本同意怀尔特的文明理论，我也想当文明人。我打仗只是因为，必须有人来结束"战争"这个脏活。我一点也不喜欢打仗。

如果我还能再见到你，永远都是我给你开门，开一辈子。野兽不保护弱小，人保护弱小。这是我们把这场战争理解成"正义战争"的理由。

我在一个长长的黑夜，吊在空中，听着野兽的叫声，在星空下想着战争、传单、女人和做文明人的问题。想这些问题让我知道我还没死。我愿意在这一夜把我一生中碰到、却没时间想的问题都想一遍。
　……

沙X：金头

天亮了，两个"我"自己跟自己的对话结束。只有一个战士挂在树上。现在，这个战士"我"能看见下面是什么了。我并没有挂在悬崖峭壁上，但我离地面大约还有三米高，下面，是横七竖八的枯树。借着我的高度向下看，想找到一点人迹。什么也没有。只有丛林、高树和风声。我不能肯定这是什么地方，根据我们飞行的时间算，这可能是印缅边境上的山峰。

我割断降落伞的一根绳子，往下落了半米。我一咬牙，割断了剩下的伞绳，掉在枯树枝上。枯树枝咔嚓咔嚓断了，还好，下面大概是千年的腐叶，并没有坚硬的石头。我在空中吊了一夜，一踏到土地，安全感和不安全感同时回到我的血液中来。我得决定是往山上走，还是往山下走。

我决定，往山上走。爬高一点，我可以看见村落或者炊烟，然后，我再确定方向。枯树枝在我脚下发出急不可待的断裂声，它们在荒野里安静了无尽的年头，终于用断裂声证明了它们的存在。

我向山顶走了个把小时，突然听见扒拉树叶子的声音。我猛地停住了，还没找地方躲藏，突然看见一个女人，蹲在一块岩石下扒树叶子，找野菜。我没看清她的脸，只看到一双惊恐万状的棕色眼睛。她也看见我了。

女人尖叫一声，扔下手里的竹筐，掉头就跑。她吓了我，我也吓了她。我的飞行服大概让女人觉得我是魔鬼。女人穿的是麻编的棕色兜儿，从脖子到膝盖，漏斗形状。"漏斗"在树丛中转着跑，不停给树枝钩住。

看见这个女人，吃惊之后，我的心脏开始狂跳：我的好运气还在！这里有人家。我跟着那个女人追。用中文和英文高叫："别跑。我是好人！"

女人已经跑上了一条通向山顶的小路。我越发欢喜：有路了。

就在我刚踏上那条细如鸡肠的小路时，突然，我听见了两声枪响。那是Colt-0.45口径美式手枪！我肯定我的同机弟兄也在附近，且遇到了危险。

我立刻爬上一棵大树，拔出手枪，做好打丛林战的准备。在那条通向山顶的小路上，我看见一个航空兵拼命往下跑，不时回头对天开枪。我追的那个女人，在小路上和从山上跑下来的航空兵撞了个正着，两人谁也没有停，一个向山下，一个向山上跑。

一转眼，那个航空兵跑过我的大树。那是B-24J的机长，马希尔上尉！

我高兴呀，世界再大，我只要找几个兄弟。我叫了一声："马希尔！我在树上！"

马希尔头一抬，看见我了，他对我使劲摆手，意思是叫我别下来。我不知道他遇到什么危险，是人还是野兽？在这种地方遇到日本兵的可能性不大。顺着马希尔跑的方向，我看到远处山谷里有一些木楼，像是一个村落。

马希尔刚跑过去，一队穿着"漏斗"形麻衣的男男女女，脸上涂着赤色，手里拿着斧子和弓箭，呐喊着从山路上冲下来。马希尔又冲天放了一枪，明显不想伤害这些人。这些男女立刻趴在地下了，离我的大树不远。他们在地上趴下了几分钟，跳起来又追。

我紧握着枪，一声不出，却又随时准备开战。我想，我追的那个女人，肯定会把撞见我的事说了。不要多久，他们也会来捉我的。这些都是什么人？我不知道。这一带山里可能住着不同的部落。我得赶快去追马希尔。藏在树上，不是长久之事。

正想着，那群追马希尔的男女，全退回来了，匆匆往山顶上退。顺着他们退去的方向，我看见七八个窝棚在山顶上。再往下看，山谷里那个大村落里，出来一群骑马的男人。这些男人穿着衣服，像是文明人。

想是马希尔跑进了那个村落，我也应该进那个村落。村落里的人把山上的野人赶跑，想必村落是安全地方。我就跳下树，向骑马过来的男人们跑去。等我和他们撞上了，我向他们挥手，让他们看我飞行服后面的"血符"。我们中美混合联队的中美航空兵，都带着"血符"，那是印在我们飞行服背后的蒋委员长手谕："来华抗日洋人（美国），军民一体救助。"

村落里的男人有自己怪怪的语言。他们不说中文，也不懂英文，但是，他们看起来挺友好。他们议论了一会儿，给了我一匹马骑。我以为他们要把我带回山谷下的村落，和马希尔会合，但是没有。他们带着我往山顶走。

越往上走，我越觉得不对头。那是马希尔逃出来的地方，我为什么要上去？难道这群人要把我交给山顶上的野人？我很后悔，当时没有跳下树跟马希尔一起跑下山。至少，我们兄弟可以活在一起，死在一起。

往山上走的一路，我都在想怎么逃跑。没死在战场上，死在野人手里，这才叫冤枉。

奇怪的是，等这一行马队到了山顶，山上七八个窝棚空无一人。那些拿刀拿斧的男女全躲起来了。

我们在一个窝棚里找到了被捆在柱子上的丹尼斯和怀尔特。他们俩看见我，一脸紧张立刻化了。我们三个人紧紧拥抱，恨不能把吃奶的劲都使出来。

等我们三个人和马队一起回到山下的村落，马希尔和村落里的酋长站在村口等着我们。我们四个人，在这大山里的部落重见，都活着。还有什么能比这件事更可以叫作"缘分"的？现在，是我们四个人紧紧拥抱了。

这叫"生死兄弟"呀。

这个村落的酋长跟英国人做生意，会说一些英文。他把我们四个人安排在他自己家的木楼二层上。他说，他们听见了从其他村落传来的鼓声，那是有人看见飞机掉下来的通报。他说，这里离昆明很远，得走个把月的山路。

酋长请我们吃了一顿好饭。吃完饭，他叫下人拿出他的收藏给我们看。这一看，我们全受惊吓了。那是一箱子骷髅头。

他们是"猎头族"！[①]他们收藏动物头，也收藏人头。人头，比动物头值钱。他这箱子里装的全是人头。谁猎的头最多，谁就当酋

---

① 盟军飞行员落入"猎头族"的记载见A. B. Feuer, *The B-24 in China: General Chennault's Secret Weapon in WWII*（Mechanicsburg: Stackpole Books, 2006），133-137.

长。下面长老的等次，也根据他们猎到的头的数目而定。

酋长这样说的时候，脸上的表情是平静而娱乐的，没有一点儿因为拿了人家的头，而感到内疚，好像谈论"摘玉米"。

我们四个人一句话也不说。这里的人，用收藏头的数量定军衔高低，真是绝了。我们小心翼翼地计划着我们脸上应该出现什么表情，心里想着不知我们的头会不会也被装进什么人的箱子里。

酋长看出我们的害怕。也许，这是他想要的？他要向我们显示他的权威？酋长说："在这一带，没有人敢拿你们的头。因为我是酋长。日本人在中缅印边界杀了我们族里不少人。我们猎头族也和日本人开战了。你们打日本，我们不拿你们的头。"

晚上，我们四个人回到木楼二层睡觉。四个人一并排躺下，四处一打量，立刻看见木墙上挂着四个骷髅头。一张矮桌子上放着油灯。昏黄色的光，水波一样，一波一波推到木墙上。骷髅头眼睛是两个深深的黑洞，贮存着多少的无知。

我一边躺着的是马希尔上尉，一边躺着的是丹尼斯。马希尔说，他们跳伞以后，就落到地下。都是顺着那条小路走到山顶的窝棚区。那些住在山顶上的人，都是这个村落酋长判下的罪犯。他们被赶到山上，不准下山。山下村落里的人，看见他们就可以拿下他们的人头。

马希尔上尉认定，山顶上的犯人看中了他的金头。因为，他逃跑出去，那些男女追着他喊："拿金头，拿金头！"

马希尔上尉并不懂"猎头族"的语言，但是，他认定他听懂了"拿金头"。

丹尼斯是红头发，怀尔特是棕色头发，我是黑头发。若我们四个人的头同时被拿下，那山顶上的犯人可是"色彩俱全"了。马希尔说："明天，我得用一些锅灰和泥把金头染一染再走。这样可以避免吸引其他'猎头族'的人。你们染不染？"

我看着木楼墙上的人头，想到我们中国历史书上把没开化的边远部族叫作"蛮""夷"。和这里的猎头风俗比，我们老家范水，可是文明开化多了。我们范水崇拜"生"，不崇拜"死"。敬老爱幼，孝顺父母。把死人骷髅挂在家里显示权威，比用"孝"来显示权威要野蛮得多。我回老家的时候，总觉得老家落后，不开化，既没有德先生，又没有赛先生。到这猎头族的木楼，才知道老家还算文明之地。五千年进化出了崇拜"生"，就不容易了。

但是，我们的民族确实把女人的脚折断裹了一千年。看着人家的骷髅头，想到我们的裹小脚。一族人习以为常的事，未必是好事。让小脚女人满街走，是我们这一族的野蛮。我们自诩文明却也常常举措野蛮。民国废除了这个陋习。进步一点不容易。

当有人把战刀架在我们脖子上时，不管这个那个民族有多特殊的社会结构和习俗，我们都一样面对自由与生死。战争把中国、美国还有猎头族都划一条战壕里来了。各自族内的问题，等到和平时代再慢慢做文明改造吧。世界上的活法多种多样，一种能比另一种略略高明一点儿，就是人类的进步。

第二天，酋长要我跟着马队，到另一个村落去认领另一个航空兵。那个村落的酋长会说中国话。我去了。被那个村子里的人救起的是B-24J"大泥鳅II"上的雷达员。他语言不通，一个人苦巴巴地靠着一个灶堂边的草垛，坐在地下。看见我进来，他脸上突然就像出了太阳一般，跳起来就把我紧紧抱住，如见了亲兄弟。我从来不知道，我会对别人那么重要。在飞机上，我总共和这个雷达员说过三句话。

战争中的情感，是无法用言语来表达的。

我不得不相信共同使命。不管哪一族，不管这一族和那一族有多少地方不能互相认同，在这场反法西斯战争中，我们在人类的底线上团结起来。

正义是有的。

我把雷达员领回山谷下的村落，现在我们是五个人了。雷达员告诉我们，和他前后落地的还有"大泥鳅II"上的投弹员。但是，当投弹员试图向当地村民显示背后的"血符"时，村民因为没见过洋人，以为他要拿武器，把他打死了。

这件事，让我想起我爷爷。我爷爷曾经挑着担子，在浙西、江西的大山里，挨家散发救助盟军飞行员的门神传单。可惜这一带没有人做这件事。要不然，投弹员可以不死。我这才体会到我爷爷的事业是保护我。

晚上，酋长女儿结婚，酋长请我们参加。新娘新郎都戴着人头形状的装饰。新郎是个猎手。看着人家结婚，那天夜里，我就睡不着觉了。我想到我和你。我知道，有很多男人在你身边保护你，你爸，你姐夫，你哥，你弟。但是，我想保护你，而且和他们有一点不同：我想给你开门。

男人的背后应该是他的责任。如果一个文化把女人的脚折断裹起来一千年，而没有一个男人站出来保护，倒还要求女人脚裹得越小越好，这一族的男人都是有罪的。他们把男人的责任忘掉了一千年，当了一千年邪恶的帮凶。他们要对这个民族的女人赎罪。他们再立功一千年，也只能当作对前一千年过错的忏悔，而不能有权利得意洋洋，使唤女人。我要对你一千倍地爱护，护你一千年。

到天快亮的时候，我在一个骷髅头下，对你做了一个保证，等这战争打完了，我会做一个文明人。有我在，你的自由，我永远保护。我受所有这一切内心和身体之苦难，只有一个意义：把侵略者赶出去，换来一个自由中国。保护着人不被禽兽吃，也保护着人不变成禽兽。让妇女儿童快乐地过平民百姓的生活。

这是你在生死存亡的时候，送进衡阳的诗：

浪榛子，疯狂的榛子。
天倾斜的时候，你的肩膀顶着，
地动摇的时候，你的双脚踩着。

第三章：浪榛子的"战争时代"

沙2：浪榛子

浪榛子从小就很野。她不知道自己聪明，不知道自己好看，不知道自己是女的，只知道野。"野"，要是用文化人的词汇定义，就是"要自由"。第一个不让她有自由的是她妈。突然，她妈进监牢了。

她妈进监牢的时候，天上掉下一群"革命小将"。按孙悟空的话说，叫"天兵天将"。按毛主席的话说，叫"红卫兵"。浪榛子认定红卫兵抓错人了，该进监牢的应该是她。她是害虫。她门不走，要翻墙；路不走，要下河；学不上，上了树。她不进监牢谁进？

浪榛子的"战争时代"在她妈走后，就开始了。什么叫"战争时代"？就是战火纷飞呀，让每个人的神经一直紧张，又一直兴奋。正在不知所措，突然有先知先觉、大智大勇的酋长、村长、队长振臂一呼，拿起一根仇恨满腔的粉笔，划了一条线，把人划成好人和坏人，各自站一边。然后打，好人打坏人。一个战役胜了，再打一个。坏人打好人，敌人狼子野心不死。

毛主席说："在拿枪的敌人被消灭以后，不拿枪的敌人依然存在，他们必然地要和我们作拼死的斗争，我们决不可以轻视这些敌人。"这种不安全感，从领袖传染到百姓。全中国的小孩子都要时刻警惕。敌人的笔可能一拔笔套，就成了一把无声手枪；敌人的半截断腿，原来不是断腿，是藏在半截裤腿里的发报机……反正到处有敌人，还长得和好人差不多。这下，老老小小不但都得像在战场上一样活，还得随时准备着受组织审查。搞不好，你自己就是个"不拿枪的敌人"。她妈南诗霞就是一个"反动作家"。红卫兵冲击了公检法，火眼金睛一下子就捉住了很多坏人。

"战争时代"，日子当然不得安宁，可不安定的也不是你一个人。你周围的人都没有好日子过。刚才还在"炮轰当权派"，再过一会儿，开炮的造反派也挨了一炮，成了"假革命"，被人家"火烧司令部"。在不见硝烟的战场上，能活下来，是因为家家都有灾，所有人都在危险中。你穷我也穷，你挨了打，我也挨了打。大家心理平衡。这样，"大家都一样"就成了"合理性"的标准。不得安宁的日子你想要不要，都是跑你身上来的跳蚤，反正跟着你。跳蚤多了也不知道是痛还是痒。折腾来折腾去的时候，没时间想这些折腾将来还会留下什么心理后果。

浪榛子经历的战役叫："打倒、打倒，再踏上一只脚。"

在这个阶段中，浪榛子首先找到了她不进监牢的原因：

第一，她姓"南"，大名"南嘉鱼"，跟她妈姓，没跟她爸姓。她妈写的书法挂在她家书房墙上："好天良夜，斗南一人。"

红卫兵只斗一个姓"南"的。她妈挨斗，她就逃掉了。

第二，她身高不够。到监牢去，得坐公共汽车，公共汽车上有一条线，一米一身高线，过了要买车票。监牢里不要不买票的（大人不买票罪上加罪，小孩不买票监牢不要。当小孩比当大人运气好）。

父亲黄觉渊对浪榛子母亲进监牢，很伤心。他天天到舒暖家，和舒暖夫妇"分析形势"。因为谁也搞不清为什么好好的一个作家，昨天还学生盈门，今天就成了"美国特务"，被捉起来了。南诗霞发表的都是革命文学呀。

"分析形势"很重要。分析，就是猜领袖的意图，猜对手的意图，猜自己犯了什么忌。喇叭家就有了战略作战部的气氛，桌子上放着一摞新到的《人民日报》。喇叭对大人的谈话不感兴趣，一个人津津有味地吃话梅。浪榛子感兴趣，拖了个小凳子，坐在舒暖和她爸中间听大人说形势，并且立刻学会了一个新词，"抓了小辫子"。

她妈给人"抓了小辫子"。

舒暖一边给浪榛子梳小辫子，一边听黄觉渊读《人民日报》："有了权，就有了一切。没有权，就没有一切……真正的革命左派，看的是夺权，想的是夺权，干的还是夺权。"①

黄觉渊停下，问："你们看中央这是什么意思？是不是说市长省长成了资产阶级新贵族。七年、八年官位一坐，居高不思贫，居安不思危，腐败了？"

喇叭爸爸颐希光说："对对对，我看中央就是这个意思。贫富分化一拉大，'不患寡而患不均'的老问题就又成了革命的理由。所以这篇文章说，革命群众要凝聚深仇大恨，咬紧牙关，斩钉截铁地夺权。"

舒暖把浪榛子小辫子扎好了，先把她拉近了，再推远了，看一会儿，满意了，在她脸上亲了一口。舒暖说："抄检大观园又开始了。是什么东西总在制造仇恨呀？这次不是抄资本家的'大观园'，是抄党内领导人的'大观园'。这我就搞不懂了。他们不都是宣誓忠于毛主席的吗？"

浪榛子对自己头上的小辫子很担心。舒暖就又吻了吻她的两个小辫子，说："有仙气上去了。没人能抓了。"

浪榛子爸爸黄觉渊说："我相信外面的革命形势大好。但南诗霞被抓，是被人害了！'文革'一把大火，上面点，下面烧。人人灵魂大暴露。什么怪事都能发生。整人的动力，能从想不到的角落里给逼出来。谁能想到二十年前的情场失意，居然在这个时候报复了南诗霞。"

浪榛子似懂非懂。为什么大家生活在一起，一天又一天，好好的，突然，你家的儿子就和我家的妈打起来了。

黄觉渊告诉舒暖夫妇他才探听到的消息：南诗霞第一次挨斗以后，给毛主席写了一封信。自己没来得及寄，也没办法交给黄觉渊。在红卫兵再

---

① 摘自1967年1月22日《人民日报》。

次来带她之前，她把信交给了一个她自以为可靠的男人。那个男人在中央大学读书时追过南诗霞，没成。没追上，情谊还是有的吧。这么多年，两个人也是以朋友相待的呀。可是，那个男人没敢给她寄信，也不敢把信藏下来；却把信交给了红卫兵革命委员会。红卫兵立刻扣着他不让他走，叫他再揭发。他老兄一吓，把他恋爱时收藏的一篇南诗霞在大学时期写的文章给交上去了。那篇文章证明：南诗霞是"美国特务"。

黄觉渊说："搞揭发的人，一革命了就一发不可收拾，那男人现在成造反派了。我就是想不通，怎么能一个人检举你、说你坏，你就得进监牢？一点保护自己的东西都没有。忠良被陷是封建主义的问题，怎么也成了社会主义的问题？"

浪榛子这下来劲了。除了她爸爸，天下还有别的男人想当她爸爸！当不成，就把她妈给陷害了。她忍不住站到大人的圈子中间问："为什么呀？"她爸在她头上摸了一把，说："全是因为你妈长得太漂亮。"浪榛子不同意。她说："喇叭妈妈长得更漂亮。"舒暖就温和地笑了："是吗？你觉得喇叭妈妈长得漂亮？"听起来好像只有浪榛子的审美标准才重要。

浪榛子就爬到她腿上："喇叭妈妈好，不骂人。我妈骂人。"舒暖赶快说："你妈骂你，是教育你。只有自己的妈妈才会骂你。我骂喇叭。"

黄觉渊对浪榛子说："去跟喇叭到外面玩去。"说完又加了一句："大人在家说的话，小孩子不准到外面说。知道了吗？"

当然，所有的情报都是军事秘密。他们在这里谈话，喇叭爸爸颐希光一会儿看看窗外，一会儿看看门外，说是怕有"听壁根"的。这又是一个新词！人长辫子，墙壁长根，都有政治功用。恐惧感长到辫子和墙根的时候，世界就无声息了。

等浪榛子和爸爸一起回到家，她就想搞清楚男人追女人的事。不是她妈被坏男人追，是男人怎么追喇叭妈妈的。她爸爸说："喇叭妈妈在上大学的时候，没有一个男人敢追她。现在倒成好事了。"浪榛子就又想知道，为什么追她妈的男人要搞陷害？她爸说："有些男人不是真男人。"

浪榛子又问："为什么没男人追喇叭妈妈？"她爸说："喇叭妈妈身份特殊，除了喇叭爸爸，没男人有胆量娶她。她倒因祸得福，也没得罪人。不像你妈，看不上的男人，不会处理，落下了情债，二十年后还能成仇。"

浪榛子很庆幸，她的爸爸成了南诗霞的丈夫，只有她爸爸拿她当大人看。也很庆幸喇叭爸爸当了喇叭妈妈的丈夫，要不然就没有喇叭啦！

从母亲坐牢以后，浪榛子的日子被一分为二。

白天在大街上看阶级斗争。满街都是大字报，大人小孩都是满腔仇恨。浪榛子也恨。恨什么不知道。在大街上转悠，就像在阵地上转悠一样，很紧张，也很热烈，真像大敌当前。大字报上说："诱敌深入，聚而歼之。"而且，这回敌人都是内奸，还有工贼，长得都和好人差不多，不怎么好打。不过，看着大字报，浪榛子认的字倒开始多起来，认识了"打倒"和"油炸"，先把坏蛋打倒了，再扔锅里去"油炸"。想到这样的油锅，浪榛子心里就"咻"一声。

有一天，浪榛子在N大学校园里百无聊赖地闲逛，突然，看见一张大字报下站着喇叭爸爸颐希光，身上挂着一个牌子，上面写的字就是"油炸"。还有人举着拳头叫喊："低温楼里冷得像地狱，物理系要建低温楼就是要建人间地狱！让劳动人民回到旧社会。"

有人就抬来一块大石头，放喇叭爸爸后背上，叫他弯腰九十度，扛着。大石头上面写着"镇妖石"。喇叭爸爸在"镇妖石"下吃力地小声辩护："低温楼是物理实验室，是试验'绝对零度'（-273.15℃）下物质的……"

没说完，就被周围的喊声打断：

"实验室，要生产粮食！"

"生产原子弹也行呀！坚决反对生产低温！"

"打倒低温楼！"

"油炸低温楼！"

浪榛子心里想象的油锅，"砰"一声巨响，一幢楼掉进去了。

她转身就跑，跑回青门里，就找喇叭妈妈报信。"斗南一人"成了"斗人一楼"了。

喇叭妈妈不在，连喇叭跟她家老保姆张奶奶都出去了。喇叭家住在二楼，门口一棵梧桐树，一棵桃树。张奶奶总是把晾衣服的竹竿子架在梧桐树的树杈上，上面挂着舒暖和喇叭的衣服。浪榛子爬上梧桐树，骑在树杈上，把竹竿一挑，两件衣服都落她头上了。她把两件衣服抱在怀里，闻了闻，很香，全是太阳的味道。她决定：要是她妈再也不能回家了，她就带着她爸一起搬到喇叭家来住。梧桐树下面的桃树正在开了一头粉嘟嘟的花儿。每一朵都笑容满面。原来，世界还可以从上往下看！花自己开着，人们自己打着。小孩子总有活路走。

等了好一会儿，喇叭和张奶奶回来了。浪榛子赶快从树上溜下来。张奶奶大呼小叫说她不该坐在树上。还没等浪榛子说低温楼的事，喇叭就大呼小叫地说："不好了！不好了！"

原来，喇叭和张奶奶看见浪榛子的妈妈南诗霞，被革命群众从牢里拉出来批斗，脖子上挂了一个牌子，被人赶着，从"文革楼"一直爬到N大学门口。牌子写的什么字，喇叭不会认。张奶奶也不会。

浪榛子想了一想，以久经沙场的口气说："肯定是'油炸'"。

一想到这两个字，她想象中的那口油锅，一个翻身，乌龟一样跟在她妈后面，从"文革楼"一直爬到N大学门口。油没了，锅翻了，"油炸"她妈就炸不成了。虽然她妈不给她自由，但是，她妈也不该下油锅！

浪榛子和喇叭站在这棵桃树下，讨论她们该怎么办。桃花给风一吹，花瓣飞落。在本该跳起来接住花瓣的年龄，浪榛子却想清楚了谁是敌人。她对喇叭说："我知道赶我妈爬的人是谁，是一个差点成了我爸的混蛋。"

喇叭说："你知道他是谁，你长大了，要不要替你妈报仇？"

"怎么报？"

"把他儿子打一顿。"

浪榛子觉得这是一个好主意。但想了一会儿，说："那他儿子再打我儿子怎么办？"

这是个难题。喇叭哪里知道？

这时喇叭妈妈回来了，手里提着一网兜白萝卜。听到两个小孩子在谈报仇，还要打人家儿子，她也没问细节，也不说可否，从地下捡了两朵桃花，在两个小孩子手心里一人放了一朵，说："花儿不打架，只结果子。"

花在战场上，是要被忽略的。浪榛子看看手心里的桃花，感觉很好，但她还是把桃花扔了。她有重要的情报要说。现在，喇叭妈妈也回来了，她立刻把看到的"油炸"喇叭爸爸，"油炸"低温楼的故事报告了。喇叭又报告了看见南阿姨在地上爬。

现在，两个小孩共一个妈妈了。舒暖成了她们唯一的行为指导。舒暖永远很含蓄，她依然不说该怎么办。倒是喇叭，也以久经沙场的口气说："我知道油炸我爸的是谁，就是那个我爸给他不及格的物理系大学生。他来我们家闹过好几次。"

浪榛子说："打不打混蛋家的儿子，我们想想再说。反正等我长大了，我就要找那个让我妈在地上爬的男人，问他为什么要这么做？他这么对我妈，生得出我来吗？"

喇叭知道她妈对打人的一贯态度，就收回了打人家儿子的主意，说，等她长大了，她也要找那个斗他爸的学生，问他为什么要油炸"低温楼"。打他儿子的事情，不太好。只要他认错了，她可以不打他儿子。

舒暖就强露出正常的笑容："你们谁也不能打。打人犯法。"

浪榛子说："大字报上说：现在是大民主了，砸烂公检法啦！公安局长都完蛋啦。"

舒暖说："没有公安局长，打人也犯法。"

浪榛子说："那我们不打。我们骗他儿子。"

舒暖说："骗也不行。骗人的人会受到自己谎言的惩罚。正常人不打人，也不骗人。别人都打人、骗人，你们也不能打人、骗人。"

战争时代，就不是正常时代。如果你要当正常人，要求也不高，就是平平常常过日子，吃饭，结婚，信任人，不受人欺侮，结果倒不能活了。
你要会造反，会砸东西，会说"热爱"，会骂"滚他妈的蛋"，会警惕，
还要对敌人像严冬一样残酷无情。这些火药味和仇恨十足的语言，天天在
小孩子耳边说来说去，就成了正确路线。说得浪榛子和喇叭小学没上完就
想上山打游击。妈妈给在手心里的花朵倒像不是这个世界上的语言，不真
实。战争时代的选择不是个人选择，战争时代的伦理秩序是按人性极恶
假设出来的。想活，只能想：生活就是这种样子。没道理的事情大家也
得认了。

浪榛子和喇叭当时以为全世界都一样，人人都过这种打来打去、斗来
斗去的生活，不知道还有其他的活法。伤亡看多了，要说有多伤心，倒也
没有。小孩子把什么都看作天经地义。反正，看到"油炸"，再看到"桃
花"，她们的生活只能分裂着过。

白天的大街就像大戏园子，上来一个黑脸的，大家都喊："打倒大叛
徒、大内奸！"上来一个花脸的，大家都喊："打倒狗地主、资本家！"

到了天黑，白天在大街看的戏完了，正常日子才开始。天气越来越
冷，夏天变成秋天，秋天变成冬天。因为没了妈妈，那段时间，浪榛子差
不多每天都跟喇叭一起回家。喇叭妈妈舒暖会把萝卜汤煲好了，等她们来
喝。四只小脏手一起伸进水盆里，打一会儿水仗，就喝汤。喝完了，浪榛
子把光溜溜的汤碗往小桌子上一扣，喊了一声："打倒萝卜汤！"喇叭就
喊："扒萝卜皮，抽萝卜筋！"浪榛子再火上浇油，把大字报上看到的话
喊出来了："同心干，不周山下红旗乱。"①

两人就快乐地倒在地板上，一副酒足饭饱的神情。你看看我，我看看
你，相信有一条正确路线，还是幸福的。

有一天，为了这条"正确路线"，浪榛子和喇叭革命了。她们跟在红
卫兵后面到了青门里陈教授的家。陈教授家的大门口贴了大标语："打
倒陈蚯蚓！"红卫兵进到陈家房间，又喊又叫，又撕书，还砸了一个花

①　出自毛泽东诗词《渔家傲·反第一次大围剿》。

瓶。当红卫兵在房间里进行大革命的时候，她们两个小孩，在陈家厨房进行了小革命。浪榛子把陈家煤炉上的一壶水拎起来，往煤炉上倒，"哧"一声腾起一股白烟。浪榛子一吓，放下水壶往后退。革命原来会有后果，紧张又好玩。喇叭就拣了两块小石子，塞陈家水壶嘴里去了。

有红卫兵过来，表扬她们："这两个小孩不错。陈蚯蚓不配吃饭喝水。"

这次"革命"，让浪榛子和喇叭得到了任务：站岗。

陈教授从此以后，要每天早上六点起来，站在门堂墙上挂的毛主席像下请罪两小时才能上班。下午回来也要请罪一小时，才能回家吃饭。浪榛子和喇叭被任命为"哨兵"，要和其他几个红卫兵选中的小朋友轮班监视陈教授请罪。

喇叭和浪榛子把她们的革命行为和得到的任务，当作好事告诉舒暖。在那个时代，谁能说这不是好事呢？按照造反的标准，大人小孩都要对敌人狠。舒暖既没表扬她们的革命行动，也没批评。只是说："要是有人把我们家煤炉浇灭了，把石子塞进我们家的水壶，你们还喜欢呀？"

这个问题让两个小孩不说话了。在她们那个年龄，事情只有两种，好事和坏事。难不成她们做的是坏事？

舒暖没有答案，拿了张红纸给她们一人剪了一朵玫瑰花，夹在头发上，然后，对她们一人吹了一口仙气，说："你们若答应了去站岗，就要讲话算话。喇叭，明天闹钟一响就起来。浪榛子，赶快过来吃点心，吃完去上岗。"然后，就拿出甜点来给两个女孩分着吃。甜点就是舒暖用红豆做的糯米团子。那是过年分配到的糯米，张奶奶用小石磨磨了半天，磨出来的水磨糯米面做的团子。好吃呀，咬一口，软得能化成幸福水。

浪榛子无限幸福地说："旧社会哪里能有糯米团子吃？"

张奶奶就笑了，插话说："什么社会你妈都会做给你吃的。她不做，到我们浙江老家来，你也有得吃。"浪榛子又说："那台湾和美国的小朋友是肯定吃不到的。"舒暖揉揉她的头，说："等你长大了，一切用你自己的眼睛看。看是不是哪里的小朋友都一样有爸爸妈妈喜欢。"

吃完糯米团子，浪榛子要去站岗了。舒暖又给浪榛子盛了一碗萝卜汤，叫她先送回家去，给她爸爸喝。舒暖给喇叭爸爸也留了一碗。

喇叭爸爸颐希光是倒霉之人。他忙着要建的物理实验室——"低温楼"才在图纸阶段，就被戴上了要建"人间地狱"的帽子。白天被红卫兵罚到雨花台去砸人家的坟。"人家"，就是死掉的那些学术权威。马克思说：资产阶级是它自己的掘墓人，N大校园里还活着的"资产阶级反动文人们"，就被勒令去砸死了的"资产阶级反动文人"的坟。这叫"是它自己的掘墓人"。

颐希光砸他以前物理老师的坟前石碑时，手直抖。红卫兵就叫十几个被罚去砸坟的教授一齐唱："大刀，向鬼子们的头上砍去！"

石碑砸完了，十几个教授排成一队，吃力地把各人砸下来的坟上石碑抱在肚子前，拿回来。红卫兵要改成"镇妖石"用。"妖"越来越多，石头不够用。

颐希光把老师的墓碑使劲托着，手又抖。晚上，颐希光被扣在学校写检查，交代为什么砸石碑、抱石碑时手抖，写不完不能回家吃饭。

只要用一群人来对付一个人，那人再是什么物理学家也得学会说谎。那天，喇叭爸爸颐希光在检讨书里承认了，低温楼是人间地狱，死人都不肯去，比雨花台的坟地还可怕。科学可以证明，所有的花岗石脑袋掉进低温楼，都得变成母夜叉、琵琶鬼、外星人。

浪榛子把萝卜汤端回家，可她爸不吃，说在N大学吃了蚯蚓，正恶心哩。浪榛子眼睛瞪圆了，不知道为什么人要吃蚯蚓，蚯蚓不是好虫吗？吃进去的是泥巴，拉出来的是好泥巴。好泥巴一拉出来，就给庄稼松了土。若要定个成分，"蚯蚓"定是属于"贫农"或"好战士雷锋"一列。

她爸黄觉渊说，他也不想吃蚯蚓。因为他们生物系最老的陈教授，是蚯蚓专家。老人家写过一本小册子，分析了蚯蚓的作用和蛋白质构成。所以，红卫兵就问："蛋白质就是营养成分，对不对？"

陈教授点点头，老老实实地回答："对，蛋白质是生命所需。"

这个红卫兵突然话音一转，喝道："你说蚯蚓主要是蛋白质组成，那就是说蚯蚓有营养？"

陈教授不知所以然地看着这群曾经是他学生的红卫兵。

另一个女红卫兵说："那我们就挖一盘蚯蚓，你给吃了？你要不吃，你写的《蚯蚓》书就是大毒草，你就是个学术骗子。贫下中农祖祖辈辈和蚯蚓打交道，只听说蚯蚓可以钓鱼，没有一个农民兄弟说过蚯蚓有营养。我们今天就要试试是你这个蚯蚓专家懂得多，还是贫下中农懂得多！"

陈教授七十多岁，硬给逼着吃了半盆蚯蚓。黄觉渊和系里另外一个年轻教授，民国时都曾经是陈教授的学生，实在看不下去，想制止。几个红卫兵就笑，说："好办。你们用不着来求情，帮老家伙把剩下的半盆蚯蚓分吃了，就行了，给你们都营养营养。你们反正是一根绳子上的蚯蚓。"

黄觉渊对浪榛子说："你长大一定要远离政治。再有一万个人搞运动，你也不要参加。"然后，就躺在床上，看着窗外发呆。浪榛子就没敢立刻说她要去站岗，看住"陈蚯蚓"的任务。

黄觉渊给自己定过一条底线：我希望群众接受我，但是我首先得让我的良知能接受我自己。他不能理解，为什么搞政治运动要一直把人整到跪下、趴下，不敢当人了为止。

逼你吃蚯蚓也不是杀你，却把"人"污辱已尽。陈先生是个教授，也是个人。群众若不喜欢教授，就把他当个一般人待，也不能这样整呀。军营里训练炮灰也没这个厉害。

浪榛子觉得她爸爸想跟她说话了，她爸除了她，没人谈心。她就告诉她爸"站岗"的任务。黄觉渊说："不要去，你太小。" 浪榛子说："人小志气大。'喝令三山五岭开道，我来了。'①"黄觉渊想说你来了有什么用，你妈"美国特务"的帽子戴在头上，没准你一来就定你个小特务。但是，他没这么说，不能让女儿自卑或伤心。他说出来的话是："你要去，那你可以去。只能跟在陈先生后面，不许说粗话。" 说完，在心里

---

① 文革流行语句。

叹道：不惑之年学会了口是心非。

第二天傍晚，大家都下班回家，陈教授成了陈蚯蚓，拿着扫帚和水桶去打扫N大的厕所，浪榛子就像一个小跟屁虫一样跟在后面。天气很冷，浪榛子穿了一件有大红花的棉袄，走到喇叭家门口，舒暖从楼上跑下来，给浪榛子围了一个厚厚的红兜，说：“要是有陈教授拿不动的东西，你就帮助抬一下。” 浪榛子分不清“站岗”和“帮助抬一下”之间的区别，一口答应。一会儿跑到陈教授的前面，一会儿跑到陈教授的后面。

厕所里没有人，陈教授认认真真打扫每一寸水泥地，趴在地下把马桶擦得白白亮亮，像一只一只洗过澡的肥猪。

等厕所打扫得干干净净，陈蚯蚓就靠在厕所门外的大树上看自己的成果。有一两个大学生进去又出来，脸上是高兴的样子。也有老师走过陈蚯蚓旁边，脸上是同情神情。等一个人也没有的时候，陈教授突然眼睛一亮，像看见了老熟人，招呼浪榛子：“你看，这里有一只蚯蚓在松土。”

浪榛子拿起一根小棍子，当作红缨枪的样子，顶住陈教授陈蚯蚓的肚子。陈蚯蚓慈眉善目，戴了一副慈眉善目的圆眼镜。肚子也是一个慈眉善目的肚子，很好顶。浪榛子说：“你是一只坏人！”

陈蚯蚓从圆眼镜下面看浪榛子，眼镜里一副无辜的神情：“为什么？”

“你穿黑衣服。”

“那谁是好人？” 陈蚯蚓问。

“这只穿兜的。” 浪榛子用力指着自己的小胸脯。

“我小时候也穿兜。” 陈蚯蚓认真地申辩。

“那你为什么老啦？” 浪榛子毫不客气地问。

这时，陈教授无可奈何地点点头，提起水桶回青门里。路上，浪榛子把新从大字报上读来的事情讲给陈教授听。大字报上说，要夺权。从前，有个韩信，从人家裤裆里钻过去，才能成大事。从前，还有个越王勾践，卧薪尝胆，才能灭吴。

陈教授说：“我就研究蚯蚓，没想成大事，没想灭吴。等你长大，别去学着成大事，别去灭吴。就当个正常人。权术越玩，敌人越多。世界上并没有那么多敌人。大家都是爹娘生出来，从小长到老。"

说完又加一句："这句话不能跟同学老师说，好吗？"

浪榛子点点头说："好吧。"

说话间，一种莫名其妙的压力，从冻得像薄冰一样的空气中冒出来，跑到浪榛子的心里，好像是通了敌，连小朋友也不能相信了？这个世界怎么啦？大家都说汉语，读同样的语文课本，热爱同一个领袖，你长得像我，我长得像你。怎么突然"朋友遍天下"就变成"草木皆兵"了？

陈教授回青门里并不能回家，还得向毛主席请罪。陈教授家住在喇叭家后面，窗户对着喇叭家的厨房。楼下有个门堂，楼上楼下四家人合用。门堂门永远开着，正对大门贴着毛主席像。陈教授就要在那里向毛主席请罪。

天晚了。那天是12月最冷的一天。冷风从门堂外直吹进来，转一个圈，发出尖厉的哨子声，蜂子一样钻到人的衣服里。陈教授站在毛主席像前，头低下，眼睛看着灰白的水泥地，脸上没有表情。旁边放了一个闹钟，才走到七点零五分。陈蚯蚓要请罪一小时才能回家。

浪榛子想回家了。这时候突然来了几个中学红卫兵，他们一人提着一桶水，二话不说，三桶水就从陈教授头顶上浇下去了。陈教授一屁股坐在地下。水流到地下就结成冰。陈教授的头发竖起来，水还没滴下来，就冻住了。棉衣吸满了水，很快结成冰。浪榛子的小棉鞋踩在水里，很快冻成了两个冰坨子，脚立刻不好使了。她一摇一摆走过去拉陈教授，本能地觉得人不能坐在水里，她不想陈教授陈蚯蚓给冻在地上。

这时候，在对面厨房里煲汤的舒暖看见了这边的情形，她从楼上冲下来，赶快把浪榛子抱起来，把她的湿棉鞋脱了，把两只小臭脚一边一个，塞自己棉袄口袋里。舒暖抱着浪榛子拉陈教授站起来，又向红卫兵求情，让陈教授回家换件衣服再请罪。红卫兵同意他站着请罪，但不同意他回家换衣服。红卫兵说："你们要回家就回家，这里我们管了。我们上岗了。"

那天晚上，陈教授一直请罪到八点，头上多了一条舒暖从脖子上拿下来，给他裹在头上的围巾。

第二天，喇叭没有去"站岗"，陈教授不能打扫厕所，也起不来请罪了，黄觉渊和颐希光用一张躺椅，和陈奶奶一起把他抬进了医院。

士风绝唱

到吃蚯蚓、浇凉水止，浪榛子的"战争时代"进入"打糊涂仗"阶段。浪榛子糊涂，又不糊涂；似懂，又不懂。

她妈被抓走一年后，据说转到蒋达里劳改农场了。有红卫兵在青门里进进出出，找小孩子谈话。小孩子很快学会了一个新词："揭发"。这个词先是在保姆中流传，传到后来，才传到小孩子这里。张奶奶被找去"揭发"。回来说："大检举，大揭发，是文化人的事。我一个字不认的，不会呀。"当这个词在小孩子中间流传的时候，浪榛子可以去给她妈送衣服了。

自从有了"揭发"，浪榛子就被接到喇叭家去住了。喇叭家的老保姆张奶奶先把她的小辫子给拆了，洗了个头。舒暖拿一个苹果，一切为二，她一半，喇叭一半。两个小孩子坐在小凳子上，喇叭妈妈开始问浪榛子问题，排演如何对付"揭发"——

"你妈教你唱了什么歌呀？"

浪榛子说："她不教我唱歌。她说我一唱歌就跑调，会唱一支《东方红》就行了。"

"你妈讲什么故事给你听呀？"

浪榛子想了一想说："孙悟空和猪八戒。"

"你妈都在家写什么呀？"

"写书法。"

……

两天后，舒暖把浪榛子打扮得整整齐齐，让浪榛子爸爸领走了。浪榛子就成了"地下党"，按她爸的指示给她妈送衣服去了。光送衣服当然还称不上"地下党"，浪榛子还得给她爸爸递情书。她爸说："衣服怕是要被红卫兵查的。这张爸爸写给妈妈的字条，就放在给妈妈的鞋子里。你带进去。"

浪榛子不知道她爸爸的情书上写了什么，也没想看。她认的字很多，全是从大字报上自学成才，成语会了一串又一串，不会的字就读个大概。譬如："树欲静而风不止""不见棺材不掉泪""要革命就当块砖，东南西北任党搬"，这些没问题。"政治挂帅"可以坚决地读成"政治挂师"，"舍得一身剐"当然可以读成"舍得一身锅"。但浪榛子对手写体的草字不感兴趣，尤其是对爸爸写给妈妈的东西不感兴趣。反正走之前，喇叭妈妈和她爸爸围着她一遍又一遍说："你妈是好人，无限热爱毛主席。"

那个年代，抓人的和被抓的，都无限热爱毛主席。战争，就在"无限热爱"的人们之间打着，好像只有打，才叫"继续革命"，好像只有"革命"，中国才能史无前例，形势大好，不是小好，才能上面一声号令，全国消灭老鼠。

浪榛子坐公共汽车要买票了。她爸爸把她送到蒋达里劳改农场，就等在汽车站。下面就看浪榛子的本事了。

在劳改农场司令部，红卫兵把她妈"教她唱什么歌""讲什么故事给她听"这类问题一一问了一遍，最后问："你喜不喜欢你妈？"浪榛子坚定地说："不！"

红卫兵问："为什么？"浪榛子问答说："我在中山陵捡到一个橘子，我妈就是不让我吃。我闹。我爸就把我扛在肩上，我就把橘子放在我爸头顶上。一直从中山陵带到鼓楼公安局，交给警察了。"红卫兵你看看我，我看看你，然后叫浪榛子把橘子画在纸上。浪榛子就画了一个橘子。红卫兵拿去看了又看，判定：是橘子，不是地雷或定时炸弹。

在红卫兵问话的过程中，浪榛子带来的衣服从里到外都被红卫兵翻查了。她爸藏情书的鞋，连鞋垫都给扯出来查了。虽然，红卫兵把那双鞋里里外外都查了，却没找到她爸的情书。

那是浪榛子在进劳改所之前，小脑袋灵机一动，吃了一颗水果糖，把她爸的情书从鞋里拿出来，裹糖纸里去了，然后把一颗假糖捏在手里，小手捏一个小拳头，带进去了。等见到她妈，趁没人注意，小手往她妈大手里一伸，把假糖给她妈了。而她妈在把假糖拿到手里后，斗胆在女儿手心写了"王一南"三个字。

等浪榛子回来，在喇叭家对大家把惊险故事一说，别说喇叭崇拜得五体投地，就是大人也连夸她："机灵。"

浪榛子有一点不确定，这是不是骗人？她立刻给自己一个肯定：当然不是。没人问起"糖果"的事。浪榛子一句谎话也没说。舒暖说："难为小孩子了。那么简单的对和错，还得学着给自己找理由。我给你们一个原则：不说谎，永远不会错。实在给逼着说谎时，什么话不说，也就算是不说谎了。"

接着，浪榛子就把她妈要她带回的三个字"王一南"说出来了。王一南是N大中文系的一个诗人，和浪榛子母亲同一个教研室。为什么要带这三个字出来，浪榛子不知道。

舒暖听到这三个字，一惊，说："不好。王一南是我的同船。1953年我们四十九个人，坐的是同一条船回大陆来的。是不是我也要有事了？"说完，就和浪榛子爸爸直奔王一南家，找王一南老婆去了。

到了晚上，两个大人垂头丧气回来了。原来出了妖魔鬼怪！

先是蒋达里的农民借蒋达里劳改农场的场地开了一场五百多人的批斗会，并不是批斗王一南，他们批斗村里的年轻会计，会计有一个反动名字，叫"蒋清毛"。

所有人都这么"清毛""清毛"地叫他，从他一岁叫到他三十岁，也没发现什么问题。蒋达里的人全姓"蒋"，有"蒋清毛"，还有"蒋大功""蒋善良""蒋毛弟"。突然间，不知哪个热爱毛主席的能人发现了问题，指出了"蒋清毛"还得了呀！蒋介石清了毛主席！反动透顶。"蒋清毛"当时就成了现行反革命。

小会计蒋清毛一边叫冤，一边哭："名字也不是我自己起的呀。"

谁起的？他爷爷起的。他爷爷死啦，一群人冲到坟山上一查，蒋清毛的爷爷就是个老反革命，叫"蒋先之"。蒋介石先了毛润之！

一时间，蒋达里这个地方成了妖魔鬼怪云集的"小人村"，一抓就是一把反动的。这下子，这个村子里的人都像惊弓之鸟，晚上天一黑，家家黑灯瞎火，关紧大门，像动物本能要找个黑暗的地洞躲起来。如有劳改农场的人进村来敲了哪家的门，开门的人一定是一脸惊慌失措，三句话没说，就解释自己的名字是从哪儿来的。

原来坏人是可以被造出来的，造起来也不怎么难，就像女娲造人，造烦了，就不用手一个一个捏了，拿起柳条在泥浆塘里乱打，溅出的泥点子，就成了一个一个小人。麻烦的是，女娲先前已经捏了一拨人了。那拨人是君子。从老妈造人开始，就没造出个人人平等，造了个上下有等。一类是精心造的，手捏出来的，含天地之灵，好人；另一类是老妈马马虎虎抽泥浆抽出来的，天生小人。上智与下愚不移，天生的。这动乱的根子就在我们的"中国心"里种下了。大家都想证明自己是上等人。当时的上等人叫"革命者"，蒋达里一村人有一大半都想着把自己改成"上等人"的名字，好过个安心日子。

可谁能给这一村的蒋姓农民起那么多新名字呀？蒋达里的农民就想到了关在村外劳改农场里的文化人。于是，他们就拿着笔墨来请识文断字的"先生"帮助改名字。看管劳改农场的红卫兵没有看出这有什么危险性，文人劳改本来就要为农民服务，就同意了。

这样，王一南就得到了纸和笔。他藏了一张大纸、一支毛笔和一点儿墨汁。与此同时，他帮"蒋大功"把名字改成"蒋无功"，添了一笔，就救了一个人到革命行列。"蒋善良"也改了，改名叫"蒋公敌"，打倒人民公敌蒋介石！"蒋毛弟"人还小，才五岁，但是，再小也不能让蒋介石和毛主席称兄道弟！名字就改叫"蒋毛虫"吧。蒋介石是个小毛虫。贱一点的名字，好活。村民们高高兴兴，先生就是懂得多。一村的姓名都重新在革命洪流中洗了一遍。安全了。

后来，村里人和劳改农场的人要开批斗会，就合一块开了，叫"誓师大会"，声势浩大，成了八百人的批斗大会了。八百个人一起喊口号，如同战场一般。每一个人都成了一粒水，而一片喊声成了汪洋大海。在这种喊声中，蒋无功、蒋公敌、蒋毛虫们都感到自己跑到自己身体外面去了，和那个比个人强壮八百倍的声音融为一体了。那是一种能成势的声音。大家其实是喜欢这种集会发出的声音的。一喊，蒋达里安全了。

前天，蒋达里的农民和劳改农场又开了一次八百人的"誓师大会"，是斗劳改营的十来个反动文人。王一南是其中一个。他进了批斗大会，听着八百人喊着"打倒"，跟着十个被揪到台上去的文人，排着队向批斗台走去。其他挨斗的都低着头，他也不低头。到了台子上，先上去的三个人被红卫兵按下头去剃阴阳头，不弯腰就挨打。也不知哪里突然爆发出来的仇恨，年纪轻轻的红卫兵说动手就动手了，叫"给个下马威"。台上的人都叫"牛鬼蛇神"，打了就打了，就跟打日本鬼子一样。不过，台上红卫兵一动手，台下农民的口号不喊了。大家都仰着头，伸着脖子往台上看。

王一南那天运气好，并没有人打他。他走到台子中间，成了台下八百双眼睛的中心。突然，他从兜里扯出一张大纸，举过头顶，对着台下八百人一抖。纸上写着几个大字："毛主席：请清君侧。"

还没等人们看清是怎么回事，王一南把大纸一抛，一直走到台子一侧的窗户口，推开窗户就从窗口跳下去，自杀了。那房子本来只有二层，别的窗户跳出去，也不一定死得了。就那一个窗户，下面是山崖，再下面是铁路。王一南死亡计划成功，一直摔到铁路上。

浪榛子记得那天晚上，她爸爸说："不想签名。"

王一南的死，不光是他一个人的事了。青门里的教授们被要求在"自杀就是背叛"的大字报上签名，和王一南划清界线。王一南在N大教了十多年"革命战地新诗"，走上了诗人的宿命道路。他进蒋达里劳改农场前还对舒暖说过："我上那条船的时候，没觉得这是条有去无回的船。"没想到，他在蒋达里把一群蒋姓农民救上革命航船之后，自己却走上了"反革命"的道路。在战场上，自杀就是背叛同一战壕的同志。自杀，就是背叛革命！

"王一南怎么可能是坏人？坏人，他能从台湾回到大陆来吗？"浪榛子的父亲黄觉渊无比痛苦地走到青门里大门口，签了名。世界上就有这么一些阶段，你不人格分裂，不放下个人情感和判断能力，你就过不了关。问题是，逼你放弃你自己的人，明摆着智商比你低。

黄觉渊忍了又忍，回来后还是在家里对女儿发了牢骚："一个人，在一种处处是压力的体系里，那就只好向单细胞生物变形虫学习，随境遇而变形，再学会分裂出好几个自我来。去签名的那个我，让我自己都讨厌。"

因为母亲在牢里，浪榛子是她爸的盟友。她很愿意当个小大人，听她爸抱怨。她说："那得进化到什么时候，才能生出我来？"她爸说："这个你不用担心，生你的时候，你爸还没变成单细胞生物。"

喇叭妈妈舒暖也被红卫兵带下去签了名，回来后，无限懊恼地对黄觉渊说："我们见过外国诗人，因为爱情，决斗死的，殉情死的，也有打仗死的。有哪一个文化是要把自己的诗人逼死的？怎么就是我们中国容不得诗人？屈原是第一个。怎么我们从来容不得不同？人都死了，我们还得签名跟王一南划清界线。"

如果说王一南之死让他们为他难过，那么，那个签名则是他们在为自己难过。他们没有想和王一南划清什么界线。但是，在那一天，他们发现：以"诚"为本的士风，在群众运动面前甘拜下风，不得不学怎么骗人了。要是说假话才能活，是不是不说假话就得死？士风士骨，得先让士能悠然南山才能有。"士"，现在有粮票、有户口，还有战斗队管着，只能一切行动听指挥。说假话就是这么开始的。

王一南的太太被通知去领王一南的遗物，领回来一座小小的毛主席石膏像。红卫兵给的死亡报告中说，王一南把一包没抽完的前门牌香烟供在这座塑像脚下，不知是表忠心还是别的意思。为什么要给毛主席抽一包烟？王太太说："他指望毛主席能提提神看他的案子。"可八亿人都指望一个人来保护他们。那毛主席就是顺着姓氏笔画看，也得先看完了成千上万的"丁"家人，才能轮到看"王"家的案情。

八亿人很多啦，为什么没有别的东西可以拿起来，让人能自己保护自己？

诗人王一南就这么死了。贴身的衣兜里，装着一张三岁儿子的一寸小照片。王太太说，王一南上个月来信还说，每天晚上都要看小儿子的照片，对自己说，为了儿子也要活下去。怎么突然就活不下去了哩？

王一南的三个儿子，最大的十九岁，老二十二岁，最小的三岁。三个人挨着墙站成一排，一句话不说。

在有些日子里，死一个人，其实是很麻木的事。签了名的大字报第二天夜里，就被大雨冲得字迹模糊，纸张破烂。这场大雨，让青门里的文人，心里轻松了一夜。

下大雨的那个晚上，舒暖把王一南写的几句诗教给了浪榛子和小喇叭背下。诗好不好，不知道。读王一南的旧诗，不过是舒暖想在那个麻木的时代，对她的同船老友能有一点纪念。毕竟，他们共同上了一条决定他们命运的船：

　　　　自由跟梦似的，

　　　　碎了，再做。

　　　　它天生是整的。

　　　　它还是个孩子，

　　　　一定要长大。

王一南的诗念完，雨停了。浪榛子的"战争时代"就进入新一战役："钢枪在手，独立作战"。

舒暖开始烧本子，烧照片，烧报纸，烧画卷和信件。王一南和舒暖是一条船上的人。他一死，舒暖担心受牵连是必然的。所有会带来更多麻烦的文字记录，通通要烧掉。那《战事信札》不是只有一本，是有六本。其他的五本上没有贴"蓝门神"图片。张奶奶没下决心救，只救了这一本。

烧本子、照片、信件是在天黑后，躲在喇叭家厨房里偷偷烧的。烧的时候怕烟冒到外面去，厨房窗户、门关得紧紧，里面全是烟。大家都咳嗽。舒暖的眼镜一会儿也就看不清了。张奶奶就是趁了这烟幕，一边咳嗽，一边救下了"蓝门神"。随人怎么说，这个"蓝门神"不能烧，他太灵了。张奶奶亲身受过他的保护。这回从火里救下来，张奶奶根据常识认定：准不会错。

舒暖一边烧一边说："纸灰不能倒在垃圾桶里，被人发现了麻烦。"喇叭爸爸就一次一次把纸灰运到厕所，倒在马桶里，冲掉。

喇叭和浪榛子在房间里玩，给厨房里冒出来的烟呛得直叫："要失火了。"两个人冲进厨房里，看爸爸妈妈发什么疯。一看，厨房里像个火葬场，爸爸妈妈在做地下工作。舒暖手里正拿着一张旧剪报在看，犹豫不定扔不扔火里去。喇叭爸爸说："这个别烧，对你有利。"就拿下这张剪报，递给头伸在厨房门口的喇叭说："替妈妈把这张报纸放抽屉里去。不要到这里来。烟大。"

喇叭爸爸忘了喇叭虽然还不认多少字，可浪榛子的文化水平可是在读大字报的过程中，日日大增。浪榛子把那张报纸拿在手上，居然囫囵吞枣地把报上说的事看懂了。报上说：

一共有四十九个国民党将领和高官家的子女，被共产党策反。1953年，在澳门上了一艘史无前例的小轮船——"宏远"号。一船年轻人怀着对祖国的向往，趁着黑夜，悄悄离港，没有家人送行，却怀着一肚子希望，"弃暗投明"。王一南和喇叭妈妈的名字都写在报纸上！王一南是国军高官"王老虎"的堂侄子。舒暖是国军高官丛将军的小姨子。这四十九个人，最终到了北京，像凯旋的英雄一样，受到中央领导人的欢迎和接见。

浪榛子把她看懂的故事告诉喇叭，没想到喇叭说："我知道。我妈是回来找人的。我爸不喜欢我妈找的人。他们一吵完架，我爸爸就骂那个人，说他是个大骗子。我爸我妈所有吵架，都是因为这个人。要不然，他们不会吵架。有一次，我说'别吵了，我都站在你们中间了'，他们还吵，让我好伤心。我爸我妈说，要不是因为我，他们就离婚。"

浪榛子大吃一惊。她以为吵架这样的事，只有像她妈那样会挑人毛病的"女革命"才会干。她妈会骂她爸："你这个胆小鬼。""你这个缩头乌龟。""你这个汪汪狗。""家庭出身不好，你就不革命啦？""你躲在书堆里，我们怎么办？"……

怎么像仙女一样温柔的喇叭妈妈也会吵架？还说要离婚。她妈和她爸吵架，她是不管的。他们再吵，她也不用担心他们会离婚。大人都是要吵架的，再吵，他们还是一家人。怎么喇叭家多出了一个人？

她又把那张旧剪报看了一遍，想看出更多的故事。什么也没有。

多少年后，浪榛子才知道，那一船人很特殊。他们从台湾或香港来到澳门，这段路有一个人生那么长。也许，他们除了肚子里怀着希望，各人还怀着各人的私人原因。也许，他们并没有想到这是一条有去无归的船。他们一上了这条船，就像进入了一台大机器，所有的私人原因，都被换成了一个统一的大词，登在大陆的各种报纸上："弃暗投明"。然后，各人就跟着自己的命运走，走成了四十九个五花八门。

王一南来到大陆时，已经二十六岁，他走上了革命诗人的路。舒暖来的时候，才二十一岁，正是阳光明媚的年月，不懂什么叫政治，也不关心政治。她回到大陆，不是回来参加革命的。她回来，是为了一个坚定不移的爱情。她大姐给她联系好了美国威斯里安大学。她借口到香港买衣服，从那儿就到了澳门，上了那条史无前例、有去无回的船。从公主、仙女、最后的贵族，变成"人民"。美人鱼为了爱情，情愿打掉一身鱼鳞，当一回"人"，再化为泡沫。她自己做了一个勇敢的选择，但在"人"的世界却除了当泡沫，别无选择了。

在那个烧文件的晚上，浪榛子的爸爸也在忙"地下工作"，到了夜里十一点钟，黄觉渊抱着一个小黑箱子来了。敲门用了暗号，三重三轻。张奶奶就去开了。黄觉渊一进门就问舒暖和颐希光："你家还有没有？这是我们家的。我们一块去扔了吧。"颐希光就赶快把一些东西也塞进这个小黑箱子里，对舒暖说："家里烟太大，你们带着孩子去，像到池塘边散步，没人注意。扔了放心。家里我和张奶奶慢慢烧。"

两个小孩子立刻跳起来，像两只小狗一样头里跑。青门里有两个大池塘，她们天天去玩。但是跟着父母一起去散步，那还是会像过节一样。池塘里有很多青蛙，在一场大雨之后，像新生了一千个娃娃，叫得连一池塘的水都差点儿要跳起来。天上一天的星星，大的像银币，小的像钻石，也像新生了一千个娃娃，眼睛全盯着池塘边的四个人。

黄觉渊打开小黑箱子，往池塘里扔银元。扔到第三块的时候还说："我小时候，三块银元一头牛，'一头牛'淹死了。"

舒暖站在旁边看风。看见两个小孩儿才玩了几分钟就跑回来，闹着也要帮忙。舒暖就从小黑箱子里拿了几块，牵着她们走。黄觉渊犹豫了一下："让她们也扔？她们还小。"

舒暖回头说："让她们从小知道，做什么事也不能当商人。"然后，牵着两个女孩走到池塘对岸，给了她们一人一块，说："你们扔，扔得远远的，这是荼毒人心的东西，叫'袁大头'。"

浪榛子和喇叭狠狠地把"袁大头"扔进池塘里。舒暖又给她们一人一块小一点的金币，上面印着1945，一面是蒋介石，一面是罗斯福。舒暖说："这是美元。扔。"

浪榛子和喇叭又狠狠地把"美元"扔进池塘里。

震天响的蛙鸣突然停了，半天才又重新组织起来。

那天晚上，有一百块叫"银元"和五十块叫"美元"的东西被扔进青门里的池塘，滚回了历史。两个大人感觉轻松了。和性命相比，银元金币没有价值。命都不是自己的，财产能是吗？

两个小孩不懂，天上的星星也不懂：人，究竟在干什么？

等他们回到家，家里的文件都烧完了。只剩下一些家庭老照片，喇叭爸爸要让舒暖自己过目，再烧。烧家人，毕竟和扔银元金币不一样。看着一堆灰烬，舒暖感慨地对先生说："这样大烧文件，1944年11月日本人打到桂林的时候，家里人在桂林沦陷之前烧过一次。"

二十多年后，舒暖又在烧文件。烧到她的家庭照时，她还是要不由自主地就想起了一些老故事。苦笑笑。再舍不得，再有故事，这些照片也是烧掉为好。每拿起一张照片，她都要看一会儿，再想一想当时的情境，才把照片扔进火里。她把她爸（喇叭外公）的照片烧了，因为非烧不可。她必须和大买办银行资本家舒谐行划清界线。她父亲一生，从发家到死，就两个字，"白忙"。

还有一张没到齐的全家福，大约十来个人，舒暖舍不得烧。她把这张全家福拿到房间里，浪榛子和喇叭还坐在地板上玩。舒暖把这张照片放在两个女孩中间，说："这张照片上有外公、外婆、大姨、姨夫、大舅、小舅。喇叭好好看看，记住他们。浪榛子也好好看看。喇叭记性不好，你帮她记。"

然后，舒暖回到厨房，用剪刀把照片上的几个人头剪下，烧了。只留下她妈和几个小孩子的头没烧。那张照片是她家撤出桂林前，舒暖她妈给她的。她妈说："战乱，家人说散就散。留张照片传给后人，总得认识上人长什么样子。"

舒暖剪掉的几个人头中，有她爸爸西南银行家舒谐行和她大姐夫，国军将领丛将军。除了这张有她大姐夫，还有一张是她大姐夫穿着制服和薛岳将军一起照的，她只是个小姑娘，小小地坐在薛岳将军腿上。那该是抗日战争早期，薛将军来她家做客时照的吧。她把自己从薛岳将军腿上剪下来，把这张照片也扔进火里。当时带着这些照片回大陆的时候，她再也没有想到这些照片原来是定时炸弹。

舒暖这一代是战争中长大，战争中成熟，战争中恋爱的一代。

　　百万双眼睛，百万双靴子

　　排成一线；

没有表情，等着一声号令①

这是她年轻时读过的战争诗和在她姐夫军中见过的阵势。到喇叭和浪榛子，她们是和平时代生、和平时代长的一代。可怎么战争好像就一直没打完似的，只不过不叫"长衡战役""桂林保卫战"，而是叫"这个运动""那个运动"，可思维方式和道德原则都是战时的。这让人心里莫名其妙被整得紧紧张张。日子过得小心翼翼都不行。当舒暖把她爸爸和她姐夫的头从全家福上剪下来烧了的时候，她对颐希光说："这下，上人长什么样，后人不会知道了，真是'落了片白茫茫大地真干净'。"

那天夜时，喇叭被她妈打发到浪榛子家睡，她和浪榛子睡在一张床上。喇叭突然冒出了一个大字报上的词句，她说："我家硝烟弥漫。"浪榛子非常肯定地点点头，说："毛主席教导我们：要随时准备打仗！"

那天夜里，仗，就真打起来了。浪榛子的"战争时代"有过很多次"派仗"。浪榛子见过造反派对喇叭在大街上叫骂，一派叫："好得很"；另一派叫："好个屁"。也见过"文革楼"上建起了工事，沙袋挡在每一层楼梯的转弯处，石头扔下来，下面就有人头破血流。扛着长矛棍棒的人在街上走，唱着："说打就打，说干就干！"

但是，在她看过的所有"派仗"中，没有一次"派仗"能像青门里这天夜里打的这一仗值得载入史册。

喇叭和浪榛子被黄觉渊叫醒："快起来，叫人。有中学红卫兵来捉喇叭妈妈啦！"

两个小孩稀里糊涂从床上爬起来，趴在窗口一看，喇叭家门口挤了二十来个红卫兵，手里拿着长矛和红缨枪，一片叫喊声："抓特务！"

舒暖和颐希光在家里面，拿一个沙发把门顶着。张奶奶把头伸出窗外，用长长的越剧哭腔大叫："救——命——呀！"

---

① 出自W.H. 奥登诗作《阿喀琉斯之盾》。

　　两个小孩立刻认识到战事严重。黄觉渊说："快去叫人。这么晚来抓人，定是能打死人的。"

　　张奶奶的声音加两个小孩的声音，还有红卫兵的喊叫声，在青门里的夜空闹成一团。只一会儿工夫，青门里四十八家人，家家人都跑出来了。大人文质彬彬，小孩跑前跑后，全跑到喇叭家楼下来。就连躺在床上不能动的陈教授，也示意陈奶奶开了灯，开了窗户。一群自顾不暇的人，那天晚上都生出了一些"浩然之气"。

　　等喇叭和浪榛子挤在老老小小的人群中，来到喇叭家楼梯口，舒暖和颐希光的顶门工事失败。门被红卫兵冲开，沙发被推翻，红卫兵叫着："特务拒捕！"把舒暖拖出来。

　　舒暖依然温文尔雅，站在二楼的平台上，说："我不认识你们，为什么要捉我？"

　　红卫兵给温和的仙女一记狠狠的耳光："你不认识革命小将，我们认识你这个女特务。"舒暖眼镜给打飞了，她弯下腰捡起，擦一擦戴上，依然温文尔雅地说："你们现在打人，将来要后悔的。"红卫兵说："狗特务，我们叫你现在就后悔。"又是一记耳光。

　　回答这一记耳光，舒暖喊了"毛主席万岁！"结果，喊一声打两个耳光。舒暖还不停，就被打个不停。

　　这下，楼道里楼道外挤着的青门里文人们和小孩子不能忍受了，一片叫喊声。青门里本不是打人动粗的场所。虽然文人相轻，并不是人人愿意出头，但在"不打人"这条阵线上，青门里的文人是统一的。从前，某女婿推了老丈人一个趔，被青门里的前后邻居逼着写了检讨书，贴在青门里的大黑门上一个月。而现在，一群中学生半夜三更抄家，居然左一下右一下打一个可以当他们妈妈的美人，这是对青门里文人恻隐之心的极限挑战。

　　黄觉渊挤到红卫兵面前，讲道理："男人不能打女人。小辈不能打长辈。"红卫兵不理，骂出了一串粗话："×你妈，老子要打的就是狗特务。"黄觉渊又说："不要说粗话，我们讲道理。"这时，红卫兵突然把舒暖从二楼楼梯上推下去，一直滚到楼梯转弯处的平台上。浪榛子正好站在那里，滚到她脚下。舒暖坐在地下摸眼镜。眼镜断了，有一半挂在浪榛子的裤兜上。

这下青门里所有的文人，所有的大人和小孩都愤怒了。一些从古流到今的士风就在青门里吹起来。以前吹过多少次，不记得了，从此成了绝唱，也管不了了。那天，文化人是铁了心要讲道理。几十个教授、讲师，堵在楼梯口，就不让这些红卫兵把舒暖抓走，就两句话，第一句："不准打人骂人。"第二句："半夜抓人要有逮捕证。"

这两句话，放到战场上来讲，无比地不合时宜。但文人的最后阵地也就只有这两句话。士风，唱到这两句，也就是绝唱了。

黄觉渊说："我们现在就成立反武斗战斗队。你们要捉特务，可以。明天我们和你们一起到公安局去。你们的战斗队带着证据来。我们的战斗队带着人来。我们青门里的男女老少签字担保。如果是特务，我们保证她跑不掉。"

闹到第二天天亮了，红卫兵没能抓走舒暖，带着青门里四十八家人写的签字担保，回去拿证据了。青门里的人在黄觉渊的带领下，真和红卫兵到公安局谈判去了。各方出了十五个代表，小孩子不算。舒暖被打断的眼镜，用白胶布粘着，脸肿着，腿上有青紫。

各方代表各坐一边。留守在公安局里的两个警察，一人坐一头。红卫兵甩出了一张从旧报纸上剪下的照片。那是舒暖年轻时和两个国民党军官的照片。一个是丛将军，她的姐夫，手里拿着一束花。另一个只看见后背，穿着空军服，领口露出一线白围巾，手里也拿着花。

舒暖说："这是我1947年得了上海女子跳水冠军，我姐夫给我送花。这就叫特务呀？我和我姐夫的关系，我没回大陆的时候，政府都是清楚的。"

红卫兵逼着舒暖说另一个穿空军服的人是谁，舒暖不想说。这时候青门里代表队里的颐希光就站起身去上厕所了。舒暖说："这是我姐夫1942年收来的部下抗日遗孤，寄养在我家，我父母供他上了航空学校，我叫他二哥。"

那天，舒暖还真没给抓走。在半天谈判之后，这两个警察看了舒暖的伤势，表示同情青门里的教授队。得出结论：中学生不要抓大学里的特务，不跟大学红卫兵抢战果。

但是，卧病在床的陈教授在青门里谈判队回来之后，过了一个星期，还是死了。死前，他大概听说了这唯一的一次青门里士风绝唱。

"五湖四海"

几天后，舒暖进了蒋达里劳改农场。王一南是特务，畏罪自杀。舒暖家庭关系复杂，跟他是一条船回大陆的，得了一个"特嫌"（特务嫌疑犯）标签。舒暖感觉进劳改农场也比被那群中学红卫兵捉走好。劳改农场是国营的，规范。大学里的红卫兵正忙着抓走资派，对舒暖这样的死老虎，兴趣不大。但"特嫌"不能放在外面自由，就送到蒋达里劳改农场去了。

没多久，青门里的大人们，男男女女凡能走动的都下放到溧阳"五七干校"。大学停办，一个学校的老师都成了多余的人。大家都有问题，但犯事有轻重，最糟糕的进牢，其次进劳改农场，能进到"五七干校"的，就叫接受贫下中农再教育了。什么都分等，惩罚犯事的也分等。进了不同的地方，罪责大小就自然排出来了。要讲"人民化"的程度，能去溧阳"五七干校"的，就是最接近"人民"的人了。好歹，喇叭家和浪榛子家还各出了一个"亚人民"。"亚人民"爸爸一，从此不想"低温楼"，开口就引用中央文件。并且发现，什么防弹衣也没有文件做的防弹衣保险。"亚人民"爸爸二，从此不问政治，一心一意在"五七干校"养猪，并且懂了"人的幸福"和"猪的幸福"，在"肉体上无痛苦"这点上，要求一致，在"心灵上无纷扰"①这点上，人还不如猪。

大人都走了，青门里只留下几个老弱病残的教授和一些保姆留守。这样，浪榛子理所当然就成了"天下的主人"。她脖子上挂把钥匙，大的带小的，带着比她小一岁的喇叭煮面条吃。不仅煮面条，她们还到青门里后山上挖荠菜，摘桑果吃。再跑远一点，就能偷到菜农种的嫩蚕豆角，很是兴奋。一个角子剥开，扔一粒绿眼睛一样的蚕豆到嘴里，一咬一股青涩蚕豆味，水一样流进快乐的小肚皮，还带着偷蚕豆犯罪未被抓获的快感。马路上种的一串红，花朵上带个小尖角，拉下来轻轻一吸，甜露一点，一直甜到脚跟。什么可吃，什么不可吃；该做什么，不该做什么，自己试。世界因为无人管而成了她们的。

浪榛子对喇叭说："我们不听大人的。我们自己找好东西。"

这样的乱野、乱跑、乱吃，终于被青门里的老人们禁止了。王一南家最小的男孩，在外面吃了农民种在地里的番薯，肚子痛。他爸爸死了，妈妈在干校，两个哥哥抱着小弟弟到医院急诊室。急诊室的医生正忙得不可开交。一个剖腹产的手术，做到一半，电厂工人革命了，全城停电。产妇生的还是个双胞胎。正在紧急时刻，来了个肚子痛的小弟弟，医生给了一点止痛药，就让两个哥哥先抱回家去，不好再来。

回到家，止痛药吃了，弟弟睡了，半夜里又哭又闹，再抱到医院里，医生说，是蛔虫把肠子撑破了，得开刀，可是没电。等电等了大半夜，弟弟已经不行了，一只小手拉着一个哥哥，也不哭了。两个哥哥眼睁睁地看着弟弟，一点办法都没有，脸对脸哭。

等到第二天早上，电来了，弟弟已经死了。医生也很难过，对两个哥哥不停道歉，说："医院本来自己有一台救急的发电机，但是，给红卫兵搬去发电油印传单了。"大哥说："我只想把弟弟肚子里的蛔虫拿出来，再把弟弟送走。"医生就给弟弟做了尸检，果然肚子里一大团蛔虫。弟弟

①古希腊伊壁鸠鲁派的哲学，是奴隶的哲学。奴隶哲学家伊壁鸠鲁把幸福看作是"肉体上无痛苦，心灵上无纷扰"。

和那个剖腹产的产妇，因为停电，都死了。那个男人丢了老婆，抱了一对双胞胎回家。王家的两兄弟，丢了一个弟弟，哥俩垂头丧气地回家。王家大哥认定：弟弟死，是他的责任。

青门里的留守老人，在青门里的黑门上贴了告示："小心蛔虫。"

"蛔虫"是一片乌云，笼罩青门里有一个月之久。小孩子像祭祀似的不到外面野玩了。看见有谁手不洗就吃东西，立刻就互相提醒："小心蛔虫。"本来，大家都以为小孩子不会死，结果，小孩子也会死。

"蛔虫"乌云慢慢散去之后，天大地大的日子就这么平平淡淡地又过了一些时候。浪榛子自作主张，要带着喇叭坐长途车到蒋达里给各自的妈妈送衣服。两人都要买车票了。张奶奶给她们五毛钱，一包炸炒米。虽然世上天天闹斗争运动，张奶奶依然不怀疑民心是否纯良。前两年，小孩子在外面走，胆子大的，能串联到新疆。去蒋达里，两小时的长途车，浪榛子已是熟门熟路，各人还有五毛钱装在兜里，张奶奶既拦不住，也不担心，就让她们走了。

在长途汽车站，她们碰见一个男孩叫莫兴歌，也是去蒋达里。三个人一上车，就挤在一张长椅子上坐，有说有笑，分炸炒米吃，像是老朋友。车开了以后，这个男孩就一路唱着："共产党号召我闹革命，夺过鞭子抽敌人。"

唱了一会儿，莫兴歌就说："我到蒋达里是回家，我爸在那里。你们去看谁？"

这个问题一问，世界立刻出了毛病。莫兴歌他爸是劳改农场的看守长，看劳改犯的。三个小孩一搞清楚各自父母的角色，"阶级"就像大蘑菇一样立刻从他们头上冒出来。浪榛子和喇叭都觉得自己就是劳改犯。一看前面有了一个空座位，浪榛子赶快拉着喇叭换了座位。换了，又觉得男孩挺可怜。回头看看他，他眼睛横着，一根阶级斗争的弦绷在里面。

浪榛子和喇叭再也没敢和这个莫兴歌说话。想想看：他们和上车前也没什么两样，怎么就紧张起来了呢？一定是空气出了毛病，要不然他们心里的感觉怎么就变了呢？等两个人下了车，浪榛子就把计划变了，决定不到劳改营去，就坐在水坝上等。

两个女孩子坐在水坝上，水坝高高。水库的水很清，从水坝的一个口里流进一条水渠，在空中生出无数晶莹剔透的小脚，你追我赶跳下去，哗哗响，跳到渠里就跑，并无阶级烙印，让人喜欢。两个人就把脚和手都放进水里，嘻嘻笑。不用撒谎，不用骗人，不用装模作样的日子，其实一点也不难找，别假设那么多敌人就行了。

她们等了好一会儿，看见南诗霞和一群人从营地走出来。男人走向远处的百里湖边，去填湖造田，女人在水渠流过的水田里插秧。男人像大鸵鸟，扛着竹筐，背着铁锹，一溜儿变成一白点儿，散在湖滩上，蚂蚁一样移动。女人们像大鹭鸶，一个一个散在水田里，一啄，挪一步。

浪榛子说再等。接着，又看到舒暖一个人挑着大粪挑子出来了。一担大粪在舒暖肩上悠，一个仙女挑着两桶大粪，向苹果林子里面走去，扭来扭去的步子，很好看。

对两个孩子来讲，世界就应该是这样。世界给她们什么，她们就拿到什么。别人说不是她们的，她们就认为没她们的份。反正没什么可失落的，又没有其他的生活可以比较。太阳当头照，就是一个好日子。所以，她们很快乐地跳起来，向两个妈妈跑去，给妈妈们一个惊喜。谁知两个妈妈却一脸胆战心惊的表情，赶快要把她们领到劳改农场司令部，让红卫兵检查她们带来的衣服。

没有自由的人，就只好听话。

水稻秧才插下去，细细小小，一排一排歪在水田里，好像一群受气的小媳妇，叹一口绿气，活还是不活？细细的田埂上，两个小孩走在前面，南诗霞走在中间，舒暖挑着粪桶走在最后面。一阵阵臭气传到前面来，让小孩子想走快。南诗霞大概是生了病，嗓子哑了，只能发出一些细小的哑声。她一把拉住浪榛子，声音嘶哑地说："你看见在前面那个坐在田埂上看守我们劳改犯的红卫兵了吗？就是那个瘦瘦小小、穿了件旧蓝裤子、赤着脚的红卫兵。你跑到前面去，对他说一声'谢谢'。别的什么都不用说。"

"为什么？"浪榛子问。

"你去。"她妈把她向前轻轻一推。

浪榛子就跑到前面，站在那个瘦人儿前面，对着他衣袖上的一块大补丁，没头没脑地说了声"谢谢"。

那个瘦人儿，瘦归瘦，却长了一个皮球嘴，嘟嘟地噘着，像个哨兵。鼻子倒挺直，连着鼻子一起看，脸上有个"惊叹号"。鼻子就是惊叹号的那一直，嘴就是惊叹号下面的那个"球"。在红的、黑的惊叹号画在东一条西一条大标语后面的时代，浪榛子觉得，这个瘦人脸上的"惊叹号"，让他显得像个小孩子。

"惊叹号"最多也就十四五岁的样子。他被浪榛子吓了一跳，眼睛和嘴巴似乎飞快地在脸上转了一个圈，又回到原地，非常滑稽地看着浪榛子，"皮球"里的气就莫名其妙地冒出来了，他对着浪榛子冒了一个傻傻的笑，像冒了一个气泡，才冒出来，就炸了。咧开的嘴还原成"哨兵嘴"。

这时，南诗霞到他跟前，满眼感激，嘶哑地喊了声："报告，小孩子来送东西。"

这个瘦人儿就懂了，脸还红了一下，低着头，站起来，快步头里向司令部跑去。南诗霞用嘶哑的声音小声对三个走在她后面的人解释：这个小红卫兵，在她打扫厕所的时候，在地上放了一片荷叶，荷叶上放了两把清音草药。放下后，转身就跑了。

"惊叹号"的名字叫善全春。

当她们一行人跟在善全春后面到司令部去报到时，看见那个看守长家的男孩莫兴歌就坐在司令部里。他依然恨恨地横着眼睛。浪榛子不懂为什么政治等级一划，仇恨就出来了。莫兴歌他恨什么呀？这肯定是她浪榛子的错。她天生就是"错误"做的。想着，她就对那个男孩谦卑一笑。

横着的眼睛变弯了，莫兴歌说："你在车上不跟我坐，我叫你长大嫁给我。"

　　浪榛子没想到原来仇恨可以用"通婚"来解决，不一定非要用鞭子打来打去。她想了想说："不行呀。我长大是党的人。"

　　所有的人都愣住了。谁敢跟党抢媳妇？

　　莫兴歌手一抬，扔过来一个苹果："给你吃吧，赔你车上的炸炒米。"

　　那一天，舒暖受到"党的人"的启发，总结出了一条经验，后来在某一次"风波"中，又传给了喇叭和浪榛子。

　　舒暖的这条经验是：如果没有东西保护，所有的人都会别无选择地投到一个比自己更大、更有力的东西里去寻求安全感。一群对一个，一个找靠山，是天经地义的丛林法则。（要是没有别的法则代替这个法则的话，劳改犯不要抱怨"墙倒众人推"。）但要是一个人批评了那个更大的东西，所有群体里的人都会觉得或装着觉得，你是在骂他，让他义愤填膺。

　　"义愤填膺"先是做给主子看的，但做多了，就成了第二本能。百万双锃亮的靴子，一眨眼，能等于"一双靴子"。谁骂了靴子大军，就等于骂了每一双靴子。在横起眼睛对付"少数异样靴子"的时候，每个大军里的"一"都找到自己的存在证明。

　　所以，教小孩子说，"你是一个苹果"是不对的，得说，"你只有长在那棵伟大的苹果树上才是苹果，掉下来就是烂苹果"。当个中国人要永远合群，永远不言败，永远不会错，永远维护国家形象，永远和百万双靴子团结得像穿一条裤子。除非你敢承认：裹小脚是一种法西斯行为。

　　这条经验的细则，舒暖一直没有细说出来过。直到二十年后，她去世前不久，才告诉了她认为唯一能理解她的好朋友南诗霞。她说："我们这个文化很会干裹人脚的事。我现在敢说'裹小脚是一种法西斯行为'了。人为地把人格分等，我们这个文化哪一层都能有暴力DNA。人造的灾难，和自然灾害一样，会有后果的。"

　　后来，因为国家形象的需要，一些爸爸们从"五七干校"回来了。有一个叫"五湖四海"的怪物来到南京！青门里还残留的几个文质彬彬的老教授，一次次要求支援部队回青门里。"五湖四海"声势日见壮大，他们老弱病残的留守人员对付不了。革命委员会批准，青门里是一块前沿阵地，不能丢。

乡下的爸爸们一回来，一天也没敢闲着。他们立刻在青门里"深挖洞，广积粮"，要准备打仗。他们那一代人，对"洞"有一种迷信。想是经过日本人空袭留下的恐惧，以为防空洞是一切战争的必需。其实，"五湖四海"既没有飞机，也没有炮弹。但是，话是不能人传人的，"五湖四海"的传闻传到青门里，已经有了"妖怪"的威力。它来无影去无踪，贴在电线杆子上的电影广告，风一吹，就成他们劫富济贫的告示。居民委员会主任才在青门里做了"彻底消灭'五湖四海'动员报告"，第二天，主任老太太家的马桶就漏了。马桶漏不过是个征兆，严重的是她家门口出现了门联：

"尿流五湖者先得糖尿病""屎泻四海者再得糖尿病"

横批："叫你放屁"

被"五湖四海"写的警告一吓，居委会老太太赶紧退让，老骨头老腿的，整不过妖怪。老太太吓得吃不下饭了，又不知如何向"五湖四海"告饶。老太太的孙子见奶奶给吓坏了，就把横批换了四个字："憋死不放"。

"五湖四海"倒是讲义气，看到这四个字以后，也没再与居民委员会主任为敌。

这个"五湖四海"可怕就可怕在你不知道它是一个什么东西，也不知道它在什么地方，都是哪方绿林好汉在领导。有一点可以肯定，"五湖四海"肯定不听党中央指挥。青门里的爸爸们一脸严肃认真，小孩子也一个个放老实了。这些自己都多多少少还带着政治问题的文人们，突然决定全都要成为"队伍里"的人，和中央站在一起。统一战线建立！

天天说准备打仗，仗就真打起来了。青门里的人虽是文弱书生，戴着眼镜，国家一召，他们自觉自愿成立了"战斗队"，叫"井冈山自卫队"。这个名字是喇叭爸爸颐希光起的。本来想叫"井冈山赤卫队"，喇叭爸爸又想了想，觉得"军衔编制"问题不能冒犯。青门里的人不是"白专"就是"黑帮"，正红旗和镶红旗，满八旗和汉八旗都叫"旗"，地位不同，青门里的人断不敢就擅自称"赤"。而"井冈山自卫队"这个名字则更合适。喇叭爸爸说，青门里有水，战斗队有山。山水相依，心向北京。"自卫队"的意思就是：老老实实，只自卫，保家园，抗"五湖四海"，不和红色世界为敌，不多管青门里之外的阶级斗争。谁要来斗青门里的人，只管来斗。自卫队不与造反派争是非。"井冈山自卫队"没有造反的意思。不过是为了战斗的有效性，组织起来是必须的。

到这时，"五湖四海"已经在青门里外面的世界上闹了两年了，现在，闹得青门里也人心惶惶。但浪榛子和喇叭还没见过半个"五湖四海"。想见呀。她俩不停地互相问，也问别的大孩子："五湖四海"到底是什么？就是"妖怪"也得有个青面獠牙的长相吧？

听王一南家的大儿子说："妖怪也有好妖怪。要是妖怪出身贫农，那就是好妖怪。解放世界人民的那一天，说不定还能分到唐僧肉吃哩。唐僧又是什么好东西？四体不勤，五谷不分。专做亲者痛、仇者快的事情。"浪榛子不反对"好妖怪"理论，只反对"吃唐僧肉"。要是妖怪能改掉这一点，哪一个妖怪都是"可以教育好的子女"。

终于，关于"五湖四海"是什么的答案有了。据几个爸爸们到区里听了战情介绍回来说，"五湖四海"是从五湖四海来的小偷和要饭花子组成的"战斗队"。"战斗队"是最时尚的词。"五湖四海"一成立了"战斗队"，百万双破破烂烂的靴子就成了"铁蹄"，百万双手见什么偷什么。

国家出小偷和要饭花子战斗队了！这就是说，出土匪啦。新社会再也不能让过去土匪下山吃大户抢民女事情冒出来。而这时候，又有一个柬埔寨的亲王要到南京玄武湖游览。青门里就在玄武湖水域，青门里前塘和后塘的水，和玄武湖在地底下通着（那些被扔进塘里的银元和美元能在通道里来回滚，也是未可知的）。若"五湖四海"突然从某个通道里冒出来，无端出现在亲王面前，那国家形象就受损啦。损陈教授可以，损王一南可以，损你、损他都可以，国家形象绝不能损。千古以来，中国人只有一个身份："中国人"，再多一点儿，你就反动了。

浪榛子没见过"土匪"，光这两个字儿就让她心里振奋，更不用说"五湖四海"这个浪荡名字很是撩人，一副妖怪媚人的独立嘴脸。浪榛子自己还想当个"女土匪"试试哩。这是唯一的一次青门里外面的"红五类"和青门里内的"黑五类"团结作战。这也实在让浪榛子觉得奇怪。她一直在想：嫁一个农民，生一个小农民，是唯一一条消灭阶级的快路。不知除了"通婚"，还能有什么"基本规则"可以跨越阶级？难道"类"与"不类"也能有共同语言？譬如说，当面对小偷时，红类、黑类一起说：不准偷窃！小偷不准团结起来！

现在，青门里被划入"五湖四海"不得入内区域。匹夫有责的时候到了。戴着眼镜的爸爸们，再不是君子谦谦，是投笔从戎的"自卫队"了。一个"阿里巴巴和四十大盗"的故事开始了。"井冈山自卫队"分成两队，喇叭爸爸领一队，上半夜巡逻；浪榛子爸爸领一队，下半夜巡逻。"井冈山自卫队"的队员们，可以手拿扫帚和竹竿。他们要和"五湖四海"这个人类的新怪物作战。

青门里的爸爸们，个个聪明，都是"阿里巴巴"，他们要用他们的教授级大脑和小偷、要饭花子玩"芝麻开门"或者"草船借箭"。而浪榛子却觉得自己像个间谍，心里无端就很同情"五湖四海"。她自己和喇叭在父母都下乡或劳改的时候，跟"五湖四海"也差不多。反正偷过蚕豆是肯定赖不掉的。要是那时候，知道有这么个"五湖四海"战斗队，她带着喇叭加入了，也是可能的。

为了欢迎那个亲王，成千上万的学生们跟战士一样天天受训练，学成"翻牌子专家"。大家坐在鼓楼广场，要穿白衬衫，蓝裤子，牌子举过头顶，信号旗一挥，呼啦，翻一张黄牌子，信号旗再一挥，呼啦，翻一张红牌子。一共要翻七张牌子。你手上举的那张，离开"集团军"，就毫无意义。待在"集团军"里，要的就是个整齐一致，一点不错，那七张牌子，拼出来的就是七句标语，譬如："西哈努克亲王好！"

浪榛子对翻牌子很不喜欢，唯一的一点好感觉就是：当觉得自己成了一点黄色，消失在一片人海里的时候，偷吃蚕豆这样的坏事，就不存在了。人小到化在海里，你举的牌子才有意义。训练他们的军代表说："纪律，纪律，纪律。你们心里要生出一种寻找纪律的欲望，你们就找到组织的方向了。" 浪榛子觉得，就这点翻牌子的本事，还要训练一天又一天？连猪都学会了。她心里没有生出对纪律的欲望，生出的是对自由的欲望。甚至想着"五湖四海"这时能从天上掉下来，就热闹了。

白天训练完毕，回到青门里，听说已经有一个"五湖四海"在前街被乱棍打死了。还有一个想跑没跑掉，被活捉，正在坦白交代。原来是一个四川来的小偷。小偷交代出一个偷窃单子：

某老红军的军帽一顶。偷法：从他头上拿了就跑。

某餐馆一盆肉圆子。偷法：往里面吐了几口唾沫，人家就不要了。

某妇女的十块钱。偷法：伸到口袋里拿。

……

前街的人说，这个单子明显是避重就轻。但是，从这个小偷入手，"五湖四海"有望被攻破。

果然，没两天，前街的人传出来更多的交代材料："五湖四海"还有组织结构。人家有"司令"和"副司令"，还有"圣库"，叫"海仓"。一切缴获入"海仓"，平均分配。"司令"和"副司令"不多吃一口。不管出身好坏，不管文化高低，入了"五湖四海"就是沧海一滴。一人为大家，大家为一人。人人要工作，工作就是偷大户。被偷的大户按顺序为：1. 国家（偷国家的没人管）；2. 首长 （首长家钱多）；3. 卖肉的（肉好吃呀）；4. 妇女（她们好对付）；5. 其他人民（"五湖四海"就是干这行的，不能心太软）。"五湖四海"目标不高，只要大家都能有吃有喝有老婆睡。

敌人的面目露出来。青门里的文人因为有资格有敌人了，感觉社会地位提高。从"五七干校"回来的爸爸们很自豪。他们召集青门里四十八家人开会，大人小孩都明白了："五湖四海"是当前头号敌人。为了亲王和陪同领袖对南京这个民国旧都有好感觉，"五湖四海"要限时解决。

会还没开完，有小孩子送来一封信。喇叭爸爸赶紧打开。原来，是"五湖四海"送来的和谈信。信传到浪榛子爸爸手上，黄觉渊就把信读了："五湖四海"要求青门里的人"棍下放人"，他们亦不骚扰青门里人的日子。信里说：

> 我们和你们，都是猪都不如的人。猪，不是不聪明。我们"五湖四海"了解五湖四海之事。知道你们在溧阳"五七干校"科学养猪，你们还睡在猪圈里，观察猪、热爱猪。你们的五百头猪，摇铃吃饭，排队拉屎，才生下来几天，就知道追着奶瓶跑。但是，我们想提醒你们：猪，可以很聪明，但猪没有自主权。要是猪还麻木不仁，情愿把脑袋交出去让人洗，能传种就是胜利。这就更是当猪的悲剧。它们本来就已经不争了，还要自己对自己一遍一遍地叫，你就只管吃食，不用多想，一切组织安排。当一只听话猪，有吃有喝。让它聪明的时候，它可以显本事。但等要杀了吃它的时候，它就没戏了。
>
> 我们"五湖四海"劫富济贫，不滥杀无辜。没有人给我们公平对待，我们不过是自己找自己要的公平。我们就是当猪，也要当一头豪猪，带刺。毛主席教导我们："人不犯我，我不犯人；人若犯我，我必犯人。"
>
> 只望在我们困难时期，青门里的大聪大智能放我们一马，不与我们作对，来日定当厚报。

这信一读，青门里的文人傻了。首先，他们是猪？这年头，说他们是猪，他们也没什么好生气。他们全是"牛鬼蛇神"一族。其次，这"五湖四海"里还有文化人和间谍。不然写不出这种信来。第三，这封信明摆着是一封反革命宣言，反党反社会主义。上交不上交？

这三个问题让青门里的大人小孩讨论了三个小时。文人们艰难地达成几点共识：第一，绝不能和"五湖四海"同流合污。第二，抓到"五湖四海"不打不骂，送交警察。第三，这封信就当没收到。不给回信，也不上交，该怎么就怎么。

最后，青门里的人把一口铜钟认认真真地挂在树上，定好了：每天夜里，那些"井冈山自卫队"的爸爸们轮流巡逻，所有村民配合。在夜里，只要铜钟一响，家家大人小孩就要跳起来敲锅、敲盘子、敲脚盆。若"五湖四海"来了，一夜敲三次，就能把"五湖四海"吓死。

那口铜钟，就是青门里文人对付"五湖四海"的武器。它让浪榛子产生无限的好奇，就想敲它一回看看灵不灵。她爸看透了她的鬼心思，分配给所有十三岁以下的小孩一个好差事是：白天轮流站在铜钟下放哨，不准任何人随便敲钟，晚上下班，交给"井冈山自卫队"掌握。

浪榛子很骄傲地守护着铜钟，肩上扛着一根小棍子。不时会有小孩和大人到铜钟下看一看，就连很少露面的王一南家的两个儿子，也跑来看了一下。王家大儿子还说："真是一口好钟。"喇叭来和浪榛子换班的时候，说："我妈影集里原来有一张照片，一个中国小兵，扛一把步枪，守在一架长着大鲨鱼牙的飞机前面。你守铜钟的骄傲样，就跟个小兵似的。啥时候，你能得一把步枪就好了。"

这口铜钟，夜里发挥过一次作用。浪榛子爸爸巡逻的时候，看见冬青树丛里藏了一个人，认定是"五湖四海"，就敲了那钟。一时间，青门里六栋二层小楼，家家灯光通明，所有的人都从床上跳起来，敲锅敲盆，一片叮叮咣咣的声音，如同金戈铁马古战场。

这次击钟，是对"五湖四海"的宣言：他们和青门里文人单方面媾和失败。文人深明大义，纵使不被公正对待，纵使永不被招安，也不站到国家利益对立面。跟小偷、要饭花子战斗队媾和是绝不可能的。

"五湖四海"就是"五湖四海"，不媾和，他们也就不客气了。他们不是正规军，是山上下来的土匪。人家不跟你按正规战的规则玩，他们来无影去无踪，并且很快也发现了这口铜钟的功效。教授们挂的钟，他们也来敲钟。第二天，一夜敲了三十次。青门里的人不知真假，家家人一夜从床上跳起来，敲锅、敲盘子、敲脚盆三十次。"五湖四海"没被吓死。青门里的老小都要给累死了。这大概是"五湖四海"对青门里人不合作的报复吧。

黄觉渊说："无法无天，有个法就好了。"浪榛子不知道什么叫"法"。她爸说："就是划出天地之道。"浪榛子还是不懂。黄觉渊就又说："就是在好人和坏人中间划个停战区，坏人不准到好人这边来。"浪榛子说："无产阶级是好人，资产阶级是坏人。"黄觉渊说："不是那么简单。每个人都可能既是好人，又是坏人。有个法，可以保护好人，给个公道，别逼着好人干坏事，到逼上梁山就回不来了。"

可惜，"天地之道"在那个时候被当作"封资修"破掉了。多少的荒唐事，浪榛子带着喇叭看了，也干了。在所有这些事件中，浪榛子一马当先，喇叭是她的跟屁虫。据她们自己说，什么坏事都见过，还跟着干了。想到自己也是害虫，浪榛子懂了她爸的话：每个人都可能既是好人，又是坏人。

后来，因为怕吓不死"五湖四海"，浪榛子开始弄枪。先是自己做纸的，木头的。别在身上，就跟个小兵一样。

假枪没玩多少时候，浪榛子撞见了奇迹，她得了一把旧步枪。真的。因为要纪念毛主席在长江里游过泳，凡敢下长江的小孩都可以发一把旧步枪，参加游泳渡江训练。到目前为止，天下还没有浪榛子不敢干的事。她就成了队员。浪榛子就把各色纸枪、木枪都给了喇叭。自己扛着那把旧步枪，跟着一群大人游长江去了。

成千上万人先学唱歌，人人都是歌手，嘴巴要张得一样大，脸要朝着东方。大家要发出一个声音，然后，集体到江边种树。树也种得整整齐齐。然后，训练行军，背着步枪，一路走一路唱："一、二、三、四——"最后，每人发了三发子弹。一只手托着枪，下水训练。横要游成一条线，竖要游成一条线。哨子一响，头要做出水射击的样子，一手举枪，一只手游。毛主席说："枪杆子里面出政权。"不能让枪口进了水。并且，从此年年游长江，游得像个浪里白条，一直游到浪榛子成了中学游泳队长。不过这是后来的事儿，与"五湖四海"无关。

　　一年后，"五湖四海"一案在南京被彻底破获，定为"反革命流氓犯罪团伙"，在南京体育场开了万人公审大会。一溜儿二十几个"五湖四海"的头目和喽啰被判刑。"人民战争"胜利了。"五湖四海"的司令判了死刑，当场执行。谁也没有想到的是，"五湖四海"的副司令竟是王一南二十六岁的大儿子，被判了无期徒刑。

　　二十六岁，正是他爸爸当年坐"宏远"号回归大陆的年龄。青门里的人目瞪口呆。在万民喜气洋洋开庆功会的时候，青门里人的高兴里有酸溜溜的味道。不都是家家户户人民生出来的儿子吗？这样的胜利像是演戏。宣判词上说：王家大儿子的行为是阶级报复，把王家家史一翻，一切就明白了。他堂叔祖还在台湾当官，父亲畏罪自杀。（没说他弟弟死于蛔虫。）

沙Ｘ：葬礼

　　突然有一天，浪榛子的母亲南诗霞从蒋达里劳改农场平反归来了。她得到平反，是因为她写的一篇"反革命"文章平反了。那篇文章是她刚上中央大学中文系时写的第一篇作文。登在1945年1月中大中文系大学生自己办的手刻油印杂志《小泉社月刊》上。那样习作式的文章，当时在同学中显了一下，后来，连南诗霞自己都没当一个作品收藏。可那一个大学时代追求她的男生却收藏了。二十几年后，谁也没想到，因为要深挖潜伏在人民中间的特务、反动派，那个男人人过中年，居然把南诗霞给出卖了，先把南诗霞要寄给毛主席的信交给"革命委员会"的红卫兵，又把二十年前收藏的这篇小文章给交上去了。一眨眼，他自己成了革命派，揪出了一个隐藏至深的"国民党特务"。（为过去的失恋复了仇。这种事干完之后，他是不是能心理摆平了，没人知道。）

南诗霞得到平反，是因为她文章中写到的英雄人物平反了，官复原职。上面一有人过问，文章再重读一遍，成"抗日故事"了。文章平反，作者也平反。

南诗霞背着一个旅行包，提着一个网兜，兜子里放了一个脸盆，脸盆里塞了一双鞋，鞋子里塞了这篇让她坐了两年牢、待了六年劳改农场的文章，文章上盖了一个章，"已审"。没还给收藏这篇文章的男人，退给了南诗霞，跟着南诗霞的鞋回来了。

浪榛子立刻就认出那双鞋。她爸曾经把情书塞在里面，被浪榛子换到糖纸里，捏成假糖交给她妈了。以后，她每次去看她妈，都用糖纸裹个假糖，带她爸爸的信进去。她看见鞋里又塞了一张纸，以为是她小时候带进劳改农场的情书，而她已到对人家情书感兴趣的年龄，等她妈一放下手里的东西，浪榛子就从鞋里抽了那张盖着"已审"的文章出来。

南诗霞对女儿吼："不要看，烧了。" 浪榛子说："为什么要烧？是我冒着小命危险给您带进去的。" 南诗霞说："你以为那是你爸写的信呀？你爸写的信，我还敢留下？看完就吃了。" 浪榛子立刻想起战争电影里那些地下党吃机密文件的镜头，同时，无比痛心，自己的大智大勇都化为粪便。

南诗霞说："叫你不要看，你就不要看。因为这个，你妈差点给人整死。"

浪榛子一听到"不要"二字，立刻就翻译成"非要"二字："我非要看。"这些年，没人管，"不要做某事"的命令在她听来，全都自动翻译成越不让做就非要做。她头一低，看了。文章题目叫《葬礼》。

真行，死人的事还能把活人整牢里去一回。

黄觉渊在旁边说："文章没罪，让她看吧。是整人的人太坏。"

南诗霞说："我们还能不能从此不要提这件事？那样的叛徒，心理怪异，应该去看心理医生。我但愿他能有复仇快感，从此还不后悔。我永世不会再拿他当朋友。他明明知道我和他不是一类人，怎么在他一感觉，就成了'不是一个阶级'。明明知道我不喜欢他俗气，在他一揭发，就成了我嫌他家钱不多。世界上有很多东西，俗不可耐。谁要俗不可耐就俗不可耐，但是不要以你的俗不可耐来想我。我女儿将来嫁个蒋达里的农民，都比嫁个这种文人好。"浪榛子爸爸说："行啦行啦，你嫁给我了，不是做了一个正确决定吗？你女儿比你能。"南诗霞像个笼子里关久了的斗鸡，拿家人撒气，说："你没用，不能保护我。我受污辱的时候，你在哪里呀？送个衣服还要叫女儿去。"

浪榛子想：爸妈又吵架了，日子大概要恢复正常了吧？人民战争胜利结束，和平的机会来了。

黄觉渊也没为自己辩护，反而说了句大实话："文人，这些年表现得也不好，你那是被揭发了，还有文人也跟着打人的。而我们大家旁观着的，却什么也做不了，对和错心里都知道，文人却集体不说话。一说就遭灾，不听话者不得食。谁敢？所以，从王一南死，我就有一个当人还是当单细胞变形虫的问题。还有一个能不能当得成'人'的问题。"南诗霞说："跳梁小丑全跳出来，坏人充分暴露，这是运动的胜利。"黄觉渊说："我看还是不要让他们都跳出来好，也许他们原本还是好人呢。要没有这些挂牌子斗人运动，让跳梁小丑有一个恶狠狠的位置爬上去显摆，他想揭发人、打人也没有场合呀。为什么我们要鼓励恶而不限制恶？"

南诗霞没有兴趣一回来就讨论善恶问题，只想吃顿好饭。在吵了两声之后，注意力就转移到找吃的。一眨眼，把家里的剩饭剩菜全吃了。劳改农场没好的吃。民以食为天，先吃了再说谁错谁有罪。

浪榛子同意她爸。在把凡是父母说不能做的事都去做过一遍之后，自己会想问题了。她发现，一场"文革"，就像玩了一场打仗的游戏。因为"战事"频频，她也在九岁就得了把步枪，跟着全国人民军事化。学校工厂都按军队班、排、连建制。一切行动听指挥。按忠心程度、家庭背景和本人装模作样的水平授衔分等。明明是和平时期，明明昨天还是师生或兄弟，却假想出一批一批敌人，让自己人在自己的领土上攻打另一拨自己人。先斗，再平反（自杀了的就活该）。反正人人都会犯错误，想找谁的茬儿都能找到。好歹她妈平反了。

从浪榛子自己的战争经验看，"阶级"是个坏词，谁想出这个词来，一定是六亲不识。还不如就把人分成"小人"和"君子"，各自行事，喻于利的一个圈子，喻于德的另一个圈子。省事。也不必费神去改造"小人"。"阶级"一出来，小朋友都不好共处了。譬如，喇叭和她碰上的那个看守长的儿子莫兴歌。这个词没冒出来的时候，大家都是朋友。一冒出来，她和喇叭就成了下等人。可这不就是人定的一个词儿嘛。一口仙气吹没了，她妈平反，她自己就有当好人的权利了。昨天还没有，今天就有了。这是不是人出了毛病？

叫浪榛子看，一群人都有毛病。他们先把时代搞混了，拿战争时代对待敌人的伦理规范，不管三七二十一给某一个人贴上标签，戴上"叛徒、特务、卖国贼"的帽子。然后，别人就可以对这个人你一拳我一脚，打完了还不用负责任，因为那是作为一个团体在战斗中的行为，谁也不用对团体行为担当后果。哪怕打错了，打的不是敌人，被打的也活该倒霉。正常的日子成了非正常时期。折腾了十年，比抗日战争时间还长。

浪榛子趁她妈吃饭的工夫，坐在楼梯上，快快地把这篇她妈不让看的文章看了。她想搞清楚，一个失恋男人怎么就能用一篇文章让以前的恋人坐了牢？这是怎样一种心理？想他当年收藏这篇文章也是出于爱慕之心吧，不可能是为了二十年后有一场运动。奇怪的是，阶级一分，等级一划，给一个敌我选择，一片让仇恨发芽开花的土壤就有了。

浪榛子本来想搞清仇恨问题，但读着她妈年轻时写的文章，却感觉到另一种吃惊：文章还可以这么写？有钱的、没钱的，中国的、外国的，都是"人"。与她在大字报上看到的语气和格式，没有一点相同。而这是她的"女革命"妈妈在还没革命之前写的：

> 我与父亲到桂林参加舒谐行老先生的葬礼，却又参加了另一个难忘的葬礼。1944年10月，桂林危在旦夕，这也许是在桂林沦陷之前举行的最后两个葬礼吧。
>
> 舒谐行老先生是我父亲南传训的至交。桂林再危险，父亲也一定

要来送葬。

日本人在打下衡阳后，一路南下，直下桂林。一个多月前，日轰炸机想在夜里偷袭桂林二塘和秧塘两个第14航空军的空军基地。被第14航空军驱逐机队腾空阻击，把他们的方阵打散，击落四架敌机。日轰炸机在逃跑的时候，胡乱把炸弹扔进桂林城里，炸了民居区。一个炮弹正好落在舒先生的藏画楼上。一下子，就烧起来了。火蹿得比土山还要高，救都没法救。舒家两代人收藏的中国、波斯和西洋名画，一轴也没剩下来。舒先生当时就气急吐血，念叨着："两代的收藏呀！"就倒下了。

舒家专门请了空军基地美国医生来看，又到医院去拍了X光片子。美国医生说是肺出了大问题，建议把老先生当第14航空军家属送到昆明美军伤员医院去开刀。家里人都认为舒先生是怒火冲肝，把肺气炸了。舒先生也拒不接受"开刀"的概念，只相信吃啥补啥。说是人老了，毛发不多，肌肤不健，但只有毛发之身来自父母，开膛剖肚，元气放了，和祖宗接不上根源，比死了还糟。

我父亲南传训打电话给他，说："我们是搞洋务出身的，还是听洋医生的话。"但是舒先生太传统，虽是搞洋务起家，但他只要"洋务"出来的钱，不受洋人的手术刀。一定要至死元气不放，坚决不开刀。

舒先生听了中医的，家里就忙起来。一大群仆人四处奔忙。不但从早到晚熬中药，家里还全是牛肺、羊肺、鱼肺的味道。下人、厨子开口闭口谈的都是老爷的病和日本鬼子作孽。大家都跟老爷一样坚定地相信，吃啥补啥。还为舒先生找佐证。找到了一个，立马传进舒先生房里去报告。证明老爷是对的，一定能好起来了。

舒家业大家大，仆人多，舒家雇人和调教仆人也是有名的。忠心，是第一条。守规矩，是第二条。能干活还是不能干活是其次。舒家对仆人也好，给他们布做衣服，一出门，桂林的人都知道他们是舒家的仆人。舒老爷一病倒，仆人个个都担心，万一老爷有个三长两短，自己出了舒家，架子已经大了，还能不能放下来，再在别家做？碰上小心眼的财主，日子哪能有在舒家大庭院里舒服？所以，他们都是真心想老爷能好起来。哪怕桂林陷了，他们也愿意随着舒家迁到别处的宅子去。他们个个想为舒老爷治病献计献策。

划竹筷子的老李，逢人就说："我上次脊背扭伤，就是弄了块猪大排，熬了一大锅汤，吃了那个脊椎骨里面的里脊肉，吃好的。你们谁去禀报？"

老爷最喜欢的大厨子说："没用。老爷是回子，不吃猪肉。"

老李就说："不一定非得猪肉，什么肉都行。都补。"

舒二小姐的小丫头就问："牙痛吃啥？吃猪牙？"

老李说："老爷喊牙痛啦？牙痛不吃牙。牙痛，拔牙。拔完牙再装个纯金牙，比真牙好，越过越值钱。"

……

但是，在仆人无限忠心的祝祷中，舒先生还是死了。舒先生自己说，他的中药和补食中差一副药引子，"剑外忽传收蓟北……漫卷诗书喜欲狂。"

我们到达舒家的时候，正好第二封葬礼的通知到。这是从第14航空军总部送到舒家来了。舒家收养了三个义子，义子范笳河是中美空军混合联队第一轰炸机队飞行上尉，两个月前在"驼峰航线"失踪，为国捐躯。第14航空军拟定在撤出桂林基地前，为所有近期阵亡的中美飞行员举行葬礼。请家属参加。

这封信一到，舒家二小姐就哭了。她说，不可能。"失踪"不是"捐躯"。她就在桂林等着，范上尉一定会回来带她。

我知道二小姐在恋爱范上尉。父亲刚死，情人又凶多吉少。这样的命运一下子落在一个少女身上。她受不了。

父亲叫我时时跟着二小姐，劝她节哀。我自己也正百哀中起，拙词笨语，不知说什么好。舒家二小姐哭了一会儿，倒自己好了。她对我说："我们一起去参加第14航空军的葬礼，但我们是代表范上尉去的。范上尉出任务，还没有回来。"

有的时候，人生活在自己编的故事中，是一种需要。好歹，舒二小姐并没有一蹶不振。那我就和她一起代表范上尉去出席葬礼吧。

离二塘基地二里远，有一片中国坟地。我和舒二小姐先来到二塘，基地的中美航空兵都穿上了受检阅时才穿的制服。我们要跟他们一起坐卡车，到坟场去。他们让我们女人和家属先上。看着他们跳上卡车，动作利索，制服笔挺。他们那么年轻，个个英俊。他们是保护我们中国天空的人，因为他们，重庆的空袭停止了，昆明的天空也安全了。但是，还有许多跟他们一样的年轻人，已经不在了。在卡车上，他们手挽着手，不看脸，也分不清他们是中方航空兵还是美方航空兵。这让我感动：中国人和美国人为了一个自由的信念站在一起。也许，这个信念本身就是文明。

一队军葬仪仗兵拿着步枪，站在几个盖着美国和中国国旗的棺材旁，军乐队奏起"向前进，基督的战士"。第14航空军的牧师读着《圣经》中的段落。

一个军官部的将军介绍了阵亡航空战士的名字和殉难经过：

少校卡斯沃（Major Horace S. Carswell[①]）生于 1916 年7月18日，殉难于 1944年10月26日。308轰炸机大队。10月26日夜，单机在南中国海巡逻，突见十二艘日运输船，由两战舰护航，想乘夜从南中海向日本航行。少校卡斯沃立刻转回两次，在低空六百英尺处轰炸。炸沉敌运输船两艘，炸伤战舰一艘。所驾B-24J 两个引擎被敌战舰炮火打坏，第三引擎受伤，副驾驶也受伤。少校卡斯沃将飞机开回中国海岸，下命机组人员跳伞。但机组投弹手发现他的降落伞被敌人炮火

---

① 少校卡斯沃（Major Horace S. Carswell）殉难记录，见 Kenn C. Rust and Stephen Muth, *Fourteenth Air force Story*（Temple City: A Historical Aviation Album Publication, 1977），29−30.

打坏，不能用了。少校卡斯沃就决定开回最近基地，当第三个引擎也熄火后，他再次命令机组人员跳伞。他自己带着受伤的副机长和没降落伞的投弹手，想用单引擎飞过山口到基地降落，没有成功，三人随机在山口坠落殉难。少校卡斯沃二十八岁。

少校帕克（Major George Park[1]）中美空军混合联队第26驱逐机队。在7月支持长衡战役中，打日军白螺矶（Paliuchi）机场时屡建战功。他所在的驱逐机队发现几十架飞机停在机场，就突然袭击，将地面敌机六十六架炸毁。1944年7月28日，在白螺矶上空，少校帕克击落他在中国打下的最后一架敌机。九天后，他在芷江基地带弹起飞时，不幸撞上前一天因机械问题停在基地的另一架P-40。少校帕克的飞机起火。第26驱逐机队的保尔队长不顾炸弹有爆炸危险，冲上去想把少校帕克从起火的驾驶室里拉出来，没有成功。少校帕克殉难。二十七岁。

上尉冯佩瑾（Lt. Feng P. C.[2]）中美空军混合联队第26驱逐机队。1944年7月24日在洞庭湖上低空搜索敌人部队时，飞得过低，螺旋桨的风打起水上漩涡，水进入螺旋桨内，飞机坠入洞庭湖中。同行僚机是美方机长詹姆斯上尉，他在冯上尉飞机落水处上空，盘旋良久，以期冯上尉能出机生还。没有结果。上尉冯佩瑾殉难。二十四岁。

上尉郎存鉴（Lt. Lung C. J.[3]）中美空军混合联队第8驱逐机队。1944年4月30日和僚机戴维斯驾两架P-43从梁山基地起飞，搜索来犯敌机。郎上尉有较长驾P-43经验，但在回程中，郎上尉的飞机不

---

[1]　少校帕克（Major George Park）殉难记录，见Carl Molesworth and Steve Moseley, *Wing to Wing: Air Combat in China, 1943–45*（New York: Orion Books, 1990），74.

[2]　Lt. Feng P. C. 殉难记录，见Carl Molesworth and Steve Moseley, *Wing to Wing: Air Combat in China, 1943–45*（New York: Orion Books, 1990），75. 中文名不详，是根据字母猜测。

[3]　Lt. Lung C. J. 殉难记录，见Carl Molesworth and Steve Moseley, *Wing to Wing: Air Combat in China, 1943–45*（New York: Orion Books, 1990），54. 中文名不详，是根据字母猜测。

幸坠毁在水稻田里。殉难。二十六岁。原因不详。

中方执行官王天成（Capt. Wang T. C.①）中美空军混合联队第3驱逐机队。1944在西安基地往后倒退时，不幸撞到尚未停转的P-40螺旋桨上。殉难。三十二岁。

……

军官部的将军还念了一串失踪航空兵的名字。最大的四十四岁，最小的十九岁。范上尉的名字在其中，二十四岁。对这些失踪的航空兵，他们的遗物就代表了他们的身体。有的是一套制服代表了，有的是一根烟斗代表了，有的是一把小提琴代表了；范上尉被一条机长戴的幸运白围巾代表了，那条幸运白围巾他每次作战必戴，但这次出任务却没戴。看到幸运白围巾，舒二小姐和我抱在一起哭了。

军官部的将军用这样一句话结束了他的讲话："我们做的任何事情，都比不上这些航空战士的牺牲。他们已经完成了他们的使命，而我们的任务还在我们前面。"

我觉得这句话讲得太好了。他们为正义而死，完成了最艰辛的使命。而我们的任务是正义的胜利，然后，建设一个和平中国。这些任务等着我们去完成。

舒暖的姐夫丛将军代表中国陆军感谢美国航空战士为抗击我们的共同敌人，贡献了他们年轻的生命。他说，从1942年到今天，美国航空战士在空中和日军打了近五千次仗，轰炸敌人地面基地和兵力一千八百多次。打下并炸毁三千两百多架日军军机。敌人空袭第14航空军的基地两百六十多次，而第14航空军空袭日军基地两千三百多次。②他还说，虽然第14航空军的前沿基地丢了，但是，中国人民正

---

① Capt. Wang T. C. 殉难记录，见 Carl Molesworth and Steve Moseley, *Wing to Wing: Air Combat in China, 1943–45*（New York: Orion Books, 1990），54. 中文名不详，是根据字母猜测。

② 数字参见 "How Army Air Force Cleared China's Skies"，*The China Lantern*, June 6th, 1945.

在更前沿的地方再给第14航空军造着新基地。中国的地面军队正在拼死保卫北方的前沿基地。空间换时间，时间在中美盟军这边。

当牧师念颂着安息词时，一队轰炸机排着标准的菱形队形，低低地从我们头上飞过。它们庄严而不可侵犯。

正义，是有的。

这时，所有的军人都向他们安息的兄弟敬礼。接着，一队中国丧葬队的吹鼓手走过来，一边吹打，一边向天上撒着白色的纸钱。丧乐的调子尖厉而凄凉。很多人都哭了。

仪仗队的士兵朝天鸣枪三响。

桂林，还是我们的。这应该是在桂林沦陷前的最后军葬。为士兵，也为我们沦陷的土地。国军地面部队无法阻挡日军"一号作战"的大兵压境，无法保卫我们中国军民个个引以为骄傲的航空基地和飞机了。第14航空军的总指挥部已搬到昆明。但是，在桂林北边的小镇常德，薛岳将军还带着从衡阳地区撤下来的残部死守着。

从这个葬礼回来，舒二小姐说，今天是她给自己划定的成人日。她有深深牵挂的人，没殉难，还在前线。以前那种"战士军前半死生，美人帐下犹歌舞"①的富家日子，她一天也不想过了。

那天，我们俩一夜没睡。电话一个接一个打进来，二小姐的异母大姐和大姐夫在电话里催：赶快到二塘基地去。美军运送家属和官员的飞机就要起飞了。再不走，基地就要被炸掉了，那就只能跟难民挤火车走了。她妈妈一边哭，一边烧着信件、文书，说老先生尸骨未寒，她怎么能忍心丢下他在这里去逃难。她妈也舍不得这么大的房子，这么好的庭院。她姐夫在电话里发急，说："舒家的人，一个也不能落在日本人手里。将来，我们一定会打回桂林。家产也是跑不了的。你们要是再不肯走，剩下的路就是投奔薛岳了。"

薛岳将军的残部试图拖住"一号作战"的大股日军。听说在陈纳

---

① 出自唐代诗人高适诗作《燕歌行》。

德的两边劝说下，薛岳将军终是向委员长宣誓效忠。可惜，太迟了，委员长派的增援还没到，桂林就已沦陷无疑。桂林秧塘、二塘两个第14军最好的空军基地只好全丢。

在这紧张时刻，舒二小姐倒不哭一声，也不着急。她要我帮她收拾信件。范上尉的信，全带走。她向我保证，她的范上尉还活着。她说，他今天一定很欣慰，因为我们代表他参加了他兄弟们的葬礼。他们兄弟不分国籍，情同手足。

她让我看他写的信。最近的一封信是6月来的。很短。但是舒二小姐知道的远比信上的多。她有办法多方探听到战事细节。那次，混合联队轰炸机队B-25和308大队的B-24全部出动，去炸汉口的日军空军基地，想阻止"一号作战"。本计划好在零陵与护航驱逐机会合，但在零陵上空转了十分钟，没有驱逐机上来。想必是零陵基地遭了偷袭。驱逐机要么出战了，要么跑道没修好不能飞。他们在零陵上空转了两圈后，方队头机决定不带护机。B-25虽不如B-24能打，但也有自卫能力。B-24一年前（1943年8月）炸汉口的时候，就是没会到护航机，单独就去了的。那次是大胜。1944年6月的战事，比一年前更紧急。范上尉的方队美方长官卢塞尔和中方长官张义富，决定不带护机也去执行任务。到了汉口，三十几架敌驱逐机冲上拦截，盯着头机打。头机中弹掉下去了，二号机代替领飞。地面炮火很强，到汉口上空，范上尉机组才扔下去三个炸弹，一引擎就中弹起火，油管漏油。

范上尉是机长，带了一个美方"青豆子"副机长。副机长虽是新上战场开飞机，但是西点军校出来的军官生，头脑冷静，是在印度的第10航空军送来增援第14航空军的七个"西点"生之一。一来，陈纳德就让他出战。副机长建议关掉受伤引擎，用一个引擎开，把坏引擎油箱的油节省下来，备用。范机长认为是个好主意。但飞机受伤，不可能再跟方队去炸第二个目标了。机上还有六个炸弹，是胡乱扔掉还是带回去？两机长决定：带回去。这些炸弹从"驼峰航线"运过来，太不容易。在回来的路上，又一个引擎中了敌人的机枪子弹，也开始漏油。他们就决定回到最近的基地芷江。芷江也刚被日机轰炸，跑道不能用。他们只好转回柳州。柳州也刚挨了轰炸，地面人员告诉他们，还有三个小时才能修好跑道。

三个小时很长呀。他们的油箱里还有不少油。大概因为B-25油箱有自我修复功能，漏油比他们预计的要慢，但不知道还能不能再飞三个小时。在一圈一圈绕着基地上空转圈子的时候，范上尉建议机组成员全部跳伞，他和副机长留下，把油用光，如果基地还不开放，他们就在基地附近找块水田迫降。结果，机组成员不愿跳伞。三位中方航空兵，三位美国航空兵，投票决定：不跳伞，等基地开放，或者一起迫降水田。他们相信范上尉的技术和判断力。

决定做了，大家也就不再说话了，在天上一圈一圈飞，看着天上的星星一个一个跳到机窗前。范上尉在给舒二小姐的信中写道，他对着星空向上帝和他自己许了个诺："如果我能活着回去，我一定要找一个遥远而和平的地方，买一小块土地，种一坡榛子林，不再疯狂，不再出任务，就在那里和你一起和平地生活到老。"

舒二小姐说："这一天还没到呢。他怎么会死？"说得信心十足。这让我也不由自主地跟她一样生出了无限的信心。

我当时觉得，如果真有这一天，让我们所有人都能在一个和平的地方，有一小块地，过和平的生活；我们一定要记住：别人，很多人，为这样的生活付出了代价，我们永远要感恩。

1944年11月初，桂林二塘和秧塘两个基地都丧失。成千上万的难民挤满了火车站，上不了车的就徒步，往后方撤。11月10日桂林城沦陷。

至此，第14军的五个前沿基地全部丧失。衡阳，零陵，柳州，二塘，秧塘。

但是，就在上一个月，我收到一封信，写信的人感谢我代表他去参加了他兄弟们的葬礼。他说，虽然第14航空军前沿阵地丢了，但是，航空战士依然在利用两个深入在沦陷区的小基地做加油中转站，依然能从后方基地天天炸南中国海上的敌舰，黄河长江流域的火车、仓库和所有他们想轰炸的地方。范上尉不能说这两个小基地在什么地方，只能说，它们在中国人心中。日本人费了九牛二虎之力，占了我们的基地，只得了一些废墟。他们阻止不了我们。敌人占我们的土地，我们打他们的心脏。

1944年11月22日，二十二架第14航空军的轰炸机再次轰炸汉口——这个敌人指挥中心和物资中心。两天后，11月24日，第14航空军所有四个中队的B-24大型轰炸机再炸汉口。

不到一个月，1944年12月18日，中缅印战场最大的空战在日军想都没想到的时候降到他们头上。两百七十九架轰炸机和驱逐机，突然轰炸汉口日军作战总部、日军机场和沿长江边建的仓库。李梅将军的第20航空军，八十四架 B-29 超级堡垒重型轰炸机，银光闪闪，像大鹰一样不可阻挡，它们第一次扔下了燃烧弹。接着三十三架第14航空军的B-24大型轰炸机炸了日军汉口机场，八十多架B-25中型轰炸机和数不过来的P-40驱逐机如同天兵天将，蜂拥而至，把敌人大大小小的物资仓库全炸了。这场真正的"大合唱"！"所有的炮像良心一样都在抗击。"[1]

汉口大火烧了三天。

这封信不是舒二小姐给我的，是范上尉！他回来了，又驾驶着他的疯狂的B-25在中国的蓝天上驰骋。他说："汉口大火烧了三天。这是我们还给日本侵略者的葬礼！"

文章读完，浪榛子明白了她妈的案子。如果这个范上尉是个美帝国主义的走狗，只要有人把这篇文章交出去，她妈就得因文坐牢。如果这个范上尉是抗日英雄，她妈就平反。这叫"受牵连"。而这个范上尉，就是喇叭家多出来的那个人。

---

[1]　W. H. 奥登《阿喀琉斯之盾》中的诗句。

沙X：握手加附录1

　　浪榛子想跟她妈谈谈那篇文章里写到的爱情故事。她妈却对她说："别相信那些故事里说的爱情。" 浪榛子说："那不是您自己写的爱情吗？"南诗霞就用嘲讽十足的腔调说："我在你这么大的时候写了一个人家的爱情故事，也没被证明是个好故事；自己却差点被另一个人的所谓爱情整死。除了伟大领袖你能信谁呀？"

　　关于信"谁"的问题，浪榛子连伟大领袖也不信了。她说："我没当'五湖四海'就是爸妈您二位的万幸了。王一南的儿子和我有多少区别呀？"

　　她爸黄觉渊很担心女儿的"怀疑一切"。女儿向他们宣布："忠于一个大权威绝不可能粉碎一条锁链或解放一个人的灵魂。" [1]黄觉渊唉声叹气地对南诗霞说："唉，人造的灾难过后，第一损失就是信仰和信任。破坏了真理的客观性，其实是人类的最大损失。"

　　浪榛子的反骨，在该长反骨的年龄长起来了。她不相信世界，但她却相信她妈《葬礼》里写到的范上尉是个好人。为什么相信？没有理由。如果他是喇叭妈妈要等的人，肯定是一个有魅力的男人。虽然这个男人与她家无关，但她就想知道他是什么样的人。这样的好奇心，让她对南诗霞写的作品感兴趣。可是南诗霞不让她看，把平反后劳改农场退回来的东西全锁到阁楼上，像把一群病毒关瓶子里一样。

　　从前，在家里只有黄觉渊和浪榛子两个人的年月，黄觉渊拿浪榛子当同盟军，没什么要锁起来不让她看的。她妈把阁楼锁上了，让浪榛子不高兴。在自己家里还要设禁区？她说她妈在外面被审查完了，现在是自觉自

---

　　[1]　马克·吐温语。

愿在家接受自我监查。

黄觉渊感觉到她们母女间的紧张，就两边调解。他对南诗霞说："浪榛子在没人管的缝隙中长，很有一些独立性，你要相信孩子的判断力。独立，要有一颗不属于任何一个圈子的头脑。别逼着她听话。"他又对浪榛子说："你妈在不能坚持任何自我的年月，尽她的努力坚持了。她不想让你读那些东西，是不想让伤心、害怕、屈辱、生气的情绪到我们家的生活中来。你要给她时间。"

浪榛子就跟她爸实话直说了。她说："我没想要看南家的资本家发家史，我就想知道范上尉是什么人，后来怎么了？这有什么要瞒着我的？不是都平反了吗？"

黄觉渊想了两天，对浪榛子说："你应该知道范上尉。"然后，跟南诗霞关起房门说了半天。浪榛子不知她爸都跟她妈说了些什么。结果是，南诗霞从阁楼上拿下一包"认罪书"交给黄觉渊，黄觉渊拍去了上面的尘土，像传家史一样，让浪榛子拿去读了。

南诗霞的"认罪书"用一张1976年的报纸包着，报纸上黑墨写了几个大字："退还档案"。

浪榛子读了她妈的"认罪书"。

最让她觉得吃惊的是她妈南诗霞的写作风格。看了她妈的"认罪书"才认识到，世界上再没有比这种用劲秀小楷和优美文笔写成的"认罪书"更荒唐的作品了。这是现代派、魔幻派之外的中国特色作品，绝活儿。这种"夕贬潮阳路八千"时的独创，没有五千年的文化浸泡，也写不出其中的无奈和坚持。

"认罪书"二十五页，每一页都可当书法裱起来（浪榛子本事再大，也写不出一个这样的好字来）。可惜，这样的好书法从头到尾就是交代一件事：为什么要在蒋达里劳改队撞见一群某航空学院劳改犯时，和那队里的某一个人握手。

她妈被质问：

"反革命当权派为什么隔墙握手言欢？"

南诗霞在"认罪书"里写道：

1969年4月4日，地点：蒋达里劳改农场

1）交代握手经过：

这个人在断墙那边的砖窑先看见我。他身上挂了个牌子，"范敌人"。人一挂着牌子，本身就变扁了。"范敌人"突然跨过断墙向我走来，我正去我们的砖窑搬砖，身上也挂了牌子，"南死虾"。他走得很快，像一张硬纸板剪下的影子，走到我跟前就伸出手。因为他伸得快，我没来得及认清"敌人的手"和"人民的手"有什么不同，就条件反射性地也伸出手去和他握了。这种条件反射的发生，是因为"范手"和"南手"，曾经一起抗击过侵略者。怎么就变成了"敌人的手"和"死虾的手"，这个过程我暂时还没看出逻辑性来。

要说"握手言欢"，那完全是无辜的。在我手伸出去的一瞬间，我就在心里提问自己：我为什么要向这个家伙伸出手去？假如我能肯定知道他是一个"敌人"，我肯定不会。"敌人"就是"敌人"。"敌人"就不是好东西。但是，"范敌人"的牌子上没写年月日。而"范敌人"曾经是打进敌人内部的特殊英雄。他1947年加入共产党，是潜伏在国民党军中的地下党员。1951年从台湾开回来新中国第一架B-24J大型轰炸机。此事在各大报纸都登过。所以，当他是"敌人"的时候，他其实是共产党最忠诚的英雄。看到那个"敌人"牌子，让我有"真作假时假亦真"的糊涂，正好引诱出我的相反理解。

我自己也一样。我不过是"死虾"，怎么死的，党没说。没说就是没定性。我相信党组织能查清，我虽然出身大资本家，但当我参加革命时，我爹是"抗日资本家"。这是有史可查的。我参加共产党时，就彻底跟剥削阶级划清了界线。我就是"死虾"，也是一只为革

命赴汤蹈火、死无后憾的"赤如血"。任组织审查。

红卫兵要我交代我和"范敌人"握手的真实动机，说现在就可以告诉我"范敌人"就是地地道道人民的"敌人"，问我立场到哪里去了？这是我的想法：如果一个"英雄"成了"敌人"（有这种可能），这是我不想接受的悲剧。但是，毛主席教导我们："蒋介石总是要强迫人民接受战争，他左手拿着刀，右手也拿着刀。我们就按照他的办法，也拿起刀来。"[①] 我要说，"南死虾"伸出去的是虾鳌，是刀。我左手一把刀，右手一把刀，怕什么？

但是，红卫兵还要求我做深刻检讨。在红卫兵的帮助下，我认识到，我要狠斗私字一闪念。在握手的过程中，我还有一闪念没斗出来：因为长期受封建文学糟粕的熏陶，想到"不怕"的时候，其实，除了毛主席的教导，"双箝鼓繁须，当顶抽长矛。鞠躬见汤王，封作朱衣侯。"[②] 这几句古人咏虾的封建糟粕也趁机冒出来过，造成思想放松，偏离了毛主席思想。说时迟那时快，"两把刀"就都被"范敌人"白握了。

现在，我老实交代他对我说的话，供红卫兵小将分析批判。"范敌人"的名字叫"范笳河"。他紧紧握住"两把刀"后，说："你、你们都好吗？"我说："还好。"说完，我也非常后悔。我为什么要跟他说话？劳改期间不准乱说乱动，是劳改农场的纪律。我一跟他说话，就违反了犯人纪律，划不清界线了。毛主席教导我们："一支没有纪律的军队，是战胜不了敌人的。"递去的"两把刀"也就不快了。

2）交代我和范笳河认识经过：

按红卫兵的指示，我要深挖历史根源，老实交代我为什么总是不

---

① 　出自《毛泽东选集》第四卷。

② 　出自唐代诗人唐彦谦《索虾》。

能跟"范敌人"划清界线。我因写了关于他的文章被定为"反动作家",看见他本人,还和他握手。要把这两件事情交代清楚,必须深挖历史根源:

首先因为他是开飞机的飞行员,我爹是开修理飞机工厂的资本家。我是在我爹建在昆明的飞机修理厂跟他认识的。其次,他以前的女朋友也是我的女朋友。第三,我认识"范敌人"的时候,他不是敌人,是中美空军混合联队的抗日航空英雄。

(阶级分析:毛主席教导我们:"假的就是假的,伪装应当剥去。"红卫兵说:"什么抗日英雄?他是假的。"

中国有一个成语,叫"相见恨晚"。这正是我见到红卫兵小将的感觉。那时红卫兵小将们还没生出来,没有人告诉我要把眼睛擦亮,识破假的。我以为是真的。上当。)

我的女朋友叫舒暖(也关在蒋达里劳改农场,红卫兵小将可以去核对)。当年,舒暖为了见男朋友范笳河,1944年12月专门从澳门到昆明,在我家住了一个月,等着见他。桂林11月沦陷前,我在舒家,那时候我们都以为范笳河在执行任务中死了(见我十九岁写的反动文章《葬礼》)。但是,他回来了。那时,舒暖跟一家人搬到在澳门的宅子暂住。一听到范笳河的消息后,立刻只身回到昆明来,在我们修理厂过寒假,和我一起为我爹工作,帮助美国第14航空军修飞机,打日本。也等着有机会见到范笳河。

范笳河1944年12月20日早上来昆明基地修飞机。

12月18日和19日,美国第20和第14航空军联合出动两百七十九架飞机,连续两天轰炸汉口日军总部、机场和军需仓库。这是中缅印战场最大规模的空袭。

后来,我知道了这个使命有一个军事代号,叫:"大合唱"。

两百七十九架飞机在汉口上空盘旋,这是真正的"大合唱"。

虽然，第14航空军丢失了几乎所有南方前沿阵地，且丢一个烧掉一个，留给敌人一片焦土（从长沙到桂林，东南中国沦陷，这是蒋介石的责任。地面作战无能，还搞派系、不团结）。

第14航空军在最不利的条件下，依然完成了他们在有前沿阵地时的轰炸任务。因为有两个不起眼的小基地，遂川和康州，在敌占区后方。日军路过遂川基地，我们全撤了，但日军未拿这个小基地当回事，以为不值得守，走了。我们就又回来了。康州在山里，日军没打。这两个基地就在敌后悄悄存在下来。第14航空军把这两个小基地变成加油基地，从芷江基地运油过去，它们像两个跳板，飞机从较远的后方基地起飞，到这两个基地加油，加了油再飞。这样，飞行覆盖距离就和从前沿基地起飞，去打南中国海和东南中国地区的日军差不多，依然能覆盖南中国海、东中国海和黄河长江。

桂林丢失没几天，12月8日，第14航空军就利用这两个小加油基地，在"珍珠港被日偷袭纪念日"，突然又轰炸了香港和南京。在香港湾打沉日军三条一百四十米长的货船，在南京，炸掉日军两个长江上的渡船、两列火车和二十五架停在南京机场的日军飞机。[1]这让自以为胜利的日军很吃惊。还没缓过神来，12月18日和19日，第14航空军和第10航空军的"大合唱"又大规模轰炸汉口。[2]这下日军才知道，步兵和空军作战，光占人家的基地，等于步兵从地上跳起来捉飞机。没有用。

12月19日，范筎河跟14架B-25从老河口基地出发，由二十四架P-40驱逐机护航去炸汉口。回来的时候，飞机被敌人地面炮火打伤。跟范筎河一起来的，还有一位美方航空机长，是他的僚机，叫丹尼斯。范筎河的B-25还可以修，上上下下两百多个子弹洞。丹尼斯的

①　见文森特将军（Casey Vincent）日记。Clinton Vincent and Glenn E. McClure, ed. *Fire and Fall Back: Casey Vincent* (Texas: Barnes Press, 1975), 210.

②　见 Carl Molesworth and Steve Moseley, *Wing to Wing: Air Combat in China, 1943–45* （New York: Orion Books, 1990），114–115.

B-25 "婊子姐"被敌人打得根本无法修了。我们修理厂从来都是缺少零件。航空战士都是拼命把飞机开回来。两架受伤飞机一起来，是最聪明的做法。我们能拆一架，修另一架。

范笳河从飞机上下来，舒暧和我都穿着工装，在修理厂的角落拆飞机。范笳河一边向我们这边跑，一边对着他的女朋友挥着航空机长戴的幸运白围巾，笑着说："有我的幸运女神在，我又安全着陆了。"

修理厂的工程师决定，拆丹尼斯的，修范笳河的。丹尼斯立刻一脸垂头丧气，追上来，打了范笳河一拳，说："我的女朋友献给你的女朋友啦。不公平。"

这两个飞行员在等飞机修好的五天里，都住我家宅子里。我就是这样和范笳河有了比较密切的接触。范笳河长得像个医生，他对舒暧像对妹妹一样呵护。一来，就让她坐在摩托车侧箱，带她到昆明城里见她大姐和大姐夫。回来的时候，把舒暧装扮得像个花神。手里捧着一大把红玫瑰，一片自由的香气，叫人忘记前些时候从衡阳到桂林烧掉自己基地的大火和前沿的失败。

（红卫兵指出：我不揭发"范敌人"，光说他的故事。我觉悟低。我可以揭发一件事。）

晚上，我们都在我家天井里看天气，预测明天飞机能不能飞回北方的前沿基地，老河口。我发现，范笳河还很有嫉妒心。他不介意我们知道他在追舒暧。他跟旧中国才子佳人男男女女卿卿我我不一样。我听见他问舒暧：在大家以为他殉难的两个多月里，他三弟回桂林几次？舒暧说："十来次吧。"他就说："这小子不好好管警报网，回去十来次干什么？他要再这样追你，我就跟我们联队的邓志龙学，跑到昆明，带一个妹妹回去，就在基地结婚了。婚礼办得还热闹。"

舒暧就笑，说："你不是说要等我长到十八岁才娶我吗？还有三年呢。" 范笳河说："你是新女性，我等你长到十八岁，绝不欺侮你小。" 舒暖说："你不后悔我有坏脾气，不听男人话？"范笳河说："我就后悔一件事，后悔透顶了。"他讲得那么痛心疾首，弄得我和舒暖都盯着他问：是什么事？

我们想都没想到，他说昨天炸汉口日军仓库，炸了首要目标，三弹击中，又炸二级目标，又击中，高高兴兴准备返回。突然看见场地边上还有四个大集装箱。范笳河就想，这是外快。炸弹还有，把这四个大家伙炸了。一机组的人都说："炸！"

他就又飞回去，来了一个低空投弹，把剩下的三枚炸弹全扔了。结果，那是四个垃圾箱，给炸得个垃圾横飞，半个场子都是鸡毛鸭毛，臭气熏天。范笳河说，他曾经答应他的思想教导官、驱逐机队长瑞德中校，要省三个美式炸弹给他，换瑞德中校的一箱啤酒。啤酒早喝了，炸弹还没省出来。结果，浪费了三枚，炸了四个垃圾箱。这不是后悔死了吗。

我们全都笑，觉得这是一个好笑话。但是，当时我们谁都不知道，1944年12月19日，瑞德中校牺牲在汉口任务完成后的回程中。尸体在梁山基地附近八十里的老严仓村找到。梁山和老河口基地因日机来轰炸关闭。瑞德中校带着两架驱逐机在这两个基地来回飞，想等基地开放，至油尽跳伞，估计瑞德中校是将他的P-40侧飞后，出了机仓，从机翼上跳下，但头撞在无人控制的飞机尾巴，撞晕了。他的手还拉着伞绳扣，但伞没打开。[1]要是我们当时知道这件事，我们都要伤心死了。瑞德中校是中美空军混合联队的象征人物，他1941年就是最早的美国自愿援华的，老飞虎队员。

（红卫兵说：我说美帝国主义的好话，是吹嘘敌人。要我交代美

---

[1]　记载见 Carl Molesworth and Steve Moseley, *Wing to Wing: Air Combat in China, 1943–45*（New York: Orion Books, 1990），115–116.

帝国主义的丑行。下面我交代美方飞行员丹尼斯的丑行。）

一连五天，白天，舒曖和我跟着我们厂几个工程师一起拆丹尼斯的那架飞机。拆的时候，丹尼斯舍不得。站在旁边不走，说这架飞机是他的好运气，都打成这样了，还让他安全着陆到飞机修理厂后才报废。这架飞机就是他的女朋友，机头上画着个漂亮女人"婊子姐"，他喜欢飞机邪而狠的名字，"婊子姐"。他说，他要找就找像他B-25这么厉害的女朋友。他的女朋友要比别的女人都性感。"婊子姐"给他无数好运气。他要是对他"女朋友"尊重，应该把飞机埋了，可现在还要"肢解"，拆成碎片，他得在旁边看着。

但是，他拉肚子，一会儿就要往厕所跑。范茄河说，康州基地太小，成了加油基地后，飞机进进出出，人多地方小，没吃的。基地的中国厨师想着点子给航空战士找吃的。大冬天的，破了冰下康河弄到很多鱼。一看，却没有豆油了，就用桐油炸鱼给他们吃。中国航空员吃了没事，美方航空员吃了，一基地的美方人员都在拉肚子。

谁知丹尼斯赶快插进来说："我不抱怨那桐油炸鱼。桐油炸鱼顶好，顶好。"说着还竖起大拇指："下次我到康州，一定要去谢谢那个中国大厨师。谢他救命之恩。"然后，丹尼斯从背包里拿出厚厚的一个大纸包，打开给我们看。是一大沓国民政府法币，有两寸厚，都是一千一张的新票子。他说："你们看看，这是我的救命'屁股纸'！"

那一沓法币中间有一个齐崭崭的子弹洞！丹尼斯说，他们航空战士出任务都要带足够的钱，以防跳伞后需要帮助，有花费。他说因为他拉肚子，上飞机前想着要带上翻倍的钱。钱不值钱，擦屁股还是可以的。他们军中有一句口号："为了能用上厕所里的正常'屁股纸'而早日打败日本鬼子。"康州小基地，根本没有"屁股纸"供应。苦力擦屁股，都是拿一块泥，拍拍。

结果，在回程中，他刚把飞机交给副驾驶，站起来想去方便，突然臀部上方挨了狠狠一击，他摔到地下。副驾驶和他自己都以为他受伤了。丹尼斯在地上趴了一分钟，觉得没事，就站起来了。解下皮带一看，一粒子弹穿过他大钱包里厚厚的一沓钱，又穿过他的皮带，在他臀部上方打了一个小口子，流了一点血，贴块药膏就止住了，下了飞机连医院都不用去。只是看看他的B-25给打成这种遍体鳞伤的样子，而自己却被一沓中国钱救了，实在不能不感叹：运气呀！

丹尼斯说："上帝帮助正义之人。要不然，谁能解释我的好运气。"

范筎河就调笑地说："我上次运一飞机钱回来，你们都嘲笑我。现在知道了吧，在中国得到好运气，都是歪打正着。"

等我们把范筎河的B-25修好，漆过，又成了一架新飞机。黄绿色的肚皮上方，一侧，画着四面小小的日本太阳旗，七十一个小炸弹和两只骆驼。意思是：打下过四架日本飞机，执行过七十一次轰炸任务，走过两次驼峰航线。

（阶级分析：红卫兵指出，我上面写的还是美化两个美军"怕死鬼"。为什么不写人民战争？我这就写人民和这两个"怕死鬼"的对比。）

我们这个基地本来是一片坟地，因为建机场，周边的老百姓都同意把坟移了。世界上没有哪国的人民有中国人民这么好，听国家的话，把国家利益放在个人利益之上。"祖坟"是中国老百姓的精神寄托，生儿育女，拜祭祖宗是中国文化的精粹。"祖坟"和"子女"是中国老百姓的命。动什么都行，动这两个，是动到了中国文化的根子。老百姓能跟你拼命的。但是，上面一声号令，国家在征地建飞机场，老百姓就全跟士兵一样，服从国家需要，全同意迁坟。老百姓的子女们还天天在祖宗的风水头上砸石头，随时准备修跑道。日机前脚在跑道上炸出了弹坑，苦力们后脚就蜂拥上来，把洞给修好。这是真正的人民战争，全国人民是战士。

坟迁了，机场西边一片全是新坟堆子。早在1943年4月26日，日机高空飞行，逃过了我们的警报网，偷袭了云南驿基地和昆明。在云南驿炸毁我们十架停在机场的P-24，炸死了五名美航空兵和一百多名苦力。除了迁过来的旧坟，那一百多个苦力就埋在这里，又加了一片新坟。

我们修理厂就在机场最西边，出了门就看见那片坟堆。几年下来，那新坟堆地里长了很多野花，黄色的小朵子，像蜂子一样东一群，西一群，淡香发出的气味带一点儿细小的嗡嗡声。白色的大朵子，像纸钱，中间一个浅绿芯子，眼睛一样勾人，还有一些小得如同草莓的小紫花，卷起来的紫瓣儿和白瓣儿交替相间，梁祝相偎，颜色搭配。我和舒暖就跑到野地里去了。在坟堆上采了野花，想送给两个航空战士。他们俩也跟着来了，一前一后，也不采花，只是走到野地中间往远处天空张望，互相说着话。制服把他们的肩膀撑得很宽，机长戴的白围巾掖在翻毛领子下。在昆明一年四季都温暖的阳光下，他们周围一片坟地的野花，都浸在金黄色的、流水一样的空气中。阳光和野花交流的语言，一定是最美的语言。我就不由自主地叫了他们"英雄"。

范箬河说："我们不是英雄，那些牺牲了的人才是。"丹尼斯把野花拿过去，供在他的"婊子姐"前面，说："我不是英雄。我只做了我该做的事儿，我这个'女朋友'才是。"说完，又往厕所跑。

（阶级分析：我十九岁时，跟红卫兵小将一样喜欢崇拜英雄。那是抗日战争时期，英雄行为都旨在追求"正义"。红卫兵小将说我"放屁"，我放了一个"正义"屁。红卫兵小将指出：世界上哪有什么超越阶级的"正义"，只有无产阶级专资产阶级的政，还是资产阶级专无产阶级的政。一切都是为了政权。现在我认识到，文人就是屁多。我自己是个什么东西也不重要，重要的是红色政权的需要。

"人民战争万岁！"

"红色政权万万年！"）

附录1：瑞德中校是学习毛主席"老三篇"的标兵

（红卫兵把我上面所写的认罪交代退回来了。说我没有讲清楚瑞德中校是何许人也，以及他和范茄河的关系。下面我补充交代。）

据我所理解，瑞德中校是学习毛主席"老三篇"的标兵。毛主席在"老三篇"中教导我们："白求恩同志为了帮助中国的抗日战争，受加拿大共产党和美国共产党的派遣，不远万里，来到中国。"[1]瑞德中校出生于美国中部爱荷华州一个正宗的铁路工人家庭，大学经济系毕业，向白求恩同志学习，"为了帮助中国的抗日战争"，自愿参加了飞虎队，"不远万里，来到中国"。

他在老飞虎队时期在雷允基地飞进飞出，中美混合联队时期在昆明基地飞进飞出。我见过他好几次。他的英雄事迹，范茄河和其他飞行员时常谈起。

瑞德中校来中国前，是美国空军飞行教练。1941年7月，跟其他九十多名老飞虎队员一起被商人威廉·帕雷以"中央飞机制造厂"名义雇佣，坐船来到中缅印战场，成为最早的飞虎队队员之一。陈纳德将飞虎队分成三队，瑞德是第三驱逐机方队——"地狱天使"的队长。

人人都说瑞德中校是福将。早在1941年12月23日，二十一架日本轰炸机来炸仰光，瑞德带领"地狱天使"拦击，日机飞的是"V"字形。瑞德用陈纳德的技术，高空俯冲，打乱队形。他从"V"的尾巴上打下了他的第一架日机。从此，一发不可收拾。

---

[1]　出自毛泽东《纪念白求恩》。

两天后，圣诞节，日机来同古基地报复，结果被“地狱天使”打下了二十三架。[①]当时美国商人、中央飞机制造厂创建人、我父亲搞洋务时的洋董事威廉·帕雷（威廉·帕雷的罪行另行交代）正在同古基地，他在自己住的房顶上，仰着头，从头到尾看了这场惨烈的空战。连这个大资本家都忍不住要参加一回。晚上，他出钱，给“地狱天使”的飞行员设了圣诞大餐。这是“地狱天使”的飞行员到中缅印战场后，吃到的第一次好饭。听范笳河说，他后来和瑞德中校一起吃饭，瑞德中校总是会说：“和帕雷的那顿宴席比，这个差远了。”或，“可惜你们没有吃过帕雷的那顿宴席。”

瑞德的好运气远不止这二十多架敌机。1942年3月18日，他和另一个飞行员巡逻时，发现了一个敌人新建在丛林里的机场，机场上停满了日本飞机。这样的好运气，是天上掉下来的，两架“飞虎”突然袭击，打了三个回合，瑞德一个人就摧毁了八架，他的同伴摧毁了七架。[②]到1942年7月，瑞德作为飞虎队志愿者一年合同到期，回美国的时候，他的战绩是：空战打下八架敌机，地面摧毁十架。

瑞德回到美国作战争募捐，又继续当飞行教练。1943年1月，因为第14航空军急需要有经验的航空兵，他又自愿回到中缅印战场。这时他已经是少校了。先在印度训练新航空兵，瑞德中校在印度基地训练中国飞行员时，就是范笳河“范敌人”的战事教导员。

1943年7月中美空军混合联队成立后，瑞德中校是灵魂人物。他领导驱逐机队，后升任中校军衔。在混合军队期间，他又在空战中打下九架敌机，地面摧毁十架。联队的中美航空兵都喜欢他。听来我们厂修飞机的中方航空兵说，瑞德中校一次一次对他们说：“飞行员难得，飞机可以再造。该跳伞弃机就跳伞，不要舍不得飞机，”中方航

---

① 记录见Carl Molesworth and Steve Moseley, *Wing to Wing: Air Combat in China, 1943–45*（New York: Orion Books, 1990）, 117.

② 记录见Carl Molesworth and Steve Moseley, *Wing to Wing: Air Combat in China, 1943–45*（New York: Orion Books, 1990）, 117.

空兵太爱惜自己的飞机，觉得飞机难得，能为飞机死。瑞德中校知道他们的心理，给他们减压，要他们爱惜生命。

瑞德中校的飞机P-40叫"老板鞋"。1944年11月初柳州基地也丢了。第14航空军重要前沿基地就是芷江。芷江离衡阳一百六十公里，成了敌后空中游击战的主要基地。日军曾逼苦力修衡阳机场，想重新启用我们丢掉的衡阳基地，从衡阳来打芷江基地。桂林、柳州才沦陷，11月11日，瑞德中校又带领混合联队驱逐机队从芷江基地出发，偷袭停在日占衡阳机场上的日军飞机。

他们先出动一批刚得到的、比日军奥斯卡机先进得多的P-51野马驱逐机，扫荡衡阳上空，有三十架日军奥斯卡机冲上天空与P-51空战。一场鏖战之后，四架日军奥斯卡被击落。所有的P-51回芷江。日奥斯卡机以为战事结束，回到地面加油。在不到二十分钟内，瑞德中校带着大批P-40突然出现在衡阳，贴着山头低飞，然后俯冲，把刚回到地面加油的所有日机打了个措手不及，没有一架能腾空。从此断了日军想重新启用盟军丢弃基地的念头。[1]

衡阳偷袭成功，当时，让我们所有人都很兴奋。它证明：日军没赢，也赢不了。

因为"老板鞋"是常胜机，有名。唯一的一次好莱坞演员来给联队表演慰问，女演员们就跑去和"老板鞋"合影。那张照片挂在昆明总部。我见过。

听范笳河说，驱逐机队打得最狠的一仗是瑞德中校开着"老板鞋"，领着三架中方机长驾驶的驱逐机，在长江上打空战，一架对十二架敌机。他们一次又一次俯冲，甩掉那些日本零式机，再直冲天空，从上面打下去。瑞德中校屁股上盯了八架敌机，都被他甩了。回来后，他说："这仗打得容易，只要开枪，到处都是敌机。"

---

[1]　偷袭衡阳记录见陈纳德 Claire Lee Chennault, *Way of A Fighter: The Memoirs of Claire Lee Chennault* (New York: G.P.Putnam's Sons, 1949), 327.

　　还有一次，他的飞机"老板鞋"在黄河一带被敌人打坏，他驾机迫降在一个沙包上，那是敌占区。大家都以为他被捕了。可他走小路走了三个星期，回到老河口基地。老河口的一位中国陆军少校，看见瑞德中校平安归来，太高兴了，送给他一把缴获的日军官的武士剑。瑞德中校走到哪儿带到哪儿，几次搬迁基地，那把剑他都背着。

　　听范筢河说，瑞德中校牺牲前几天，跟他们谈到这把剑，还说刚给他妈妈写了信，告诉他妈，基地一个接一个丢了，老是搬迁，他想把这把剑寄回家去。但是这把剑太珍贵了，他不想寄丢了。想想还是得等他回国时自己背着回去，或者找一个好朋友带回去。

　　在瑞德中校牺牲七个月后，这把剑送到了他母亲手里。给他带剑的朋友是陈纳德将军。[1]

　　瑞德中校牺牲了。他的死和白求恩同志的死一样重于泰山。毛主席在《纪念白求恩》中教导我们："一个外国人，毫无利己的动机，把中国人民的解放事业当作他自己的事业，这是什么精神？这是国际主义的精神，这是共产主义的精神，每一个中国共产党员都要学习这种精神。"

完

　　（在"完"后面，有红卫兵批语："待查：美化美帝国主义，罪加一等。"）

　　浪榛子不知道当年的红卫兵看了她妈写的这些交代，是怎么想的。也不知道她的聪明妈妈写下这篇交代时，是怎么想的。她只觉得：写的人和读的人是不是都病了？心理出了毛病。

---

　　① 瑞德中校事迹和殉难记录，见 Carl Molesworth and Steve Moseley, *Wing to Wing: Air Combat in China, 1943–45* （New York: Orion Books, 1990），116–119.

"小虫何"

南诗霞出来没多久，喇叭妈妈舒暖也从蒋达里劳改农场回来了。舒暖不知是从粪便里还是水田里染上了血吸虫，被关在火葬场，吃药治疗了三个月，把虫子打掉了，人就平反了。

蒋达里不仅都姓"蒋"，还是血吸虫疫区。那里农民得了血吸虫病，肚子大得像怀了孕，据农民说肚子里面都是水。虫子吸了人的血，拉出来的都是水。水也不拉到正确地方，拉在人的肝里胆里，所以得到火葬场"卧薪尝胆""肝胆相照""以火克水"，才有希望好。就是中医说的，以毒攻毒，死病用"死"对着干。治不好的，就直接在火葬场烧了，免得血吸虫传染。

舒暖"卧薪尝胆"成功，大肚子看着就小了，细腰长腿全在火葬场恢复，苗苗条条出来了。她平时本来就不多说一句话，从不用语言抱怨。自己做下的事，自己承担。自己害上的病，自己认了。蒋达里的农民都去火葬场接受治疗，她也没什么可说的。她是社会最底层，国家给治病，只有说"感谢"，没有说"不好"的道理。她记得一句话："……你能做的就是把死看淡了，假设你自己已经死过了，这样就会容易一些。"这是战争时代的话。但现在，战火纷飞转移战区，到意识形态中来了。劳改农场里装着各色不拿枪的敌人。连司令部都要炮打，谁敢说天下太平？她在火葬场把这句话重复了很多次。关于她心里的其他感受，她一个字不说，连评论火葬场的话也不说。其实，她就是说出来，这一火葬场的活人再加上死人，也没有一个人能懂她。

没有评论，不代表没有情感。舒暖的平静之下，是一片雪国。每天白天，医疗队的医生给二十来个住在火葬场的病人吃药的时候，她总是很有礼貌，安安静静听乡村赤脚医生解释："合作医疗"好，住院看病不用钱。人死了，火葬，也不用花钱。血吸虫进了火葬场横竖是死。不是被药打死，就是被火烧死。血吸虫还会下卵，也不知它们是什么时候交配的。享福的事情这个虫子倒是专家，赶得上潘金莲。卵还专下在人的肝里，打死了也拉不出体外来。多年后，把肝蛀空了，人还是死。所以，打虫子一定要快，要狠。在它卵还没下来之前，就把它们消灭光。打一场歼灭战。又不要你们花钱，共产党给你们打虫子。共产党连国民党都打败了，还打不过这些虫子？你们进了火葬场，不是死路一条，是九死回春。据我们的经验，火葬场病人的存活率比县医院都要高。你们感谢共产党吧。

钱、歼灭战、虫子对舒暖都像是她生命之外的事，没有什么真实感。钱和虫子给她带来的灾难如何，就看歼灭战的消灾能力了。火葬场把有形体的人变成形而上的烟气。这件事，也与她无关。"害怕"是一个很奇怪的词，不能用来形容她在火葬场的感觉。在火葬场，与其说"害怕"，不如说是放松后的诚惶诚恐。

对危险情况的害怕，她从小就没有过。其他人家的小孩还在坐人力车的年代，她已经自己开着摩托车在桂林到二塘基地的路上跑了。空袭警报在头上响着，她也敢横穿过二塘机场的草地，冲到她想找的男人那里，再双双跳进防空壕。死，给她的不是"害怕"的感觉，是"不真实"的感觉。她那时以为，不管什么妖怪来了，总有人保护她。

舒暖曾经是白雪公主，身边总有七个小矮人像七色的冰激凌，让她安心。雪国的灌木丛上有一朵一朵白如秋菊的雪团。后来，"被爱"的一团开着，冻成了冰雕，"爱"的一团含苞，冻成了冰雕。那种"冻成冰"才是她体验到的"害怕"的感觉。她已经死过了，她曾经大胆任性，连"自杀"都敢做。假如"死"都不能杀死"爱情"，那她的"害怕"实际是怕"冻成冰雕"的"爱"，也会化掉。

她不知道"死"和"爱"哪个更强大，两个都有过之后，什么都会容易一些。舒暖知道，还有比"死"和"爱"更强大的东西——女儿！为了女儿，她听着医生的话，让这火葬场在她的心里也退到"真实"的界线之外。本来，一切都很荒唐，包括她得的血吸虫病也很荒唐。

从王一南死到进火葬场，舒暖的神经就没放松过。在劳改农场，有一种厌恶感天天跟着她。不是对病、脏或死的厌恶，甚至都不是对没有自由的厌恶，是对活着却不知所措的厌恶。这种感觉逼着她不停地看自己的内心。那里有一条河，河上有一个大坝，一边是任性奔放的河水，千军万马突然在坝前收住脚步。另一边是一条发亮的水渠，温文尔雅流出人控制的水流量，却不知流向何方。都是水，却是两种长相。

蒋达里劳改农场看守长每天给政治劳改犯训话，都以一段有力且吓人的话开始——

伟大领袖列宁教导我们：“知识分子，这些资本主义的幸运儿，他们认为他们是国家的大脑。事实上，他们不是国家的大脑袋，他们是国家的屎。”①

不用几天，舒暖就认清了劳改农场对待政治劳改犯的目的：把犯人当作原材料，强制劳动，重新铸造。不但要消灭掉这些“分子”，还要消灭掉他们的“思想”，免得那里再生出“屎”来。看守长说：“在这里，你们的责任不是你喜欢还是不喜欢，同意还是不同意，你们的责任是接受。我给你们的第一条纪律就是，每天早上一起来，提醒自己三遍：你们是‘知屎分子’。说，‘知屎分子’。”

犯人们就一起喊：“知屎分子！”

这些，舒暖能容忍，不能容忍的是把她和刑事犯放在一起。

蒋达里劳改农场除了几十个因政治原因进来的知识分子，还有三百多个犯人是“贼”“淫妇”“强奸犯”“贪污分子”，还有一个“吃人肉犯”。因为政治犯突然增多，看守人员中加进了一个军代表和一些红卫兵，他们主要看守政治犯。红卫兵比一般的看守人员还凶狠。他们那么年轻，让舒暖觉得，他们一定是从小在学校或家里受过虐待，到这里来发泄了。他们用老师罚写汉字的法子罚政治犯写“认罪书”，要写到他们定的

---

① Dmitri Volkogonov, *Lenin: His Life and Legacy*, translated and edited by *Harold Shukman*(London: HarperCollins, 1994), 361.

页数才行。政治犯白天干活，晚上写"认罪书"。

政治犯是文人，刑事犯很多连字都不识。有时，晚上大组政治学习，读报纸，劳改农场看守长就指派政治犯在王一南跳窗的大会堂读报给刑事犯听。读报的晚上可不写"认罪书"。

有一次，舒暖读报纸的时候，那个"吃人肉犯"就坐在她旁边。一个又脏又丑的老农民，嘴里有三三两两的大黄牙，想象不出来那样的牙也能像狼一样吃掉一个小孩。舒暖想躲他远一点，不知他嘴一张能不能对舒暖咬一口。舒暖往后挪了一点，老头子也往后移点。听别的犯人说，"吃人肉犯"是在"文革"中自己坦白的。他1942年吃过一个七岁女孩。那是河南大饥荒，跟他一起吃人肉的也不是他一个，其他三个男人都死了。他坦白，因为那个七岁女孩日夜在他肚子里闹，他怕也像那三个男人一样，给闹死了。七十岁的时候，那肚子里的害怕日日增加，噩梦里自己的孙女被人分吃了。"文革"一来，人人坦白，他也坦白了。

舒暖知道那次大饥荒和它的后果。她父亲舒谐行作为西南自由中国最有实力的银行家之一，参加了一些战时决策性决定和后来的赈灾。当时中国北有日本人统治的满洲国，南有汪精卫伪政府。日本人要搞垮中国经济，乱印货币投放市场。货币市场混乱至极，有日元、汪政府印的钞票、国民政府的法币。通货膨胀无法控制。钱不值钱，军饷就是纸。但军队在前线坚持，总是要吃饭打仗。为保证抗日军队有饭吃，舒谐行和其他几个经济学界的人物提议：国民政府税收不用钱，用谷物直接结算。农民交税就是交粮食，这样，就可不受日伪货币扰乱。不管怎么样可以保证战时军粮。当时很有效，军队不愁粮食了。可经济政策管不了腐败。河南大旱，颗粒无收，农民有点粮食还要交税给军队，再加上军官贪污，地方官克扣，农民还能活吗？被看好的聪明决策，看着就成了逼死人的政策。舒暖记得她父亲说，人再会算，也算不过天命。什么好主意也整不过层层土皇帝的贪欲。

到1944年，日军"一号作战"开始，守洛阳的国军一击就溃，河南饥民不但不帮助他们，还抢他们的枪。结果，北路"一号作战"日军长驱直入。中路"一号作战"日军又从洞庭湖打下长沙，又打衡阳。因为她爱的男人正在天上飞来飞去，从天上救衡阳，那场衡阳之战与她息息相关。衡阳基地危在旦夕的时候，她姐夫丛司令冒着战火，进衡阳城，与守城的方先觉和城外的薛岳将军讨论战局，劝他们保存实力，实在不行就往桂林退，一起死守桂林。姐夫从桂林上飞机的时候，她闹着要跟去，没成。姐夫只同意给她带一封情书。她急急忙忙写了一首定情诗：《疯狂的榛子》。这诗，成了两个人的经典，写在了情人开过的两架飞机上，一架B-25，另一架B-24J。其中几句是：

> 浪榛子，疯狂的榛子。
> 天倾斜的时候，你的肩膀顶着，
> 地动摇的时候，你的双脚踩着。

但是，衡阳还是沦陷了。不管是有忠心耿耿士兵跟着的薛岳，还是有"现代孔明"之称的丛司令，还是竭力抗日的第14航空军将军陈纳德，还是一天下两百次飞行任务的前沿骁将文森特将军，没有一个人想到，最后，衡阳城在空军基地炸了后，又死守四十八天，最后丢了，是日本人用一个人三千法币雇了三百个中国饥民带路，和穿着便装的日本兵混在一起，像是逃难的，瞒过天上的第14航空军，打败了地下的薛岳和方先觉部队。

接着，第14航空军基地一个接一个丢了。

能吃小孩子的人，倘若是在拿了日本人法币的三百饥民之中，舒暖一点都不吃惊。吃小孩子，和能拿同胞的命换三千法币是一样的。让舒暖吃惊的是，她当年在桂林为河南赈灾义演，在电台给死守衡阳的方先觉士兵唱歌，而如今她跟这类犯人成一类动物关在一起。这种荒唐让舒暖恨不能在雪地里化了。她绝不愿成为这群人中的一个。她不懂，世界怎么会有这么一个结构，把它的维护者和它的破坏者关在一起受惩罚。她不相信，世界会这样对待她。

那天，读完报纸，犯人们检讨自己的罪行。"吃人肉犯"说："我不想吃人，但饿得要死的时候，人就和畜牲没两样了。一顿饱饭一吃，人就恨自己是个畜牲。""吃人肉犯"信轮回，越老越怕。

舒暖从前不能理解"饿得要死"就能变成畜牲，现在她对"饿得要死"有了一些体会。这句话让舒暖想了很久。连"吃人肉犯"都知道，人和畜牲之间，是有一条界线的。可惜人自己常常就是这条界线的破坏力量。不肯跨过界线的人，在界线面前自杀，拿死来维护人的尊严。跨过界线的人，就成了"吃人肉犯"，到劳改农场来了。能在这条界线上跨过来跳过去的，全是腐败分子。她从小就见过很多。

等她得了血吸虫病，从劳改农场搬进火葬场后，她看到这是拿她当"人民"的前兆，她和蒋达里的农民关在一起治病了！再也不用看见那些刑事犯。这是地位升级。事实上，在等待打死虫子的三个月里，同住在火葬场和她一起治病的农民们，对她还是很好的，拿她当先生待。说她举手投足都像是会跳舞的文艺人，还请她教教七个得了血吸虫病的小学生唱唱跳跳，免得孩子在火葬场憋死。舒暖倒是乐意，苦中取乐是中国人的好本事。但是，医生不准，说是："你们吃下的打虫药是最厉害的药，得把你们的骨头都打酥了，才能把虫子打死。把你们关在这里，就是不准你们跑来跑去。谁不听医生的话，摔一跤，骨头立刻就要断。"

大人小孩被医生一吓，都不敢乱跑乱跳了。蒋达里的人，心好，听话。大人小孩大部分时间就是百无聊赖地在板床上躺着，睡觉或聊天。睡在舒暖旁边板床上的是蒋善良（蒋公敌）的老婆，舒暖和她聊天最多。三个月，蒋善良老婆天天跟舒暖谈她儿子，她儿子小时候放了邻居盖在洞里的水赤练蛇，人家至今还盯着要她家赔。她儿子把书包顶在头上，从河里游水到学校上学，现在能给家里写对联了。她儿子将来肯定是要进钢铁厂当工人的，已经报过名了。蒋善良家的说，她就想趁她现在还有劲，能给儿子把孙子带大了。人活一世，什么为大？传宗。

再过些时候，话谈多了，就讲到男女私房。她男人比她大得多，吃了这个药，吃了那个药，才硬起来。硬起来也长不了，好不容易才生下这个儿子。儿子一生，男人反倒行了，左一个右一个又生了三个女儿。

舒暖有听人话的资格了。这种家长里短，在这样一个地点和时间说来说去，对才从劳改农场出来的人来讲，简直就是"如闻仙乐耳暂明"。舒暖从来没有听过这种平民的私生活，乍一听，觉得和文化人理解的好日子不一样，但仔细一想：生命的本质不就是繁衍吗？能把这个责任活出来，就一切正常，生命完成任务，就是好日子了。若完成这个任务时，还要整天想着自己是个"人"，还要比动物高一级，那就多出来一点麻烦。她的不幸，就是曾经有的太多。而现在，她看到另外一种生活：不用整天想着自己是个重要人物，能善良，就值了生命。善良的狗都比邪恶的人更有"人性"。过哪种生活，不过是一个选择问题。

舒暖就也跟着夸蒋善良家的儿子，说她儿子长得好看，还晓得孝顺，就数他来火葬场看他妈的次数最多。蒋善良家的就托舒暖做媒，有合适的给她儿子找个好媳妇。舒暖对此重托不置可否，但她偶尔也把她喜欢的女孩子拿来讲讲，不过她知道的女孩子年龄都还小。蒋善良家的就说，男的大多少岁都没关系。她家当家的比她大十二岁。

到了晚上，二十个男女病人分睡在两个只隔一堵薄墙的房间里，这个唉声叹气，那个打呼噜，让火葬场和死亡有了一条界线。舒暖就会想到蒋善良家的儿子，算算他的岁数，然后有一种冷冷的伤心会悄悄地冒出来。有冰凌从所有滴水的地方结起来，像她不能原谅她自己的心思。

她做过一个错误的决定，丢失了她最不该丢失的东西，一个那么快乐的小雪人。如果小雪人没有在这个热闹的世界上化掉，也该有蒋家儿子的年龄了。而她也可以像蒋善良家老婆一样托人做媒。这种生活就是活着，简单。与她过去理解的生活相差十万八千里，但这是她现在羡慕不已的生活。

世界对她的所有惩罚，包括钻到她肚子里来的血吸虫，比起她年轻时犯的那个过失来，都不算什么。她自己对自己的惩罚才是最不堪忍受的，而且没人知道，没人可说。

但是，她现在有女儿。只有女儿是真实的。只有女儿能让她忘记丢失的那一个。她希望她的所有儿女们，将来能平静地生儿育女，不要走她走过的路。为了这一点点真实，她平静地等着，她绝不会再犯自杀寻死那种大小姐耍脾气式的错误。她要用双倍的力量保护女儿，让后代过上正常的日子。无论等多久，她都要等着玫瑰色的光，把雪国的大门给推开一条缝。

大门推开了，她的"特务嫌疑"案子平反。她和王一南除了上过一条船，没有串联，没有搞地下联络或送情报给台湾。他们本不在一个系。王一南在中文系教革命诗，舒暖在经济系教马克思的《资本论》。王一南诗走偏锋，可马克思却是放之四海而皆准的真理。舒暖受王一南案牵连，但立案原因不详。南诗霞一平反，出来又给北京的什么人写了信。没多久，北京就有人给劳改农场的看守长打了电话，肯定了那一船四十九个人当时都是"弃暗投明"的勇士，舒暖家的背景中央清楚，要把舒暖和王一南分开看。这样，她也就跟着平反了。

舒暖回来的时候穿了一身灰衣服，戴了一条白围巾。改造了这么长时间，还是佳人淑女。快到青门里大门口，看见喇叭和浪榛子兴高采烈向她扑过来。舒暖赶快放下行李，把两个长大了的小孩子揽在怀里。本该是大家一起哭一场，可那个时代的人不怎么会哭。表达情感也分成阶级了。哭，是小资产阶级。一想到小资产阶级，舒暖赶快把白围巾摘下来，塞进背回来的行李里。行李就是一个小包裹，里面有一本《资本论》和几块蒋达里农民自制的麦芽糖。

在火葬场三个月，舒暖除了听"人民家"的家长里短，还认认真真地读《资本论》。在《资本论》书页的边角上，她写了一段一段的笔记：

"德国的普鲁士传统，和旧中国有相似之处，都是宗法等级制。马克思在这块产生纳粹法西斯的土壤上，写出了一章共产主义光辉篇章。所有最聪明的人，在内心深处都是社会主义者，因为'同情心'是当好人的第一原则。

"活在宗法集权专制下的希望在于'运气'。人民只能等着'运气'把好皇帝推上舞台。宗法等级制保护权力位置，不保护'人'。不保护'人'就没有自由劳动力，只有家奴。资本和宗法之争，争在'自由劳动力'。

"宗法等级制，制造仇恨。它不基于共同法，基于家族关系和权力崇拜。只有私法，没有共同法。无'法'就总是没有公平社会。等级制下，均贫富是最有号召力的革命口号。

"马克思说：资本主义的唯一自由是自由贸易。人力作为商品进入贸易，资本的原始积累开始，剥削弱者的罪恶就开始了。拿到第一桶金币的人都是要借宗法关系得利发财。所以，资本每个毛孔里滴着血和肮脏的东西。

"在中国，宋朝就有了'交子'（票据）。资本产生得不比欧洲晚。资本原始积累从明朝就开始，发展到现在，还在原始积累阶段。从资本在中国的历史看，首先暴富起来的一群人，多拿的是肮脏钱。这是资本的本性。资本的发展从来不是一路顺风。因为它是盲目的欲望。内心是冰冷的，没有人情味，也没法控制自己，它的本质是虚无主义。要、要、要、要更多。却不知道要什么。

"资本的敌人是三个：'皇权''均贫富'和'它自己'。'皇权'不让资本爬到'皇恩浩荡'之上；'均贫富'是苦力反不合法积累的希望；'它自己'，没有心，只有力气。

"皇权宗法保护一部分人利益，不是宪法，治不了腐败。人们只能用推翻旧王朝的方法来停止腐败。明朝开始资本的原始积累，到明末，朝野腐败不堪一击。李自成来了，'均贫富'；清朝到了，宗法皇权重建，清末洋务运动，又重新开始原始积累。到清末，朝野又腐败不堪一击；洪秀全来了，'均贫富'，后又来了辛亥革命，民国三十年，再重新原始积累，到40年代末，又腐败，其肮脏我亲历；共产党来了'均贫富'，重建'无产阶级专政'。

"毛主席说：资本主义在中国行不通。为什么？因为封建制对福利的分配方式，不能有效对付权力和资本结合造成的必然腐败。宗法和资本的结合，生出来的是最坏的资本主义。举例：我家的资本。我家的那种资本主义，是吃了宗法关系红利的资本主义，并不是健康的资本。被抄检剥夺，理所应当。不抄检，它就逃跑到海外。"

……

上面的笔记都是写给她自己看的，也只有她能看得懂。那是阳春白雪层次的思考，不读《资本论》的人不懂。读了，没有亲历发财又被抄检过的人，也不懂。

不过，麦芽糖却是给大家吃的。麦芽糖是蒋善良老婆当着她的面，亲自打的。生儿育女，做糖，甜。而且，是用火葬场烧不完的燃煤熬出来的，农民们就沾了"公家"一点小光。生场病生得值了。到病快好了的时候，大家都可以走动了，就有好几家蒋达里的病人，叫家里人把家里熬麦芽糖的大锅和铁炉子拿来，在山上熬糖稀，把家里过年要吃的麦芽糖打出来了。火葬场的工作人员，无端也得到了不少麦芽糖，也就睁一只眼闭一只眼，让农民熬糖。火葬场的小权力，就那点烧死人用的燃料，换一点小贿赂，工作人员每天高高兴兴回家。病人也很有理由：医生不是说吃糖补肝吗？血吸虫病伤肝，要长期补。火葬场治病，还要管补养嘛。

舒暖脸上带着紧张的笑，对一切发生过的事情依然没有评论。一回来就谢张奶奶把家给维持着，又赶紧掏麦芽糖出来给大家吃，说："乡下的土特产，很好吃的。"

舒暖看见在大家吃麦芽糖的时候，浪榛子把她的《资本论》拿在手上翻看。她没有说话。看懂看不懂她写在书边上的笔记，就看从读大字报识字的浪榛子有多少理解力了。

大家平反，这就成了喜庆。大家高兴，高兴得小心谨慎，像得了什么不该得的好东西。幸福原来可以变得这么便宜：把你的东西全拿走，然后再还给你一些，你就感觉像发了财，心满意足。舒暖说，古代希腊信斯多葛派的奴隶就是这样得到幸福感觉的。好好修炼，被绑着的人也能在绳索之间得到一种自由。连自己都不属于自己时，他们也有本事自己偷着乐，跟我们中国的道家似的。看着浪榛子一脸严肃认真读她的《资本论》，舒暖心里有一种释然。好奴才不会问为什么我是奴才？良知才会问：为什么蓄奴？浪榛子像个独立自由人。

大人当了一圈"牛鬼蛇神"，女儿差点入了"五湖四海"，到这会儿，谁也不想把生活看得那么严肃了，南诗霞建议，先按道家的意境过几天"逍遥游"，恢复恢复。什么人都要快乐。古希腊的奴隶都要快乐，更何况中国新解放的两家"牛鬼蛇神"。幸亏中国除了儒家的"主子哲学"，也有几个以"大块文章""鲦鱼出游""坐忘无我"为自由追求的"奴隶哲学家"。

那种想要成就大业、改造中国的梦，中国人一代一代做了。现在，大业没份儿，生活的细节又回来了。把细节过得精精致致，这样的事儿也是好的。被绑着的人可以精神解放，享受细节自由。南诗霞和舒暖两个人开始研究菜谱和做衣服，结伴去工艺美术商店买宣纸，写书法。你写一首诗，我和一首。一研究，才发现中国菜谱之广大，服饰之精美都是智慧。要说中国老百姓没有自由，不对。在这个权力结构允许的位置上，但凡不危害权力结构事，中国百姓有大大的自由。吃、过节、结婚、打牌、赌博、发财、放鞭炮……在这些情节上的自由空间，我们可以达到世界之最。

但是，诗一读，就又会历史沧桑，嗟吁不止。"昔人豪贵信陵君，今人耕种信陵坟。""旧时王谢堂前燕，飞入寻常百姓家。"原来，她们经历的也不是什么新鲜事。

两家人常常把饭菜端到一起吃，叫"聚餐"，庆祝重生。重生的意思不仅是出了劳改农场，而且是战胜了血吸虫。这样的聚会，聚了一次又一次，大家都非常热衷，就成了长期项目。"十年动乱"跟又打了一次内战差不多。被打的和打人的都觉得上了当，付出了很多，没有收获。大家都病了一场。聚会聊天，互相安抚，如同给心里的不适之处打针吃药，按时来一次，对身心有益。世界上还是有朋友的。

南诗霞还引经据典，评论两家的"聚会需求"：荷马的《奥德赛》里就写战士奥德赛打了十年仗，给战火整得脱胎换骨，成另一个人了。到战争结束了，什么人也不相信，走哪儿都觉得不安全，回家的路上又走了十年。回到家，老婆都不认识他了，把他当成来挑逗民女的痞子。

别以为战争结束了就完事，什么战争都有后果。奥德赛再回到平常人，得花十年的时间。有共同受伤遭遇的人这样聚一聚，也就是一起慢慢在往"回家"的路上走，走回正常的平民生活。

早期聚会，多是谈舒暖的血吸虫。对那个虫子，大家谈历史记载，谈"绿水青山枉自多，华佗无奈小虫何"[1]，谈消灭血吸虫运动。开始大家还回避舒暖在火葬场住过，不吉利，后来，就当作调笑的话说了。

舒暖居然描述了她火葬场床头的窗户，没窗栓，从来关不紧，有一夜，一个萤火虫落在窗角的蜘蛛网上，停在那里，一闪一闪像蓝蓝的鬼火。这时就跳进来一个"鬼"。她睡觉不沉，惊醒了，听见"鬼"在说话。"鬼"说，他夜里做了一个梦：儿子要生小孩了，叫儿子回家也不回。半夜里自己跑到县医院里生了一个男孩。大家很高兴。只有一个问题叫人想不通：儿子不是男人吗，小毛孩怎么长在他肚子里呢？想来想去，来了一个医生解释说：男人抱一个篮球在腰上，小毛孩就可以长在里面。生的时候，像小鸡出壳，也不痛，把篮球剪破，革命就成功了。这时候，蒋善良老婆说话了："死鬼，你想孙子想疯啦。""鬼"说："蒋达里劳改农场新建了一个篮球场嘛。"从窗户跳进来的"鬼"原来是蒋善良。

两家人就笑得喷饭。回头一看，连苦难都是荒唐可笑的。

浪榛子和喇叭一直感兴趣火葬场成了医院的事儿。舒暖对她们的问题，一开始故意答非所问，谈什么样的土壤和水源产生血吸虫，叫大家当心钉螺，到这会儿，也不回避了，直说："医院床位不够县城人民用的，农民和劳动农场的人只好就近治疗了。"

浪榛子和喇叭你看看我，我看看你，若有所悟：床位原来也是分等级的。不过，人进了火葬场就没有这个问题了。所有的"人民"都从一个"床位"上，坐船一样开到世界彼岸。所有的不平等在火葬场结束。

---

[1]　出自毛泽东《送瘟神》诗。

"十步之外"①

后来，大学重新开学了。喇叭爸爸在一次两家聚餐时，小心翼翼地谈到低温楼要不要接着建。没有实验室，物理学家能干什么？什么也干不了。可人家国外已经在研究粒子对撞机了，我们还没有研究"绝对零度下物质变化"的实验室。建还是不建？

喇叭爸爸本来是在想，我们这代人落后了，建个低温楼只是让这个学科不断掉，有个承传，哪还能为自己在这个领域出成果呀。可说出口的话却是："建还是要建的，但是一定要按党的政策文件办。"脸上的表情像个军政委。这个发现让所有人吃惊，包括他自己。话怎么一出口就变调了呢？成表忠心了。

十年"文革"一过，一国汉语分成了两套，官话和私话。想的和说出来的相差甚远。明明知道说套话就是骗自己，可当自己骗自己成了一种活法，"让步"和"装样子"这样的事件也就容易过去了。人总得活着，训练了十年，科学家学会了另一套语言。

那天，谁也没有提醒他他是物理学家，党的文件也不是物理论文，按着那样的文件办，能办出什么样的物理实验来？会说这些套话，就像小孩子在受大人惩罚时，都串通好了说一样的话，好过关。套话大而空，明知是口是心非，人人都说，只是为了在灾难时期给自己找一点保护，跟存心撒谎还是有不同的。可问题是这说套话不知怎么说着说着，就到人脸上去了，把脸也弄得像面具一样。也许，十年的训练，足以让一个物理学家的神情变成军政委的神情？

但是舒暖不喜欢丈夫在朋友和家人面前也说套话，在这样的套话渐渐

---

① 出自曼德尔斯塔姆诗句："十步之外，无人听得见我们的声音。"

多起来后，舒暖忍不住了。这不是自己不拿自己当正常人吗？忠诚和友谊都不需要装模作样。蒋达里的农村妇女就按着常识办，也不说套话，也不装样子，不也活出子子孙孙来。一个物理学家怎么对常识都绕着走？党的哪一个政策文件能拿来指导建设低温楼？据喇叭说，某天晚上，俩人吵架了。舒暖说："就算十步之外要说套话，难道十步之内也要？你犯得上时时那么政治？你一政治，我就紧张。"

颐希光就发了火，那火一半是对自己发的。他心里有很多害怕的念头：害怕被边缘化，害怕历史问题牵连，害怕自己影响孩子，害怕他砸老师坟的事被后人知道……他不喜欢这些念头，他想对这些念头说"滚蛋"。这些念头弄得他不快乐。可这些念头像写进了他的骨头，一张口说话，这些害怕感就在骨头里拉他的语言，一拉，说出来的，就是绝不会犯事的话，像戏词。

他安慰自己说，写检讨、说套话就过关，不做就过不了关。只要看穿了游戏规则，一点也不难。你只要顺着上面精神，总是说"是"就行了。科学家也不想为了革命英勇就义，顺着上面精神就是了。有点时间干正事。争那些人划出来的"是非""路线"干什么？都是胜者定标准，败了就成狗屎。无聊，浪费时间。再争，地球还是绕着太阳转。伽利略被迫签了字，承认地球是宇宙中心，也没有用。他颐希光说这些套话哪里是为了什么政治？是为了逃避政治，少惹麻烦。你以为谁想这样呀？不过是套衣穿惯了，回家忘记脱了。全中国的人不都穿着"套衣"？

于是，他对舒暖吼了一句："你有想法，你说的话不也十步之外就化成了风，没人听得见。"

可舒暖说："我知道权力是什么东西。我们是文人，谄媚权力是一种耻辱。你不说话总是可以的吧。"

但一吵起架，喇叭爸爸的小心眼就又发了。他能狠，却只能对不会伤害他的人狠。他又提到了喇叭家那个多出来的男人，范上尉。每次提到这个男人的时候，舒暖就会停住，不争了。因为这个男人，她欠喇叭爸爸的。当年，若没颐希光站在她前面，她都活不出现在的舒暖。所以，颐希光在越想越气的情况下，就说喇叭妈妈从没有像对那个范上尉一样对待他过。

舒暖说："这不是事实。"

颐希光就说："你在蒋达里受难的时候，我在你身边等着，他到哪里去啦？他比你大十来岁，给你写那种东西。他不是个诱惑少女犯，是什么？他把你骗到手，再利用你去完成他的事业。这种男人你存在心里。对我，你横看竖看不顺眼。他是个军人，你倒喜欢。我像个军政委，你倒嘲笑。这不是欺侮人吗？"

舒暖又不说话了，心里很伤心。她恨颐希光不懂，说这样气她的话，不是让她忘记那个男人，而是让她又一次想起她丢失的小雪人。这种惩罚比罚她挑大粪更残酷。她没有把这两个男人分成高和低，他们就是两个不同的人，一个是穷山村出来的军人，另一个是心肠柔软的富家公子哥。无法比。她自己都想忘掉的过去，为什么要总是被提起？在劳改农场里交代还不够，回家还要说？她突然觉得：男人其实比女人更封建，他们把女人看作天生是要为他生的，他们对女人总是有要求。这都是给封建宗法社会宠坏的。

下次聚会的时候，舒暖突然说了长长一段她在蒋达里无书可读，天天读《资本论》读出来的认识：马克思说社会有两种机构体制，一种是人设定的"宗法等级"，另一种是顺着人的自然性设定的"资本欲望"。前者在剥削和欺压子民方面，就包含一切资本功能的毒菌。①只比资本主义更坏，不比资本主义好。

她说，她从火葬场活着出来，就看清楚了有一种土壤专门产生互相仇恨的群体。那种土壤从我们经典古籍的字里行间展开，伸展到民间乡里家庭风俗，成了文化，处处是等级。等级文化又反过来支持人设定的宗法等级制，很难破除。就是经济上都拉平均了，但，人格上，根本没有平等。人被分成红五类、黑七类，那不过是一个新当权派财产重新再分配

———————

① 见马克思著作 *The Poverty of Philosophy*。

的时期。

南诗霞没有听出舒暖说这些话是心里有气，她立即说同意舒暖的看法。她说："对，对，很对。过去当皇帝的本事就是摆平这些互相仇恨的群体。好皇帝手里拿着好权术，坏皇帝手里只拿着权，却没有术。所有子民都为奴。"

没想到，舒暖就紧接着说了一段带刺的话："可怜的是，所有的奴才中还要再分出男尊女卑。这种马克思说的'人设定的宗法等级制'还有性别，是男性。多少中国男人心里其实最喜欢有等级。所以中国的封建社会三千年还过不完。哪里的封建宗法制最会讨好它国土下的男人，哪里的封建等级制就特别长。男人能想着点子说自己的传统是最好的秩序。中国男人就是成了资本家，要的也是当主子心态，成了科学家也没好到哪里去。"

颐希光放下碗就走。就算舒暖影射的那个"资本家"男人是她爸，那个"科学家"男人就是他。浪榛子爸爸黄觉渊一把把他拉住，有意无意转成讨论问题的口气，说到打"五湖四海"，大家敲盆敲锅的笑话，说："我是最不懂政治的，你们看我这样说对不对：'五湖四海'要自己找公正。但是，那时候'公正'是没有的，只有'上'和'下'。红的叫'上'，黑的叫'下'。但是，不管什么时代，不管能不能得到，人都只能拿'公正'做目标。不然社会就乱，因为方向错了。"

没人答话。气氛不好。

南诗霞就赶快接上来调整气氛，说她在劳改农场的旧故事，想把话题转了。她说，填湖造田的时候，挑土、打夯，天天饿。有一天，得了一个好差事。食堂做饭的女厨子叫她去，两个人抬一大锅菜汤，汤上放着一座小山一样的馒头。两人抬了去给几处填湖造田的犯人们送饭。这个女厨子原是一个刑满留场的前女犯人。她叫南诗霞在前，她自己在后，俩人共同抬一根扁担。路上，走到没人处，女厨子左一个右一个偷吃馒头，还拿了一个给南诗霞，说："南队长，你也吃。我不会报告。"

南诗霞天天饿，接过来三口两口就吃掉了，吃完一想：她怎么叫我南队长？ 回头再问。原来，这个前女犯人认出南诗霞是刚解放时清洗"桂花巷青楼工作队"的队长。只一个星期工夫，桂花巷的妓女就全被消灭了，很有成就感。而这个女人，当时是桂花巷的挂牌妓女，正在红的时候。没想到，十八年后，扫荡妓女队长和前妓女抬一根扁担了。这个留场女犯人已和另一个留场右派犯人结婚，两人都在厨房给犯人做饭，成工作人员了。她说："南队长，你到这种地方，是你自己走来的。我到这种地方，是给你革命革来的。缘分。你想一夜令男人都不嫖了，有家的回家守着老婆，没家的在人家窗外看人家守着老婆，不可能。男人自己不属自己管。一个星期能打扫干净的地方，不会长在桂花巷一千年。人就不是干净的东西。你急不得。"

南诗霞把这个故事说完，见没人笑或发表评论，就自己说："当时我就想，我跟她抬一根扁担，还吃了她施舍的馒头，落了这样一个结果，不知道当年为了人人平等，千金一掷和家庭反目，走上革命道路，值不值。"

这样的故事，要是在平时，肯定是一个大家感兴趣的好话题。但是，那天依然没有缓和紧张气氛。只有浪榛子插了几句叫南诗霞吓了一跳的话："您劳改，是您自己先革人家命的，您怪人家落后。人家的活法，您也没跟人家协商就废了，由您来决定人家该怎么活。好像您的'主义'高一等。可您的'主义'也没高人一等，忙半天也失败。原来就是个'乌托邦'。值不值？吃人血馒头的是傻头傻脑的小栓子。你再怎么看他，也是个老实人。可人家对皇帝的热情超过对您的'主义'，明天他们就把您的流血牺牲忘记了，还不如随他们去，等小栓子们死了，教育他们儿子。"

南诗霞的脸看着就变长，拿眼睛横浪榛子，叫她住嘴，说："你哪冒出来这么多怪论？早一两年说出来，你也得进牢房。小栓子，等他死了再教育他儿子？这就是你对农民的态度？"浪榛子说："除了王一南的大儿子，'五湖四海'也都是农民儿子。"

……

那天聚会虽然不愉快，不过，颐希光在朋友面前，还是给舒暖留足了面子，一句话没说，一直奉陪到大家吃完饭。可他吃完饭没回家，一个人跑到学校刚选中的盖低温楼的地基上坐着。人都想干一点自己的事，不想听人指指点点，说你这也不是那也不是。低温楼的钱总算批下来了。这来来回回跑着找人盖章，就已经把个物理学家跑成个长跑运动员了。不说套话、甜话，这些事能办成？政治上的态度，不过是人云亦云，一朝天子一朝臣的事。宇宙大爆炸的能量中，就没计算进人的能量。以为自己很重要呢！

想到这儿，他回家去了。才走到青门里大门口，碰见王一南的太太和浪榛子抬着一桶水泥往王家走。看两个女人抬一桶水泥，挺吃力，颐希光就去帮一把，把王太太给换下来了。

王太太就说："青门里出工人阶级了。"

王太太是指浪榛子被政府分配到建筑队，小小年纪成了工人阶级，能帮王太太修房子了。

到了王家，看见王一南年轻时的照片挂在墙上，旁边是他小儿子的照片，颐希光就停住脚。王太太说："这是王一南刚回大陆时照的。你看看，笑得多光明灿烂。"颐希光就说："一样，一样。我家舒暖也有一张那个时候的照片，跳腰鼓舞，也笑得很光明灿烂。那时和平日子刚开始。"

王太太感叹地说："王一南以生命为代价去求正义。现在，谁还记住王一南忠心耿耿的遗言：清君侧。那么一个要自由的人，'自由长大'就是死。在他，自由真是个整的，要有就有全部，要不一点没有。"

颐希光想到他在跟王一南划清界线的大字报上签过名，想说道歉，却又不想再重提旧伤，就没说。道歉没说出口，说出口的话成了："王一南案平反有没有希望？他人已死了，平反是为孩子。"王太太说，她在大学和劳改农场之间跑了无数次，为王一南要个公正结论。

颐希光心情沉重地离开王家，想到比比王一南，自己好歹还有个完整的家，还是要珍惜，活下来就不容易。

浪榛子跟在颐希光后面走。颐希光就回头招呼她："小工人阶级，日子过得怎么样？"浪榛子说："肯定不是正人君子的日子。您在想造低温楼，我在想在草场门新建的厕所里装个配件。"颐希光感兴趣了，问："上马桶的地方居然还有配件？"浪榛子说："我这不是跟您说话吗？我拣文明入耳的词用。其实，建筑工人从来不这样说'配件'，他们说'屁股纸'。"颐希光脸红了。

浪榛子说："工人阶级上纲上线也不像青门里的人那样别别扭扭，他们说，'刚才那个来拉屎的家伙，放了个颠覆国家屁。'他们说，'又要政治学习啦？统一思想，统一屁。'"

颐希光给吓得差点跳起来，他说："你这些话可不能跟你妈和舒阿姨说，她们要着急的。"想想又觉得这样说有看不起工人的意思，赶快又加一句："工人阶级是领导阶级，有政策要消灭不平等。"浪榛子大大咧咧地说："知道。我不说。她们都是阳春白雪。"

这就到喇叭家楼下了。浪榛子想起来一件事。她问："喇叭妈妈没从劳改农场出来的时候，我妈叫我送去的那个小包裹里面有条白围巾，喇叭妈妈怎么不戴啦？她戴着好看呀。那次，我到蒋达里劳改农场去的时候，喇叭妈妈已经被送到火葬场去治病了。东西我就留给看守长了。"颐希光一听到"白围巾"，有点警惕，问："白围巾？你妈为什么要你送那个东西呀？小包裹里还有什么呀？"浪榛子说："就是一条白围巾和一点北京果脯，从北京寄来的。我喜欢看喇叭妈妈戴白围巾。她怎么不戴呀？白围巾配阳春白雪。"

"北京""白围巾"几个字，像炸弹，在喇叭爸爸颐希光心里"轰"一声爆炸了。舒暧回来的时候，他看见过有一条白围巾，他当时没往那典故上想。等颐希光往家走的时候，他心里全是爆炸声：

"这老家伙想干什么？送白围巾！"

颐希光狠狠推开家门，喇叭在学拉小提琴。吱呀吱呀，发出的调子都是"白围巾呀白围巾"。

舒暧正坐在书桌前想事儿，抽着一支烟。白围巾挂在椅子上。

颐希光突然怒火万丈，开口就伤人："你以为你还是舒家二小姐？"

舒暖有点吃惊："怎么？你也要来专我的政？一回家就是一副政治脸。"

颐希光指着那条白围巾说："是他把你保出来的，对不对？你还把这玩艺儿戴着回家。他害你害得还不够？你不过是他的一个政治牺牲品、政治工具。把你在旧社会的光辉背景去掉，你就是一个弃妇。"

啪，一本书砸过来。颐希光头一歪，帽子打掉了。这下子火上浇油。颐希光跳起："我没说你是给政治玩过的婊子，就是客气的了。你还骂我是政治脸。"

啪，啪，更多的书扔过来。颐希光冲过去，抓住舒暖的手，打了她一个耳光："你疯了！"

舒暖再也没想到她会挨丈夫打，愣了几秒钟，然后，压了三十年的二小姐脾气大爆发，温柔的声音变成了不管不顾的叫喊："颐希光，你打我！你敢打我耳光！"

颐希光已经后悔了，说话声音低下来："你先打我的。"

舒暖继续不管不顾地高叫："我打你？你说我打你，我打你哪块肉？"

战争大爆发。喇叭站在房间门口大哭起来。

喇叭一哭，住在对面的浪榛子一家就跑过来了。南诗霞一进门，看见喇叭家一片内战殇场，就赶快把舒暖拉着推着到自己家去，喇叭哭哭啼啼跟在后面。一到浪榛子家，南诗霞也不知怎么办，把气不能咽的舒暖按在小板凳上坐下，叫浪榛子爸爸黄觉渊赶快泡茶，好像茶能解决家庭矛盾。

舒暖坐下了，喇叭就不哭了，浪榛子站在她旁边，拉着她的手。舒暖却抱着喇叭和浪榛子大哭起来："十步之外，我不能当我自己。十步之内，我也不能当我自己。我欠了这个世界什么呀！"

那时候，喇叭已经跟她妈一样高了。妈妈坐在小板凳上，只到她前胸。她不知道她家的定时炸弹怎么在十多年艰难时期没爆炸，家才安稳下来，却爆炸了。而浪榛子已经从只言片语中猜到是"白围巾"惹的祸，是自己多话触了喇叭家的敏感神经，非常后悔，也非常害怕。

舒暖说："离婚。"

第四章：浪榛子的"战地爱情"

战地一角

有一天，浪榛子家来了一个年轻农民，带了一个大西瓜，坐在浪榛子家也不说什么话。南诗霞就叫浪榛子背一首诗给人家听。浪榛子就背了一段高尔基：

> ……让暴风雨来得更猛烈些吧。①

过了一星期，这个农民又来了，这次带着他父母，还有两只母鸡。三个人都穿着新褂子和新鞋子。黑红的脸是典型的阳光和泥土揉捏的大众化作品。南诗霞又叫浪榛子背一首诗给人家听。浪榛子就背了：

> 你吃吃凤梨，
> 嚼嚼松鸡，
> 你的末日到了，
> 资产阶级！②

---

① 出自苏联诗人高尔基散文《海燕》。
② 苏联诗人马雅可夫斯基诗句。

这个农民是蒋达里的蒋无功。无产阶级。刚被招进了钢铁厂工作，工人。蒋无功的父亲蒋善良，老老实实一个老农民。虽然在"文革"中把名字改成"蒋公敌"，也就用了几个月，风头一过，村里人就又叫回去了，依然叫他"蒋善良"。蒋无功的妈妈从来姓名不详，随人叫。南诗霞称她"善良氏"。在南诗霞插秧、累得趴田埂上起不来的时候，"善良氏"就悄悄来帮她插。"善良氏"不仅帮着南诗霞插秧，也帮过舒暖挑大粪。只要舒暖进了苹果林子，不知什么时候"善良氏"就能从一棵苹果树后面冒出来，给舒暖换个肩。"善良氏"做了从来也不说。劳改农场的劳改犯也没有钱或什么礼物好给她。"善良氏"就是觉得不做心里过不去，怎么叫这些识字读书的城里女人干乡下人的活儿？糟践呀！一定是出了错。乡下妇女把劳心者看作上等人，而且，还是这么文雅的女文化人。后来，在火葬场和舒暖日日谈心，听舒暖夸她儿子之后，她理解成舒暖有意给他儿子拉媒，便顺着舒暖提起的女孩名单行动了。

舒暖第一个看好浪榛子，大西瓜就跟着滚进南家来了。现在，两只鸡也送来了。只不过"善良氏"从来没明说，规矩是不用说的。

南诗霞说："蒋善良一家都是好人。"就叫浪榛子到街上小餐馆下了一锅馄饨，把舒暖一家叫来一起吃。舒暖当年在火葬场和蒋善良老婆挨着睡了三个月，想必高兴在城里再见面。自从舒暖和喇叭爸爸吵了那次架以后，两家的定期聚会也就搞不起来了。蒋善良一家进城，难得一个好理由，把两家人再聚到一起。

结果，一大桌人坐在一起，除了让座时说了一些话，半个小时下来，馄饨倒是吃得很香，就是没什么话说，概括起来，反反复复也就这几句：

"幸亏你们一家人帮助。"

"嗯啦。"

"以后要常进城玩。"

"嗯啦。"

"蒋无功越长越英俊。"

"嗯啦。"

"这两只鸡是下蛋鸡吧，一定要带回去。"

"不能的。"

蒋家一家走了，两只鸡留下了。南诗霞说："不要杀。养。"然后就查字典，要给它们起两个好名字。又不是一公一母，也找不到什么浪漫的名字给鸡。最后，浪榛子建议，南诗霞拍板定稿：一只叫"赛凤"，一只叫"赛凰"，并且，坚决地叫它们"赛凤""赛凰"。没有多久，"赛凤"和"赛凰"就成了青门里的"新星"。人人都不再叫它们"鸡"，叫它们名字了。

好名字一有，名正言顺，有粟得食。"赛凤"和"赛凰"受到所有其他鸡的爱戴。青门里的小孩子拿她们当宠物，动不动就叫："'赛凤''赛凰'来呀。"来了就有吃的，别的鸡就跟着沾光。南诗霞说："看到了吧，难怪孔子要'正名'。'名不正，言不顺，虽有黍，吾得而食乎？'利益是和名分一起来的。"

又过一些时候，一天，浪榛子下班回家。看见"赛凤""赛凰"正在青门里大门口等人。有个中等身材的男人，跳起来从树上捉了两个皮虫，剥了喂它们吃。浪榛子一叫"赛凤""赛凰"，两只鸡就像小狗一样摇头摆尾迎过来了。

那个剥皮虫的男人往浪榛子面前一站，浪榛子吃一惊，他是莫兴歌，蒋达里劳改农场看守长的儿子。莫兴歌个子长高了一点，脸开始成方形。眼睛不横不弯的时候，是圆的。嘴巴也变厚变方，像个男人嘴了。

莫兴歌非常同情地通知浪榛子："浪榛子呀，人家没看上你唉。儿子和妈看上了，老爸没看上。"

浪榛子眼睛还盯着鸡，头侧过来，脸上有和鸡一样快乐又警惕的神情。

莫兴歌就解释说："你们建筑队，在蒋达里叫'瓦匠'。你是个'瓦匠'！'瓦匠'不是国营工厂的工人。他家儿子被招进钢铁厂了。人家是国营的。一个月工资要比你们大集体多五块钱。谁叫你不但告诉人家你是'瓦匠'，还告诉人家你们'瓦匠二队'专管造公共厕所。人家厕所坏了，你还要去修。你还说你们刚在草场门翻修完一个老公共厕所，这是你自己多话。人家老爸再也不能要个修厕所的'女瓦匠'。告诉你吧，蒋善良还亲自去你那个草场门厕所拉了泡尿，说风水不好。过两天还要坏，你不得翻身了。蒋无功一家回蒋达里再算算，你八字也不配。儿子和妈再说也没用，得听男人的。蒋无功喜欢上你啦，又不敢逆了他爸的意思，不好意思当面来回，叫我传达。我看你就死了这条心，'定情鸡'杀杀吃算了。"

浪榛子领着"赛凤""赛凰"往家走，一边走一边想：蒋善良居然还去了她那个草场门厕所审查我了，不知有没有看到瓦匠队贴在厕所后墙那边的决心书和大字报？

莫兴歌紧追两步，跟她并排了，说："我知道你们女的都想嫁个当兵的。当兵的嫁不成，嫁个国营单位的。劳改农场是国营单位，我在保卫科工作，是农场最年轻的科长，不算犯人我还管十五个人呢，和当排长也差不多。我能看到《参考消息》，我还能看到内部电影。我不介意你是'女瓦匠'。我们俩谈对象怎么样？我就不信，你看上'红高粱'，看不上'高山'。我叫我爸找找老战友，给你调个好工作。你妈当年打扫厕所，你现在修厕所。你家不是平反了吗？"

浪榛子回家跟她妈讲："您那蒋无功没看上我。我修公共厕所。"她妈一愣，想了一想说："你再好好改造思想，不用担心，共产主义社会的人们也是要上厕所的。"

南诗霞经过坐牢和劳改，依然坚定地相信：人类最终的结局应该是大团圆。浪榛子却对她妈的事业嘿嘿一笑：厕所还得因个"主义"而贵，还有什么不分贵贱？这个世界很奇怪，不把人分等不能活。经济收入划成平均，政治上还要分谁能看《参考消息》和内部电影，谁不能。知识分子艰难困苦地把自己改造成农民，为了能得到平等对待；农民却把"国营"和"大集体"之间的五块钱看成是不能忽视的等级。难不成"等级"就是中国人祖传的活法？均贫富、均智力、均知识，明着失败了。

这些话儿浪榛子并没有说。就那两声笑，就被她妈听出了嘲讽。南诗霞对嘲讽的敏感超过被人打一顿。她怒不可遏地骂女儿："你严肃一点。不要嫌你妈这辈人给你们的世界不好。这个世界至少比旧社会干净。旧社会的腐败有多严重，你不懂。我革命，能把腐败革掉了，我就不后悔。我们南家人，从来先国家后自己。"

浪榛子依然不严肃。她说："我们瓦匠队的书记也说，先国家后自己，结果，刚被抓起来了。瓦匠队的书记能有多大的权力？也就高我们一小等吧？您要知道他干的事儿，准后悔让您女儿去那里改造思想。"

南诗霞说："什么事？你说呀。"

浪榛子不说。

浪榛子越不说，南诗霞就越觉得问题严重。"文革"运动刚过，她心里还会无端紧张。一开口和女儿说话，常常带专政的口气，还会猛拍桌子。那天，南诗霞就猛拍了桌子，骂了浪榛子："小混蛋！你不相信你妈，你相信谁？"

浪榛子说："您怎么跟整您的那些红卫兵一个腔调骂人？我自己有脑袋，我不相信别人咬剩下的真理。你白给我的我也不要。"说完就跑。南诗霞跟在后面追，浪榛子回头说："您别追，我今天到喇叭家去住。"南诗霞才猛地停住，看着女儿跑到她的避难所去。

第二天，舒暖一脸担心地来找南诗霞了。她听喇叭说，建筑二队成正果了，工人几天都是自己给自己派活儿干。书记给抓进牢里去了！

舒暖的故事是从喇叭那里听来的，这让南诗霞感到一点平衡。下一代不相信上一代人了，不是女儿不信任她，信任舒暖。浪榛子并不是对她一个人不说心里事儿。

舒暖建议说："蒋善良还去草场门的厕所看了一次，我们是不是也应该关心浪榛子一下呀？"

这样，南诗霞和舒暖就结伴专门去了草场门，找到了那个新厕所。那个厕所的后墙斜对着瓦匠队队部大门，一个木头搭的墙报栏立在离厕所后墙后不远，街上的人不到后面来，看不见，但从建筑二队队部进进出出的工人都能看见。

南诗霞和舒暖把贴在墙报栏的东西看了，立刻看到一张大字报，明摆着是浪榛子的笔迹。两个人赶快把它读了：

　　郭主任，工地食堂的事情你问不问？食堂的脚爪给私分。食堂的伙食要改善，为什么把脚爪给分了，这是什么意思？我们一天苦到晚，我们对伙食房等于是不满。工人意见很大。你要再不管，我们就要采取手段。那你就不要怪我们啰！

　　　　　　　　　　　　　　　　　　　——革命群众反映

　　（李师傅说"我们就要采取手段"这句不好，像威胁。"采取手段"？什么"手段"？动枪？踏平伙食房？那我们明天吃什么？王师傅说："一个字不能改。"）

　　　　　　　　王志道口述，南嘉鱼记录，李师傅张贴

南诗霞和舒暖你看看我，我看看你。这是女儿写的东西？和"主义"是两个世界呀。她俩再往下看，另一张也是浪榛子的笔迹：

建筑二队赵队长决心书：
　　大家表决心，我也表决心：上班拼命干，争取多贡献，苦战一二年，二队大变样。茅坑上西天，厕所被埋葬。回家坐电梯，吃饭直接吃营养。

　　　　　　　　赵队长口述，南嘉鱼记录，李师傅张贴

南诗霞和舒暖眼睛瞪圆了。瓦匠队的高楼梦原来是这样的？
再看第三张，还是浪榛子的笔迹：

　　二子，这是给你的最后警告。你要再从脚手架上往下撒尿，我就对你不客气。你昨天尿在我头上，我还以为是自来水，一摸，怎么还是热的？你给我抓住，还狠，拿刀吓我？你不要以为建筑队的书记给抓起来了，就没人能管你了。我们还有党中央。

（二子不准贴这张大字报。二子说："第一，我哪有刀呀？第二，我哪有尿呀？"李师傅说："要贴，还要把二子这两句话也加上去，让群众监督，看你二子能憋多久。你只要尿了，你就有刀。"）

　　　　　　　　　李师傅口述，南嘉鱼记录，李师傅张贴

再下一张大字报，不是浪榛子的笔迹了。是瓦匠队的会计写的：

瓦匠队的窦书记在给全队一百个工人做形势报告的时候，给五个警察铐走了。二队一百个工人阶级立刻成了九十九个，他要负全部责任。现在大家都揭发窦书记。我也要揭发：

我丈夫在建筑队死了。他就害怕个火葬。我想要几块木板做棺材，把那个死鬼土葬了。我找窦书记批几块板子，不是白要，是买。窦书记不批，说，不准土葬，除非答应他……我家死鬼的尸体还停在家里。我家死鬼下葬的时候，我哭得恨不能也死。他那几块棺材板子来得容易吗？过去地主你给他钱，他也卖板子给你呀。死都要听人家统治，还有什么活头。

窦书记糟踏了一个排的女人。找他开结婚证、找他调到办公室工作、找他换个白天班，他都能上手。这家伙干了这么多坏事，没有一个人敢告他。这回，把他当场捉住的人不是受害者，是他老婆。报应。

人民战争万岁！

　　　　　　　　　　　　　　　　建筑二队孟会计

南诗霞和舒暖本来是想了解建筑队出了什么情况。一看这些大字报，两个妈妈同时得出结论：这就是中国的苦力文化呀！她们都见过。只不过，那时候，她们与苦力的距离很远，不知道苦力是怎么说话、怎么找公平的。也不知道苦力里会不会也有个"窦书记"。没想到她们的后代"四书""五经"没学会，也当了苦力，还学了一口苦力语言。

舒暖突然凭空冒出了："锦瑟无端五色弦，一弦一柱诗华年。"

南诗霞推她一把："你什么意思？"明显这两句不合场景。

舒暖连忙说："走到哪里都有公正不公正的问题，不管怎么样，这孩子的如诗年华，在建筑队也用在了寻找公平正义上了吧。"南诗霞说："你改不了要做上流梦，别把公平正义这样的大词用在这种地方。浪榛子在这种地方，还没把汉字忘记，就不错了。"舒暖说："我从前以为苦力要什么公平正义？他们就要一碗饭吃。后来，看你们都参加革命了，才晓得不对。要是社会把他们忘记了，他们先找青天大老爷，然后还会上梁山。我们的儿女想是懂了这种生活。"

南诗霞说："下里巴人大字报她都写了，当孙二娘还是当江水英就看她的造化吧。"舒暖说："'弱者总是渴望正义和公平；强者才不需关注其中任何一个。'[①]世界这么大，不公正那么多，你想她做多少？走一路能记住正义和公平，就是做人了。"

南诗霞叹口气说："唉，我们女儿最多也就只能当个普通人啦，我就培养到这个水平，好坏就这样了，反正她还不听我的。"

讲到这里，两个妈妈回过头对看一眼，两人同时想到一条思路上：若那窦书记是个"且且犯"，浪榛子原来在危险区工作呀。幸亏女儿除了修厕所，也没有什么野心要实现，不用跟权力交换什么东西。什么都得最差的，和什么都没有一比，也能心甘情愿。

到这时，舒暖心里有一句话没再说出来，这句话是：难道礼、义、廉、耻被革命理论代替之后，小人反而能当官了？！南诗霞心里也有一句话没说出来：原来毛主席说对了：一切都没有变，只是所有制变了。

两个妈妈在回家的路上都不说话，却都在想女儿的前途问题。到了晚

---

① 亚里士多德名句。

上，南诗霞决定跟女儿谈话。她说："中国出了坏人，你们建筑队也有可能出坏人。出了坏人说明还有一个继续革命的问题摆在你们这一代面前……"

浪榛子打断她妈："所有的人都会出毛病。谁革谁的命呀？有完没完？您前前后后、牢里牢外受苦受难，十年大好年华啥事都没做成。出来了，怎么不理解生活中的简单常识：所有的人都会出毛病。您那个蒋达里的女犯人是怎么说的？您能一个星期打扫干净的地方，它不可能存在了一千年。"

浪榛子不能理解她妈为什么不愿承认"文革"是"人"出了毛病，也不想"人"怎么会出毛病？一口咬定是出了坏人，不愿承认"文革"的残酷，其实是许多普通人同意和接受的行为。总以为把几个坏人一打死，像拍苍蝇一样，死了就好。只要君侧一清，坏人下台，人民就能够过上好日子了。可这几个坏人曾经就是代表他们背后的整个民族行事的，却无人能制止他们。浪榛子不明白她妈怎么这么快就忘了，前不久，她自己就被别人认作是坏人。

南诗霞和浪榛子没谈出什么成果来。

第二天，舒暖在青门里大门口碰见浪榛子，她把浪榛子拉到身边，用通情达理的语调说："你妈和我去了草场门。你过了一种和我们年轻时很不一样的生活。我和你妈感兴趣。"

浪榛子一脸不以为然："你们没去看喇叭做锅呀？她管高高兴兴送进去，我管高高兴兴接出来。你们要我们怎么样？抱怨是一种活法，破坏是一种活法，开辟生活也是一种活法。我们开辟生活。"那时，政府像个司令部，发吃、发穿、管上学，管看病、管分配工作。政府给你分配了一个工作，就跟给士兵分任务一样。工作就是工作，叫你干啥就干啥。喇叭给分配到铝锅厂做锅，正好和浪榛子成一对。

舒暖依然用通情达理的语调说："我们知道建筑二队不是干干净净的地方。如果开辟生活也是一种活法，那浪榛子很勇敢。"

这下浪榛子高兴了，受到长辈平等对待了。喇叭妈妈就是比她自己妈妈通情达理。她妈的那个"共产主义厕所",在她看,无论用什么武法子、文法子折腾,也搭不起来。世界大同有什么意思?还不如世界多样有意思。中国已经够大同的了,不被圈子认可的日子,中国人一般不会过,也不敢过。看到有个别人过着,还不顺眼。浪榛子说:"我妈就看我不顺眼。"然后,又很有把握地解释道:"我妈做的那个梦,整个就是一个宗法社会的平等梦、奴隶梦、太平天国梦。若连瓦匠队那一小把儿的权力,都跟占有的那一点儿资源连在一起,老百姓哪有什么平等?要叫我看,与其花了老劲去把财产平分了,把富人的命革了,不如就假设:权力不是好东西。花力气去想法子限制'窦书记们'的权力。我们建筑二队,就像您以前在《资本论》书边上写的:只有私法,没有共同法。无'法'就总是没有公平社会。"

舒暖很吃惊浪榛子引用了她的笔记。她在资本的王国里长大。浪榛子都没见过什么叫钱。下一代能如此实际地认识世界,让舒暖想到自己像她这么大年龄,正骑着摩托车搞战地热恋呢。再也没有想到祖宗之法还会如此不合理。直到经过"文革",她才认识到:人是那么一群不完善的动物,生命本能就教会他(她)人要先把自己的货单买齐了或抢到手。"天使"和"野兽"的区别不过在于货单上列的货物秩序不同。"天使"把"正义"列在前面,"野兽"把"权力"列在前面。

到了下一代,没什么舒小姐,南小姐了,儿女从零开始活,嬉笑怒骂——拿来过一回,把光溜溜的生命当检验品一样放在世界尝试。然后,人家"女瓦匠"说:当不成天使,也绝不当野兽。对"女瓦匠"来说,能有"人格平等"和"机会平等",幸福的生活就有了。

等舒暖把谈话结果报告给南诗霞后,南诗霞承认她在女儿问题上发言,初试失败。浪榛子不认为她妈能懂她对于"人格平等"和"机会平等"的渴望。这些不是她妈年轻时的问题。那时,她妈的苦恼恐怕是觉得自己机会太多不知选哪个,或者,为看到钱和权在亲人朋友中腐化人性而生气;或者,为自己的家庭占有的太多而缺乏公正感;或者,就是青春骚动,以为铁血能冲洗邪恶,像那些红卫兵一样;或者,浪榛子猜得都不对,一代人只能在一代人所拥有的条件下做自己的选择。世界不会跑步前进。

有一点，她不怀疑：她妈想给后代一个和平世界。

沙X：浪榛子I

与此同时，舒暖在喇叭的恋爱问题上却似乎能有所作为。舒暖决定要离婚。自从舒暖和颐希光打架、喊了"离婚"以后，舒暖就紧急要给喇叭找男朋友，要找一个她能通过的。

对待喇叭的婚姻问题，舒暖坚决插手，而且决定要早早插手。十八九岁，是犯爱情错误的年龄。她不能让喇叭重犯她的错误。在付出大半生的代价后，她知道什么样的男人不能要。她只想喇叭找一个负责任的男人，过一份正常人的生活。正常人的生活比什么都好。

宁照也就在蒋无功出现前后来到青门里，跟喇叭开始的。

当舒暖在工艺美术商店认识了宁照这个小画师后，就喜欢上了宁照的认真和安静。小画师爱家，讲道理，从来没谈过恋爱。脏和乱的世界在画儿以外，上画的是意境美。这种区分很好，世界上还是美的。

最打动舒暖的是，宁照有保护欲。宁照画了一幅《青海》油画。把长长的茅草和紫花画成水中倒影。风动，水动，草动，很好看。得了区里年轻画家画展一等奖，得了一条花浴巾回来。花浴巾一拿回来就送给喇叭用。这就已经让舒暖高兴了，颐希光就没有这种细致。更让舒暖看好的是小画师的清高和傲气。宁照得了一等奖，画儿被展览馆的馆长留下。馆长说，再找几个大师看看，给宁照开拓发展道路。这本是好事。可没想到宁照的画儿给区长看上了。区长左看右看，就跟展览馆的馆长要这幅画。宁照算什么呀，一个还没出道的年轻小画师。区长看中了，是抬举他。馆长当然巴巴地把画儿送区长办公室去了。可宁照没看出来这是抬举他。一个星期后，拖了一个平板车，把挂区长办公室的油画给拖回来了。人家对区长说："这是参赛画，我没说卖，也舍不得卖。"

所有的人都说宁照怎么就敢为了一张画把区长得罪了，只有舒暖看出：宁照能拼死保护自己的所爱。

舒暖没给喇叭多少解释，就把喇叭的未来安排好。她只说："钱不要太多，能吃饱饭就行。钱太多不是好事，一定闹得你全家不得安宁。政治更是要离得远远的，最危险的就是做个小官，一人倒霉全家倒霉。跟宁照过平民日子，就是福气。"

喇叭在对自己的性别认识还没有对自己的阶级出身认得清楚的阶段，就在她妈的指定下和宁照开始了长而平淡的恋爱，然后，就是长而平淡的婚姻，或者说，过上了一种长而平淡的日子。在长而平淡的日子里，喇叭练出两个本事：吵架和闹事。但在长长的时间中，一次次吵架和闹事都被宁照的耐心和顽固平息下去。这就注定了喇叭后来的日子换了领导人，宁照带着她往前走，事事替她做主了。

谁能说"长而平淡"不是对生命的一种保护呢？为什么要把生命放到大风大浪去折腾？为那些与生命本质无关的东西去竞争？有人喜欢折腾，就自己去折腾。舒暖折腾过了，她不想女儿受折腾。她早识破地位、钱、招牌、吹捧都不是人的生命。一阵风就可以吹没了，只剩下一个孤独的自我，面对一个不属于任何人的星空。用那些生命之外的东西来标价一个人，是自欺欺人。

在舒暖喊出"离婚"之后，除了颐希光不好过以外，南诗霞心里也有了无限的不安。南诗霞总觉得对不起舒暖。舒暖年轻时，并不信仰什么"主义"。1948年，舒暖第一次听到南诗霞谈"主义"的时候，说了一段话："你那共产主义制度，和我姐夫的军营很相像呀。'各尽所能，各取所需'，不就是我姐夫说的，'人人奋力作战，个个管饱吃饭'吗？我姐夫总是带出好兵，保卫西南，保卫遂川和康州两个前沿加油基地，不就靠这些人人奋战的兵吗？这样的军队就是共产主义，对不对？可是，我和范箶河都不想过军营里的集体生活。等内战停了，我们就在范水山里买块地，自由自在。范笳河说，他要为我种一坡榛子树，我们男耕妇织。"

这话儿，当时让南诗霞一愣。她想说清"主义"和丛司令手下士兵"人人奋力作战，个个管饱吃饭"的区别，却不知怎么能说清。结果，反而联想到她爷爷一直过到死的那种汉八旗内的生活。她爷爷说："在旗中军营过惯了的人，不会过外面的生活。好像有两个城池。一个，你想动就可以乱动；另一个，要动一城池里人一齐动。我过不惯人人乱动的日子。"她爷爷是清末的戍边大臣，和舒暖的爷爷在喀什商路上结下不一般的交情，她们的父辈从小一起长大，然后在乱世中共同创业，友情深厚。但她和舒暖却是两个城池的人。而她硬把舒暖拉到自己的城池来干什么？以后，南诗霞就没再向舒暖传播过她的"主义"。

南诗霞梦想"救中国"，她家一家从她爷爷起就想"救中国"，只不过各代人救的中国所属不同。她爷爷要救皇帝的中国，她爸要救国民党的中国，她要救共产党的中国。她以为中国需要高尚的领袖，要靠高尚的君子来改造小人。从来没有想到君子会被小人拉下水，也会变成小人。更没有想到她一甩手把她原来有的东西全扔了，造了她老子的反，为了走上平均分配的快路，结果，自己坐牢，女儿平均成瓦匠。

但是，南诗霞不后悔（或者后悔也决不承认）。回头一看：从战争走向胜利，不是一条容易的路，有人发战争财，有人牺牲。同样，从战胜走向和平，也不是一条容易的路。有人发政治灾难财，有人牺牲。文人，就是一股浩然之气。南诗霞有忠臣之血，她不背叛。不背叛什么，信仰、组织、领袖？这些是她定义自己的相关概念。她不是政治家，不想那么多。反正她不背叛。她为了信仰，背叛了家庭。要是再背叛了信仰，她就一无所有。

可是，舒暖是为爱情活的人。她没有必要成为《资本论》专家，她可以成跳水冠军、诗人、音乐家，或者可爱的太太。年轻时，为了爱情，她不顾一切。南诗霞是舒暖登上那条"宏远"号渡船的最后一把推动力，是她寄了一张《解放日报》报纸给舒暖。那张报纸上有一架B-24J，还有那个喇叭家多出来的男人，范笳河，英雄归来的照片。英雄终于完成了党交给的任务，偷驾了一架美制新式轰炸机，从台湾单人回到祖国怀抱。"独胆英雄"是他的新名字。

在"另一个城池"的舒暖收到报纸，立刻不顾一切上了弃暗投明回归大陆的"宏远"号，心甘情愿成了被策反的四十九名国民党高官子女之一。不同的是，她没要人家"策"，也不想"反"什么人。她只想回到爱情的山谷里去。在她身边转悠的几个富家子弟，没有一个具有她爱的男人身上的那种阳刚之气。那种阳刚之气不但体现为一种本能的保护欲，而且，体现为愿意为军队随时牺牲自己。让她喜欢。

跟着一种毋庸置疑的爱情，舒暖回到了新中国。走上了一条她完全没有想到的道路。舒暖走的时候，没跟家里任何人打招呼。她二十一岁，正是金银花的身材，玫瑰花的脸。自信心十足，以为所有的门都会为她的爱情打开。可舒暖一甩手扔掉的，不是东西，是儿子，一个不到两岁的儿子。她是为了情人的许诺而去，以为去去就回。她没有和家里人打招呼，并没有想到：一走，就再没有机会回来相见。若爱情的代价是失去一切，舒暖付出了这个代价。

花盛开，是自愿。为男人开，则是冒险。女人跟着爱情走的时候，男人跟着轨道走。花在轨道沿线开着，是他的；花开到轨道上来了，却是事故。

舒暖突然从人人宠爱的小太阳，变成了没人敢娶的女人，再漂亮也没有用。她哭，一声不响地自杀，以为世界会为了她的消失悲伤，结果，连闹自杀都不能跟人说。

颐希光是在舒暖什么都闹过之后，由南诗霞介绍给舒暖的。颐希光是南洋归侨，当时还不懂平衡政治得失，也没有仔细想，为什么这么漂亮的女人却没人敢追？他站在凋零的玫瑰花旁边，不能理解自己的桃花运怎么就这么从天而降，让他除了担当护花救美的好男人外，别无选择。

舒暖嫁了颐希光。但是，颐希光终是取代不了舒暖失掉的。南诗霞同情舒暖，也同情颐希光，还有，为了舒二小姐那个无法断绝的情愫，她也尽力了。然而，喇叭都长成大姑娘了，"离婚"之战终于在舒暖和颐希光之间爆发。

　　决定阻止这场"离婚"之战的第三个人，是喇叭。喇叭觉醒了，决心要拯救父母的婚姻。她以前只知道要父母都爱她，现在她要父母互相爱。她准备做一根缝衣针，在父母之间织来织去。为了这个目标，她找浪榛子帮她好好计划。浪榛子二十岁，喇叭十九岁，正在青春正好的年龄。对于如何拯救父母婚姻，两人都不会。

　　浪榛子建议，先找喇叭爸爸谈，叫他赔礼道歉。喇叭说："我谈了。我说打老婆的爸爸，背离了爸爸的基本责任：保护女人儿童。我爸也道过歉了。没用。我妈不理我爸了。" 浪榛子又建议，找。找他们以前恋爱时互相写的信，还有照片，找出来给他们看，让他们回忆美好岁月。

　　喇叭认为这是好主意。在父母不在家的时候，喇叭就在家里翻箱倒柜找旧信和照片。张奶奶凑过来说："有六个本子，你妈烧了五本，我救下一本。你是要找那些本子？"喇叭没介意"本子"的事。她记得那厨房里的烟。一场"文革"，多少文字和照片都烧掉了。她说："我不找本子。我找我爸我妈的照片。"

　　那次，喇叭只找到了一点点有价值的东西。她拿来和浪榛子一起看。有一张照片浪榛子觉得有用：喇叭很小，在中间，她爸她妈一边一个，头靠着她。

　　还有一张照片也让浪榛子觉得有价值。这张照片上有一架方头方脑的大飞机，两边翅膀上各有一个单引擎螺旋桨。机头一侧有飞起来的几个大字：

　　"浪榛子I，Hustlen Hazel"

　　中文和英文字都写得大大的，在太阳下白得闪光。旁边画了一个炸弹一样的棕色大榛子，带着火苗从天疯狂而降，一个仙子脚踏风火轮一样骑着榛子。

　　在飞机的肚子下侧是几句诗：

> 浪榛子，疯狂的榛子。
>
> 天倾斜的时候，你的肩膀顶着，
>
> 地动摇的时候，你的双脚踩着。

　　有趣的是，飞机机翼下面还站了一只可爱的小熊，粗粗的脖子下有一圈呈"V"字形的白毛，像是躲在飞机翅膀下求保护的小孩。浪榛子把照片翻过来看，背后写着几行小字：

> 　　刚炸过黄河大桥回来，毫发无损。感谢我的B-25浪榛子I与吉祥小熊。
>
> 　　小熊的名字叫"维克（Vic）"，"Victory——胜利"的缩写。混合联队后勤队长许诺买一棵圣诞树给大家过圣诞节。结果，没找到圣诞树，从山民那里买了这只小雪山熊代替圣诞树。我们决定：它是我们中美空军混合联队的标准吉祥物，因为它脖子上有圈V形的白毛。维克拉住我的皮带，抢了我的啤酒，藏到浪榛子I下面去了。
>
> 　　　　　　　　　　　　　　　　　　——摄于1944年12月28日

　　这照片上的小字让浪榛子非常吃惊。这是她第一次发现了自己名字的典故。"浪榛子"是一架轰炸机！

　　喇叭也非常吃惊。她的文人母亲舒暖居然给浪榛子起了个"轰炸机"当小名，与《诗经》"宋词"无关。

　　她们俩拿了照片去找南诗霞。南诗霞看到照片，第一句话就是："你妈还留下了这张没烧！这是B-25浪榛子I，一架勇敢的飞机，一架难得的好运气飞机。还有一架是她的妹妹，B-24J浪榛子II，也有大起大落的故事。1951年，范筘河从台湾开回大陆的那架。"第二句话是感叹："一个出生入死的航空战士，得到了如此热烈的心，谁会想到那样的爱情会是一个分手的结局。几十年后，你妈还得再来一局闹离婚。"

　　然后南诗霞就不再多说了。

原来还有一个系列！第一架B-25叫"浪榛子I"，第二架B-24J叫"浪榛子II"。这就是说，如果跟了飞机排行，浪榛子就应该是"浪榛子III"。"浪榛子"系列之三！

"浪榛子系列""轰炸机""小熊维克"，这些诱人的故事，闹得浪榛子和喇叭不得安宁。翻箱倒柜的行为从喇叭家转到浪榛子家，浪榛子知道她妈写故事。从她妈对这张照片的反应，浪榛子认定她妈南诗霞熟悉"浪榛子I"，也知道"小熊维克"。

两个人在浪榛子家翻箱倒柜之后，没有收获。决定去缠浪榛子的爸爸黄觉渊。黄觉渊宠小孩子是有名的。浪榛子要星星给星星，要月亮给月亮。从小就什么事也不瞒着浪榛子。在浪榛子和喇叭的纠缠下，黄觉渊钻进小阁楼，在一堆南诗霞"文革"中交上去又退回来的作品中，找到了一份小报。上面有一篇小文章，是南诗霞抗战刚结束后写的回忆录，题目叫："记住'浪榛子I'"。

12月13号，"浪榛子I"执行"长龙使命"归来，飞机漏油了。

"浪榛子I"天快黑的时候，从北方的前沿基地老河口出发。按原计划，它是要带着第14航空军分发给它的"蝴蝶弹"，去炸郑州黄河大桥。这是它第五次去炸黄河大桥。

黄河大桥细而长，不好炸，日军在两边桥头堡防护火力严密，就是炸到了，一个星期内，日本兵就逼着中国苦力把它修好了。不停地去轰炸郑州黄河大桥，是"长龙使命"的一个重要内容。不把黄河大桥炸了，北方的日本兵随时都能开到南边战场上来。

有"蝴蝶弹"，炸掉黄河大桥就有更大的可能。"蝴蝶弹"扔下去不立即爆炸，等有火车、运输车开过来，一有振动，连车带桥一起炸。机长范上尉驾"浪榛子I"B-25轰炸机在前次炸黄河大桥时，扔过一次"蝴蝶弹"。但是，这次在起飞前的任务分析会上，中国地面情报人员报告：日军逼着中国苦力去拣"蝴蝶弹"，拿中国百姓做人肉盾牌。结果，"蝴蝶弹"不能达到炸火车和桥梁的作用。

第14航空军决定严格管制使用"蝴蝶弹"，这次任务不再用"蝴蝶弹"，改成用低空投弹。

利用天黑低空投弹，是假设敌人的防守高射炮火力是对着高空的。我们低空飞进火力网，趁敌人还来不及调整射距，快速投弹，快速撤出。

黄河大桥有三公里长，很细，低空投弹需要增加准确性。可是，后进敌人火力网的轰炸机，用低空投弹就等于是冲进敌人的火力网挨打。

"浪榛子I"这次炸黄河大桥，排在第四，如果敌人高射炮还没调对距离，它的第一目标就是把正在过桥的敌人运兵火车连桥一起炸了。如果敌人已调整了高射炮距离，它的第二目标是炸南边桥头堡的火力网。炸了火力网，让后面的轰炸机能安全进来炸桥。

黄河上有雾，黄河大桥像一条细线，在雾里时隐时现。从天上看，它像是游蛇，会动。前面的几架轰炸机已经投下炸弹，快速拉高，转回家去。黄河的黄水溅得有铁桥那么高。"浪榛子I"和僚机"婊子姐"一前一后，俯冲下去。这时，敌人的机枪和高射炮，已经调整了高度，"浪榛子I"低空投弹的安全优势已经没有了，只能靠速度。

机长范上尉猛踩油门，高叫"投弹"，然后迅速拉起，一串炸弹落在南桥头堡附近。敌人的火力哑了。但是，"浪榛子I"的油箱挨了地面敌人的机枪子弹。漏油了。

范上尉调转机头，让"浪榛子I"从北边向西南飞，回程时要求在康州加油。

"浪榛子I"在天上找到了康州前面的康河，也收到了无线电信号，却看不到藏在山谷里的机场跑道。无线电信号倒是越来越强，范上尉飞着飞着，突然发现方向不对头，赶快下令机组电讯员打开内部紧急联络台，直接呼叫地面。

地面人员告诉他们，这是敌后，距基地一百二十里就是日军空军基地。为了防止日机来偷袭，天一黑，康州基地所有的灯光全关了。他们正在飞向日军空军基地。赶快转回。

范上尉和他的机组兄弟们万分庆幸，他们差一点降到日军基地上去了。到敌后基地加油，险情丛生。他们收到的原来是日本机场的信号！

这时，地面人员热情的声音响起："你们往南再开整整两分半钟。我们把跑道上的蓝灯为你们打开三分钟，让你们回家。你们一定要在三分钟内着落。"

范上尉在三分钟之内，让飞机平平稳稳三点落地。范上尉说："看见基地的小蓝灯，情不知所起，一往而深。我对我的B-25说，浪榛子，疯狂的榛子，你从敌人机场折转回家。那些跑道边的小蓝灯，在这三分钟里，全是写给你的爱情诗。迎着它们飞，就飞到世界上最美的灯光里。"话说得像个诗人，不像开轰炸机的。

"疯狂的榛子"是一首情诗。

"浪榛子I"机组在康州加了油，就把飞机开回昆明基地修理。

维克当时在康州。维克是中美航空兵养在队里的吉祥动物，一只小雪山熊。维克站起来有半人高。人人喜欢。维克会拉着航空兵的皮带要啤酒喝。因为基地一个一个丢失，航空兵要随时转移，他们就把维克灌醉，用铁链子拴在轰炸机的尾部枪手座上，带走。但是，维克的酒量越来越大，喝很多啤酒不但不睡觉，反而发酒疯。

上一次撤退走得急，维克在飞机上不听话。航空兵们没办法，下来加油的时候，就把它暂时留在了康州，让它发过酒疯后，跟其他来加油的联队飞机走。

范上尉决定把维克带回汉中基地去，让它快快归队。

范上尉的父亲是第14航空军中的中方医生，范上尉兜里有他爸给他备用的牙痛药。他给维克吃了两丸，维克就快快活活睡了。范上尉连链子也没给它上。就带着维克把"浪榛子I"开到我们昆明基地修理厂来了。

也不知那牙痛药是什么神药，我们的工人修飞机，敲呀打呀，维克也不醒。"浪榛子I"机组的航空兵们都说让它睡，反正修好了油箱，明天一早就走。他们下飞机的时候，忘记了维克没上链子。

第二天，大家上飞机的时候，发现维克醒了，很文明地坐在尾部枪手座位旁。一泡熊屎远远地拉在范机长的驾驶室里。

这些航空兵也不骂维克，还开心地笑，好像维克干了一件好事。他们说，维克让他们每次出任务回来，感到家里有小兄弟在等着他们。小兄弟犯了错误，也可爱。

这群转战沙场的航空战士，并不认为自己是英雄。在我们修理厂，他们不谈怎么打仗、怎么杀敌，他们谈维克弟弟怎么闹笑话。这让"浪榛子I"上的两句情诗："天倾斜的时候，你的肩膀顶着，/地动摇的时候，你的双脚踩着。"①读起来更像对人的赞美。

这篇旧文章一读，喇叭立刻被她妈的爱情故事感动不已，说："原来如此。难怪我妈把她戴的那块青玉叫作'小炸弹'。凡她喜欢的，都和过去的情感联系着。她们那代人有那样永不遗忘的爱情，我们怎么就没有了呢？"

浪榛子不知道她的生命如何和那两个前任"美人"轰炸机相联系，为什么她得了"浪榛子"这个名字，喇叭倒没得？

有些日子过去了，就像大浪淘沙，无论过多久，一碰，又感到都还在记忆中，让人觉得，发生过的事件是不会消失的。让说不让说，让想不让想，都影响不了历史，只能影响现代人怎么看历史。

---

① 宋子文、陈纳德和一个叫威廉·帕雷（William Pawley）的飞机行销商，游说美国帮助中国抗日，给中国飞机和飞行员。有人给罗斯福看了一首诗，诗里有这两句："Their shoulders held the sky suspended. They stood, and earth's foundations stay." 记载见Anthony R. Carrozza's *William D. Pawley: The Extraordinary Life of the Adventurer, Entrepreneur, and Diplomat who Cofounded the Flying Tigers* (Washington: Potomac Books, 2012), 81. 后来罗斯福批准了美国志愿队飞虎队以私人雇佣军的方式援华，这两句诗也跟着流传到中国。当时的女孩子用这两句诗赞美抗日战士。

黄觉渊觉得有必要心平气和告诉两个女孩子：人都有年轻的时候，年轻时总以为路多得很，走上哪条路也很偶然。要是相信有人间正道，不是走上没走上的问题，是一个信仰问题。"浪榛子系列"一直在找人间正道，下一代也得接着寻找，直到找到和平之路。找错了，没关系，只要还在继续找，总能找到。

两个女孩说，我们知道。您说过，您留学欧洲的时候，先生告诉您："邪恶的对立面不是德行，是信仰。"①

知道了这些故事之后，浪榛子和喇叭就拿着那张三人照，找宁照。她们要宁照按那照片的味道，画三张漫画肖像：一张喇叭妈妈头向左边歪，一张喇叭爸爸头向右边歪，还有一张是十九岁的喇叭穿着格子衣服，一脸傻乎乎的样子。

等三张漫画肖像画成，她俩把三张肖像按那张小照片的式样，贴在喇叭家迎门的墙上。她们把"天倾斜的时候，你的肩膀顶着"贴在喇叭爸爸的肖像下，把"地动摇的时候，你的双脚踩着"贴在喇叭妈妈的肖像下，喇叭傻乎乎的肖像贴在中间。下面贴的几个字，是两人想了半天才想出来："花好月圆，蒙以养正。"

三张肖像上墙那天，颐希光一进门，吃了一惊。

舒暖一进门，也吃了一惊。

这天晚上，两人当着喇叭的面就说话了。颐希光说："低温楼造好了。我申请正教授的材料里，就这一个成果。没有论文。其他人都交了论文。结果评委说，研究超低温，你没有实验室，论文是怎么写出来的呀？只有颐希光知道，做物理实验，要先造实验室。结果，我评上了。"舒暖说："祝贺。我煲一个好汤给你和喇叭喝。"

那天晚上，喇叭听见她妈对她爸说："白围巾并不是定情的意思，是和死神讨好运气的意思。中美空军混合联队的飞行员很迷信白围巾。"

① 丹麦哲学家克尔凯郭尔名言。

然后就是颐希光一再赔不是。

喇叭父母的离婚危机告停。三张化险为夷的漫画肖像，成了喇叭家的"定海神针"。家搬到哪儿就挂到哪儿。后来，两家长辈团结一致研究小辈的爱情问题时，共认宁照功劳大大。宁照的成熟、懂事、好脾气得到一致肯定。大家都说他能画成一家，因为他心无二用。蒋无功是一个插曲。好在"赛凤""赛凰"天天下蛋。浪榛子还能找不到男人？

至于舒暖和颐希光的关系给那一巴掌打出的裂缝能不能和好如初？大概是从此不能了。不过她原谅了他。但是，爱情死了。其实，经过灾难的人，身上都有灾难的伤痕。

喇叭天天吃着宁照出差给她带回来的广东月饼、杭州话梅，天天说："宁照，要不是为我妈，我不想跟你好。"

而浪榛子的寻找，一路没停。她这样对自己说："我告诉你，'一个人必须经过内心的混乱，才能让一颗明亮跳跃的星诞生。'"[①]她就想搞清在生命的跑道上，谁会给她点起哪些诗一样的小蓝灯？

和平爱情初探

蒋无功之后，莫兴歌开始认真。一开始，莫兴歌就显了一回"英雄救美"，把"浪榛子"从"党的人"拉下来，成了他的"对象"。

"对象"是个替代词。莫兴歌觉得，"男朋友"或"女朋友"都有一点"性"的色彩在里面，跟"男厕所"和"女厕所"一样，有下流味儿。他们劳改农场关了一大批在"性"的问题上没划清"上流"和"下流"界线的犯人，叫"流氓犯"。莫兴歌不想因为谈恋爱，就成了"流氓犯"。莫兴歌说："我谈了一个对象。"他说："我对象考上复旦大学了。"他

---

① 　出自尼采《查拉图斯特拉如是说》。

还说："我对象的小姐妹名字叫喇叭，考上了南京大学。她们青门里的人，这次神气了。"

浪榛子说："不要叫我'对象'，难听死了，跟'对眼'差不多。"莫兴歌还是说："我要送我对象去上海。"浪榛子说："你要实在喜欢这个'对'字，你就叫我'对策'算了。"莫兴歌说："不行。我妈叫策绿竹。犯冲。"浪榛子说："那你就叫我'对虾'好了。我妈叫南死虾，她不怕犯冲。"莫兴歌说："你们这些文人家庭的人，就是矫情。我就说'对对'好了吧。"

这样，莫兴歌扛着"对对"的旅行袋，拎着"对对"的网兜儿，坐上火车送浪榛子到上海去了。为了省钱，他们俩坐的火车是个慢车，从晚上十点，一直开到第二天早上两点。半夜两点，掉进大上海，能到哪里去？正在想着，来了一辆空三轮货车。骑三轮货车的人不由分说就把浪榛子的行李提上车，说："我们有民兵招待所。上上上。不能让你们大冬天的，冻死在上海火车站。"浪榛子就上了车。莫兴歌犹犹豫豫也上了。一上了人家的车，就像撞见了拐骗犯，再也不让下来了。

莫兴歌开始发毛："你要把我们带到哪里去？"

骑车的人骑得非常卖力，大冬天的夜里，车一到路灯下，就看见骑车的头上直冒热气。浪榛子拉拉莫兴歌叫他不要发毛，莫兴歌就开始拉大旗作虎皮："我告诉你，我是管犯人的。你要是个拐骗犯，我就把你抓了。"他这一说，骑车的人没理睬，浪榛子倒紧张起来。一听到"抓人"，她就觉得要抓她。她不喜欢莫兴歌吓唬人。

终于，他们到了一个前不着村后不着店的小山下，骑车的人把车停在一个防空洞前，说："到了。"

莫兴歌指着防空洞真发毛了："你这个骗子。这叫招待所呀？！"

骑车的人狠起来："我骑了一个小时，把你们拉过来。你们就在这里将就过一夜。我们是民兵。这个防空洞当然是我们的招待所。冬天住在洞里不冷的。上海没有暖气。"

防空洞里隔了十来个小房间。浪榛子和莫兴歌只好决定在这里待到天亮再去找复旦大学。不过，下面的问题是：他们要开两间小房间，还是开一间？

不就个把小时吗，谁也不想睡觉了。他们决定开一间，混到天亮。省钱。

管防空洞的人说："开一间要有结婚证。你们有吗？"莫兴歌说："我们没有。我们是兄妹。她是我妹妹，'对对'。"

谎一撒，他们成了兄妹。两人得了一间小房间，小得只有两张桌子大。两个人往床上一坐，中间隔了半米。这之前，莫兴歌从来没有靠近过女人半米远。他跟"对对"谈恋爱，就真跟"对眼"差不多，中间至少隔一米，大眼对小眼。从一米，一下子减少了半米，莫兴歌很高兴。不再骂防空洞了。刚想说一点"对象"话，而在这时，浪榛子却把一个最机密的话告诉了他，更让他感到：爱情成功。

浪榛子说："其实，我外公在上海有一幢红色的楼房，三层。在静安寺区。"莫兴歌很吃惊："这个你妈交代了没有？"浪榛子说："我妈连她的命都交上去了。几块袁大头和美元，是我和喇叭你一块、我一块扔到青门里前塘里去的，能不交代？"莫兴歌就有了居高临下的感觉，说："我不介意你家出身。你长得好看就行。"

浪榛子说："喇叭家在上海也有一幢大大的白房子，在以前的法租界。是她外公给她妈妈和她大姨买的，让她们在上海受洋教育。喇叭妈妈说，在中国，富不过三代，钱太多一定是灾难。"莫兴歌心里有一点不平，又有一点得意，他说："我爷爷是贫农，你跟我'对对'，我们进这防空洞，阶级消灭了。"

莫兴歌又想说"对象"话，还没开口，突然一个穿警察制服和一个戴袖标的男人破门而入，吼道："你们没有结婚证，怎么开一间房？是不是想搞流氓通奸呀？"莫兴歌说："你吼什么？我比你知道什么是流氓犯。这是我妹妹。"

警察说，"你妹妹？你妹妹跟我们来一下，问几个问题。"又对戴袖标的男人说："你留在房里继续问他问题。"

浪榛子终于被抓了，还了她的愿。

她想她应该害怕才对，于是就真害怕了，不是怕警察，是怕复旦大学知道，她还没报到，就先被抓了。警察声音高，她声音低，想自己怎么就成了"流氓通奸"？

警察声音又低了，她的声音就更低，心里又觉得可笑。她小时候以为上树要进监牢，现在知道了，距离从一米近到半米，就成了"搞流氓"。至今，她和莫兴歌手都没牵过。当然，她不想被定个"搞流氓"到复旦大学去，那还不如送她回瓦匠队。

不过，警察既没问她的来处，也没问她的目的地。警察问："你妈叫什么名字？"

浪榛子野归野，但不会撒谎。偏偏那一天，她心思转了一圈，怕莫兴歌也被问到同样的问题。他们不是兄妹吗？得共一个妈。她就斗胆说谎了："叫策绿竹。"警察叫她写下来，她就写了。

等她被送回房间的时候，警察和戴袖标的同时把各人手里的纸条拍在桌子上，吼道："你们通奸！"莫兴歌那张纸条上写着："南诗霞。"

"通奸"被人抓了个正着。警察说："下面你们看着办。我们是专政机关。"

两个"专政机关"一走，莫兴歌仰天长叹："'对对'呀，我认定你不会撒谎的呀，我才说了'南诗霞'，你怎么撒了谎？"

浪榛子因为撒了谎被戳穿，恨不能立马跳楼自杀。她就知道自己是害虫。她没想撒谎，但被人一逼，居然撒谎她也能学会了。害虫没用，胆小还会说谎。她说："我从此绝不再撒谎！试一次，给抓个正着。无颜见江东父老。"

莫兴歌说："你就是不懂阶级斗争呀。把两个人分开，隔离审问是我们劳改农场保卫科干的活儿。他妈的，上海人用我身上来了。他们把我们一分开，我就知道是什么戏了。这些利害关系，有得你学的。"

浪榛子说："我要学这些干什么？"

刚经过"文革"阶级斗争的一代人知道：仇恨、恐惧和整天警惕着的情绪，是浪费生命。他们已经浪费了十年和平时间。

莫兴歌说："你比我高级，你不学这一套，那是有我在前面替你挡着。除了我，没人喜欢你这么傻。你要现在答应跟我结婚，我们天一亮就领结婚证，他们就没办法了。"

浪榛子说："不行呀。我年龄不到。"

这时候，天也亮了。莫兴歌借了防空洞的三轮货车骑，说要出去解决"被专政"问题。浪榛子要跟着去。他说："你不跟我结婚，我只能按行内的规矩解决问题。你是抵押品，走不了。你要不想这事报到复旦大学，就在这里当抵押品，等我回来。我是不怕的。他们报告到我们劳改农场，我爸是看守长。"

过了两个小时，莫兴歌骑着三轮货车回来了。他买了两条"红双喜"牌香烟和一车大白菜。一条"红双喜"给那个警察，另一条"红双喜"给了那个戴袖标的。大白菜，你一棵，我一棵，分给防空洞里的各色人等。到最后，等他把浪榛子赎回来的时候，他和拿了烟的两个人还拍肩搭背，互称"兄弟"了，叫"不打不相识"，"有事要帮忙，就来找我"。

浪榛子气呀，气这防空洞一伙人敲诈，也气莫兴歌居然能容忍如此两个混蛋和坏人，还跟他们称"兄弟"，像两家青红帮做黑社会交易。

她问莫兴歌："我们通奸啦？"

莫兴歌说："通个屁。你要让我叫你'对象'也算对得起'通奸'的罪名，你准吗？还是只准我说'对对'。你以为我不知道我那两条'红双喜'是进贡了诈骗犯？我这是人在屋檐下不得不低头，为了让你清清白白。"

浪榛子说："要按这样定罪，你们劳改农场得关了多少受冤枉的？"

莫兴歌说："我们'通奸'的名声都有了，这回你喜欢也好，不喜欢也好，我非要说一句'对象'话：我从小猪头肉吃多了，看见你这么漂亮的，就来性。要是阶级敌人用美人计，我就死定了。"

莫兴歌英雄救美成功。浪榛子干干净净进了复旦。"文革"十年后第一次恢复大学高考，招生入学，戴个"通奸"帽子进大学是无地自容的。

浪榛子和莫兴歌的恋爱，从"通奸"开始，基础本身就是个奇观。下面的进程自然就有些与众不同。在以后的日子里，他们之间出现了很多奇奇怪怪的纠纷和吵架。莫兴歌相信他的那段英雄救美打动了浪榛子，他可以在两人关系中控制形势。莫兴歌虽然在管人的地方长大，却比浪榛子还没有安全感，总害怕自己不能控制局势。像在上海那次，就是他不能控制局势的例子。

夏天学校放暑假，两人再见面，很高兴，一起进一起出，像"对象"那回事了。莫兴歌讲到控制局势的问题，浪榛子说："你有什么局势要控制呀？不就是我骑一辆自行车，你骑一辆自行车，出去给我爸买个紫泥茶壶泡茶喝吗？"

莫兴歌说："买茶壶也要小心。"

然后，他左一个右一个把茶壶盖子、茶壶底翻过来看是谁造的。十五个看完，都是宜兴丁山茶壶厂制造。浪榛子抓了一个就要付钱，莫兴歌说："慢，再看看。我是为你好。"浪榛子说："不就买把壶吗？要那么警惕？"莫兴歌一本正经地说："有坏人。我们劳改农场关了一犯人，就是在宜兴丁山做紫砂茶壶的。他做的壶，卖过一把给蒋介石，没老实交代，'文革'给查出来了，判了刑。你家本来社会关系复杂，不能买他做的壶。蒋介石茶壶的'堂孙壶'，你能要？"

这个理由让浪榛子目瞪口呆。她说："蒋介石还喝过长江水哩。那一江水都成蒋介石的'堂孙水'啦？都得废了？"

莫兴歌就突然生气起来，怒火万丈的样子，代表全体人民说话了："全中国人民都不会要他的壶。就你要。"莫兴歌很喜欢代表一群人说话，就像防空洞里撞见的那两个人说"你们看着办，我们是专政机关"的调子。虽然也没哪个人选莫兴歌当代表，他却总显出全中国人民都站在他背后的样子，好像这样他才安全。一开口就拿一大群对付浪榛子一个。他叫道："这是替你爸买茶壶，你不想给你爸爸找麻烦吧？"

浪榛子忍着没吵架。莫兴歌说，这是为她家好。

莫兴歌有时候是很好的。他认认真真给浪榛子说他小时候在劳改农场见到过的各色人事，连他做的噩梦也说，很拿她当知心人的样子。浪榛子也因此第一次知道了王一南自杀前在劳改农场的一些遭遇。

据莫兴歌说，劳改农场的男公共厕所是一长条沟，沟上隔了一排蹲坑。在最里面一个蹲坑上，架了一个可以坐的马桶洞，给生病的犯人用。王一南是诗人，不习惯用蹲坑。后面那个可坐着拉屎的马桶，就是他常用的。

犯人厕所自然是脏和臭。这天王一南上厕所时带了张报纸进去，垫在马桶一圈边上。王一南非常小心，那天带进去的报纸是他们政治学习，读报纸跳过去的一张，一段讲西红柿炒鸡蛋的营养很高，吃多少，消化多少。另一段讲合理密植水稻，种子挨得近，互相可做伴。还有一段讲河南发生洪水灾，人定胜天，洪水堵住了。

王一南正在厕所里"解决正常问题"，突然，军代表带着几个红卫兵来搞突然查房。莫兴歌说，军代表和红卫兵进驻劳改农场那段时间，他爸这个老看守长，管不了政治犯，只能管刑事犯。所以，他爸只能跟在后面看看，不说话。军代表和红卫兵要搞彻底搜查，他们认为政治犯互相串联，搞特务活动。

他们命令一屋子十几个犯人都脱光了，挨着墙站，他们翻查每个人的床铺和用具，但没有找到什么可疑的东西。

这时，王一南从厕所里出来。因为他来迟了，天生就惹出怀疑。红卫兵立刻命令他脱光衣服。

王一南很不情愿，这就惹出了更多的怀疑。等王一南把衣裤都脱光了，红卫兵高叫起来：

"台湾来的大特务！"

"当场抓获！"

原来，王一南坐在报纸上用马桶，报纸上的油墨字迹印他屁股上了。军代表和红卫兵一致认为，这是最先进的传递情报的方法。他们对王一南又吼又叫，叫他把屁股撅起来，让他们破译印在他屁股上的密文。诗人王一南，先觉得这简直是奇耻大辱，后觉得人大概警惕疯了。

那些字还是反着的，三个红卫兵弯着腰，对着王一南的屁股一个字一个字破译。先读出了"西红"，反动呀！东方红，成了"西方红"。后又把"合理密植"读作"合理密码"。有密码！果真有密码！突然搜查要查的就是这个。再下面读出的是"……堵住"，这时王一南"堵不住了"，放了两个屁，说："别读了，把昨天的报纸生活版找来对吧。"

一对，"密码"没了。罪行成了王一南耍弄军代表和红卫兵。王一南不服，说："我根本不知道我屁股上有字，是你们发现的。我要弄你们什么呀？"那天晚上，王一南挨了一顿好打。一个星期后，他跳窗自杀。

这样的故事，让浪榛子不能不想：污辱造成的心理伤害能至死。我们这个民族怎么啦？为什么总是拿自己的同胞当自己的敌人？能把同类的人格污辱已尽而不动同情心的人，是不是在那个时刻，心理上返祖成了动物？

谈论这些事，浪榛子和莫兴歌很有一些共同语言。莫兴歌常常表现出，让他讲出来，他就舒服一点。他不想把这些"黑色故事"装自己脑袋里。这些故事让他脑袋太沉重。而浪榛子就想搞清楚"为什么"。这样，他们就有了从两个不同的角度撞在一起的共同语言。

故事很多，但是，讲到后来又总是会吵架。莫兴歌矛盾重重。他一会儿同情犯人，一会儿骂他们全是老鼠，不值得活。他想讲他看到过的死人，却又无比忌讳谈死。

那天，明明是莫兴歌含糊其辞地讲到王一南的死，先表现出很想讨论这个问题的样子。等浪榛子说："王一南死在蒋达里劳改农场，死得连个鸡都不如。死前挨斗，死后儿子死的死，坐牢的坐牢。人们对王一南太不公正。"莫兴歌却又转过语调说："反正我们也救不了他，人死了就别提啦。"浪榛子就问："你是不是在劳改农场看见很多暴力行为，怎么这么麻木？"莫兴歌说："中国人最好的品质就是能忍耐。活下来的，都是能忍的。你看现在不都过得好好的。死得再硬也是失败啦。"

浪榛子忍不住了："我就不会忍。"

莫兴歌就教育她："你看我们劳改农场厨房以前那个做饭的大师傅，是个老右派。因为他说，苏联在日本投降前八天才对日宣战，美国飞虎队1941年就来华参战了。飞行员殉难，没有人员补充。结果，昆明飞行学校的一些美国教员就顶上去了。他那时是个小孩，给美国教员献过花。后来就因为说了'学校的数学物理教材，用苏联的好，但美国的也可用'这话，当了二十年右派。人家一声不抱怨党，不抱怨祖国。人家说，一个大家里过日子，总有人要受委屈。若不是来到蒋达里，还娶不到现在这个好老婆。他老婆漂亮，以前是个妓女，留场了，也在厨房做饭。人家一家生了三个儿子，过去穷，一年就过年包一次饺子，老右派从来不买现成的碎肉，自己去集上挑一块五花肉，花一个上午亲自剁成细细的葱肉馅，放多多的盐，一家五口吃得热乎乎的。我每年都去混一碗吃吃。那个生活的滋味呀！现在人家平反了，成中学副校长，过上好日子了。你看人家这是什么生活态度。多好。电影小说里说的生活和爱情不就是这样的？你家受了那点苦，算什么？你对祖国的态度就比人家差远了。"

浪榛子发现，虽然莫兴歌一开口就是对犯人要严管，对祖国要热爱，但他对不公正却真是很能宽容，对糟蹋祖国的行为也并不生气。他只生气别人跟他不一样。他批评人，却从来不批评决策人。当莫兴歌把一个悲剧当成榜样叫她学时，她说："二十年，是人家的小半辈子呀。中国人自己制造了一些灾难，然后自己看着自己的伤痕，看出一些伟大的忍耐来。同胞和同胞互相整得苦苦的，再在自己造的苦难中，发现伟大爱情、赤胆忠臣、舍己英雄，让人们为他们的命运感动流泪。这不是作吗？"

在浪榛子看来，人应该先想想，我们"忍耐"得公正还是不公正。八年抗日，人们忍耐，那里面有正义支持。十年动乱，人们忍了，可正义在哪里呀？因为人们的忍耐，打人的人连道歉都不用说。眼睛一闭，头一歪，不看。只要自己不看，今天和过去之间就建了一堵墙。那些人造的灾难就好像不存在了。这倒是解决问题了？

除了王一南的事，莫兴歌还跟浪榛子讲他自己的苦恼：他老做噩梦，噩梦还重复。梦一醒就再睡不着了。

他说，填湖造田的时候，白天走进沼泽地里，蚊子和蚂蝗都像军队一样厉害。犯人得把自己包得像粽子一样才能下去。脸包不起来，回来的时候，每个人脸都能大了一倍，给蚊子咬的。

有一个犯人，十几岁时帮美军领导的游击队养过狗。那支游击队是陈纳德请美国战略情报局（Office of Strategic Serivces，OSS）帮助，建立在敌后的，由六个美国特种兵领导，有电台，物资弹药是美国海军的潜艇从福建海湾送来。①这只狗就是跟着海军物资来的。这支游击队在洞庭湖和湖北山里转进转出，负责救助被敌机打落在日占区的航空兵。这样的游击队从云南到江浙到黄河流域有很多支，他们在日占区，时时向第14航空军报告日军的动向，在敌后打游击。

据这个犯人交代：他养的狗是特种军犬，以前是好莱坞的演员，挣一百美元一星期。战争爆发后，狗主人送它应征入伍，成了"大兵明特"。"明特（Mint）"翻译过来的意思是"薄荷"。它被分到中国战略情报局OSS 202支队，在日占区服役。一分钱不挣，为OSS游击队效劳。"大兵明特"通人性，对过去在好莱坞的风光日子时有怀念，眼睛里会流露出同情人的神情，常常做着电影里的英雄梦，就想去救人。

每次有任务，它都进入角色，忠诚不已地跟着支队长。"大兵明特"远远就能嗅到日军用的杏仁肥皂味，还能根据杏仁肥皂味的强弱判断日军的人数多少。"大兵明特"也能远远嗅出美军受伤航空兵的气味。找到一个，就守在那里不走，直到游击队员赶来。所有这一切它都当作演电影，完成任务后，队长在它身上挂个奖牌。那支游击队救起过一百来个跳伞的航空兵。

有一次，"大兵明特"用嗓子发颤音，小声报告敌情。因为它发现了十个来偷袭的日本兵就在游击队休息的丛林里。它用呜呜的颤音向游击队

---

① 这支游击队的记载参见：王宁生主编《二战时期美国援华空军》，北京：环球飞行杂志社，2005。

长报告，队长没懂，它就前爪俯地，屁股撅起，露出狠脸，不让队长离开，直到支队长带着人跟着它走，发现了偷袭者。那次立功，"明特"得了一枚真正的军功勋章和一箱肉罐头。

这个犯人讲到"明特"，次次都要重复这一箱肉罐头。"明特"的肉罐头这个犯人偷吃过，"明特"很大度地看着他吃，眼睛里快乐地唱着《游击队员之歌》："吃吧，吃吧。'没有吃，没有穿，自有那敌人送上前'。"

这个犯人知道他没什么大罪，就是养了一条狗的历史问题，所以胆子比较大，一发牢骚就说："吃得还不如'明特'好。"或者说："'明特'得了勋章回美国养老，我到劳改营养老。"

莫兴歌小时候，自己有一只小草狗，对"大兵明特"的故事感兴趣，就想自己的狗也能有"大兵明特"的本事，上山给他捉几个阶级敌人回来。所以，他一直对这个犯人感兴趣。没想到，这个家伙趁填湖的时机，从沼泽地逃跑了。结果，夜里给沼泽地的蚊子蚂蚱咬得受不了，又原路回来了，躲在蒋达里后山上一个小洞里三天。

到第四天，莫兴歌上山玩，发现了小山洞门口有人烧火的灰烬，灰烬上有大人的脚印，明摆着不是他的。那个小山洞，莫兴歌一直以为是他的发现，只有他一个人知道，谁居然跑到他的山洞里来了？他眼睛里阶级斗争一根弦立刻绷紧了，认定是有台湾特务要躲在他的洞里发电报。于是，他跑下山来，没有报告他爸，想让他的草狗去把特务抓到，成就一个中国"大兵明特"的奇迹。

他跑回家去，找狗，狗正好在树丛子和邻居家的母狗交配，听见他叫，也不出来。莫兴歌只好坐在院子里等。他妈正好叫他吃午饭。等他吃完午饭，狗幸福完毕，和那母狗亲亲热热回来了。莫兴歌把狗骂了一顿，带着进山。狗很不情愿立马和情狗分开，又挨了骂，低着头，慢慢吞吞跟着他，一点没有"大兵"的样子，让莫兴歌想踢它一脚。等他带着狗再来到山脚下的时候，山不让进了。

炸山采石填湖的犯人们不知道山上有洞，洞里有人，就在逃犯藏身的洞下面埋了三枚炸药。莫兴歌带着狗回来的时候，导火索刚点着，一串火星直往上跑。莫兴歌还是没报告山洞的事。这次不报，是怕他爸打他，这么长时间，特务说不定早跑了，他爸定他个知情不报罪，屁股打成两半也是可能的。在看着那串火星顺着导火索往上跑的那一分钟内，莫兴歌束手无策，心里无比害怕，害怕坏人并没有跑掉，就在洞里，就要被炸死。

还没等他本来就转得不快的小脑袋转出一个办法来，炮就响了。炮一炸，半个小山削掉。哪有什么特务。躲在山洞里的是养过"大兵明特"的逃犯，人炸成几片，死了。死了，就跟石土一起填了湖。后来，就老有填湖的犯人回来说：湖里有水鬼，牵着一只狗，自己都不用动手，一点头，狗就扯住人腿往下拉。

莫兴歌说："现在，又要还田归湖，把填湖的土挖上来，让发展渔业，种莲藕。我昨天夜里做个梦，吓醒了。还田归湖，把那家伙给挖出来了，还裹得像个粽子。"说完一脸紧张地嘱咐一句："拿死人填湖的事，千万不能告诉别人，这是劳改农场的秘密。你要说出去，人家肯定知道是我说的。"

莫兴歌说，他知道那个小洞里有人，若不是头脑发昏，想成就他养的那条草狗，一下山他就该告诉他爸。他知道那两天看守人员在沼泽地搜寻逃跑犯人，他怎么就联想到"特务"，而没联想到"逃犯"？若看守们先搜那个山洞再炸山，那个逃犯就能被抓回来。加刑重判肯定是要的，但不至于炸成几片，填了湖，到现在还来吓人。莫兴歌很后悔。

浪榛子听他说后悔，感觉莫兴歌也是一个正常人，不幸从小看到了很多别人的灾难。他能后悔，就是有同情心，心也是好的。她刚想对这位"养狗犯"的命运发表评论，讨论莫兴歌在最后炸药点火到爆炸之间的那一分钟能做什么。她想说："这不能怪你，得怪那个把阶级斗争当真理灌到你头脑里去的社会舆论。哪里都有不同圈子的人，用斗争来互相恐吓，人不做噩梦才怪呢。"

莫兴歌却又扯到别处去了。他说："我们不谈过去。我跟你谈'对对'也有几年了，以后当我老婆，跟我睡，我就不做噩梦了。"他这一说，讲得浪榛子心软软的，刚想对莫兴歌说甜话，莫兴歌又转成一张政府脸："你嫁到我家，成我老婆，你还是要能忍的。你得孝敬我父母吧？他们就是你的祖国，父母冤枉你了，你不忍，还能怎么样？不能背叛祖国嘛。"

本想说甜话的浪榛子，听到这句，一开口，说成了："我不是你老婆，你父母也不是我祖国。"一转身跑回家去了。

过了一些时间，莫兴歌又来了，好像从来没有和浪榛子吵过架。想想看，他们为什么事吵架的？为不让浪榛子爸爸拿一把反动茶壶的"堂孙壶"吃茶，或，向不向一个能忍的老右派学习，或，为了浪榛子不承认莫兴歌父母等于祖国？这都算是些什么重要的事儿？几天还不忘记了。按照忘记就等于不存在的逻辑，他们再重新开始。

那时候，他们谁也不知道，"战争"和"暴力"会给长在"战争时代"的一代人以后的成年生活带来什么影响，也不懂灾难伤害不仅会在人的肢体上留下伤痕，还会在人的神经末梢上留下伤痕。

莫兴歌总是紧张兮兮，和别人说话，先假设对方是个逃犯。越紧张越霸道，还有这个那个忌讳。除了"死"跟"地狱"同名，"发财"跟"资本家"同姓，是不能说的词，还有，一讲到"美国"就要加一句"西方鱼肉中国的历史一去不复返"，或者，"西方绞肉机亡我之心不死"。好像不加这些定性的词句，掩体就没有了，他莫兴歌就不安全，不安全就不开心。

他爸一退休，莫兴歌又觉得新领导对他有成见，想整他，让他很不开心。进城来和浪榛子聊聊天，是莫兴歌的精神调节。他说："看看你的快乐脸，才能回去面对那些整天拉着长脸的犯人。现在犯人素质越来越差。当年的政治犯真是好，干活卖力，自愿改造。现在政治犯都走了，刑事犯又懒又不讲理。领导想的也和以前人不一样。蒋达里劳改农场的黄金时代结束了。"

处的时间长了，浪榛子觉得，也不能说莫兴歌不好，莫兴歌就是不喜欢用自己的脑子想问题，他用政府的脑袋想问题。有时候也不是用政府脑袋想问题,而是用他自以为讨好政府的脑袋想问题。政府都跑他前面去了,他还保持着高度警惕性和不知疲倦的革命敏感性,一心一意保护着政权,动不动在劳改农场开一个"誓师大会"。

慢慢的,莫兴歌发现,劳改农场释放的一些劳改犯,下海做生意,越做越牛气了,比他还有钱。这让他很生气。原来,政府欢迎"资本"了。莫兴歌用讨好政府的脑袋想问题,比政府晚了几步。跟不上形势啦。领导批评他,你手里有这么多免费劳动力,你们农场的福利还指望国家给呀?就那个会做茶壶的,让他带几个徒弟,烧几把茶壶出来,也比整天烧砖来钱呀。

莫兴歌一旦听明白了上级的指示,干起来热火朝天。可他那个时候,就是没听明白。阶级斗争一根弦横在他眼睛里,跟蒋介石家茶壶同宗的茶壶,人民是要反对的。他迟迟没有看出"黑猫""白猫"现在都是英雄猫了。

对于这个莫兴歌,南诗霞不看好,觉得他木头木脑,且不懂礼貌。南诗霞已经平反多年,浪榛子也堂堂正正考上了大学。莫兴歌只在省党校上了一年警员培训班。谁也不再比他低一等啦。可莫兴歌回避见南诗霞,实在回避不了,撞见了,既不叫"阿姨",也不叫"南老师",叫"嘿"。

南诗霞很生气。自己如花似玉的女儿给他一叫就走,他对南诗霞就差没叫劳改农场的号码。不可能就是不可能。她女儿再野也不能跟她的前看守长儿子扯一起去。想想那以前的看守长,对他们这些政治犯还算好的,但是,天天骂他们"知屎分子"是不能忘记的。而且,跟她同系的王一南,就死在那个劳改农场。王一南的死,谁负责?

浪榛子却不知中了什么邪,对她妈说:"您不要担心。大家都是人民,木头木脑的人民忠厚,比那利欲熏心的人民还是好的吧。"南诗霞说:"他没文化。"浪榛子说:"没关系,我有文化就行了。"南诗霞说:"你们不合适。"浪榛子说:"您就别设计您女儿的生活吧,那多累。您的毛病就是喜欢设计别人该怎么活,要解救这个,改造那个。您难不成比时间还厉害？亿万年进化出的'人性'，您怎么就以为是您这一群人能拿在手上改造成器材呢？到如今您救了谁呀？您就歇着，就为春天新冒出来的一片绿叶感动感动就行了。您也就一个人。"

南诗霞说："我是你妈！你是我女儿，你交男朋友，我能管。"

浪榛子说："通婚消灭阶级，本身就是一条艰难道路。三千年不就成了一个王昭君、一个文成公主吗？您担心什么？我还没有成就呢。"

南诗霞气得恨不能把女儿打一顿。她断然地下了最后通牒："你要再跟这个莫兴歌来往，就滚出家门。我也不会再给你一分钱。我不能和看守我的人做亲家。我看你就为了一个男人和全家断绝吧。"

浪榛子对她妈的高压政策立马反弹。她说："您怎么跟关您押您的那些人一样会强制？那些红卫兵的暴力，是不是您这代革命家教的呀？"

浪榛子就真滚出家门，住在学校，放假也不回家去了。她对喇叭说："这不是我跟谁谈恋爱的问题，是自由问题，我有权利跟任何一个人来往。我们这代人之间，应该没有仇恨。武斗、整人、斗人在我们这代结束。我们给和平机会。"

喇叭给她二十块钱，说："我就佩服你独立自主。"

浪榛子有自己的理论，她这代人在"文革"中长大，打人见过，斗人见过，杀人都见过（公审枪毙），什么人性恶没见过？坏事自己都干过。不像父母那代会做太平天国梦，那么容易被骗。怕就怕见过了、干过了不再想，认了命，还让错误历史再轮流转回来。

她没有管历史的雄心大志，也不想活成大家叫她活的样子。她对喇叭说："和平的生活，哪里可能是'消灭一切害人虫'换来的？和平的生活是各自划清互不侵犯的边界得来的。得让大家活，世界才太平。我就是不喜欢小栓子，不喜欢阿Q，不喜欢赵太爷，不喜欢假洋鬼子，不喜欢革命党，也可以试着和他们讨论讨论：在哪里划条楚河汉界，他过他的，我过我的，也比人们互相整来整去好。世界上什么样的生命都可以存在，有花，有树，有蟑螂。把大家都统一到一个什么思想之下，根本就不可能，用武力也办不到。那违反生命的本性。只要蟑螂别下令所有的花都要呈蟑螂状，就行。"

喇叭同意。

两人一致认为：一个好的社会不是一个充满优秀思想的社会，一个好的社会是一个宽容所有思想的社会。人只能做到这一步。这已经是对"善良"和"优秀"的最大保护了。

苹果公式

南诗霞很害怕女儿嫁两种男人，一种，会整人的；另一种，生意人。莫兴歌尚未表现出这两方面的症状，但南诗霞要警惕。她跑去跟舒暖抱怨女儿忤逆。舒暖替浪榛子辩护，安慰南诗霞说："浪榛子有头脑，胆子大，不会受人欺负，也没人敢欺负她。你要插一手，她立马就跟你拧着来。还不如由她去的好。"

南诗霞说了她十年来最大的遗憾："女儿怎么长成这种不登大雅之堂还自以为是的样子。既不是大家闺秀，也不是小家碧玉。能说会道，不伦不类。坐都没个坐相，像个'女土匪'。"舒暖还是为浪榛子辩护："浪榛子干什么都高高兴兴，不抱怨。没有大家闺秀的举止，这不是她的错，也不是你的错。我养喇叭，也没把喇叭养得有多好。你看她脸上东一块西一块脏乎乎的，简直就像个苦力。说她的时候，还嘴硬：你们指望我成什么样子？走到哪儿，就能活到哪儿，还不就是最好的啦。"

两个妈妈这样抱怨着，心里却又感到对不起女儿。到这时，她们才看清楚：女儿和她们是不同的两代人。人家自己长大，长成了青门里的野生动物，根本就不看好上一辈人信奉的伟大事业，也学不来过去文化人的文质彬彬。妈妈们的选择，被女儿们称为"历史弯路"。

不过，南诗霞没有担心太久，浪榛子和莫兴歌的历史也出现弯路。

浪榛子大学四年级的时候，决定当诗人还不够，再把中国的文字折腾来折腾去，发现了文化像种子一样藏在汉字里。开出来的花都长在过去经验的土壤上。开到"繁殖"就不长了。她要从"繁殖"再往上长一点，长到"繁殖法""生长法"。浪榛子又学法律了。

子孙是父母的幸福。浪榛子为她的"革命妈妈"遗憾，她妈炸了她外公外婆的幸福，背叛了家庭，结果就没了。浪榛子从来没见过外公外婆。而她炸了她妈的幸福，不好好找男人。但她想在"炸"之后，再多做一点和平建设。

而莫兴歌则向生意人发展了。

莫兴歌已经再也不能忍受从前的劳改犯挣的钱比他还多。他渐渐听懂了领导的意思。现在和以前不一样了。蒋达里这种小型劳改农场，政治犯没有了之后，就不重要了。前面的路就是转型，"国营"成了"赔本"的另一种说法。有本事的人，要带着工作人员自谋福利了。水坝、稻田、填湖区、烧砖窑、苹果园，可以给看守人员承包经营。劳改农场劳动力分给各个承包项目。莫兴歌拿不定主意要不要走这条资本主义道路，他跟浪榛子商量要不要跟着新路线走。

浪榛子说："我要是你，我就承包苹果园。春天开白花，秋天结果子。多好。"

莫兴歌很不放心地说："你敢做呀？阶级斗争一来，那你不就成地主啦。"

"错。我成地主婆。" 一听到莫兴歌说话用"政治标签"，还把那么多样的人性关系归成"阶级斗争"，浪榛子就想调笑。都80年代了，莫兴歌还不敢想自己有块地，自己做主。什么都等着上面配给，这也挺可悲。

"你错。地主婆，指地主的太太。你承包了，你本人就是地主。谁娶了你，就成'地主公'。我们劳改农场以前关的就是这些人，现在还没全放完哩。" 莫兴歌说。

浪榛子就天马行空，耍小聪明，把莫兴歌绕进圈子："还是错。'婆'是中国女人性别标注号。老婆，就是老婆，你不叫你老婆'老太太'，所以也不能叫地主婆'地主太太'。斗地主刘文彩，就是斗地主。谁说了'斗地主公'？'主'就是'男'。中国的'主'和'男'基本等同（男人骑女人头上）。就算你那'地主公'称呼成立，地主太太，也不应该叫'地主婆'，应该叫'地主母'（"公""母"的"母"），但是不行，跟'地主妈'混了。所以，你最多只能说，'公地主''母地主'。浪榛子是'母地主'。你老婆是'母太太'（或"母贱内"），丈夫是'公家夫'（或简称"老公"）。'母地主'可以生'公地主'，'公地主'只会埋黄金，有本事直接生黄金呀。"

可惜莫兴歌没有多少幽默感，也不喜欢像文人一样玩文字游戏，他听不出浪榛子的绕口令有什么可笑。他横下心说："我承包苹果园，自己当地主，直接生黄金。"

一往生意人发展，莫兴歌就开始想怎么钻空子违法。国营企业一块一块转到私人手里，集体的也分到私人。清清白白的蒋达里，一村子革命名字，突然就冒出了一个新词，叫"资本"。"资本"像没有眼睛的大象，大步踏在蒋达里的田埂上，然后进了农家茅屋，把瓶瓶罐罐都打碎了，一个劲的拆房子搬瓦，越长越大。

莫兴歌第一次贪污了三千块钱，心里非常害怕，夜里还失眠了，不敢告诉老爸，怕运动一来，老爸大义灭亲揭发他。他就想告诉浪榛子，想想又不敢。不是不信任浪榛子，也不是怕浪榛子会揭发，是怕浪榛子知道了，不但要叫他吐出去，还要骂他奸商。浪榛子一定会说："君子喻于义，小人喻于利。"把他打到"小人"一类去。这个坏标签和他以前得的"先进工作者"不同。莫兴歌知道他的"对对"从来就想不食人间烟火。

事实上，莫兴歌从来没想贪污。关在劳改农场的贪污犯，他见多了。他一直都是站在那些"贪污犯"的对立面，高高在上地训他们。这回，他手一软，接了人家的好处费。他害怕不久突然来个严打运动，把他给打进去，也成劳改犯。这种心理压力，他承受着，快要受不了了。刚拿到钱的喜悦，还没两天，就变成了失眠的痛苦。莫兴歌就想：难道当个贪污犯还要受训练？

为了这三千块钱，他说起话来更加极端爱国，显出永远给国家添砖加瓦的样子。这让他感觉好一点。可是，不久，他发现经商的道路上没人用"贪污"这个词，人们用"疏通关系"。三千块钱可以不叫贪污，叫"招待费"或"劳务补贴"就行了。他不能只管种苹果，还得卖苹果。手里没一点"招待费"怎么跟人家谈生意？谈成了生意，收一些"劳务补贴"，不过是起个润滑油作用。他这样对自己解释，感觉又好了一点，可还是害怕。"共产党是有纪律的。"这是他以前对犯人说过一遍又一遍的话。

有一天，他再也忍不住了，对浪榛子说："我太佩服贪官污吏了。心黑还能快乐，这也是一种本事。"浪榛子不知道他是有心思，还半真半假地告诉他："我懂法律，专门对付贪官。"

莫兴歌当时心里一惊，以为浪榛子知道了这三千块钱的事。幸亏浪榛子下一句话说的是大理论，和三千块钱不相干。她说，资本原始积累又开始了。从明朝就原始积累，到现在还在原始积累阶段。在中国，因为"关系"成了资源，资本常常会歪着长。猪一养肥就杀，富不过三代，就是因为私有财产的原始积累，不是按"公正"和"机会均等"的合法道路挣得来的。挣第一桶金像打仗，暴力得很，不管他人死活。等猪富得肥嘟嘟的，像个太上皇，杀的时候，养猪的、恨猪的、没猪的，大家都开心。

莫兴歌听得心里一抖又一抖。他搞"原始积累"了？他没有吧。他是无产阶级呀。

直到有一天，一个在南方做紫砂花盆出口发了财的前劳改犯回来光宗耀祖，他告诉莫兴歌一个道理：经商就跟打仗一样，另有一套伦理道德。儒家的那套不行，社会主义那套也不行。要玩《孙子兵法》。想赢，就得脸皮厚，心肠黑。现在全民都经商了，那就看战场上比实力了。

莫兴歌这才懂了：他从普通人跳自由市场上去了。中国有千军万马的商人在"战场"上你骗我，我骗你，就为了打胜仗——赢钱。什么贪污不贪污？只要他能赢钱，他就胜了。中央都说了"不管白猫、黑猫，抓到老鼠就是好猫"，上下都在做的事，就成群众运动了。发财运动，不积极，也是要落伍的。

莫兴歌承包苹果园，指挥残留下来的一些刑事犯和自愿留场的前犯人种苹果。一旦思想转过弯，他就热情万丈地挣钱了。这才发现自己有一块地的好处。原来当"地主"的好感觉和当"官"的好感觉，从利益上讲同源同质。以前夺过鞭子抽地主，主要是政治需要。资本原始积累得由无产阶级来完成。原来他以为，资本主义会危害红色政权，现在，他认识到，资本主义原来是个工具，可以用来维护红色政权。

红色公式没变。

但是，资本不是好玩的。那么多钱和精力投进去了，它还不怎么听红色公式的话。莫兴歌天天有头痛的事，跟以前没田没地的时候比，他怎么还是不开心？不仅不开心，还烦心。领导不管他了，事事要他自己做主。做错了决定就自己赔本。这种不安全感就像坐在地震带，没来地震的时候怕地震；地震什么时候来不知道。不像以前没房子，地震来了就跑；现在有房子了，地震来了房子就完蛋。"资本"不是吃素的。莫兴歌问自己：我对象都有了，怎么就从小落了一个不开心的命呢？让他不开心的事太多，譬如说，刑事犯人不好好干活，没有一个像过去的政治犯那样自觉改造。他们不把他的苹果事业当作他们自己的事业，私下里还说他是"剥削""黑心"。

"剥削阶级"在莫兴歌的红色教育中，形象很难看。虽然像他这样的红色资本家有新形象，莫兴歌更希望苹果园子里的劳工把他当成杨子荣。所以，他就喝上了酒，像杨子荣那样，"一连干他三大碗"，自己醉成泥一摊。醉的时候，开心，跟偷吃禁果一样，又来劲又愧疚。

有一天晚上，和下面几个队长喝酒，似醉非醉的时候就倒下了，他突然脑子里出现了一个逻辑错误，怎么也正不过来：偷吃禁果一直是浪榛子干的事，她看禁书，说禁话，想出国。他莫兴歌从来是跟着正确路线走的，怎么他倒成了"偷吃禁果"的人了？最后，他眼睛一闭，这样安慰自己：现在的正确路线是发财，用什么手段发都行。我还是跟着正确路线走的。这时候，他发现：他心里有一只小狼，饿久了，嗷嗷待哺。小狼什么都想要，想要什么不知道，反正想要，想要多，想要更多，要多多的。再多。别人有的，小狼都想要，别人没有的，小狼也想要。

莫兴歌想不"剥削"都不行了，犯人又不是国家财产，谁会白养着他们？第二天，酒醒了，莫兴歌拿自己跟那个做紫砂花盆的成功犯人商人做了对比，一比，看出自己过去还是太老实。领导点到了他的财源，他也没认识。劳改农场已经再不是国家养的了，得靠自力更生才能过富日子。他给自己开了个单子，那单子上都是他所缺乏的：

1.黑心肠；

2.厚脸皮；

3.人脉；

4.钱；

5.广告术（骗术也行）。

这些，他以前都认为是坏品质。小狼活了以后，就成了经营艺术，他要紧急补课。他不知道别人是不是也有小狼在心里闹。他只知道，他要不补这些课，就跟不上形势。自由市场上都是自由人，自由折腾，自由骗。商场如战场。狭路相逢勇者胜。他要靠苹果发财，就只能如此。

两年后，莫兴歌扛了一筐苹果来送给浪榛子，说他承包的劳改农场果园丰收了。但是，苹果太多，来不及运出去，卖不掉。犯人和工作人员全分到了几筐苹果。大家尽着性子吃。承包的好处见到了。

浪榛子就和他脸对脸，大吃苹果，都没谈一句过去的事，也没谈蒋达里的人。浪榛子只说，苹果有点酸，这么多，要做成苹果酱才好吃。她以为莫兴歌会说，好，将来再发展出一个厂子做苹果酱。

偏偏没有，莫兴歌依然警惕性很高，一切都要唱成"红海洋"才行。和前年的三千块钱黑钱比，他这一年里，拿的"劳务费"翻倍了。所以，他得从"苹果"出发，打一场忠于祖国的"保卫战"，决不能让外国占便宜。

浪榛子和莫兴歌又吵了一架。莫兴歌时时要显出他爱国，爱祖国的苹果，他是爱国承包商，他有一颗红亮的心。他生气地问浪榛子："你为什么吃个苹果都要想到外国？苹果酱是外国东西。中国人从古到今只吃豆瓣酱。苹果酱是从外国人的'绞肉机'里绞出来的。外国的战争机器一次一次侵略中国，他们就是'绞肉机'。你为什么觉得他们的苹果酱好吃？"像往常的一贯做法，他的"集体主义"核心就是指责别人。他又给浪榛子扣了个帽子，叫"崇洋媚外，苹果都是西方的甜"。

浪榛子得出结论：莫兴歌不可理喻。凡不跟他一起当看守的，就是他的犯人。又没人选他当"祖国"代表，他总是以"祖国"自居来压人。她问他："你为什么总要拉个大后台？你自己怎么没有自信心。你不敢堂堂正正地说'我是一个人'，我做事，我承担。非要说成，我是一群人中的一个，你敢拿我怎么样？你不自己立着，开口就拿祖国给你撑腰，祖国成你得到功利的工具了。"

莫兴歌就嘲笑浪榛子："你以为你是谁？在中国你算老几呀？谁拿你当回事？我是听上面的话，现在，发财是爱国。你有钱了，人家就自然尊重你，外国人就不能欺负我们。"

莫兴歌的发财爱国论让浪榛子很悲哀，她说："你自己奴颜媚骨，不拿自己当人，一群听主子话的好奴才，还指望别人尊重你？我谁也不是，也不想当别人。我就硬头硬脑，当个浪榛子，我也不是一个零件。"

然后，她不得不说出了一个莫兴歌最不喜欢听的真理："你以为你是祖国代表，到你死的时候，得你自己死。那时你就知道你就是个莫兴歌，并不是一群人，是一个人。你活得再跟别人一样，什么责任都交在群体肩上，到死，还得是你自己死。你愿意一辈子就到死那一次才死出个你自己？"

莫兴歌连说："不吉利。呸呸。"

下次莫兴歌再来找浪榛子时，没坐长途车，开了一辆摩托车，带着浪榛子很神气地在校园里兜了一圈，他没有告诉浪榛子这辆摩托车是什么钱买的，只说："怎么样，满街人骑自行车带个'对对'，我骑摩托车带你。我们活出自己来了吧？"

"活出自己"就是过得比邻居高人一等。在一个等级加物质的社会，也就这种解释了。

浪榛子和莫兴歌最后一次吵架，导致了他们彻底分手。那天，他俩本来坐在一家黑瓦棕木的店铺里吃小笼包，并没有一点吵架的迹象。

莫兴歌说："蒋无功的新媳妇终于生了，我在他家喝了满月酒。"

浪榛子说："生了男孩还是女孩？"

"男孩。"

"那你回去的时候，我买点鸡蛋，就当是'赛凤''赛凰'下的蛋，带回去。就说这是'凤凰蛋'。"

莫兴歌就不怎么高兴了，好像浪榛子要送"定情蛋"。阶级斗争一根弦又横在眼睛里了。浪榛子说："你不要这么看着我，像个统治阶级。"

莫兴歌就开始说蒋家的坏话，说蒋善良对他不存好心，喝满月酒的时候，给他盛了一大碗鸡汤，里面一块鸡也没有，全是黄花菜。那黄花菜没啥味道，谈不上好吃，吃了也不反感而已。

浪榛子打断他，说："你这个人怎么不知道感激，人家农民请那么多人吃饭，不容易。"莫兴歌就提高声音了，说："我知道他家穷，一只鸡烧了三锅汤，另外两只几年前就送你家来了，所以，把黄花菜给我吃。我他妈才吃完，蒋善良老婆说，这菜好，有营养，产妇都用它催乳。她什么意思呀？她早说，我碰也不敢碰黄花菜。我吃完了才说，给我惹出什么麻烦来说不清楚。"

浪榛子哈哈大笑："你怕黄花菜把你奶催下来？"

于是，吵架开始。莫兴歌在劳改农场看守犯人的文化中长大，虽然想当开明人，说起话来还是不会交流，最拿手的就是"上纲上线"，给人扣个帽子。他说："你笑我呀。我就说你是吃里扒外吧。卖国贼是什么？就是吃里扒外。"

浪榛子说："你怎么这么喜欢斗争呀。别人一说话，你就认为是反对你。就准你骂人，不准人笑你。还是你自己说的笑话呢。"

莫兴歌就说："你不要老觉得谁亏欠你，政府不欠你的。你妈她们在劳改农场，待遇比小偷、毛贼好多了。小偷、毛贼干的都是危险活儿。我亲眼看见一个小偷，在山上炸石头，跑慢一步就给砸死了。总共才偷人家六十块钱。你只当就一个大知识分子王一南的命是命，这些毛贼的命不是呀。"

浪榛子说："这扯得上吗？谁的生命都不该这么死。这才要反思呀。"莫兴歌就说："祖国犯错误，你只能原谅。老说干什么？祖国是伟大的。"浪榛子说："哪里是什么'祖国'呀，不就是一些人犯的错误吗？凭什么把自己犯的错误赖祖国头上去呀。"

莫兴歌说："你想要民主呀，'文革'动乱多民主呀，人人都能上街吼一嗓子。那样就会军阀混战，多少人头要落地，你不知道呀？"浪榛子说："'文革'哪是民主呀！'文革'是阶级斗争。民主第一条就要尊重人，'文革'从头到尾就是想怎么糟践人就怎么糟践人。民主是尊重差异，'文革'是全国一片红，谁胆敢差异一下？"

莫兴歌说："噢，这下问题清楚了，你家青门里有人被镇压，有人被劳改，所以你就说中国这也不好，那也不好。事情就坏在你这种人手上。"浪榛子也叫起来："不讲理。凭什么看人、管人、斗人的人就是中国？凭什么你就是中国？青门里的人哪一个人爱国爱得比你差啦？"莫兴歌说："我就知道你不爱祖国，你自己说我父母不是你的祖国。"浪榛子说："我当然爱祖国。你父母凭什么是我祖国呀？"莫兴歌说："你骗人。你爱的是那两只凤凰鸡。"

浪榛子还能说什么？她说："去你妈的。"

浪榛子发现，只要跟莫兴歌在一起，她就会感到莫兴歌像个水獭，不停地在筑着一个大坝。不讲道理，不要逻辑，就想把人造的灾难经历挡在坝那边，不让看，不让提问。她刚开始还觉得，这就是莫兴歌的个性吧。但是，吵多了，她发现不是个性问题。莫兴歌对一些事情的反应成了第二本能，像在战场上随时拔刀一样。只要这些话题一出来，他立刻就条件反射式地跳起来挡着，只准你往他指定的方向看。好像他的工作就是管住他和她的思想，只能看什么和只能到哪里去看。但是，"发财"二字却可以红光闪闪，无法律限制。因为是上面说的。

可是，过去那些坏日子一直存在那些经过这些灾难的人的生命里。就是莫兴歌可以用"忘记"或"不看"筑一道心理上的安全墙，被挡在堤坝墙那边的坏经验，不知哪一天，就会像"五湖四海"一样，突然侵略到新日子里来。一夜打它三十次钟，叫人不得安宁。

浪榛子总结出她和莫兴歌吵架的一般公式——"苹果公式之一"：

　　浪榛子（下称"浪"）第一次跟莫兴歌（下称"莫"）说，你的苹果太酸，不好吃。"莫"也知道苹果太酸，但"莫"立马说："你错。苹果不酸，我们的苹果是伟大的。""浪"说："我说苹果太酸，不过是要找出苹果太酸的原因，好让下一代吃好苹果。你再尝尝，是不是太酸？"但"莫"说："你说苹果太酸，你就是不爱苹果。你不爱苹果，你就是苹果家族的叛徒。"

　　"浪"该说什么呀？"浪"说："你看看，我长了一头一脸的苹果基因，能叛成什么呀？""莫"说："你那苹果基因是骗子。你那个苹果头一露出来，里面想的就是叫苹果变成军阀。苹果一成军阀，多少苹果人民就要'果头落地'呀。""浪"说："我不是骗子。我吃过别的树上的苹果，比我们的甜。我们的树出问题了，没嫁接好。得快修树。""莫"说："人家外国树上的一个苹果就毒害过夏娃。夏娃再生出来的苹果，都是绞肉机。多少肉都绞成了苹果酱。世界就坏在你这种舔夏家苹果屁眼的人手上。"

　　"浪"怎么办呀？"浪"说："去你妈的。"

浪榛子很有自知之明，知道自己很难成为像父母那样的学者。虽然青门里那地方，原本文人荟萃，一个文人一个样，像四方田里收集的种子，聚在一个庄子上，本应该成为"新文化""新生活"的田园。光住在青门里，就应该能住出春秋、中唐、前清或者民国的味儿来。偏偏在浪榛子那代人的儿童世界里就出了"世界一片红"。社会要人都长成一个样。她没长成社会要她成的样子，也没长成她父母想她成的样子，她在所有偶然的空子里寻找她自己伸展肢体的乐趣，自得其乐，并且发现：文人能说粗话，是文人的新乐趣。她父母无论在什么样的风口浪尖上，都能文质彬彬。哪怕是挨斗，也骂不出"娘"来。夫妻吵架最多骂："谁说谎，谁是'赛龙'。""赛龙"是她家在"赛凤""赛凰"之后养的一只乌龟。

　　说完粗话，得出公式以后，浪榛子以万分崇敬王昭君的心情，宣布："通婚"不是我这样的凡夫俗子能干得了的事。她和莫兴歌都努力了。看守所长的儿子和女犯人的女儿最多能和平共存。只能希望以后的"小苹果们"在历史终了之后，酸的甜的，自己一笑泯冤仇，再结连理吧。

　　两人彻底分手，以朋友相处。不见面，吵架机会没有了。分手之后，浪榛子的感觉就像第一次在长途汽车上，她拉着喇叭换了座位，把莫兴歌一个人撂在一边，挺对不住他似的。

　　假如，如喇叭妈妈所说，有一种土壤专门产生互相仇恨的群体，莫兴歌能逃过当受害者的宿命吗？这时候，有一丝不清晰的念头跳出来：莫兴歌是不是有心理病呀。他从小在劳改农场看到过的暴力和灾难比我要多得多。这个念头一闪而过，就没了。那时候，没有人会想到去看心理医生。"麻木"就是一种药，两人分手以后，莫兴歌喝酒更厉害。浪榛子对他说，你有"看守所紧张综合症"，这类病人总是以"群"为单位来判断问题。

　　莫兴歌说："你就是个叛徒、卖国贼。"

　　浪榛子不知道当一群人都在卖掉"民心纯朴"的时候，莫兴歌会不会也就跟着卖了。她担心，谁要送他两条"红双喜"，他没准也和防空洞里的两个家伙一样，照收。莫兴歌的做人底线不是划在"是非"上，是划在"大家都这么做"上。

　　到浪榛子硕士毕业的时候，莫兴歌果园承包成功，有过一个机会，回到官途上来，像他爸那样，当看守长。若他当了，他就是那一带几个劳改农场中最年轻的看守长。他不知道自己是不是应该向官途上发展，继续往上爬，还是继续走商路，发点小财。

　　浪榛子在他选择回去当官还是继续从商的时候，给了莫兴歌一个朋友的忠告。大家都进步。虽然是各奔东西，还是有友谊留下的。本来大家都是人，价值观不同也没关系，只要互相尊重，互不侵犯，共处是可能的。浪榛子给莫兴歌提供了一些走仕途的历史资料，这也算对得起两人做儿童游戏一样吵过的无数次"青春架"。

她写了一封信给莫兴歌，说：在中国当官有三条路：1. 袭官。祖上是大官，子孙可袭一个（白拿）。《红楼梦》里贾赦袭了个大将军，屁事也不做，烧香念道。贾政半袭半考，也当了个官。这条路你莫兴歌没门。2. 捐。有钱的，可以买个官，《红楼梦》贾琏买了个同知。商人要官位护着，权钱结合。这条路你莫兴歌也走不成。你没钱。3. 考功名 。《红楼梦》里贾雨村这样无家世无钱的，知善恶，会玩权术，不过还得要有关系，譬如说，林如海给他写荐书到贾政处。第三类人是做事的，但要会玩关系，要有护官符在袖口里。你莫兴歌最多可走这第三条，不过一路要仕途小心。你那习惯性地一开口就给人上纲上线，像个公鸡，不小心就得罪了什么"关系"中的儿女或亲信，那你也就没戏了。就算你一步步小心谨慎，却也不能保险。若你靠的关系被抄检，你一件错误没犯也会一起倒霉受牵连。

你要真决定走仕途，只有一条路才能让你在这条路上相对安全："修身养性"。若不会做这样的事，不知道除了现实的一生以外，人还要修出"浩然之气"（孟子语），你不能为官。中国这个国家，没有深厚的宗教基础，没有严格的守法意识，又是一个等级式官僚制，官在位时的德性至关重要。过去为官，要考"四书""五经"并不是没有道理的。那是当官人必持的道德文章，是保证等级制下的官员不腐败的唯一一点内在的约束力量。道德文章不做了，却还是在等级式官僚制下为官，你不能保证不腐败。官，并不是什么尖端科学，用不着高级科学家、杰出工程师去当，那是浪费人才。当旧官，要懂"道德文章"，现代官，要懂"道德文章"加"法律常识"。

你自己决定是当个看守长，往上升，还是继续承包，做点实事。不管你当什么，按常识过日子最简单，就守一条原则：除了你，世界上还有很多跟你一样的人。再高的权威给你一根鞭子，叫你去打别人，革他们的命，你也不能。再发了财，也得时时想着你的财来得义不义。有这条，你就木头木脑过一辈子，也是个好人。

莫兴歌收到浪榛子的信，立刻就从蒋达里进城来，但浪榛子已经走了。这次去的地方远远的，到他非常痛恨的美国去留学了。

莫兴歌想："这个讨厌的美国，就想欺侮中国，把中国有味儿的女人骗走了。"他一赌气决定，就在农场待着，引进外资办一个果酱厂。赶上美国，叫美国对中国称"孙子"。

和中国五千年的历史比，美国就是个"小小孙子"。

浪榛子在那"孙子"美国，除了她妈和舒暖，莫兴歌也算一个还时不时牵挂她的家乡人。这三个人，每年都会记着给浪榛子寄生日贺卡。她妈和舒暖代表她的家人。莫兴歌代表她的儿童时代。让浪榛子觉得：一个家园跟着她。

当生日贺卡来了第七批的时候，舒暖查出了肝里有血吸虫卵。如当年乡村医生所说，二十三年一到，那些虫卵就在你们的肝里修炼成妖精，把你们的肝给硬化了。那些邪恶的虫子，进了火葬场并没有被火克住，还是赶着在被打死前，把卵下进了美人的肝里。吃了打虫药，虽不能孵化却也不能排出。二十三年后，邪恶的虫子的死儿女还是把水拉在错误的地方了。美人肝腹水。

舒暖的情况很严重，南诗霞要浪榛子回来，和喇叭一起照顾舒暖。舒暖写来的信却依然温文尔雅，没说自己的病，只说了怀念在青门里给她和喇叭做萝卜汤的日子，又说到希望她和喇叭永远像亲姐妹。这样一些上辈人说给下辈人听的好话。

那年，浪榛子回去了，见到了喇叭，跟小时候一样亲。也见到了莫兴歌。莫兴歌的女儿已经六岁了，要打扮了。浪榛子虽然学成了一个文化人，南诗霞却叫她"老姑娘"。那是在舒暖病房里叫的。舒暖立刻提高了声音，为浪榛子辩护，说，浪榛子不必按别人的标准定自己的生活，包括定年龄。

那是舒暖生前最后一次给浪榛子辩护。

而浪榛子在舒暖去世前曾经进入过一个秘密。她听见母亲在喇叭妈妈病危的时候，俯在喇叭妈妈耳边，问："要不要找找他，来见一面。"这个"他"是谁？浪榛子不能肯定。是喇叭"大哥"，还是某个叫喇叭妈妈到死都记挂着的人，譬如说"范上尉"？

当时，舒暖拉着她的手，握了一下。她能懂那一握传来的信息，那是要她和喇叭像亲姐妹一样过。然后，她看见舒暖紧闭着眼睛摇摇头，眼角流下一滴大大的泪珠。浪榛子当时心里一震，感觉一个仙女，原来是用了这样一滴泪，把生命里的梦想、欢乐、爱情、记挂、忍辱和冤屈全画了句号。

这是怎样的人生呀！恐怕没有任何一个"苹果公式"能概括。

舒暖在六十四岁的时候，死于血吸虫后遗症。

浪榛子希望她的作家母亲能把"血吸虫"这一段写成故事，但母亲在写过一堆"认罪书"之后，就没再写出小说来。她老人家晚年写《昆明中共地下党史》，好人都是共产党，坏蛋都是国民党。好人打入坏人内部，一颗炸弹从人家肚子里爆炸，闹得坏人肝腹水。

按中国文人的老话：文史不分家。不写小说，就写史。江湖上那种在"地下"生长，却终干到"台上"的故事，像武打流行小说，复仇，玩计，争霸主，胜利。地下党史是胜利的历史，母亲写得很来劲，牺牲的都叫"烈士"，投降的都叫"叛徒"，活下来的，后来又多半进了胜利者的监狱，再放出来，依然爱党爱国爱人民，叫"忠臣"，譬如说她自己。

后来，等浪榛子最终成了法学教授后，姑娘更老了。世界上的中国男人都结婚了。浪榛子非常遗憾地告诉她妈南诗霞："您姑娘从'女土匪'长成'老土匪'啦。您要想玩孙子，就玩喇叭家的吧。我就一个人反传统、反年龄歧视反到底啦。"

南诗霞很伤心，怪女儿的好事给那个莫兴歌闹的，大好年龄的时候，女儿就没有好好谈过恋爱，吵来吵去。现在莫兴歌找个蒋达里的女人结婚生女，没事人一样过日子，把她女儿的青春年华给耽误了。年龄一大，女儿要这样活，要那样活，却再也不好好找个男人。浪榛子却反驳说："与莫兴歌无关。除了莫兴歌，我也找啦。或者好男人不要我，或者我要找的好男人，他根本就不存在。"

最终，南诗霞承认，还是喇叭的日子过得好。安稳。舒暖是个好妈妈，而她自己没尽到妈妈的责任。

不仅南诗霞担心浪榛子成了老姑娘，莫兴歌也担心。从他结婚成家后，眼睛开始变细，脸变圆。晚上有很多应酬饭要吃。他引进了法国人做苹果酱的技术和资金，办了个果酱厂，来了个中法合资，用了人家的老品牌。果酱卖得不错，再也没有苹果吃不完卖不出去的问题了。莫兴歌跟着社会大多数走在全民经商的队伍里，上了资本主义发财路。他心里渐渐有了一张明确的单子，这回，这个单子叫"要什么"。

莫兴歌已经认识到，他以前太亏待自己了。很多别人有的东西，他都没有。这个单子上的东西，是他要一个一个争取要到的。譬如说：

　　文凭

　　好房子

　　车

　　吃河豚鱼

　　到桂林去玩

　　到泰国去玩

　　……

现代化不就是这些吗？这些是正当要求。若大家都有了，他没有，他就会觉得不安全。他不能被人小看了，那样就会被人欺侮。

为了实现这些，莫兴歌很忙。等他把单子上的东西一个一个争到手了，再看看浪榛子，连男人还没有，这让他很不平。莫兴歌从小就喜欢浪榛子，浪榛子是他的小情人。虽然他们没谈好，莫兴歌希望小情人有个男人，过上好日子，但那个男人要没他好，长得比他丑，或者没他有钱。但是，他是真心关心小情人的，怕小情人依然不开窍，不会跟男人周旋。在百忙之中，莫兴歌给浪榛子寄去七十条当代爱情经典指南（回报她给他的仕途警言），虽是从网上找来的，修修改改全是他的爱情知己话，教浪榛子怎么对待男人：

  "要么忍，要么残忍。"

  "到时候，要对男人说：滚吧，带着我最后的慈悲……"

  "吸引住男人的办法就是让他一直得不到；吸引女人的办法正好相反，就是让她一直满足。"

  "理想老公的条件：1. 带得出去；2. 带得回来。"

  "你要深信，会有一个男人是为受你的折磨而来到这世上的。"

  "下辈子你要做他的一颗牙，至少，你难受，他也会疼。"

  ……

七十条呀，啰啰唆唆。浪榛子看得哭笑不得。这些叫爱情呀？吃饭、喝酒、人情、情趣，都成了"玩人""玩权术"。"爱情"也得落进去。明明是商业行为，却被钱放大成爱情了。大概在资本的王国里，一切都要兑换成利益才能活。

浪榛子邪劲上来了，她和莫兴歌之间的"吵架"关系看样子成了公式，不受时间影响。她倒了一杯冰水，一口喝光，决定把活了三十五年的气全撒在这七十句爱情经典上。"这些都是什么经典呀？还不如我来给精简一下。"于是，她把七十句恋爱经典概括成：

  苹果公式之二：

  1. 用搞阶级斗争的方法搞恋爱，战无不胜；不用搞阶级斗争的方法搞恋爱，死路一条。

2. 用白猫黑猫的模式搞恋爱，见了肥老鼠先嫁了再说；不用白猫黑猫的模式搞恋爱，活该当个老姑娘顾影自怜。

3. 地主资本家都不是好东西，与其给他们陪葬，不如打入他们的心脏，叫他们气出心脏病。气法：永远活在他家一个农民工的心里。

写完，痛快了。键盘一按，叮一声，寄还给莫兴歌，同时复制给她的一粒倒霉的"痛牙"。

在到了美国的这些年里，浪榛子其实有过一个能让她妈南诗霞喜欢的男朋友，但是，让她妈伤心的是浪榛子没拿这个好男人当回事。这让南诗霞觉得，她这个"土匪"女儿只能当女土匪，当不了人家的老婆。

奇怪的是，在短短十来年中，一代人还没过完恋爱期，"苹果公式"倒翻了个儿。从"打倒夏娃"，跑到"发财万岁"！

沙X：揭发资本家

浪榛子没碰上一个渊源深厚的国学时代，对此，她认了，不刻意做斯文状。中国出一代会说粗话的文人，也是该的。讽谏榜没了，武斗也打过了，谁也不信谁，又个个都做了生意。要是文人还想按千古圣传的"良知"活，那"良知"再不骂人，自己也死了。

只是又过了很多年后，她才认识到，勇气并不一定要通过粗蛮表现出来。过和平生活需要另一种勇气——宽宏大量；需要另一种智慧——政治协商。我们还没有学会过和平生活的时候，才会骂来骂去、斗来斗去。

当浪榛子悟到这一点后，再回头去看那个孕育了今天的"历史"，能看到"良知"的生命力和韧劲与人类共在，看着要泯灭了，却依然能春风吹又生，哪怕就是潜藏在"认罪书"里，也能存活。

在母亲南诗霞去世后，浪榛子清理阁楼，把她妈以前不想让她看的家史、作品、检讨书从中国带回了北湾，一箱子。母亲"文革"时在蒋达里写的"交代"有两本书厚。几篇母亲早年写的小说，题目打个叉，封面上大字写着："毒草"。

蒋达里这段历史，就是她的童年。她的童年，是她"革命妈"那样一批人设计的"均贫富"实验结果。在这么多年之后，她很想知道母亲的道路和母亲的蒋达里时代。

母亲的材料中，有一份对南家的发达史作的坦白交代，题目叫："资本家的罪恶发家史"。

一、交代我家的历史问题，以及南家和舒家的发家史

上个月，我交代完和"范敌人"的关系，红卫兵说还要讲清楚我家和舒家是什么关系，以及南、舒两家的罪恶发家史。

简单地说，舒、南两家是在"师夷长技以治夷""中学为本，西学为用"的洋务时期，发展成至交的。

如前所述，我"南死虾"从参加革命那天起，就和我家庭所属的阶级彻底划清界线。现在与南家所有亲人，没有来往。在党的多年教导下，我认识到："中学为本"的"本"就是封建宗法制永不变，"西学为用"的"用"就是资本主义好发财。封建宗法加资本主义，就是把各种宗法关系变成私人资源，让资本主义的疯狂创造力和发财欲在自由市场上无法无天。

宗法关系就是法律，权力不是责任，是个人财富。所以范进年年想中举，一中，地契、银盆子全从天上掉他家去了。那是村上人硬送去的礼，为的是给以后得到宗法权力保护先付下买路钱。这是宗法等级制酿造的文化，这文化又反过来支持着那个制度。一切皇帝、高官、爷爷、父亲说了算（南霸天可以制定私法、家法）。人剥削人合法不合法，有没有上下限，我定罪，你就有罪。你和我的关系决定你犯不犯法。宗法集团说了算，腐败成为必然。

我"南死虾"就是腐败社会的见证人。用革命推翻蒋家王朝，建

立新中国，是我在革命小将这个年纪干过的革命。打倒万恶的旧社会！

　　下面所说，全是我在旧社会经历的事和我见证的资本发家史（我参加组织以前）。

　　我家和舒家第一代交情的起点在喀什城。我五岁到七岁和我爷爷在喀什度过。那个喀什老城对我来讲，像童话里大开着的门。我离开喀什时，并不懂我和那个老城的关系，又为什么要回到东南中国。按革命小将"查三代"的要求，我把我能记得的事情从我爷爷起如实交代如下：

　　喀什是一个大门，通向西方。1793年，第一个英国公使大概就是从这里来到中国，请求中国皇帝允许通商。在商路上的喀什城是一个黄土色的老城，是丝绸之路第一重镇，两千多年历史。我能记得的，就是这个我家住过的老城。这个老城黄得非常苍老，黄墙，黄窗，黄门框，所有的时间都在它的生命中漂洗过，但是，时间太老了，再怎么漂洗也不能漂去历史的黄迹，黄斑，黄脚步，黄声响，黄生命。什么新东西掉进去，就化在时间里没了。

　　（阶级分析：毛主席教导我们："扫帚不到，灰尘照例不会自己跑掉。" 红卫兵指出："南死虾，你胆敢又放毒？'黄'还值得写这么多废话？你就是想写废话来避重就轻，凑够二十五页纸。"

　　我认罪。革命的扫帚一到，黄土黄尘全扫光，毛主席说："战地黄花分外香。"）

　　我是顺一条长长的巷子，跟我爷爷坐着一头骆驼进入城中的，香香的烤馕味从两千年的深处飘过来。两千年前的维族小姑娘坐在黄砖地上，背靠着土墙，搓丝线。那不是麻绳，不是棉线，是丝线。我爷爷对我说："丝绸之路的'丝'，有两千年长，也许比两千年还长。"

时间被这条丝线拉得又细，又长，直到我来时还没有断。在我爷爷家，推开一页窗户，能感觉到两千年前的波斯商人就在窗外说话，两千年前的驼铃还在窗前走过，两千年前的维族小花帽在窗口闪了一下，接着一张白白净净的小脸趴上窗台，翘鼻子下，一个小红嘴，向我打探："可曾见着刚到的大汉使臣？"在那里，烧瓷，还是两千年前的烧法，织衣，还是两千年前的织布机。这里的居民已经是第几代了？第几十代了？没人知道。反正，最近一代的祖母已经把她的小黄土楼架到了第五层。她第五个儿子也已经在最高的一层楼上结婚生子，并且在平平的顶层阳台上养下了一只羊。在这座黄色的老土城，在这个阳台上，这只羊天天一切照旧，它将是未来的老祖宗。

（阶级分析：毛主席教导我们："我们把他消灭了，他就舒服了。消灭一点，舒服一点；消灭得多，舒服得多；彻底消灭，彻底舒服。"）

听我父亲说，我爷爷曾是皇帝的戍边总兵，在喀什为皇帝守着西域大门。俄国一块一块拿走中国的土地，一直想插脚新疆。在长长的戍边年月，南总兵结识了舒家的先人，一个背着麻袋、赶着骆驼队在丝绸之路上来来回回走着的辛苦商人。后来，在经商这条路上，舒暧的爷爷终于从"伙计"苦成了"钱商"。他从波斯带回的壁毯，一直挂在南总兵的堂屋。

我爷爷是朝廷命官，舒家爷爷是商人。他们成了至交，这是官商勾结。他们之间如何成为至交，只能用"阶级斗争"这块试金石来试。

（阶级分析：大家一定要提高警惕。南总兵是朝廷命官，舒先人是商人。这两类人交到一起，一个有兵，一个有钱，"官商勾结"是资本飞快积累的近路。商场和战场一样黑。南总兵有没有让舒先人偷税漏税，我不清楚。红卫兵小将眼睛雪亮，对我大喝一声："人有病，天知否？"①让我猛醒。我认识到：他们勾结是必然的。没有一个商人背后，不是靠了官门的；没有一个官手上，没有接过商人的贿。过去，税收制度大概就是进贡制度。有钱人进贡有权人，有权人给有钱人开绿灯。虽然没有史料记录，我可以想象，南舒两家的资本原始积累第一步，就是把封建人际关系变成了财源。南家手里的国家兵士，吃着国家的饭，在戍边之余，护卫舒家的骆驼队，拿着商人给的好处费，这样的事想必可能的。）

清末的腐败，已难收拾，无法可医。1911年，老舒先生从内地急急忙忙回到喀什，把皇帝被推翻了的消息告诉了远在边疆的南总兵大人。南总兵忠于皇帝。对皇帝，他是一个把奴才当到了极致的人。他当时大喝一声："你扰乱我军心。"说完就对着皇帝从前的圣旨跪下了，口里说："不见圣旨，誓不撤防。"

老舒先生把"皇帝没了"这样一个惊天动地的消息带给他老朋友，告诉老朋友，你在这里和俄国兵打得正酣的时候，皇帝换成了大总统。宫廷、京城、内地风云变幻。你这支远在边陲的汉八旗，已经没有圣旨来垂顾了。而我家南老臣子，居然在天高地远的边疆，让这个消息像石子掉进水里，给淹灭了。在以后的几年，南总兵还继续为那个下了台的清皇帝在边陲尽忠，动不动就跪在皇帝圣旨下说："皇师一退，俄国人必来，皇天在上，皇土在下，辫子不剪，无旨不撤。"

[阶级分析：这种宗法等级制能成势，几千年也不断，是因为，这种制度不仅是一种政治结构，而且是一种生活方式。大家都在这个结构规定的角色里活。这种政治结构从上到下，每一个位置都是"权力"做的。每个权位上的人要既当奴才又当主子。对上面的官人，是

---

① 出自毛主席诗词《贺新郎·别友》。

奴才；对下面的百姓，是主子。也只有两种道德：好主子的道德和好奴才的道德。它必然演绎成一种人格分裂的文化，双重人格才能活。人人都得活成个"人格分裂"。过惯了，不"人格分裂"倒成了大众眼里的不正常，不懂人情世故。

我爷爷南总兵就是典型的一个好奴才（对皇帝）兼好主子（对兵士）的封建代表人物。他只做对了一件事：抗俄。他只说对了一句话：俄毛子说翻脸就翻脸。

1939年我们抗日最艰苦的日子，苏联突然撤走所有军事顾问和援华航空兵；1941年和日本签定中立和约。直到日本投降前八天才向日宣战，出兵满洲，来分亚太抗日胜利果实；1959年突然撤走所有援华专家和物资，逼我们勒紧裤带还债。

打倒苏联修正主义！

对待我家历史问题，我坚决划清界线。南家先人的错误由我改正。红卫兵叫我跪在毛主席像下请罪时，我已对毛主席认罪了。我说：我爷爷该对毛主席像下跪请罪，并向毛主席谢恩。是伟大领袖毛主席在反对苏联修正主义的伟大斗争中，把这个老家伙定为抗俄民族英雄，并让边民立一塑像，立于边疆某人民广场。让这个老顽固和苏修对着干，不计其保皇前嫌。以毒攻毒，英明伟大。]

二、交代南舒两家联手搞洋务办工厂的罪恶发家史

在喀什，时间是走还是不走，不重要，重要的是那里有两千年平静而热烈的生活。连皇帝没了，都不能破坏这里的骆驼行帮的步伐。直到有一天，皇帝的兵饷全绝了。老舒先生对南总兵说："回家乡搞洋务吧。我在商路上跑了这么多年，你在商门驻了这么多年，我们不搞洋务，谁搞？洋务是一定要搞的，我们俩都知道，穿过喀什的丝绸之路，是一条通商致富之路。现在，皇帝没了，天下大乱，你忠于谁呀？科举没了，子孙怎么为官？就为子孙计，搞洋务也是最好的路。" 南总兵说："除了忠君保国，我别的不会。我不管皇帝在不

在，我在，皇帝的疆土在。"

老舒先生对老朋友的迂腐固执，只好苦笑笑。但是，那次谈话的结果是，南总兵解散了手下的汉八旗士兵，对儿子做了分配。南总兵有三个儿子。大儿子早就战死在疆场，头给俄国人的骑兵砍掉了，再也没找到。身首两地，不能全尸，南总兵痛不欲生。直到皇帝赐了一个金头，补成全尸，皇恩浩荡，埋了。南总兵对剩下的两个儿子做了指示：小儿子从文，送到日本学医去；二儿子从武，送到清华学机械。南总兵把所有过惯了旗下日子、遣散不掉的旗下士兵全给了从武的二儿子带回老家江浙，旨在让他学成后和老舒先生的儿子一起搞洋务，好有信得过的人手。

乱世无主，经商要靠实力保护。南总兵对两个儿子说："我生是皇帝的臣子，死也是皇帝的臣子。皇帝还在紫禁城，封疆大吏死不敢离防。我是不会回去和乱臣贼子纠缠的。你们要孝敬，孙子孙女生下来，送来给我看一眼，其他就随你们各奔东西了。"

南总兵的二儿子就是我父亲，南传训。他带着南总兵旗下的一拨旧部，在路上花了两年时间，将三千兵士全带回江浙老家，成了一支奇怪的队伍，这支队伍叫"家丁"，人人能骑马，能赶骆驼，还忠心耿耿，一直回到江浙，才剪了辫子。大概是全中国最后一批剪辫子的人。

老舒先生的儿子，舒暧的父亲舒谙行也从丝绸之路转到上海，从"钱商"变成了"银行家"，搞投资。舒家的原始资本让南传训在上海和杭州开了军工机械厂。南家带回的三千兵士全是自由劳动力，全成了南家厂里的工人。舒南两家，联手搞洋务了。一个玩钱，一个玩军工。两人都是商路上玩大的人，那时候，军阀混战，商机频频，他们搞洋务却一代成功，全成了正宗的资产阶级。

（阶级分析：南家的三千兵马，长年在西域戍边，思想保守落后，没有旗式建制归属不会生活。他们连人带辎重，原本全是皇帝汉八旗下的精兵，属国家财产，一个转型，全成了南家的私有财产。把对皇帝的忠心，转成了对南传训和他的产业的忠心。南家二少爷指到哪里，这群兵士就打到哪里。把国有财产转为私有，这是一个资本家发家史的秘密。

红卫兵说，我是纸醉金迷黑暗社会中的资产阶级遗老遗少，光交代不足以平民愤，勒令我揭发。出身不是我选择的，革命道路是我选择的。下面，我揭发。）

三、揭发洋方资本家威廉·帕雷在中国的所作所为

舒先生舒谙行和他父亲一样精明过人，乱世机会遍地，但生意人一定要会平衡关系，寻找靠山。舒先生在1933干了两件大事：一是把大女儿嫁给了年轻军官丛长官，又和有兵权的人靠了谱；二是把南家的一千工人介绍到美国商人威廉·帕雷控股的中国第一家飞机制造厂——建在杭州的"中央飞机制造厂（The Central Aircraft Manufacturing Company，CAMCO）"。老朋友是可靠同党。

剖析威廉·帕雷，是我认识资本本质的起点，从而最终放弃了实业救国的梦想，走上共产主义道路。

威廉·帕雷是一个典型的美国商人。他胆子大，有头脑，也有正义感，赢得起，输得起。但他骨子里就是个资本家。飞虎队的成立，与他有密切关系，我父亲南传训作为中央飞机制造厂的中方经理人，也见证了他在利益和正义之前的几次选择。

在30年代，飞机制造是一个前景看好的新工业。威廉·帕雷想方设法在中国推销飞机，当然是为了利润。有一个非常奇怪的现象，外国商人来到中国后，一落进重重叠叠的人际关系之中，一个一个都拿了回扣，收了贿，或行了贿。中国式的做生意方法不是他想象中的市场竞争，而是明着要让一小部分控制权力的人盈利。这是千年君臣结构所决定。行商靠关系，没有严格的商业法。直到威廉·帕雷和孔祥熙结成了私交，市场路子才大开，他认识到没有后台玩不转，他还以

半价卖了一架飞机给宋子文。

因为日本的威胁，中国军方比民间对飞机更感兴趣，1933年，威廉·帕雷把Curtiss Hawk双翼飞机的设计卖给民国空军，在杭州的中央飞机制造厂开工。他自己任中国航空俱乐部总裁，控制了飞机市场。1934年，中国年纪轻轻的飞机业就出了第一桩最大的贪污案——中国空军将军许朋鑫贪污了一百万美元。这桩腐败案让国民政府非常恼火，十四名高官因此案入狱。[1]

威廉·帕雷决心不拿黑钱，好好卖飞机。同时建飞机装配厂和修理厂支持飞机买卖。在与中方讨论在广东再建新厂子时，他突然出现在签字仪式上，当场赶走了一名受贿的美方人员，自己亲自签字。中方拿黑钱的将军黄光究卷入此案，行贿收利，被揭出来后，受到中方惩罚。[2]

到1937年7月7日，中日开战时，日本飞机在中国天空横行霸道，炸上海，炸南京，炸汉口，炸重庆，炸昆明。当时，只有一百架威廉·帕雷厂子生产的Curtiss Hawk双翼驱逐机在民国空军里服役。这是中国最早的空军。

舒家作为中方股权人，南家作为中央飞机制造厂的中方经理，命运和中央飞机制造厂相连。在战争爆发后，上海南京失守，东南沿海危险增加。国民政府给了这个重要工厂一万苦力，威廉·帕雷把杭州的厂子连人带机器，全部迁到汉口。不多久，汉口也吃紧，威廉·帕雷又第二次全体搬迁，将人马从汉口迁到香港。一百多个大木箱，板车，扁担都用上了，一直到香港。可香港也不是安全厂址。没多久，日本人又轰炸了香港，威廉·帕雷的胆略和顽强，在这时受到包括南传训在内的所有中国工人的尊重。他看好了中国市场急需战机，这个中央飞机制造厂里，有正义，也有他的商机。

---

① 出自Anthony R. Carrozza's *William D. Pawley: The Extraordinary Life of the Adventurer, Entrepreneur, and Diplomat who Cofounded the Flying Tigers* (Washington: Potomac Books, 2012), 26.

② 记载见 Page Shamburger and Joe Christy, *The Curtiss Hawks* (Kalamazoo, MIL Wolverine Press, 1972) 144fn.

他又把工厂的所有机器设备和人员，在香港码头装上轮船，运到印度支那的海丰。当日军离海丰不远了，威廉·帕雷又决定，全班人马再上船，走。这次又长途迁徙到缅甸的仰光。等日本人接近仰光，威廉·帕雷又把中央飞机制造厂用火车迁到中缅边境小镇腊戍口，再用大象和人力担子迁到了相对安全的山谷，雷允（Loiwing）。雷允是最早的、也是建得非常精致的空军基地。一个一个小白房子，有西式的浴室。①

我父亲南传训描述这一次一次搬迁，说："一千工人，一万苦力，无数的苦难，为了一点希望，像巡回演出的马戏团，走了一大圈，又回到中国。那样的搬迁行程，就是为了向侵略者讨回公正，应该记入史册。"

我们全家，在雷允团圆，直到1942年雷允被日机轰炸后，才搬到昆明，之后就没再分开，直到1949年，因政治理想不同，我与家庭决裂。

1938年到1939年，陈纳德和威廉·帕雷相识，讨论过用美国的飞机，雇美国的飞行员，帮中国打日本侵略者的问题。但是，陈纳德不喜欢威廉·帕雷身上的商人气。对陈纳德来讲，帮助中国抗日，是为伸张正义，利用别国的战争需要挣钱，是不可思议的。但是，资本家是被利益驱动的，威廉·帕雷想在支持正义的过程中盈利。

因为当时美国没有参战，不便让政府或军队直接派人卷入中日战事，最后决定用威廉·帕雷的中央飞机制造厂的名义，用美国给中国的土地租赁贷款，雇佣美国军中的有经验飞行员（先退役），让他们名义上成为中央飞机制造厂雇员，实际上由陈纳德指挥。这就是"美国志愿援华航空队"，即老"飞虎队"。

我要揭发的是，说了决不拿黑钱的威廉·帕雷要拿百分之二十的服务费。中国给了他大笔服务费。但是，如果雇人用的钱是美国政府贷款给中国的钱，威廉·帕雷的公司并没有真投资，只不过用了它的名义，不应该收服务费。资本家唯利是图的本性终于暴露无遗。

---

① 记载见 Anthony R. Carrozza's *William D. Pawley: The Extraordinary Life of the Adventurer, Entrepreneur, and Diplomat who Cofounded the Flying Tigers* (Washington: Potomac Books, 2012), 53.

在雷允，飞虎队的驱逐机坏了，威廉·帕雷也没有给及时修，他要工人先装教练机卖。1942年，日本人轰炸了雷允，十几架待修的和新装好的P-40被炸，工厂亦被炸。威廉·帕雷就把飞机制造厂变成修理厂，自己把大部分工厂搬到更安全的印度，造飞机卖给中国和印度。战事紧急之时，他还是要挣钱。雷允飞机修理厂就全卖给中方，由我父亲掌控。我父亲按陈纳德指示，又在后方昆明基地建了一个修理厂。与威廉·帕雷脱离关系，只为第14航空军服务。

……

（阶级分析：当民族矛盾上升为主要矛盾的时候，资本家就成了人民中的抗日力量。南家的皇帝兵，原本以保卫皇帝的疆土为职责，在飞机厂转战千里的过程中，他们成了中国最早的工人阶级，担负起了抗日的使命。但是，美国资本家在艰苦斗争中现了原形：资本如水，只往能挣钱的方向流。正义和资本可以同方向，但是是两股道上跑的车。对"资本"要警惕！）

四、揭发日本鬼子眼睛有毛病

因为飞虎队的的成立，威廉·帕雷做成了一百架飞机的交易，但他在招飞行员和地勤人员时，像做商业广告。在电影院里放幻灯片，放了一堆风景人情，把到中缅印战场打仗讲得像到热带异国去度假一样。后来，飞虎队的航空兵常拿他们来之前听到的故事和真实生活开玩笑，说他们上了威廉·帕雷的当。不过有一点，倒给威廉·帕雷吹得弄假成真了。威廉·帕雷招美国飞行员的时候说："你们的敌人日本兵，眼睛都有问题，得戴距离矫正镜，才能打空战，不是你们的对手。"他认为这是鼓舞士气。飞虎队的志愿兵没见过日本人，他们画机头大鲨鱼牙的时候，说，牙要画得大大的，不然日本机长看不见。

早在飞虎队时期（1941年9月到1942年7月），飞虎队要保护缅甸小路，也要保护战时首都重庆。因为飞机少，人员少，他们两个中队驻进了距重庆不远的白市驿基地后，我父亲派了二十个技工跟过去，除了修飞机，还用竹子和稻草扎了很多假飞机，全部漆成和真P-40一样的颜色，鼻子尖尖，都画上大大的鲨鱼牙。以后，这些竹飞机，在好几个基地都放了。

那时，日本飞机一到晚上，会来偷袭基地，警报球夜夜都会升起，弄得大家都睡不好觉。有一天夜里，第23驱逐机队的队长黑尔（Tex Hill）决定单机去炸汉口，让日本人不知虚实，让同伴们睡个好觉。回来时候，天亮了，飞到衡阳上空，撞见一架巡逻敌机。他从上俯冲下来，一阵扫射，敌机中弹，漏油不止，明显飞不回去了。在飞机转着圈子往下掉的时候，那家伙没有跳伞，决定用"武士自杀"的方式死，他拼命把飞机拉平，一直开到我们放着一排竹飞机的场地，冲着一排竹飞机，一头倒栽下去。我想，这个为天皇死的日本飞行员，在死前一定连呼上当。这证明，日本鬼子的眼睛有毛病。

黑尔说，论功劳，打掉这架日机，我们修理厂做的竹飞机有一半功劳。我们得到的奖励是一头猪。

（我所知道的和我能揭发的，都写在上面了，供大家批判。但是，红卫兵又退回，指出：历史阶段混乱，没有看到毛泽东思想的伟大胜利。下面附录2和3，是我所记得的历史阶段和我理解的毛泽东思想伟大胜利。）

沙X：附录2-3

附录2：历史阶段

1941年9月到1942年7月4日，飞虎队时期：

飞虎队有三个驱逐机方队。第一驱逐机方队叫"亚当和夏娃"，第二驱逐机方队叫"熊猫"，这两个方队在昆明。第三驱逐机方队叫"地狱天使"（瑞德为队长），在仰光，到1942年缅甸沦陷才回到昆明。他们保护缅甸至昆明的缅甸公路运输线。当时，中国沿海港口全在日本人手里，这是唯一的一条地面援华物资通道。

1942年7月到1943年3月，美国空军中国特遣队时期：

在美国1941年12月8日对日宣战以后，飞虎队作为"民间自愿军"单独为中国作战的历史就应该结束了。飞虎队到解散时，打下两百九十九架日机，自己在空战中损失了十二架，被日机炸毁六十一架。其中三分之一是在雷允大轰炸损失的。

中国特遣队属于在印度的美国第10航空军，由陈纳德指挥。飞虎队一走，就没有多少新飞机和有经验的飞行员了。飞虎队是中国雇佣的美国私人飞行员，工资高，打下一架敌机还有五百美元奖金。回归军队后，他们是军人，没有高工资和奖金了。有五十五个飞虎队飞行员和地勤人员自愿留下来帮助陈纳德度过特遣队转型期。

这段时期，因为飞机少，飞行员要频繁出任务，给敌人造成"飞虎队不但没走，还有新增援来到"的假象。修理厂的工程师们说，这叫"以攻为守"。特遣队飞机太少，只能不停突击敌人基地，才能以假乱真，让敌人搞不清飞虎队是走了，还是增加了新力量，这样才能镇住敌人。

1943年3月10号到1945年12月，美国第14航空军时期：

1943年3月，第14航空军成立，陈纳德将军独立指挥，不再听命于印度的第10航空军。这是一支小小的空军力量，非常灵活。1944到1945年，他们的所有前沿基地，衡阳、零陵、柳州、桂林二塘和秧塘、遂川、康州、南洋等，全成了日本一号战令的主要进攻对象。他们一个一个丢失了所有这些前沿基地，但他们依然覆盖大部分中国的空域，管制了南中国海、东中国海，使在中国的关东军，无法回日本本土援救。因为基地丢失，航空军的地勤人员，常常得说走就走。飞机修理厂的技工也不例外。

那是我们修理厂最忙的时候，我们修过的飞机多是美国第14航空军和中国民航驼峰航线运输机队的，包括：

第68战斗轰炸混合大队；

第312驱逐机大队（主守成都和西北）；

中美空军混合联队（主打从黄河到长江至南中国海）；

第308轰炸机大队（主打从长江到香港、海南、台湾、南中国海、东中国海）；

第69战斗轰炸混合大队（主打西南至印度支那）；

中国民航驼峰航线运输机队；

……

那段时间，战事频繁，基地变化。飞行员早上出任务，晚上都不知道能回到哪个基地睡觉。

附录3：毛泽东思想的伟大胜利

我父亲的工厂除了修受伤的P-40以外，还做了另一件事：P-40是驱逐机，只能和敌机空战，不能对敌人地面目标扔炸弹。那时，我已经十六岁了。记得父亲的厂子整天来飞机要修，多是P-40，不是在空战中打坏的，就是从别的战场运来的旧飞机，不修就不能用的。缅甸小路断了以后，所有的飞机零件都要从印度经"驼峰航线"运过来，一个月，我们也得不到多少。有的我们在美国订购的零件，到战后才运到。所以，就是被打得不能再修的飞机，我们也要。拆了，能用的部件都留下，修别的飞机。我当时以为飞机只有一种样子，就是P-40。见到轰炸机是到昆明以后的事。

在美国向日本宣战之前，陈纳德没有轰炸机队。当时中国有不少用美国给中国的"土地租条约"的钱从俄国买的俄制小型粉碎性炸弹。中国没有轰炸机带弹。P-40是驱逐机，也没法带。1942年陈纳德从非洲战场得到了几架P-40E，翅膀下一边带一个弹夹。我父亲和他的技师按着陈纳德的意思，日夜工作，在P-40E的肚皮下又加了一个弹夹。这样，一架P-40驱逐机也能带三枚炸弹，当个小轰炸机用。它个子不大，一个机长开，要空战，要轰炸，要侦察，要运输，都是它。

飞虎队的王牌飞行员黑尔（Tex Hill）以前是开轰炸机的，他就想示范如何一个俯冲扔下炸弹。等三个弹夹一装好，他就带着四架P-40E载十二枚炸弹，外加四架在上方护航的P-40E驱逐机，去炸了Salween河湾的日军。大胜。那是中国远征军节节失利时的空战胜利，应是载入史册的。①

这些胜利证明毛主席在"老三篇"②中指出的英明结论："现在的世界潮流，民主是主流，反民主的反动只是一股逆流。目前反动的逆流企图压倒民族独立和人民民主的主流，但反动的逆流终究不会变为主流。"（《愚公移山》）

（阶级分析：红卫兵说，我这是在给自己家和美帝国主义歌功颂德。如果真是这样，"南死虾"罪该万死。但问题也可以这么看：第14航空军在中国的胜利，是伟大的战无不胜的毛泽东思想的胜利。毛主席教导我们："你打你的，我打我的。""敌进我退，敌驻我扰，敌疲我打，敌退我追。打得赢就打，打不赢就跑。"陈纳德一定是学习了毛主席的《论持久战》和《论游击战》，听了毛主席的指示，打赢了一场场空战。伟大的、战无不胜的毛泽东思想万岁！）

浪榛子像读《天方夜谭》一样，把她妈这份二十五页"罪行交代"读了。看着这一箱"南死虾"写的满纸荒唐言，她想，就是冲着她妈在那种

---

① 见Claire Lee Chennault, *Way of A Fighter: The Memoirs of Claire Lee Chennault* (New York: G.P.Putnam's Sons, 1949), 164—165.

② 毛泽东的三篇短文：《为人民服务》《愚公移山》《纪念白求恩》，"文革"中通称"老三篇"。

恶劣环境下，从人沦落为"虾"，还能有"诗肠酒骨笑红颜"①的本事，这一箱破纸也就有独一性。喀什的故事，飞机的故事，爱情的故事随着母亲的文学化语言，在浪榛子眼前活着。

母亲不在了，光看她写的这笔好字，也得带回来留作纪念。一个作家能写出这么多垃圾文件，还留下几篇"毒草"，谁能说不是可歌可泣的事？说不定，这些垃圾文件还是历史资料，让后人看看：在寻找正常生活的道路上，人付出了怎么样的代价，他们曾经是多么的不正常。

母亲的革命，叫"背叛"家庭，"背叛"剥削阶级。与祖上南总兵的忠君比，"背叛"在后来的某一段中国历史上，成了好词，与"进步"同义。但无论如何是反了祖制，反了中国的道德传统，从根子上反了"孝道"，那他们还能指望儿孙不学着斗人玩暴力？不仅这样的历程很奇怪，而且"资本"的命运更奇怪。在中国的历史中，它们走的是绕圈子。大起大落，富不过三代，总在原始积累。

中国人明明打了一场捍卫民主自由的反法西斯战争，怎么就在一两代人之间，又闹起了和法西斯差不多的红卫兵运动？打来打去，打下一批人去。为什么一定要通过杀人、斗人的方法来解决争端？都是中国人，没有语言障碍，为什么不能好好谈？大家都让一步，大家都能活。哪里是一定要几百万人人头落地？有时候，不过就是给别人的不同想法一个试一试的机会，大家都让一步，寻一条中间道路，这样活，不是也有可能得到一个新天地吗？稳定的道路有各种走法，流血的或不流血的。强龙压住地头蛇的稳定，只能是暂时的。若非得要打出个"上"和"下"来，就摆不脱农民军"打天下""正名""排座次""当皇帝""中兴""腐败""被推翻"的老格式。

把历史写成不是当主子就是当奴才，这部历史还没写到现代人。主子以为自己是个"人"，其实，被当"人"待的也就是他屁股下的"座次"。若哪天没了那屁股下的宝座，他就是皇帝也得当劳改犯去，想当草

---

① 孙林"画虾诗八章"诗句。

民都当不上。

座次结构渗入中国人的时间和空间，渗入到中国人的吃穿住行。一日没有都不会活。若换来换去，只换排座次的方法和标准，让不同的人上到高座，"座次制度"却永远江山不变。那在这种结构中，人们不会做政治妥协，只会"服从"或者"打"。"恶"和"恨"就很容易成了破坏性行为的动力。

可是，无论如何，和平，是人们寻找的希望。

第五章：浪榛子的"马特洪峰"

红高粱

浪榛子教书的大学在北湾。北湾是一个美国西部的小镇子。镇子是个大学镇，平时一万人，一放假，学生走了，就剩两千。镇子中心有个公园，每年七月，镇子上的居民们，会扛出两门老铜炮，青绿色的炮筒戴着黄蝴蝶结，对着一片忠厚的高粱地，庆祝和平。高粱地里有很多野鸡，吃饱喝足了，就"且且且"再生出许多小野鸡。当野鸡们从密密的高粱秆子之间，窥视这两门老铜炮的动机时，浪榛子就坐在公园的木椅子上看铜炮的大嘴。老得没牙了，却有一肚子历史故事，人是从暴力中走到今天的。在老铜炮背后，是人付给暴力的代价：一座老兵纪念碑。

每死一个从北湾出去的士兵，镇上的人就在纪念碑下埋一块红砖，写上这个士兵的名字和他参加过的战争。从"一战"到今天，纪念碑下埋的红砖已经有一千九百零三块了。就是说，北湾人，在天堂差不多也可以再建一个北湾镇了。北湾人的共识是：因为天堂那个北湾，地上这个北湾才有今天和平安详的日子。北湾人走在北湾小镇的红砖路上，胜似闲庭信步。他们自己的土地在他们脚下，这块土地让他们感觉安全。纪念碑上写了一句北湾后人立碑时的心里话：

"只有没有恐惧感的日子才是人的日子。"

　　和平时代，过没有恐惧感的日子，其实很简单，不要自己吓自己，不要吓自己的孩子。让人恐惧的，常常就是人自己。北湾有三个红绿灯，红灯停，绿灯行。守法就行了。

　　北湾镇附近有一个空军基地。"二战"的时候，最后轰炸东京的B-29四引擎长程轰炸机在这里训练过。现在，那些在镇子上长年走动、过节放假也不离开的两千人，除了教授、农民和他们小孩子，就是空军基地送来读书的民间预备军官生。不管放假还是学期，每个星期二，军官生都要穿制服。平时是学生，一穿起制服，就像"星外来人"。也不知为什么，人心理就起了变化，浪榛子和穿了制服的学生打招呼时，就像"地球人"问候"星外人"。好在一周就一天。第二天，"星外人"又下凡，重食人间烟火，问考试分不好能不能加做一些额外题补补分？好像两个世界就在制服一穿一脱之间，军官生可以从这个一步跨到那个。

　　北湾镇中间有一条枫叶河流过，河底是细沙。枫叶河的水有言语。语言，是太阳用水发明的楔形文字，多少闪烁不定的传奇，讲也讲不完。枫叶河的水还有脚印。脚印，是水在浅浅的沙土地上一路小跑留下的，像儿童在一张纸上写满了"3"字，一个接一个，一层叠一层，每一步都是弧形。和平的数字，永无战事。

　　秋天的时候，水浅了，站在河上的枫叶桥，就能清楚看见弯弯曲曲的秋水留在细沙上的脚印，在太阳底下闪着平平仄仄的韵脚。有时候穿制服的军官生和教授在枫叶桥上碰见，还会立定敬礼。这是让浪榛子最手足无措的时候。浪榛子知道军队和学校是两种制度，她不能像对一般学生那样，轻轻松松地说："嘿，天气不错，好好玩。"却也做不出军队人士的严肃样。有好几次，她王顾左右而言他，说："看，河两岸的高粱地，都红了。"

　　其实，北湾的红高粱有五种颜色，从绿，到浅黄，到橘红，到大红，到黑。浪榛子最喜欢红高粱变成大红的时候。那时候，所有的高粱秆子上都嘟着大红嘴。红脸朝天，全是男人。万人男声大合唱，个个热血沸腾。最后一曲引颈高亢。一首铺天盖地的大红歌，浑厚拙朴，直唱到头顶上的白太阳，直唱到黛色的地平线，直唱到荒蛮旷古的茅草地，直唱到——夕阳变成火红的爱情。在这个时刻，天里天外的十色光谱全都被扔进高粱地，染得丝丝成精一身通红。没到家，天就醉倒在高粱地里，黑幽幽的"且且且"，把人和野兽在一个最原始的点上，结成了远房亲戚。

蒋无功、莫兴歌和后来的一两个关系，是浪榛子深深浅浅的男朋友。风吹过，留下一些脚印。浪榛子还是自由人。她自己总结了一下，她喜欢两种男人，一种男人叫"红高粱"，另一种男人叫"少校"。浪榛子喜欢少校沙顿。当这类男人从她身边走过的时候，浪榛子能在他们身上看到"男人"。他们有红高粱一样的生命力，还有一种和野兽不同的气味。这类男人一个一个从她身边走过，浪榛子全都喜欢。

少校沙顿不是军官生，是空军基地派到大学军事系管理军官生的军事史教官。浪榛子第一次接触少校沙顿，是通过Email。少校沙顿请浪榛子帮他打几个汉字：Laohokou，Hsian，Ankang，Hanchung and Chihkiang。浪榛子就译了。这些地名是：老河口、西安、安康、汉中和芷江，全是第14航空军的北方基地。她也知道在从衡阳到桂林的东南基地失去后，这些北方基地成了日本兵"一号作战"的主要目标。

少校沙顿在讲空军史时，讲到陈纳德如何从一支小小的志愿者飞虎队，不到一百架P-40驱逐机，发展成第14航空军一群名震空军史的飞虎，拥有一千架大、中型轰炸机和驱逐机。他们彻底清除了中国天空上的日本军事力量，成为中缅印和太平洋抗日战场上的重要部分。讲到这些第14航空军的北方基地，他想在做讲稿时，把汉字也注上。

有个学生叫寇狄，听了少校沙顿讲第14航空军这段课，从家里带来一张传单。传单上标的日期是1943年5月3日，是日本皇家空军扔到第14航空军的昆明基地挑战美国空军的。寇狄说，那时候，这样传单恐怕连擦屁股都没人要，但是他爷爷有一张。

寇狄爷爷是李梅将军（General Curtis Lemay）领导的第20航空军B-29轰炸机上的投弹员，不属陈纳德指挥。1944年3月有一个叫"马特洪峰使命"的任务开始了，一百架最新式的超级重型长程轰炸机B-29悄悄飞到中国成都基地。成都基地是B-29的前沿基地。这一百架B-29，按原计划是为轰炸满洲国和日本本土作准备的。

这一百架B-29藏在成都基地，由陈纳德第14航空军的312驱逐机大队保护。312驱逐机大队的人，到B-29炸日本八幡市和火烧汉口之前，出任务较少，待在基地以保护B-29为主，很少有直接和日本空军空战的机会。寇狄爷爷从一个驱逐机航空兵同乡那里得了好多张这样的传单。第14航空军的同乡叫他将来炸日本本土时，把这些传单混在美军给日本民众的"轰炸通知"中给日本人扔回去，给日本人一个心理打击，让他们看谁笑到最后。

寇狄的爷爷扔了十几张，留了一张没扔。日本皇家空军的传单是英文写的，翻译过来如下：

致美国空军的指挥官和士兵：

我们首先要对你们来到中国境内的巨大痛苦表示尊重。我们日本皇家空军的驱逐机武士骄傲地告诉你们：我们是世界上最强大最优秀的空军。作为结论，让我们像体育家那样表达我们的欲望，让我们以公平和高贵的方式决一雌雄。我们将用最好的方式向你们证明日本空军的精神和能力。

我们衷心希望来一个决战。

日本皇家空军驱逐机队司令[1]

少校沙顿把这份传单也扫描附在Email里给了浪榛子。因为母亲家族和"二战"在华航空兵的关系，浪榛子当时就对把这样的传单扔回日本本土的B-29上的老航空兵非常感兴趣。

[1]　见 Carroll V. Glines, *Chennault's Forgotten Warriors: The Saga of the 308th Bomb Group in China* (Atglen: Schiffer Publishing Ltd., 1995), 63.

浪榛子把这位老兵的收藏传单告诉喇叭，还告诉喇叭，少校沙顿他们军事系搞的研究项目叫“抢救历史史料”。因为参加过“二次大战”的老兵已经越来越少，在这些老兵还在世的时候，军事系的师生正在把“二战”老兵经历过的那些惨痛而令人反省的战争经历，抓紧时间记录下来。她说喇叭家张奶奶救下的那一册《战事信札》也可以成为后代应该知道的历史。她要喇叭下次来玩的时候，把那个本子带来，给军事系的人看看。浪榛子记得母亲“认罪书”里讲到浪榛子I在1944年12月19日火烧汉口后，受了重伤。在昆明基地的修理厂修好后，回到了老河口前沿基地。

喇叭说：“老河口？我知道老河口。你等一等，我查查……但是，老河口基地1945年3月也丢掉了。范笳河记下：有八万日本兵悄悄过了黄河大桥，打下了老河口基地……我下次带来给你们看。”

那时候，浪榛子并不知道这位少校沙顿长得什么样，也没有想到那位叫寇狄的学生后来成了她认识少校沙顿的介绍人。而她，居然在以后的深入交往中，从这位“军事史教官”身上认识到了：美国军队原来玩的是共产主义！这让她明白她和少校沙顿原来有共同背景。

军队，有军队的道德规范。严格。在尊重“个人主义价值”的现代世界，军队是一个独立的小社会。与美国大学宽松的自由比，简直就是两个格格不入的社会。“集体价值”并不一定就是坏，就看你把什么定义成这个集体所崇尚的“价值”。少校沙顿信奉：“忠诚第一，服务先于个人，一切做到至优。”[①]

不过，浪榛子和少校沙顿后来的交往，偏偏起源于反对他的集体主义。她和军事系打的第一次公事公办的交道是为了学生寇狄。

寇狄选了她的课。寇狄就是个西部牛仔，高而健康，脸颊和鼻尖上有太阳的红色，蓝眼睛，整天高高兴兴带着野花野草的大笑声，戴上牛仔帽，骑上马，就能上西部电影。寇狄爱说话，也很聪明，开学第一天，就

---

① 美国航空军价值观誓言。

很有礼貌地告诉浪榛子：他是个农民的儿子，他爸养了七千头牛。

有一天上课，寇狄坐在第一排，剃着个光头。浪榛子上课前关心地问他："你滑倒把脸摔伤啦？"人家回答："我脸上是国旗！"那天是美国独立节，寇狄把国旗画脸上了。浪榛子因此知道了他是一个爱国主义者。再过几天，到星期二了，寇狄穿着空军制服来上课了。原来，他是军官生。

可这个爱国主义者寇狄上了几节课就不来了。到期中考试，寇狄来了，考了个不及格，跑来跟浪榛子求情。说他爸爸病了，他回家当家立户、赶收玉米、喂牛挤奶去了，所以他缺了很多课。浪榛子小时候，去过蒋达里，下过乡支农，知道春种秋收，不误时节，心里就很同情。她对寇狄说，缺了课可以补上，但是如果他爸爸病下了，不能劳动了，以后他的学费怎么办？这所大学学费很高呀。寇狄说，他从来没想过要爸爸替他付学费。他是军官生，学费他不担心了。因为他是军队的现役军人，在这里读书，军队替他交学费。浪榛子一听，放心了。说："你可不能再缺课了。"

可是，寇狄依然缺课，而且一直缺到期末考试。考试过后，他来到浪榛子的办公室，穿着军人的迷彩服。他说他没来参加期末考试，但请浪榛子不要给他不及格，给他一个"课目未结业"。他说他是有原因的。他听说他的部队要到阿富汗去打仗了。浪榛子一听，立刻同意。寇狄才二十岁，却要去打仗，谁知他还能不能回来呢？浪榛子给了他一个"课目未结业"，一路嘱咐"注意安全，多多小心"把他送出办公室。寇狄从此消失了半年。

过了很长一段时间，突然有一天浪榛子接到军事系的一个电话。电话里，一个严肃的声音问：为什么寇狄半年前的课到现在都没有结业？浪榛子说："寇狄到阿富汗去啦。"那边的军人立刻提高了嗓门："他到什么阿富汗？他撒谎。他又回家帮他爸爸种田去了。他知道他是签了合同的，在他读书期间，部队不送他去前线！他骗了你。一小时前他还坐在我的办公室里呢。"浪榛子一听，当然很生气，立刻给了寇狄一个不及格，送到成绩部去了。

浪榛子以为这事就完了。寇狄撒了谎，得了不及格，课得重修。他与她，作为师生的联系到此结束。可没想到部队不让这事结束。他们三番五次打电话来，要浪榛子起诉寇狄"学术欺骗"。

起诉学生"学术欺骗"，只有教授有这个权力，部队没有。接下来寇狄也来找她，依然彬彬有礼。他说他得了"不及格"是应该的，因为他没有学好。他撒了谎。但是，他不能看着他家的玉米田荒掉，七千头牛饿死。现在，他爸爸病好了，他可以安心服役，好好读书学习了。但是部队想整他，要把他的奖学金取消，让他不能读书。如果部队取消了合同他就失学。他再过一年就可以毕业，他不想失学。

对这样的是是非非，浪榛子一听，头疼。她已经给了寇狄不及格了。他旷课，撒谎得到了应有的结果。她干吗要起诉一个学生？别的学生也撒谎的，什么奶奶死了，妈妈病了，谁也不能说都是真的。她没起诉别的撒谎的学生，干什么要起诉寇狄？她没理部队的要求。

这天浪榛子下课回来，办公室门口站着一个高大英武的军人，肩宽，蓝眼睛，美国大兵式的高鼻子，浑身上下没有一丝笑容。他说："南博士，我是少校沙顿，我已经等了你半个小时了。我得找你谈谈。"浪榛子一看这么一个认真严肃的军官站在办公室门口，第一个反应就是："我做了什么坏事？"浪榛子年轻时在中国知道，穿制服的找你门口来，你就得立马想，我做了什么坏事。

军官又说了一遍："我是少校沙顿。"

浪榛子这才回到正常时空中来，这就是少校沙顿。他们不久前还在Email上通过信，他还给过她寇狄爷爷收藏的日军传单。

少校沙顿倒是开门见山："我们要把寇狄送上军事法庭，因为他撒谎。"

浪榛子一听，原来是她学生做了坏事，便从防御心理换成论事心态。上军事法庭？事情有这么严重？她说："其他学生也会撒谎的。我已经给了寇狄不及格了。他还是学生，他已经得到了惩罚……"

少校沙顿打断浪榛子的话，说："别的学生可以撒谎。寇狄不可以，寇狄是军人。"说完这句话，少校沙顿整整帽子，挺挺腰，一脸严肃站起来："南博士，我请您认真想一想要不要起诉寇狄'学术欺骗'。如果您起诉，我们就可以把他送到军事法庭，让他离开部队。如果您不起诉，他就可以从这所大学毕业。他毕业后，就当连长。三十二个美国儿子和女儿的生命就要掌握在他手里。如果他不诚实，您能放心把三十二个美国的儿子和女儿交给他吗？"

这话说得不紧不慢，但很有威胁力，好像浪榛子成了三十二个美国的儿子和女儿生命的主宰者，好像如果浪榛子不起诉寇狄，这三十二个美国的儿子和女儿死在他手上，她也要有责任似的。

少校沙顿最后说了一句："您的决定关系到对三十二个美国的儿子和女儿负责任，我过两天再来找您。您不要现在说'不'，好好想一想。"

三十二个美国的儿子和女儿的生命可不是小事。浪榛子想了一个星期，依然决定不起诉寇狄。她当然不放心把三十二个美国的儿子和女儿的生命交在他手里，可这是大学，她不按军队给的规范定义学生行为。对她来说，军官生和其他大学生都一样，都是学生。她用一个标准给成绩。为撒一个谎，教授可以给不及格，但为了这个原因起诉自己的学生，教授做不出来。教授不是为培养士兵设的。

少校沙顿第二次来找浪榛子听答复时，浪榛子把上面的理论对少校沙顿说了，说的时候并不是很理直气壮。那天，这位严肃认真的少校沙顿给了她很深的印象。他站在那里，皱着眉头，一脸痛苦。好像他已经看到三十二个美国的儿子和女儿倒在寇狄的指挥下，而他却不能纠正浪榛子做的一个错误决定，眼睁睁看着一个"坏蛋"打进军队内部。这越发让浪榛子对自己不起诉的决定没有信心。但是，浪榛子是自己做决定的人，不受别人影响。她喜欢少校沙顿身上的一种味道：男人，是绝不能撒谎的。

过了几个月，又一个星期二，浪榛子在校园里碰见寇狄。迷彩服没穿，穿了一般的长袖运动衫。浪榛子问他结果怎么样，有没有被送到军事法庭。他说："倒是没有上军事法庭。可我自己要求退役了，因为我不诚实。"

　　浪榛子很吃惊：部队到底是个什么地方呀，能承认自己"不诚实"的人，就算是"诚实"啦。现在，寇狄不再是军人，也不再是学生了！他这个退伍决定不知是怎么做出来的？部队给了他多少压力？寇狄退役，就是退学。浪榛子问他退伍退学后到哪里去，寇狄说："到中国去挣钱。"因为，他还得把军队以前为他付的三年学费还回去，他没有为国家服务。浪榛子就想：美国军队也真可以呀，把个"爱国主义者"整到中国挣钱去了。中国成了自由发财的天堂。

　　因为和寇狄的这次谈话，浪榛子又觉得对不起寇狄。他不还是个学生吗？一个错误，军队里就这么不留情。浪榛子跑到军事系找少校沙顿，并不是要为寇狄翻案，只因为她心里为寇狄难受。一个农民家的孩子，付不起这所私立大学昂贵的学费，参了军，以生命作交换，想换一个好前途。结果，一个错误，什么都没了，反欠了一屁股债，灰溜溜地到中国去碰运气了，中国话都不会说。这不公平。为什么富人的孩子就不需要拿生命换机会？为什么当兵的总多是这种小地方出来的农民家孩子？

　　浪榛子跑到军事系想告诉少校沙顿：军队的不讲人情，让一个学生失学。

　　她一进军事系就感觉和去其他系不同，迎面撞见一个她教过的军官生。军官生在这里跟她说话，不像在教室里跟她说话那样随便，倒像下级对上级，两手放在背后，两脚分开120度，回答浪榛子的问题。"少校沙顿在吗？"军官生说："Yes，Man.（是，首长。）"

　　浪榛子受不了这样的礼节，她没有合适的礼节对还。少校沙顿从办公室里出来，站在门旁边，说："At Ease.（稍息。）"

　　进了少校沙顿的办公室，浪榛子对少校沙顿说："现在，三十二个美国的儿子和女儿的生命算是安全了。寇狄要到中国去了，还不知要挣多少年的钱，才能还了部队的债。这是你要的？"

　　没想到，少校沙顿低着头，像犯了错误一样，一脸比浪榛子还要难过的样子，一点也没有想解释或辩护自己的意思。过了半天，他才说："对不起，这是'诚实'在军队中的位置。药不好吃，但结果是健康；军纪让人不能忍受，但有它才能结出效率的果子。我们空军的座右铭是三句话："忠诚第一，服务先于个人，一切做到至优。"我们实在不能让一个不诚实的军官带兵。在战场，那不是得一个F的问题，那是生和死的问题。我从那种地方回来，我知道。一分钟，就能让你后悔一辈子。——如果你还能有一辈子活。"

浪榛子不能忍受什么"集体第一"。个人的价值一掉到集体的颜色缸里，创造性就没了。所有大学里的"学术自由"都是建立在个人独立的前提下的。但对面的军官已经一脸痛苦了，她还能说什么？看少校沙顿这样的表情，就像看到一个军官在集团利益和人情之间选择，结果选了大义灭亲，却还有心有肺。灭了之后，又不能原谅自己的狠心。这种内心矛盾就明摆着写在他脸上，让浪榛子反而心一软，又替少校沙顿着想了。她对自己说，一个只爱自己的男人是不可爱的。上帝创造男人，没有要男人走一遭生小孩儿的痛苦，那男人就一定还有什么别的艰难责任。譬如说：当兵、牺牲。像天堂那个北湾镇里的男人们那样，担当艰难责任。士兵那种沙漠色带土绿叶子的制服一穿，男人的肩膀就比别人宽了两寸。少校沙顿是那种愿意担当艰难责任的男人。浪榛子喜欢负责任的男人。

但是，北湾是人过正常生活的地方，人性十足，不是部队基地，也没有战争。那种特殊时期用的极端道德规则，在北湾显得很不合人情。浪榛子找到寇狄，对他说："部队就是纪律。军人有责任。"寇狄说："我知道，我自由散漫，不适合在部队。不是部队的错。"浪榛子说："你若到中国去，我可以帮你介绍一个中文老师，他正要到中国去办公司，你总得会几句中文才能到中国去混事吧。"寇狄很高兴。

后来，有一天，浪榛子在给大学生上课。她没有想到少校沙顿会来听她的课，要是知道，她就不讲什么"诗人与强盗在法律面前平等"了。她情愿讲"宇宙"，讲"诗"，讲"大爆炸"。少校沙顿要听什么强盗的战争？他自己就是飞行员，就是从战争中回来的人。浪榛子不是军人，浪榛子骨子里是诗人。她自以为她讲"诗"的水平不比她讲"法"差。在浪榛子正讲到：

"什么是强盗？强盗是一个敢说'不'的人。但是，这个'不'并不适用于某种新诠释。强盗同时也是一个一想到他自己，就立刻说'行'的人。①

"什么是诗人？诗人是一个敢孤军奋战的人。他知道他想要的理想国在地球上不能存活。但是，他也知道，因为他的存在，强盗也别想主宰是非，建立一个强盗王国。

"什么是法？法，不接受任何人说'不'，它本质上带负价值。它限制强盗的自由以保护弱小。有法，依然有坏人。无法，连好人都得沦为强盗。法，让诗人可以写他的诗，让强盗的'不'或'行'没有他想要的分量……"

这时，少校沙顿轻轻地走进来了，坐在最后一排。浪榛子看到了他蓝色的眼睛，他对她一笑，像是赔礼道歉。也许，他知道了浪榛子在帮助寇狄？寇狄曾是他手下的同志加兄弟，而他却坚守着无情的军纪，把同志加兄弟赶走了。

对浪榛子来说，人性本身就是一个让她永远困惑的东西。譬如说，男人中有大官，有商人，有资本家，有文人，有明星，浪榛子纵观自己左一个右一个爱情故事，为什么总是只喜欢"红高粱"和"少校"这两类？这本身，浪榛子就说不清。他们清廉？他们不俗气？他们不贪财？他们不酸？他们不显摆？这一解释，情感本身却成了一种德性判断了。浪榛子又不同意。

总之，这是她第一次看见他笑。一下子，这个教室就变成了红高粱地，不仅全是火的颜色，还全是雄性的声音。有些男人就有这种本事，不说话，一擦火柴，所有的故事就开始了。

---

① 　出自鲁道夫·卡尔纳普《论强盗》。

善全博士插曲

浪榛子说要给寇狄介绍一位老师，学中文。她就把善全博士介绍给了寇狄。

善全博士可是一个人物，人见人喜。善全博士圆脸圆眼睛，一脸忠厚，随时愿意为美人效劳："我们部队出来的，为人民服务成习惯啦。"善全博士年轻时当过特种兵，他说："军队教我的一身本领，退伍了，没用武之地，全贡献给你。"教中文？善全博士一听，太容易啦。他教寇狄中文还不是一句话的事，立刻就答应了。这样，善全博士和寇狄就成了朋友。寇狄立刻学会了一个中国字，"猪"。善全博士在部队干的特种兵兵种叫"养猪"。

不过"善全博士"并不叫"善全"，"善全"的名字叫"善全春"。80年代末，"善全"刚来美国时，住在一个美国人家里，才二百块钱房租。那美国人家里养了三条狗，八只猫。"善全"说："我农村长大，猪和鸡都养在院里，看惯了，闻惯了，就跟自家院里的树桩、磨盘一样。不臭。房租便宜就行。"房东老太太以为"春"是姓，"善全"是名字。就管着"善全春"叫"善全"，偶尔还叫他"春先生"。"善全"很大度，也不纠正，说："随她随她，她方便，她怎么叫都行。"行不改名，坐不改姓，这样的老传统，到了美国，反正啥名字都用字母写，就用不着当真了。"善全春"就成了"善全"。善全春的英文名字就叫"善全"——"Sam Quan"。姓了"全"。

善全春和浪榛子应该算是老相识。虽然多少年前，浪榛子跟善全春说过两个字"谢谢"之后，就把他的皮球嘴忘得一干二净，但是，她妈南诗霞却把这个"惊叹号"少年一直记着。善全春是蒋达里劳改农场最善待犯人的红卫兵。他送南诗霞两把清音草药，让南诗霞记了一辈子，真值了

"一个善行就像黑暗里的一点烛光，能照亮一大片"的说法。

善全春当上红卫兵的时候，他的山里父母并不知道那是个什么东西。他爸说："你这么小，就要当兵？谁帮家里进山采药、下田种地呀？"

后来善全春长大了一些，还真当兵走了，据他自己说，是特种兵。"特"在什么地方，乡亲们就自己想象吧。反正，六年后他不要提干，要紧急退伍。又回到蒋达里县中打杂，然后就考上了药学院。善全春的好处就是心不大，向前走一步只要比原来好那么一点点，他就无比满足。那年，他和他弟弟同时考上大学，他爸爸说只能供一个。结果，他走出了山村。弟弟放弃。善全春一个人为两个人读书，读得非常用功。家里给他九十块钱过一年。他妈和他弟弟每年到百里湖边砍芦苇，堆得像一座小山一样，卖五块钱，给他买课本。善全春除了会无比满足，还无比感恩。他何德何能，要受如此宠爱？

善全春读完了大学，脸开始变得更圆。这时，前面又多出来一步，他就又走上去。大学毕业到北京读了研究生，眼镜戴上了。脸成了三圆：圆脸，圆嘴，圆眼镜。脾气也日益"圆"起来。日子怎么过都行，只要前面还有一小步，他就有事做。事儿不就这么一点又一点做成的吗？对日子，善全春从不抱怨。抱怨有什么用？他成绩一直优秀，学了医药，也不难，只要肯花工夫就行。等他研究生读完，天上又掉下来一步好前景：出国留学。

到了美国，善全春就一边打餐馆工挣学费一边读博士。这回，到了他寄钱回家的时候了。善全春很满足，他能报答家人了。对自己，还是怎么都行。在餐馆打工的三年中，只跟客人"不行"过一次。那个客人是中国的一个处长，看善全春戴着圆眼镜端盘子，就教育他："人要有出息一点，既然戴着眼镜就该读书，做这种下等工作丢父母的脸。"

善全春当时没说话。等处长吃完饭，他越想越"圆"不起来了。在处长走到门口的时候，善全春的脾气"方"成了一块里程碑。他追着人家到餐馆门外，扳着指头数给处长看，一年，两年……他说："我从山里出来，到如今读了二十二年书，一切靠自己。不偷不抢不骗，在哪个地方低人一等？你看那个卷毛、高鼻子的小伙子，干的和我一样的活儿，他是我们副院长的儿子。人家不要家里的钱，只要靠自己，做什么都不低人一等。以后，你不了解情况就不要开口。"说得那个处长哑口无言。

善全春博士读完，进了艾滋病药物研究所。当学生时，花一千块钱买的一辆老破车还舍不得卖。想想修那车花的钱也不止一千了，新车老车一样能在美国的80号公路上开。休假的时候，善全春开着老破车从东开到西旅游，一路高唱"向前，向前，向前，我们的队伍向太阳……"，想着自己从穷山僻野的小村子出来，到蒋达里上了中学，那时的感觉就好像进了城。离开部队上了大学，那时的感觉就好像进了天堂。而如今，开着辆老车，在美国的蓝天大太阳下跑，那感觉就是衣锦还乡，荣宗耀祖，简直好极了。

他跟路上碰见的美国人聊天，一聊，必定告诉人家，父母不识字，家里人砍芦苇供他读书。再说，就是一个美国梦成真的典型。善全春长得不咋样，却人见人喜欢。

南诗霞在世时，有一阵子认为，她家和善全春有缘分。女儿和善全春都在美国，离得也不算远。南诗霞就想把他介绍给自己女儿，善全春就成了一粒"痛牙"，女儿没拿善全春当回事。爱情这种事，来无影，去无踪。找个男人过日子，可以妈妈介绍。找爱情，本来不是一个逻辑行为，谁介绍也不行。浪榛子从小就能自己过，再加个男人来一起过，非得有爱情才行。

善全春也老实，说到当年在蒋达里，他承认，他当年在劳改农场给南诗霞送了一次草药，并不是因为思想觉悟高，早早认清南诗霞是冤假错案。而是因为父母亲是山里人，家里管教严，只准救人，不准打人。山里人生病了，就进山采点草药自己治治，不是什么了不得的事。总之，看别人生病，他就不安心。回家把父亲和他采的草药拿了两把，就送去了。南诗霞也不是他给草药的唯一的犯人，实在不值得一提，更不敢拿此举作为换人家女儿的理由。

那段蒋达里的日子，在善全春，不是一段可以拿来回味的好日子，也有不少让他惭愧和自责的事。他不也跟着其他红卫兵一起对着政治犯又吼又叫？只不过叫的声音小一点。那种吼叫，是青春狂欢，也是怕被赶出群体的证明。他没阻止过任何一个同伴的暴行。王一南在他眼前跳的窗，他啥也没做，只是到铁路上抬了尸体。那是他一想起来就要赶快把记忆关掉的情境。提起那段日子，他就觉得他有罪。坏事不但不能做，看着不能制止都要有罪过感。

善全春也知道他那些打了人的红卫兵同学是怎么对付自己那段施暴行为史的。他们故意不讲过去，要讲，他们只讲吃什么能长寿；他们不想过去，要想，他们只想子女出国；他们不提，也不让别人提，过去是可以不存在的。等后来有了网络，蒋达里县中的老同学们就建一个同学网，若有回忆过去的帖子，都只能提过去的趣事和同学友谊。他们对自己说，"文革"那时候，我们都是小兵一个，是听了上面的命令革命的。一场"上山下乡"，社会还欠我们的青春哩。

但是，善全春是从自己的角度来说那个疯狂时代的：那个时代，中国很封闭，一群红卫兵在一起，对和错是他们自己定的。重要的不是世界怎么看待什么是"对"，什么是"错"，重要的是这一群人怎么看待你，接受不接受你。一群人动起来的时候，你不动，受到的大压力就来自这个群体的四面八方。红卫兵的时代不是没有"对"和"错"，而是"错"的标准大大地变了，和正常时代说的"错"不在一个层次上。打人、斗老师，在那个非正常时代，就和战争时"杀鬼子""打国民党"一样，不是错事。不跟着群里的人一起做，倒反而像是错了一样。人性很脆弱。只有苏格拉底那样的大哲人，才愿意把"真理"放在"活着"之前。庄子也不过活成个"曳尾于途"。但是，但凡年少时打了长辈的人，等自己当了长辈后，若不把那段坏事遮掩到记忆之外，或好好反省，藏到了哪国哪乡的泥途里也不能活得轻松。

善全春愿意反省，作为一个当年的红卫兵，他想到死的时候心里轻松一点。他在蒋达里县中同学网上，发表过一次重要讲话，讲完之后，他觉得和同学的情分都点到了。

　　他说："我先向所有同学鞠一躬。我谢谢你们。没有你们，就没有我善全春的今天。你们不要这么看着我。我是诚心的。有一件事，二十年来，我从未对你们说过。今天我想告诉你们，我父母是山里人，很穷。到我上大学才给我九十块钱过一年。我能上蒋达里县中，那是天上掉下的大饼，砸我头上了。父母让我上，却根本没有多少钱给我。我天天吃不饱。食堂门口有一缸，你们有吃不完的馒头和饭，就倒进去，喂猪。我每到半夜就去那里捡喂猪的剩饭菜吃。吃完了，第二天，跟你们一起去斗争反革命。所以，我要感谢你们，你们都帮助过我。今天，我谢过你们之后，还有两件事要做：第一，向县中的猪赔个不是；第二，就是向那些在劳改农场被我们斗的'反革命'们谢罪。"

　　他这一说，同学网上的同学就都不说话了。后来，有几个女同学说："我们当年要知道你那么可怜，一定分点饭给你吃。"然而，对于向被他们斗的人"谢罪"的话题，终是没几个人响应。而善全春在说完这一点后觉得，如果蒋达里县中红卫兵不愿意或不准同学在网上忏悔过去的罪过，他就没话说了。如果一个房子的结构建构错了，叫个人为结构错误带来的灾难负责，是不公平。但是，大家建房子的时候，不都是跟着加砖添瓦的吗？有那结构，是因为有那样一大群人。

　　再过一些时候，善全春对互联网也不像一开始那么喜欢了，越看越觉得，不少网络成了大字报栏。骂人的话，暴力的话，扣帽子的话，和"文革"时的大字报言语没两样。人能莫名其妙就互相恨起来。大家互相攻击的时候，一点也不害怕。一谈到政治的时候，就是形势大好。挑战权力的话是绝不能讲的，其余的话，再狠毒，再猥亵，再不尊重人都可以说。怎么"文革"病好像没好似的？

　　善全春觉得，"文革"的问题就是，把一条清清楚楚的线划在那里，不准批评这个权力结构上的一个人或少数人，其他，怎么说、怎么打、怎么干都行。结果，那线上线下的人都得不到保护，都没有安全感。成了一种大破坏。

　　善全春还觉得，当过红卫兵的这一代人，心里多少有点病，却装着没病。谁也不愿承认这个事实：受害者同时也可能是施暴者。活着，也就图个热闹。最高的幸福感就是热闹。热热闹闹地把高楼建满了蒋达里。大片的千年梯田和水田荒了就荒了吧，中国在他们这一代飞快地变成了工业国。可凭什么工业国就比几千年的小桥流水好？不想，不证明。

善全春不喜欢穷，不管怎么样，老同学的生活都比以前好多了，大家都在做事，对过去的灾难忽略不记，是自我保护政策，却也是病不好的原因。老同学心里有慌慌张张的情绪，善全春也能感觉出来。

关于善全博士过去追女人的故事，也非常有"善式特点"。90年代的时候，他的皮球脸依然很"皮球"，只是气多了一点，胖了。他见人就笑，还会调笑自己。他听了南诗霞的鼓励，诚心诚意地追求过浪榛子。

浪榛子听说他到美国后叫"善全"了，调笑说："民族品质就是无数个个人一遍一遍重复，写出来的特征。'善全'原来也是个能容忍的人，这是祖宗遗传下来的好品质。'善全'甚至都能容忍被叫作'善全'。"

善全春情绪总是积极向上，人家不把这话当作嘲讽来听，高高兴兴地回答说："1944年美国特使赫尔利（Hurley）到中国，想劝国共搞民主，这么大的人物还把Chiang Kai-Shek（蒋介石）叫作'Mr. Shek（石先生）[1]呢。老外，他能懂什么。"

浪榛子只好得一个感觉：她欺侮了善全春。

善全春喜欢被浪榛子欺侮。他对自己说："这么漂亮的女人，再闹，又能把我欺侮到哪里去。"这是他能对自己说出来的话。还有一点，他连对自己都没说过：我欠人家的，当年关过她妈。一想到他是看守人，看守他"准丈母娘"，他大腿跷二腿坐在田埂上，一副他当主子的样子，看着"准丈母娘"挑着臭大粪担子，弯着腰在水田里插秧，大逆不道。赶快不能想。罪过呀。就算那些政治犯不是他的"准丈母娘"，他算老几？初中

---

[1]　见Rana Mitter, *Forgotten Ally: China's World War II: 1937–1945*（Boston: Houghton Mifflin Harcourt, 2013），347.

还没上完，胆敢逼着那些大作家、大经济学家劳动改造。这样的想法在他深深的潜意识里，就让他表现得对浪榛子越发任劳任怨。

善全春一个星期开车去看浪榛子一次，像去看小妹妹。每次去都大包小包带吃的，把浪榛子的冰箱装满了。浪榛子那时还是个博士生，租的还是人家的房子，善全春不管，一来就打扫院子和后花园，弄得房东不好意思，每个周末前，赶快自己把草割了，把花园收拾了。善全春来了，看看找不到事做，就把后花园里的一块大石头，从东边搬到西边去了。后花园里来了一只小野猫，善全春爱屋及猫。下次再来，猫食也带来了，牛奶也买了，猫拉屎的小盆和石子也买来了。半夜十二点，打着电灯，捏着嗓子，尖声尖气在院子里叫："咪咪——来吃饭。"像个猫爸爸，让浪榛子笑个不停。

善全春就赶着要给野猫起名字，说："就跟了你家原来的'赛凤''赛凰'姓。"浪榛子很喜欢，想起了当年跟她妈一起给两只鸡起名字的美好回忆。善全春讨好地说："你家动物，天上的，赛了凤凰；水里的，赛了龙王；这只小猫是地上的，就叫'赛人'怎么样？"浪榛子说："不好。叫'赛尽'。"

善全春就高高兴兴把"赛尽"领养了。比天上的"凤凰"，水里的"龙王"，地上的"人"还厉害。"赛尽"！

他们的关系正在有可能开始发展阶段，戛然而止，连浪榛子和莫兴歌的"对象"水平都没达到。善全春只能说，关系终结是一个事故。

那天，两个人高高兴兴租了一条独木舟，沿着一条小河漂流。浪漫呀。善全春说："美国真干净。码头上一根香烟头和纸片都没有。"下了河，河水也很清，天蓝水蓝。善全春立刻就看到了水里的鱼。就想抓它几十条晒成鱼干，让女朋友慢慢吃。想到这儿，善全春又开始担心中国出现水污染了，将来他咸鱼干还敢不敢吃？回国的时候，想给女朋友带一点银鱼干，也不知行不行了？家乡父老吃百里湖的大青鱼会不会生病？

浪榛子看岸两边的绿树野花，还看水中的倒影船痕，这就更显出留了洋的丽人有情调，善全春就想做诗。从古到今，男文人见了心仪的女人都要做诗。诗这种东西，就是人心里痒痒的时候冒出来的真性。可惜，善全春诗做不出来，光心里痒，一痒就乱吼了一句："良辰美景，舴艋舟，男女博士，异国游。"自己知道不咋好，在诗人面前班门弄斧了。吼完就坐在后面使劲划船，让浪榛子把两条秀腿翘在船头，快活快活。没人看见的时候，男人伺候女人；有人在的时候，女人伺候男人，给个面子就行。善全博士不是中国北方的大男人，能让女人高兴，他就觉得自己是个大男人了。

小船划了两个小时，河流进了森林。浅的地方，水草像一根根汉字行书在水面下游动；深的地方，绿树的倒影一直倒进地球那边的河神庙。善全博士本该在这个时刻求婚，但他想等一等，他要让自己处在最佳状态。这时，浪榛子却看见水里有一朵小白莲，像一只小白鸽子随水波摇曳。浪榛子就拍照。善全博士看看森林里没人，就站起来对着船外撒了一泡相思尿。他船划得过快，浪榛子照相机还没对好，船就从小白莲上压过。而他的一泡相思尿高高兴兴地落在从船后冒出来的小白莲头上。

浪榛子叫起来："你怎么对河里撒尿呀！"善全春就圆起皮球脸嬉皮笑脸地说："憋不住了，反正这里没人。"浪榛子很生气："随地大小便？你还搞医药呀！"善全春说："有人的时候，憋死我也憋，这不是没人吗。"没想到浪榛子说："你违法。"

一泡尿的神功，能违多大的法呀？

浪榛子懂法律呀。她说，这是国家森林公园的河流，按美国法律，你善全春在公共场所撒尿，抓到就叫："'性侵犯罪'在案"。

"在案"是什么意思？就是一辈子背着，像个强奸犯。善全春太冤了呀。还有这种法？尿一泡尿就成"强奸犯"。善全春也在劳改农场干过几天，那李斯韩非定的酷刑，也没这个狠呀。

浪榛子从此不再跟"强奸犯"发展恋爱关系了。

善全春对自己的那泡臭尿很久没有正确认识，他认为那不过是浪榛子吹掉他的借口。他是她妈介绍的，浪榛子不喜欢，要自己找，或者，他长得不魁梧，浪榛子要找英俊的？或者，他的臭诗和臭尿冲了她诗人的自由想象？不过，善全博士是性情中人，他对爱情有自己的理解，他觉得过日子就是细水长流，天天如此，平平安安。而爱情就像冬天的尼亚加拉大瀑布，平常人见一次就行了。大瀑布边缘冰冻成水的雕塑，那么狂野的故事能硬给冻住。但是，大瀑布大弧形凌空一落，中间照样激流奔涌。溅到天上的水珠立刻冻成冰气冰雾冰珠。一群冰幻冰梦冰魔在空中翻卷。爱情就是大瀑布，流走了还要在天空中留下"一片冰心在玉壶"。

为了"一片冰心"的情调，那只"赛尽"猫，善全春一直养到现在，十四岁了。生下过"赛小一""赛小二""赛小三"……每天晚上几只猫跟着善全春散步，他在前，猫在后。

爱情换了一群猫。

爱情没成，原因也不太好说出口。不过，浪榛子承认，她一直是喜欢善全春肯帮助人的。善全春好像没有自己的事，总是在替别人做事，忙得像个停不住的陀螺，真是为人民服务的命。他和浪榛子那段不长的浪漫关系，没到初级阶段，"红高粱"就被废掉了。所以，那一段关系就成了可说可不说的事。若从来不提，也可能像没发生过。善全春一如继往，高高兴兴做所有浪榛子叫他做的事情，就像完成使命一样，与他俩以前有没有关系无关。在南诗霞去世之后，更是如此。

善全春从爱情失败中总结出的教训是：自己不会追文化女人。把追文化女人和找媳妇当一回事了。善全博士有自知之明。得了"赛尽"后，人家认识到，留洋归留洋，到找媳妇时，就回家乡安安分分找一个，然后，结婚生子，带到美国来过日子。善全春的媳妇不错，一年一个，生了三个女儿。家事全是媳妇操持。除了带猫散步，善全春反再不用做家务事了。媳妇奇怪，善全春不是为人民服务成习惯的人吗？他对媳妇说："女儿打不得，骂不得，还是你管好。我喜欢她们就行了，喜欢人也是工作呀。"

结果，女儿说，妈妈是虎妈，凶。爸爸是西化爸爸，好。善全春还是人见人喜。他的哲学是："你看我们家'赛尽'，什么本事也没有，老鼠也没捉到一个。人家就是善良。就凭善良，'赛尽'过了一辈子好日子。老奸巨猾是多余的。我就是'赛尽'的命。"

　　善全博士不做家务，但事业有成，专业研究艾滋病治疗。后来又到美国医药公司，一干就干成了专家。成了专家，就又想前面是不是还有一步好风景？善全博士也没想干大，他就想领导一个三五人的科研小组，再办一个药厂，上面没有老板，自己就是自己的老板。这样他的事业梦就实现了。在他有了这个小小的雄心的时候，天上就真掉下来新的一步：他应聘海归，成了中国"千人计划"中的一员，从专家变成了"总裁""CEO"，真的在中国南方老家开了一家"艾滋病药物研制公司"，取名叫"爱安药业"。地方政府一路绿灯，科技开发区里批了一块好地段，给"爱安药业"建实验室和制药厂。科技开发正是中国的急需。艾滋病这个新怪物，来到中国之后就横行霸道。若"爱安药业"能镇住爱滋，那是为民造福。

　　善全博士决定海归，并不是什么大不了的新闻。中国需要各方能人，回国的人越来越多。在善全博士之前，已有成千上万的人回国了。不过，在善全博士的"爱安"成立过程中，还是有一件事万般奇怪：善全博士的"爱安药业"的主要投资人不是搞医药的，是个大房地产商，叫戚道宽。据说，戚道宽经商有路，十年内，资产翻了一千二百倍，是江浙新富豪。这样的业绩，让善全博士眼睛都瞪圆了：钱，能像下雨一样全落到一个人身上！魔术呀！化学效应也没这个快。

　　善全博士跟戚董会面过几次。戚道宽戚董，长得很有"总"气，高而不胖，六十来岁的人，头发染得乌黑，眉清目秀，不像个商人，倒像个市长。对善全博士非常客气，说好业务全由他做主。想干就放手干，戚董第一年投二百万美元，一共要投一千万美元。善全博士不懂为什么房地产商不盯着快钱，盯着慢钱。科学研究本身是花钱的，要成功了才能赚钱，要失败了就赔得光光。制成一剂药，先动物实验，再到临床，做得再快，也得要七年。戚董却是能计深远的人。说明了要兼做制药了，还给善全博士提议，"爱安药业"厂房开工奠基的时候，一定要请一个美国市长来剪彩，这样，中国方面的市长也会来。有市长支持，"爱安"就能顺利发展。最后，善全博士找到的唯一合理解释是，房地产商戚道宽要做慈善事业了。

不过，善全博士是个细心之人，他回国是"裸回"。在美国的工作辞掉了，但老婆孩子还留在美国。先下水试试，不行再回美国。美国这边的关系也不能丢。善全博士是正宗科学家，他的药在中国造，因为劳动力廉价。在美国雇一个工人的钱，在中国就能雇一个化学博士。善全博士要制造成好药，价廉物美，再打回国际市场，更不要说造福中国的艾滋病人。善全博士热爱科学，相信科学。人得干自己想干的事，年龄再大，没干过，都想小试牛刀。

万事正在筹划之中，善全博士得到了寇狄。寇狄要到中国，善全博士很高兴。开口就说："你没找到挣大钱的工作之前，就在我的'爱安药业'当个英文助理。"寇狄是个快乐人。善全博士也是。寇狄很高兴，至少吃住解决了。善全博士也很高兴，有个大学肄业生跟着，"爱安药业"更有国际味儿。两个人成了朋友，立刻一人开辟了一个新天地。首先，善全博士给寇狄起了一个中文名字：寇道隐。"大道之行，天下为公。大道之隐，天下为私。" 善全博士说："你这个名字绝了。""寇道隐"就说："你那个英文名字也是绝了，山姆（Sam）。山姆大叔，地道美国味呀。"善全博士就成了大哥，寇狄是小弟。

中文课一开始，善全博士就教了寇狄一条未来当助理必懂的决定性语法：从英文到中文，有一道高高的山峰要飞越。山两边的风景不同，你要慢慢适应。在中国生活，凡说到"法"的地方，常常得换成另一个重要词，"关系"。

寇狄不懂。善全博士说："不懂不要紧，到了中国慢慢体会。你要走一条跟我到美国方向相反的路。我一点一点学守法，你要一点一点学'关系'。我告诉你从哪里开始。你若以为会拼音就会了中文，就能在中国生活，那你就上当啦。拼音不是什么好东西，儿童玩具。那不是中文。你当我的助理，跟我学，就得来真的。" 善全博士一上来就逼着寇狄写汉字。一天学一百个，每个字要写二十遍；然后长到三百，每个字写十遍。

动不动还给寇狄搞个小测验。

换了谁怕也受不了善全博士的教学法，亏了寇道隐当过三年军官生，受过基本训练，能吃苦。善全博士也不是职业中文老师，但他比中文老师还本事大。他教他女儿就是这么教出来的，有成功经验。善全博士订了一份《人民日报·海外版》，那报纸就成了寇狄的课本。善全博士每天一边看报，一边就在上面圈它百十个字，叫寇狄自己上电脑去查。听、说、读、写，外加解释意思都要会。把寇狄整死了。

不过，两个月后，寇狄进步很大，不但所有中国领导人、中国首富、中国明星的名字都认识了，还认识了一堆官方词汇，诸如"经济犯罪""人际关系""悬崖勒马""公款吃喝""官倒"。善全博士说："学那些课本上的死词有什么用？我教你的都是报上的活词，现代中国的流行语，你到了中国就能用。"

寇狄有礼貌，说："是。长官。"还说，他从小就会两个汉字，"顶好"。他爷爷教他的。他还赞美善全博士的报纸教学法，是一个创造性思维。与此同时，寇狄确实也显出了有语言天赋。他不仅学字，还到处用，动不动主动显示自己的中文天才。

寇狄和善全博士快要出发到中国之前的一个周末，寇狄用中文给善全博士写了一个Email说："吃你先生请您全家和南博士到他家里去吃晚饭。"

善全博士眼睛瞪大，对寇狄大胆使用新学到的中国字的勇气很佩服，居然说出连他都听不懂的话来了。"吃你先生？这是什么意思？"善全博士问。

寇狄从善全博士脸上的表情感到了初步肯定，很得意，说："就是我爷爷呀。我爷爷叫Mr. Chaney。"善全博士懂了，真是他教出来的学生，学的尽是活字，用的也尽是好地方。他揶揄地说："好好，翻译得好。音译，Mr. Chaney（契尼），译成'吃你先生'，没译成'吃我先生'。不过，我告诉你呀，你到了中国，在任何场合都只能说'你吃'，不能说'吃你'。"寇狄很好学，非常得意地把玩着他掌握的中国字：

"你吃我吃。你吃先生，我吃先生。"

与此同时，浪榛子也收到了"吃你先生"的吃饭邀请。浪榛子原想利用秋假飞到喇叭家去，浪榛子想跟喇叭谈谈少校沙顿。但是，寇狄爷爷到过中国战场，浪榛子看过了那张他收藏的日军传单，知道"二战"的时候他在中国成都基地驻过，又参加了最后B-29轰炸日本本土的决定性空袭。浪榛子就想见见这个曾经是第20航空军B-29上的投弹员，毕竟她的家人也是在那个战场上的战士。寇狄说"吃你先生"不仅邀请她去吃饭，还邀请她参加他们镇上每年一次的"D-Day"纪念日。镇上的人要重演奥马哈海滩登陆的场境，有一百二十个二战老兵会到场，回忆当年欧亚战场的反法西斯战争。

浪榛子就决定去寇狄家。她想知道更多那个年代的故事。历史和今天是流在一条河上的水，从艰险激流到明湖秋月，活着是好的，可"没有检验过的生命，不值得活"[1]。活着的时候，人还有任务。

浪榛子和喇叭一说这个邀请，喇叭就说："你去，那我也要去。凡中国战场上的航空兵我们都感兴趣。找我大哥的计划我没放弃。现在，连我们家芦笛都快成中国空战专家了。我现在就买飞机票到你家去，跟你一起去见'吃你先生'，也见见你说来说去的少校沙顿。"

少校沙顿

浪榛子在学校的网上看到通知：少校沙顿在招教授参加下一期军官生基本训练，让教授了解军官生的生活。军事系的这个传统项目有七十年历史了。浪榛子想去，就到军事系去报了名。

少校沙顿有了新烦恼。浪榛子在军事系找到他的时候，他正在整理秘

---

[1]　苏格拉底名言。

书办公室，有两个军官生在帮助他。浪榛子站在门口等了一会儿，听见他们三个人在用极快的语速交谈，而且夹着许多军队俚语。军官生问："Sir，苏珊的文件放在什么地方？"

少校沙顿回答："书架上，10：00（30度角方向）。"

军官生回答："Roger（明白）。"

浪榛子发现，这样的谈话方式，只要有三个军人在一起，就成了文化方言。他们是一群与众不同的团体，就像三个中国人聚在一起，就能有中国文化一样。

少校沙顿的新烦恼是文化冲突。苏珊来了。少校沙顿给浪榛子报上名，给了她一些军官生训练手册。然后，就邀请浪榛子晚上一起去看他小女儿的"理想拍卖会"。少校沙顿有一儿一女，都跟着离了婚的前妻。但是，只要有可能，女儿的活动少校沙顿都会参加。还有，少校沙顿想跟浪榛子谈谈他的新烦恼，苏珊。

浪榛子没孩子，只有一只狗，当儿子一样养。晚上，她高高兴兴地和少校沙顿去了小学。少校沙顿的女儿住在地莫茵城，开车开了三个小时才到。少校沙顿穿了便装，去的路上，他们没谈苏珊，因为他们都想高高兴兴地去。少校沙顿一路谈他的小女儿。这个女儿是他在阿富汗服役时生的。太太生的时候，他只能在电脑上给太太鼓励和安慰。回来的时候，女儿都快三岁了。接着是他们夫妻闹离婚。太太说，他完全变成了另外一个人了。

少校沙顿对浪榛子说："你现在认识的我，就是那另一个人。"浪榛子说："我不知道原来那个你是什么样，反正没有比较。另一个人也可以是这个人。"

少校沙顿说，他请她去看女儿学校的"理想拍卖会"，其实是想她能捐款给他女儿小学。那所小学在地莫茵城的贫困区，是一所私立小学。因为经费问题，面临停办的危险。小学校长就是他前妻。校长不甘心，组织了这次募捐性质的"理想拍卖会"，把孩子做的艺术品或想象出来的好主意拿出来，象征性拍卖，召集各方支持。少校沙顿说，如果他们不离婚，会住在基地。基地有很好的小学。但是，他前妻想办她自己的小学，她要让孩子们有艺术想象力。她说基地小学的孩子，将来都可以当小兵，但是，她教出来的孩子，将来要当艺术家或思想家。

"理想拍卖会"是在一个大仓库里，仓库里还有半仓库货物堆在后面。条件是够差的。小朋友们事前用墨绿色的布和竿子做了一圈假墙，把货物挡着。墙上用白色的灯光一照，像水一样，黑纹微动，白光盈盈。仓库成了一个临时展厅。大人小孩进进出出。

从一进仓库起，少校沙顿就显得很紧张。马马虎虎把小朋友的艺术品看了几个，就捐了一百块钱，也没说他要买哪个作品，就不安地来回走。浪榛子理解为，这是他前妻的学校，这样的关系，在公开场合见面，总是有点紧张的。

校长走过来，真是个漂亮女人，是个黑人，不胖不瘦，走起路来，腰不扭，说起话来，满脸高高兴兴。这天，她是大忙人。她走过来和少校沙顿拥抱了一下，就忙着招待别的家长和客人。台子上，有两个男孩在吹小号，一个男孩在敲鼓。角上有个女老师在弹风琴。一群粉色的女孩子在台子上跳舞。

浪榛子比少校沙顿认真，仔仔细细看小孩子的艺术创作。既然是"理想拍卖会"，总得看看小孩子们都有些什么理想吧。

有个小黑女孩对少校沙顿招手，叫："爸爸，来看我的理想。"

浪榛子和少校沙顿过去看了。小女孩拿出来拍卖的理想叫"理想大哥"。"理想"还用对比。"现实大哥"：脏，不脱鞋子就上床睡觉；凶，对妹妹说，滚滚滚；懒，吃完饭不收盘子；会告状，一点小事就到妈妈那里报告；会吹牛，对着人放屁。"理想大哥"是个机器人：干净，不仅自己铺床叠被，还帮妹妹铺床叠被；和蔼可亲，总是对妹妹说，我帮助你；勤劳，每个星期帮妈妈剪草；不告状，耐心告诉妹妹为什么错了；不会吹牛，从不放屁。

浪榛子笑，觉得这个理想不错，想想自己小时候，理想是"解放全人类"，还不如这个小姑娘"解放自己"来得实在。正想捐了她的一百块钱，又听见别的小孩子在喊："我的理想好呀！"

浪榛子就拉少校沙顿接着往下看，少校沙顿一副心不在焉的样子，连自己女儿的作品都没好好看。浪榛子说："我们那么老远跑来，你怎么不看呀。小孩子的理想很可爱呀。"少校沙顿说："有问题……你自己看吧。"一副恨不得穿上制服、到仓库门口站岗的样子。浪榛子就想对他说"At Ease（稍息）"这句口令。少校沙顿太有礼貌、太严肃、太紧张，在一群嘻嘻哈哈的小学生中间，浪榛子觉得可笑，看他脸上那种小题大作的严肃样，就像当年莫兴歌坚决不准她买和"蒋介石"有关的堂孙壶的神情一样。

她就撂下他，自己看。

小孩子的理想五花八门，估计个个都能拍卖到不少钱。

有一个设计叫"理想手机"，每个手机都设计成带翅膀的，蝴蝶一样。平时翅膀收着，被小偷一偷走，翅膀就张开了。小偷还没用，手机就"哧溜"一声飞回来了。

还有一个"理想教室"。讲台旁边放一个室内游泳池。教室地板是弹簧蹦床做的。小朋友上课累了、烦了，脚一踏，就可以弹上跳水台。当然，顺着梯子也可以爬上跳水台。小朋友从跳台上跳下去，每人身上带根电线，发电。能量一点不浪费，教室里的电灯就成了自给自足灯。多余的电供老师更衣室用，因为老师不能穿着游泳衣上课。但是，如果老师想参加发电行列，老师也应该有权利跳一回。

还有一个叫"理想州政府"。州政府房顶和停车场全是太阳能板做的，政府楼里用电自给。这个不稀奇，太阳能板早就到处在用了。稀奇的是每块太阳能板上还编了程序。如果官员受贿，心跳速度就会影响太阳能板上的程序。贪官一启动自己在停车场上的汽车，汽车就不是开回家，而是直接开到停车场对面的警察局去了。贪官想转方向盘，程序和太阳能却控制车，方向盘再转也没用。这样，警察也不用出去抓坏人。若把全州的高速公路都换成太阳能板做的，既给车能源又控制人的品德。什么小偷、抢银行的、虐待儿童犯，只要一开上高速公路，就全自动转向，开警察局来了。就像灯光引虫、灭虫一样，减少警匪暴力。

还有一个叫"理想儿童联合国"。联合国秘书长是个足球裁判员。哪两国要想打仗，或者有什么纠纷，各国派一队儿童足球队，在联合国的草场上打一场，谁赢了，谁就是战胜国，不用各国军队真枪真炮地厮杀。不就是为了决定胜负吗？"儿童联合国"一场比赛，就把争端给搞定了。小孩自己解决世界和平问题。儿童不感谢父母亲奔赴前线，为他们捐躯，成为烈士。儿童感谢父母在家里给他们讲故事，和他们打篮球。未来是儿童的，应该由儿童决定，用他们的新方式解决冲突，比迄今什么方式都好。门票收入办教育。用暴力来解决问题，在小孩子眼里，过时了。

浪榛子看得很来劲。她又给"理想儿童联合国"投了一百块钱。

这时候，校长讲话了。浪榛子就回到少校沙顿身边听校长讲话。校长赞美她的孩子聪明过人，心地善良，有社会责任感。这样的孩子，值得上一所任他们天性发展的小学……

校长正说着话，突然少校沙顿紧紧握住浪榛子的手。浪榛子抬头看他，只见他如临大敌，抓住浪榛子的手，就像抓住手枪一样，接着，浪榛子还没有反应过来是怎么回事，少校沙顿突然以战场上的敏捷跳到人群外。浪榛子回头一看，一面小孩子用布搭的墙倒了。墙根下，少校沙顿伸开手臂，撑住布墙。

又有三个家长也跳过去帮助撑住布墙，四个人不声不响地把布墙给重新插牢了。校长讲话继续。

若布墙真倒了，最糟糕的结果，也就是把一半听校长讲话的人罩在下面，把桌子上的一些水果和食物弄脏，成一个笑话。那不就是布做的墙吗？当然，布墙最好不倒。大家平安。在浪榛子眼里，少校沙顿救墙行为成了英雄、男子汉行为，他的保护欲像是本能。回想他们一进这间仓库，少校沙顿就坐立不安。原来，他预见到这个"倒墙"事件。他前面那些过度紧张，在浪榛子看来，变得全都可以解释了。那天，她没有想，为什么别人都不紧张，反而想，这是我喜欢的"红高粱"。

回去的路上，他们谈到布墙的事。少校沙顿说，他并不是一开始就预见到墙要倒。但是，墙倒的时候，那个跳起来的人，不是现在的他，是本能的他。不是什么英雄，就是本能。他有在军队生活十二年训练出来的生存本能：时刻警惕，时刻活着。他说："我不能相信那些小孩子，不能相信我的前妻能做出万无一失的事。"但是，少校沙顿说，他还有大半年就退役了，他不知道退役后的日子怎么过才叫好。

这时，他就和浪榛子讨论了"苏珊问题"。

苏珊是少校沙顿突然又得到的一个秘书。他没想要这个秘书。苏珊是人文学院院长分配给他的。他说了同意，只是因为他对领导的命令不会像其他系主任或教授那样说"不"。在军队时，"不"字，不对上说。

苏珊原来在体育系当秘书，有四分之一的印第安原住民血统。她长得很胖，往那里一站，像一把实心大雨伞。做事还慢，一次只能做一件事。同时有两件事要做，她就把第一件事忘记了。再想什么是第一件事，第二件事又忘记了。所以，体育系的人就说：这是体育系，苏珊在这里当秘书不合适，形象不适合体育系。

就这一句话，苏珊起诉了体育系："胖子歧视"。然后，就发心脏病了。

关于苏珊起诉体育系，并不是因为苏珊有后台。苏珊连婚都没结过，年纪也过了五十三岁，胖也是一个不争的事实，记性也不好，就凭她一个人，为这一句话就要和体育系一群人高马大的教授、教练打官司。少校沙顿只能直摇头：她这是从哪棵大树上抓住一根枝，如此地雄壮起来？

浪榛子知道，苏珊是靠了《反歧视法》。没有一所大学愿意被人说成是有歧视倾向，谁也不想有与歧视相关的法律事件打官司。苏珊一起诉，体育系立刻没声音了。学校就和苏珊谈条件，说，苏珊，你撤诉吧，给你调一个系，就说要把苏珊调到大气系去。苏珊以前在大气系当过秘书，她认为大气系的系主任比体育系的还凶，是全校最凶的系主任。苏珊说："那我得找院长，要求加钱，如果把我调回大气系，我要申请'战斗费'。"

结果，几经调停，苏珊调到军事系来了。军事系的军官生说："苏珊，在体育系有个形象问题，到军事系就没有了吗？"

少校沙顿对军官生说："部队明令不准歧视。在体育系，歧视不歧视还可以说是道德问题。在我们军事系，不准歧视就是命令。'二次大战'之初，黑人还不准当航空兵。现在，哪个小队里不是不同种族混合？种族歧视问题，在部队里解决得最快、最好。十年前，同性恋在部队里还受歧视呢，后来，部队用'你不说，我也不处理'对待同性恋，到现在是明令不准歧视同性恋。结果，对同性恋歧视问题，在军队里解决得比地方上还彻底。军队，就是军队。不准歧视是命令。苏珊来，谁也不准歧视。"

听起来苏珊很敢捍卫自己权益，这让浪榛子觉得，中国网上的新流行词"女汉子"给了苏珊，倒是合了她的不畏强大。可是，再听听少校沙顿讲他的烦恼，浪榛子又认识到苏珊除了可以叫"女胖子"，其他啥都不能叫，跟"女汉子"毫不相关。苏珊就是苏珊，她就靠一个法律保护着。

军事系是个效率很高的系。原来的一个男秘书，是退役空军上尉，总管系里的大小事务。忙，但什么都做得好好的，还有时间上网看华尔街的股市行情，告诉大家，有钱买点小黄鱼收起来增值。学校把苏珊调给少校沙顿，苏珊高高兴兴地来了。不管她能干不能干，多一个人干活总是好的吧。这个系里没有"胖子歧视"，苏珊也很开心。

少校沙顿用对平民的和气对苏珊说："苏珊，你刚来，就做一件事，把我每周开会的时间记下来，到时候提醒我就行了。"

过了两天，苏珊来提醒少校沙顿了。她说："少校沙顿，你昨天开会。"少校沙顿一听，哭笑不得。少校沙顿误掉的是大学学术委员会的会议。谁缺席，谁的名字就要放在网上，直到下次开会。作为军人，少校沙顿非常难为情，像犯了军纪，认为给学校学术委员会丢了脸。幸亏浪榛子也是大学学术委员会委员，她以为少校沙顿另有安排，才误了会议。一散会，就把会议讨论的事情和发的文件，用邮件告诉他了。

少校沙顿想，反正不能用军队的要求来规范苏珊，就依然用好脾气对她吧。他也没说苏珊什么。又过了一个星期，苏珊说："少校沙顿，你和系里两个教授这个周五开会。"到周五，少校沙顿招呼系里这个人那个人去开会："快走，我们开会要迟到了。"系里的同事说："这周开什么会呀，是下周。"少校沙顿说："苏珊记下的，是这周。"人家说："那你去吧，有会再打电话来叫我们。"

结果，少校沙顿白跑一回。会是下个周五。回来，他强迫自己不发火，也没说苏珊，认了。

苏珊太喜欢少校沙顿了，逢人就说："我现在是少校沙顿的私人秘书。"少校沙顿觉得不好，为什么别的教授没有私人秘书，他有一个？就跟苏珊说："你就在这里工作，不要说是我的私人秘书。"苏珊说："好，我不说了。"

当少校沙顿和浪榛子快开到家的时候，少校沙顿无比烦恼地说："这怎么办呢？苏珊到处跟人说，'少校沙顿叫我不要跟人说，我是他的私人秘书。'"

浪榛子听到这里，哈哈大笑，就像刚才看小朋友的"理想拍卖"一样。军队真是一个很小的特殊社会，军队以外，本来就是什么都有。苏珊的脚穿什么鞋子，统一不进"百万双锃亮的靴子"的队伍里来。少校沙顿看她笑，就不怎么高兴。他对浪榛子抱怨道："这件事好笑吗？在军队，最让人害怕的不是敌人，是让你的兄弟们丢人。让他们去为你受难，为你的错误死。苏珊怎么就没有一点集体精神？"

浪榛子就不笑了。她不想让少校沙顿以为她也不拿他的军队道德当回事。这件事在她看来，是少校沙顿遇到文化冲突啦。平民社会没有军队那样的严纪律和集体至上的德性。平民社会的功能和军人不一样，平民社会一人一个样，各人有各人的想法，这才生机勃勃。法律是和平生活的底线，和平的宽宏大量和政治协商，全靠法律保证。这个苏珊背后靠的是法。学校不能解雇她了事。送她到军事系，不过就是学校权威为了体育系的违法对一个个人的让步，就没指望她能改变。

浪榛子说："歧视胖子和歧视妇女一样，违法。苏珊再没本事，也不能因为她胖就解雇她。学校知道法律在苏珊一边。如果苏珊不撤诉，学校就会得一个坏名声。关于解雇人，这是经常发生的。但是，哪儿都有红绿灯，不能大车（体育系）劲大就撞小车（苏珊）。红灯绿灯是法律。有红灯绿灯，大车小车才都能有平等机会；行人过马路，才能受保护。学校可以惩罚闯红灯的。但这回，苏珊有绿灯保护，是体育系闯了红灯。你也别指望苏珊做事，军事系能把苏珊摆平了，就是救了体育系，也就救了学校的好名声。你们不是以救人为己任，集体至上吗？"

少校沙顿拉长的脸放松一点了，眼睛里有了一点人间烟火。他说："处理苏珊问题比上次处理前军官生寇狄麻烦。寇狄的家乡是出军人的地方，他懂得军队的道德是忠诚于集体。寇狄做了选择，他选了要在平民的自由市场上当自由劳动力，退出军队。"

浪榛子就想：少校沙顿为什么不笑呢？他笑起来很好看呀。她就想说笑话，逗他开心。她说了受寇狄家"吃你爷爷"邀请吃晚饭的事，少校沙顿不能听出其中的幽默，他说："寇狄喜欢你，恨我。处理他，是因为他当时在军中。和苏珊不同。我和他都别无选择。"

这样的反应让浪榛子感到沉重。男人没有幽默感，男人女人都累。为什么英雄都得一副不苟言笑、背负责任的样子？把好日子留给别人过，英雄自己家的好日子还有吗？少校沙顿似乎愿意保持穿着制服的形象。看来军队就不是有幽默感的地方。浪榛子决定，等他退役以后，再跟他说幽默感的事。

再下一个周末，少校沙顿请浪榛子出去吃饭。感谢她为他女儿的小学捐款。可是，那顿饭吃得不自然。浪榛子发现，电影里的那些吵吵闹闹的美国大兵，恐怕多是刚当兵的。少校沙顿怎么和那些人不一样呢？他那么安静，却那么喜欢假设危险。

他请浪榛子到他喜欢的北湾意大利餐馆去吃晚饭。餐厅的灯光有点暗，是暖色的淡红。桌布洁白，墙是木头的，发出忠厚老实的桐油色。环境不很时尚，却很家庭化，是那种以当地的老居民为主的老餐馆。他们进去的时候，有几桌已经坐了人。多是些年纪较大的、和蔼可亲且绅士气十足的当地老人，还有一对谈恋爱的大学生。服务生热情洋溢，一边问候，一边把他们引到一张靠窗临河的桌子前就座。浪榛子高高兴兴坐下，一眨眼，少校沙顿没了。回头一看，他坐到对门墙角的一张小桌子上去了。那里光线很暗，他的眼睛在阴影里，只看到他的鼻尖。

浪榛子走过去，问："怎么啦？没人要坐在这个角落里。"少校沙顿抱歉地一笑，说："这个位置好，可以看见餐厅里每张桌子上的人吃饭。"

浪榛子非常吃惊，说："你疯啦。你要看那些老绅士老太太们吃饭干什么呀？"这样说的时候，正好有一个老太太抬头对他们笑。少校沙顿脸上冒出一个无比成熟的警惕神情，把浪榛子一下按到椅子上，好像他洞察了一切。老太太是恐怖分子。

老太太从兜里掏出一个老式的大钱包，向浪榛子说："你是我孙子的老师。我认识你。我能不能给你们买个甜点？"浪榛子很高兴，说："好呀，谢谢您啦。"

少校沙顿却一脸严肃，一句话不说。等他们吃完意大利蝴蝶面，老太太已经走了。甜点上来了。老太太给他们点了巧克力慕斯。一个小黑球凸在一个小玻璃杯上，球上还顶了一个红樱桃。浪榛子拈起红樱桃就吃，还没送到嘴里，给少校沙顿一把抓住手腕。红樱桃掉了。浪榛子不知出了什么错，惊愕地看着少校沙顿。少校沙顿说："你不认识她。别吃。"浪榛子就笑了："我不是什么重要人物，没人要害我。"说着，就吃了一口巧克力慕斯。少校沙顿不吃。浪榛子一人吃了两份。小镇上的人，简单友好，互相信任。她对少校沙顿说："怀疑老太太的好意，岂不是不尊重人呀。"

少校沙顿请浪榛子吃饭，他想谈军事系的那个"抢救历史史料"的研究项目。他相信这样的工作，对军官生有好处。"二战"的时候，差不多每个美国人的家庭都有家人或亲戚去了战场。他们回来了，就想尽快忘掉那些灾难经历，没有人喜欢谈战争。现在年轻人开始忘记他们的爷爷们付出的代价。但是，他没说这些。他们吃了一顿饭，他一直很紧张，正事倒没谈，脑袋里有个熟悉的声音反复在叫喊："你们必须知道自己在哪里，你们一定要掌握控制权。不然，你就死。"他就想：这是谁的声音？到那老太太离开餐馆的时候，他想起来了：这是他十二年前的基本训练官的声音，那个到现在还会出现在他的噩梦里的人的声音。等浪榛子一边吃甜点，一边跟他谈项目的事情时，那个声音才离开他。

少校沙顿说："整天说要打要打的，是那些根本就不知道什么是战争的人。我就没听一个老兵说过，战争是业绩。要是战争不能带来和平，战争什么业绩也没有。"

和平语法

再下一个星期，是一个秋阳如梦的好日子，喇叭前一天飞到北湾。少校沙顿换了制服，穿了一套白西装，打着红黑相间的领带和浪榛子一起去机场接喇叭。回来的路上，堵车，少校沙顿突然做出了一个令人不可理解的反应。他觉得自己在浪榛子好朋友面前，给浪榛子丢了面子。浪榛子一早给他打电话，说她们要到寇狄家去了。他就说了一句："你们好好玩，我会去看医生的，不用担心。"也不再解释自己前一天的奇怪行为。这时，浪榛子决定，回来后，要研究一下受过压力后的人的心理。

寇狄、喇叭、善全春和浪榛子说说笑笑上了寇狄的大众牌跑车，到寇狄家的农场吃饭去了。喇叭、善全春和浪榛子从小就认识，自然很高兴。善全春女儿大了，不愿跟着来，三个女儿不去，老婆也不来了。善全春不强迫女儿，只身赴宴，和老朋友一起出行。

车刚开，寇狄手一挥，从兜里掏出一张纸，递给坐在后座的善全博士。善全博士一看，大笑出声，连说"好"，又递给喇叭和浪榛子看。那是善全博士要求寇狄做的汉语小测验。寇狄的小测验上写着：

词语解释：

官倒：一个大官头朝下。

到寇狄家，路还挺远，四个人一路开车，一路聊家常。寇狄的爷爷叫老兵契尼·寇狄（寇狄已经同意不叫他"吃你爷爷"了，虽然他坚持认为"吃你"的发音比"契尼"准确，但他愿意让步）。寇狄的爸爸是康里镇的镇长包尔·寇狄。寇狄家是西内布拉斯加州的农民，种了五百英亩玉米和大豆，养了七千头牛，不是富人，也不穷，就是最普通的美国人民。到美国农民家吃饭，友谊结到草根族。

秋草金黄，满地都是发财的颜色。近处，一卷一卷金色的牧草，掉在刚割过的草地上，一盘麻将牌撒了局。远处，风吹过，一地金草，长发飘飘，秋波放荡。土地看着就流动起来，一浪一浪流向天边，不知多少花花绿绿的心思也跟着跑到地平线那边去了。头顶上是一枚大太阳，也是发财的颜色，金光灿烂。阳光泻下，全世界收到的发财密码，却都是远古时代的单音节，吃，吃，吃。几只黑牛，停在时间的大棋盘上，慢条斯理地吃着金草，虽是士卒的装束，却吃出国王的神态，一副好日子就是无纷扰的神情。

车像小甲虫，在一根白线上爬行。白线是弯弯曲曲的公路。公路很长，寇狄的家史也很长：爷爷，老兵契尼虽然是个老农民，但他一辈子都疯迷飞机。他是寇狄家唯一有飞行员执照的农民。寇狄小时候，老兵契尼开一架老式双翼飞机，把小寇狄放在旁边，"哧"一声飞上天，在五百英亩玉米地上转圈，嘴里唱着自编的乡村调儿："玉米长得好呀，绿色的太平洋！"

在所有不种田的时间里，老兵契尼都在自己家的车库里造一架小喷气式飞机。他的玉米、牛肉卖出的钱，都变成这架小喷气式飞机身上的这个部件或那个部件。小喷气式飞机红肚皮，白鼻子。鼻尖上一根细银管子，测头风定飞行速度。机身一边一条蓝色闪电，低低的红翅膀里却能金屋藏娇，四个扁油箱藏在里面。飞机的名字叫"B-29的小情人"。

开了两个多小时，进了寇狄家所属的镇子，寇狄说："到我们家还有一小时，到时候你们就听我爷爷说吧，他像我这么大的时候到过中国。我家这个镇子，家家都有爷爷或者叔爷爷参加过'二战'。"他说着，就把车停在镇图书馆旁边。图书馆前有个镇牌：康里镇，镇民，5702人。寇狄要善全博士和南博士下车，看图书馆的橱窗。那里贴了一张图片，图片上一个老兵，戴一顶写着"二战老兵"几个字的帽子，敬礼。图片下方一行大字："谢谢您为和平服务。"老兵的侧边写着：

"二战"欧洲战场，美国战死、失踪：200，000士兵。康里镇：57人牺牲。

"二战"太平洋战场，美国战死、失踪、重伤：100，000士兵。康里镇：29人牺牲。

"这是我爷爷。"寇狄说。

战后的和平，是一代人付出重大的代价换来的呀。这么小的镇子，都付出了这么多。浪榛子想到中国人为那场战争付出的代价。任何一场战争，最后付出的都是普通老百姓。关键是付出了代价之后，老百姓应该找一条什么样的路走，而这条路不会再把他们带向战乱。

这时，寇狄跑进图书馆旁边的一间小房间。小房间有工具房那么大，房间门上写着："City Hall（市政府）"。镇长包尔·寇狄把他家联合收割机和两条狗的大照片贴在门后的玻璃窗上了。两只狗头从联合收割机的驾驶室伸出来，一脸热情。镇长寇狄在照片上写了一行字："康里镇长的两个秘书坐在镇长的第二办公室里。"

寇狄从工具房里钻出来，后面跟着镇长包尔·寇狄，红脸、粗壮，像个梁山好汉，音声响亮地说："欢迎到康里来，你们先回家，我还有会议。"

工具房旁边有个议事厅，是公民议会开听政会的地方。寇狄说，议事厅从前是个大玉米仓库，现在一厅两用。周末和暑假寒假是康里中学生的俱乐部。中学生在门口挂一牌子："成人不得入内。"平时是议事厅，中学生就不入内了。

浪榛子、喇叭和善全春都说不用先回家，就听听康里镇的听政会，然后和镇长包尔·寇狄一起回家。寇狄很高兴，他马上要到遥远的国家去了，他想知道家乡事。于是，四个人就找了后面的座位坐下来。

镇长包尔·寇狄下午有两件政事要处理。

一是康里镇三家农民要和一家大石油公司打官司的事。石油公司的管道要从加拿大接过来，穿过平河，穿过他们的农田。平河是每年成千上万仙鹤迁徙时的栖息地。康里镇的人担心，石油公司的管道破坏了平河生态，仙鹤就不会再来了。万一漏油，平河污染了，人们喝什么？这件事，事关重大。寇狄小声对两位客人说："我爸爸跟石油公司打交道，气得两次发心脏病。"

人们等着镇长宣布开会前，气氛挺沉重。石油公司是大家伙，三家农民能打得赢官司吗？

浪榛子听见坐在她前面的农民在议论大公司吃农民土地的事儿。一个农民说："我们这个国家出问题了，让那些华尔街的人说了算。仙鹤和石油放一起，只有疯子才会选那黑乎乎的石油。跟仙鹤抢平河，就和从前我们跟印第安人抢平河一样，是犯罪。为什么祖先犯的罪，我们这些后代还非要重犯一遍？"

另一农民说："农民知道自然是怎么说话的。仙鹤是一个世界，祖祖辈辈到我们平河来，它们是我家的亲戚。开国之父给我们定下法律，保护弱小。资本家再有钱，我也不让他欺侮我家亲戚。谁喜欢住在城里，谁住在城里。我决不搬到城里，在游泳池里放鸭子。"

到讨论的时候，五个议员坐在台上，几十个农民和他们脸对脸坐着。一个议员说，石油公司的人讲石油是国家利益，管道不通，加拿大的石油就会给别的政府买走了。

镇长包尔·寇狄一脸严肃地说："我最不放心的就是我们自己的政府，其次才是外国政府。我最要保护的是康里镇镇民的利益，其次才是国家利益。我们康里镇没有对不起国家过，我们就是不能听资本家说他们的利益是国家利益。"

讨论了一小时，议事会一致同意：船只一百年都不准从平河上过。怎么能让油管子从平河过？由这三家农民起诉石油公司，坚持不让石油公司的管子通过他们的土地，石油公司的管道不能过平河。

接下来，第二个案子比较简单：一户农民在自家林子一圈贴了"禁止打猎"的牌子，但是，邻居看见他自己进林子打猎了。议事会认为，这是违法，禁猎区交的地税低于非禁猎区，责令这家农民不准在自己禁猎的林子里打猎。

农民不高兴，说："前两天电视里又报道了一个北湾校园区枪击案，杀了一个教授家五岁的孩子和看孩子的保姆。杀人都禁不掉，我在自己家林子里打猎倒要禁掉？"

镇长包尔·寇狄这回和声细气地说："我们平民百姓，不能调动军队，手里也没有巨财，只有我们自己脚下这块土地。我们的先父唯一留给我们、能让我们可以保护自己的，就是法。法，不能消灭坏人，只能限制人使坏。法管不全的地方，让上帝眼睛监视。老百姓手里就一个'法'，法在老百姓这边，不在强盗一边。我们自己要尊重它，它才能保护我们呀。跟着强盗一起把法破坏掉了，我们就什么也没有了，只能重新回到原始战争。"

那个农民就不说话了。

这两个案子一听，善全春不说话了。趁着没人看见，他推了推浪榛子，侧过脸，在她耳边说："那次在河上，是你对。从那条河，到康里，我走了十五年，不算慢，对不对？"浪榛子就笑。她想起她爸在对付"五湖四海"时说的话："要有法就好了。"过和平日子，"法是天地之道"。

听政会完了，镇长包尔·寇狄还不能回家。他说："我得走了。前街的约翰打电话来，车死在圣约瑟夫镇了，我得赶快给他送汽油去。"寇狄对善全博士和浪榛子抱歉地笑，耸耸肩膀，摊开大手："我跟你们说的吧。这就是我爸。镇长就和救火员差不多。"善全博士很理解，说："像你爸这样的人，中国也很多，叫'活雷锋'。"善全博士这样说的时候，稍微有一点心虚。

剩下的一小时车程，车上的四个人，就转到谈法律对付强权，弱小对付腐败的事了。因为寇狄和善全春要到中国创业，从美国石油公司的大资本家之坏又谈到了中国的腐败问题。

浪榛子提到莫兴歌又跟她按"苹果公式"吵架。浪榛子担心中国的腐败问题，莫兴歌就立即说："贪污腐败哪里都有，美国照样有贪污腐败。不要一开口就盯着中国的腐败说。"浪榛子说："我不过是在想，我们曾经经过一个时代，相距半米都能定你个'通奸'，有几个银元金币都要赶快扔河里去。怎么从那样一个纯情的极端，一下子就跳到，贪污腐败到今天被当'正常'接受，还成天经地义了？中间少了什么？"莫兴歌就说："中国强大了你不宣传，你说我们少什么？你什么意思？非得打一仗，那些一天到晚说中国不是的人就老实了。"

善全春说："他不过这样说一说。那是他自我保护的本能。他自己开工厂，难不成看不懂，资本敲开一个鸡蛋，欲望全跑出来了。"

喇叭就让寇狄讲，他怎么对付欲望的引诱。

寇狄插话说："我一个肩膀上站着天使，另一个肩膀上站着魔鬼。他们都在我耳朵边叫：'跟我走'。选择跟魔鬼走，我就撒了谎。再走，就腐败了。但是我也可以选择不跟魔鬼走。或走，走几步再回来。上帝的眼睛在看着呢。跟魔鬼走迟早要受惩罚。"

浪榛子说："要是连村长级的小官都贪污腐败了，那恐怕就不是个人选择问题，是社会风俗了。'官倒'就成风俗了。"

善全春要回到中国去生产治艾滋病的药。他就拿他的药当例子说事儿。他说："艾滋病的病毒就像'恶'。它钻进一个健康细胞，把健康破坏了，就又跑出来破坏另一个。它破坏了一个又一个健康细胞，直到把人的免疫系统破坏了，人就会死。能不能把艾滋病毒杀死？现在我们没有药杀死艾滋病毒，因为它钻进好细胞里面去了。除非把好细胞都连带杀死，病毒才会死。我们不能消灭'恶'，只能把'恶'管起来。"

善全春在车窗上画了一粒药丸，像个小子弹，说："我们制造的药上，带一个小识别弹头，它能把感染上艾滋病毒的细胞和健康的区别开来，然后，在被侵蚀的细胞周围形成一个小蜡壳，把艾滋病毒封住，不让它出来。这不是就可以不让它破坏别的健康细胞了？所以，艾滋病就可治了。有个小蜡壳管制，带病细胞和健康细胞共存。"

看着车窗上的小弹头，在浪榛子的想象中，她熟悉的法律从一些条文也转成带着识别弹头的子弹状，无偏见，无私心，碰见邪恶，就封成一个小蜡壳。让其他健康的细胞能好好活。

喇叭也懂了："噢，做个蜡瓶子把魔鬼封进去，不让它出去害人，就让它在瓶子里折腾。可这瓶子得结实才行呀。"

善全春说，他也希望小蜡壳结实耐用，可惜病人常常不听话，药吃吃，症状轻了，就以为病好了，药就不肯吃了。谁知小蜡壳一化，病毒跑出来，更凶，有抗药性了。

浪榛子就想：这些病人就是那些有法不守的人。把病毒封起来，不能假设病好了，得一直把它管着，否则再重的药也治不了本。人性本来就是脆弱的。人这才想要有制度专门对付人性恶。人可以定制度，有的制度是为维持等级利益设制，强权一压，它可以维持，但"等级"却终是腐败的土壤。民主法制是对付腐败的土壤的小蜡壳。会不完善，但它毕竟还是小蜡壳，不是腐败的土壤。这样的制度向着社会公平的方向努力。

到了寇狄家时，太阳正在大草原上降落，满天的交响曲大红大紫奏到结尾高潮，大铜锣一敲，金色的回声在地平线上震出几个"Z"字型的金闪电。金闪电镶着黑边，从西天划到头顶。玫瑰红的飞云就随着大提琴的粗弦拉到蛋青色的天空。太阳像踩着鼓点一样，一跳一跳，把所有的金光全喷出来。

一位老人，逆着光，站在一幢小红砖房子前，有一条小河在房子前绕了半个圈，跟公路平行，流向远处。老人沿着河向路口走来，有一排棕色树干橘黄叶子的栎树在水中落下一队倒影。那些倒影像直伸到水底，水下像是有乐曲，影子摇着晃着，快睡觉的样子，橘黄的叶子在水里成了黄金梦。老人对着寇狄和他的客人高声说："顶好！"河水上的金光，发出叮叮当当的回声。

天就黑了。

这是寇狄九十四岁的爷爷，老兵契尼。老兵契尼第一个介绍给客人的是跟在他后面的一条三只腿的羊。那只小羊因为少了一条腿，被老兵契尼从"羊"升级为"宠物"，带在屋子里养，养得跟狗一样护家。老兵契尼非常得意地说："羊屎问题解决了。"说着，唤宠物羊把屁股调转过来给大家看：三条腿的羊屁股上戴着婴儿的尿布兜儿。大家哈哈大笑，羊儿在人群中转了两圈，嗅了嗅气味，然后自己领头跑进屋去了。老兵契尼说："不用担心，它要换尿布的时候，会去厕所。"

寇狄的妈妈在对付一只大火鸡。她说因为寇狄不能在家过感恩节了，就提前杀一只火鸡给他送行。火鸡肚子里塞了小米、玉米、青葱段、火腿丁、小面包干，外面烤得金红，才从烤箱里里拿出来，满屋子都是火鸡的香味。寇狄母亲拿一把大刀削火鸡肉，把白肉和红肉分开，脯子是白肉，腿子是红肉。对寇狄来说，涂上蜜色的火鸡酱，红肉白肉都一个味道，看不出来也分不出来。但是，他妈要把一只火鸡分作红白两大盘。还有火鸡肚子里掏出来的填料，三大盘！

十分钟后，善全博士就成了寇狄母亲的"老干儿子"，在厨房里向"美国妈妈"大显做红烧肉的功夫。都是最新鲜的猪肉，只要有时间，善全博士连"东坡肉""腐乳肉""回锅肉""狮子头"都能做出来。光想着这些名字都解馋。一大盘红烧肉，再加上爷爷做的牛肉烧烤和土豆沙拉，浪榛子带来的巧克力蛋糕，摆了一桌子，成一场大餐啦。

晚上，肉香绕梁，镇长包尔·寇狄回来了。镇长包尔·寇狄送汽油，一送就是三小时。去的路上太阳亮得像个光头小子，回来的路上，一路看着太阳就在西天上，变大变红变熟，成老农民的大红脸，然后收拾起一天紫红、大红、黑红的家什，回家睡觉去了。

镇长包尔·寇狄回来也没空手，车里装了三十条过期面包，跳下车就招呼寇狄拖面包到平河边去喂鱼。他说："超市的面包扔了，我把它们都捡回来喂平河里的鱼。" 寇狄说："您又绕那么远的道儿去拿过期面包，真还不如让沃尔玛、麦当劳在北湾开个超市和快餐店，过期面包都是您的。"镇长包尔·寇狄说："你只当开超市快餐的资本家跟你和你的这两位中国朋友一样，是药师、律师呀。走到哪儿，只管治病救人、打抱不平？镇公民议会最近投票又否定了让沃尔玛、麦当劳进来。它们来了，北湾的三个小餐馆，两个小杂货店还能活吗？我不先考虑让外面的大公司挣钱，它们钱多了去了。我得先考虑康里的镇民，康里是我们的家，有家就有历史。人不就活个历史吗？大，没什么好。有自己的历史，活的才是你。"

这时，老兵契尼拖进来一大桶冰镇啤酒。

啤酒一喝，老兵契尼就开始说起没头没脑的老故事："你们都看见鸡场的老母鸡，翅膀底下带着小鸡吧？你们猜一猜我见过的最大的翅膀带的是什么？"

寇狄知道他爷爷的故事，却故意说："大火鸡带小火鸡？" 老兵契尼眼睛笑成一条缝，头使劲摇。

喇叭说："超人用翅膀带小孩？"老兵契尼还是摇头。

然后，老兵契尼开始说他和中国的故事了："1944年9月8号，我们的B-29跟着李梅将军去轰炸日本在满洲国的鞍山昭和钢铁厂。我们要炸它的炼焦炉。那玩意儿好认好炸，一炸炸一串，火光冲天。炼焦炉一完蛋，钢铁就炼不成了。李梅将军选了炸鞍山，因为听说那里的日军防空火力最强。他刚从欧洲战场调任到第20航空军，要亲自带一百架B-29去试试日军地面火力和驱逐机火力。看看日军到底能拿我们最新式的B-29长程超级空中堡垒怎么样。我们到了鞍山上空，日本的驱逐机已经在天上等着我们了。他们从来没有见过B-29，那么一群银光闪闪的大家伙，飞那么快。他们一上来，就错误判断了B-29的速度。等他们再调过速度，太迟啦，我们开火了。我们就遇到一些微弱弹击。①"

他接着说："回来的路上，三架日本的零式驱逐机不知从哪里冒出来。和我们的'大飞船'比，他们的零式机就是小黄蜂。小黄蜂就是转弯快，因为轻呀。有一架零式机先还盯着我们打，我们尾机枪手就还击。那家伙突然不见了。它子弹没了。我们都只当它逃回去了。突然，我们的B-29右侧的翅膀，狠狠挨了一击。等我们摇摇晃晃开回基地，多少人围过来看，我们右侧翅膀上，带了半截零式驱逐机。"

爷爷的这个故事寇狄听过很多遍。他觉得爷爷很幽默。幽默是男人的第一个好气质。寇狄哈哈大笑，笑得比哪个都响。老兵契尼就对大家说："是我建议寇狄到中国去的。中国是我们的盟友。中国姑娘漂亮，她们穿着吸管服（旗袍）。见了我们穿航空服的人就笑。"

老兵契尼的故事走到哪儿，就从哪儿冒出来。也许，人活到他的年龄，就成故事化身了。善全春在做烤鸡腿，香味从厨房里冒出来。老兵契尼随口就念了几句他在中国写的大兵诗：

> 早餐，米饭
>
> 中餐，米饭
>
> 晚餐，米饭
>
> 梦里，队长在叫：你，KP。
>
> "报告：KP结果：米饭。
>
> 明天还是米饭。"

浪榛子和喇叭不懂"KP"是什么军事用语，老兵契尼说"KP"的意思是Kitchen Patrol（到厨房巡逻）。然后说："我得去KP了，鸡太香，不偷吃一块，诗白念了。"

---

① 记载见Warren Kozak, *LeMay: The Life and Wars of General Curtis LeMay* (Washington: Regnery Publishing Inc., 2009), 185-186.

老兵契尼啃着一只鸡腿，从厨房出来，浪榛子和喇叭就想问老兵契尼，他是怎么到中国战场的。老兵契尼说："明天是D-Day 纪念日，康里镇的人在平河的沙滩上重演'奥马哈海滩登陆'。这一带还活着的老兵都会去给镇上的孩子们讲和平来之不易，你们都可以作为老兵家属去参加。"

沙X："马特洪峰使命"

第二天，老兵契尼开着一台拖拉机，后面放了七个草垛子，头戴一顶二战老兵帽，帽檐上面有个蓝色菱形，上面写着"20"，驾拖拉机载着一家老小，外加三个客人，一路开到平河边的一块大沙滩上。康里中学的中学生，还有附近各小镇来的志愿者，分别穿着盟军和敌军的制服，准备重演"奥马哈海滩登陆"。岸上搭着英军和美军的帐篷。"枪声"紧一声，慢一声，从大沙滩上和一座桥上传来。

老兵契尼倍受尊重，一路都有人对他说："谢谢您为和平服务"，"第20航空军！B-29！"……

老兵契尼带着一行人走到他作演讲的"中缅印战区"帐篷。帐篷门外的照片栏上有一些老照片。其中一张放大的照片上，两个美方航空兵一人站一边，中间是一个中方航空兵，三个人胳膊挽着胳膊，立在一个四方形的亭子前。亭子在半山腰，四个飞檐长长挑起，指向天空。一块亭匾白底黑字，写着"忠勇亭"。

老兵契尼说，这张照片是他在衡阳照的。那亭子是衡阳的一个著名的亭子。旁边两个美方航空兵，都是第14航空军的航空战士，是他的康里同乡。其中一个给了他一沓日本皇家空军给第14航空军的挑战书，叫他在"马特洪峰使命"B-29轰炸日本本土时，扔回去。两个美方航空兵，都没有能活着回到康里。只有这张照片被老兵契尼带回了，每年D-day 日都要拿出来放在照片栏。老兵团圆。中间那个中国航空战士叫什么名字，老兵契尼不记得了，但愿他有一个战后的好人生。那天是他把他们带到这个亭子去照相的。

喇叭和浪榛子把那个中方航空兵仔仔细细看了。他和美方航空兵穿着一样的制服，腰上扎着手枪，胸脯挺得高高。很帅。喇叭和浪榛子互相看了一眼，都希望这人是范筇河。喇叭说："范筇河若这么帅，我就懂我妈为什么要一个人不管不顾跑回来找他了。"

浪榛子说："范筇河是中美空军混合联队的人，他们应该都很帅。"

中缅印战区的老兵们已经在帐篷里了。几十个年轻人和小孩子坐了一圈。几个老兵的演讲听下来，浪榛子发现：老兵没有一个愿意细述杀敌细节的。他们要么讲救人，要么讲被救。

有的讲：在吕宋得了任务，埋日本兵尸体。谁去，奖半壶酒。

有的讲：在中缅印战场，女护士太少，第14航空军的历史记录员把每来一个女护士当作历史事件记录在空战史中。

有的讲：自己跳伞时摔断了腿，陷在沙包里。六个中国游击队员把他挖出来，剪下他的降落伞，一人抬一角把他救回来。然后把他放在一个铺了稻草的竹床上，由一个老中医打麻药，一个美国医生主刀，在水稻田埂上给他做了手术。老中医，拿着针管手直抖。打针的时候，突然就不抖了。

有的讲，他自己是战俘，在日本战俘营受苦。日本投降后，守兵全跑了。把他们撂在缅泰边境的丛林里，没吃没喝。有一天，来了一架P-51侦察机，来找战俘。飞机低飞的时候，发现他们一群战俘饿得走不动，躺在河岸上。看见飞机，就站起来向飞机挥舞衣服。但这是侦察机，没带物资。飞行员就飞了一圈又一圈，还做了翻滚表演给他们看。最后，飞机上扔下来一条裤子。裤脚、裤腰扎着，里面装了飞机上所有食物，几块巧克力，一些饼干，几盒K-军餐盒、一条香烟和一份报纸。战俘们在裤兜里发现了他女朋友写给那个飞行员的情书。大家读了，觉得自己重新有了人类的感觉。

还有的讲：1945年8月的《中国灯笼》上登了"东京玫瑰"被捕，才知道"东京玫瑰"原来长了一个正圆形的脸。大兵们开玩笑，说要去探监，谢谢"东京玫瑰"给他们放的那些好音乐。

轮到老兵契尼了，他开始演讲：

一代人有一代人的"马特洪峰使命"。我告诉你们我的，希望你们这些孩子走好你们自己的"马特洪峰"。

1944年，美国快快造出了最新式的B-29，我们一个机组的哥们儿直接到内布拉斯加州的飞机制造厂，领了我们的飞机，就在内布拉斯加的大岛训练基地学开B-29。B-29就是为轰炸日本造的，能飞长距离。我们要练习冲弹起落。直落下跑道，轻轻一弹，再飞起来。跑道尽头是个养鸡场，臭气冲天。我们很不喜欢那个臭味，每次冲弹我们都故意鼓动机长弹到鸡场上，吓得鸡飞狗跳。

我们不知道我们的任务是什么。有一天，我们每个人得了一个信封，说是绝密任务，要上了飞机才能看。我们机组十一个人，就在那天离开了大岛，离开了家。

上了飞机，打开信封一看：哈，我们是到夏威夷的檀香山。我才十九岁，刚应征当上了投弹员，一辈子从来没出过内布拉斯加州。高兴呀。在飞机上睡了长长一觉，醒了一看：哇，檀香山海岸线上的椰子树，腰扭得像一排排仙女，太平洋的蓝浪翻着白边，转开大裙子扑到沙滩上。就是在战时，也让我恨不能钻到大海的裙子里，再钻出来，仰面朝天在海上漂一漂，在沙上躺一躺。

可惜我们只在檀香山停了一夜，基地都没让出，只看见家家户户窗子上都贴着米字形的白纸，防炸弹。第二天就又上了我们的B-29再飞。

上了飞机，打开第二个任务信封，这回是到太平洋上一个小得不能再小的小岛，Kawagalein。在这个小岛上，我就干了一件事：拿一块巧克力雇了一个小孩，上树打椰子给我们吃。飞机在Kawagalein加了油，再飞。

上了飞机，再打开下一个任务信封。我们才知道我们的任务代号叫：马特洪峰使命（Matterhorn Mission）。

马特洪峰是欧洲最难爬的山峰，说明任务艰难。我们的任务要翻越的山比马特洪峰还高。下一站是印度Kharagpur。那里原来是个刚建的政治犯监狱。一打仗，成了第20航空军的总部和后方基地。从印度基地，我们要自己带着自己用的汽油，飞越"驼峰航线"，到我们B-29在中国的前沿基地——成都。任务：轰炸日本本土和满洲国。

信封打开后，我们机长在机内麦克风里教了我们一句中国话：Woo shua Megwa（我是美国人）。机长开玩笑说："我知道你们个个都想扰乱大岛的鸡场，你们不喜欢臭味。杜立特的航空兵1942年4月18号偷袭日本后，十六架飞机，除了一架不幸落到苏联，其余十五架全落到中国东南沿海。听他们从中国回来的人说，要是飞机掉到了中国，你就要用你的鼻子，如果嗅到人、鸡、猪、羊的排泄物味道，就朝那个方向走，那是安全的味道。走过去，就能找到中国人的村庄。中国人回收人畜的废料种地。到了中国人的村庄，你就安全了。"

你们不要笑，我下面讲的这段找排泄物味道故事，是我性命攸关的一个坎儿。

B-29是"二战"中造型最漂亮的轰炸机，也是威力最大的飞机，机身体长而匀称。机翼展开像体操运动员站在平衡木上一样好看。但是，因为战争压力，B-29还有很多设计问题没克服就上战场了，它的一个左引擎很容易坏，油和冷却系统也有问题，机翼结交处会断裂。B-29很容易出事故。因为机械事故坠毁的B-29，比被敌人打下来的多得多。航空战士弃机跳伞的比率比其他飞机都高。将军李梅在接下第20航空军之后，先到大岛基地学飞B-29，发现了所有这些问题。

B-29要从成都前沿基地飞到满洲国轰炸，得飞越北方共产党的根据地。李梅将军立刻通过美国情报局OSS与延安建立的"地谢使命（Dixie Mission）"[①]派了一位军官过去和延安谈，希望根据地的人民能救助美军

---

① OSS建立的与延安交流的渠道，帮助训练在日占区工作的发报员和情报人员，一直在延安有驻点和美方官员。

跳伞航空兵。谈得很好。军官回来后，讲到延安缺医少药的情况，第二天，将军李梅就送去了一飞机医疗设备、药品和无线电仪器。延安的医生从来没见过这些设备机械，他们围着这些医疗设备和药品一夜没睡，惊奇，感叹。毛主席回赠了将军李梅一把日本武士剑和一些木刻。将军李梅接着又送去十几个医生，教延安的医生如何使用这些器材。①

　　1944年11月，我们机组到满洲巡逻侦察。回来的路上，撞上六架日本驱逐机。他们有一弹打中了我们的油箱，油流进机舱。接着，又有子弹不时打进机舱。在这个时候，我们的B-29引擎突然出了问题，左边机翼裂开。机长担心飞不回成都基地了，机舱内全是油，子弹打进来很容易失火，引起爆炸。机长下令跳伞，我们都知道下面是日占区，大家碰运气了。

　　我落在一个山坡上，看见下面有日本炮楼，有日本兵从里面出来。我赶快埋了降落伞，也不知该往哪条路上跑，就想到往有排泄物气味的方向寻找中国村庄。果然有。我就顺着气味向山下跑。一跑，才发现我一条腿受了伤，不好使了。正一跳一跳地向前移动，看见一个小男孩从那个方向上山来砍柴，也就七八岁。我给了小孩一块巧克力，跟那个小孩子说，帮我出山找游击队。他当然听不懂我说什么话。不过，他一转身，就往一条小路上跑了。我跟着他，紧跳几步。他还不停地回头看，我也回头看，看日本人是不是上来了。

　　我看着小孩往山下跑，却跟不上。一眨眼，小孩不见了。我只好垂头丧气坐在地上，先包扎伤口。排泄物气味已经有了，如我们机长所说，闻到了那个气味，就嗅到了安全。我感觉安心一点，知道离中国村庄不远了。

　　我站起来，刚要往前走，看见两个男人用木棍抬着一张椅子来了，小孩子跑在前面。他们说什么，我也听不懂，他们就动手脱我的衣服。这

　　① 记载见Warren Kozak, *LeMay: The Life and Wars of General Curtis LeMay* (Washington: Regnery Publishing Inc., 2009), 187-188.

下，我懂了。赶快把飞行服脱了，穿了他们给我的一件花衣服。他们又在我头上戴了一个花围巾，让我坐上椅子上，抬着我走。小男孩把我的飞行服塞到一个树洞里。在树上刻了一个记号。那件飞行服上有"血符"："来华助战洋人（美国），军民一体救助。"

这两个男人抬着我，跑到一个池塘边，池塘边有五个女人趴在一架木头水车上，唱着什么歌在踩脚下的板子，从塘里往小渠里车水。小男孩对着一个最高大的女人叫"妈妈"，把她从水车上拉下来。然后，他们指挥我上水车，叫我趴在水车杠子上，头低下，用花头巾挡着鼻子和眼睛。其他的女人就又一边踩板子车水，一边唱歌。

那个换了我的妈妈坐上了我刚坐的椅子，两个男人抬起她在小路上跑。一群日本兵从不远处的村子里追出来。两个男人越跑越快，想离开水车远一点，日本兵叫喊着追过来。两个男人和那个小孩一会儿跑快，一会儿跑慢。日本兵叫得狠了，他们才把椅子放在地下。日本兵赶上来，掀了那个妈妈的头巾，查了椅子，才回去。等他们靠近水车时，我跟着那四个女人，低着头，尖起嗓子唱那支车水歌。心怦怦跳，趴在杠子上，不顾腿伤，装出踩水的样子。日本兵走远了，我们唱得更响。高兴呀。那支歌是这样唱的：

"You are and is wood（幺二三四五）。"

他们都叫我"Wood（五）"。

到了天黑，他们把我送到了游击队。我们机组有五个航空兵也都先后到了那里。后来，又来了四个，只有机尾枪手丢了。我们九个人各人都有历险故事。我们机长落在一座光秃秃的山顶上，正尖着鼻子嗅气味，不知往哪个方向走，突然一群日本兵像从地缝里冒出来的一样，向山顶上跑来，山顶被团团围住。机长想，这下完了，就举起手来，做投降状。领队的日本兵走过来，把他的手枪下了，拿在手上看了半天，突然，非常奇怪，又把手枪放回他的枪套。连子弹都没下，还给他了。

机长想，奇迹，还有这么好的日本兵？他就想碰碰运气，拿出他的航空战士英汉小字典，用铅笔圈字，跟他们交流。但带队的日本兵从他手里拿过铅笔，在他的小字典上写了："B-29？"

机长一看这两个字，马上在字典上圈了一个"Yes（是）"。这时，他知道故事变了。原来这队人是山里的游击队。他们看见有飞机掉下来，穿着偷来的日本兵衣服出来找人。他们把机长送到这里来了。

在游击队，羊毛出在羊身上。一个共产党医生看了我的伤，给我用了李梅将军送去的美国药。那天晚上，我听见不远处枪声激烈。医生告诉我们，是游击队在和日本兵抢那架摔在山谷里的B-29。医生说："是我们盟军的飞机，摔坏了也不能给鬼子拿走。"他这样说话，实在让我觉得共产党中国人和国民党中国人都长得一样，都是很好的中国人。中国的女人穿一种吸管服，红色中国的女人穿一种黄布衣服。除此，我看不出北方的这些中国人和我在成都见到的中国人有什么不同。战后，国共两派自己打起来的时候，我还冒出过一个我这辈子最大的野心：我应该去拉着两边兄弟的手，协调他们别打。

两个星期后，我们机组成员和共产党张爱萍将军的士兵在村子小学校的操场上，打了一场篮球赛，还来了记者采访。村子里所有的男男女女都来看，像过节一样。比赛完了，老百姓就放鞭炮，小孩子跟着我们后面跑。我把我的铅笔、皮带、纽扣，所有我还有的和美国有关的东西都留给他们作纪念了。

等我们回到成都基地，正好赶上了参加12月18号，第20和第14航空军279架飞机的"大合唱"使命：火烧汉口。

和第14航空军一样，B-29也只能靠从"驼峰航线"运送物资，给这么大的长程轰炸机运油和其他军需，是一个严重战术缺陷。李梅将军认识到了这一点，认为成都前沿基地战略位置不好，离日本本土也较远，决定撤走B-29。第14航空军的陈纳德将军，一次又一次地要求B-29离开中国之前，和第14航空军联合，在中国战场上狠狠打一仗。

李梅将军就亲自飞到昆明第14航空军总部，和陈纳德一起制定了作战计划，代号："大合唱使命"。在B-29调离中国战场之前，1944年12月18日，两支援华航空军一起，狠打日占区的指挥中心和物资重镇汉口。

我们八十四架B-29每十分钟一批，每四架带燃烧弹，第五架带炸弹。我是第一批方队进入汉口上空，还带了传单。日军的物资仓库都沿着长江边的码头建，燃烧弹扔下去的效果出乎预料，汉口上空立刻黑烟滚滚，亚洲式的房子是木制，燃烧弹一炸就着。我们把沿江边日军物资仓库全烧了。我们一架没损失，全部回到成都基地。一个小时后，第14航空军的所有B-24和四十架护航P-40，进入战场B-24用雷达高空准确定点投弹，轰炸江对岸武昌的日军物资仓库，再接着一大批B-25又进来低空轰炸汉口附近的三个机场。那年冬天日本兵连棉衣都被我们烧了。1945年，篮球就转到盟军手里了。

火烧汉口之后，所有的B-29全部离开成都前沿基地飞回印度。1月，麦克阿瑟将军打吕宋，有很多日机从台湾新竹机场飞去阻抗。麦克阿瑟将军要求我们和第14航空军打新竹机场。我们又飞过"驼峰航线"到了成都前沿基地，从那里，又打了台湾海峡，炸了新竹机场。这是我们大队在中国打的最后一仗。

之后，李梅将军把所有的B-29全部调回关岛和天宁岛，和第20航空军的其他大队会合。从那里炸日本本土，没有军需给养难题。B-29在中国的物资和汽油全留给了第14航空军。后来，李梅将军自己说，火烧汉口，是他后来用一千多架B-29投燃烧弹轰炸东京，造成东京大火的实战演习。东京大火烧得日本灵魂出窍。

东京大火之后，李梅将军亲自给一系列B-29要炸的城市中的日本居民写了传单：

居民们，立刻转移！

我们扔下这些传单是通知你们：你们的城市已被列为我们空军火力将要破坏的城市，轰炸将在72小时后开始。

这个提前通知将给你们的军事力量充分时间，采取必要防卫措施来保护你们，以躲避我们不可抗拒的进攻。

只要你们还是盲目地跟随那些把你们推上绝路的错误军事首领，有计划地破坏一个又一个城市就将会继续。现在，推翻这个军事政府，拯救你们残存的美丽国家，是你们的责任。[1]

长崎和广岛在这一系列城市之中。我把我从中国带来的日本皇军空军扔给美国第14航空军的宣战传单，混在李梅将军的传单里，扔回了日本。这是为在中国战场上的战友做的。

我的最好的故事是，日本投降后，我们机组的机尾枪手居然活着回来了。这个机尾枪手是个名人，叫P. J. Quinlan。他曾是欧洲战场上第8航空军中第一架次完成二十五个使命的著名B-17"孟菲斯美人号"上的机组成员。"孟菲斯美人号"著名机长，被调去开B-29，想让P. J. 继续做他机组的机尾枪手。阴错阳差，P. J. 被分派到我们机组，到中国战场来了。因为B-29速度快，P. J. 是第一个跳下去的，落在了另外一座山上，被一批不知何方的游击队员给救了。他们说没法把他送回成都，给了他一把步枪，P. J. 就跟着游击队在满洲的山里打游击，一直打到战争结束。他得的英雄奖章比我们谁都多。他家的一面墙上挂的都是民国政府给他的奖状和奖章。[2]

我们每年聚会，总有人叫我们"英雄"。

这个问题我想过很多次。现在从中东回来的人，说这个那个是英雄，但是，我不认为我是英雄。我们康里的老兵俱乐部里的老兵，没一个认为自己是英雄。年轻时，在战场上我扔燃烧弹，我想扔准确了，炸掉敌人的机场，烧掉敌人的仓库，那是我当战士的职业。打败敌人，让我高兴，完成任务是我想要做的事，我愿意相信我们打的那场战争是为了找回正义。就像任何职业人士，干成功了他高兴一样，成功让我高兴。

但是，现在，我再想到战争，我会想：战争是我们这代人的命运，不是好命运。我们担起了我们的命运，打赢了那场平民对抗强盗的战争。多

[1] 记载见Warren Kozak, *LeMay: The Life and Wars of General Curtis LeMay* (Washington: Regnery Publishing Inc., 2009), 253.

[2] 记载见Robert Morgan and Ron Powers, *The Man Who Flew the Memphis Belle: Memoir of a WWII Bomber Pilot* （New York: Penguin, 2001）, 273.

少从战争中回来的人对付了半辈子PTSD（Post-Traumatic Stress Disorder,
创伤后应激障碍），包括我自己。我从来不看打仗杀人的电影。我们打那
场艰苦的战争，不仅仅是因为要打败几个法西斯国家，报仇雪恨，更是因
为我们不得不站出来拯救被法西斯践踏了的人道。

我们的后代们应该去找到其他更好的方法解决冲突。

我还会想：我们扔在汉口江边的燃烧弹烧了三天，有没有把中国老百
姓的房子也烧掉呀？我把成千上万的传单跟着炸弹一起扔下去，若有百姓
的房子被烧了，他们接了传单，他们想：烧我房子的人原来是跟我一边
的，他们的感受是什么？

荒唐，对不对？战争是一个荒唐的游戏。

我觉得有一件事不荒唐。就是战争一停，去给战俘们空投物资。那
是一个好转折。我敢保证，我们老兵俱乐部的老兵，最想告诉你们的故
事，是去救人。我们去的那个战俘营，很多战俘心理和神经都受到摧残，
PTSD严重，不相信任何人，一出营地就想藏在丛林里，不肯上飞机。我
一天抬了45个战俘上飞机。

那个战俘营的日本守兵，成了我们的战俘。日军看守长会英文，投降
后，我们机组带他去东京受审。在飞机上，他说自己背叛了天皇和国家，
趁我不注意，要自杀。我对他说，你自杀干什么呀？你和平投降，救下你们
日本兵一千人命。你们下面有事做，还世界一个和平。

要说谁是英雄？我告诉你们：那些没有回来的人是英雄，他们把生命
给和平了；那些教我唱"You are and is wood"的中国妇女和男人，还有那
个我都不知姓名的小孩子是英雄，他们不是军人，却做了分外勇敢的事。
他们的名字写在一块块红砖上，埋在我心里。

我只做了我们这代人中，每个人都会做的事。我做完了，我回来过
生活。

听老兵契尼演讲，浪榛子和喇叭只有感受，没有评论。她们见到一位
在中国最困难的时代和中国人民分担命运的老兵。而这个老兵"回来过生

活"，是让浪榛子和喇叭最感动的结论。

这样的生活，就是康里的生活：小桥流水。人并不需要更多。

当他们离开康里的时候，黑黑的草原像宇宙那么广袤，一点点金色的灯光从这栋小楼房的窗户里溢出来，海洋里的一条小船要睡了。车灯很快就会像萤火虫一样飘走了，三条腿的羊，送客到门口。老兵契尼站在羊旁边，对孙子寇狄说："你到了中国，去汉口、鞍山还有台湾新竹看看，替我跟那里的老百姓道个歉。我的炸弹炸坏了他们的城墙和码头。战争时代有那时的对和错，和平时代有现在的对和错。那时我炸了，他们看见我，还放鞭炮；现在我得说抱歉。"

四周静得像在月球上。车在路上开，都有失重的感觉。这大概是马特洪峰使命飞越"驼峰"的感觉吧。

这一天，浪榛子还记住了一个新词，PTSD。她不太清楚这是什么意思，但这个词让她联想到少校沙顿。少校沙顿在接喇叭的路上，让她担心，那种表现异常，就跟她在老朋友莫兴歌眼睛里看到的那种过分的阶级警惕性一类。少校沙顿还总说他做噩梦，也不愿看打仗的电影。

浪榛子想：从战争中争得和平，是一条艰难的路。然而，从摆脱战争思维到学会过和平的日子，从用暴力说话到用法律说话，也是一条艰难的路。可人们别无选择，在走过暴力流血的道路之后，非得走上后一条路不可。因为，只有后一条路走好了，父辈亲人在前一条路上付出的代价才有意义。

两条路都可以叫"马特洪峰使命"。

第六章：范医生与无人知晓的战争

沙3：范医生

范医生范白苹认为，很多人成为医生都是因为家庭原因。不是因为父母是医生，就是因为父母死于没有医生能治得了的不治之症。范白苹当医生是因为她爷爷是医生（中医出身兼做西医），更因为她那个说不清道不明、横竖没有太平日子的家。范白苹的爸妈都是人物。小时候，她把他们当父母看。现在，他们都过世了。范白苹再重新看他们，他们都是她的病人。她爸的病叫"PTSD（创伤后应激障碍）。"

按照一般定义，PTSD是一种灾难后的焦躁性心理失序，是病人经历过或见证过人为的或自然的灾难之后留在内心深处的伤痕。这个伤痕不是敌人的子弹或什么强力从外面打到体内的，而是经历残酷事件后，在神经末梢上留下的长长的心理伤害。

按照她自己这些年治疗这类心理病人的经验，PTSD病人总是矛盾重重，从一个极端跳到另一个极端：他们表现出的浮躁行为或封闭行为源于内心的自卑、自耻和没有安全感；他们不相信周围的人，总是没有幸福感，却有变态的警惕性；他们总做噩梦，清醒的时候也会突然有旧景重返的感觉，以为灾难临头，做出过分的自我保护或伤害他人的行为；然而，他们又在内心深处不停地自责，永远自己跟自己打着无人知晓的战争。

在PTSD病例中，人为灾难造成的伤害，远比地震、洪水等自然灾难造成的伤害要深刻得多，也难治得多。她爸爸范笳河一辈子经历的一次又一次人为的灾难，从"二战"，到后来一次一次政治运动，每一次人为的灾难都不会风过云散，不留痕迹。她爸的病例应了"没有一场战争不同时也是内心里的战争"[①]的说法。PTSD若根本不治或乱治，病态心理会伤害病人和他人。可惜，范笳河到死也没得到任何心理治疗。

她妈甘依英也有病，她妈的病，范白苹认为，也应该是属于PTSD一种，不过在她经历的病例中，没见过她妈这种类型。PTSD是一个"二战"以后才渐渐被广泛接受和研究的心理病。上世纪90年代初，心理医生们才有了共同认可的症状例表。中国有句老话："一朝被蛇咬，十年怕井绳。"若这是中国古人对灾难后心理伤害症状的描述，那中国记录PTSD心理症状的时间，可谓世界最早。不过，她妈的类型没有医学名字，范白苹自己给起了一个，叫"政治学习强迫症"。

范白苹留学美国决定当心理医生的时候，以为这下好了，她爷爷没方子没药治的病，得靠她了。等她当了心理医生，她要先治疗自己家的家庭动乱，重整旧河山，让一家老小过个平静日子。谁知道，范白苹艰难困苦地走完了美国医学院的长长黑夜，家的太平日子，始终没有在她爸她妈之间建立，两人就相继去世，让范白苹留下无数遗憾。

她妈在她爸死后，为她爸的骨灰能不能进烈士陵园，拼了老命地闹，不达目的不下葬。范白苹从美国回家奔丧，心里想着应该让父亲早点入土安息。她觉得，这样拼命地为爸爸葬在墓地的"司局级"还是"省部级"位置斗争，好像她妈爱那烈士陵园里的死人座次都超过爱她爸。与其这样，她爸生前，母亲为什么不好好待他？

"那是待遇，"她妈振振有词地对范白苹说，"像你爸活着时候的军

---

① 引自美国诗人玛丽安·穆尔（Marianne Morre）诗作from Marianne Moore,"In Distrust of Merits". 见 Nancy Sherman，*The Untold War: Inside the Hearts, Minds, and Souls of our Soldiers*（New York: W. W. Norton & Company, 2011），opening page.

衔。他傻，他不争，我能不争吗？"

这场斗争到她爸火化后半年都没完。她妈给范笛河争到了进烈士陵园的机会，又接着争级别高一点的风水地。范白苹远远地在美国看她妈争得那么辛苦，大热天的，一次一次往父亲的老上级、老朋友家里跑。把她爸得过的奖章、军衔、官职一一列出了。提醒他们：范笛河进烈士陵园，坐上一块好风水地，对他们的子孙都有好处。这让范白苹觉得，真是奇怪，人到死了还得按"军衔"排出个等级，"等级"还真成了我们的文化基因了。想那中国死人住的地狱里，一定不停地会有农民起义。推翻那些早死的，却总坐在风水宝座上不下来的老鬼们；而老鬼们却要想着法子打下刚死的新鬼，譬如说：母后垂帘听政，毒杀幼帝。父君下了不退，巴巴地要当太上皇，年轻的就让它们论资排辈，慢慢从新鬼熬成老鬼，反正地狱里有的是时间。

范白苹她妈甘依英在她爸爸去世几年后也去世，甘依英自己也进了她爸安息的那个烈士陵园。待遇有了，是她自己争到的。不劳死鬼老头子的大驾，也不劳她留洋女儿的小驾，但范白苹不看好这个结局。她不知道她妈躺在她爸身边后，她爸的"安息"日子是不是就又从此到头了。她妈叫她爸"老范同志"，范白苹不知阴曹地府通用的称呼是什么，她妈去后会不会称地狱里各色人等：阎罗同志？饿鬼同志？夜叉同志？

总之，老范同志来了，老范家的女同志也来了，她爸她妈的PTSD带到了地府。范白苹觉得她依然有责任在美国医院繁忙工作之余，追着他们把病情讲清楚。

早上七点钟，范白苹到爱荷华医学院的附属医院去上班，在电梯上碰见两个外科医生，他们才动完一个九小时的大手术，还有一个凌晨就开始打扫卫生的清洁工。大家在电梯里，像往常一样互相问好。因为手术很成功，两个外科医生很高兴。清洁工是个老黑人，在这个医院勤勤恳恳打扫卫生的时间，恐怕比这个电梯里的所有医生都长。他也很高兴，和医生在一起，他很自信。各人有各人的存在价值和本事，让医院干干净净，他的存在价值和本事摆在那儿了，虽然他的工资恐怕只有外科医生的二十分之一。老清洁工从来就没想当外科医生，也不跟外科医生攀比。这让范白苹想到，孔子说："不患寡而患不均。"孔老先生到底做的是什么梦？从几千年的历史中，她只能得出：人能做到的"均"，不是均智力，均体力，也不是均贫富。人能做到的最好的"均"，只能是公正，给人"均机会"。"机会"都在那儿，你根据能力去做。越来越多的人能得到"均机会"，是快乐文化，给人心理上平等的感觉，人可以不同，但人生而平等。

PTSD 总是起因于不被平等当人，或者无法当人，或者经历过人虐待人。无助和无能为力的境地，是对人的幸福感和自信心的最大破坏。

老清洁工像发现新大陆一样，非常兴奋，告诉三个医生："今天我打扫前台的时候，有三个小孩子坐在那里了。值班护士到处给他们找吃的，医院商店还没开门。是法律生效啦？！"两个外科医生就笑，说："一点钟才生效的法律，七点钟就送来三个小孩子啦？范医生，你给解释解释是什么心理呀？"

他们这是在说州里刚通过的一个新法律：凡被留在医院的小孩子，医院都得当孤儿收留，医院有责任养这些孩子们。这是一个多么慈善的法律呀。才几个小时，医院就有了三个小儿小女了。老清洁工说，最大的那个男孩，七岁。他问男孩，爸爸妈妈为什么把他们送医院来？男孩说："爸爸妈妈要离婚，没人带我们。" 老清洁工胸有成竹地对电梯里的三个医生说："这个法，行不了三天就得废。要不然，医院不办了，当托儿所啦。"

这是范白苹医院今天的新闻。人，从古到今，就干一件事：认识自己，对付自己。这回，看到了吧，人不是天使，法律不能按着"人性善"定。法律得假设，人性恶，而恶必须被管住，谁也不能例外。

等到下午，范白苹路过前台时，那里的小孩子已经增加到十个了。有一个妈妈开车七小时，从伊利诺依州把自己一个十六岁男孩送来了。她正在做演讲一样跟周围的几个护士说："我是单身母亲，经济不好，我失业了。我没钱供小孩了。这个儿子还不听话，不知道他妈多不容易。我也管不了他了。谁能管谁管吧。十六岁还是未成年，送他到医院来，是他的最后机会。"然后，她放下小孩就走了。那个十六岁的大男孩一脸满不在乎的神情，对早些时候就坐在那里的小孩子们说："怎么样，我们可以组织一个篮球队了，叫×我妈篮球队。"

这时候，有一个穿制服的军人，走过来，对那十六岁男孩说："我看你最好帮助护士照顾这些弟弟妹妹，你十六岁了，不是说'×你妈'而是说'帮你妈'的时候。不要以为你可以合法待在医院，那还不是其他像你妈一样的公民在养活你。你不也是个大男人了？"

范白苹朝那个军人看了一眼。帅。

那天下午，范白苹最后一个病人的病历送来了：少校沙顿。PTSD，灾难压力后心理紊乱。

这就是范白苹刚刚在前台见到的那个军人。范白苹让他坐，别紧张。问他，为什么不到军人医院就医，反而开车这么远，到我们这个大学医学院来就医？范白苹期待的回答是，你们大学医学院有最新的心理治疗法，但她得到的回答却是："我不信任军人医院的心理医生。"这个回答让范白苹想起她的父亲。她父亲也曾经说过相似的话。他不信任何周围的人。

范白苹故意回避他对军人医院的评价，按职业规则和病人说话。她打开电脑，给少校沙顿看了两个人脸简图。一张笑脸，一张苦脸。她看着他的眼睛，他的目光立刻不由自主地盯着那张苦脸。范白苹提醒他："看那个笑脸。"他看了，可没一会儿，目光又移到苦脸上去了。范白苹说："别那么严肃。告诉我，你为什么要看那张苦脸？你想到了什么？"

少校沙顿说："我看那苦脸了吗？我两个都看啦。我不过是一没留神，想到了我父亲。我父亲是德国后裔，他们家在西部一个小镇种了一大片高粱地。那时候，镇上就几家人。我奶奶从小就跟我父亲说德文，他直到上小学才开始说英文。'二战'时，他不到十八岁就参了军。因为他德语说得好，就被送到了欧洲战场。先给巴顿将军开车，巴顿将军在医院里见伤兵在哭，就骂他们，还用头盔打他们。我爸爸不喜欢巴顿将军，就要求到了前线，当翻译兵。这就是我刚才想到的，大概是想到巴顿将军打人，就看了那个苦脸。"

范白苹说："没关系。不过，这次你盯着那张笑脸看，再接着讲你父亲。"

少校沙顿把目光转向那个笑脸，接着说："噢，我父亲。他到了前线。那时，盟军已到了德国境内。德国就要失败了。有一次，他们攻打一个大仓库。仓库里有408个少年纳粹，一个个忠于元首，要为元首献身。他们大多数十四五岁。盟军决定，只要他们开着枪从仓库出来，就只好还击。这是战争，只有敌我，没有办法。结果，我爸爸这个比少年纳粹大不了多少的小盟军翻译兵，说，别打他们，他们都是孩子，让我来试试。他就用德语跟里面的少年纳粹讲：德国败了，你们再打，就是白死。你们的元首杀了很多别人家的孩子，你们怎么就能相信他会爱你们？你们为什么要为一个杀人家孩子的人送死？然后，又讲，我们活着有很多快活的事可做呀，我们可以钓鱼，上树，玩儿，读格林童话，唱歌。说着，就唱了一首小时候他妈妈教他的德国儿歌，《想妈妈》。结果，仓库里的408名少年纳粹也跟着唱起来。他们相信了我父亲，全部投降了。"

范白苹说："这个故事挺好呀。我父亲也参加过"二次大战"。他在中缅印战场，中国战区，是第14航空军的航空战士。"

范白苹小时候就知道父亲开过大飞机，长大了，父亲不怎么肯讲，她三叔告诉她，父亲是1943年8月进入第14航空军中美混合联队。她知道父亲有几个生死之交的中美朋友，都在美国。

听说范白苹的父亲也是飞行员、"二战"老兵，少校沙顿似乎和范白苹有共同言语了，他说："我父亲救了这些小孩的命。因为这件事，立了大功，得了勋章回国。1986年，三个当年的少年纳粹到我的家乡来看我父亲。他们说，谢谢你，你让我们知道了生命有多么好。那个时节，我们家的红高粱都红了，他们四个老人就站在我家露台上，对着那片红高粱，唱当年他们一起唱的儿歌，《想妈妈》。"

范白苹发现，少校沙顿的目光又停在那张苦脸上了。这次，她没说什么，关掉两个人脸，调出一段话，让他读。这段话是麦克阿瑟将军在西点军校一次讲演中说的：

> 士兵懂得在一些时候，当其他的方式都失败了，这时有人必须"给屠夫们买单"，用战斗、受苦，以至死亡去纠正政治家的错误，去实现"人民的意志"。这样的战士比其他所有的人都祈求和平，因为他们必须受难并承受战争最深的创伤和疤痕。

少校沙顿很有礼貌，但不热情。范白苹知道他怎么想。他说："十二年前，我参军时，技能分析考了6分。进了空军，6分是最高分，最高分进空军当飞行员。" 范白苹说："心理问题不和智商成反比率，智商高的人，也许比麻木不仁的人更容易受心理伤害。"

他看看她，把这段话念完了。

然后，他说："我每个星期有四五夜睡不好，做噩梦。白天就高兴不起来。昨天，我请我的朋友去吃饭，是一个女教授。我们到了镇上的一个意大利餐馆。一进去，我就找了一个靠角落的桌子坐下来。我的朋友要坐在临街的桌子上。这是我们第一次出来吃饭，我的本意是想让她高兴。但是，我觉得，我不能听她的。她只知道学校生活，学校不是真实的世界。我没动。她只好坐到角落来。问我为什么，临街的桌子为什么不能坐？我说，坐在这个角落，我可以看到每一个坐在那里吃饭的人。她大笑，说："你疯啦？这些都是镇上六七十岁的老头老太。你要看他们吃饭？你要防着他们中间有人会跳起来给我们一拳？'我们那个镇，开学了一万人，放假了只有两千人。我也知道那些老头老太不是当地的农民，就是大学退休教授。但是，就是这种地方，恐怖分子才最容易混进来。我的女朋友说："这是和平的镇子，你到危险中去，不就是为了回来过这种和平生活吗？要这么草木皆兵，人民活得不累死啦。'这件事，是我决定到您这里来的原因。我不想被大学里的女同事看作不正常。军队医生说我有PTSD，我想听听第二种声音。我是不是正常人？能不能像正常人一样高高兴兴过日子？"

范白苹说："PTSD是正常人会得的一种心理病，就像正常人摔一跤，腿上会留一块伤痕一样。PTSD是过去的暴力、压力、灾难留在人心理上的创伤和疤痕。鉴定你正常不正常，不是我关心的事，我关心的是如何和你一起找到，是什么影响了你高高兴兴地过日子。我会根据伤害轻重，看你要不要用药。"

……

少校沙顿第二次来医院，比范白苹和他约好的就诊时间提前了一个星期。这是他自己打电话来要求改时间的。医生助理把他安插进来，他是那天早上第一个病人。范白苹像平时一样，早上七点钟到医院。在同样的时间，碰见在电梯口等电梯的老黑人清洁工。老清洁工像往常一样告诉她医院的新闻。

老清洁工兴致勃勃，带着一条红黑相间的领带："我刚才去演戏了。"他说："看我的领带结得好不好？"范白苹说："好，结得很好。"

原来那天医学院要面试新生，医学院的教授叫老清洁工去参加。老清洁工得意洋洋地说："他们叫我把领带歪戴着，衣服纽扣也扣错位，装成走错了地方，到面试的小教室去演戏。"

按常规，如果医学院面试是七点，被面试的那个学生至少得提前十五分钟坐在那里等。医学院面试，不是在面试时间到了，才算开始。考生一进医学院的医院大门，就开始了，只不过考生并不知道。老清洁工说，他故意装作腿不好，走进小教室。一个男生端端正正坐在那里。他就装成走错了路，一瘸一拐走到那个年轻人面前，对他说："年轻人，我老婆今天早上把我领带打歪了，成这种样子了。你能不能帮我重系一下？"这个年轻考生一脸带笑，立刻站起来，给老清洁工把领带重新结了一遍，又提醒老清洁工，衣服扣错了纽扣。老清洁工故意装作手指不灵，解了半天也没把纽扣解开。小伙子很热情，说："您要不介意，我来帮您重扣。"一边重扣还一边说："我还有五分钟就要面试了，要不然，我可以帮你找你要去的地方。"

老清洁工出来，主考教授们进去。这个小伙子过了第一试：关爱病人。老清洁工对小伙子的态度很满意。他说："我今天还有两场戏要演，等一下还要有两个考生来面试，祝愿他们都像今天早上这个小伙子那么好。" 老清洁工对自己的角色非常得意，他说："当医生第一条，就是要心好。我这一考试过不了，下面就别谈了。" 在医院待久了，老清洁工懂这个圈子里的价值观。当医生得宣誓"以保护生命，减轻痛苦"为职责。

听老清洁工说着他的戏，范白苹就想，这个老人，可算是正宗的美国人民了吧。做着自己一份工作，高高兴兴，轻轻松松，每做一件事都很自豪。这是很好的心理状态呀。若往回推一百年，黑人还是奴隶。不能说奴隶没有快乐，但这种轻松自信一定是没有的。从奴隶变成自由人，是多么重要的一步呀。国家再伟大，个人不敢自由地活，那不过就是一支大军队。

范白苹走进诊室，预读少校沙顿的病历。从军队医生让他做的PTSD测试分数看，四项基本PTSD指标的分数都很高，问题不少。指标A：有亲身经历或见识灾难性事件的历史，其时，经历了害怕、恐惧和无助的感觉。少校沙顿在军队十二年了，有长久的恐惧和焦虑所造成的紧张。这一项五个问题他全得了高分。指标B：包括五个PTSD的基本症状，如：有突然的旧景回返感；矛盾重重，没有幸福感；做噩梦；无端出冷汗、心跳、不安；沮丧、严重得能有暴力行为。少校沙顿又得了高分。指标C：回避讨论过去灾难的七个PTSD的基本症状。如：建一个自己屏蔽自己的墙，好像灾难就不存在了；自己不说，也不让别人说；某一关键词就能触动过去的神经，让病人暴跳或生气等等。这一项，少校沙顿又得了中等偏上的分。指标D：是五项过分警惕的PTSD症状，如：假设敌人，草木皆兵；过分警惕，多疑；不信任人；以前很感兴趣的事情，也会突然变得没有兴趣。少校沙顿得了高分。

种种相关的症状，在他从前的病历中都记录了，譬如，军医记录了少校沙顿说，在阿富汗空军基地，储油箱被恐怖分子炸了，油流得到处都是。基地边上是埋雷的，油流到埋雷区，少校沙顿带兵去处理。他说：
"走进我们自己埋的雷区，我很害怕，我就想，我和我的兵要是给我们自
己埋的地雷炸死了，那才是最荒唐的事。"他还说："在危险、紧张、恐
惧的条件下，活着，本身就是一个任务。"

范白苹又回过头看他上次来访时的记录：他不信任人，不信任军队医
生。他的原话是："军医在我面前招呼下一个病人说：下士，你过来。少
校，你可以走了。我们的名字对他没有意义。走到军医身边，我都有不安
全感。他的工作就是把我重新组装好，放回原来的位置工作。如果我不过
是个零件，那他有什么必要知道我的感觉，我也不想他知道我的心理。"

范白苹能看出，PTSD式的过度警惕和对周围人的反应过激，让少校
沙顿连军医都不相信了，情愿跑这么远来找地方医院医生。但是，他自己
心里总是处在斗争状态，他又后悔自己居然对他所依赖和支持的军队不信
任。他说："我相信他们是最好的心理医生，他们为一台机器工作得很
好，但是我不愿意相信他们，也不想被他们当作一个零件，给我加加油。
我想过正常生活。到年底，我的年限满了，我准备退役。"

范白苹喜欢拿PTSD患者和心理健康的人比，就譬如说和医院的老清
洁工比吧，少校沙顿就没有老清洁工的那种高高兴兴、轻轻松松的生活
状态。奴隶制废除才一百多年。人的幸福感觉原来是可以被拿走，又还回
来的。上次的记录结尾，少校沙顿说："我不快乐。看那些大学生无忧无
虑，整天哈哈大笑，教授们匆匆忙忙却自信心十足，我不知道他们有什么可
快乐的，怎么就敢在这个充满危险的世界把自信心挂在脸上？但是，我也想
快乐。军队让我到大学来管理军官生，估计明年就会让我退役。是那些不知
危险的人的活法对，还是我的活法对？我得搞清楚才能活以后的日子。"

半小时后，少校沙顿来了。这次来就诊，他依然不承认自己有
PTSD，依然觉得凭他经过的各种训练，他能够控制自己情绪。但是，他
告诉范白苹，让他决定提前来找医生的原因是在上一个星期里，他连着丢
了两次人。

第一次是发生在一个军官生来军事系向他报告学习状况的时候，这个

军官生选了文学课，就自然而然地在他面前谈起了刚读到的几首军人诗，谈着，就背了一首：

> 百百万双眼睛，百百万双靴，
> 排成一线，
> 没有表情，等着一声号令。①

少校沙顿觉得他不想听军人诗，他知道跟他前面的这些进入军旅的军官生相反，他将要回到市民生活了。他觉得大学和军队完全相反，全是自由，太多的自由，让他不知怎么接纳，但他喜欢大学。虽然他对军人诗不感兴趣，他也不想打击军官生的热情。军官生还是学生，没有感受过被人仇恨和危险。凡没见过战争的人，才喜欢像专家一样谈战争。

军官生又背了一首：

> ……我滚下选择之岗，
> 一切变化停止。
> 我的地图是：服从，
> 我的手是：枪。
> 我的祈祷，只有上帝听见：
> 受伤。……②

当少校沙顿听到"受伤"二字，突然，这两个字像洪水泛滥，一下子把他脑子里的所有词句都淹没了。他心里的本能冲动便是挡住滔天洪水，他跳起来对学生大叫一声："停！"就跳到办公室外面，过了十分钟，才回来对不知所以然的军官生说了声"对不起"。

---

① 出自 W. H. 奥登《阿喀琉斯之盾》。
② 前半节是约翰·阿西弟《论把民服寄回家》中的诗句。

　　这件事，让少校沙顿对自己很不满意，自己居然连"受伤"二字都听不得了。

　　接下来又发生了第二件事。他说："我和我的女同事……叫女朋友也行，在周末的时候，开车进城去机场接她最好的女朋友。女朋友的朋友从加拿大来，接到以后，我开车，两个女人一路说笑，高高兴兴回北湾。结果，出城的时候，路上堵车，一堵堵了大半个小时还不动。车里挺热。很多人就从车里出来，站在路上等。我们三个人也出来了。路上大概站了有四五十人，都在聊天说笑。这时候，一架飞机从我们头上飞过，我突然就像上了弹簧，'嘣'一下就跳到高速公路边的沟里，卧倒了。沟里全是烂泥，等我再爬上高速公路的时候，我那件为了接她的朋友特地换上的白西装，成了泥西装。我自己也是一脸烂泥。两个女士眼睛瞪圆了看着我，不知发生了什么事。一直到其他人笑起来，我才对我的女朋友说：'对不起，给你丢人了'。"

　　这是典型的PTSD症状："Flashback——旧景回返。"

　　范白苹告诉少校沙顿，在我们人的大脑记忆储存的深处，有一个"Limbic System（大脑边缘系统）"。这个边缘系统主控着对危险和生存的反应。譬如说：一紧张，心跳就加快；一被羞辱，脸就涨红；屋顶掉下一块来，立刻跳开。边缘系统记忆的东西是下意识的，动物本能的，不是理性思考式的逻辑记忆；是情感式的对恨、怕、惧、羞辱和无助的无序记忆。大脑边缘系统的作用就是让你记住曾经给你带来人生危险的事件，当相似情形再现，你能飞快反应，保全生命。但是，如果边缘系统储存了太多这些危害性记忆，那就是我说的灾难伤害和压力在人心理上造成的青紫和淤伤。要治疗，要把它们放出来。要不然，那些记忆反应不知什么时候都能一触即发，二十年后都能莫名其妙地冒出来。就像你，因为一个声音、一个图像都能做出过激反应。

　　这样的道理少校沙顿第一次听说，原来压力和灾难不是走过了就风过云散，而是有脚印踩在软软的心里。

　　范白苹说："心理学家没有办法替你把那些坏记忆擦掉，但是，如果你能面对过去的灾难，我们可以慢慢让那些坏记忆化开，不再破坏你的正常生活。"

范白苹还问了少校沙顿女朋友对他跳进沟里是怎么反应。少校沙顿说："她说，把西装脱下来吧。"范白苹说："在方便的时候，你可以告诉她不用担心，这样的事还会再发生。如果你不介意，我也愿意跟她解释PTSD。"少校沙顿说："这样的事不会再发生，我是男人，我可以自己对付我自己的毛病。你告诉我，我的毛病在哪里就行了。"

这是常见的面子和毛病之间的冲突。范白苹说："你的毛病在于你十二年的军事生活，那些紧张、敌对、非我、服从、集体荣誉、爱面子……总之，那一套在那样的制度下生活的生存密码，已经打在你的神经末梢上，成了你的第二天性了。"

少校沙顿立刻反驳说："你不可以怀疑军队的道德密码，那是强大和高效率。"

范白苹平静地说："战事是生活的一种特殊状态，就像经商，有时是必须的，但不能时时经商，人人经商。军人是必需的，但当军人是一种特殊生活。军中或商界的游戏规则只能在那些游戏中玩，因为，在那里，甚至利用人性的黑暗来成事也允许。但战时用的道德密码，不能拿到正常和平生活中来用。世界应该是平民的，充满平民的快乐和自由，充满平民的善良和理智，充满平民的轻松和信任。这是你当军人的牺牲换来的。要不然，你军人不白当啦？你现在到了大学，你可以这样想，我也有权利当平民，有权利快乐幸福。"

少校沙顿说："有道理。我在最苦的时候，总是这样对自己说，我吃这些苦的唯一意义就是我的后代可以过没有军队的日子。"

范白苹赶紧说："对自己没有信心和过于自信都不是治病的态度。承认自己的毛病比掩盖自己的毛病更勇敢。"

少校沙顿停了一会儿，然后不很情愿地说："请您告诉我，应该如何对付我自己。"

范白苹说："有一种最基本的心理疗法，叫'紧张消减法'。不要把你周围的人假设成敌人，他们不过是你的邻居。他们和你一样，只不过是另外一种活法，不一定都是要跟你作对。你要不肯吃药，我就先给你一个作业：你把你想到的让你觉得紧张的事和噩梦里梦到的事，还有坏感觉记下来，然后，我们一起分析你的心理格式。我给你指出不合平民社会正常思维的地方，让你放松。"

少校沙顿说："我记日记，恼火的事我在日记里自己对自己说。"

范白苹又说："还有一种心理疗法，叫'击鼓重建自我法'。你入伍经过的基本训练，都是训练你放弃自我，服从命令。这个疗法正好相反，你打鼓，我跟着你的鼓点打。你要做决定，要让你重建有主见的自我。"

少校沙顿对范白苹提到的心理疗法不以为然，但他还是客气地说："我同意您说的。在军队十二年后，有些东西已经是我的第二天性了。但我不能像市民一样看问题，因为我不知道他们的看法是对的还是错的。"

范白苹说："军队是特殊社会，对错是上级告诉你的，所以你知道对错。公民社会不过是让你多想一步，问一个问题：凭什么上级说的就是对的？在公民社会，你自己判断对错。我知道你也想过正常人的生活，我知道你对自己失望，因为你不会了。你为什么不先学会自己判断对错？"

少校沙顿没说话。范白苹接着说："军队把你从一个人变成了一个集团中的一个点，你的自我要由这个集团的成败来体现。可是，没有任何一个个人能甘心没有自我。你的生命只能由你个人来度过。集团再大，再有力，也不是你的生命。我这里的心理疗法，首先要让你重新积极看自己。你是一个人，不是一个机器上的钉子或螺帽。如果，'紧张消减法'和'击鼓重建自我法'无效，你还是得吃药，药物可以让你高兴起来。"

少校沙顿想了想，表示愿意做心理治疗，但不愿意吃药。他说："我要试试自己控制自己，不要药物控制。"

临走的时候，少校沙顿问了范白苹一个关于医生的问题。他先说，刚当兵的时候，他在十一个星期的基本训练中，记住了军队核心价值："整体，服从，无我。"所有的基本训练本来设计的就是让新兵从市民转成军人，现在，他也在给学校的军官生做基本训练。按规矩，第一个阶段，他要对军官生大喊大叫，随他们做什么，都是错。他们得在结了冰的林子里挖地穴睡觉，或者四十个小时也不让他们睡觉。到最后一个星期，他还要让他们经历毒气训练。在让新兵进毒气室之前，故意让他们撞见上一批才从毒气室里爬出来的士兵，看他们的同伴满脸鼻涕眼泪的狼狈样，让新兵感到害怕和孤单。少校沙顿说，这些都是基本训练设计好的要求，他自己也经历过。他懂这十一个星期搞的是让士兵与人的正常情感分离的训练，士兵不能是"个人"，他们必须把他们的自我赶出他们的身体，一直赶到天上去，才能成为一个战士。

少校沙顿说，他以前做这样的新兵训练时，都是对士兵严格、尖刻，这样士兵才能懂得他们要在特殊环境生存。每次他对士兵们解释什么是军人的情感、士兵和敌人是什么关系时，就会用他自己的基本训练官打过的一个比喻：医生和病人的关系。这种关系不能带情感。当医生与病人拉开距离，不受同情心左右，他能更清醒冷静地做判断。士兵也是，要和自己的作战对象拉开距离，不受同情心左右，才是好士兵。少校沙顿说："我一直觉得，这个比喻挺合适。可是，我不懂为什么在当了十二年兵之后，我只在大学里工作一年，就连杀鸡的过程也不愿看了，还怎么训练新兵？"

范白苹不知道如何用几句话来回答他这个问题。她只是告诉他，早上，医院的老清洁工去演戏，帮助医学院测试想进医学院的考生有没有同情心。范白苹说："当医生只看到病人的器官时，医生可以和病人拉开距离，那时，病人是医生的工作对象。但当看到病人的时候，病人是人。一个没有同情心的人，是绝不能当医生的。一个没有同情心的医生，手里还拿一把手术刀，他都能成杀人机器。对弱者同情，是人的天性。永远不要为你的同情心而否定自己。"

少校沙顿说："你不承认食物链？"

范白苹说："正常社会，食物链不包括人吃人。"

PTSD 家事

白天，范白苹向病人解释PTSD 的"旧景回返"，结束在食物链问题。和病人谈话时，范白苹不想自己的事。但是，那天回家，这个少校沙顿不停地让她想到她的父亲，另一个老飞行员，范笳河。她挺遗憾地想到，在她父母的时代，中国人听都没听说过PTSD 这回事。PTSD 不被中国人当成病，没人重视，也没有心理治疗方案。我们爱面子，"讳疾忌医"早就在我们的成语里了。我们的逻辑是：有病，我们不知道，我们不治，就是没病。中国人比哪个民族都有民族心理，却没有心理病。要么你和我们一样，要么你是"疯子"。

现在，如果让范白苹回头诊断，她可以断定，她父亲心里有一场一个人的战争，打了一辈子也没打完，那是一场在他心里的无人知晓的战争。在他心里的那个战场上，他是战士又是伤病员，他自己把自己打伤。他总是在自己对付自己，自己判决自己。他是战士又是他自己的敌人，是审判者又是被审判者。好像他经历的那些厮杀、残酷、背叛、内疚、自责，已经浸入了他的骨头。他想把它们分离出去，却没有办法把它们赶走。

范白苹的妈妈甘依英想用她自己看好的政治学习、整顿作风来帮她爸一把，可她不具备那个能力。对范笳河的不正常心理和由此而来的怪异行为，她不能理解。譬如说：范笳河在食堂吃饭，只拣角落座位坐，甘依英就理解成嫌她文化不够高，带不出去；范笳河半夜从床上跳起来，叫着"空袭"，冲过来把老婆和孩子全按床底下去，甘依英理解成"犯神经病"；范笳河对一个声音，譬如说老婆敲锅招呼吃饭的声音，突然反应激烈，跳起来就往外跑，甘依英理解成"他没胆子"；过年了，甘依英在家门口挂了三个红灯笼，范笳河一回来就把它们扯下来，说，像是一回家就见到警报灯笼，弄得他心慌，甘依英理解成"他心里有鬼"……再后来，甘依英一提"政治学习"，范笳河就几天不说话。

范笳河心里的山山水水，是黑是白，云去烟来，是多少事件在他心里描下的文身图，他不说，图案却再也抹不去。那是他一个人的世界。范笳河在自己的世界里不开心。甘依英就说："你为什么不仇恨敌人？你不开心就是因为不敢仇恨。你要仇恨阶级敌人。" 范笳河头一抬，回一句："我和你是一个阶级，你怎么那么仇恨我呀？" 甘依英一愣。她爱范笳河，却又恨范笳河恨得咬牙切齿。她的仇人、她的情敌就在范笳河的骨头里。她消灭不了。

范白苹能看得很清楚，她妈在对她爸的问题上，常常也是心理分裂的。好像她心的一部分总是在追杀另一部分，杀到最后，伤到她自己，她也不快乐。她妈比她爸头脑简单，她的摆脱方法是：寻找一个比她和她爸都大的权威来解决心理纠纷，譬如说，到上级家里去诉苦。

在她爷爷来了之后，这样的诉苦很多。甘依英还要求同事朋友来家里开会，共同批判范笳河。

范白苹记得她妈在这些会上说她爸的一些话，现在想想，真是不对路子。好像有政治权威撑腰，就能治心理病似的。她妈说："把你心里的那些见不得人的旧事给组织交代出来呀，就算我不原谅你，组织也会原谅你的呀。你不吃饭，不睡觉，在家折磨人干什么？"

甘依英跟范笳河的关系就没太平过，却也从来不知道找心理医生就诊。范白苹现在知道，她爸哪里是折磨她妈，是心理疾病在折磨他。是他们俩都不懂：暴力和灾难，哪怕就是停止了、过去了，也会在人的心理上留青紫和血痕，要治疗的。

老年范笳河在范白苹心中的印象，和他影集里年轻时的照片根本都对不上。哪里像一个中美空军混合联队的二战英雄呀，倒像一个老阿Q。谁又能说阿Q没有PTSD？用现代心理学观点来看，阿Q生活在等级森严的鲁镇，赵太爷就没拿他当个人看。阿Q那些行为是典型的受虐后的人格分裂，见了吴妈就下跪，见了小尼姑就拧一把。还有阿Q的精神胜利法，见了赵太爷就低头让道，人家刚走过，就背后骂娘说，我是你老子。这不是心理有病是什么？是长久被不当人待整出来的PTSD。现代人可以把阿Q叫作"奴才"，"奴才"也是一种病。没人天生是"奴才"。"奴才病"是得的、整的、传染的。若"奴才"没那一点儿背着赵太爷骂一骂娘的空间，来释放一下暗藏在心里的不甘心，阿Q恐怕都活不成。阿Q那样对小尼姑，那样背后骂娘，是他自己想控制都控制不了的，那是心理反应，他要平衡。这是奴才发明的生存技术。谁要走进阿Q的内心看一看，一定是阵地一片狼藉，东一块西一块的伤痕。

范白苹家还有个"多事"的爷爷。爷爷在她小时候搬来和他们一起住。范白苹觉得，如果她爸心里的那个看不见的敌人是个看不见的妖怪，等她爷爷一来，她家就又多了一个看得见的"老吴妈"。她爸她爷爷头上，则是一个他们不得不服从的"赵太爷"。这个"赵太爷"不是一个人，是一大群人。范箎河选择了那个群做自己的归属，叫"组织"也行。她的爷爷是最早进"组织"里的人，并且，因为她爷爷，她爸和她三叔都成了"组织"里的人。

人放弃了"自我"，服从了"群"，一转脸，却又能一辈子心里都是不甘心。这就是范白苹的爸爸。不过，范箎河"忍"的本事不是一天练出来的，他选择了让自己人格分裂，也没有违反他从小受过的基本训练。他活到八十岁也只是自己跟自己作对，没跟组织作对过。他自己惩罚自己，赎自己的罪，替他的"组织"承担责任。他是一个好阿Q。也就算是能与PTSD孤军作战的人了。因为范白苹解读了她爸，她连阿Q都不再嘲笑了。对一个心理医生来说，他们都是PTSD病人。病人自己摸索出了一点笨拙的心理平衡术，譬如说"精神胜利法"，嘲笑他们太残忍了。

范白苹感兴趣的是，那个让他们得了PTSD的大背景和这些病人的关系。谁叫她是心理医生呢。

反思自己父母的症状，范白苹认为，暴力和灾难的创伤和疤痕，在她家，除了PTSD一般症状外，还有一个特殊而荒唐的症状，应该也是典型的"旧景回返"的反应。就是，在她家，有个最普通的词，却是大忌讳。一提这个词，就像点到了机关，立马就是一场暴风骤雨。就像有些PTSD

病人，突然听见某一种声音，立马就有生理反应，就要跳起来卧倒在地，或做出暴力对抗行为一样。

这个词是"大哥"。

皇帝朱元璋当过和尚，不仅"僧"字不能说，"生"字也不能说；不仅"秃"字不能说，"光"和"亮"也不能说。女皇帝武则天属羊，"羊"字不能说，厨子得把"羊肉"叫作"寿肉"，万寿无疆的肉。后赵皇帝叫"石勒"，野草"罗勒"就成了"现行反革命"，得老实改名叫"兰香"。读到这些故事的时候，范白苹会想：这些皇帝也太没自信心了吧？坐在那么雄伟的高位上，嫉妒一棵草？一块肉？一个光头？要用这种仗势凌人、欺负弱小的法子，显摆自己的特权？

范白苹从心理学的角度来评论这种中国现象：位置再高也没用，皇帝也不过是某种结构上的一个零件，比如说，开关或阀门之类。那种结构上就没有"人"，只有角色。皇帝也不是自由人，也有满心的恐惧感，恐怕还不如平民活得踏实。他位置高到顶，也是宗法等级体制内的一个角色。最了不得的是那个千年不变的社会结构。每个角色都给你正了名，定了权。大家活着，都像做填充题，预定地要往一个一个官位上爬。下面的人畏惧皇帝，总是把皇帝要听的结果告诉皇帝。上层官员压下层官员，下层官员再把上级想听的结果告诉上级。小虾骗小鱼，小鱼骗大鱼。其实，不过是畏惧一个个大小金字塔结构尖顶上的那个宝座位置而已。

这种恐惧上司心理，就是病。处处有个金字塔等级，就是恐惧感产生的土壤。其实，皇帝、大官若掉下那个宝座，连草民都不如。

范白苹学了心理学，再读那些官场故事，就想对历史说，大皇帝、土皇帝们若听我建议，都该去看心理医生。他们定了这个忌讳，那个冤狱，多半心理不正常。这个建议也适合从这种结构一路下来的各级官人。

在范家，父母都是打江山、坐江山的红色先进阶级，在结构里，有位置，却照样没自信和安全感，居然忌讳平常百姓的家常用字。好好的"大哥"二字不能说，连个替代字都没有。断断就是给禁了。这不就是和皇家恐惧感一类的心理病？一说，就捅到过去什么地方的痛处了。感到在金字塔这种结构中降格都能直接造成恐惧感。一说那"光"和"亮"，"羊"和"草"，皇帝就成了凡人。范家一说那"大哥"，范白苹觉得，父母的官员形象就降成市井小民。那样从上到下的恐惧，在一个民族的心里几千年；让我们把变态当作政治觉悟高，把奴性当作是和谐的条件，把物质贪欲当作是追求安全感的替代品。

　　范笳河到五十多岁才生下范白苹这么一个女儿，自然"大哥"在她家不存在。这个词，范笳河从来不说。有一次，甘依英为范爷爷往老家范水寄钱跟范笳河吵架，她说："你叫我叫他？你就说说我怎么称呼。我要叫，就叫他'大哥'。别的，我叫不出口。"

　　就这一句话，比起甘依英平时吵架说的那些刁蛮的话儿，不知要文明多少倍，但范笳河却跳起来了，一脚踢破了门，住在办公室三个星期没回家。从此，甘依英再也不提这两个字了。要是有范白苹小朋友家的"大哥"非得被提起，范白苹也要拐着弯子说："王家那个子最高的男孩，前几天参军了。"

　　范白苹恨父母吵架，她觉得每次都是她妈没事找事。她妈对她爸爱到极致也恨到极致。甘依英在老头子死后，把老头子的照片拿进卧室，东一张、西一张挂在墙上，往哪个角度看，都有范笳河。在甘依英床头的镜框里，是一张范笳河驾B-24J回到大陆怀抱的新闻照片，原来是在范笳河书桌上放着的。那照片上，范笳河笑得灿烂。这样的笑，范白苹从懂事起，就从来没见过（范白苹现在的解释是：PTSD的症状一般在灾难过后显示出来）。

　　那架飞机的肚子上有中、英文白字写着"浪榛子II，Hustlen Hazel"。她妈在跟她爸吵架时，有一次把镜框玻璃砸坏了，她妈把这张照片拿出来，用铅笔把"浪榛子II"几个字涂掉了，像是消灭了一个情敌。其实，她这一招是多此一举。浪榛子II一回到大陆，名字就已经改成"战鹰一号"。

　　范白苹小时候，很多次要她爸爸讲浪榛子II的故事给她听，她爸从来不讲（现在，她认识到，她爸不讲过去，是PTSD症状：回避提及灾难经历）。直到她80年代末准备留学美国时，她爸才跟她讲了一点与浪榛子II有关的历史。讲也很少讲他自己，最多讲他那些牺牲了的中美战友。范白苹读过近代史，知道史迪威将军1944年10月被召回，魏德迈将军接任中国战区总司令，中国战区与缅、印战区分开。美军战略布局按战区分航空军，一个战区原则上只能有一支独立航空军控制，中国战区成独立战区，第14航空军不再听命总部在印度的第10航空军，直接由陈纳德指挥。接着，第20航空军B-29在火烧汉口之后不久就走了，物资也全留给了独立出来的第14航空军。物资给养和航空人员补充第一次充足了。从1945年初至8月15日日本投降，第14航空军打了不少痛快仗。虽然这些痛快仗都非常昂贵，但中国的天空安全了，中国的老百姓不用再担心赶集的时候、上课的时候、睡觉的时候，突然被日机轰炸。头顶上安全了，心理感觉好过日子了。她也知道那正是她父亲风华正茂的时期，还有她爷爷，她三叔，那时都为第14航空军工作过，她三叔在防空警报网上工作，她爷爷是军中医生。她想知道：他们都干了些什么，特别是她爸和他的浪榛子II。

沙X：浪榛子II

在范白苹离家去美国之前，范箬河给了女儿一封信，这封信是用英文写的，很长。他让女儿带给他过去的老战友，308轰炸机大队的马希尔上尉。马希尔上尉当年开一架叫"大泥鳅II"的B-24J。在过"驼峰航线"时，和搭机的范箬河、丹尼斯、怀尔特等人一起弃机跳伞，算是生死之交了。范箬河觉得，无论如何要叫女儿带上这一封信，他才安心。写这封信的时候，他并不知道马希尔在美国什么地方，他只知道马希尔上尉曾经说过，战后还想回去当航空教练。这封信让范白苹知道了一些他爸的英雄事迹。可惜，那时候，世界上还没有网络，连Email都还没普及，等她多年后终于找到马希尔的下落时，不但这位第14航空军308轰炸机大队的老兵已经去世，她爸爸也去世了。接这封信的人是马希尔的堂弟，是个当年在缅甸小路开过车的卡车司机，这个老司机读了这封信，又让另一个去过中缅印战区的老航空兵读。那个老兵是个第14航空军军事法庭判下的犯人，他们俩各自给范白苹写了回信，让范白苹感慨不已。

那封她父亲写的信，让范白苹知道，其实她的父亲很爱写，他本应该写出一本书来。可她父亲在"文革"之后，除了写"总结报告"，没再写过私人故事。范笳河对范白苹说："写什么文字的东西都要小心。你写的，能成为打你自己的子弹。只有一种东西，你可以写，就是你妈写的那种'形势大好'废话稿。"

父亲这封珍贵的信，范白苹留了复印件，每当范白苹想念父亲的时候，就会拿出来看。信是这样写的：

1989年11月20日

亲爱的老朋友马希尔上尉：

你要还在军中，现在应该是将军了。你要不在军中，也一定训练出不少能当将军的航空兵了。不过，我还是称你"马希尔上尉"，我们共同经历了一个不老的年月。现在，我女儿都是大人了，她到美国读研究生，如果她能找到你，请你把她当你自己女儿一样管教。这样我也放心了。

你肯定要问我，B-24J 浪榛子II的命运，还有我们的患难之交怀尔特和丹尼斯的故事。这也是几件我想告诉你的事，虽然你可能也会听说一些，但我告诉你的，是我所亲历的。告诉你了，我也就心安了。这样的事不应该死在我心里。

你一定不会忘记：1945年2月，日本兵又强占了我们的遂川和康州两个前沿加油基地，第14航空军在东南中国的大小前沿基地都丢失。利用中国前沿基地打日本本土是不可能了。但是，在康州更东边一百三十公里，我们还有一个悄悄建在敌后的小加油基地"长亭"，让我们依然能覆盖我们南边的任务范围。

1945年3月的最后一周，是我们中美空军混合联队的地狱周。第20航空军的B-29全走了之后，中国北方就全在我们第14航空军身上了。你们308在南边守着南中国海，我们在北边守着黄河长江。我们在北方还有几个前沿基地，老河口、西安、安康、汉中和芷江，它们是日本兵的眼中钉，日本鬼子就想把我们这几个北方基地也打掉，就像他们打下从衡阳到桂林的东南基地一样。

那一周，我飞了二十次任务。3月20号日军突然出动了八万人马，过了黄河来打老河口基地。我们和中国步兵合作守老河口，还要炸河南新乡的日军物资仓库和黄河大桥。

丹尼斯在那一周成了中美空军混合联队的英雄。他的"B-25婊子姐"在1944年12月18和19日火烧汉口的时候，被敌人炮火打坏了。回到北方基地汉中后，他在等新飞机时，就在我的"B-25浪榛子I"上当副机长。一直到3月中旬，他得了一架崭新的B-25，还没起名字，就被派去打日军在河南新乡的几个大仓库。丹尼斯带了六枚燃烧弹，从老河口基地出发，趁着一夜好光亮，去打新乡。第一枚燃烧弹扔下去，正中目标，烧的是日军的汽油库，一下子把新乡的六个仓库照得灯火通明，他把所有的燃烧弹全扔下去，新乡火光冲天。他回头的时候，我正进入新乡上空。他在麦克风里对我说："如同白昼，你一个目标都不会错过。"

那天，过了黄河的八万日军，看着他们的辎重付之一炬。新飞机回来以后，丹尼斯一机组的航空兵都同意，这架新飞机应该叫"Fire Bug（火虫）"。副机长是中方航空兵邓志龙，他把"Fire Bug"翻译成"火龙"。

第二天夜里，B-25"火龙号"，又去烧新乡。这次回来以后，"火龙号"就出名了。连"东京玫瑰"都惊恐地说："有架飞机会放火。"联队的兄弟们都说既然"火龙"喜欢夜里出去放火，以后就让

"火龙"夜里在老河口和汉中基地来回巡逻，省得日机夜里来偷袭，闹得大家都睡不好觉。丹尼斯是热情之人，就真开着"火龙"去巡逻了，一连巡了三夜。日本人大概听说了"火龙"的神威，一个月没有敢夜袭汉中。

但是，老河口还是在3月25日丢了。至此，第14航空军丢了十三个前沿基地和辅助基地：衡阳、零陵、桂林、柳州、宝庆、遂川、檀处客、南宁、土山、南洋、新城、南康、康州。

到那会儿，我们心都狠起来，不像烧掉衡阳时那么恋恋不舍。老河口才被日本人占领，我们就掉转头去炸老河口。我们心里已经越来越清楚：这里的基地被占，在别的地方，也许就在敌占区、在敌后某个山里，中国老百姓又在为第14航空军造新基地。

那年5月4号，是我们中国青年要请进"德先生（民主）和赛先生（科学）"的五四运动纪念日。我记得我在长亭加油时，碰到你去搜巡南中国海，也在长亭加油。你说，欧洲战场胜利了，德国无条件投降。你们308大队又来了不少架新B-24J，你们正在各轰炸机队招人，问我愿不愿意开B-24J。你说："先欧洲后亚洲，欧洲那边打完了，中国战场要成主要前线阵地了。"

你知道我一直就想开B-24J，但是，从4月起，我们联队正在支援中国地面部队，死守第14航空军的芷江空军基地。日军占了老河口后，4月9日六万人攻打我们的芷江基地。芷江距衡阳一百六十公里，我们第一轰炸队部分人马就驻在芷江。没了衡阳，我们就多飞一点，用芷江基地打我们管控的黄河长江流域。长亭加油基地的油也得从芷江基地运过去。如果芷江再失了，那我们就不容易打进攻战了。中国地面军队已把总指挥部移到芷江。重庆也认识到芷江若再丢了，重庆大门就给冲开了。我记得我对你说："要是我们能守住芷江，仗一完，我就申请去308开B-24J。"

你给了我一份5月4日刚出来的《中国灯笼》。第一版，大字写着："芷江危急"。这我当然是最清楚的。那份《中国灯笼》第三版上，有魏德迈将军对我们的讲话。有两句话，我到现在还能记住。一句是：魏德迈将军说到，他刚回过美国见了罗斯福总统，回来时与麦克阿瑟将军同机。他说："也许，过去有些时候，在这片战场上，人们会有一种'在被遗忘的前线'之感。但是，我向你们保证：你们再也没有可能产生如此感觉了。日本人听见我们的战鼓向他们逼近，现在是我们的机会。"当时，看到这句，我真是高兴。魏德迈将军制定"α使命"——进攻性打击华东华南的日军，夺回失地开始了！

　　第二句是魏德迈将军谈话的最后一句："请你们相信：美国和中国军人在中国战场上的作战，紧系着美国人民的挂念和关心。我从你们这里，给他们带去了战果和决心，从他们那里，我给你们带回了信念。"①

　　那时，芷江那仗，正打得艰苦。这两句话我一遍又一遍读给我们机组成员听。芷江，是我们绝不能再丢的前沿基地。5月，我们空军封锁了纵深两千米的敌后战域，九个地面联络组在前沿战区和我们联络。他们告诉我们哪里有敌人，我们就到哪里去，随叫随到。我们新到的P-51野马新型战斗机全部上阵，还带了凝固汽油弹，对付丛林里的敌人兵马。在缅甸的精锐第六军Y战队也被空运回来支援。最终挡住了日本人的"一号作战"。②芷江基地成了第一个没被日军攻下的基地。从此，第14航空军开始全面反攻。

　　6月，我到了308轰炸机大队，得到我的第一架B-24J 浪榛子Ⅱ。其时308大队不少人都飞满了四百个作战小时，准备回国。不少B-24J要移交给中国空军。我跟着你当僚机，双双到南中国海巡逻。记得你

---

①　1945年5月4日，《中国灯笼》，P4.

②　芷江作战，又称"湘西会战"，1945年4月9日到6月7日，日军发动旨在夺取第14航空军芷江基地的进攻战。和中美空军混合联队空军配合作战，中方地面军队第一次守住了基地。此后，中国战场对日转为战略进攻。这是中国战场最后一次中日会战，双方参战兵力达二十八万余人，战线长达两千余米。

在麦克风里对我说："别找大船了。日本人已经不敢白天用船运兵运物了，找舢板吧，日本人只敢用舢板在南中国海偷偷地走。我们要打得南中国海连个日本人的舢板也别想走出去。"

我实在得说，你们308干得漂亮。从1944年5月到1945年6月，一年时间，你们打掉一万零七十条舢板，两千四百一十条货船。我记得陈纳德说，日本满洲国到新加坡的大东亚共荣圈美梦已经破产了。第14航空军打掉中国沿海日军一百万吨货物，日本军打通从长江到印度支那的战略走廊，打通了却也失败了。他们把兵力散在战略走廊，无物资给养，结果处处起火，无军去救。芷江保卫战抓到的日本战俘面黄肌瘦，连衣服都没得更换。①

你说："天空是我们的了，现在要想讨论日本空中力量，那只能是历史学家的事。我们就盯着海岸线看，海岸线上有动静，我们打。看见远海的敌船，报告海军，他们打。海军潜艇已经把从南中国海到菲律宾的海域控制了。和平的路应该不远了。"

7月，你飞完了四百个战役小时，要回美国了。南中国海任务不多了。我和B-24J 浪榛子 II 被调到昆明帮助战略情报局OSS 202支队训练中国第一支伞兵部队。那时候，我看着满天开的都是中国伞兵的大白蘑菇，我就知道我们离胜利不远了。这支伞兵部队后来在1945年8月日本天皇宣布投降后，突然从天而降，收复了南京。但是，这个伟大的时刻，我没有参加。

那几天，浪榛子 II 接受了另一个秘密使命："大乌鸦"使命。在战争的最后阶段，美国在华战区总司令魏德迈将军知道日军投降只是一个时间问题，在中国军民的帮助下，他已经掌握了比较准确的情报：大约有两万多名战俘和犯人被关押在数个日占区的监狱里。他仔细计划并布置了以八个以"鸟"为军事代号的人道主义使命。由OSS

---

① 参见1945年6月6日，《中国灯笼》，P13.

的皮尔斯上校（Col. William R. Peers）[1]在两天内组织八个小分队，担任这八个使命。小分队要突然直接空降到这些监狱所在地，解救各监狱里的战俘和犯人。在时间上，不给敌人机会动手，保证在大部队开进来正式接受日本投降之前，日军不能杀害监狱里的战俘和犯人。

这八个"鸟"是："红衣主教鸟"到奉天（沈阳）；"火烈鸟"到哈尔滨[2]；"鸭子"到山东濰县（潍坊）；"麻雀"到上海；"和平鸽"到海南岛；"鹌鹑"到越南的河内；我们"大乌鸦"到东南亚。皮尔斯上校从一百多个志愿者中选出一些已在中缅印战场有数年作战经验的老兵和战略情报局军人组成小分队，每个小分队七个人，一个军医，一个日语翻译，一个中文的翻译。由第14航空军帮助空投小分队和后备物资。

这是我在第14航空军执行的最后一次任务，之后，308和我们混合联队的美方人员就都回国了。我们中方人员全部回归中华民国空军。

我想告诉你，"大乌鸦"使命是让我感觉完成最好的使命，也是唯一一个我不愿我的后代忘记的使命。我为浪榛子II以这样一个使命结束了她在第14航空军的服役而骄傲。

浪榛子II载着"大乌鸦"使命小分队在泰国战俘营上空飞的时候，我很紧张，不知丛林里有多少日本兵，也不知他们会不会开枪杀死小分队的队员。我对我的浪榛子II说："浪榛子呀，我们疯狂过了。现在就该和平啦。我知道你一定会保佑我完成这最后一个使命，让我们再飞低一点，再低一点，看清楚了再放'大乌鸦'走。"

---

① 威廉·皮尔斯上校从1943年12月起领导OSS 101独立支队，与史迪威将军一起在滇缅抗日。至1945年7月，联军重新夺回仰光，缅甸战局胜利。1945年8月，威廉·皮尔斯上校带领首批国军空降兵，在日本宣布投降后，空降南京，收复并保护了这座被日军屠杀和践踏的首都。1969年，威廉·皮尔斯已为上将，亲自调查了美军在越南My Lai村的屠杀事件。

② "火烈鸟"使命在最后一分钟取消，因中共和苏联军队已进驻了哈尔滨。

我看见丛林营地上有很多瘦得像树枝一样的人在向我们欢呼、挥手。还有一些草棚子在丛林里。树高林密，几乎没有空地。我记起自己在"驼峰航线"被挂在树上的经历，就想找一块安全一点的空地让"大乌鸦"跳伞。

这时候，我看见战俘们急急忙忙跑向一条狭长的河滩，在河滩上排出了一个队形，有好几个人蹲着，还有一个躺着。我眼前突然出现了一条摩斯码：

"．．．．．．．－．．（意思：Here，这里）"。

机组电话员在麦克风里叫起来："机长，这里，这里安全！"

原来，战俘中有两个电报员，他们在用摩斯码跟我们联络。

小分队的七只"大乌鸦"，一句话不说，一个接一个跳了伞，跳向这一小块狭长的河滩空地。他们每个人身上都带着魏德迈将军的"通告日军投降协作信"。

按计划，我要在天上盘旋，等着看事态变化，再决定是把物资空投下去，还是降落在下面不远处的一个简易机场。转了两圈，看看没什么动静，也没有枪声，我就准备沿着一条林中的铁路线飞向机场降落。

机场很简陋，只有一条跑道，没有地面信号。我正准备降落，突然机场跑道上出现几十个日本兵，一个个荷枪实弹，拼命往跑道上堆路障。因为一切都不可预期，我们甚至都不能肯定这丛林机场的日本兵是不是听到了他们天皇的"无条件投降令"。

"大乌鸦"队员们想是已经进入了战俘营，生死未卜。战俘们等着飞机上的食物和药品。日军却拿着武器冒出来了。我赶快拉高飞机，叫机组的所有枪手全部各就各位，准备再打一场停火后的战斗。我听见枪手在骂人："妈的，我要死在这里，那才是最不应该的运气！"这正是我想骂的话。那么多苦难危险都度过，死在日本投降之后，真是太冤枉了。

这时突然奇迹发生：从机场外突然跑进来一百多个印度士兵，他们把日本兵围在中间，对他们又喊又叫。我猜，他们是在叫"和平了！和平了！"。这些印度士兵是日本人从缅甸抓来修缅泰铁路的。他们当战俘时间应该不长，身体状况还好。日本兵就被他们推推搡搡，推到跑道外面去了。接着，路障被印度士兵拿掉，浪榛子 II 带着满满的一飞机医药、衣服和食品落下了。

战争，在我眼皮底下结束了。

让我们想不到的是，在那个离机场不远的战俘营里，我们找到1942年2月在爪哇海苦战后就失踪了的美国海军休斯顿号（USS Houston）上的三百一十五个水手。一千多个水手，幸存的只有三百一十五人。他们就是那些瘦得像树枝一样的人。日本人逼他们在丛林里修铁路。他们受了多少虐待，就不用说了。

休斯顿号在1931年日本侵华扩大时，就到过上海"维和"，并转移美国侨民。当时的中国人对她不陌生。我记得怀尔特说过他有个弟弟在失踪的休斯顿号。当"大乌鸦"小分队员和日方谈判，机组人员和印度战俘卸货的当儿，我就想去找他。那些水手看见我都高兴得要命，他们与外界隔绝，想知道的事情太多，有说不完的话。第一天，时间太短，我没打听到，就得飞回基地。"大乌鸦"小分队留在战俘营，成立了"战俘营临时委员会"。

第二天，浪榛子 II 又回去，这次我的浪榛子 II 受到了战俘们对新娘子一样的欢迎。我们带着医疗队来，还要把这个战俘营的休斯顿号水手们接去昆明治疗。

这天，三百一十五个水手们，大部分都穿起了他们小心收藏三年的白色水手服。这是他们等待着的一天！每个水手的水手服，都大了一圈，空空荡荡地飘着，但是每一个水手都还是休斯顿号水手，他们唱着"奇异恩典"走向机场：

"……前我丧失，

今被寻回。"

这句歌词和这些水手的声音，战后四十多年，总是会不时在我心里响起，让我想：我怎么在战争中丢失了？又怎么才能被找回来？

那天，一个瘦高的水手站在我面前，说他是怀尔特的弟弟，他的哥哥在中美空军混合联队开驱逐机。他问我能不能见到他哥哥。

我告诉他："1945年1月17号，十六架P-51野马，从南昌到上海，一路离地面两百英尺超低空飞行，突然袭击了上海机场。日本人以为打掉了第14航空军的前沿基地，就没有飞机能飞来打东南沿海的日占城市了。P-51野马时速比P-40快一百八十多公里，直接就飞到了上海机场。七十三架停在机场上的日机被烧毁。三架刚从台湾机场逃回来的轰炸机，还没落地，就在上海上空被击毁。你哥就是那十六架P-51的首机。两天后，十六架P-51又去上海。这次敌人有准备了，地面火力很猛。但是，我们的驱逐机队还是打掉了二十五架敌人的Ki-44百合花和Ki-43奥斯卡。你哥的"P-51正义美人"，和另外三架P-51被打落。四个飞行员跳伞，全被新四军救起，平安送回芷江基地。

"1945年4月，美军海军陆战队攻打日本冲绳岛开始，上海机场离冲绳岛只有八百公里，日本集中了所有轰炸机，准备从上海机场出发保卫他们的冲绳岛，4月1日，联队所有驱逐机进攻上海机场，两天后第23驱逐机队也来增援。驱逐机队打掉了三十架日本轰炸机，没让一架日机从上海机场起飞到冲绳。[1]

"但是，怀尔特在4月3日被地面炮火打中，他飞机上还挂着弹，在上海上空爆炸。"

怀尔特的弟弟低着头，没说话。过了一会儿，他看着我的眼睛，说："我哥他不是天生军人，他就是个平民。和平，是平民的牺牲换来的，我会好好活着。"

---

[1]　上海战役记载见陈纳德Claire Lee Chennault, *Way of A Fighter: The Memoirs of Claire Lee Chennault* (New York: G.P.Putnam's Sons, 1949), 335-336.

上面这些是怀尔特的故事。下面，我再讲丹尼斯：

丹尼斯死在日本投降前七天。他其实已经飞完了他的两百小时战役时限，就等着正式命令下来回美国了。

1945年7月底，我们两个人同时轮到了一个星期的休假。我们被卡车送到梁山基地后山里，那里有一个大河湾，有一条索桥到河对岸，水清澈见底，有个可游泳的沙滩。我们游了泳，感觉又回到了人类生活。晚上，疗养地的餐厅开宴会，把几个长桌子拼在一起，成一长条。美方人员坐一边，中方人员坐一边，喝"警报汁"和啤酒。这是我们难得有的一次"家宴"。那天我们吃了真正的油炸鱼。

丹尼斯说，蒋夫人来芷江慰问，他那天没出任务。蒋夫人送了他们美方航空兵每人一块石头。他不知道送石头的意义是什么，但想必那块石头很重要。他一直想给我看，但一出任务就忘记了。现在，他所有的飞行时间都完成了，不用再出任务了，就想起了那块石头，游完泳，回去换衣服的时候，就带来给我看了。

我一看，那是一块小青玉。上面尖，下面圆，闪着荧荧的暖光。我说："这是玉呀。很值钱的。你要带回去，送给你的女朋友。"丹尼斯很高兴，把青玉收进兜里。他说，在他家乡，他有过一个准女朋友，是中学时期的小甜心，但是嫁了别人。他一回美国，第一件事就要找女朋友。谁是他的女朋友，他下一架飞机就用那姑娘的名字。

第二天，四点钟，天还没亮，丹尼斯把我叫醒，叫我跟他一起到河上去打野鸭子。我们俩在山上走了一个小时，河就在我们脚下。我就想睡觉，一路抱怨他把我闹醒。丹尼斯说："这是我们俩最后一次出任务，我马上就要回国了，你还不跟我一起来呀。"

我们俩找到了野鸭子，很多，停在白白的水面上。我们俩在山上看了半天，然后胡乱开了两枪。野鸭子一下子都飞起来，水面上留下了几根鸭毛。有两只野鸭子没飞多高，又掉进水里，想是被我们打中了。我们俩来找野鸭子的时候，都以为，我们可以像战前一样，让打到野鸭子成为一件兴奋的事。可枪响之后，我们互相看了一眼，都鼓不起再打的劲头来。打猎再也不可能像战前那样给我们快乐感。战争破坏了我们的胃口，枪声引起的是不安全感。我们扛着枪，原路回去。

疗养地，除了游泳，打野鸭子，并没有什么事可做。以后几天，我们就睡觉，打扑克，吃炸鱼。那样的好日子倒过不惯了。

一个星期后，我们又回到芷江。那天，没有丹尼斯的任务，有架B-25是"青豆子"机组，要老飞行员带飞。丹尼斯就自愿去带飞，又上了天。那天，他坐在副机长座上，告诉新来的机长，飞长途的时候，飞行中队飞的是松散队形。这样没经验的机长就不必花太大的力气紧跟着中队保持队形。他还说，不用担心日本的驱逐机，中国的天空上已经找不到有经验的日本战机了。就是冲上来几架，也多是"青豆子"开的，他们只忙着开飞机，没本事开枪。

等到了目标南京日军基地，领飞首机投弹了，大家都跟着投。这时，投弹员报告：一枚炸弹卡住了，出不了弹门。丹尼斯就从副驾驶座上下来，去帮助投弹员。

对航空战士来讲，一离开大地，什么都是靠运气。那天，丹尼斯的运气用完了。他就不该上天。投弹仓门刚打开，一个鬼子的地面炮弹片从飞机的投弹门里打进来，打在丹尼斯胸上。丹尼斯在战争结束前一个星期殉难。

那时，我已经在开B-24J。等回到基地，得知丹尼斯殉难，非常痛心。心里想：战争打完之后，我一定要去看看丹尼斯的父母，我做他们的儿子，孝敬他们到老。可惜，这就是一个空愿，我啥也没做，自己就老了。

按照第14航空军的惯例，队友殉难了，他的东西，能用的日用品，大家分了用，不能用的，谁愿意留着，谁就留作纪念。特别贵重的东西和钱，队长会给他寄回家。那天分东西的时候，当队长叫道"谁要这块小石头"时，我就说："我要。"

丹尼斯的这块小青玉，后来，我送给了我当时的女朋友。我告诉她："这本该是丹尼斯的女朋友戴。但丹尼斯还没有来得及找女朋友，就殉难了。我送给你，你要一直替我戴着，也替丹尼斯的女朋友戴着。"

　　我的那个女朋友，在我们驻桂林时，经常来二塘基地，是个小姑娘，你们都见过。她和丹尼斯也很熟，当时就哭得不停，她保证：到死她都会戴着。

　　但是，我想告诉你：我和我的女朋友并没能走到一起，这全是我对不起她。如果，怀尔特骨子里是"平民"的话，我大概骨子里就是个听话的"士兵"。我追求她，是害了一个自由人。好在我现在的太太对第14航空军也很崇敬，她曾经是芷江基地的小苦力，会一句英文："毕塞尔，笨蛋。"

　　1945年底，你们坐船回国的时候，我到上海去送行。六万五千在华美军，十九万在印度、缅甸的美军，说走就走了。我在黄浦江边看着你们那条挤满了人的大船，感觉从甲板到顶仓，上上下下挤的都是重回和平的美国老百姓。在码头上送行的，是我们成千上万的中国老百姓。老百姓打败了日本军国主义。老百姓打败了法西斯强权。这使我不得不想：在动乱的历史之下，都一定有一条和平的河流在平民心里流，这条河九曲十八弯，也一定要流到大地上来，流成黄河长江，流成太平洋。

　　从1945年你们回美国到今天，发生了太多的事情，有太多的变故，在信里没法写清楚。还有一件事，我得告诉你：衡阳之战之后，从"驼峰航线"死里逃生回来，我思想有很多变化。你恐怕也知道，我们第一轰炸大队的李大队长多次去过延安，接送中共高级领导人来往重庆。他给周恩来开过多次飞机，还从毛泽东那里得了一个"飞将军"的外号。李大队长一谈到去延安的经历，就轻松地说："他们就是跟我们一样的中国人嘛。"美国第14航空军不管航空战士入什么政治党派，只要打得好就行。在我们轰炸大队，谈延安和共产党不是禁区。抗日战争结束后，混合联队解散，美方人员回家，中方人员回国军空军。这时候，我才感到军中的政治禁区。

　　1948年，中国三年内战当中，我和我弟弟都在我父亲的介绍下，加入了共产党地下党。这是因为1944年，我父亲涉及"地谢使命（Dixie Mission）"，跟着李梅将军派的医生队，去过延安，教延安医生如何使用第20航空军送给延安的医疗设备。那时候，谁也没想到，他这一去，就带着我们一家重新选定了道路。

　　自然，他是父亲，有权威性，但他的延安经历和我们李队长讲的差不多。有打动我的地方，譬如说：穷而平等。平等，是中国老百姓做了几千年的梦。不过，当时的复杂情形也不是能在信里讲清楚的。总之，混合联队的中方和美方航空战士，都知道衡阳之败和国民政府的腐败。我父亲说到他的延安经历时，有两句话对我起了决定作用，一句是：延安也靠征粮养活军队，但是他们只征富裕人家的粮食税，不征贫穷农民家的粮食税，让穷人能活。第二句是：共产党有整风运动，可以治住自己的腐败。

　　"人人都能活""当政的不腐败"，这就是我想要的平民生活。当时，我没有能力和水平认识：没有法，整人就可以整到无法无天，天下就又不太平了。

　　我们第一轰炸机队，本来就宽松，不像在国军里的军人那么政治。有美国人，有中国人，有这个党，那个党。入一个党，不过是一种个人选择和喜好。我当时没想到入了某一个党，将来就要和一批生死兄弟为仇。

　　依仗着和丛司令家庭的关系和在混合联队的功勋，我入了共产党也无人猜疑我的身份。1951年，我单独驾着浪榛子II从台湾返回大陆，副机长是邓志龙。他答应跟我一起走，但还没出台湾岛他就变了卦。都是兄弟，各人选择不同，我没强求他，让他在金门跳了伞。而我完成了共产党交给我的第一个重要任务，证明了我的忠心。我爸，作为我的直接联络人，他对我接受并完成这个任务起了重要作用。我回到了大陆，和我父亲和弟弟团圆，却从此丢掉了我个人的爱情，同时，也因此和所有混合联队的中方航空人员断绝了关系。于他们，我感觉，是我背叛了在混合联队的生死兄弟。

　　我和丹尼斯说过多次，我们应该请为我们护航的驱逐机大队的兄弟们喝啤酒。到瑞德中校殉难，我欠他的啤酒；到中方的叶队长殉难，我欠他的啤酒；到混合联队中方驱逐机队余大队长在台湾过七十大寿，我就想去还了我和丹尼斯许了多次的啤酒愿，却因为身份关系，不能去。就是现在，我写到那些用生命保护过我们无数次的驱逐机大队的兄弟们，我的感觉还是，欠他们啤酒，是我终生遗憾。

告诉你一个秘密：我一挨斗，耳边就会毫无逻辑地响起王光复那小子和他们美方驱逐机中队长的对话。那是我们炸河南南阳日军司令部后，轰炸机转出战场回家，我在耳机里听到的对话：

"光复，下去看看，还可以顺手牵羊吗？"

"队长，老大真行啊，那么漂亮的一大片四方庭院，一秒钟成一片黑砖烂瓦了。烟太大，我还得再低一点。"

"光复，你快去快回，看看鬼子司令在不在司令部。我上面来了零式，二十架，正追我们老大呢。"

"队长，我前面有两架零式，我要顺手牵了。他妈的，他打我腿一掌子。"

"伤要紧吗？我们没时间了，你自己决定。"

"牵到一只，伤了一只。我在两百英尺啦……队长，那是司令部吗？"

我当时低头看了一眼，方方正正的南阳城，一个角上成了个大黑疮。我就想："他妈的，那要不是日军司令部，我们就作孽了。"

王光复那小子，为我们受了伤，我欠他啤酒。可他这最后一句问话，也够折腾人，让我想了一辈子：我会炸。炸错了，就是作孽。

听说王牌飞行员王光复后来在台湾也受限制，因为他的妹妹王光美在大陆，他到缅甸开会都不让。还是王老虎特批了同意。本来都是一家人，互相却只往坏处牵连。

我就想，各人选择不同，天也不会塌下来。为什么到了我们中国，人就只能是非此即彼？这是我一直搞不清的问题。

1972年，我在"文革"中被查出来的"美国特务"问题，终于得到平反。那时，我在南方劳改。得到自由的第一天，我干了一件事，谁都没敢告诉，也没想告诉。但是，这事我得告诉你，你一定懂我的心：

我带了二十四瓶青岛啤酒，到了南京郊区的"航空战士纪念碑"。那是国民党时期立的碑，立在一座小山顶上。在70年代初，那里杂草丛生，无人问津。才27年，"今人耕作信陵坟"的景象就出来了。我们急急忙忙就忘记了很多事。

我顺着破旧的石阶往山顶走，农民家的山羊在那里嚼草。

南京的"航空战士纪念碑"立在一架盟军飞机坠毁的旧址，荒凉得就剩一个石牌楼和两个被红卫兵砸断了碑的碑亭。我走过碑亭，立在光秃秃小山顶上，没有年龄的小风吹到我胸上。我心里刻着两千一百八十六个在中国战场殉难的援华美国航空战士和八百七十个中国航空战士的名字。我看到了不少我认识的的弟兄面孔，看到了怀尔特和丹尼斯。

农民家的山羊是我的见证人，那天，我坐在地上对天大哭。我一直想这样大哭一次，一直没有机会。人性的荒唐，我自己的荒唐，中国历史的荒唐，除了大哭，我没法表达。

我用二十四瓶啤酒祭了兄弟们。我说："兄弟们呀，和平正义的道路比我二十四五岁时想象的难走多了。"我以为抗日战争一完，就是和平，结果，是国共内战。我以为内战一完，就是和平，结果又打了朝鲜战争。我以为朝鲜战争一完，就是和平，结果是"镇压反革命"运动、"反右"运动、"文革"……我自己也成了运动对象。

和平的日子怎么过，我们还没学会。

原来，战争与和平是两站路。打赢了"二战"，我们才走完了一站。可是我们非得学会过和平的日子不可，非得走上和平的道路不可，要不然，我们以前经过的战争、暴力和牺牲，就没有意义。

我还说："兄弟们呀，我向你们赔罪。我在劳改队写了不少交代，把你们点着名儿都臭骂了一顿。我骂兄弟们是美帝国主义侵略者，我还宣布和第14航空军划清界线。那都是胡说八道，被逼着写的。"

　　人性的脆弱不是什么英雄的名字可以免掉的。从"驼峰航线"跳下去的时候，我们都怕死。把战场上的英雄说得像宗教信徒殉难一样，那是没上过战场的人写故事编的。关于我被逼写的那些"认罪书"，我今天就当着第14航空军的生死兄弟们的亡灵说一句：全是放屁。我范荇河是放屁虫，是混蛋！不是个男人！

　　我想第14航空军的兄弟们会原谅我的。不能原谅我的，是我自己。

　　那天，我在"航空战士纪念碑"前，臭骂了我自己一小时。我对不起兄弟，对不起女人。

　　这封信，是让我女儿亲自带的。若用邮寄，1945年到今天的"战事机密"我还不定敢这么写。若我们有幸还能相见，你也臭骂我好了，我听着。从天地宇宙看，我选的路是对是错，就跟蜉蝣蝼蚁走的"Z"字一样，算不得什么。重要的是，天地有正道。再走多少"Z"字，还得要回到正道上来。

　　这就是那天在"驼峰航线"我们跳伞之前，怀尔特说的："一跳下去，我们'每一步都是迷失，直到我们找到正确的路'①。"

　　　　此致
　　敬礼

　　　　　　　　　　　　　　　　　　　　　范荇河

沙X：卡车

　　范白苹把她爸爸的这封信读了一遍又一遍，感觉就像她爸坐在她对面跟她谈心。她读出她爸的复杂心理，也读出一种既与战争犯冲，又与革命

---

　　① 原句出自但丁的《炼狱》。

犯冲的追求。牺牲个人，是不得已而为之的品性。有些被集体称赞的"牺牲"，却是对个人的背叛。而她爸似乎对自己的背叛有深深的内疚。

内疚感是PTSD病人必须面对的。他们的良心总是会被内疚感纷扰，不得安宁，让他们整天都不开心。

这封信寄出之后不久，范白苹先后收到两封回信。一封是马希尔的堂弟寄来的，另一封是一个当年第14航空军中的罪犯寄来的。

马希尔的堂弟说：

范女士：

　　我是马希尔的堂弟，马希尔一个月前刚去世，只能由我来告诉你马希尔的故事了。他活了九十八岁，过了一个非常精彩的生命。在中国那些年，无疑是他一生中最精彩的故事之一。我们都听他说过在"驼峰航线"弃机跳伞，跑到一个野人部落，被野人追着要拿他的金头。

　　马希尔回到美国后，重操旧业，在民间航空俱乐部当教员。五十岁回到家乡水码头镇，办了一所中学，又当了四十年校长，从不看打仗杀人的电影。

　　我也住在水码头，这个地方的土地秀气而湿润，种什么活什么。植物一种下去就是青少年，噜噜往上长。草一年四季都是绿的，就是下了大雪，多少天不停，只要雪一化，绿草就又出来了。水码头的雪，是暖和的。

　　就像他在中国留下"飞虎"传奇一样，马希尔在水码头也留下了很多传奇。我八十五岁以后，就不开车了。他过九十三岁生日的时候，我们很多亲戚去"大鹰餐馆"吃饭，给他庆祝生日。那天，马希尔带着他的一对儿女去。我说："我从没见过九十三岁的老人开车，七十岁的儿女还像小孩一样，天经地义地坐在里面。"他说："你没看过九十三岁的老人开车？那你就上车吧，我开给你看。给我一架B-24J，我也照样能开。"

　　我就上了马希尔的车。一上车，我吃一惊，车里坐了一个绝世美人，一个光彩照人的老太太。我告诉你，人要到那么老，还这么漂亮，所有的女人都会想快些过到八十五岁。绝世美人说："四十年前，马希尔雇我当水码头中学美术老师的时候，我就用我的生命相信他。四十年后，他依然是我唯一愿意把生命都交给他的人。"

　　四十年前，马希尔创办了水码头中学，和太太平平安安过日子。四十年后，马希尔的太太死了，这位中学美术老师的先生也死了。九十三岁的马希尔和八十五岁的美人谈恋爱了。浪漫呀！

　　不仅浪漫，马希尔把和平的生活过到了生命应该有的境地。经过战争的人，更爱护平静的日子。我想，你的父亲也一定是这样的。

　　虽然我没有见过你父亲，但是，读他的信就像读老熟人的来信一样。因为我也去过中国战场。但是，我不是士兵，我是卡车司机。1945年，我们"美国卡车协会"订下了一份工作：往中国运送抗日物资。这份军队给我们"美国卡车协会"的工作，是我这个开了一辈子卡车的老司机所开过的最艰难的行程。

　　九千六百五十七公里的行程，我们卡车大队，先从海上走，到俄国，再从俄国到波斯，穿过热不可挡的波斯大沙漠，又在波斯湾上船，渡过红海，来到印度加尔各答。你可以想象：开车，上船，装货，得有多少工作让我们忙。在印度，我们又把货车装进火车车箱，一直开到史迪威将军修建的Ledo公路的起点站阿萨姆。

　　我们卡车队在阿萨姆休整了四天，阿萨姆的森林里，全是蚊子。但是，司机们情绪很高，好像我们也是战士一样。我们把所有的车都彻底检查，上足了油，就向中国出发了。

　　那时，史迪威已经指挥中国士兵Y战队打下了缅甸的密支那。这样，Ledo公路可以和最后一段"缅甸小路"安全相连。我们从印度阿萨姆开始，到中缅边境，开上最后一段过去的缅甸小路，沿着九曲长蛇一样的山路一直开到昆明。这条线能通了，援华物资又可以从陆地进入中国。通到中国战场的给养线不再仅靠"驼峰航线"。中国突破了日本的封锁。

Ledo，是全世界最难开的公路。很细，只能开一辆车，还是单行道，只有一个方向。从阿萨姆到中国昆明，不能往回开，一路山多路险。一个弯接一个弯，我们车队像甲虫一样，一辆接一辆在大山里行驶。那些山巨大而且没有尽头。我们的车队大概也是全世界最长的车队。当我们第一辆车进入昆明南门的时候，最后一辆车才在印度阿萨姆刚出发。我们的车队，载着四十万吨物资，计划开到中国，连卡车带车上的货物全捐给中国战士。

我们州的车队是第一队，我是第二十二辆卡车。一到昆明南门，路上的艰辛就全忘记了，第一辆车还没进南门，中国人就放鞭炮了。我记得南门城门是拱门，城墙上还有个方方正正的亭子，有好些细柱子撑着亭子的大顶子。黑瓦青墙，就像中国老百姓一样有礼仪。

我从拱门下开过去，心里就想：这是我年轻的一辈子做得最好的一件事。

成千上万的昆明市民全跑到街上来看我们的车队。他们欢呼、叫喊，就像缅甸小路又复活了。我们卡车队的到达，给中国人的力量远远超过我们卡车队送来的物资。在心理上，我们的车队送过去的是胜利的希望。

我们把卡车和物资交给当地收检官后，就是我们的快乐时光。我们走到街上，屁股后面跟着一群小孩。随时就会有中国人把我们拉进一个餐馆或一户人家大吃一顿，他们还坚决不收钱。我们立刻跟中国人学会了抱拳问候，说："顶好。"

在昆明一个星期，我对中国人的礼仪太佩服了。那样的长年战乱，中国还是个文明古国，昆明的人民让我们感觉好极了，好像我们这些司机都是战斗英雄。我们上报纸，还上了电台。我至今还保存了一张我们入城那天的《中国灯笼》。那天是1945年5月18日。

1945年5月18日，昆明的南门像个忠厚的老人，让一溜卡车从它的臂膀下走过。除了物资，我们给第14航空军送去了四千箱飞机零件。除了零件，我们还送去了他们最需要的人：两个外科医生，五个前线急救医生，两个牙医和几个助手，还有一个神父。[1]

在昆明，我见到了两个让我印象深刻的人物。一个是一个小孩子，另一个是一个日本战俘。

我们到昆明第一天，碰到小奇人简奈特。小奇人是昆明基地小教堂里黑石神父的女儿，五岁，她是我们的小翻译。简奈特上中国学校，中文说得比大人还好。她告诉我们的第一句话，是我们这些初到中国战场上的司机做梦也想不到的。她说："我最恨黑市。你们要把车上的货物看牢了，不然会跑到黑市上去。"

简奈特一家，原来住在衡阳基地。黑石神父在衡阳基地小教堂供职。简奈特经历过日军的大轰炸和"一号作战"的进攻。他们家最后一批从衡阳撤回昆明，他们刚走，日本人就占领了衡阳基地。简奈特看见过城里城外的那些中国兵，三个人分一把步枪用，缺子弹少医药，在那一带死守不住。她只好和衡阳的中国小朋友分别。等她到了昆明，看到黑市上什么都有，连军火也在被商人倒来挣钱，她小小的正义之心，就怒火万丈。她说，她要告诉我们每一个新来的司机，把货物看好了。所以她很忙，因为除了她家三个孩子，这里没有别的孩子会说英文。哥哥十七岁，姐姐十二岁，都请假不上学，来给司机做翻译了。

简奈特把我们领到昆明基地飞机修理厂，我们住在那里。她就跑了，去接待下一批司机。修理厂的工人和老板，围着我们送去的飞机零件绕着圈子看，不停地感叹，脸上的快乐像圣诞节打开礼物盒子的小孩。好些技工抢着把我们往他们家里拉，说我们是雪中送炭的财神。

我很快结交了几个和我年纪差不多的飞机修理厂技工。第二天，

---

① 吨位、物资、人员参见1945年6月6日，《中国灯笼》，P5-7。

他们带我去看了一个清澈见底的大湖，连湖水的皱纹都晶莹得如清风一样爽快。湖里有很多小银鱼，水仙一样在清风如水的湖里窜来窜去，猛一转身，流星一样飞了。有小孩子在水里嬉水。那湖让我紧绷了一个多月的神经放松下来，感觉到后方无战事的安宁和好处。

这时，突然有一个技工问我要不要去看日本战俘，昆明郊外的老百姓抓了一个跳伞的，已经送到山上游击队去了。我就想：日本人是我们的敌人，我还没见过一个真人呢。我住的水码头镇，连个亚洲人都没有，就说，去。

第三天是周末，我把专门赶来看我的堂兄马希尔拖着，去看日本俘房。马希尔不肯去。他说，他连日本航空兵的金牙都看过，很恶心。除了和平谈判，他情愿不要认识日本兵，见到了不舒服。但是，我那时才二十岁，没打过仗，不懂航空战士的心态。既想多些时间和他在一起，又想看日本战俘长什么样，就硬拉他跟我上山。马希尔终是没上山，跟我们一起走到山脚下，就独自一个人坐在一个木桥下钓鱼，等我们回来。

我兴致勃勃跟着两个飞机修理厂的技工上了山。日本俘房在游击队员手里，正坐在一个竹笼子里，等着马车来把他拉下山，交给第14航空军受审。听说受完审，他还会被还给中国人，要游街示众。

游击队长站在竹笼子前通过一个翻译问话：

"你说日本能打得赢这场战争吗？" 游击队长问。

"我不知道。"那个俘房一脸惊恐。

"说，你来之前干了什么？"

"在家养鸡。"

……

这个日本战俘没有按武士道方式自杀，大概因为以前是养鸡的。他最多也就十七八岁，我看也就是个中学生年纪，跟简奈特的哥哥一般大吧，说不定家里也有一个跟简奈尔一样大的妹妹。我简直不懂，这样的小鬼子怎么能开飞机打仗？

俘虏马车一出游击队营地，路上，哪怕是碰上一个砍柴的中国小孩子，都要对着笼子叫："滚回去！"还有在梯田上种庄稼的农民，俘虏车从田边小路上通过，他们就向俘虏扔烂泥和石头。老实说，看见这个细长眼睛的日本战俘，身上被扔了东一块西一块的烂泥，对他，我心里有的并不是仇恨。我就是个司机，不是战士，也不想杀人。但是，我心里有一个大大的问题：你们为什么要打我们？

下了山后，找到我那钓鱼的堂兄马希尔。我们几个见到俘虏的年轻人，争着告诉他我们的感受。马希尔，这个在中国战场上打了三年的老航空兵不紧不慢地对我们说："你们这回看到的是日本'青豆子'飞行员。还用多说什么？日本的情况很糟糕啦，连这么年轻的'青豆子'都送战场上来了。"

马希尔说，战争情形越来越清楚了。盟军1944年6月到8月丢掉衡阳的时候，太平洋上，美国海军陆战队打下了马里亚纳群岛（Mariana）。其中的塞班岛、关岛和天宁岛（Saipan, Guam and Tinian）都成了B-29超级长程轰炸机能飞达日本本土的基地，1945年3月海军陆战队又打下了硫磺岛（Iwo Jima），4月，又开始了死攻日本冲绳本岛（那仗后来打了八十二天）。李梅将军这会儿正指挥着第20航空军从马里亚纳群岛基地出发，日夜轰炸日本本土。

日本人以为打掉盟军在中国的前沿基地，他们本土就安全了，结果，盟军不过就是把前沿基地从华东搬到了马里亚纳群岛。凶狠狠的"一号作战"，虽然打通了从满洲到印度支那的走廊，天空却在盟军手里，"走廊"随时在盟军的攻击之下。日本援军走不出东南中国海，对日本本土的战争全局无助，"一号作战"是个战略失算。

马希尔还说他们这些第14航空军的老航空战士，从1945年初就不再担心在天空上遇到强敌了。中国老百姓也不再担心城市会突然被轰炸了。日本已经没有好航空兵和飞机了。偶尔上几个"青豆子"飞行员，一上天，也就只能忙着不让飞机掉下去，根本不会打仗，最大本事就是把驱逐机当自杀飞机用。

那时，我们谁也不知道战争还有三个月就会停。但是，我们听马希尔这么分析，都高兴得不行。那天，我看到的这个日本战俘，就像一个工具，用坏了也不知自己怎么坏的。

当我们转到谈和平与战后的日子会是怎样的时候，马希尔说了一些让我难忘的话。他在中国跟日本人打了三年仗，不仅成了航空军英雄，还成了思想家。听他说，当年跟他一起在"驼峰航线"跳伞的兄弟中，有一个是"教授"。那马希尔在中国成为思想家，也是理所当然的事。

这是他从战争中得出来的对人性的认识。我想把这些话告诉你，这样，你就能想象出马希尔战后是怎么生活的。马希尔在水码头中学教他的学生时，每年新生开学典礼，都要说一句话："'在我们所过的一生中，我们要给出理由，并接受道理。理性，是我们为信仰所付出的硬币。'①在水码头，我们信仰和平和理性，我们知道为什么和平是最好的。"

我可以肯定，马希尔在昆明对我们发表的那次演讲，是他对战争与和平付出了思考三年的"硬币"后，得出的人生哲理。

马希尔说，要是有一天，在和平谈判桌上，他和我们见到的那个日本小兵对面坐着，他就会对他说："如果你们选择过有皇帝的日子，如果你们愿意当你们天皇的子民，让他保护你们，而你们为他献身，如果你们在那样的军营式的国家里过得开心，你们就在你们的国家待着，过你们的日子。

"我们有我们的国家和制度，跟你们的不一样。我们不是长不大的子民，我们就是正常平民，不是皇帝，也不想当皇帝。在你们放着皇帝和官员的位置上，我们放着一个《大宪章》。我们按着《大宪章》过我们的日子。宪章保护着我们的理性与良知。

"人的制度都是人想出来的，有的是为怎么让人听话制定；有的

---

① Edith Watson Schipper 著名语句。

是为了不同等级分配利益制定；有的是为了好统治他的人民制定；还有的是为怎么对付邪恶制定的。一个制度能比另一个好多少？我不知道。我只知道我们的民主制度旨在想方设法对付邪恶，包括对付我们自己身上的邪恶。这一点，可能比你们的那个好那么一点点。要是一个制度为保护权力设制，它会滋长邪恶，几个暴君就能毁了无数平民的正常生活。我们这才说：还是用民主和法管住权力，比较安全。大家都是人。能好那么一点点就了不得了。

"现在，法西斯专制失败了，你见识到，当你们想依靠强权和军国制吃掉别人的时候，平民是如何奋起反抗的了。平民为自由而战。因为，有过自由的人，是决不会放弃自由的。

"我知道你不喜欢我，我也不喜欢你。我没想找你们的女人通婚。如果你们和我们不能通婚，也不是只有'来杀人'这一条路可走。世界，就是被一些好战分子搞坏的。上帝没有给你权力来重写别人的生活。等你们被打败了，最后，你们还得学会与不同的国家共存。"

上面这些，是我想告诉你的马希尔的故事，还有我自己的"昆明故事"。一个星期后，我们这些司机坐C-47运输机飞回印度，准备再开第二趟。我在"Ledo公路——缅甸小路——昆明"这条路上一共开过三次，战争就结束了。不管以后的政治家们又犯了多少错误，我们这一代"二战"老人，讲到中国，就是盟国和安全的意思。我从来也分不清国民党和共产党有什么不同，也不懂他们为什么要打内战，更不懂后来共产党为什么又搞自己乱了自己的"文化大革命"。我就是个卡车司机，我只知道，在密苏里号上签署的日本无条件投降的文书上，紧挨着麦克阿瑟将军签名下的第二个签名人，叫"徐永昌"。他代表中国人。

最后，我想得到你的同意，把你爸给马希尔的信转给了另一个在第14航空军打过仗的老朋友看。这个老朋友是马希尔在航空学校教过的学生。没有通过飞行训练，当了投弹员。他在中国犯了罪，被第14航空军送上军事法庭。但是，他那时才二十岁，在战争的黑暗中，人心会被腐蚀。在看不到胜利希望的时候，常常有年轻人违反军纪，被送上军事法庭。

马希尔能理解这个战士，战后没有歧视他。当他完成学业之后，马希尔雇佣了他当水码头中学的体育老师。他会告诉你更多关于第14航空军时代的事。那是一些被人们忘记却永远不该忘记的人和历史。

诚致

敬礼

　　　　　　　　　　　　　马希尔堂弟、老卡车司机亚当

范白苹给老卡车司机亚当回了信，简单讲了她父亲和她的家庭。她没有讲太多，因为她已经把她爸当成了她的病人，不想和别人讨论只有她和病人懂的故事。但是，当读了马希尔的故事后，范白苹有很多想法。马希尔有爱情，战后干了自己想干的事。而她父亲一生经历了一些不必要的悲剧。这些悲剧是个人悲剧，却也是文化悲剧。当社会结构像军队一样，把权力都分配到各个官职上之后，一个"个人"是无法限制这些权力的。如果那样的结构还能玩得转，满清的八旗制就不会腐败到保不住皇帝和江山。当社会制度走向保护正常的平民利益，不再按军队的非正常结构制定，这是旨在不用暴力解决权力和利益之争，是现代人的进步。倘若不能把一些基本权利像呼吸的权利一样让个人所有，那还没有从战争状态下回到正常。

一代一代中国人的个人悲剧，不仅是个人和权力冲突产生的悲剧，还有个人被权力腐蚀产生的悲剧。中国三千年的宗法结构，被鲁迅总结成两个字，"吃人"。她爸被吃了。"吃人"，是那样的结构所允许的，自己被吃，也吃着别人。

自己被吃，心里充满恐惧；吃着别人，心里充满内疚。不和大家一样，不管好坏，一律被群体的压力压出满身心的耻辱感，只要在人群中，就像在牢中的犯人，PTSD是这种结构下的常见病。穷的时候无幸福感，富了以后还是不幸福。

二十年前犯的错误，二十年之后还害怕一谈就不爱国。没有自信心的时候，才假装从不犯错误，不准人反对。没有自信心，这是PTSD又一典型症状。

这些症状都是病态，不正常。若一群人都得了这样的病，他们还会影响别人，折腾他们的后代。

沙X：黑市

后来，范白苹又收到了那个第14航空军的犯人给她来的信。信是这样写的。

范女士：

我读了你父亲的信，这是第14航空军老战友的信。但凡经历过第14航空军时代的人，不管是好人还是坏人，都不会忘记那段非常的日子。我也是中美空军混合联队的老航空兵。我认识你父亲，他总是和他在雷鸟基地的老同学丹尼斯在一起。印象中，他很稳重。我们不在一个中队，我是第二轰炸机队的投弹员。在1944年4月开始的"任务A——命运使命"中，他们第一轰炸机队被一分为二，一部分和我们第二轰炸机队一起到梁山、安康、恩施、老河口北方基地，完成长江、黄河一带的攻击任务；第一轰炸机队另一部分跟308大队守南中国海。但是，日本人比我们快了几天，"任务A"还没全面展开，日军的"一号作战"就开始了。6月份一过，"任务A"的进攻计划做不成了，转成了支援中国地面部队打抵御战。任务不停，哪里有事就到哪里去。我在梁山和老河口见到过你父亲很多次，也一起出过任务。

　　我还认识你爷爷，他给我看过牙。我还知道你有个叔叔，在山里为第14航空军防空袭情报网工作。我记得《中国灯笼》登载过你们范家一家三口为第14航空军工作的新闻，说："有这样的中国人在抗日，中国战场有希望。"

　　但是，我在中国战场时，就没有看到什么希望。我当时读到你们范家的报道，就想，中国是你们范家的祖国。一家三口保卫祖国，那是你们的责任。可是，我为什么要跑到这个地方来吃苦？1944年6月到7月我们打得最辛苦的时候，混合联队还有一个中方飞行员驾了P-40逃到日本人那里去了。我们派了两架驱逐机想打掉他，还是让他跑了。不知出卖了多少我们的机密！这件事情让我看不懂为什么我要给中国卖命。还有一件事也让我不能理解。我们一架B-25在梁山降落时，飞机肚子上拍轰炸结果的照相机带着胶卷掉下来了。一个苦力跑上跑道，捡了就跑。中方地面卫兵跳上卡车，跟着苦力追，追上了，开枪就把那个苦力打死了，说他是日本特务。[1]要叫我看，他就是一个正宗的中国苦力，一脸老皱纹。真的日本特务已经驾着P-40跑日本人那里去了。《中国灯笼》上登的你们范家的英雄消息，不及这些战争中的黑暗面给我的影响大。

　　再加上我们混合联队在第14航空军中是"小弟弟"，被公认飞机最老，生活最差。我们投弹员是士兵，不是军官，是最辛苦的人。我们飞进飞出的那些基地，在我来中国前的十几年教育中，从来没有老师给我提到过。什么芷江、梁山、长亭、安康、呈坎、汉中，听都没有听过。我到这里来干什么？

　　1944年夏天，我进桂林二塘基地的时候，有老兵告诉我们，桂林是中国的巴黎。我进城一看，哪里有什么巴黎景致？街上来来往往的

---

[1]　见Carl Molesworth and Steve Moseley, *Wing to Wing: Air Combat in China, 1943–45*（New York: Orion Books, 1990）, 56.

人，很多都是衡阳失守后，从那一带逃过来的难民。难民挑着担子，小孩子坐在一个筐里，饭锅放在另一个筐里，人从各处涌进桂林。市场上一片只有今天没明天的"繁荣"。卡车、吉普车按着喇叭在三轮车和自行车里开，摩托车跟驴车、马车、独轮车挤在一起，车越大吼声越大，总是大车撞小车；四个轮子的横冲直撞，三个轮子的撞两个轮子的，两个轮子的撞一个轮子的。

在二塘，我和你父亲有过不少接触，但都记不清了。不过，我还记得有这样一件事。那次，我跟队里的几个中方航空兵一起进桂林城，我们想找一个好一点的餐馆大吃一顿。吃，在二十多岁的年轻人生活中，永远是头等大事。你父亲范筢河也在那几个中方航空兵之中。他英语说得很好，我们出去都喜欢拉着他。

在桂林城里，我们看到一架三轮车撞倒了一个推独轮车的。于是，过路的人很快围成一个圈，然后分成两派，手互相指着，叫喊。两边人都很生气的样子，围看的人也越来越多。却没有人过去把倒在地下的推独轮车的人拉起来。直到警察来，一声吆喝，把一圈子人都赶走了，然后那个推独轮车的才慢慢从地下爬起来，走了，什么也没得到。

我心里想：这难道是中国人解决问题的方式？美国人若在街上冲突，当事人早拳头对拳头打起来了。警察一来，解决问题。该赔钱赔钱，该罚款罚款。中国人倒有涵养，当事人一撞，没事了，光是旁人大声喊叫。光叫，也不动真的。警察一来，把围观的人赶走了，也不解决问题，问题就没了。

你父亲给我做了一个解释，我一直记到现在。他说："不在其位，不谋其政，是中国规矩。以前，管皇帝帽子的官人，在皇帝睡着的时候，给皇帝盖了衣服。皇帝醒了，下令管皇帝帽子的官人和管皇帝衣服的官人一起受罚。管皇帝衣服的失职，管皇帝帽子的越位。规矩比解决问题重要。"

这下我就懂了，为什么中国上层官员吵来吵去，把"效忠宣誓"

看得比打仗重要。"规矩比解决问题重要。"我也懂了，为什么苦力捡了照相机就被打死，也是"规矩比解决问题重要"。

我不是中国人，也不想效忠哪派哪党的中国官员。我是被我的国家美国征兵征来的。我好好打仗是受训练后的本能结果。我们来之前，耳朵里听到的都是宣传："到中国战区去保卫正义民主。"到了中国战场才发现，原来，人家是另一套受训规则，人家为皇帝的衣服帽子也能打成"越位"罪。那长沙、衡阳还能不打丢了？中国盟军规则与我们不一样，我们当兵的送命，送得值不值？

我这样想的时候，就决定：我要先自己，后中国。

接下来不久，桂林就丢失了。

我们又撤到昆明。在中国战场待了大半年后，我认识了一个新东西，叫"黑市"。听当时在昆明机场负责收发驼峰航线军援的一个第14航空军军需官说，1945年初，他在昆明收到两百五十辆军用卡车，是给前线的中国战士的。从昆明开到桂林前线，只剩下一百九十二辆。少掉的那些车，不是给中国长官倒卖了，就是被中国司机连货一起偷走了。我就想，就算中国有你们范家三口人英勇，可你们却能如此容忍贪污腐败，而不能"越位"阻止，这仗怎么打？第14航空军的邮报《中国灯笼》上登的笑话说：只要有钱，中国黑市上连飞机都能买到。

有一天，我在昆明基地的餐厅看见一个老兵，一脸皱纹，穿了一身全是泥点的帆布军服，跟几个士兵一起吃饭。我就想：情况真是糟糕啦，这么老的人都送这里来当兵了。结果，有人告诉我，那个老兵是史迪威将军。

第14航空军的大多数航空兵，包括我们排在给养单子最后的中美混合联队航空兵，多是明里暗里抱怨史迪威将军的。因为，在日本"一号作战"准备时期，他不听"老头子"陈纳德的几次警告，在日军"一号作战"直攻长沙、衡阳的时候，他不给我们第14航空军足够的汽油和物资。他待在缅甸丛林打密支那，不管华东战局。听说史迪威将军公开说："'花生米'就知道要物资。物资一进中国，就能全跑黑市上去。"（"花生米"是他对你们蒋委员长的大不敬称呼。）

那天，我看到史迪威将军本人，倒对他印象改好了很多。他就是个军人。史迪威将军是一个不能忍受中国式腐败的军人。他不允许把战争胜负放在个人捞钱之下。军队，不是玩资本主义的地方。好歹史迪威将军一直在认认真真打日本。我不懂，卷进黑市的中国军官，怎么就能在这么糟糕的生死关头，不打仗，反而在黑市上从商？效忠和规矩都不是法，他们不守法，光要捞黑市上的快钱。让我更不懂的是，为什么中国人在黑市上总是自己人骗自己人，当华东战局这么糟糕的时候，还自己人打自己人？

我的二十岁的脑袋根本不足以理解中国社会，我看中国就像看部落社会。中国军队和政府官员的腐败问题，被中国老百姓认为理所当然（酋长该派有特权）。我们联队战士之间，评论中国人，都说中国老百姓好呀。没他们，没有成千上万的苦力出力，我们不可能有这么多前沿和后方基地。我们恩施基地的藏机库，是我亲眼看着中国苦力在基地三面的山上一镐一镐给凿出来山洞。干一天得一点儿米。我们知道中国老百姓好，可每次到最后得出的结论总是："中国老百姓是世界上最能容忍不公正的人民。"只要有一个官站在一个官位上，天生他就该得额外的好处。老百姓觉得就该如此。中国把权力赋予官位了，不赋予个人。同时，好处也一样分到官位上去了。权力和好处连在一起，这不成了老鼠公开坐在粮仓架子上，只要占到位就尽着吃吗？

中国，到处都有"人上人"和"人下人"。看到我们基地上那些苦力的生活，我得到的唯一进步认识就是：我们祖先拿黑人当奴隶，真是个罪恶。

接下来，我就有了新发现：其实在中国，我也有个"位置"。虽然我是一个小兵，但我是一个美国兵。美国兵就是一个"好位置"。

用中国人的话说，有了一个"位置"，什么都可以干，只要不反中央政府。因为所有的"位置"都在一张大网上。你扯着我，我扯着你，你保护我，我保护你，你倒霉，我也倒霉。那张网就是两个字："关系"。

原来，我突然掉到了一个没有"法律"只有"关系"的世界。我这才发现，若能有一个好"位置"，我也可以轻松发财。我的发财经是：只要和中国那个大网上一个什么要人的"位置"联系紧了，财，想不发都不行。

譬如说：我让到印度去的航空兵朋友带上我的中国法币，三十块换一块美元。我再拿美元和一个中国地方官员换成法币，一百块换一美元。中国官员再到中国黑市，两百块一美元卖掉。几个来回，我发了，他也发了。立刻就有钱了。这样倒钱的人，在美军中不少，不过是钻货币制度混乱的空子。

后来我生意越做越大，我自己也跑到黑市上去卖过美元。不仅倒卖美元，我还和几个大兵把发给我们的PX盒装军餐食物拿到黑市去卖。讲到PX盒装军餐食物，就得从我在基本训练阶段时说起。那时，因为我们要到中国战场，基本训练教官给我们介绍日本兵。有件事怎么也想不懂，日本兵怎么就吃那么一点米团子，就那么能打？我二十岁，能吃能喝，要吃牛肉才有劲。我试过一次，我要光吃米，得吃一大锅，才能扛得动炸弹。到了中国战场，动不动就得吃米饭。我一碰见吃米饭，就伸出盘子叫："给我一座小山。"我要不吃一座小山，一小时后就肚子饿。

1944年，芝加哥大学和密苏里大学的营养学家研究出K-rations（K-军餐），压缩在小盒子里，2.5磅一盒，叫PX军餐，给航空战士吃，是营养价值定在一千七百多卡路里的科学营养食品。我们出任务，预防飞机毁落在丛林荒地，航空战士都带一些PX军餐。里面有脱水的肉干、奶酪、豆子、高能巧克力、口香糖和香烟。当然，我们的PX军餐全是从"驼峰航线"运进来的，来得不容易，是军用物资。我跟黑市上的中国人沾上了之后，就弄一些PX军餐到黑市上去，很好卖。战乱时期，很多中国人都想储存食物。

我被送上军事法庭，除了倒美元、卖PX军餐食物，还因为我倒过一次汽油。我真的只倒过一次。汽油，那是生命攸关的战略物资。第14航空军因为没油，常常用高价把流到黑市上的汽油再买回来。那是我唯一一次倒汽油，却得了一个很坏的感觉。我在黑市上，看见有中国商人在卖一个完整的新飞机驾驶舱盖子，不知从哪条运输线上偷来的。我就去问卖盖子的人："不开飞机的人，谁要机舱盖子？这东西怎么能拿来卖？"他回答："我等着第14航空军飞机修理厂来买，他们急要的时候，价钱给得高极了。"

我一听，气愤至极，也羞愧至极。我倒卖汽油，干的是跟这个奸商一样的事。我很生自己的气。卖美元、卖PX军餐还像是玩儿，我没有多少犯罪感，但倒卖汽油就不同了。再看到这个奸商，我心里就冒出了犯罪感。

我当时很生气地对那个商人说："我们来这里，为你的国家卖命，你在这个国家生长，却喝你国家的血！"那人并不在乎，还振振有词地说："我爱中国，我忠于领袖。我不过是做生意，不管白，不管黑，只管能赚到钱就行了。我把这个机舱盖子卖给第14航空军飞机修理厂，我又不是汉奸。"

他那个神情，让我再也不想发汽油财了。我是想发财，但不想看到同伴弟兄因为没汽油，飞不出去或飞不回来，死在日本人手里。

我知道我不是好人。我不想为中国死。我看不到第14航空军在中国坚持的意义。连史迪威将军都说中国战场没希望，一定要先整肃中国军官腐败。我又不是中国人，那么认真在第14航空军为中国效劳干什么？捞一点好处，是因为我不捞，好处也给中国军官和奸商捞走。他们一边贪污，一边说最爱他们的国家，别人是汉奸。我看，其实他们自己就是。并非一定要跑到日占区给日本人送情报，才叫汉奸，赚黑钱、挖自己国家墙脚的人也是汉奸。我看中国这些说爱国说得响亮、背后却受贿腐败的人都是汉奸。他们破坏自己的国家一点也不心痛，我心痛什么？

我正想是不是弄到一点快钱、退出昆明黑市的时候，第14航空军严格反腐败开始了。战区执行官在《中国灯笼》上发了通知："严打"。但凡把PX军餐拿到中国黑市上去卖，都定为犯法，更不要说贩卖汽油和弹药等军用物资了。战区执行官说，任何军人都不准让军用物资流到黑市。任何军人都不准进黑市。中国警察会记下每个手里有第14航空军物资的商人名字，送到第14航空军来受审。他点了一串美国大兵的名字。我的名字也在其中。

军队反腐败，雷厉风行，说一不二，小题大作。我因为倒卖PX军餐和汽油，在1945年夏天被送上了军事法庭，成了犯人。这是我的耻辱。和我一起被送上第14航空军军事法庭的犯人，多是涉足黑市的军人。我在黑市上倒卖物资，才开始，算轻罪。但是，我倒过一次汽油，这让我罪责难逃。当然，还有的家伙能把弹药拿到黑市上去卖，卖给中国人去杀中国人。还有的中国官员专门找航空兵给他们带信，带禁品，涉及出卖情报。和那些人比，我还是轻罪犯。

我在被监禁的时候，就盼着那个倒卖驱逐机机舱盖子的奸商被捉起来，送到第14航空军里受审。当然，他的命运如何，我不得而知。我再也没见过他。

在我被监禁的日子里，我做了一些反省：

没法律，却有一张网，我一出军队就落下水。中国原来是这样的地方，就两种选择：或者自己腐败，或者容忍别人腐败。我又不傻，容忍别人腐败，还不如自己干。要想干净，还有一条路：回到军队。军队按战争的道德行事：杀死敌人可以，不守军纪，贪污腐败是重罪。

我在狱中监禁的时候，B-29把两颗原子弹扔到了广岛、长崎。日本投降了。1945年8月22号，一架日本的Topsy运输机在第5驱逐机队的P-51野马驱逐机的监护下在芷江基地上空盘旋，护航机的领队是第

17驱逐机队的富兰克·斯迪夫。一个星期前，若他看见这架日本运输机一定早下令开火了，但是，这次，航空兵们让它落在了芷江基地。机上下来的是前来投降的日本代表参谋次长今井武夫一行。

我没能像第14航空军的其他兄弟那样，亲眼看到这个历史时刻。这是因为我不配。9月19日，我们中美空军混合联队正式解散。美方人员回家，中方人员和飞机、地勤设备全交给中华民国空军。

那天，中美空军混合联队第1轰炸机队的副队长说了一段话，很反映我的心情。也许，也是我们大多数美方人员的心情。他说："虽然我们大多数人回家后，并不会立刻又想登上返回中国的第一艘轮船再来，但是我们在中国期间的经历肯定够我们在家乡酒馆对我们邻居们和小孙子们讲多少年。一次次空袭敌人，同伴牺牲在面前，米酒，水牛肉……没有信件，没有油，没有打仗的必需物资。这些，我们是再也不会忘记的。干杯！①"

对我，还要加上一个不能忘记的东西：中国黑市。

战争结束后，我才慢慢对我的犯罪行为越来越感到耻辱，并且越来越厌恶。战争本身就是邪恶的土壤，无论有多少正义在手，也不能盖住战争本身的恶性。一不小心自己就堕落。昆明黑市，是我的滑铁卢。那是我看到的最坏的资本主义。我挣那样的不义之钱，对不起第14航空军的兄弟们，对不起中国人。

回到美国后，我刑满退役，上了大学。因为我在中国的特殊经历，我理所当然地特别感兴趣那段与我相关的中国历史和中国的事情。很长时间，我不敢也不想让别人知道我在中国的污点。直到我过了七十岁，我才敢把这个污点拿出来让人看。

庆幸的是，我的老教官，中国战场上的老战友马希尔从来没把我在中国战场犯的军法记在账上。也许，他比没去过中国战场的人更能

① 见 Carl Molesworth and Steve Moseley, *Wing to Wing: Air Combat in China, 1943–45*（New York: Orion Books, 1990），178.

理解我的错误。我在他的水码头中学有一份稳定的工作，也有我自己的家庭，并且，有很多机会和时间读书。

有一次，我读了一本关于史迪威将军的书，书中讲到史迪威将军在中国的感觉：一百多年来，中国人拼命斗争，想把他们自己从一些枷锁里挣脱出来。结果，一个个理想，一次次努力，一回回改革，都反回来变成对他们自己人民的压迫和一堆堆腐败。就像王子中魔法变成了癞蛤蟆。中国的奇怪政府结构，不属于那种没有效率的政府实例。在中国，如果权力腐败了，权力的位置就弱，就要更多地靠暗地交易和贿赂来重新加固权位，结果腐败就越来越严重。①

史迪威将军说的这些感受，一些是我当时在中国的感觉，另外一些是我上大学后，读书思考得出来的感受。我在中国的时候，没有能力和理论把这种感觉说清楚。就是现在，我也不知道怎么能说清：那个总是将王子变成癞蛤蟆的，是什么中国魔法。

这个问题我就交给你去想吧。在美国，我们第14航空军的老兵常常会有聚会。每次去，所有的老兵都说中国人好，是盟军。跳伞被中国人救起的航空兵更是感激中国老百姓，认为可以把生命都交给他们。

我知道那些伟大友谊，但是，我是犯人，在中国的黑市上混过，看事物的角度就比较黑暗。我看到的是中国的制度把权力和利益同时分配给官职，而不是分给个人。所以，权力都给切切碎拿来卖了。

我相信所有的中国老百姓都是好人。我要掉在中国山村，他们也会像救第14航空军的任何一个战士一样救我。可惜，我在中国碰到的是奸商。我没作为战士掉下去，我作为犯人掉下去了。但是，到我活到八十岁了，再想那段经历，我觉得，我是"中国问题专家"。要你父亲能活着来美国，我能跟他谈一个星期。

---

① Barbara W. Tuchman, *Stilwell and the American Experience in China, 1911–45*（New York: Macmillan, 1970），460.

最后，我想告诉你一点题外话。我在桂林基地还见过你父亲范笳河当年的漂亮女朋友。她就是一个小姑娘，最多十五六岁。每次都欢蹦乱跳地来，摩托车骑得很好。有一次基地开舞会，你爸他们队负责装饰舞场。你爸就叫小姑娘摆出不同的姿势，他用彩色纸剪了一些她的剪影，有跳舞、有骑摩托、有打腰鼓……我们基地开舞会的时候，沿着餐厅墙贴了一圈剪影，很好看。正开着舞会，突然日军来空袭的警报响了，所有的电灯都关掉了。等警报解除，餐厅灯再亮起来的时候，墙上的小姑娘的剪影全没了。因为它们太可爱，从城里来跳舞的小姐把它们都揭下来，装兜里去了。大家都说，你父亲的那个小姑娘是桂林城里的名媛美人。

女朋友对我们这些航空兵太重要了，她们就是我们的飞机，我们的运气，我们的安全地。我当年的女朋友就是我现在的太太。想起那段在中美空军混合联队的旧事，我就会对我太太说，有一天，我得去我们的那些前沿基地看看。从衡阳开始，就当是重新找回一个好"我"。

此致

敬礼

老兵汤姆森

无人知晓的战争

几个月以后，少校沙顿第三次到范白苹这里就诊。那天早上，范白苹又和医院老清洁工一同等电梯上楼。老清洁工照例认认真真地给范白苹讲医院的"早间新闻"。他说："急诊室的医生在那里笑呢。他们夜里接到一个电话，一个心脏病人叫救护车去救她。这个女人很胖，有三百磅，她说胸口痛，得心脏病了。医生护士好不容易把她抬上车，一上救护车就抢救。但是，医生查她的心脏，好好的。没问题呀。医生对她说，你没有心脏病，你要生了！这个女人就在救护车里生了一个婴儿。"

范白苹也笑，说："还有这样的傻女人呀？自己怀孩子了都不知道？"老清洁工一脸宽宏大量："自己的身体，就像自己的房子，她过惯了，不想为什么。说不定她就没想知道自己是怎么回事。不过，谁都会犯错误，有机会能让人纠正，真是人的运气，迟一点纠错，最后一分钟纠正，也比不肯纠错强。"

范白苹就想：有道理。联想到自己接触到的病人，PTSD灾难压力后心理紊乱，有时候在平常人看来是那么明显的不正常，可病人自己却常常不知道自己是怎么回事。一定得让病人想是为什么，不然心理病不好治。不过，迟一点纠错，最后一分钟纠正，也比不肯纠错强。

那天少校沙顿一坐下来就问范白苹："前台的小孩子怎么一个也没有了？"范白苹说："我们州议会投票，两个星期后就把那条'凡被留在医院的小孩子，医院都得当孤儿收留'的法案废掉了。"少校沙顿就露出了一丝难得一见的笑容。这一笑，让范白苹觉得，少校沙顿小时候一定经常这么单纯地笑。

范白苹就拿那个荒唐的法案调笑了一番，她不想和病人的谈话过于严肃。从范白苹自己的经验看，人可以不同，但不安全感常常都是自己假设出来的"敌人"闹的。她说："谁都会犯错误，州议会的议员也一样。有机会纠错，是人的运气。能纠错的人，就是有灵性了。"

少校沙顿依然抱怨夜里做噩梦，醒了之后就再也睡不着了。他说，他一直是只要有时间，就记下噩梦和生活中让他烦心不快乐的事。范白苹说："我今天就会仔细读。等我看出来问题，我会告诉你。"

然后，范白苹又建议他吃药。少校沙顿说，他不想吃药，他三个月前就退役了。在大学带军官生一年之后，他可以转到正常生活。他自信能用精神和意志来对付他的PTSD。他说："我的问题，我能掌握主动权。我只要帮助，不是来你这里缴械投降，要点药，放弃控制权的。"

范白苹知道这不是有效的治疗态度。因为很多PTSD患者是士兵，以为自己是男子汉，能控制自己，不愿意认输，不愿就医吃药，常常把寻求心理和药物帮助当成软弱，不肯接受，可是人的精神和肉体都有不堪承受的极限点。

范白苹想显出尊重他的态度，但同时，劝他正确认识PTSD。她换了一种聊天的口气说："人和人比，可能会有不同的灾难承受力，民族和民族比，也会有不同的对邪恶的忍受力。但是什么都会有一个极限承受点。若腐败到极限程度，社会机器就不能正常运作了，靠修行就治不住了，得用药，还得动手术。个人也一样，过了你的灾难压力承受点，你就不可以只靠自己了，因为灾难后的压力是你神经上的青紫瘀血，你装着忘记，它也还在那里。"

少校沙顿说："我总是对新兵说，再困难你也得把你的头发拉起来，吊在生命上。他们相信我。军中关系就是靠个'信'。我不能骗他们，自己先放弃自己。"

范白苹就说："我爷爷是个中国医生，'二战'时也在中美空军混合联队干过。他的一个病人怕长白头发，就想用精神和意志来控制长白头发。我们都知道这做不到。但是我爷爷有一味中药，叫'何首乌'，是一味很好的养颜乌发聪脑增寿药。既然何首乌有乌发的功能，还能增寿，你说这个病人是不是应该吃药？"

少校沙顿揉揉他的金发，思考了一会儿说："虽然这药很好，但不适合我吃，因为我不想把金发变黑。"这个回答让范白苹哭笑不得。

少校沙顿说："我在网上查过了，我要的快乐必须是真的，吃药带来的快乐是假的。我不想吃了PTSD的药，就变成药物依赖。"

病人不听医生的，比较麻烦。范白苹知道她得坚决并且有耐心。于是，范白苹又让少校沙顿看她的两个人脸，笑脸和苦脸。范白苹说："你要想用精神和意志控制自己的心理，那么这次，你注意只盯着笑脸看，不准自己看苦脸。"他点头同意。范白苹说："看一次苦脸，减一分；看一次笑脸，加一分。你有半小时时间，把让你印象最深的、不快乐的事讲给我听。"

范白苹没有想到少校沙顿并没有提什么少年不幸、战事伤亡这类事，却一脸严肃地给她说了一个"株连九族"的故事。范白苹听的时候，就想："美国军队也搞株连九族？株连九族这样的事应该是我们老范家祖传的，从我父亲那代人起，就闹着要废掉，怎么跑到美国军队来了？"少校沙顿说："我敢保证，就是得了老年痴呆，也没有一个士兵胆敢忘记他的基本训练官。"

上次他就跟范白苹谈到过基本训练官，范白苹知道这些训练官是一些把新兵的"左手"整成"右手"的人。这次，少校沙顿又谈他的基本训练官。他说："我并不恨他，甚至感激他。他在我们三星期基本训练期，把我从学生改变成了士兵。但是，我一做噩梦，总是他，他动不动就在我梦里，对我吼叫，让我紧张得不知做什么好。"

范白苹在下意识里附和道："我妈也常在我的坏梦里吼叫。"但是说出来的专业语言是："我知道，士兵们都受过铭心刻骨的整治。基本训练官要把自由个人练成一块钢板里的一分子。"

少校沙顿说："基本训练最后一个星期，在我们空军，叫'地狱周'。一人犯错误，全营人跑十五英里这样的惩罚，在'地狱周'就算是最友好的惩罚了。基本训练官能把你侮辱得无地自容，那才是不好受呢……"

少校沙顿告诉范白苹：他刚当兵时，在"地狱周"，士兵们时不时要打各种防疫针。每天吃饭的时候，还发了一些不知管啥用的药丸子吃。有一天，他们营的训练官在餐厅的桌子下面发现了几粒被士兵扔掉的黄色药丸。训练官把药丸子捡起来，拿在手上，气呼呼地冲到营房，大呼小叫，把药丸举到每一个原地立正、正视前方的士兵面前，给大家看。嘴里一遍一遍问："这是什么？这是什么？"

每一个士兵昂头挺胸，不苟言笑，一个接一个高声回答："这是药丸子，长官！"

然后，训练官突然命令大家拿出纸来，每个人都给妈妈写信。他说一句，士兵写一句：

亲爱的妈妈，

今天，我把医生给我的药丸扔了。因为，我不想听医生话。希望得到您的原谅。

爱您的儿子，

×　×　×

然后，训练官叫大家把信叠好，装进信封，贴上邮票，全部交给他。他一脸冷酷地说，信，由他亲自寄出。那天晚上，每一个士兵，包括扔药丸的当事人和一大批受株连的，都连滚带爬给家里写信，解释上封信的原委，叫妈妈们别信以为真。几天以后，每个士兵的妈妈都收到了一封莫名其妙的关于解释吃药问题的信。训练官手上的那封信，他根本就没寄。

范白苹说："你这个训练官很会利用心理作用呀，连对母亲的爱都被他利用上了。"

少校沙顿说："这让他从此成了我的噩梦人物。那天，我妈正在医院急诊室，面临她生命的最后阶段。几天后，我妈去世了。我认定，基本训练官寄出了我们的信，我妈是读到了我那封《请妈妈原谅》的信后去世的。为什么要让我妈在临死前，读那样一封叫她操心的信？这个魔鬼训练官，让我不能原谅。扔药丸的人根本也不是我。他逼我们写的那封信，让我心里对母亲内疚了很久。直到几年以后，我父亲说到在母亲去世那天，他收到我一封莫名其妙的长信，解释一件什么药丸的事。他不知道我说了些什么。那其实是我写的第二封解释信。我这才知道《请妈妈原谅》的信还在基本训练官手里。"

少校沙顿还说，他前些时候在训练新兵，老在噩梦里见到自己的这个基本训练官对他吼叫，命令他在烂泥里做俯卧撑，当着他的新兵面骂他，没用的娘们。醒了，还觉得压力在身。有一天，他在聊天时，把这个"药丸事件"讲给他的女朋友听，他的女朋友就叫起来："这是什么训练呀？这是折腾人，跟中国'文革'的整人一样。"

少校沙顿一听女朋友把美国军队训练与中国"文革"相比，就很生气。美国军人的尊严冒上来了。少校沙顿说："这就是折腾人。所有的基本训练，设计的都是折腾人。折腾得让你没了'人'。这是军队的游戏规则。军队就是要把你打成碎片，打成沙；然后，再重新造一个，一个军队需要的新人。可是，基本训练官只折腾士兵，不能折腾老师、医生、地方官和老百姓。军人的职责是要对付最黑暗的人性。这不是老师、医生、地方官和老百姓的事，除非你想把他们都送到战场上去。"

他的女朋友就不说话了。战时伦理与和平伦理天生不一回事，少校沙顿知道，可轮到过他自己的平民生活，他就又混一起了。

少校沙顿并没有因为成功地维护了军队而高兴。他不高兴。因为他在心里对自己说："对，你说得对。"他心里有很多矛盾。他喜欢女朋友，不喜欢他从前的基本训练官。他好好地要为基本训练官辩护干什么？他的基本训练官就是个独裁者。

少校沙顿对心理医生并不隐瞒，他告诉范白苹：他自己给新入伍的军官生搞基本训练的时候，他也对他们又喊又叫，他知道基本训练的目的就是让新兵们，累、饿、受侮辱、忍受非人的痛苦，把他们折腾得只剩下肉体，就是肉体。只会本能地快吃、快睡、快排泄。活在今天就是成功。有快乐就享受，把死留到明天。心灵麻木但时刻警惕外来伤害，一旦有危险立马有自卫本能反应。这样他们才能在战场上活下来。他们的肉体能活下来，他们才能是战士。科技再发达，战士的定义还得是这样。

如果他抱怨他自己的基本训练官是个独裁者，不停地让他做噩梦，他自己也是。他就是他的军官生们的噩梦人物。新来的军官生，也就是大学一二年级的学生，把他们送到训练基地的汽车一停，他们提着行李包从车上下来，有的紧张，有的嚼着口香糖，有的互相小声开玩笑，你推我一下，我推你一下。他们把行李包放在地下，等卡车来接他们进山里的基地。少校沙顿就吼他们："谁叫你们把行李包放地下的？！"新兵们赶快把行李包拿起来。少校沙顿又对他们吼："谁叫你们把行李包拿起的？！"反正他们做什么都是错。这是叫他们懂：听命令。

"等级、服从、对集体忠诚，是军队的伦理道德。你们还想要什么？从此跟你们的平民的自由散漫断绝。平民的自由道德适合资本主义，不适合军队。"少校沙顿这样对新兵们说。

从进基本训练营地第一分钟起，所有个人的物品，包括内裤内衣都被装进黑塑料袋扔仓库里去了。"书？书也是违规品。只有《圣经》可以带进去。军队里只有一种文化：集体主义。"少校沙顿一边收新兵的东西，一边吼着。他觉得自己就是个独裁者。

他告诉他的军官生：军队教的信条，不是如果国家爱我，我就承当责任。是"责任——句号"。

他还告诉他的军官生：在军队，只有军衔，没有"人"。你往那里一站，两脚分开，手背在身后，连名字都没有，只有"下士""中尉""少校"……随你站在哪个军衔上，都有人或者军衔比你大，或者军衔比你小。或者别人向你敬礼，或者你向别人敬礼。这叫"Pecking Order（啄食次序）"。这是军队。军队有军队的事要干，军队要效率。不管对不对，每一个上级长官，都必须随时有答案给下级长官的问题。上到将军，下到小班长。有上级意见在，下级就得放弃。军队制度里的游戏规则就是这样设计的。不管你喜欢还是不喜欢，你来到这样的制度里，你就得这样玩。你的集体是你存在的理由和意义。这个制度不是给你带来幸福的，是给别人带来幸福的。

少校沙顿讲完他如何吼叫新兵，又回过头来叙述他和他女朋友之间的分歧："若像大学这样民主来民主去，军队别想打胜一个仗。"他说："大学里的快乐生活，不是真的。面对死和活的世界，才是真实的。战争是个脏活，军人的责任是：维护和平。战争是维护和平过程中的脏活。'脏活'总得有人干，军人干'脏活'，追求的是荣誉。荣誉是幸福的一部分。"

……

在半个小时里，少校沙顿下意识地看了"苦脸"二十多次，"笑脸"三次。范白苹告诉她的病人：意志败给PTSD。她能看出少校沙顿在内心里打着一场无人知晓的战争。那样的战争，对她并不陌生。她知道，把集体和个人尖锐对立起来时，这场战争就在军人的心里开始了。她在她父亲的心中看见过这种战争。她对少校沙顿的叙述发表了一个简短的评论："在和平时代的'荣誉'和战争中的不一样。因为，你没有了敌人，只有不同的人。和平时代的'荣誉'应该是能够运用智慧，和平解决冲突。用暴力解决冲突不是有勇气，是胆小和不聪敏。个人利益和群体利益并不应该是二者必择其一的关系。人也并不能因为在夜里做着噩梦，梦见自己被训练官吼叫、斥责，打成碎片而变得更强大，对不对？若军人选择放弃决定权，正确决定得由公民做。那就更不能所有的人都不思考，光执行任务。"

少校沙顿对范白苹的评论露出吃惊的样子。再次解释说："你不要以为我恨我的基本训练官。我感谢他。士兵是要面对战争和死亡的。我们不是一个人，是一块钢。谁也不愿让这块钢板丢脸。要不然，不能叫军队。那种基本训练让我们变得强大。"

范白苹说："对，让'你们'变得强大，但'你'却消失了。现在，你的军旅生涯结束了，没有你的自我，到过和平日子，你反而不会了。"

少校沙顿没说话。范白苹接着说："战争是一种非常非常特殊的历史阶段。战争是不正常时期，它甚至允许利用人性的黑暗来达到目的。你要面对丑恶求生存。但是有一点是真理：战争不能在人的生活中一直延续。再长的战争也会停止。现在你回到了和平正常社会，就看你能不能换一套正常的价值观来解释生活和正常社会了。"

少校沙顿没有同意范白苹的和平主义，他说："我知道有坏人存在，我不能装着他们不存在。"范白苹说："对。可他们不是那些在餐馆里吃饭的老太太老绅士。"少校沙顿就有了一点歉意，说："希望我的故事没有让你得到一个美国军队的坏印象。我总是对所有的军官生说，军人的任务不是打仗，是维护和平。我们选择了当军人，放弃了很多自由和机会，就一个意义：为了平民们不用当兵，能当他们想当的人。"

范白苹给了少校沙顿一篇文章带回去读。这是一个PTSD退伍军人写给所有PTSD退伍军人的信。范白苹拿起一支红笔，在文章上划出了一句："我的经验是：找人说话。说，说，说。把我想说的话，想不通的事，叫我生气的事都说出来。"她说，少校沙顿第一步做得不错。肯说。

范白苹要求少校沙顿领一只医院专门为心理病人训练的"服务狗"，带回去一起生活一阵子。她说"服务狗"可以让他少做噩梦，少校沙顿同意了。范白苹给他牵来了一只又高又大的斑点长腿狗。狗穿着黄色的服务服，走到少校沙顿跟前，抬起头嗅他的脸，眼睛里一片忠厚、真诚的关切，好像少校沙顿是它的哥们儿。少校沙顿看见狗，心热起来。他说："这方'药'，我要。"

范白苹送少校沙顿到诊室出口，少校沙顿回头对她说："很多人都认为战争创伤是身体上的和心理上的创伤，但不是。对士兵来讲，最深的是道德上的创伤。有的时候，士兵自己都不知道：为什么自己的良知就是不死，也麻痹不了。"

少校沙顿这句坦白，又让范白苹想到她自己的父亲。

坏感觉记录1–2

少校沙顿走了之后，碰巧范白苹的下一个病人取消了预约，范白苹就把少校沙顿留给她的"坏感觉记录"打印出来，坐在阅读室读。对少校沙顿允许她走进他的感觉世界，她感到最初的信任建立。记录并没有逻辑性，有时候日期也没写。范白苹看出了一些很有特点的症状，譬如说个人的定位问题。从军队中的一员，转向一个自由平民。原来军衔带给他的自信心受到挑战，有明显的"不知所措"造成的心理不安。

少校沙顿的"坏感觉记录"这样写道：

×年×月-×年×月：基本训练

有两位教授自愿到军官生暑期训练营，跟军官生一起过两周。白天看（或参加）军官生训练，晚上给军官生上"和平与正义"研讨课。其中一位是我的女朋友。她坚持要报名参加，我想是因为我的原因。她说："我九岁时就打过步枪，还扛着步枪游过长江。"

我以为她痛恨军队的纪律和武器，没想到她也玩过枪。

我跟我的女朋友说："你选一个代号给你自己，我需要你有一个代号。"她选了"Hustlen Hazel"，我叫她"HH"。她说，她第一个男朋友叫她"对对"。我说："怪名字。"她说："你军事系的秘书，苏珊，还姓'棺材（Coffin）'呢。多朴素呀。"

我不喜欢HH跟我说一句对一句。或者，她是我的教授，或者，我是她的军官。大学的说话方式是互相平视。我不会，也不习惯。

这是我最后一次带新军官生，回去后，我就要退役了。在军队这么多年，天天按着规定的程序过，已经习惯了。想到要换一种过法，不再为山姆大叔活，为自己活了，不知是什么心情。我不留恋军队，甚至不喜欢军队，却又留恋军队。HH说我"自相矛盾"。分裂人格有时是人性向环境妥协的结果。HH是自由人。这是我美慕她的地方。

总之，这次基本训练就是给我十二年军旅生活画的句号，让我感觉是最后一次当集体中的一个角色。留恋加别离的心情让我决心带好这次基本训练。没当过兵的人，不会懂除了在军队，在哪里都找不到"生死相依"的感觉。

每个参加暑期基本训练的军官生，一来都得剃光头。我也剃了光头。上车之前，军事系里坐了一溜光头。一色的新制服，分不出谁是谁。我在给眼睛不好的新生发眼镜的时候，两个教授到了。两个人都是近视眼，都戴着隐形眼镜。但是，部队训练时，谁也不准戴隐形眼镜，怕跑步时汗水会流进眼睛里。眼睛不好，不管官兵都得戴我发的这种棕色镜框的大眼镜。HH戴上部队发的眼镜，又大又丑，戴在她脸上像架了两个木头圈子，要多丑有多丑。在车上，教授和军官生一起调笑"光头"和"眼镜"。HH说："统一脑袋，统一视线。"有个军官生一本正经地说，部队发的眼镜有个名字，叫"避孕套"，意思是，戴上这副丑恶的眼镜，姑娘就被吓得跑光了。还有几个军官生，都是HH教过的学生，撩起裤腿，掀起衣服，给HH看他们身上的"文身"，其中一个说："南教授，部队要我们都一个样。画文身，是我们想显出我跟别人有一点不同。你看，我们都描了不一样的文身。"

第一天，是老兵节。我们学校的军官生被调到烈士纪念塔去举国旗。本计划是让他们站四小时，但应该来换他们的其他学校的军官生因故不能来了，所以，他们就在太阳底下站了八小时。不能动。最后，一个举旗的女军官生昏倒了，旗倒在地下。

过后，我对军官生发火。对他们吼："八小时，旗就倒啦？这是什么军人？旗不能倒，不能沾土，沾了土的旗就要烧掉。那是先烈的灵魂。不能玷污。"然后，我命令军官生执行葬旗仪式。

晚上，HH对我说，我真凶，不爱惜人。还说，她第一天就知道了，军队生活行的是孔子制定的"礼"。道理不重要，"礼"重要。有"礼"才有"军衔制"。军队行的就是"唯此为大，克己复礼"。我骂了她："放屁。"

我太生气了，但我很后悔骂了她。我总是先骂人再后悔。

今天，HH看我训练军官生擦枪、拆枪、装枪。这是训练，我按训练标准办事。我对这些新兵叫喊："枪，从今以后就是你们的女朋友。你们每天要抱着枪睡，说，你女朋友叫什么名字？"

军官生挨个报："凯丽""米肖""伊丽莎白"……没一个人敢笑。但是，我能感到HH在暗笑。她不是军官生，我不能拿她怎么样。让教授来参与训练，是为了让他们了解军官生的特殊性。谁知道这是好是坏？但愿两种文化之间能建起一座桥。

军官生休息的时候，我让教授们也回去休息。HH 对我说："你也太夸张了。那个军官生不就一粒沙留在枪筒上没擦掉，你要对他那样叫：'留了这粒沙没擦掉，这一个过错，就能杀了你的小分队。'这样上纲上线，不吓死人啦？"

我对HH 说："对不起。这是我的带兵法则。我不能忍受任何一个军衔比我低的人，对我的做法说三道四。"

我这样说，因为我已经很生气了。她知道我喜欢她，别的教授是没可能这样对我说话的，特别是在军营里。

军官生们排队到餐厅吃晚饭。这是军营餐厅，一排伟大的将军肖像挂在墙壁上。一桌六人一齐坐下，吃饭不准有声音，每一桌子的甜点是黑莓派。黑莓派必须切成六块，一样大小。中间一块必须是班长吃。饭送进嘴里，嚼三下必须咽下去。牛肉，嚼五下。吃饭也是训练。战场上谁也不能细嚼慢咽。

今天晚上，军官生全都不能睡在营地，得到山里挖"狐狸洞"，睡在洞里。虽然是夏天，到下半夜还是很冷。没有城市灯光的干扰，冷夜的天空，星星在天上亮得能发出铮铮的声音，一空明净的儿童牙牙学语声。我正在我的"狐狸洞"里回想我自己十二年前基本训练的经历，HH一个人上山来了。她自作主张，在半夜两点抱着好几条毯子上山来找我。站岗的军官生是她班上的学生，没敢把她抓起来，送禁闭洞里去。送我的洞里来了。我真想发火。她说怕我冻着，还说，多带了好几条毯子，哪个军官生要觉得冷，可以给他们。

她这样说，让我压住了怒火。让教授来参加军官生的基本训练，简直就是添乱。我真想建议上级长官从此把这个项目废了。

HH坐在我的"狐狸洞"里，不仅给我添乱，还给我添烦恼。她说："我上次说军队里的整人像中国的'文革'，你生气。你看晚上士兵们坐在那一排将军眼皮底下吃饭，就跟我们小时候坐在一排伟大领袖们的眼皮底下上课一样。"我没理她，只想叫她快回营地，又不放心她一个人走山路，碰见熊怎么办。这山上有棕熊。

HH看我没立刻赶她走，就继续发表她对军队训练的评论，她说："中国的圣人孔子说：肉不方不吃，席子不直不坐。我原来想，那肉方还是不方，吃下去还不是都一样，席子拉得再直，坐上去也就皱了。圣人为什么要那么矫情？今天看了你们军官生吃饭，懂了。肉方不方，席直不直，就跟黑莓派非得切成六块才能吃一样。不是吃和坐的问题，是显示军衔等级的礼仪。接受那样的制度要训练。把人定了等级，吃饭、坐姿都得有个上座下座的规矩。在你的军营，就叫军纪。在中国叫'孝悌''君臣'。"

我问她说这话是什么意思，她反问我，"你不是对着士兵吼：'你没有价值，你就是一个零件，你的价值是集体决定'吗？我看美国军队就是一个'等级'加'共产'的儒家理想社区。在我经过的等级制下，一个人的价值只能靠那些与你无关的东西来体现。譬如说：肉方不方，黑莓派一样大不一样大，席直不直，坐在桌子的什么方位上。再譬如，穿什么牌子的衣服，开什么牌子的车，受什么级别的服务，看什么等级的新闻报纸……这些哪一样也不是你的生命本质。而你自己的生命被当成工具，载着这些装潢。只有到死的时候，才用一次。"

这就是教授参与带来的麻烦。我说："军人有信念就够了，他们的工作和教授不一样。就是你们教授总是提问。教授可以幼稚，军人不可以。"她说："其实，还有第三种人，只要物质经验，用物质来填空虚感。可怎么活都空空如也。我要不提问，你喜欢一个空空如也的头脑吗？"她还说，用中文说"空空如也"，那"也"，就是只管生殖不管为什么活。

我觉得她不懂，在战场上，想"为什么活"，是奢侈。我只要士兵们想：活着。

她却说，大多数人，大多数时间都不在战场过。她尊重军人选择放弃自己的决定权。但是，公民的责任和军人不一样，公民要为和平争取一切机会。做正确的决定，这也是对军人的生命负责。所以，公民要问很多"为什么"，教授是公民。

今天，军官生队列行军训练。两个教授都说他们能走路，愿意跟着队列走。这又是给我添麻烦。队列行军排成四列，我领他们唱我受训时唱的老军营歌。这也是因为我对过去的留恋：

妈妈说：你在下我在上，
胡志明本是婊子养。
基训对你好也对我好，
爸爸说：那咱也生个婊子养
……

HH听这样的老军营歌，眼睛瞪大，一脸吃惊。她以为军训跟打坐入禅一样不吃荤。我接着领着军官生唱：

刺刀的精神是什么？
杀、杀、冷色的蓝钢铁！
什么让绿草成长？
血、血、红色的鲜血！
两种人的名字叫什么？
一种叫"快手"
一种叫"死人"
……

军官生歌声嘹亮。基本训练就是要把军官生的动物本能全唤醒。可队伍最后跟着两个不伦不类、自以为是的"尾巴"。因为这两个"尾巴"，队伍走出营地，我都没下令快步跑。就这样，走到山路，他们就跟不上了。我只好叫他们回去，他们还不肯。"不肯"这样的行为，在我看来就该送禁闭室。两个教授还就能对长官说"不肯"，那我也就不客气了，训练该怎么着就怎么着了。我下令跑步前进。

十分钟后，从盘山路向下看，两个"尾巴"已经比我们落后了两个弯。我低头在山路上找他们的时候，队伍前面的路已经没了。尽头是没砍开的荆棘丛。因为我没给命令，四队新兵们全一直跑进了荆棘丛，一副下面就是悬崖、没命令也不停止的架式。我一急，想喊"Halt（立定）"，偏偏这个我用了几千遍的术语，在那个时刻，从我脑袋里跑掉了。我想不起来了。看着新兵们还在费劲地往荆棘丛深处前进，心里怕HH赶上来看见，又要说我折腾士兵。我一急，吼了一声："见鬼！全都他妈的停住。"

新兵们全停在荆棘丛里。因为我没喊"Halt（立定）"，我没听见他们皮鞋跟碰皮鞋跟的声音。而我，因为忘记了这么熟悉的口令而不得不承认：我脑袋有毛病了。

过去让我那么感兴趣的事情，现在我不感兴趣。过去那么熟悉的口令，到了嘴边，我却说不出来。在最要用的时候，反把"Halt（立定）"忘记了。我很不满意我自己。我该进禁闭室。

等两个"尾巴"气喘吁吁爬上山来，看见新兵脸上手上的血痕，两个人眼睛瞪圆十分吃惊，对新兵们一脸同情。看见他们上来，我掩饰住我的不高兴。但是，我真的很不高兴。恨不能把这两个教授扔到"狐狸洞"里去。

今天，军官生砍了一大片荆棘，开了一段新路，下午又打了十个地基。明天，他们就要建成十个木屋，给下面来的参加基本训练的人住。效率和集体的力量显出来了。

两个教授也凑着来帮忙。HH从木桩子上往下跳，把脚腕给崴了。我只好放下手里的活儿，来帮助她。我从急救包里找出一瓶治腿脚崴伤的药水，叫她涂上。

她还不立刻涂，一脸研究条文的法学教授神情，要先看药水说明。看完了，她说："这是涂马腿的药。你叫我涂？"

　　我不高兴她怀疑我的知识，我说："太正确了，这是涂马腿的药。有什么腿能比马腿更容易受伤？叫你涂，你就涂。"她涂上了，说："脚不痛了，但一身马味。"我说："你不是想与众不同吗？"我以为她就闭嘴没话说了。没想到她还开玩笑："你的军官生说，他们有不同的文身。文身，是因为实在受不了军队把他们变成一个模子出来的零件。你看，你自己也是描文身的。这回你涂我一身马味，算是我跟军官生基本训练两星期描的临时文身。再大的'大同'，小小的心还是想着独立。"

　　……

×年×月－×年×月：钱、权、法

　　今天，我不再是军人了。心情不好。

　　那次带军官生做基本训练是我退役前的最后一次真正的军事行动。从基本训练基地回北湾后不久，我就办完了手续，脱下军服了。退役是我自己要的。北湾大学按我的军衔和学历，劝我当助理院长，我想来想去，决定到历史系，我不想管人，不想担责任，我想继续做我感兴趣的军事史。但是，我还是同意当历史系的副系主任，管安排课程。

　　HH送我一段哲学家福柯的语录：

　　"如果权力除了压制什么都不是，如果它什么都不做，光是说'不行'，难道你真的认为别人就欣然听命了？让权力能够保住好的，让权力能被接受，是因为一个简易的事实，即，它不仅仅是一种压在我们身上的重负，对我们用强力说着'不行'，它还传递和生产东西。它带来快乐，形成知识，创造对话。它应该被理解为一种有创造性的、通向各角落的社会网络，远远不止一种功能，即一个禁止人的负面实例。"①

　　HH说，给我这一段话，是告诉我：平民生活开始了，平民理解的权力和军队理解的权力不一样。HH还评论说，军队生活不是正常生活。她说我被军营生活弄得不正常了，PTSD是我军营生活的代价。她还说我眼睛不会平视，不是向上看，等着指示；就是向下看，发出指示，像中国的官人。但是，再不正常的生活，过了十二年，也就是正常了。HH说，大学的生活是正常生活。但是，我真是不习惯。我看她做的那些事儿，真是叫长了"反骨"。

　　今天，HH告诉我，她和一群教授要反校长、反学校董事会的发展决策。因为校长没跟教授学术委员会商量，就接受了石油大亨科克兄弟的钱。这两个科克兄弟把"黑钱"捐到学校洗一圈，就想像资本家用钱控制权力那样控制大学。科克兄弟明着说了，要用给钱的方式，把大学改变成以挣钱为目的的地方。还要培养学生能到市场上挣大钱。

　　按着大学市场化理论，没有钱，就没有信仰的立脚地，学校拍了一个广告片，雇了两个演员演我们的学生，打着高尔夫球，一个学生问另一个学生："你为什么要到北湾来上大学？"另一个回答："因为我毕业了可以当你的老板。"这个广告片一出，电视上播放了两个月，学生、教授就全反了，要游行。学生说，我没想当我同学的老板。我想为大家服务。教授说，我们培养"人"，没想教一个学生统治另一个学生。

　　HH和几个教授写了文章，放在他们自己设的、专门批评学校决策人的博客上："市场和金钱推崇的价值观是危险的：它们鼓励非人道的、浪费的、过了今天没明天的生活方式。这种价值观正好合了自私自利、以强凌弱的文化。人有一颗容易腐败的心，而钱让人腐败。一个大学绝不能成为市场的延伸。学校只能成为引领年轻人寻找真

① J. Mepham, K. Soper, *Power/knowledge, trans. C. Gordon, L. Marshall*, 117.

理、公正、和平和美的地方。现在，学校行政官要改变办学模式，要多招生，多收学费，教学生当老板。拿学校当工厂，当军营，当营利公司，大学成什么啦？看着学生从大学走一遭，出来都一样只会挣钱，那大学不就成了赌场里的老虎机？吸进去的是学费，吐出来的是角子。"

我说："反校长这种事，若发生在士兵身上，立马就能叫他上军事法庭。"

HH还不耐烦，说："我不是跟你说过，军人有军人的职责，文人有文人的职责。军人放弃独立和自由，文人就更应该负起责任，尽量不做错误决定。不能全社会都是军衔制。谁都会犯错误，校长也会。一大学的聪明脑袋，哪里能一人下命令，大家排队执行？大学权力只能是分享共治。离了教授，校长能干什么？要是全社会按军纪行事，那会走向独裁。"

HH还说："大学以挣钱为目的，那就成公司、工厂了。学术自由就没了，大学的本质定义就变了。资本家可以想方设法拿钱来影响社会。但是，教授们是用理念影响社会。有这样的坚持，世界才能平衡。大学应该把所有学科中的最好的东西教给学生。学校这种地方，一定要允许人们探讨各种不同的世界。每一个世界都不过是一种可能性，让一种生活方式在其间通过。说大学本来就是人造的'理想国'，也行。世界很不好，够学生将来一辈子对付的。但是，在他们走进那个不完美甚至丑恶不堪的世界之前，学校的责任就是把最美、最好、最善的生活告诉学生。学生看见理想，就算他们出了校园，真实生活并不和大学生活一样，他们心里也有一目标。这样，不好的世界才能被一代一代新人往好的方向改造。"

HH的这个理论，就是我第一次听她上课时，她在课上说的：诗人的理想国不能实现，但因为诗人的存在，强盗也别想建一个强盗的王国。

我可以同意她这一点坚持。我们当军人的不谈大道理，谈"把活儿干了"。HH说的人文主义目标能不能实现？我不知道。人会不会走岔？有可能。但是，如果有上帝在，我能同意这个目标是必须有的，这是人类应该走的方向。

HH说，一个人做不了很多，但是"绝不要怀疑一小部分有目标的平民可以改变世界。事实上，这是从古到今唯一发生过的事。"[1] 否则，我们就不要叫自己人类，或上帝的子民，或龙的传人，叫自己"狼""黑猩猩""大肥猪""狡猾的狐狸"就行了。

HH要我和教授们站在一边维护学术自由，参加教授们在网络上批评校长的讨论。我说："一退伍就反上司，这种事我做不出来。不仅做不出来，我也不完全同意那些教授的做法。已经很自由了，还要闹。你到底想要什么？"

HH说："公正。"

今天，HH跟我大吵一架。让我一肚子坏感觉，吵得我直想跟她叫吹。我气得最狠时，对她叫喊："女教授就该打光棍。"

她说："我起诉你性别歧视！"

吵架起因是我们历史系的宏尼教授。

历史系的系主任是个西班牙人，很有西班牙男人说了算的特点。他要解雇一个七十岁的老教授宏尼。他拿了学生对这位老先生的意见给我看。要在军队，我也只能解雇他。我就说：同意解雇。

我跟宏尼教授打过两次交道。真是一个怪人。

上个月，历史系新来了一个韩国学生，英文不好，问他什么他不是回答"Yes"就是"Okay"。我帮他选课的时候，问他叫什么名字，他说："Yes, Yes。"我又问他愿意别人叫他姓，还是名，他说："Okay。"我那天对他说：不是所有的问题都能用"Yes"和"Okay"回答。这个韩国学生果然就进步了，会说"No"了。那一

---

[1]　美国社会人类学家Margaret Mead（1901-1978）的话。

天，好几个学生在计算机房，宏尼教授慢慢吞吞地走进来，对韩国学生说："你能不能帮我把车箱里的东西搬上来？"

韩国学生断然地说了："No。"

嘴上说着"No"，还是去搬了。宏尼教授还是觉得很下不来台，苦巴巴地站在楼梯口，坚决地把韩国学生叫作"Okay"。

那一天，宏尼教授让"Okay"读论文，自己坐着听。我路过那个教室，有个学生急急忙忙推门出来，看见我，就对我说："宏尼教授上课讲着讲着睡着了，我们等着，他还是不动，我们以为他死了，不知是不是要打911。"

我当时很生气，上课睡觉就跟打仗时睡觉一样。就这一件事，我都同意解雇他。

这事，系里还没来得及处理，第二件事发生了，而且事闹得很大。

历史系的教授们在雇新教授的问题上发生重大分歧，吵得势不两立。一派认为，要再雇一位教西方史学的教授。另一派认为，要再雇一位教东方史学的教授。投票表决前吵，然后，两派主力都在暗底下拉票，好像势均力敌，所以大家都很紧张。到投票的那天，十五个教授只来了十四个。宏尼教授没来。

宏尼教授没来，并不是他生病了或有急事，是他想当骑墙派。宏尼教授一向是只管自己做自己的事，不想为了学校的事得罪人。他想，我开会迟到，等我到了，投票结果也出来了。我也就不用做决定了。宏尼教授既答应"西方派"投这一派的票，又答应"东方派"投那一派的票。

谁知道宏尼教授失算。他进会场的时候，投票刚投完：7比7。平了。他一进来，大家都说，宏尼教授，你怎么才来，就差你的一票了，快投，快投。这下好了，宏尼教授骑墙不成，反被人识出了真面目。别人还是无记名投票，他那一票随他投哪一派，大家都知道是他投的。

宏尼教授非常尴尬，在众目睽睽之下，投了一票。神使鬼差，他投了"西方派"。

"西方派"欢天喜地，"东方派"很生气，觉得历史系做了一个历史性的错误决定。"东方派"的主要人物泰勒教授和宏尼教授本来是好朋友，宏尼教授明明是答应他投"东方派"的票，怎么能临时就变掉了？泰勒教授真是非常生气。

宏尼教授当然知道泰勒教授真生气了，他就决定要去解释。他把朋友看得很重。宏尼教授走进泰勒教授的办公室，想解释。泰勒教授说："你出去。"宏尼教授还想解释。泰勒教授又说："你出去。"宏尼教授还想解释。泰勒教授给他当胸一拳。

这一拳一打，把宏尼教授身体里七十年的野性给打出来了。他也给了泰勒教授当胸一拳。这下，两个人就从你推一把、我打一拳到拧在一起打成一团。

正好这时候一个女研究生路过泰勒教授的办公室门口。这个女研究生是个女警察，刚从警察局赶来上课，制服穿在身上，手铐挂在腰上，看见两个教授在打架，她高叫一声"停！"，宏尼教授就停了一秒钟。就这一秒钟，女警察一手拧一个，把泰勒教授先铐在了桌子腿上，又一反身，把宏尼教授铐在了书架上。

我和系主任赶到泰勒教授办公室的时候，宏尼教授被铐在书架。

这样两件坏事难道还不够解雇宏尼教授？我们当时就对宏尼教授说："你被解雇了，等着回家吧。"

HH跟我吵，说如果解雇宏尼，我和系主任就违反了学校与教授定的"共同法"。宏尼是终身教授。他的"终身教授"就像他挣到的房子，是他的私有财产。私有财产不可侵犯。"共同法"上说解雇终身教授只有两种可能：1.抄袭、学术欺骗；2.和学生谈恋爱、搞性骚扰。没有"上课睡觉"和"铐在书架上"两条。学校可以给他警告或罚款，但是不能你们想解雇就解雇，这要通过教授解雇委员会讨论决议。

我已经被历史系两个教授气疯了，HH还这样指责我，一肚子坏感觉，闹得我睡不着觉。夜里做一个噩梦：我被我的基本训练官铐书架上去了。他骂我用了姓"棺材"的当军事系秘书。我说，法律保护姓"棺材"的不被歧视。他对我吼："你忘记了世界上只有两种人，一种叫'快手'，一种叫'死人'。三十秒，你只有三十秒。导弹！"等我吓醒了，我睡在墙角桌子下面了。

今天，HH来跟我道歉，说不该跟我吵架。我接受了她的道歉。但是，她拿了一张昨天的报纸来给我看。报纸上有一张照片，是一个写在学校信笺上的决议。就两行字："教授学术委员会决定：XXX不热爱患者、对女实习生有不专业行为。决议：此人不适合从医，不予通过住院医生资格。"

HH说，为了坚持"程序"和"共同法"，在这两句话后签了名的三个教授委员，有两个家庭遭枪杀。这就是去年震惊北湾的教授被枪杀案。凶手昨天抓到了。这是教授们坚持按"共同法"办事的代价。这两行字，是四条人命坚守下来的。其中一个是宏尼教授的孙子。他儿子是三个签了名的教授之一，医学院病理系的教授。凶手去他家杀他，他不在家，凶手杀了他五岁的孩子和女保姆。另外两个受害人是委员会主席和他太太。

我一听杀人的事，心跳就加快。耳边响起："三十秒，还有三十秒。导弹！"我尽力想那张范医生总给我看的笑脸，心里说：民主有代价！

HH说我和系主任不拿"程序"当回事，破坏了"共同法"，按制度办事的代价就白付了。她说："在放个人权威的地方，放上'法'，这是人的文明。我不替宏尼教授的错误辩护，我是替法律程序辩护。"

她还说，你只看到"共同法"保护了苏珊和宏尼（他们都有问题），却没看到正是因为有"共同法"，教授们才敢秉笔直书，畅所欲言。上千个未来的病人才不会被一个坏医生所害。如果你两个系主任就想随意解雇人，解雇的也许是一个不重要的差教授，但破坏的是法制。破坏了"共同法"，破坏了制度，结果是人人丧失法制的保护和安全感。等到权威动不动拿饭碗来威胁自由时，谁还敢说话？法，是平民对着违法分子的枪口坚持下来的。

今天，学校给了两个打架的教授严重警告处罚。

宏尼教授要求系主任和我向他道歉。系主任说："道歉个屁。这个系让我管，我不养懒人。"HH却一次一次催我去道歉，我也想说："道歉个屁。"但是，我还是硬着头皮去对宏尼说了"对不起"。HH拿了老总统富兰克林的警告来说服我："贪婪和雄心是两种强烈的热情。它们单独一个，就是侵蚀人心的巨大力量，然而，当它们结合起来的时候，也许能让人满意地达到某些目的，且它们的强暴力是几乎不可抗拒的。它们很快就能把人们一头推入纷争和论战，什么好政府都能给毁了。"

HH说，钱和权力，是我们要随时警惕着用的东西。我们只有一个武器，就是法律。

军人的军纪和平民手里的法是如此不同。教授的问题是：没受过叫他们刻骨铭心的基本训练。

教授们闹了近一年，两周前，教授学术委员会一百个代表投了"对校长不信任"票。今天，校长下台。他们还真把校长给解雇了。

HH说："民主，是一个不停地纠错、不停地维护正义的过程。人只能做这么多。人（包括她自己）的历史就是人性和兽性相争的历史，没有永久太平盛世。"

……

少校沙顿的案例和他记录的"坏感觉"让范白苹很感兴趣。他内心的矛盾、自责和与女朋友的冲突，简直就是一个战士回归平民的过程纪实，一只脚在军队，另一只跨到平民社会。他知道战争时期与和平社会由不同的道德心理支持。如果他把军队和战时伦理当作常态，而把正常人生当作是幼稚、不正常，那就活得太累了。PTSD让人活得很累。

范白苹想到她的父母，他们活得就很累。

范白苹觉得这个HH是一个让她感兴趣的人。她怎么会想到用"Hustlen Hazel"作代号？那是写在她父亲的B-24J浪榛子II上的英文名字："Hustlen Hazel"。范白苹决定要见见这位HH。亲友参与PTSD病人的治疗，是很重要的。她想，下次见面，她要请少校沙顿带着HH一起来。

而少校沙顿提到的军队社会和基本训练，却让范白苹直接联想到她老家范水的某些深厚的历史习俗。美国的其他故事，没有一个能像少校沙顿讲的军队故事那样，能让范白苹感到和她们老范家的历史相通。当时，少校沙顿对她说："军队，是一种文化。你们平民社会是不懂的。"少校沙顿这样说，大概是受够了他的HH从平民社会的角度对他的一次次挑战。范白苹没有反驳。不过，她想，我能懂，我懂我们老范家的规矩。老家范水有某一种奇怪的语言密码，从小就打到了范家人的骨头上。这个密码和军衔制的密码有相通之处，让她对少校沙顿的心理问题有能力深入分析。对她父亲的心理病，也可以有一个合理的解释。

第七章：范水的基本训练

沙X：孝子基本功

那天，会完少校沙顿，回到家，范白苹突然收到她三叔范箱泥寄来的一本家谱。她三叔让她写一个自我介绍，因为，范白苹也得了祖宗的福，成为名人，被列为范家七十七代孙。她三叔寄来的那家谱，可不是一般二般的，是老家范水镇文史局出资修的家谱。他老人家只寄了一本电子版，正本还要成书。范白苹一直看到要睡着了。那家谱，可是范家的家谱大全。从范白苹这辈往上，做到她爸爸、她爷爷；又从他们往上七折八弯做到了范仲淹，从范仲淹一直做到范增、范蠡，再从这二范一直做到"周宣王"。

范白苹的那个中美空军混合联队的老兵爸爸、共产党员范箱河，居然成了"周宣王"七十六代孙，真是把范白苹看得目瞪口呆。她家那个伟大的太爷爷，在她的印象中，从来不就是一个地道老农民吗？因为会治牙痛，把三个儿孙一起送上了"打倒帝王将相"的道路。这会儿，咋都成了"周宣王"这个奴隶主头子的后代了呢？若这样的家谱再往前追，我们全中国的男男女女大概都是从一个老祖宗的"大虫子"里冒出来的。所有人都是亲戚。生生生，生出了世界人口五分之一的大集体。范爸爸、范爷爷、范太爷爷，当然还有范白苹，都得在这个宏大的家谱中站立一脚，才叫安全。

虽然这个宏大的家谱长长的，从古流到今，而且还要继续流下去，对范白苹来讲，除了一页，每一页都是与她无关的废话。那页与她相关的就是有她爸爸的那一页。但奇怪的是，在范爸爸范筘河的名字下，范白苹不是独生女，还冒出了几个带问号的子女。家谱是这样写的：

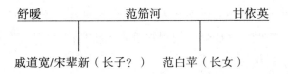

范白苹看到，她家的"大哥"危机，在父母死后，丰收了。她爸居然跟别人生了两个"大哥"？再看看，更了不得，她三叔在"舒""范"二人的后人之下，还注了一行小字：

"舒—范可能还有一女，生于范筘河戴上右倾帽子下放金湖期间，生死不详。"

范白苹很吃惊。从那家谱上看，她爸范筘河明明和人家有一个家，突然怎么地转到她妈甘依英这头来了？还生了个"范白苹"。

看看时间，正好是中国的白天，范白苹就给她三叔打电话，先说她不想当"周宣王"的七十七代孙。她三叔说，这是任务。因为衢州修了毛氏祠堂，毛家是从衢州搬到湖南韶山的，毛家的家谱一直修到"周文王"。伟大领袖毛主席是"周文王"之后，七十五代孙。我们范水自古就是衢州的后方，不能落后。范家的家谱一定要修，果然，一修就修到"周宣王"，和毛家有表侄关系。这简直是太重要啦！

范白苹就问"大哥"问题。她说："我知道'大哥'是我家的禁词。怎么我突然冒出来两个？"她三叔范筘泥说："我就知道你要问这个问题。那不是打着问号吗？没定哪个是真的呢。你自己都是有儿有女的人了，还计较父辈的情债？范家谁不是风流人物？"

范白苹说："我不计较，我不过就是想搞清楚是怎么回事。"

范筘泥说："现在都兴穿名牌。穿个名牌，你就是个人物。同理，有个名牌父母，好办事。你爸是我们范水的名人。那个舒家，是大族，全国的名人，中国最早的银行家之一。舒家二小姐和你爸有过生死恋。十九岁的时候跟你爸生了一个儿子，乱世中丢了。现在，两个岁数相当的'儿子'认祖来了。我这不都打着问号吗，要做个DNA就能确定。两个'大哥'，戚道宽是房地产商，宋辈新是衡阳文武中学的老师。你想先认哪个，就先叫哪个做DNA。跟你的DNA一比，就能定下来了。"

范白苹不想做什么DNA，她想知道她三叔写在"舒""范"二人后代下的那行小字是什么意思。

范筋泥回答："我就知道你还要问这问题。范家的人都是情种，你不知道吗？碰上那舒二小姐也是情种，你就想象吧。这有什么好奇怪的。我就问你一个问题：我长得跟你爸像不像？"

"像，越老越像。"范白苹回答。

"不对。年轻时更像。"

"那我就不知道了，我没见过您年轻时候。"

"我是不是比你爸还要帅一点？"

"您比所有的范水男人都帅。"

"告诉你吧。1944年9月，你爸在驼峰航线，机毁跳伞。所有的人都认为他死了，追悼会都开过了。我去追那个舒二小姐，想做个你爸的替身。她就是个十五岁的小美人。任我怎么百般乞求，人家就一句话：'曾经沧海难为水。'就为这句话，你爸倒霉的时候，她跟我要你爸在金湖的地址，我能不给吗？一给，情种的好事不就传下来了？"

"那我妈怎么冒出来的？"

"这得问你妈。你爸原本是定下终身不娶的，他对不起人家舒二小姐。不过，有了你妈也是好事，有你了嘛。三叔还是最喜欢你。"

范白苹能懂她三叔到了这个年纪，为什么发起了疯狂的修家谱热情。这是心理需要。人都是要死的，得找一个比自己大的东西拉住了，才能有不朽感。五千年的国家，但凡是个活着的中国人，都是从望族冒出来的。抓一个根，养一群子孙，生命源源不绝。这是我们中国人对付死亡恐惧的好办法。我们不要上帝，不要灵魂。人死了，还有孙子。DNA开花结果，比信灵魂实在。

只是，范白苹觉得范家这个"大家谱"，简直像个腌菜缸，凡带一张黄脸一顶黑头发的，都要给你塞进来。你拿了他一个DNA，你就永远欠了祖宗的。范白苹没有时间去做什么DNA。她把三叔范箔泥寄来的家谱仔细看看，就像个"军衔制"系列。"周宣王"自然是个军委主席总司令。范蠡、范增是他属下的谋臣、武将，叫参谋长、大将军也行。再下面一个军衔叫"文书"，让那范仲淹谋了去。直下到最低衔，是她爷爷、爸爸、三叔……成千上万范氏子孙，通通都是小兵。想来历史上也有出自范家的"叛徒""败类"，不过他们都被扫出范家，开除军籍，家谱上没他们的地位。

一条树系下来，一切都是军衔，一大群范氏宗亲卒史，就等于"一"，没有范三，没有范四，没有"人"。想来这一谱里，谁都可以代表祖宗把"叛徒""败类"骂一顿。可那缸里的每一棵"菜"的心理，得压成什么样子？却没人管了。

这时，范白苹就想到，造成PTSD的种种原因里，会不会也有一种：个人在集体腌菜缸中被征服或被淹没，从而造成自我失位？失去一只胳膊都是一种灾难，把一个个人的"自我"泯灭在集体腌菜缸里，这种灾难一定不比肢体受伤轻。若你不当腌菜，活，还是不活，都成了问题。腌菜缸就是个大军营。过惯了，还离不开。在里面受挤，出来了急躁，横竖没有安全感。

放弃自由，原来也是一种训练。不是人天生就会的。

在这个时刻，范白苹想到的新问题让她自己都吃了一惊：

要是PTSD与恐惧感有关，要是恐惧加压力，产生PTSD，那么，以高于个人的集团利益或权威否定个人的时候，若产生不了集体荣誉感，恐怕就会产生大大的恐惧感。要是我们范水一族人，经历了太多的暴力和灾难，它会不会全族集体患上PTSD呢？

若这样，那些留在正常人们心理上的，因为被征服和被淹没所造成的创伤和疤痕，怎么才能被抚平？自信心不是"听话"能产生的。

总之，那天，范白苹决定：她既要研究范水文史局编的范氏家谱，看看她家有多少人得了心理病，也要去找更多当年第14航空军的老兵。只要他们还活着，她就会告诉他们，他们的B-24 浪榛子II（Hustlen Hazel II）在她父亲手里的最后故事。这也是她爸的遗愿。她想认识一个完整的父亲。他，是她的一个病人。她会把病人放回他的生长环境，分析到祖宗传给他的基因。这样做，只是因为对父亲的爱。

范白苹的父亲出生在范水。

范水这个地方，值得给一个军事密码。三叔范笳泥说，从前范水有过一个军事密码，叫："指鹿为马"。是真是假，范白苹不知道。她三叔本来就是一个神神叨叨的人。密码，就是要让自己人一看就懂，让外面人横看竖看也不懂。范笳泥说："范水没拿你当外人，你是你爸的种。你爸的种，都是大情种。你想知道什么？能说的，我都说。不过，密码，只可意会。你若真能把范水的密码点破了，你就可以给你爸写一本《英雄美人传》。我的传记不用你写。我还活着，自己写，也叫《英雄美人传》。"

范水呀范水，除了《英雄美人传》，还是《英雄美人传》。"英雄"是"权"，"美人"是"性"。生殖比什么都重要。"指鹿为马"是什么意思？就是"串种"。串了种的《英雄美人传》。范水的《英雄美人传》写到范笳河那一代，串成了"亲不亲，阶级分"。组织为大，个人为小。再到范白苹这代，又成了西学东渐，串了种。对范笳河的个人生活，三叔范笳泥给了一句含意不明的话："唔唔，有种你就……哪个哪个。"

哪个哪个……种是怎么串了的，这得慢慢说。范水人能容得了违法，却容不得背祖离宗。讲到"祖"和"宗"的问题，大家都得特别小心。不然得个"卖国贼"的帽子。

范白苹觉得，若把她自己写进范水的行列，她还是放老实点，得先把范水三千年的文明史肯定了。但是，最终她一定会把范家男男女女想说却说不出来的话，都说清楚。要是他们稀里糊涂死了，没来得及说，她就替他们说。范水祖宗的牌位前，一定得加上这一盘防治PTSD的小菜。爱吃不吃，随祖宗的便。

　　范水的历史，往回推三千年，太遥远。那都要推到河姆渡文化去了。只能猜：男人披发荷耜，女人奶孩子。山坡上开出一小块一小块手指甲一样的水稻田，鳞次栉比。早上的太阳是男人，晚上的月亮是女人，雾气从白水底下生出来，有仙人在地底下噫而出气：大块文章，上善若水。白水里，田鸡下一千一万个仔，一千一万个好儿孙，就从蝌蚪变成了青蛙王子。虚无缥缈中她爸的基因就吃着水稻，传到了范白苹。用她三叔的话说，你是"范水种"。"范水种"是褒义还是贬义，走着瞧。

　　范水有传说的历史，可以往回推一千年。一千年前，范水恐怕是旧时皇帝征南蛮，或者征倭寇时留下的"种子地"或"军营"，叫"兵都"也行。那是仿着北方的"兵都"建的。北方人会打仗，黄帝打败蚩尤，匈奴强逼平城，黄河动不动改道，北方的里甲制就是兵都留下的本儿。儒家的君臣父子要的就是兵都的秩序。范水，是皇帝南征时留在大山里的一个"都"。这就是范水的风土。背依青门山，风从山门两边吹进来。北风和南风在范水拱手拜把，道家的秋水黄雀加一本《房中术》作性事指南，君君臣臣就生出了鸿儒、生出忠臣；黄帝昨天还在尝百草，周宣王一眨眼就生到了越王勾践卧薪尝胆的时代，范蠡经商务实，爱女人爱家。范水的后人，从水中生出火，火中又生出了红烧猪大肠。小孩竹笋一样一天一天长出来，往后退一步一看，一天一天，就像蜡烛油，一滴一滴融化在一千年的大江大湖里，不见了。小孩子全变成了老头子。到近代，范水驻进了军阀。范家三代的英雄史从军阀时代开始。范水人对军阀有个说法："强盗来，拿了就走；军阀来，拿了不走。"三叔范笊泥说，驻进军阀的时候，范家爷爷十九岁，范家太爷爷四十五岁。范笊河就在那年出生。

　　那时候范水自成青山绿水，天上还没来过飞机。除了飞鸟飞虫，天上要有能飞的，都是"飞龙"。范水的"种"都是龙种。山坡上的水稻田，墙跟下的竹子，范水的女人细声细气，男人也细声细气。算命的说：潜龙勿用，利见大人。镇子中心一条青石路，青龙一样游进来，方鳞窄腰身。沿街边一溜店铺子，店铺里有卖龙须糖。比糖低一级的就挤在巷头，左一个右一个笋丝、豆干、青团、凉粉条儿的小摊子。过年的时候，一条街都是吃食的好味道。

青石路在快到头的地方，后背拱起，让过范水，跨起一座青石桥。桥上白幡子飘飘，摆着剪头理发的挑子。白幡子一面一个大红字，正面是"剪"，反面是"拿"。摆剪头理发挑子的大能人就是范家太爷爷。范太爷是农民，年纪轻轻，自学成才，摆起了理发挑子。他老人家理发兼管拔牙，都是伺候人，刮胡子多走一步，到人家嘴里拔出两粒坏牙，也是应该的。

拔牙是顺带，叫"拿"。不收钱。晚上扛挑子回家，走到那"牙主"家的菜地里，拔两个糖心萝卜回家，交易就平了。据范水老人们说，范太爷给人拿牙还不痛。他的理发挑子上有很多口袋，装着剪子、梳子、肥皂、小镜子。还有一个小袋，里面装着一种祖传的药丸子，不大，棕黑色，范太爷爷叫它"牙神丹"。谁来拔牙，就先往他嘴里塞一丸，那"牙主"就不知疼了。眼睛一闭，正养着神儿，牙就拔出来了。是真是假，不可细考。反正，有人说"牙主"不管老少，过不了几天，还会再来。叫范太爷给他再看看有没有牙又要拿掉。似乎，范太爷拿牙自成一宗。动不动，还就像山门师爷一样，高高立在桥上，剪子和梳子对敲两下，说："头发要剪啦。牙都是好的，一颗也不能拿。"原则性很强。

总之，范太爷不仅理发生意好，家里的糖心萝卜也永远吃不完，弄得三叔范筛泥直到现在，都21世纪了，一吃过晚饭还放七老八十的萝卜屁。人越老，越要尊严，每次还都要放到垃圾桶里去。

范太爷是在范筛河出生那年跟了丛长官走的。那时，丛长官在范水忙得很，指挥范水的军人加紧招募民工苦力，从年头到年尾，干了两年，把范水一圈八百年前就东倒西塌的破城墙给修好了。先说：各省自保，五户一甲。城墙完工没多久，进进出出就有人说："这下，任他什么土匪强盗也打不进来了。城墙修对了。"

有了城墙，大家都放心了。范水也显出"兵都"古风。若在范水的青石路上走一圈，看着就生出了兵火气。从东南方向往西北方向看，范水就像个兵营了。青色，白色，黑色；小路，白墙，黑屋顶。碧鸡，黄狗，黑母猪。小孩子光着脚丫子在街上跑，手里拿着竹筒枪，嘴里喊着：砰砰，砰砰。加上横竖几条土路原本都有兵营的名称。一条叫：东马步兵路，一条叫：西二哨岗子，还有一条叫：顺令路。顺令路就是那条青石路，通到镇子中心。范白苹三叔后来跟她吹牛：范水的路本来不是路，那是从皇帝的时候就布好的兵阵，叫"九宫阵"。每一阵里的驻兵都是不同数儿。令旗一舞，兵勇们就在"九宫阵"里穿行。变化莫测，从一到九，东南西北，从哪个角儿也攻不进。

讲到范水固若金汤，就到了要追述范箔河是怎么冒出来的事了。范水，男人柳叶眼儿，女人也柳叶眼儿，千年不变。什么敌人来，也不能怎么样。范水的规矩，来无影去无踪，却稳如军令。动中取静，以静制动，以不变应万变。该生还得生。说到生，也就说到范水"文化深如海"的要处。范水有一种奇奇怪怪的、从未写在纸上却被范水人津津乐道盘弄着的习俗。范白苹的母亲甘依英说："野风陋俗，只有范水容得下。旧中国是什么样，范水就是什么样。丑恶不堪。不破了，能有你这代人的幸福生活？！"

从中国到范水，从范水到中国，千秋万代不跑不动的是村落，皇天后土之间的是祖宗基业。范水人从来以为，只要根基不动，其余的，任它风云万端，都没事。范水的龙种，云雨一番，变化即新生，万千气象就有了生气。范水人能生。生出的是什么，不重要，能活就行。在范水，小孩子的哭声就是最好听的"中和韶乐"。若有哪家女人生了，一家老小连亲带友，不管高兴不高兴，进进出出都要显出一副幸福忘我样子。范水虽然不是出命官的地方，但是范水从来就是活人的地方。活了三千年，黄墙上的土砖一点都能成人精。关起门来，瓦缝中的茅子要浪就浪，院子里的石碾子要×他娘就×他娘。黄土白草红太阳，范水一方水土，活到了某个时辰，就活出了名。任天下风云变换，范水以出"孝子"闻名。

什么叫"孝子"？那就得要举例说明了。在范水的词典里，"孝子"就是为了让上人高兴，自己不情愿的事情也要做。范白苹去了范水多次之后，终于认识到了范水的名不虚传。其实，中国从古到今到处都是出孝子的地方。当然，当个孝子本来就是做人的本分。但是，范水的孝子行的是大孝：一家的长子要能孝到把自己新婚媳妇让出去，给爹爹享用，还高高兴兴，这才叫"孝"。对老辈人来说，这"大孝"就像是范太爷爷的"牙神丹"，往嘴里一塞，当了上人的爹爹就晕乎乎地闭上眼，一眨眼，在身体里老掉的岁月就拔火罐一样给拔出来了。拔就是通，通就是补。补什么也不如补气大补。人老了就要补气。"大孝"的儿子，该要让长辈大补一回。把那老人味儿给补掉，换个活蹦乱跳的小果子出来。

那年范白苹的爷爷十八岁，是范家的长子。就在那一年，她爸范筎河就作为一个小果子，由她爷爷这个范水孝子造出来了。"造"是什么意思？再讲清楚一点：要么手工制造，要么机器生产。范爸爸范筎河属机器生产。范水的空气里有一张蓝图，吸一口气，机器一开，心照不宣，照着做就行，孝子的"果子"就一批一批造出来了。造范爸爸的那个大孝子，范白苹的爷爷，那年他刚结婚。按照蓝图，他一声不响地把新媳妇，就是范白苹的奶奶，留在家里。自己进山了。同样，按着蓝图，"造子机器"来了。这个"造子机器"就是范白苹那四十五岁的太爷爷。

当然，范太爷并不是一定要睡新媳妇，他自己的媳妇四十多岁，正是好睡能生的年月。范太爷要的是儿子能显"孝顺"，这是他在范家地位的保证。一年一年站在桥头为晚辈们能过上糖心萝卜吃不完的好日子，自己吃尽辛苦，当晚辈的理应孝敬这位四十五岁的祖宗。至于范白苹奶奶，她是人也不是人，是人，是因为她能生人；不是人，是因为，生什么人，为谁生，由不得她。这样的角色有个名词能配，叫："奴隶"。那样的宗法等级是明着要一半的人当牺牲的。

范奶奶作为老一代范家媳妇，怎么看范太爷和范爷爷之间的交易，没人知道。她的感觉，在男人们的图纸里从来没写过。或者，写了又被删掉也有可能。那样的规矩，最缺的就是公正。"好品质"被定义为"顾全大局""深明大义"。反正范白苹知道，她奶奶伺候了范家两代男人，和她太爷爷养下她爸范筎河，和她爷爷养下她三叔范筎泥。横跨了两代，范奶奶却是她们范家家史中，最可有可无的人，范白苹见都没见过，就死了。

不公平，范奶奶被捏得那么小，让范白苹想打抱不平。但就算她把这些不平说出来，她也不知道范家的两代男人肯不肯向她奶奶道歉。范水男人是最不肯说"对不起"的一族人。范水永远形势大好，不是小好；永远中兴，永远盛世。这才显出范水非同一般的地位。灾难一过，就根本没发生。

范白苹小时候听她妈和她爸吵架，一吵就看见她妈拿一本《红楼梦》在她爸爸眼前挥舞："毛主席叫全党高级干部都要读通《红楼梦》，为什么呀？《红楼梦》里的禽兽都从你们范水出的。爬灰的爬灰，养汉的养汉。"吵着，还会扯到范爷爷。她妈说："范筢河，你爸从一开始就没把你生对。我不叫他，是我叫不出。谁欠谁的呀？"甘依英是绝不能允许别人捏小她的。她不是一个人，她背后有一个组织。"你去问问党，党叫我叫他什么，我就叫他什么。"她说。

据范家媳妇甘依英说，她真的向"组织"汇报过"家丑"。她那个年代，"组织"是什么都管的，一人吃几斤米，分多大的房，结婚的新人多发几尺布，小孩七岁为什么不上学……组织都是要管的。夫妻吵架，把小孩子扔到书记办公室去，也是常有的事。"组织"就像祠堂长老，主是非。"组织"给甘依英出主意：都是老党员，就叫"老范同志"不就得了。所以，范白苹家有两个"老范同志"。一个是她爷爷，一个是她爸爸。

范爷爷曾经在范白苹很小的时候对她说："你这代不用当孝子。规矩给你妈这个母老虎砸了。孝子的规矩虽不都是好规矩，但没这些规矩，等她老了，够她受的。"但是，范爷爷的担心是多余的。到范白苹长大一点，甘依英坚决地要求她行孝道，整天担心女儿对未来女婿的妈比对自己妈好。

范爷爷从不评价范筢河，他只是说："当孝子不容易。但凡是个孝子，也就能当个忠臣。"等范白苹长大了，总算搞清楚了范家的人际关系。再想到她爷爷的话，脑袋里总会出现两个果子。小的叫"孝子"，大的叫"忠臣"，它们挂在一根藤子上，藤子扭成螺旋体，像几条基因

DNA。孝子和忠臣是一根基因结出来的小果子和大果子。在范家这根螺旋体上，范爷爷叫"老范同志"，是大果子，长得字正腔圆，挂在藤子上风。范家的媳妇是母老虎，胆敢不拿范家的"大果子"当回事，从来不叫他"爸"。从伦理学的角度说，媳妇造反了。从生物学角度说，范媳妇甘依英有理。所以，"老范同志"很生气，却也只好当个"老范同志"。"老范同志"在甘依英向"组织"报告过家丑之后，曾经到"组织"跟前指天发誓：他从没有拿大儿媳妇当"同志"以外的媳妇想过，言下之意，范水人都明白。"组织"想来也是明白的。老范同志身体力行革了范水"爬灰"旧传统的命。

在范家，范笳河也叫"老范同志"，是个小果子。挂在藤子下风，长得歪牙瘪爪，但也是个"忠臣"。他的故事两天也未必讲得完。总之，范家这两个"果子"没长开的时候，叫"孝子"。喝过范水的甘霖仙露，全成了"忠臣"。哪国的人际关系也没有范水的人际关系复杂，一宗的军队编制，父父子子君君臣臣，都是关系做的。

三叔范笳泥，山南海北浪迹天涯几十年，最后还是选了回范水养老。他鬼里鬼气地告诉范白苹："正宗的范水孝子，现在还在范水生产着，多少不好说。有。"范白苹很遗憾地想：那被"组织"铁血荡涤的"爬灰"原来没断根呀。

在爷爷和爸爸都去世之后，范白苹的三叔就成父系长辈。范笳泥说："能行范水'大孝'的人，若当起'忠臣'来，还有什么舍不得给主子的？范白苹说："我应该管我奶奶叫'奶奶'，管我爷爷叫'大伯'，对不对？"范家三叔说："胡说八道。你爷爷是我老子。"

乱呀。人伦纲常，在范水本来是军令如山倒的事。谁家死人，没出份子，都是要被议论、被记恨的。老子却能硬在自家儿子身上折腾出耻辱来。这里的道理一定很深远。在那样的大山里，住着那么一群人，不知有魏晋，不知还有别的活法。自己定下了规矩，严守了一代又一代。对错都是自己说。不孝和偷窃同罪。不让出新媳妇你还想不想活在范水？至少，这一折腾，就能分出了上下有等。当年，范白苹十八岁的爷爷（生物学意义上的"大伯"），新婚那几天，天天在山里的窝棚里过。怎么过的，心理受到什么伤？从没有人告诉过范白苹，全是范白苹猜想出来的：

十八岁的小伙子，看着天上的星星，想着家里的新媳妇，从窝棚里走进走出，恨恨地放着萝卜屁，几次想冲回家去，大吼一声："我回来啦。"范水一镇子的灯火，在他脚下鸦雀无声。那种无声其实是有声的，就一个字，"忍"。"现在不好受，到老了你就好受了。能忍，才叫孝。"十八岁的爷爷只能苦巴巴地悟出了这样的道理：人能活到老，就是皇帝。范水的老人都是皇帝。儿子不能让苦了一辈子的老子享几天当皇帝的福，还能叫"好儿子"？

范白苹曾把她的这个想象告诉过她的三叔，三叔范箍泥不置可否。只说："棒打出孝子，什么都是训练出来的，孝顺也是训练出了的。和穷富无关。范水再穷，老人照样比哪儿的人都威风。"按范箍泥说的故事：从范水的历史看，哪怕就是在饥荒之年，一早起来，也能看到某家的老太爷端一个破了又锔在一起的粗瓷碗，往门口一蹲，立刻就有邻居家的老太爷也端一个破了又锔的粗瓷碗走过去。两个老人互相问安的话不是"早呀！"而是"好睡吧？"，这时的乐趣，就是范水活法的深远性。

在范水，就是直说出"好睡"，也不是"干下坏事儿"的意思。这词儿在范水是中性词儿，就像问"你家儿子孝不孝？"，回答"孝"一样。这是范水的规矩和风情。范水没有皇宫里的高台阶，能一级一级排出个高下来，也没有富裕人家的钱财，能分出个骑马的主子和牵马的仆人。要显显高贵和低贱，范水只好另立规矩。穷，不代表没规矩，范水的人很守规矩。既然到处都有规矩定高下正名分，"爬灰"就是在范水这个山镇排出个上下等级的法子。孝顺的"顺"就是这么训出来的。

不仅如此，那种一村人一言不发创造的压力，最终，逼着年轻人都是要想通的：让出媳妇这样的孝敬也不是难事儿。不都是自家人吗，一个锅里吃饭。若老子在孝顺儿子家造出了一个"小果子"来，对儿子来说，那"果子"不是儿子就是弟弟嘛，反正还是一家人。不用分那么清就是了。范水远在大山里，一镇子人就是一个家，大家得互相帮衬着才好活，范水人的规矩范水人知道，村子里的人从来不过问谁是弟弟，谁是儿子。有些事儿只做得，却说不得。范水的日子就是这么不清不楚过着，大家不也过了上千年？其实，在有高下等级的地方活，也容易，只要一字就能活上千年万代。这个字儿还是："忍"。

能忍，怎么都活得下来。

范白苹实在不能不感叹：哪一国人也没我们中国的男人和女人能忍。在一座封闭和孤独的山里，范水人创造了一个他们自己的道德世界，营造了一种他们自己酿制的社会压力。他们说对就是对，说错就是错。所有对错都可以被颠倒了定义。所以，范水人容忍邪恶的能力可得世界冠军。

沙X：牙神丹传奇

范太爷在睡了新媳妇后，范水的日子和他没睡的时候比，也没啥两样。结果倒是有一个：范箔河冒出来了。范箔河是范家的一条十字界线。范太爷（范箔河生物学意义上的爸爸）在见到范箔河之后，就决定跟着丛长官的队伍走了。家里三亩水稻田和"牙神丹"，都交给了范爷爷（范箔河生物学意义上的大哥）。新媳妇物归原主，还搭了一家之主的生存大权。这就是范太爷聪明的地方：见好就收。这才是父慈子孝。范箔河光着屁股在家里走动，他老人家也在家里走动，难保大儿子心里有什么欲说还休的感觉。所以，走，远香近臭。范太爷看过范水的媳妇对老公公吆喝，要这样，要那样，不成体统。她们敢呀。但范太爷有尊严，不想在家里看见仇恨的眼睛。他是一心为家的人。他手里有"牙神丹"。

范太爷和丛司令的情义始于"牙神丹"。

这祖传的"仙丹"成全了范家三个英雄豪杰——范爷爷、范爸爸、范三叔。那"牙神丹"像个外交大臣，范太爷因此神丹，年轻时就结交了南方小诸葛丛长官。丛长官正宗上过天津的军校，回到南方，不张不扬在山里练兵。先带一个连，后带一个营，再后来，队伍就大了。

丛长官天生牙不好，不是这个痛就是那个痛，痛也痛不死，却叫丛长官活受罪。英雄不能给牙气死呀。丛长官还是一个小班长的时候，第一次进范水镇，就是为了打听有没有牙医。那时候，范太爷也年轻，气宇昂然，能种田，能剃头，能拿牙。农忙时，水稻田里找他，农闲时，桥上找他。丛长官就万分庆幸地碰到范太爷手上的"牙神丹"。从此，丛长官就得救了。不仅牙得救了，还从此一心想着范太爷和他的"牙神丹"。后来，丛长官长年在南方大山里走动，动不动就要派手下的士兵把范太爷用山担椅抬了去，有时，一去能十来天。丛长官的兵也多是南方人，牛羊肉吃得少，竹笋、豆干、酒酿、糯米团子吃得多，多少都有牙齿问题。范太爷先修好丛长官的牙，然后修丛长官的人马的牙，从上到下的"头"和"牙"也都是范太爷给包了。

有一次，回来的时候，范太爷兜里居然还装着一个银元。那时候，三块银元就可以买一头牛。范太爷一算，一个银元，那就是一个大牛头还带两条牛腿。这"牛头""牛腿"在范太爷兜里装着，让范太爷日日不得安宁。在桥上站一会儿，就要到店铺子里去转，不知道买什么好。拿起布，又放下，拿起铁锅，又放下，拿起龙须糖，又放下；一直转到有一天，把人家两亩地里的糖心萝卜都买了回家，才安下心来。山里人有两亩地的糖心萝卜吃，那天天就富足得像过年啦。据三叔范筲泥说，他们老范家"放萝卜屁"的毛病，就是那回吃多，全家都染下了，一直遗传到他。虽然，他还没生出来，轮到生他的时候，却也是染了带病基因。什么叫"基因"？基因就是前世定的。三叔说，这个毛病跟"糖尿病"一样，会遗传，土名儿叫"糖屎病"。范水人都这么叫，不是很科学，不如叫"糖屁病"。

等到丛长官在山里人多兵众了以后，动不动就带驻军驻进范水镇来，那就更走到哪儿都想着范太爷。丛长官带兵如带子弟，口号是"人人奋力作战，个个管饱吃饭"，跟范太爷更是如同生死不离的主仆。丛长官手下士兵的"头"和"牙"，就全包在范太爷手上了。越包越离不开。包着包着，丛长官居然对范太爷说："哪天我们开拔了，就把你也带走，你干脆就给我干军需。"范太爷就笑："我就会剪和拿。您要想关照我，我儿孙就交给您了。我跟您做牛做马就是了。不过'牙神丹'该不该用，什么时候用，您和您那一军的人都不得做主。不然，我就把方子毁了。"丛长官说："我就喜欢你说话像个汉子，你就是我的军需官了。"过了若干年，在范筛河生出来之后，范太爷就真成了丛长官的军需官。

范白苹在搞清楚范水、范太爷、范爷爷和范筛河的关系故事之前，就听说过不少关于范家"牙神丹"的传奇。她家的故事和她太爷爷手上的那个宝贝"牙神丹"密不可分。在范太爷牺牲之后，范家的"牙神丹"是传到范爷爷手上的，并且，在丛长官的军中继续发挥作用，后来，一直发展成"载入史册"。

范白苹听她爷爷说，他当年在中国战区美国空军第14军中美混合飞行联队当牙医时，好几个美国航空兵找他拔牙，他都给用了"牙神丹"。这几个人也都成了他的至交，动不动就来找他。范爷爷不像范太爷那么有原则，不拿牙，有时也把"牙神丹"给人。

这"牙神丹"到底是个什么仙药，让范白苹足足想了二十年。她爸受的是洋教育，在中美空军混合联队先开B-25中型轰炸机，后转到308大队开B-24J重型轰炸机，就是在天上飞一百圈，他也没空低下头来找找范水在哪个山坳里，更别说去接范爷爷的秘方。三叔范筛泥，除了女人的事说起来停不住，所有的话都说一半留一半。他那么一个精明人，却没接"牙神丹"秘方，他自己说，他这一辈子过得风云莫测，那方子他先是接了一半，后来，来运动了，他胆子一小，就没接另一半。没那另一半，效果就大减。后来，又来运动了，他胆子又一小，接到的一半也扔掉了。凡是带"神"字的东西，只能听着、想着，真到凡人手上，都是有危险的。后来，一国的人都成了唯物主义，不如不要。

下面就到范白苹这辈儿。范三叔和三婶子都是二婚，他自己前面的三个女儿，他一个没要，全跟了前妻姓。三婶子带来的三个女儿他也一个没养。一辈子一身轻。这就是说，范家就数范白苹正宗了。范爷爷在范白苹小时候，说糖果一样跟她提到过很多次"牙神丹"，而范白苹因为小，也没想知道更多。后来，又出国留学，整个西化了，看牙要上牙科医院。实际上，"牙神丹"在她爷爷死后，就彻底失传。

范白苹能记住的"牙神丹"，是范爷爷把"雪山熊维克"和"牙神丹"当一对宝贝讲给她听。维克给中美空军混合联队的航空兵宠坏了，会偷"牙神丹"，偷过了，还想掩盖踪迹。掩盖的方法就是把药箱坐在屁股底下不让人看见。这个故事，是少有的一两个能让范家人一起笑的故事。

范家有一个人不拿"牙神丹"当回事，也不为"牙神丹"失传伤心，这人就是范白苹的妈妈甘依英。甘依英说："什么'牙神丹'？范水就是个跳神弄鬼的地方。若是好东西，女人生孩子的时候，怎么不给一粒吃吃？厨子炖鸡汤的时候，怎么不放一粒？"

在范白苹开始研究她爸的英雄业绩和PTSD症状时，看了一本书，《中美混合联队轰炸机队》，讲的是中美空军混合联队的事，其中有两小段插曲，范白苹读了二十遍。范白苹敢保证，全世界除了她没第二个人会对那两小段这么上心。她一遍又一遍地读，想从字缝里读出字来。这是混合联队里的美军飞行员写的回忆。

第一段讲：混合联队里，每个机组都是中美飞行员混合作战，但住处和吃饭分开。美国飞行员生病，找自己营房的医生。中国飞行员也有自己的医生。这段回忆录讲，有位叫丹尼斯的美方B-25轰炸机机长，如何到中国牙医的药箱里偷止痛药的事。丹尼斯打了一仗回来，牙肿得厉害。美国队的医生在前些天日本零式驱逐机偷袭汉中基地时，受了伤，送昆明的军人医院去了。他的中方副机长就竭力鼓动丹尼斯去找混合联队的中国医生看牙。丹尼斯就去了。

中国医生没看他的牙，倒问他大便如何。用的句子是："你到厕所规律吗？"丹尼斯显得不自在，似乎不太懂如何回答。中国医生就换了一句美国医生常说的话："你的肠子蠕动如何？"这下，丹尼斯懂了，说："蠕动太慢，不畅通。"中国医生就又问了一句："你的水怎样？"丹尼斯猜这是问他小便如何了？心里想：中国医生也太文明啦，这是打仗呀，连大便小便都不好意思说，就回答："'我的水'都留在飞机上尿袋里了。但是，我的痛牙带下来了。"

中国牙医给他喝了一些草药熬的苦汁，在给他治牙的时候，把一种止痛药放在他的病牙周围。第二天，牙不痛了，肠子也蠕动快了。但从此他就是一心想着中国牙医放在他牙上的那种止痛药，就决定再到中国牙医那里去弄一点。他先说："牙又痛了"，骗一点来涂上。骗到了以后还不甘心，又趁中国牙医不在，自己到药箱里找止痛药，结果，简直就上了瘾，心里整天像想情人一样想着止痛药。

原来，那药里有鸦片！

第二段是美军检查员写了对中方航空兵作战行为的年终评估。前面多是记载中方航空兵聪明过人，是精英中的精英，什么都一学就会，尤其是数学和机械知识。冬天，汉中基地很冷。地勤修理人员两个星期没有冬衣，中美航空兵就自己保养或修理飞机。机械和计算问题，多由中方航空兵承担。他们打起仗来很勇敢，置生死于度外。一个机组里的混合中美航空兵，就如同兄弟，完全互相信任。

报告很客观，除了讲中方航空兵的优秀以外，还记录了两个美方不能接受的行为：

第一，检查员开了一架老式C-47到汉中基地，飞机后轮轮胎爆了。正在着急，混合联队的中方地勤开着卡车来了，他们用棍子把机翼顶起，下了轮胎就跑，让检查员以为他遭了劫，轮胎被抢去拿到黑市上去卖了。检查员非常担心地坐在机翼上等。两小时后，卡车开回来了，中方地勤嘻嘻哈哈把补好的轮胎给拿回来了。他们又用人工顶起机翼，把轮胎给装上了。检查员很高兴，但是，突然发现，他们往机轮润滑油箱里倒的是豆油，他被要求签了好几张条子，全是中文，不知其中有没有一张是同意用豆油代替润滑的。如有，他声明，那张条子作废。

另外，在顶起和放下飞机机翼时，有一个中方地勤人员胳膊划伤很大的口子，他们没有送他去医院处理伤口，倒叫来了中方的一个牙医，在伤员的牙上涂了一点药，又在伤口中撒了一些面粉状的粉末，了事。

第二，检查员发现，中方航空员的医生无权给航空战士开"飞行疲劳休假"。一中方航空战士，长期飞行，已明显过了"疲劳点"，心理已出现问题，一上天就想着要跳伞。此航空兵到美方医生处开到了"飞行疲劳休假"。美方医生建议，停飞一周，让高度紧张的神经放松。但中方队长说："谁说他不能飞？他要不飞，我枪毙他。叫他跑步到牙医那里要点止痛药。半小时后上飞机。"

　　检查员说：岂有此理！

　　这两段，范白苹看了二十遍后，觉得她彻底看清了她家"牙神丹"的兴衰和中方人员对心理疾病的无知和轻视。这中美空军混合联队里用的仙气十足的"止痛药"就是范家祖传的"牙神丹"！那个问到"蠕动"和"水"的中国医生是不是范爷爷，那个来偷药的丹尼斯是不是他爸的生死朋友丹尼斯，范白苹不能肯定。但范家"牙神丹"定是在中美空军混合联队流行过。她想起她爷爷说到过他给航空兵们用"牙神丹"的解释："不给怎么办？那时候，日本人把中国沿海的交通线都切断了，什么物资都要从穿越喜马拉雅山的'驼峰航线'运来，要什么都难。"他还说："没有麻药的时候，就连混合联队的伤员缝合伤口，也曾用过范家的'牙神丹'代替麻药止痛。"

　　战争，是特殊事件。评价是非的尺度有特殊的单位值。

　　这么说来，完全否定"牙神丹"的功劳，是站不住的。硬说范水是个跳神弄鬼的地方，也不全对。范水的文化深如海，要不，也出不了范箹河那样的英雄豪杰。

沙X：范氏英雄史

据范白苹三叔范箹泥整理的家史介绍：

范白苹的生物学爷爷——范太爷走了之后，范爷爷（大伯）就在范太爷从前桥上摆"剪—拿"挑子的地方，也摆上了挑子。只不过他的挑子只有一个字"拿"。范爷爷只管拿牙，不管剪发了。从他的挑子再往前走几步，就到镇子中心。这里是全镇地位最高的地方，先是有个私塾，后来被丛长官废了改成学堂。范爷爷在私塾和学堂前后读过八年书。"剪"与文化人相距远了一点，不干了。"拿"是技术活，范爷爷继承了。"拿"之余，他也试着给人家把把脉，开一剂清火通肠的方子什么的。一本《伤寒论》整天就放在"牙神丹"旁边，那里有个范太爷放剪子剃刀的兜儿。

范太爷虽说走了，也没走远，不过是跟了丛长官，在南方山里转。动不动还能回范水休整。范水是他们的大本营。每次回来，范太爷都像是个要人，穿着军中发的制服。家里家外的人都欢迎他。对家政，大事，如送范箢河上学堂；小事，如买多少斤糖心萝卜，范太爷都能插手做主。祖宗的地位只得更高，不过是换成太上皇听政而已。长子当家做事，范太爷掌实权。这就是范水最普遍的家政结构。

丛长官和范太爷都在日益见老。因为要抗日，丛长官把家小一大群，都送到桂林老岳父家里。护送人就是范太爷。桂林的繁华和美景让范太爷实在喜欢。那样圆头圆脑的山，比范水的石山尖岩滋润，那样的清冽冽的水，比范水的小河养人。桂林街上走着外国人，会说"顶好！"范太爷听丛长官的家眷说，外国人把桂林叫作"东方巴黎"。范太爷从来没听说过"巴黎"，自己一厢情愿，把桂林说成"东方篱笆"。他回到范水，这个"东方篱笆"就成了范水人的好梦。那里美女如云，战争远远地在篱笆外面打，只有桂林安全。他再也没有想到过，若干年后，桂林也能沦陷了，而桂林沦陷之时，还有人给他钟爱有加的范水式小儿子范箢河开了一个葬礼。

丛长官送走了家眷后，平时也见不到自己的子女，儿女心肠又重。每次到范水，看见范箢河和几年后冒出来的范箢泥，就当自家的侄孙逗着玩。从山外面得了些好玩意儿，就从兜里掏出来，讨小家伙欢喜。范箢河得过他七粒手枪子弹壳。范箢泥得过五粒。

范箢河七岁时被范太爷和范爷爷架着，强制送到学堂收收心。范箢河在范水的街面野玩惯了，哪想进什么学堂。而学堂先生打手心有名。一上学，范笳河立刻开始找打，找了一次又一次。

有一天，他上课时突然问先生："'东方篱笆'在山哪边？"而先生正在读："……养不教，父之过。教不严，师之惰。"那范笳河还不活该挨打？要学成范水的规矩（就是心理学说的"人格分裂"），多打几次是必须的。

后来，范笳河就只好拿这个问题问了一些在街上走来走去的人。那天，正巧是范太爷跟丛长官一起回范水休整的时间，而范笳河还在不被当人看的年龄。他在街上和军人搭讪，被军人一推，去去去。他又走进店铺和伙计搭话，被人家嘲笑，老范家的长子呀，什么时候找个桃红柳绿的媳妇回家呀？等他逛到范水桥上，看见范太爷正把至交丛长官按在范家陈年的牙椅上剪发呢。而他爸爸，正好乐得离了挑子，一个人坐在桥墩上看《伤寒论》。太上皇的本事自然是比儿子要大。范太爷对长子继承他的挑子，却拿掉了他的"剪子"，不满意。祖宗留下的，你改什么改？

丛长官脖子下面围了一条介于白和灰之间的毛巾，脑袋被范太爷的大手握着，不能动。他斜着眼，回答了范笳河的问题："你看山下，还是山吧，离山最远的地方就是你爷爷去过的'东方篱笆'。住在那里，满洲的日本鬼子是绝找不到的。"又头也不转地问范太爷，"这小子生下的那年，你跟了我。这日子过得也太快啦，都能爬墙上树了。"

范笳河那时对"东方篱笆"太感兴趣了。"'东方篱笆'叫桂林。我家在桂林有个金鱼池，还有鸽子在黑瓦的翘檐下做窝。"丛长官这样对范笳河说。他又以同样的姿式对范太爷说："东三省让出去了，是国民政府在用土地换时间。所以，时间太金贵啦。多少工厂都在向西搬迁，我们以后事会越来越多。小孩子能过几天太平日子就让他们过吧，别逼他读古书，读点新科学。"

这是范笳河第一次听懂了：山外很好，但是要被坏人拿走了。范水是安全的地方。有糖心萝卜吃，有学上，还有城墙，将来还有媳妇娶。实在不行，还有个桂林可退去藏身。那年他十二岁，地道山里人。

那时候，范爷爷虽然接下了范太爷的"牙神丹"，但从来没有做过当军医的梦。有范水一方宝地在此，他虽不是镇上的重要人物，但只要听镇上各方要人的话，拿牙的事业，是没有人跟他抢的。那时候，范爷爷除了"拿牙"，并不知道还有一个词叫"革命"。与"命"最相关的狠词，在他叫"拿命"。"拿人命"，那是断断不能做的。做了就成"歹人"，要天打五雷轰。

但是，命运不由人，1942年，范太爷终究用自己的命，改变了他后代的命运。

范笛河和丛长官那次关于"东方篱笆"的谈话以后，北方的战事就越来越紧。几年后，终于有一天，日本兵一直打到上海。再后来，南京就沦陷了。一场大屠杀，中国分成了两部分：沦陷区和自由中国。

丛长官在这个时候，接了一个意义深远的任务：建日本飞机警报网。这是一个叫陈纳德的美籍军官交下来的任务。中国的东南沿海已经丢光了。只有浙江衢州、丽水一带的一个军用机场还在国军手里，由丛长官控制着。陈纳德把衢州、丽水作为秘密军事机场，画到军事地图上。丛长官重任在肩，这个藏在山里的机场，在陈纳德眼里是未来打败日本本土的希望，它是最后一个离日本本土最近的国军机场，是当时唯一一个可以直接轰炸日本的基地。

范水很幸运，在自由中国，它在大山里，地势高，又有城墙，就越发显得安全。丛长官把陈纳德敌机警报网的一个点放在了范水。那一年，范水架起了电话线。陈纳德从1937年开始建立"敌机警报网"，他的警报员遍及整个西南中国。只要一个中国人看见日本飞机出动了，警报员立刻就知道了。警报员就会马上打电话到警报点，一个警报点传到另一个，敌机飞到哪儿，陈纳德的空军指挥部就知道得清清楚楚。

1941年12月7号，日本偷袭珍珠港之后，唯一在天上跟日机作战的美国空中力量就是陈纳德的"飞虎队"。陈纳德把"飞虎队"分成三个分队，"亚当和夏娃""熊猫"和"地狱天使"。"地狱天使"留在缅甸仰光，保护史迪威将军开的缅甸公路。那是自由中国和外界相连的唯一的一条公路给养线。"亚当和夏娃""熊猫"飞到昆明和桂林，保护西南中国和战时首都重庆。"飞虎队"飞行员，靠的就是这个"敌机警报网"提供的信息。任何时候，日本飞机刚一出动，"飞虎队"总部基地上，一个警报球就会在竹竿上升起，当敌机接近空军基地时，第二个警报球就会在竹竿上升起。第三个警报球升起，敌机就到了。范水的无名警报员和所有其他的警报员的敌机情报，是从早期"飞虎队"到第14航空军的飞虎们空战成功的重要因素。

从1941年，杭州、香港被炸以后，衢州、丽水间的这个唯一还在国军手里的南方军用飞机场，就成了丛长官的身家性命。他整天不是在火车站，就是在飞机场。那段时间，丛长官到范水来放松放松的日子很少。范太爷爷也就很少回家了。

那时候，成千上万沦陷区的人不顾一切向西迁移。上海、杭州的城里人，家里在范水有点亲戚朋友的，这会儿也都回来避难了。范水一周的围墙，年年加固，墙头上还有丛长官的守兵日夜站岗。据说，丛长官这些年在南方山里转，给好几个山镇修过围墙。这些围墙标示山镇安全，全都修对了。军中的人都说丛长官有战略眼光。

1942年4月18日，美空军十六架B-25中型轰炸机在少校杜立特的带领下，从航空母舰"大黄蜂"上起飞，第一次突然轰炸了日本东京、大阪、名古屋等城市，算是对日本1941年12月7号偷袭美国珍珠港的报复。虽然，从战略战术上看，这第一次轰炸日本本土，并不能起到什么扭转局势的作用，但在人的心理上，这是太平洋战役中最重要的一次胜利。

作为心理医生，范白苹对这次心理战上的精神胜利，一直都非常感兴趣。这是第一次打破了日本本土有"神风"保护，无人能打进去的神话。让日本国民吃一惊：原来不是只有他们炸人家的家园，你炸了人家的，自己的家园也就不保了。从这一天起，世界也知道了，日本是可以被打败的。还有，这个历史性袭击，改变的范家三个后代的命运。

十六架B-25中型轰炸机，轰炸之后，他们没有足够的汽油飞回美国基地，按计划，他们要直飞向盟国中国。

那时候，日本已经占据了中国从北到南几乎所有海岸线和港口，每一个飞行员行动之前都学会了几个中国字：Chuchow, Lishui（衢州、丽水），这是他们预定的降落机场。除了浙江西边的群山还在游击队手里，就是丛长官的国军坚守着这一带的铁路和那唯一的一个东南沿海的衢州军用机场。按原计划，这十六架B-25在炸完日本本土后，就留给民国空军了。

"大黄蜂"在还没有到达预定海域时，撞上了一艘日本小战舰。为"大黄蜂"护航的海军军舰只好把它打沉。但日本小战舰在沉下去之前，有足够时间向日本报告"大黄蜂"的出现。杜立特决定不放弃偷袭计划，偷袭提前。这十六架B-25提前了两百英里起飞。在完成任务后，除了最后一架因机械原因落在苏联，其余十五架全往中国飞，又遇上了暴风雨，它们飞到中国沿海和境内，和衢州基地联系不上，全部迫降或弃机跳伞在浙江和江西，没有一架留下来。但是，七十六个飞行员，除了两个跳伞时殉难，三个落在日占区被捕，另外五个被伪军救起，出卖给日本人，两个机长和一个机组成员很快在上海龙华被枪毙，其余六十六个飞行员全被中国老百姓和游击队救起，先后送到衢州机场丛长官这里，再从衢州飞到重庆。

1942年6月，美国飞行员被送走了两批后，丛长官给了范太爷一个重要差事：到浙西一带山里的各个山村去，发送"新门神"。这个差事太重要，事关抗日前途，非得范太爷那样德高望重的范水牙医去做不可。

范太爷花了整整两个月在那一带的山里转。他的理发挑子里，一头装着他的理发家什和"牙神丹"一族器械，另一头装着小山一样的"新门神"图片。图片红蓝白三色，和过去那种红脸红腮红肚皮的门神不同。新门神是个美国飞行员，头戴蓝色飞行帽，身穿蓝色飞行服，脖子上围一条幸运白围巾，胸前斜披着红绶带，两个肩头帽顶上插着长长弯弯的野鸡毛，与其说像门神，不如说像关公。新门神图片下有两行字：

"同胞们，旧门神再也保护不了我们了，我们的家门已经给日本侵略者踏破。挂上这个新门神吧，我们的盟军，美国飞行员来保护我们的家门了。"

这几行字，是丛长官亲自写的。不是一笔好书法，但笔笔有劲。那时候的山里人，哪里见过什么美国飞行员？就是见到一个大学生，也是要当稀奇看的。谁又能知道将来还有多少炸日本人的美国飞机会落在这块离东南沿海最近的自由中国的土地上。范太爷把这些美国航空兵叫作"盟军英雄"。他们会开飞机，打日本指望他们。而这个"新门神"图，无论如何得要送到各家各户，老百姓才能知道救助美国航空兵，不然当妖怪误伤了怎么是好？

山里人是愿意听什么信什么的，问题是得要有一个有权威的人告诉他们该信什么。他们上千年都是信那个红彤彤的老门神，说叫他们换，他们能不能就信了"新门神"，那就要看范太爷的本事了。

范水，在那一带山区名声好，就因为出孝子。又因为范太爷不仅能理发，手里还有"牙神丹"。山里人，个子不高，身强力壮，和丛长官的士兵一样，个个都有一点牙病。认识范太爷的人，当然就立马信了他，换下旧门神，挂上新门神。还会说："三彩的，好看呀！"不认识范太爷的，但凡听说过范水或"牙神丹"的，在范太爷的游说下，也就能信了。若碰到生人，就有些难。范太爷就先给人家理个发，再上点"牙神丹"，不收人家钱，这时候，人家也就将信将疑了。他们说："好吧，试试，试试。了不得，不灵了，过了年再换下来。"范太爷说："灵，怎么不灵。美国航空兵连日本国的京城都炸了，还护不了你的家门？"生人就会说："我们旧的不扔，不灵我们再换回来。"范太爷就很有耐心地解释："旧的要扔。旧的不扔，新的不灵。以后碰到美国航空兵从天上掉下来，一律要营救回家的啊。"

范太爷最后到了范水，去送"新门神"，正好也回家看看。他看着镇子上家家户户都把旧门神撤下来，把"新门神"请上去，又到"敌机警报中心"去转了一圈，几个年轻人，日夜不停地守着两部电话。范太爷感觉还是老家人好呀，可靠可信。将来胜利了，还得回范水养老。

他所有任务顺利完成后，就回到家里看望儿孙。那天是范笛河过十九岁生日，算算再过一两年也能成家了。范太爷心里为大儿子高兴，想着："好呀，儿子的'儿子'养大了，不要多久就可以收孝子的好果子吃了。"范太爷这样想的时候，是真心。他不怎么会表达对儿子的父子情深，他心里就想把自己按规矩得到过的东西，从糖心萝卜到新媳妇都让儿子体验一下，就没白活了，这是他的父子情。至于大儿子的感受，不在范水人的考虑之内。那不过就是孝子的基本训练日程吧。

范太爷再也没有想到，范笏河，上了镇上的新式学堂，十九岁早已开窍，懂了范水"好睡"一词的曲曲折折。他在那一天早上，已经背着大人对他十五岁的弟弟范笏泥范三叔发誓：等他娶了媳妇，一定带走，谁也不让碰一下。范笏泥就龇牙笑，说他将来要娶一串媳妇，谁也不让碰一下。

范太爷的突然归来，让一家人非常高兴。大家庆幸能在好日子里来了个全家三代大团圆。战争期间，也就不请客了。一家人在天井里摆了一桌，门大开着，对着外面的群山浮云，谁进来，谁就喝一杯酒。范太爷，范爷爷，十九岁的范笏河，弟弟范笏泥，还有一两个近亲男人，坐在桌子上喝酒吃菜。感叹镇子上走来走去的生人越来越多，都是逃难的。以前范水人进城一趟就是大事，如今，城里人往这里跑，镇上唯一的客栈都住满了。

男人们正在说着话，范家的媳妇在灶房往灶里一根一根加柴，用文火炖糖心萝卜。在她把一盆糖心萝卜海带汤端上桌的时候，就站在那里没走，像是有话说。范水的女人，在这种时候，多半是只烧菜不说话的。但范太爷却在大儿子正要挥手赶女人下去的时候，拿眼睛看了看那个范白苹生物学意义上的"奶奶"一眼。这样，"奶奶"就说话了。她说，听客栈的店娘说，客栈里来了两个白大仙。夜里说话，被店娘听见了。一个白大仙说：现在坏人太多，得死他三百个。另一个白大仙回答：有符的就是好人，不会死。客栈的店娘没听清那"符"是什么"符"。"奶奶"不知为什么要在现在这时候换门神，而不挂"符"。镇上已经死了五个人了，其中一个就是镇上那几个守电话的年轻人中的。昨天也死了。还有别村的，死得更多。最后，"奶奶"揭了她丈夫的一个短：无论是我们家的"牙神丹"还是范爷爷开出得清肠胃的方子，都试过了，不能治这死病。五个乡亲都死了。

没人知道"奶奶"如此这般大胆，是不是因为和范太爷关系不同寻常。总之，范家"奶奶"在吃团圆饭的时候说了这个"病"和"符"的事，让一桌男人不高兴。在范水，男人不拿女人话当回事。范爷爷说："不吉利。赶快烧炷香，下去端米饭来。"

而当时，范太爷也没把女人的话儿当回事。但等他回到丛长官的军中，却发现事情严重。这一带山中，不少村子流行起疫病啦，传得很快。军中也开始有传染上的，很有止不住的样子。范太爷因为听"奶奶"说到过白大仙和找"符"的事儿，就绞尽脑汁琢磨那"符"到底是什么样子？

丛长官爱兵爱将，却不会治病，也不会画"符"，急得坐立不安。只能全靠范太爷了。后来，范太爷终于用他那"一块银元换两亩地糖心萝卜"的智慧，把"符"琢磨出来了！

两个月前，当杜立特的六十多个飞行员从各处被山民们相继送到了丛长官军中，等着从衢州机场飞往重庆，日本人为了报复救援美国飞行员和救助他们的浙西百姓，突然轰炸这一带的村庄。丛长官不敢把美国飞行员放在衢州县城里，就把他们藏在衢州城外的一个秘密山洞里。那山洞，天然自成，斜着一块巨石，里面构成一个安全的三角形，最多的时候，藏过近二十个美国飞行员。

那时，范太爷作为军需官，是少数几个每日到洞里去给美国飞行员送饭送菜的人之一。范太爷突然想起来，杜立特开的是第一架飞机，第二架飞机上的航空兵中有个洋医生。送这些美国航空兵来的小伙子，是他们在路上碰到的浙大的大学生刘书同，会洋文。他告诉范太爷，这个洋医生姓白（White），叫白医生，神医。在来的路上，还给第七架飞机的驾驶员截了一条重伤的腿，救了他一命。

当时，范太爷就仔仔细细打量过这位"白医生"，年龄也就跟他大儿子那么大，怎么就有那么大的本事呢？范太爷发现，这位"白医生"随身带一个小箱子，在山洞里走动。见谁病了，就打开来，从里面抓个长长的东西，一头挂在自己耳朵上，一头通到病人的心。病人就好了。范太爷在那时候，就发现了"白医生"的小箱子上有个"符"，是个红十字。原来，所有的器械都是在这个贴了"符"的魔箱里成的精！

从那范水听到的"白大仙"，范太爷想到"白医生"，"白"字的玄机被他破了。又从白医生的箱子，想到箱子上的"符"，范太爷终于把止住疫病的"符"找到了：红十字！若门神得换成插野鸡毛的洋人，"符"，就一定是白医生魔箱子上的"红十字"啦！

范太爷的这个重大发现，在当时，就像是奇迹。包括军中的士兵和村里的山民，人人都信了这"白大仙"提示的"符"。那"红十字"传得比门神还快。一时间，山里家家户户门上都出现了"红十字"。门上贴了美国飞行员新门神的人家，就把那红十字贴在"新门神"脚下，像个风火轮。

丛长官对这个"符"的事儿，一言没发。但他知道，这个"红十字"稳定了人心军心。到了九月，来了几个暴热天。后又下了一场透雨。十月一到，天一凉下来，疫病就自动止住了。在范太爷无足轻重的一生中，除了制造了范笊河，使范白苹后来得以接着冒出来，最成功的一件事就是歪打正着，居然玩"符"玩出了这次伟大的心理战役，平稳了军心人心。谁要研究心理学案例史，范太爷的"符"，定是能一举震天下的案例。

不幸，最后一个得了疫病的是范太爷自己。范太爷爷尽了力。他知道伏魔的人是要招魔恨的，疫病之魔临死也要带一个人垫脚的。这是常理。死之前，范太爷把儿子和媳妇从山里紧急招到身边，一手拉一个，情意绵绵。然后，媳妇端水，儿子拿药，喂了他一粒自己家的"牙神丹"，老人家就平静地闭上眼。

这时丛长官来了。他是讲义气的人，在范太爷跟前哭了一场男儿泪，对范太爷许下诺：范太爷为抗疫而死，他就是稳定军中官兵的功臣。凡范太爷留下的儿孙，他丛长官都带走，给他们好前途。丛长官说："我知道你生前喜欢我岳父家住的那个'东方篱笆'城。你大儿子我送到桂林，让他在军中学医。你那两个小儿孙，我全送到我岳父家，跟家里的孩子一样待，一起长，能读出来的尽他读书。我家供到他成材。不愿读书的，我给他找个官做。"

杜立特偷袭日本本土之后，日本兵动不动就进山扫荡，范水似乎也渐渐不安全了。而丛长官升到司令，要回西南为美国第14航空军保护在桂林等地的美军空军基地。他就把范太爷的儿孙：他的大儿子、他爬灰来的儿子、他的孙子三个人全带到大后方桂林，送他岳父舒谙行家去了。

范爷爷一行离开范水的时候，丛长官给了他们两张"新门神"，说是范太爷剃头挑子里还剩下的最后两张，让范家人留下做个念想。范爷爷当时已经决定继承范太爷的家业，到军中干事。他把"牙神丹"的方子连同这两张新门神一起带到了桂林。一张门神，范爷爷一直当护身符带在身边。另一张给了范筎河。范筎河的那一张贴在了他后来写的《战事信札》上。

范爷爷到了桂林，按丛长官的安排，在桂林参加了美国军医办的前线急救医疗班。在这个训练班上，范爷爷得到了一个带"红十字"的小箱子。那红十字的"符"，他就整天背在身上了。在前线急救医疗班，他学会了用竹子扎担架，把绑腿打开，裹伤员的断腿。

范爷爷学了一些时候西药之后，就被丛长官送进了中美空军混合联队当中方医生。范爷爷立刻让"牙神丹"载入世界史。他发明了把"牙神丹"冲成水剂，装在掏空的长江豆荚里，给飞行员带上飞机，挂在驾驶员旁边，万一驾驶员受伤，头一偏，吸一口，镇住痛，能坚持把飞机开回来。据范爷爷说，这个发明先是让美国航空兵当笑话讲，给他们长江豆荚带上飞机，他们也不带，说没见过这种吸管。拿长江豆荚打来打去，逗乐子玩。后来，就真有中美航空兵把装了"牙神丹"仙水的长江豆荚带上飞机了。再后来，长江豆荚子就真成了一个提神止痛的装备，载入了中美空军混合联队的史册。长江豆荚子到底救了多少人和飞机，那"牙神丹"的"神"字就是天机不可泄露了。

总之，在范白苹决定学医之后，范爷爷告诉她，据他分析，范太爷死于霍乱，而他应该申请"长江豆荚子牙神丹仙水专利"。

这当然是后来的事。而范太爷的死，让范爷爷对他十几年前为父亲贡献的"大孝"，再也没有后悔过。范水上人有的，他家范太爷都享受过。在一个贫瘠的世界，好儿子该做的，他都做了。一想到他老了，他大儿子范笳河能不能像他一样，当个正宗的范水"孝子"，他就对自己说："呸。"

至于，范笳河和范笳泥，到了桂林就上学。他们俩的浪漫故事从桂林开始。听范笳泥承认，他俩同时爱上一个小美人。可惜，美人只认一个"巫山云水"，范笳泥还不够"英雄"。在一个崇拜航空兵的时代，范笳河胜出。

范笳泥也没白在桂林待，他只愿意做轻巧的事，为女人花钱眼睛都不眨。范笳河成了共产党后，多次教育他弟弟："你的少爷作风，就是在桂林养成的。忠于革命、忠于党的时代你还整天想女人，你不想活了？"

范笳泥不但想活，还想活得比谁都舒服。外面不好活，人家早早辞官、离婚、回范水、再结婚。范水永远按着自己的规则过小日子。闹什么闹？所有中央指示来到范水，就化成了范水风气。范水没有一个地主，大家都一样穷，靠山吃山。那些党派是非有什么重要？连扫掉文盲的运动来到范水，都成了范水式。人们还是信狐大仙、门神、符。范水有范水的老人政治，范水依然是出孝子的地方。只有范水的大儿媳妇敢在公开场合跟老人撒蛮插话。生出什么不重要，重要的是生。

范笳泥最谙范水文明的真谛，当了长辈，又见过世面，在范水过得如鱼得水。他告诉范白苹，哪儿都没有范水好。范水人的"忍"劲儿，能得诺贝尔"忍受"奖。

"忍是什么？"范笳泥对范白苹讲，"忍，就是睁一只眼闭一只眼。你当范笳河能驾着B-24J浪榛子II飞回大陆，丛长官不知道他是什么人？丛长官用了多少丸我们范家的'牙神丹'，睁一只眼闭一只眼的本事不比范水人差。他早就知道范家三人都在他眼皮子底下入了共产党。人各有志，不能强求，信什么门神由人家自选。丛长官最讲的是情义不是党派。他自己也从来不是一个坚决的委员长派。在他司令部进出的亲信中，十个有七个都是共产党。人家就能这么睁一只眼闭一只眼，最后怎么样？还是情义重。没了情义，就没了中国人。"

　　老共产党员范爷爷多少年后住进了范白苹家时，范白苹还小，见他把这个门神放在一个镜框里，挂在墙上，很好奇其中的故事。范爷爷说："这是你太爷爷的洋画，保命的。"直到"文革"，因画儿上那张美帝国主义脸，被范白苹妈妈当"四旧"烧掉了。就这样烧这烧那，范爷爷也没逃掉一个"美国特务"的帽子。他再跟审查小组的人讲他到过延安也没用。他是美国打进延安潜伏下来的定时炸弹。范爷爷和他的两个儿子，先是潜伏在国民党里的共产党，后来都成了潜伏在共产党里的"美国特务"。反正美国不是好东西。

第八章：心理错位病人

范家新媳妇

范白苹的妈妈甘依英在还是个刚进城不久的女干事时嫁给了范笳河，成了又一代范家新媳妇。范白苹听她妈说，那时范笳河四十多岁，穿着翻毛领的空军制服，在航空学院进出，平时不笑，有一种拒人于千里之外的神情。一笑起来却很大气，牙齿洁白，笑声简短单纯，让人觉得他沉稳可信。

甘依英自认为与范笳河有前世姻缘，她最初看见范笳河的时候，就立刻觉得这位"老范同志"是她前世凤缘。"老范同志"的举止动作，在甘依英看起来，熟悉亲切。有一次，她看见"老范同志"三步两步跑向航空学院的教学楼，一步两级跳上楼向教室跑。那个姿势，就像受过训练的飞行员，在警报响了之后快速跑向战机一样。从此，她一辈子就喜欢看"老范同志"上楼梯。

城里女人多得是，怎么也轮不到甘依英进入范笳河的生活。"老范同志"不仅是"同志"，还是B航空学院的副院长。四十多岁单身，还不知有多少漂亮女人和他擦身而过，也没被他看中。甘依英何德何能，何才何貌，怎么她成就了自己的爱情梦？

范白苹太知道她爸和她妈不是一类人了，他俩的婚姻一定是某种机缘，不然"老范同志"和"老甘同志"是走不到一起来的。

范白苹在了解了范家历史后，认识到，这个机缘就是甘依英当过小苦力。

当过苦力，使甘依英立刻在"老范同志"的生活中有了一点特殊意义。甘依英曾经告诉范白苹："开轰炸机的人跑起路来和开驱逐机的人不一样，开轰炸机的人脚步落在地下有咚咚的声音，胸有成竹的样子。开驱逐机的人跑起来轻巧飞快。你听你爸上楼梯那脚步声是不是很特别？"甘依英的观察非常专业，范白苹听不出来有什么特别。等她爸老了以后，上楼一级一级走，甘依英依然能听出老头子的脚步声。

甘依英能比较出这样细小的差别，因她小时候跟着父母在第14航空军的芷江基地干过苦力，那时她十岁，跟她妈后面在芷江机场给美军第14航空军修跑道。到1944年末，芷江是最后一个没被日军占去的重要前沿基地，进进出出的飞机要在这里加油，再飞到东南沿海、长江流域去打日军。驱逐机、轰炸机起起落落，一刻不停。有时候，突然还有一两回巨大的B-29来紧急降落。它们一来，那跑道承不住它们速度和重量，过后，必要大修。还有敌机时不时来偷袭。苦力的活儿做不完。

"美国空军付给女苦力一天的工钱都比男人在外面拉个半月黄包车挣得多。"甘依英说。她儿童的记忆是图像式的：修跑道的苦力，像蚂蚁那么多。男人女人一起拉碾子，轧路，扛石头。女人、小孩子坐在路边用小榔头把石头敲碎，水牛和驴子来回跑，拉石头。甘依英说："中国，就是靠人多。人多，什么都不怕。"

范白苹同意。在中国没有做不成的事。裹小脚做了，计划生育做了。上面叫老百姓把女人脚折了，那么痛，也折了一千年。如果这个不算了不得，裹小脚不违反中国的男权等级制，那计划生育可是大反中国传统的呀。多子多福，信了几千年，上面要叫计划生育，那么痛苦的事业也做下来。还有什么做不下来？

甘依英说，各式飞机在苦力眼前起起落落。小苦力们帮大人干活，一边干活一边玩游戏：听声音，猜是哪种飞机；看航空兵跑向飞机，猜是哪队的航空兵。这是小苦力们的乐趣。飞机影子还没到，小苦力们就已经像小狗一样嗅到了是哪架飞机回来。在小苦力心目中，飞机是活的，它们的声音是不一样的。若有受伤的飞机回来，小苦力们也能远远就听出来，小脸上就有担心的苦样子。那些站在芷江机场长方型的指挥塔上，拿着望远镜等飞机回来的军官们，不知道小苦力有这种本事，要知道，就该把小苦力提升到塔上去，报机。

甘依英六岁跟"飞"字沾过这么一点边，她对飞行员的崇拜，大概是那时候开始的。她断断续续讲给范白苹听的旧事不多。其中一件，是在范笳河死后才讲的，但却是让范白苹最吃惊的一件事。甘依英在讲完之后，赶快给这件事定了性："封建迷信"，以示自己站在唯物主义一边。

甘依英对女儿说："从前，从浙西到江西，山里的人都拿航空兵画像当'门神'贴，还拿医药箱上的红十字当符贴，后来，桂林、昆明那边的老百姓也有了这种符。你爷爷挂家里的'门神'，我小时候就见过。我要不信，能让他贴？你爸爸怪我'文革'时烧了。那是革命觉悟高了，不迷信了。我从小就知道真神烧不死，能烧死的就不是真神。"

范白苹能从她妈并无文学味的忆苦思甜中认识到：芷江的苦力们太喜欢奇迹了，不仅喜欢，而且坚信不移。

甘依英告诉她，苦力们都相信若生了病，就是沾了恶气。斩断恶气的方法就是：对着刚降落的B-24冲过去，一定得冲B-24，冲别的飞机都效果不好。驱逐机鼻子上有一个螺旋桨，没法冲；B-25一边机翼上有一个螺旋桨，可以冲，但只能斩到一半的恶气，冲了也没用，病还会再犯；只有B-24的机翼上，一边有两个螺旋桨。要治病的人就冲着两个还在转动的螺旋桨跑过去，要胆子大，治病不能怕药力大；要直对着B-24两个螺旋桨中间的地方冲过去。如果螺旋桨没有伤害到你，你的恶气就被斩断了，病就好了。如果你受了伤，恶气就放出来了。如果你撞死了，那就是死病，无药可医了。

甘依英对飞行员的崇拜，先是远远地，如同看着一些大仙，天上地下来回跑，后来，就变成喜欢，真心喜欢，随便一个航空兵都能把她带走。

她第一次被一个航空兵抱起来的时候，感觉就像被大仙点了穴，什么话也不会说，却安全无比。她告诉范白苹：她六岁时就决定要嫁给一个会飞的男人。

甘依英在航空学院后勤处，管着一群医务室的女护士。她组织女护士下班后政治学习。甘依英很相信政治学习的功能。女护士中有不听话的，政治学习的时候，她就可以整一整。女护士对读文件不感兴趣，一到分组讨论，她们就悄悄议论到医务室来看病的航校军官和飞行员，甘依英是从女护士那里听说了范笛河。女护士说，范笛河不肯笑，他是不是个快活人？女护士还说，他年龄不小了，为什么一直单身？

范笛河那一点儿公开在报纸上的历史从老护士嘴里传到小护士嘴里，等传到甘依英这里，已经从1951年传到了1957年，一传传了六年，越传越英雄。范笛河在当年是全中国大陆唯一一个能驾驶美式"B-24J解放者"雷达瞄准轰炸机的飞行员。他在1951年，驾驶着一架B-24J从台湾飞到大陆。

甘依英听见医务室的女护士们，在政治学习的时候小声议论范笛河："知道吗，他投诚过来的时候，是国民党少校军衔呢。"就有老护士立刻反驳："什么投诚？他早就是打入国军内部的共产党。一直等着机会，带一架美式飞机回国。"又有老护士十分有把握地说："你们知道吗，范老师是在美国空军基地受的训，那英文的飞机说明全给他翻译成中文了。我们自己的飞机厂都在照着制哩。"

中国人在五十年代能见过用马车拉着跑的土炮就算见过机械了。就是这些在航空学院医务室进进出出的护士们，最多也就见过几架教练机。见过的真飞机恐怕还不如甘依英六岁时见过的多。

关于这B-24J飞机和飞行员的故事，对甘依英来说，全是小时候的天方夜谭变成真。她不仅爱听，还爱打探。她听来看病的学员说，B-24J是用雷达瞄准目标的轰炸机，炸弹扔下去，和目标不会相差三尺。这种远程轰炸机，欧洲战场，太平洋战场，哪儿都有它的飞行记录。能驾这类大型轰炸机，什么样的飞机都能驾。

B-24J长什么样，甘依英六岁的时候就见过，在他们小苦力的想象中，飞机就跟金角大王、银角大王一样。甘依英就这么怀着对驾驭美国B-24J轰炸机英雄的崇拜，不管不顾，向组织表态要嫁给范笳河，并且给范笳河做葱油饼，等在他下班的路上送给他吃。有时候，当着别人，也只给范笳河不给别人。葱油饼是苦力出身的干部写的"情诗"，目标明确。

范笳河在组织和葱油饼的攻势下，依然冷静地过了六七年。最后，在葱油饼堆成山后，同意了与甘依英结婚。甘依英因为她六岁时的经历，自认为没有人能比她更配得上范笳河。

范白苹曾经认为她父母没能过得好，是因为文化差距大。她爸中英文都能读、能写，甘依英只能读报。甘依英不同意女儿对他们关系的评论。她对范白苹说："不要看你爸文化高，我文化低，我们有共同语言。要不，你爸能要我？"

范白苹再问，甘依英就把范白苹没见过的老外公甘老爸斩断恶气的故事说了：甘家做主要苦力的男人甘老爸生病了，病得很不轻。发烧的时候说胡话，冷的时候坐大太阳下发抖。几天不能拉碾子轧跑道了。甘老爸决定要去冲螺旋桨了。

当一批B-24完成轰炸任务回来的时候，甘老爸就等在跑道旁边的碎石头堆后面。一架又一架B-24落下来，由快到慢，开进停机场。甘老爸等着最后一架。等最后一架开来的时候，甘老爸突然冲上跑道，迎着飞机一侧的螺旋桨猛跑。他要从飞机翅膀上两个螺旋桨中间冲过去，斩断入了身的恶气。

甘老爸冲过去的时候，头一低，螺旋桨狠狠打在他的肩上，顿时鲜血直流。甘老爸倒在地下，幸福地想：没死，恶气放出来了。

那架B-24机长看见这个苦力冲过来的时候，猛踩了停机闸。但飞机停不住，滑到跑道边的那些碎石堆上，把碎石撞得满天满地都是，打得地勤人员和苦力四处乱跑。等飞机停下来，有三个美国航空兵从飞机上跳下来，往甘老爸这边跑。六岁的甘依英和她妈，也往这边跑。跑道两边已经站了一些看热闹的苦力。美国航空兵招呼苦力们，帮助把甘老爸抬到医院去。一招呼，苦力反都散了。他们认为：恶气没斩断，只是放出来了。没人愿意碰倒在地下的甘老爸，因为不想恶气沾到自己身上。

结果，两个美国航空兵一个抬头，一个抬脚，把甘老爸抬着去医疗室。甘依英被她妈牵着，跟在后面。第三个美国航空兵嫌甘依英走得太慢，就把她抱起来跑。

到医疗室，得走到跑道尽头，还要拐两个弯。到了，一个白人医生不让进，说，苦力有苦力的土医生，这里是战地急诊室，是给航空兵看伤的地方，没有多余的床位给苦力。怎么把苦力抬这里来了？两个航空兵把人放在草地上，先是说理，后来，甘依英看见其中一个最年轻的航空兵，突然拔出手枪对着医生吼。她听不懂他们说什么。但是她懂这个航空兵说："你治不治？！"

结果，医生赶快给甘老爸包扎伤口，又给了他几片仙丹。仙丹吃过，甘老爸就躺在医疗室外面的草地上。有不少苦力来往，都绕着走。甘依英要去拉她爸爸，她爸直摆手，叫她离远远的，别沾了恶气。到天晚，那个撞了甘老爸，拔枪对医生的航空兵又来了，他看见甘老爸还躺在草地上，浑黄的眼睛睁着，没人管。这个年轻的航空兵居然一屁股坐在草地上大哭。

甘家没求更多。洋医生包了伤，给了药，恶气全放在医疗室门口，没人嫌他，没人赶他走，最好结果啦。他们谁也不懂这个年轻的美国航空兵哭什么？

没多久，她爸伤好了，病也好了。医生给的仙丹叫"奎宁"。

1952年，年轻党员甘依英在向党交心的"洗澡运动"中，把她六岁的这一段作为自己与旧社会的丑恶关系交代出来了。结果，组织怀疑她被美国人抱过，看过美国人哭，是否六岁就有通敌行为？把她审查了一年。差点影响她后来当航空学院后勤处支部书记。

从那以后，在后来一次一次反苏反美的运动中，甘依英再也不敢提她爸撞B–24和美国医生给她爸治病的事。她积极反苏也积极反美。反苏的时候，政治学习，她抢着读"九评"。反美的时候，她直喊："打倒美帝国主义！"

甘佚英告诉范白苹，甘家老外公撞机这一段，她只在追求范箬河的恋爱过程中，又说了一次，讲给范箬河听过。范白苹是第三个知道这段家事的人。

甘佚英说，她就是不懂那个美国航空兵为什么大哭。她说范箬河给她解释过，她还是不懂。

范箬河说，他懂那个美国航空兵为什么哭。他哭"人性"淡漠，"人"不被当"人"待。战争政治的可怕不但是杀人，还杀死人性。人哭，常常并不是因为身体痛，是因为心里痛。人心里有一块地方很软，中国说法叫，"恻隐之心"。要是没有这块地盘，人就不是人了。

范箬河说，那个航空兵在哭人性的丧失。

他对甘佚英说："你只当战争是英雄事业呀？那是杀人。每一个战士都想和平，想回去当正常人。告诉你吧，我常常就想那样坐在地下对天大哭，只是没有机会。

"日本人到芷江来投降之后，街上老百姓在放鞭炮，苦力坐在碎石堆上喝白酒。我就想，那些发动战争的人呀，早知今日，何必当初？那晚，我们军中开庆祝会。好几个航空兵拔出手枪对着冰箱开枪，把餐厅和伙房里的冰箱都打坏了，然后坐在地下大哭。有人说他们是乐疯了。军医说：'让他们发泄。第14航空军独撑中国天空，打得太苦。人家杀我，我又杀人。朋友死了，敌人败了，回家后还能像以前一样过日子吗？战争是最荒唐的人类游戏。'

"军医知道，我们混合联队这队人是坐在飞机上，准备再炸黄河大桥去时，听到了停战令。那是陈纳德儿子，杰克·陈纳德下的任务，叫'屠夫使命'。黄河大桥难炸，守桥火力猛。杰克没有他父亲的经验，他要我们两机一组，一左一右炸桥。有这么炸的吗？我们以前成功的炸法，多是单机贴着水面飞，突然拉高，偷袭。这大白天两机同飞，是硬拼式炸法。我们几个机组都对这个任务不看好，连我也觉得，我的运气用完了。这次出去怕是回不来了。

"我们发动机都发动了，突然来了指令，'屠夫使命'取消，日本人投降了。"你知道那是什么心情？那是说不出的心情呀。我下飞机的时候，腿都直抖，幸亏和平来在'屠夫使命'之前。那时候下了飞机坐地大哭的美方航空兵，哭得自然极了。中方军人爱面子，比较克制，但是航空兵的心是相通的。"

说完这段话后，"坐地大哭"这典故就成了范筢河和甘依英之间的一个密码。

范筢河出了"右倾"问题的时候，甘依英按照上级的意思，组织家庭学习班，帮助他，一挖老底，就挖到资产阶级，还用一种贴心加威胁的口气说："范筢河，我不会揭发你是桂林银行家养出来的公子哥，美军俱乐部里混过的旧军官。但是，你自己要爱家庭。家庭学习班和外面的学习班是本质不同的。"范筢河瞪了她一眼就推门出去。甘依英拉着他问："你到哪儿去？"范筢河说了一句："找个地方坐地大哭去。"甘依英吓了一跳，学习班告停。甘依英的最大希望就是，范筢河和过去划清界线，回到祖国怀抱。

"文革"之初，甘依英热情高涨，要出去斗人，范筢河说那都是中国人，斗了人家，要"坐地大哭"的。甘依英出去的热情就降了一些，换成了在家政治学习。没多久范筢河自己也成了被斗争的对象了，甘依英也没资格斗争别人了，这倒成了好事，甘依英没成造反派。那时，范白苹还很小，甘依英在家组织读报活动，教会了范白苹说："毛主席教导我们：'谁是我们的敌人，谁是我们的朋友，这个问题是革命的首要问题。'"

甘依英承认，他们结婚之初，还是好的。范筢河职位比她高。最初就是在家里，她也拿范筢河当上级，拿自己当下级。范筢河也有过几次柔情似水。有一次突然带一枝玫瑰回来，送到甘依英眼前。甘依英对范白苹说到那枝玫瑰："过两天就死了，不如送我半斤肉。"嘴上是这样说，脸上却是幸福的神情。对那枝死玫瑰，甘依英还是很回味的。

但是，范筢河和甘依英从来都分房睡，完事之后，范筢河一定回自己书房睡觉，从来不跟甘依英一夜睡到天亮，理由是自己会做噩梦，不想噩梦中跳起来格斗，误伤了她。甘依英说："你有毛病。"拉住他不让走。
范笳河要走。甘依英说："我不怕你做噩梦，我当过游击队的红小鬼。"
范笳河说："红小鬼有什么用，我还开轰炸机呢，你让我自己对付自己
吧。"还是走。甘依英抱怨："你到大床上来跟我睡觉，怎么就像到空军
俱乐部乐几小时就回家一样？"

甘依英虽然不高兴，但她后来找到了比她自己更大的东西来安慰自
己，于是也就认了。她想，她和范笳河都很热爱祖国。虽然睡两个房间，
"大爱"还是相通的。"小爱"玩了一会儿，还是要服从"大爱"的。就
像媳妇爱男人，男人爱媳妇，都是为了爱"家"。分开睡，可以收收心，
第二天，更加热爱祖国。甘依英那时已经会了用大道理开导小护士，她说
出来的话全是"形势大好"，"小我服从集体，集体是大我"。当然，她
和丈夫的关系也是"形势大好"。

在范白苹的记忆中，等范爷爷来她家以后，她家就越来越像战场。一
个叫"大哥"的定时炸弹扔她家来了。她妈抱怨日多，觉得范笳河的那一
点点"小爱"全被别人分光了。范笳河则怪她对范爷爷不孝敬。

从范爷爷来了之后，甘依英就变得日益强横。

抗日战争胜利后，范爷爷没回范水，一直在汉中和雪山熊维克过。范
爷爷在范白苹小时候，给范白苹看过维克的照片。他告诉范白苹，美国航
空兵过圣诞节，找不到圣诞树，就用维克代替了树。范白苹怎么也看不出
来维克像棵树。

维克由范水老家出来的奶奶喂食。范奶奶天天抱怨：维克不好喂，
要喝酒。范爷爷每天晚上吃饭，倒点小酒出来抿一抿，维克就坐在他旁
边等。等急了，还抓范爷爷的裤带，拉过范爷爷就抢他手里的酒杯，毫
不客气。

维克死在1950年，"镇压反革命运动"之前。要不然，凭它和圣诞老
人的关系，就能定它个"历史反革命"。

维克死了之后，范奶奶也死了，范爷爷就一个人过。到了七十多岁，

范爷爷怕心脏病夜里发作没人拿药，就搬来和"大儿子"过。立马就有个甘佚英只叫他"老范同志"，不叫他"爸爸"的问题。范爷爷很不开心。叫不叫"爸爸"，并不是范爷爷多想当媳妇的"爸爸"，是看媳妇"孝不孝"。范爷爷对"大儿子"说："你是她的同志，我怎么也是她的同志？按组织次序，我也是你的领导。你怎么不告诉她怎么当范水的媳妇？"

问题是范笳河告诉过甘佚英范水的"大孝"，和他爸为上人做出的牺牲。甘佚英这代新媳妇革命了，在和范爷爷吵架之后，告到了"组织"那里，并从"组织"那里得到了说法："大家都是同志。" 范爷爷只好认下了"老范同志"。

在范水式宗法等级下过习惯，每个人心里都有一个监狱，自觉自愿把自己关着。

甘佚英还是不舒心。她本来就疑心范笳河心里有一个看不见的敌人，弄得他们分床睡。范笳河那样的风流飞行员，四十多岁才结婚，甘佚英再傻也不会相信她是他的第一份爱情。女儿生出来了又分走范笳河一份爱情，甘佚英认了。但是，范爷爷还要来再分一份。那她得什么？

她对自己的"大爱"理论起了怀疑：范笳河爱祖国的"大爱"，本是给亿万人民的。亿万人民一分，落到甘佚英身上，一滴也得不到啦。得不到爱，人就见老，人一见老，就要用恨来出气。

甘佚英开始吵架，一件事能扯上一串事，脾气也渐渐横起来。范笳河一辈子表面温文尔雅，和和气气，内心却曲折复杂，奇奇怪怪，无端的敏感，像负了罪。但他却不对甘佚英有负罪感。葱油饼让他心软，吵架让他心硬。范笳河有听上级组织的习惯，却没有听媳妇话的习惯。他渐渐忘记了葱油饼的情分，甘佚英只剩下组织配给他的媳妇本分。

连范白苹都看得出来，她妈甘佚英的"分爱"理论，是自己编出来骗自己的。她爸其实从来没想分过爱。对她妈的情感，是完成任务式的。

"文革"的时候，范爷爷被汉中来的人调查，关在居民委员会的小屋子里交代黑熊维克的所有行为。维克是美国人留下的熊，范爷爷和黑熊过了五六年，继续为美帝国主义效劳。范爷爷的特务罪行就成了嫌疑。

甘依英逼着范爷爷回老家范水。什么运动到范水，都能归结到生殖问题，维克到死未生育，到了范水问题容易讲清楚。范爷爷不说不走，也不说走。但甘依英说话的调子太厉害："你不走，就影响我们全家。"

范爷爷在一个阴天的早上离家，到哪里没跟人说，八十多岁的人就这么不声不响地出门走了。但是，范水的范箅泥并没有见到老人家回来。范箅河带着范白苹把左邻右舍，东街西巷都找遍了，也没找到。范爷爷就和范家神神秘秘的"牙神丹"一样，失踪了。

关于他老人家在历史书中的唯一记载，是第14航空军历史记录员写的：

> 维克交给一位中方医生领养。中美空军混合联队的美方航空兵给维克喝了太多的啤酒，跟维克照最后一张集体照时，维克趴在第一排不站起来。虽然维克的"V"字没照出来。人家都说：好样的，维克。你真是我们的吉祥物。
>
> 那一天，中美空军混合联队解散。中方队员全部回归中国空军。美方队员回家。

范爷爷失踪后，范箅河和甘依英的关系就变了质。范箅河不再到甘依英的大床上来了。在范白苹眼里，她妈越来越变成一个奇怪的母亲。她老是说"报纸语言"，好像报纸是"祖国母亲"。"小爱"分不到多少，她就想在"大爱"里多分几滴。以前，她走出家门，脸就是"公家"的形象了，动不动就要和人谈心，回到家，说话还有"私人气"，后来回到家，脸也是"公家"形象了。

甘依英变得无比爱集体。别人都下班了，她还在医院通阴沟。她要做给年轻人看，什么叫热爱集体。要是有年轻人过来，说，甘书记天黑了，我帮您一块干干，快回家吧。她就跟人家谈心，叫人家要求上进。回到家，就像进入阵地，"公家"的词汇不变。大家都让她不顺眼，动不动找茬子和范箅河吵一架。一吵起来，范箅河是不说话的。甘依英也不管范白苹几岁，就要叫她评理，立场当然得站在她一边。不然，她就会跟在范白苹屁股后面说个没完，范白苹跑进自己房间，关上房门，她也会推门进来向范白苹诉说冤情。范白苹小时候就不知她有多深的冤情，怎么从来就没平过？直到她成了心理医生，她才懂，她妈怕也是有PTSD或心理错位。

有一次，甘依英手里拿着一封信，在大腿上拍："没想到我成了二房，没想到我成了二房。范笳河你这个大骗子，美帝国主义训练出来的大骗子。"

范笳河跟在后面吼："这种混账话你也能说！还往女儿房间里去说？！"

范白苹正在看小人书，给她妈一闹，很不开心，也故意挑事，说："别吵啦，鸡大哥，狗大哥都给你吓跑啦……"范白苹那时刚学会一个成语："鸡飞狗跳。"没想到，成语还没出口，立刻，"鸡飞狗跳"就全跳到她眼前。她妈打了她一个耳光，把她向禁区挑战的企图一巴掌打下去了。范笳河看她打女儿，就随手砸了甘依英的青瓷花瓶，还去抢甘依英手里的信。甘依英就宣布要自杀，说着就去开窗户。范笳河把她一把拉回来，甘依英就势坐在地板上，把信压在屁股底下，一边哭一边说："铁证如山，铁证如山。"

根据范白苹当时的想象力，她妈屁股下的那封信，看着就凸起来，凸成一座小山，顶在她妈屁股下面，她妈一夫当关，万夫莫开。甘依英这一夫当关，当得太英武，直到多少年后，范白苹才知道：那信，是她三叔从老家寄来的。其中讲到一个女人得了血吸虫病，她爸给那女人寄去的白围巾，人家收到了。那女人传给范笳河的话是：

"浪榛子之三很健康。"

关于信里说的事，范白苹曾经追问到她三叔，范笳泥说："不记得信里都说些什么了。范水镇的事，能有什么'铁证'？还不跟全中国哪块地方都差不多。"

范家的"大哥"避讳，范家的"女人"暴力，范家的"浪榛子之三很健康"是什么意思？没有外人能懂。

范笳河去世前一年，住在疗养所养病，那时范白苹从美国回去陪了他一个月。有一天，有个自称叫"喇叭"的女孩子从加拿大打了国际长途电话来范家，要和范笳河谈话，说是在她妈去世后留下的家庭关系中找到的电话号码，还说她想找一个同母异父的大哥。这个"喇叭"正挨个打电话找她妈家里的老关系问，一副很执着的样子。

是范白苹接的电话。甘依英坐在窗口看《老年中医》，听到了"大哥"两个字从范白苹嘴里冒出来，立刻像越狱的逃犯，书和老花镜全扔到地下，连撞倒三把椅子，冲到范白苹跟前，抢过电话，连说几句："我们不认识，我们不知道，不要再打我们的电话。"就把电话挂了。

范白苹说："妈，你怕什么呀。我爸都八十多岁的人了，再有五个大哥冒出来，不也太迟啦？我们家——破不了。"甘依英说："把你送到美国去读书，别的本事没学到，学成了一个不敬不孝。这种话，你要敢在你爸面前说，我饶不了你。"

这个电话的事，后来范白苹还是在她爸精神比较好的一天，告诉他了。如果，她爸真有别的子女，为什么到他耆老之年都不该让他见一面呢？那天，范笳河倚在大枕头上，半闭着眼睛，要范白苹给他读读报纸上的新闻。范白苹说："读什么报纸呀。您养着病呢。"

范笳河病房里有个电视，他不喜欢看。平常，在家里，甘依英一看电视，他就走来走去。不是骂贪污犯，就是唉声叹气。甘依英看的电视剧，他也一概嗤之以鼻。有时候，甘依英说："老范同志，你就坐下来看几分钟，这是讲你们那个时代的故事。"范笳河就会说："我自己的故事就够了，就够了。我到现在都没想懂，还去看那些胡编的？"

范白苹听她妈说，只有一段时间，老头子中了邪，天天盯着电视看，那是看台湾"总统"大选。一天不落，看着，还评论：这家伙，就是做秀。这家伙明摆着糊弄老百姓。电视里放美国总统大选，他也没有这么投入。看完了，就到院子里找几个退了休的航空学院老朋友讨论。几个退了休的老人，以前不是系主任就是教授。退了休，什么架子也不用端了，赤着上身，在院子里慢跑。跑跑停停，一圈又一圈。最后不跑了，停下来，就站在石榴树下，凸着肚子，红着脸，你看着我，我看着你，嘴里说："你老了吧，跑不动啦。" 小甲虫一样的汗珠从他们的额头上直接落到他们微微凸起的肚子上，像从民国年间直接跳到改革开放，就有人说："还行。还能再跑一年。"然后，老人们就在石榴树下的石凳子坐下来，喝口茶，等着小凉风吹过来，一遍又一遍争论台湾大选的前景直到天黑。这个说："行。"那个说："根本不行。"像科学家在实验室里等实验结果一样。台湾"总统"大选一完，电视又成了范筱河的敌人。

甘依英说："这些老头子还跑什么步，其中，算你爸胳膊腿摆得最像样子。"

那天，范白苹拖了一张报纸，坐在她爸对面。给他念了一段不痛不痒的新闻，然后，就忍不住了。她说："爸，您过去的照片张张帅。我就不相信，你这么有本事的人，到五十七岁才生第一个女儿。"她爸睁大眼睛，略带紧张地绕病房看了一圈："范白苹呀，你这话可别当你妈面说。你看你妈跟我吵得还少了？你妈的理论是忘记的事情就不存在，她就生怕我忘不掉。"范筱河只有在讲正事的时候，才叫女儿的大名"范白苹"。

范白苹就笑，说："存在过的事情恐怕是忘不掉的吧。你忘不掉，我妈忘不掉，人家也忘不掉。前几天，有个姑娘打电话来找'大哥'的下落……"

范筱河没再说话，躺下去，仰面朝天，像是睡了。过了一会儿，有一滴泪水，像一只透明的小蚕，顺着他眼角的皱纹探头探脑地爬出来，被他手一抬，赶快擦掉了。过了半天，他问范白苹："那个姑娘是什么口音？"范白苹说："什么口音？我就听她说叫'喇叭'，啥都没来得及问，电话就被我妈抢去，挂了。像是南方口音吧。" 范筱河就又不说话了。又过了半天，他说："是小喇叭。这个孩子不会放弃的，跟她妈一样。过些时候还会打电话来。但愿孩子们都好吧。"

那天夜里，范筱河突然对范白苹说："其实，不到那些没有受伤害的人也和受过伤害的人一样愤慨的时候，正义是没有的。[①]你爸对不起很多人。我们折腾个不停，是每个人的错，包括我自己。你爸年轻时打空战，脑袋里只想打赢和报仇。等过了这一辈子，经过那么多运动，才懂‘二战’的意义。打赢法西斯，‘二战’的意义才得到了一半，还有一半是保住人性。要不然，那么多平民百姓拼了命干什么？可惜，我那时不懂，法西斯杀别族人，宗法制杀自己族里人，都是非人道，都是不让别人活。现在，我也只能说出这么多。”

范白苹知道她爸心里一直有一场战争，她小时候就看到过那个“战场”的一角，打得很惨烈。可她爸只在心里打那场战争。只能打，不能说。打到老，也没打完，还是只能打，不能说。能说出口的，叫“保住人性”。

有好几次，范白苹想对她爸爸说：“您把那些心里的事告诉我，我替您说，您就轻松了。”可她爸王顾左右而言他，说：“战争和运动一样，‘是没有特点的空白’。[②]一天又一天，你什么都看不见。生命像在真空中，你只能感觉到什么都不是真的。人们不肯给和平一个机会，我没法告诉你呀。”

范白苹很同情她爸。他那一代人不敢像她这代人这么自私和自大。那时，范白苹二十七岁，自以为是个花木兰，全家的责任，她都想担当。她要让她爸英雄一世，从此东篱把酒，心怀坦荡地活几天。她一再追问，她爸说：“我最亲密的机组老友和同队战友，前后一共十多个人，生死之交。除了我，大概都在美国。你在美国这么多年，怎么还没找到他们。若能碰见一两个，替我告诉他们，我们的浪榛子II，B-24（Hustlen Hazel）死在我手上。我看着它死的。要讲有愧疚，看着它死，是我永远的愧疚。对你妈，我就不说这些了。”

---

　　①　古希腊历史学家 Thucydides 名言。原话为：“不到那些没有受伤害的人也和受过伤害的人一样愤慨，正义是不会回到雅典的。”
　　②　出自W．H．奥登《阿喀琉斯之盾》。

死后恋

甘依英对范家人有很多不满意。她没要太多，但是世界对不起她。甘依英活得很委屈。

范白苹学会了不顶嘴。她懂事之后，感觉到她家有好几个交错的家。她爸关起门来，自己心里有一个家，跟谁都不分享。她妈来冲门，逼她爸出来吃饭，这是她家的小团圆。她妈管不了她爸，就管教她。范爷爷和范白苹是一个小家。范白苹愿意告诉爷爷学校里的琐事，也喜欢听爷爷讲从"牙神丹"到"维克"的老故事。爷爷的失踪，是范白苹百思不解的事。难不成范爷爷悄悄给自己留下了几粒"牙神丹"，到人老珠黄又被翻老账的危难时刻，吃下了"牙神丹"，羽化登仙了？

范白苹常想：她妈在家里、家外大概都是给放在了一个不适合她的位置上了。她只读完小学就当了游击队里的红小鬼，斗地主去了。解放后，上了一个工农速成中学，一天医也没学过，却去管医院的医生护士的思想。甘依英忠心虔诚地成了那个制度的一部分。结果发现，她一退休，没了书记的位置，就什么都不是了，世界在她眼前跑了。以前她常在家说："外人都比家人对我好。"想让范笤河觉得欠她的。结果，退休后，不是书记了，她再到医院去通阴沟，年轻人从她旁边走过，跟她打个招呼，却不停下来帮她了。她气哼哼地想：我就在这里干到天晚，看你们来不来帮助。结果，到了天晚，老头子范笤河打着电筒来找她了。老头子来找她，她很高兴，但老头子一开口，她就气爆炸了。范笤河说："螺丝钉得在机器上，你是下岗的螺丝钉，不灵了。"

甘依英的"大爱"也骗了她。她心里很失落，红色游戏认认真真玩了一圈，再热爱那个游戏，年龄一到也硬被赶出了局。

问题是甘依英入了一圈红色游戏，讲官话讲多了，也是有损失的。她不会表达普通人的情感了。年轻时的葱油饼是她爱情语言的最高级。之后，她太致力于争在范筲河心里的位置，后来又争在范家的位置，顾不上想着去抱抱女儿、亲亲女儿。看丈夫跟女儿比跟她还亲，还来气。到女儿突然大了，怎么整天躲着她？有一天，她追着女儿问：她自己这一生，从苦力走到领导，值不值得女儿好好记住？女儿说："妈，您到底想要什么？您就现在还是个苦力，我也一样记住您。"

这让甘依英吃一惊。她要这要那，也没多要到比一个"苦力妈"多一点的东西。

范白苹很同情她妈。可惜她妈自己就是一个自我毁坏的源泉，她内心有很多无端而来的"恨"。这些"恨"弄得她没有安全感，在自己家里也担心不安全，越感觉不安全，越要寸土必争，强守住爱情"领土完整"。她妈很会坚持，却不会妥协。若明知她父亲心里有一份赶不走的旧情，她就稍微妥协一点，让那份旧情有一点地方，她也会有一个她自己的位置。她一步不让，靠了一个组织安排的婚姻，给她爸一个"阶级"选择：有我没她，有她没我。结果，她爸行为上听组织的，情感却只听情感的，弄得甘依英总是恨恨的。越恨，吵起架来越有劲。恨，就这个用处：闹事。

范白苹也会替她妈解释：那些"恨"，是相信"阶级"和"斗争"的结果。这不是她妈甘依英一个人的故事，那是一个时代的基本语言。但这又让成了心理医生的范白苹想到：若一个民族把"恨"当成一种长久的心理状态，还从中汲取力量，那就跟村民宗派打械斗似的，没得完。和平就没机会了。

她妈甘依英若有什么不厚道，那是甘依英无端卷进了村民械斗。当然，她过的年月，谁又没卷入呢？可是，那些"恨"有必要吗？或者，从范白苹的职业角度提问："恨"难道不是一种病吗？若一种社会结构制造"恨"，那这种社会结构就有病。

老爸范筲河死后，甘依英为老头子争墓地，争的是双穴，老头子死后才真正属于她一个人，她是范家的媳妇。而她到死，也必须死成一个范家的媳妇。

甘依英对范笪河的不满淡下来，开始珍惜一切范笪河留下的东西。本子、纸片、旧帽子，都是范笪河的气味。甘依英在范笪河死后，开始了她一个人专心致志的黄昏恋。什么祭日她都不错过，必定在老头子照片前放葱油饼和红酒。范笪河成了至善至美，任哪个想找她谈二婚的男人也比不上。不仅如此，范笪河在死后，和甘依英有很多共同语言了。那个甘依英黄昏恋里的"范笪河"，不再谈什么"诗"和"文"，人家天天跟甘依英谈"泡面"，也谈以前医院的护士长如何挑拨离间。偶尔，甘依英提到六岁在芷江，范笪河就立刻变成了一个生气勃勃的飞行员，向前跑。甘依英居然还想起来：那些飞行员还打了一口井，叫"陈纳德一号"。

范白苹对她妈的这种"假想恋爱"，开始觉得好笑。老爸在世时，天天长脸相对，死了，脸全变圆了。再想想，懂了。有些好情感是人生必需，没得到或得的不够，还得补。而爱死人的"爱"是宗教式的，和中国人爱祖宗的爱一个性质，和西方人爱上帝的爱也一个性质。至善至美的男人，只能是一种信仰。并不是那个男人要你爱他（祖宗、上帝也没要你爱），是你自己需要肯定，需要爱别人。好在这种情感都有好人色彩，和平还是有希望的。

甘依英的好情感给了死去的老头子，新不满就全对着女儿发。她说女儿三十五岁才找男朋友是故意跟她示威，叫她见不到外孙。从外孙她就开始联想到"祖国的前途，人类的命运"，然后就指出范白苹要研究范家人心理，是害虫行为。范家的事，过去了就过去了，对也好，错也好，还拿出来说，是犯上作乱。祖宗的错误，人一死，一笔勾销。还要去挖死人的心思，这是女儿该做的事吗？

范白苹到该恋爱的时候，问自己：我敢找谁呀？再找谁，也找不到比我爸更好的男人啦。我妈，她还能看得上哪一个女婿？哪个女婿又能受得了她管？

范白苹还没有带一个男朋友回家，甘依英就天天担心她女婿不孝顺。为了搞清楚范白苹会不会在结婚后还把她放在中心位置，她啥都不缺，却突然要考验范白苹送不送她生日礼物。范白苹认为，这种心态就跟范水的老人要"爬灰"一样。又不是自己没老婆，却要压着小辈呈龟孙子状，生怕自己的权威位置不安。甘依英要女儿的礼物也就是要看到自己的权威位置依然在家很巩固。范白苹甚至会想，甘依英要是范水的"范太爷"，也能对儿子做下范水的事儿。

但是，说甘依英要女儿进贡只是为了试权威，也不完全对。关于物欲和钱，本是甘依英年轻时口口声声要革命革掉的。范白苹对提到这类东西，一直很谨慎，怕被她妈骂。但到甘依英年老了，祖国却走到发财致富的路上去了。甘依英虽然口里还要说"公家第一"，但随着"黄昏恋"的深入，她的爱财心也真的突然爆发了。如果没有比"财"更好的东西，爱财，就是爱自己。

正应了范白苹"缺什么，补什么"的心理理论，从她妈也爱财了开始，中国出了一任又一任贪官，多是从前年轻时没谈过好恋爱、没见财宝的人。

甘依英过六十五岁生日的时候，范白苹给了她五千块钱。她开心了一回。在她过六十六岁生日的时候，范白苹又乖乖送她一个蓝宝石戒指。从此，在她过生日的时候，女儿送不送她金项链，银手镯，成了是革命接班人还是反革命接班人的分界线。她说："我是唯物主义者。"走了一圈，成了：指望女儿把"孝"这个概念用物质的形式表现出来，让她戴在手上，挂在脖子上，好到处示人。"示人"的心理是让人知道她还有地位。用"有地位"定义"人"，"地位"得像个金戒指，一直戴到死。

甘依英还不把话正着说，譬如，她从不说："谢谢女儿给我送礼物。"人家说："给你妈送蓝宝石戒指啦？没给人家的妈送钻石的吧？"

这样折腾来折腾去，她累，范白苹也累。没得到爱情的妈，不好伺候。在这一点上，范白苹认为她爸有责任。

甘依英到临死，话不能说了，突然对女儿显了一次温情，她突然捉住范白苹的手。就这一个亲昵动作，把范白苹吓坏了。不知如何回应，也不知她要干什么。过后，范白苹想：那大概是"人之将死，其言也善"吧。

她妈以她的阶级"大爱"方式，爱自己、恨人生。到老了，得到想象的爱情；到死，向人生伸了一次人性化的手。抓住女儿这个她人生中的私有产物。人性像芽儿一样，又脆弱又顽强，到老、到死，还是要长出来。这让范白苹觉得，她妈心里人性的情感被什么东西压了一辈子，死亡，才把它解放出来。这也许是人性有希望的例证吧。

甘依英去世后，给范白苹留下一堆"遗产"：一捆一捆的《人民日报》，一一按年份捆着，从她床底下，一直堆到卧房过道。范白苹一眼扫过去，就像看见一屋子战斗命令，一声接一声喊着："报数！""到！"这些曾经的战斗命令是她妈生命的一部分，是她找到的比她"小爱"更大的东西，是她的"大爱"，"大爱"曾经给过她一些缥缈的安全感和安慰。为这，值得把它们存起来。

在过道里，某年的一捆上，范白苹看见头版头条，写着："麻城建国一社出现天下第一田：早稻亩产一万六千九百斤。"不知道这样的魔术语言，怎么没上迪斯尼的广告，倒在她妈的遗物里藏着。我们中国人是一个喜欢魔术的民族。不仅喜欢，还相信。不仅相信，还要当第一。所以，范家能出"牙神丹"，范太爷的"门神""红十字"和"亩产一万六千九百斤"发着一种从古到今的魔力。

范白苹不禁大逆不道地想：若我打破我妈陈年的老梦，把这捆报纸烧了，不知那一万六千九百斤魔术早稻，能不能供一千个地狱里的"饿鬼同志"吃个饱？

在书房的另一年的一捆报纸上，还醒目扎着一封检讨书。那是范白苹三十五岁时交的第一个男朋友写的。范白苹起草，逼着他抄一遍，签字，拿回去，向她妈求太平。她当年的男朋友不识世事，在她家一遍一遍地说，他大哥和二哥在他五岁的时候，抱着他，拿他的头撞玻璃门。这不就一个笑话吗？可他讲多啦。第一遍的时候，恕他不知范家忌讳。讲第二遍的时候，恕他不知范家忌讳。他老说。甘依英说，他别有用心，当天就给范白苹下了命令："这小子要不写份检讨送来，他记不住。"一副决不让步的书记腔。

"检讨书"这种东西，不知是哪个皇帝的奴才发明的。人做错事了，可以道歉。不行，得把自己臭骂一顿，叫你自己毁掉自己的尊严。范白苹当年的男朋友从来没想到说一个笑话就冒犯了大人。他说："检讨什么呀，我也没说你家的事，我哥的事儿我都不能说？"

范白苹把她男朋友的冤屈向她妈陈述了。甘依英说："他态度太坏。不写检讨你跟他吹。你不跟他吹，我就没你这个女儿。"这就是甘依英当年对范笤河的态度：毫不妥协，下个军令状逼着你选黑还是白。不知道别人也有权利做人。

军令状已下，范白苹只得又去逼她的男朋友。范白苹记得，这封检讨书是第二稿。第一稿交上去的时候，她妈说不深刻，给退回来了。直到这第二稿，范白苹上升到"孝"字为大，不"孝"不能为人的高度，甘依英才收了。范白苹记得，她那个气哼哼的男朋友，一边抄，一边说："奇耻大辱，奇耻大辱。叫我写这种东西！这是为了你。"

写完，人家认为爱情债还清，走了。不是范白苹吹他，是他吹了范白苹。范白苹很为他高兴，他用不着来受心理不正常的上人折腾。

范白苹在她妈去世后才结婚，四十三岁生了一对双胞胎儿子。没让母亲生前看到外孙，范白苹"不孝"的签子是插头上了。

几年以后，范白苹在整理她妈遗物的时候，再看到这份检讨书，实在只能诊断：她妈的行为种种，也是一种心理病。阶级等级和经济等级一样，能制造不公平，不公平制造敌对，敌对制造仇恨。可惜，没有健康心理作参照系，多灾多难的民族，当人人都多多少少得了PTSD时，PTSD就成了一种民族心理。当年不但她爸、她爷爷都不理解，就是她做女儿的，也没去好好理解她妈，他们谁也没想到，甘依英也该去看心理医生。

浪榛子III隐秘之一

范白苹在整理她妈遗物的过程中，意外地有了一个重大发现。她想把她妈一直放在床头的那张范笳河驾B-24J浪榛子II从台湾回到大陆时的报纸照片取出来，带回美国。没想到，在打开镜框后，在报纸照片后面发现了一封信，里面是她父亲写的一则《战事信札》。她小时候听父亲说过，他年轻时有记《战事信札》的习惯。因为很多事件在信件中都不能写，所以只能写在给自己看的《战事信札》里。一有大战，全都要交上去，等着战后解密期过了，才会寄还家中。在中美空军混合联队的战争年代，他记了六本《战事信札》，详详细细，但他一本也没有留下来。后来，运动多，不敢留下文字的东西，怕被人抓把柄，就不记了。但在这个镜框后面，却藏了一篇《战事信札》。范白苹理解他爸爱写东西的习惯，其实对付PTSD的一个简单方法，就是把心里的事儿说出来。她鼓励她的病人写日记，记下心里想的事儿。她爸没人可说，晚年还这样认真地写《战事信札》，应该也是心理需要吧。范笳河想说，说，说，像个祥林嫂。没人听，他就写。这是一种心理压力释放。范白苹觉得，她爸一定写过不止这一篇。不让人们把灾难说出来，违反心理科学。

这篇是给一个叫"黄觉渊"的男人的感谢信，从其中说到的事情看，应该是范笳河晚年写的。信是被退回来的，信封上写着："黄教授昨天散步时突然心脏病不治，去世，原信退回。"

这封信是她爸藏在这个镜框照片后面的，还是她妈因为珍惜她爸的笔墨给放进去的，范白苹不得而知。在上人都去世之后，这些细节已不重要，重要的是范笳河写下了一段无人知晓的内心和耐人寻味的历史，让范白苹读出了一些隐秘。

黄兄，觉渊如晤：

谢谢你给我开禁，让我见到了浪榛子。你让浪榛子带来的你们最后一张全家照，我也收到了。南诗霞先你而去，让我痛心。又一个诗人走了。请节哀。

你不介意我违反我"从此不见浪榛子"的诺言，这让我不得不说，你虽然是个文人，却真正勇敢。你承担了我不敢承担的责任，你比我更男人。你是浪榛子的好父亲。

还有，请替我谢谢喇叭，没有哪个女儿能像她那么执着，想方设法给我打电话，一定要把那些老故事挖出来。也许，这是她寄托对母亲的哀思吧。我把凡能说出来的故事，都告诉她了。我只说了浪榛子I和浪榛子II。她在电话里给我念了一段我当年写的《战事信札》，我这才知道我的六本《战事信札》还保留下一本在加拿大。她说那段是随便翻到了，只想核实是不是我写的。但是，在我听来，那就是直击我这一辈子致命弱点的一段。这是天意，我到垂暮之年，该听这一段。年轻时，我记下这段时，并没多想。活了一辈子，再从下一辈人口中听到，真是感慨万千。

那一段是我们失了衡阳后，八月大热天在白市驿欢迎曹长官。那天晚上，我听完曹长官训话回来，丹尼斯看我全身汗湿，宝贝的空军制服一股汗臭味，丹尼斯把我好好嘲笑了一顿，他说："范，我考试考不过你。你比我先摘了Dodo的帽子。可是，我真不懂：你们聪明的中方军人怎么总是干这种没有道理的事。打了败仗，还欢庆什么？好事坏事你们都要唱成一台戏。最终总是'感激上司''上司伟大'，这就是你们重庆的集体思维？我看你也只会集体思维。以后我倒要看看，若你的长官叫你把你女人卖了，你干不干？"

丹尼斯是我的美方僚机战友，战死在中国抗日战场。

我是一个军人，终又成为一个文人。作为军人，我想一言九鼎，保护女人。作为文人，我想秉笔直书，保护正义。这两点，我都没做到。在一个军事化时代里，"我想"和"我能"常常南辕北辙。我没有能保护女人，也没能保护正义。我没那个条件。我骗过我最不该骗的人。我还写过批判老战友和好朋友的文章。想到这些，我真恨不能把那些日子从我生命的日历上撕了，让它们不存在。丹尼斯说得对：我只会集体思维，想别人让我想的事，干上司让我干的事。所以，我做了很多让我自己后悔的事。

你能懂得我，再怎么着，我们是一代中国人。

但是，"浪榛子"系列从她们一诞生，就没有一个让我后悔过。从浪榛子I，浪榛子II到浪榛子III都是那么健康，那么漂亮。她们举手投足正合"浪榛子"系列的美名。

我站在疗养院门口等浪榛子。在外面见面，让我感到安全。真对不起，我一个从小就有保护欲的人，却到老都没得到安全感。我对自己解释说，"浪榛子"本来也不属于室内。

浪榛子带了一个二十来岁小男生来，看见我第一句话是："范上尉，我从小就想认识您。"她叫我"范上尉"，我差点都要落泪。

跟她一起来的小男生，肩上背了一个熊猫背包，头上还戴了一顶熊猫帽子，一看就是在海外长大的孩子。我不知道你为什么要让浪榛子带个男孩来，直到浪榛子介绍说："这是芦笛，英文名'Reed（瑞德）'，是喇叭的儿子，是个小实习记者啦。"我才突然一悟，百感交加。

Reed（瑞德）！被我们的孙子辈记住了。你原来这样了解我。你让浪榛子带着Reed（瑞德）来看我，这是送给我的，让时光倒流的礼物。浪榛子像她妈，像个浪榛子。Reed（瑞德）像他外婆。光看到他们，我都变年轻了。

Reed（瑞德）能说会道，说的话比浪榛子还多。他才去北京动物园看了熊猫。得出结论，熊猫和弥勒佛相似，都对性不感兴趣，只对吃感兴趣，吃圆肚子，任务完成，就很幸福。

这个结论让我大笑，我平常很少能大笑出声。这个Reed（瑞德）！

　　浪榛子对芦笛说:"芦笛,中国有个猪八戒,没有谁能比他更喜欢吃。可是,猪八戒动不动就闹要回高老庄。他想着要到高老庄娶亲成人。若猪八戒都想当'人',可见能当到'人'一定有当人的幸福。吃饱了肚子之后,猪八戒都想成为人。"

　　我和浪榛子坐在疗养所石凳子上谈话,芦笛就一个人跑出去玩。和浪榛子面对面的时候,几十年的话,却无从说起。想了半天,我问了一句废话:"你在国外干什么?"

　　浪榛子回答:"在法学院,给学生上法律课。还给一些总是吵架、打架的人,譬如说,工会和资方、美国和古巴、这样那样有冲突的组织和国家找中间道路走,让他们互相宽容,各自学会为和平妥协。偶尔也给州政府当穷人律师,帮请不起律师的穷人打官司。"

　　我说:"这些事儿做得好,比我年轻时干的活儿好。只有和平值得一搏,可我一辈子也没找到这样的中间道路。不是斗就是打,不是'左'就是'右'。到你们这代,世界真是进步了。"

　　浪榛子说:"我小的时候,经过'文革',跟在我爸后面,对付一群小偷骗子们组织的战斗队,叫'五湖四海'。那时,我爸说,要有法就好了。后来我慢慢懂了:'没有法律,不可能有和平'①……"

　　浪榛子还没说完,芦笛跑回来,跟她要五百块钱。浪榛子一边掏钱,一边问他为什么。早上才给他的五百块钱用完了?

　　芦笛说,他刚才到街西头的大庙里去了。他说,佛,就是圣诞老人,人人烧香,跟佛要东西(许愿)。有僧人上来给他一个本子,叫他在上面写了一个一百,他就写了。然后,僧人就拿香在他头上绕,口中念念有词,说是预测未来福祸。念完,指着本子叫他给一百块钱。说他已经签字同意给一百。芦笛一看,是自己写的一百,就老老实实给了一百。他进庙前,在路上小摊子上刻了一个图章,花掉两

---

① 美国第34届总统艾森豪威尔Dwight D．Eisenhower (1890-1969) 名言。

百，又买了一个木青蛙，花掉一百六。路上碰见两个要饭的小孩，又给了一人二十。到这僧人的香在他头上一绕，他身上的五百块钱就没了。

浪榛子就又给了芦笛五百块钱。芦笛拿了钱就跑。我说："我们跟着去看看，现在有骗子。"

芦笛跑到大庙后门口的小胡同里，那里有一男一女把一些鸟儿关在小笼子里，对从庙里走到胡同里来的人叫："十块钱，交钱放生，求个好轮回。"

看着一群可怜巴巴的小动物，芦笛受不了。别说他，就是我也不能看把自由的鸟儿关在这么小的笼子里。

芦笛跑去对关鸟的女人说："我有五百块钱，全给你，你让我把这一笼小黄鸟都放了。"女人收下他的五百块钱，说："这种鸟不好捉，五百块钱只能放一只。十块钱一只，放的是麻雀。"

这样，芦笛兜里的五百块钱，就分文全无了。他很伤心，回过头来对我们说："我真想把这些鸟全放了。结果只能救一只鸟。"又问我们："这俩人，叫我们放鸟儿，求个好轮回，他们自己就不怕把动物关起来，给自己带来坏轮回吗？"

我心里想：唉，腐败，很全面了，每个角落都腐败了。宗教和宗教圣地也一样腐败了。公正和同情心是社会伦理的两个支柱。人，居然在赚"同情心"的钱了！这样的事，在范水有祖宗之法的时代，我都没见过。那时候，范水若是有人偷一只鸡，都要当众被吊起来打一顿。无论如何还有个公正要求。

我们知书达理，我们有忠孝节义。现在，我们也不用知书达理，也不讲忠孝节义了，我们讲用钱结算。若拿钱作社会支柱，我们自己互相吃，也不吃死，打个擂台，把被咬了一口的人气死；时代进步了，我们从"龙"进步成了"犹"。

正想着，戴着袖标、穿着制服的城管人员来了。这对男女拎起笼子就跑，让我无从评论。我无法判断拿这两个卖鸟的男女与贪污腐败的官员比是不是更坏。

　　然后，浪榛子就说要走了。她说有一个蒋达里的老乡一定要见她。我真想对她说，不要去，难道我们之间的见面还没有见一个什么蒋达里的老乡更重要？但是，我没有这么说。我说："你去吧。你要做的事一定是有意思的，听说你小时候就喜欢做事公平。"

　　浪榛子看出我不愿意他们这么快就走，就解释说："这是我介入的一个案子，已经结了，芦笛的新闻实习课要写一篇新闻报告，他想写这个案子，我在帮助他一起写。所以，我们得见这个人。您要感兴趣，等芦笛写完了，我叫他给您看。"

　　我岂止感兴趣，我简直就想跟着他们一起去，能和他们多待在一起一些时间，都让我高兴。但是，我和浪榛子的会面就这么短。我差不多连每一句话都记在这里了。这短短的三十分钟会面，只好用禅意的时间来衡量了。这不是三十分钟，是时间的海洋。有多少我没有说出来的故事，都涌进了这个海洋。让我因为这三十分钟而懂了生命密码的意义。

　　我看着他们俩上了出租车，挥挥手，走了。就像我以前的浪榛子I和浪榛子II，引擎一开，呼啸上天，出任务去了。

　　那一个下午，我若有所失，对自己在早上会面时说的几句废话，不满意。我应该带他们去喝杯咖啡，吃些点心。我没做，反让芦笛在我眼前被人骗走五百块钱。唉，我这个做长辈的呀，真是没用。

　　但是，到了晚上，浪榛子突然给我打来了电话。她说，Reed的新闻报告写好了，问我要不要听她念一遍。

　　我太高兴了。她给我打电话，已经让我的若有所失一扫而光。我连忙说："要听，要听。你介入的案子，芦笛写的稿子，我当然要听。我不但要听，还要看。稿子也请用电子邮件寄给我。"

　　我心里像有一张战略地图，如果有可能，浪榛子飞到哪里，我就要在那个位置上插一个大图钉，标出她的航线。我什么都没为她做过，我只想在心里留一张她的航线图。

浪榛子的案子，芦笛的新闻报告让我吃惊、好笑，还不得不反思。不管你知道不知道这个叫蒋毛虫的案子，我把芦笛的报告附在信里了。

总之，他们下一代在对付的问题，不是他们这一代的问题，是三千年的封建社会的问题，或者说，是三千年的习惯酿出的问题。我们以为我们这代人可以用暴力把这些问题解决，可我们并没有解决。对付人性问题恐怕不是枪支弹药、政治运动或资本市场能解决的。

听了"蒋毛虫案"，我在电话里对浪榛子说："人的欲望像钱塘江的潮水，撞到岩石退下去，岩石没倒，就又能全涌上来。我活了这么大岁数，不管哪一朝哪一代，欲望可以很不同，但人都在对付自己的欲望。"

浪榛子说："可是，'欲望不会像热，自己跑到我放在炉子边的熨斗上来那样，自动跑到良知那里去。良知，只能自己选择良知作为自己的欲望。'①"

讲到"蒋毛虫"案子，浪榛子又说到"五湖四海"。她说，这回是"五湖四海"走向世界。她又重复了黄兄你的话："法，就是划出天地之道。"

然后，她把我当作她的同行人，跟我谈了她的"理想国"。

她说，自由市场要自由人，自由人要民主。别以为民主是跪着求，从皇帝那里求来的恩赐。我们从"公车上书"起就跪着求。错。民主是站着的"人"，而这些人是最普通的人，譬如说，你和我，包括蒋毛虫。我们认识到"人"是站着的，并且自己选择站着，也让别人站着。"站着"是什么意思？就是你知道你自己是谁，不必别人告诉你，你是谁。你尊重自己，同时也尊重不同。你为自己的选择和行为负责任，同时也让别人有跟你一样的权利。你走到哪里，都可以在你周围开出一小片草坪，让"和平"在上面长。民主，是给"不同"

---

① 尼采语录。

留足了空间，不冲突，不打架，让五颜六色共存。在百花齐放的时候，没有花朵因为害怕而不敢开。也没有人因为找不到公正，就上梁山当土匪。

那个民主要的"空间"就是法律。平民梦可以在这个空间里生长。

等你有了法律并尊重法律了，尊重"人"就成了正常。这时候，民主，就成了你的生活方式。有权力的人不必害怕它，只要你守法，法也保护你。没权的人也不必给"权力"下跪，你背后有法。能给每个人公平机会的社会，就算是一个好社会了。人目前只能做到这一步。这个法治社会，不可能是宗法权力生出来的，也不可能是疯狂的"资本"发展生出来的。只能是人跟随着良知，用理性选择出来的。

这样的社会，用妥协达到共存。一个人民的政府会向它的人民妥协，并不是什么丢人的事。

她的结论是："我们所说的一切，不过就是：给和平一个机会。"

黄兄，我感谢你们所有人，让浪榛子长成一个正常人。看见她，时间就像没有动。她让我想起她的母亲，就像回到当年舒暖、南诗霞、丹尼斯和我在昆明机场修浪榛子I的时候。那时，我们跑到坟地上去采花。那坟地上长着一些高树，还开很多野花，小小的，紫色和白色的朵子。节奏感很强。有很多鸟儿飞上飞下。现在，是暮秋了。我想，在那里，秋天的鸟和夏天的鸟比，应该文静多了。不过，在我眼前，黑白的还是黑白，红头的还是红头，只不过黑白的展开翅膀，白白的肚子不像夏天那么挺，燕尾服一样的尾巴，似乎也不翘那么高了。红头的还是喜欢唱，在橘红色和金黄色的叶子之间跳来跳去，歌词的颜色从碧绿变成了稻谷和小麦的颜色。

看见浪榛子，我年轻时候好作诗的情趣就活起来，让我想显示我不是老古董。一想到从我手中过去的"浪榛子"系列，我就看见它们飞起来的姿势，依然快乐、隆重、跳跃；路线是直线或者急转弯。翅膀展开，冲着蓝天一闪而过，写在空中的都是诗。现在年轻人会先锋派，朦胧美。我们这一代的诗，都散在虚无之中。仔细看时，有落叶新圈点桃花水的痕迹。从浅黄到深黄，顺着千百个三角形的小波纹一路写出《雁阵惊寒》。我们是古典派、苍凉美。

浪榛子挂电话的时候，我对浪榛子道别。我就想说一句童心未老的话。不知道老凤强作雏凤声，说得好不好。她让我回到我的第14航空军时代，那样一个追求正义的时代。这种年轻人的话，是那个时代的我会对她母亲说的。

我说："这个时候，我们北方的枫树和栎树从红到深红再到火红，阳光一照，'冰糖葫芦'化了，红颜色染红了空气和水，大粗笔从树梢一直涂抹到地心。好不好，写出的也是一首诗，竖排版的《枫林晚》。"

"一年的生命，在秋天中都变成了诗。"

范白苹读了这篇《战事信札》，心里感谢这个得了她爸爸飞机名字的浪榛子，在她爸的暮年，出现在她爸的面前，让范笳河触到了禅意。这样，他离开这个世界，会平静得多。

范白苹承认，从心理学上讲，"禅"的意境是一种智慧，把时间分行、分段、分成瞬间，每一行都有意境，每一瞬间都美。诗就能在最坏的时代活下来。她爸范笳河，能有这样一个生命，也就没白活。一些芝麻绿豆大的事件，脚印一样在我们身后，和我们的升迁无关，和我们的发达无关，却又确确实实和我们分不开。生命就是一个一个时刻，时间由事件标志出来。时间由事件定义。走到哪儿，能把一件一件事都做好了，做公正了就行。

一件一件小事、大事、好事是生命之树上的叶子。时间因为它们才显示其存在。一个人的时代，因为做好这些事才有意思。太阳在东边的时候是早晨，太阳到头顶了叫中午。就是四季也是地球在空间里转出来的四个事件。时间原来也可以像粒子，是用光粒子在空间中的运动来衡量的。事件可以不相连，却有法有道有万有引力。

这下，她越发懂了父亲。生命跳进了一个装满粒子的海洋，如同小孩子跳进了装满泡沫塑料球的大池子，跌跌爬爬，再痛苦也想玩，再失败也好笑。随便抓起一个球，不是自己干过的蠢事，就是人家干过的蠢事，这就是生命的乐趣："而那过去的，就会变成亲切的怀念。"①

父亲范箎河如此细致地关心着浪榛子，却没谈情也没谈谊，谈了一个毫不相干、偶尔掉进池子里来的"蒋毛虫"。"禅"说：回头一看，什么是生命？生命就是一场好的大笑。

附录："新五湖四海"
（芦笛的实习报道）

蒋毛虫出生在蒋达里。蒋达里的人全姓"蒋"，有"蒋清毛""蒋大功""蒋善良"，还有"蒋毛弟"。"文革"时，突然间，不知哪个热爱毛主席的能人发现了问题。指出了这一村姓蒋的都有反革命倾向。"蒋清毛"，蒋介石清了毛主席！反动透顶。"蒋大功"，蒋介石有屁大功！"蒋毛弟"那时人还小，才五岁，但是，再小也不能让蒋介石和毛主席成兄弟！所以，蒋达里一村子人，有半村人在"文革"中都改了名字。在革命潮流中，"蒋毛弟"的名字就改成了"蒋毛虫"，蒋介石是个小毛虫！

蒋毛虫老老实实当农民，种水稻，早早生了一个儿子，叫蒋大龙。蒋大龙生在好时代，叫80后，再也不用为名字而担心。当了大龙，就是蒋大龙。蒋大龙的年代是办工业、走资本的年代。蒋毛虫家承包的水稻田，是养了一千年的熟田好田，说给汽车厂征收走了就给

———————

① 普希金语。

征收走了。蒋毛虫再吵再闹也没留下这块好地。蒋达里的地一块一块给造汽车的、造集成电路的工厂征走了。蒋毛虫坐在田埂上哭："哪里不能盖工厂？要征收我们南方的好水稻田？人不吃饭啦？汽车能当饭吃？"

但是，大势不可挡，蒋达里的田地，只剩下靠山梯田和一个大苹果园。蒋毛虫得了一间空而大的大房子，早早退休在家，指望蒋大龙了。

蒋大龙活得马马虎虎，大学没上，中学毕业进城打工。在城里，蒋大龙是下等人。城里的房子想都不要想，反正买不起。打十年工，二十八岁了，当上了一家电缆厂的采购员，工资不高，自由多了，有吃有喝有点小回扣。但是，算不了什么官，还是穷人队伍里的人。然后，蒋大龙也有了儿子，叫蒋天兵，在城里生的，却不能上城里的小学，又回不去农村。这下压力大了。发财谁不想？天兵要钱上学，乡下老爸老妈要钱住医院，老婆要买几件名牌衣服，都要钱。这个世道，心不狠，赚不到钱。蒋大龙决定要赚快钱、赚大钱。

骗！骗，也是一种经商。无商不奸嘛。当官，也是一种经商，正宗的骗子。他们能骗，我为什么不能。

蒋大龙跟着两个哥们儿，参加了"骗子公司"，当然不叫"骗子公司"，叫"四海私人物贸公司"。有了公司，就要找买主（买主就是愿意受骗的人）。按道理，全中国这么大，应该是买主遍地。当官的、官商勾结的，想怎么骗人就怎么骗人。人民愿打愿挨。但是，到蒋大龙，事情就没那么简单了。蒋大龙不是官，不是商人，资源不在他手上。偶尔，能找到一两个资源，骗起来也不那么容易。家家都修起了防盗门，连个老太太或十岁小孩都能用一对看贼的眼光看着他。

"骗子公司"当然是职业单位，骗不到，哪能活。老板决定：中外合资。要骗，到美国骗去，美国人一骗一个准。合资公司一成立，老板就对手下的骗子员工说："你们是采购员，到美国的签证我负责，进去了，你们就放手干。别去什么纽约、旧金山。那里的华人太多，一多，就个个学得警惕性高高。不好骗。要骗，到中国人少的小城镇去骗。骗到了，就发财。骗美帝国主义，叫'爱国'。你蒋大龙是个爱国主义者。"

蒋大龙有个同乡在上海某区公安局工作。蒋大龙办了一本护照，过几天又去办，对他的朋友说："你再帮我弄一本护照，我请你吃饭。"

弄护照没什么难，有关系就没有办不到的事。蒋大龙给第二本护照上的自己起了一个老实巴交的名字：蒋毛虫。他爸的名字。世界上有谁能知道住在犄角旮旯里的老农民"蒋毛虫"？

蒋大龙用"蒋大龙"的真名儿，申请了入境美国的签证。用"蒋毛虫"的假名字，通过"骗子公司"申请了五张信用卡。计划好了，入了境后，就用"蒋毛虫"的护照和信用卡行骗。出事了，那个逮不着、抓不到的"蒋毛虫"兜着。骗来的钱，和"骗子公司"三七开。

蒋大龙到了美国，先到纽约、华盛顿玩了一把，然后就开开心心上班了。"骗子公司"的线人开车两天，把他送到了一个不着天不着地的小赌城，叫"酋长会城"。没人听过吧？要骗，就要到这种地方骗。

蒋大龙进了一个赌场，先吃。信用卡尽管花。然后，拿了一张"蒋毛虫"的信用卡到前台取两千块钱。人家跟他要身份证，他就把"蒋毛虫"的护照拿出去了。赌场前台的收银员拿了他的护照和信用卡，半天也不还，又打了一个电话，叫蒋大龙坐进休息室等。

一等再等，警察等来了，把蒋大龙给逮捕了。身上一切信用卡、现金和两个电话全部收走。蒋大龙被送进了"酋长会城"的监狱。

原来，赌场工作人员用卡上的号码刷出来的是个女人名，尤卡丽。蒋大龙的假信用卡上的号码必须是真的，这才能取得出钱来。可惜，这个真号属于一个女人，"骗子公司"的老板英文还不够好，没识出"尤卡丽"是女人名。而赌场工作人员左看右看，打死了这个女人名也和眼前的这个方头方脑的男人"蒋毛虫"对不上。也活该蒋大龙倒霉，他那假卡号，在机子上一刷，不仅刷出个尤卡丽，还刷出这个尤卡丽是"赌博俱乐部"的会员。人家一打电话核实，蒋大龙的罪名就坐下了。

第二天，蒋大龙收到爱荷华州起诉他的三项罪名：1. 伪造身份证。"蒋毛虫"护照是假的，没有入境签证；2. 伪造他人信用卡号，非法提取两千美元，蒋毛虫偷钱；3. 使用假身份，他不是蒋毛虫，是蒋大龙。一个人不能有两个身份。每项犯罪如成立，服刑五年；三项共十五年。这下好了，蒋大龙回不了中国了。

蒋大龙一分钱也没拿到，玷污了他爸的名字，还进了监牢。他先还闹："不公正。我也没拿到一分真钱，却进了真监牢。这个狗东西美国，怎么这么不讲理！"

蒋大龙在监牢里一闹，看守也听不懂他的鸣冤叫屈，把他一个人单独关进一间屋。这下心理压力大啦。刚来的时候，有个同屋，虽然语言不通，还有个说话对象。现在是四面对墙。

蒋大龙被人叫作"蒋毛虫"在监牢里坐了一个月牢，语言不通，没有熟人。打了电话给送他来的线人，全给录了音，成重犯了。单独一人关一个牢房不说，一天只一小时放风。蒋大龙冤枉呀。他钱也没拿到，这点事儿，在中国算是什么犯罪呀？

一个月到了，州里给他派了一个免费律师。这个免费律师是州里特别从大学法学院为他请来的，会说中文。这个律师就是南嘉鱼南律师（我的暑假实习老师之一）。蒋毛虫一见南律师，就像见了知音，立马就哭了。他说："我没罪呀。中国当官的有两本护照是正常事儿。可以多买房，可以把钱往国外转。我啥钱也没拿到，我犯什么法？你们把我遣送回国。我就想回国。"南律师说："没用。在美国，这是犯法。你偷用人家的信用卡，一脚踩进人家站的地方了。你现在，只有两个选择。一是，不承认有罪，我帮你辩护，但是你要证明：蒋毛虫就是你，你没有用另一本护照入境，还要证明你没有用尤卡丽的信用卡号提钱。二是，认罪，我帮助你要求得到州里的'认罪减刑'，就是坦白从宽。你不用现在就决定，你想一个星期再告诉我。"

南律师第二次见到"蒋毛虫"，他同意认罪了。认罪可减刑，可以遣送回国。蒋大龙又哭："听说在监狱住一天，我要付五十美元呀！上了骗子公司当，他们是不会替我付这笔钱的。"

南律师跟他说，"认罪减刑"若判下来，可以保外监督，走到哪儿都得向监督官报告，直到他被遣送回国之日。蒋大龙现在还想什么？就想早早被遣送回国。这个美国，他这辈子也不会再来了。南律师说："认罪减刑，是我作为你的辩护律师要替你争取的。三个星期后出庭，由大法官判决。要付七百五十美元出庭费。"蒋毛虫说："现在一分钱也没有。你要让我回中国，我才能拿出钱来付账。"南律师说："你不要担心钱，以后可以慢慢还。"

三个星期后，蒋大龙上了法庭。法官听了南律师的呈述，蒋大龙就真的在法庭上得到了"认罪减刑"的判决。他监外保释期是两年，然后是五年徒刑。当两年相对自由人，表现好，可以再减刑。

蒋大龙不在乎这些，他就想立刻被遣送回国。南律师问他要不要找中国领事馆帮助，他说："不找。我丢了脸，找他们有什么用？把我遣送回国就行了。你要能让我早回去，我回去后，就会报答你。我可以把钱寄给你。"律师说："我做的是我的工作。你一分钱也不能给我个人。我也不收你的钱。你把七百五十美元直接寄到州法院。"

蒋大龙的案子判完，南律师任务完成，走了，不来了。蒋大龙还回到监狱里等。等什么？不知道。但是，他表现好极了，对看守就像对中国人民解放军。他马上就要和他们告别了。下次他们到中国来玩，可以来找他。看守不懂他说什么，不过都祝贺他可以出去了。

突然，蒋大龙发现问题复杂了。他的真护照连同开车把他从纽约送到"酋长会城"的同伙，一起在警察手里了。他的同伙是骗子公司的老手，老"点子犯"，骗得比他狠。但是这次落网了。同伙拿了一块金条，装成一个给人打扫院子的工人，把这块金条拿给芝加哥中国城的一对老华人夫妇看，说："这是我的好运气，给人种树，刨出一块金条，就是不知是真是假，请找人帮我鉴定一下吧。"老夫妻做了好事，把金条给"点子犯"鉴定出来了。真的。骗子很高兴，走了。过了几天，又来了，说："我要回国了，要现金用。这金条也不是钱，能不能跟你们换成钱，给你们比市场好一倍的价。"老夫妻也不想换什么金条，但因为价钱好，就换吧。结果，第二次给到他们手上的金条，是假的。

这个"点子犯"一路骗了三家华人，到了亚利桑那，被警察抓住。蒋大龙的真护照在他留在车上的行李里，一起成了证据，被亚利桑那的警察扣住。他拿不到。"立刻遣送"成了蒋大龙的梦想。梦一醒，他的保释期间的监督官和我，新闻系研究生芦笛——业余翻译，坐在他对面了（南律师把我介绍给监督官做翻译，算是尽职尽责地交了班）。

监督官像一个老爸爸，一条一条给"蒋毛虫"讲出狱后的注意事项。蒋大龙只想着他的护照，他说："我的护照和我的朋友都落到亚利桑那的警察手里了。你要是能帮我把护照弄回来，我回中国一定会好好谢你。"监督官不紧不慢，说："你不要谢我，你知道那个朋友不是什么好人就行。"然后，把15条纪律一条一条解释给蒋大龙听：1. 要当一个诚实的人，不要撒谎；2. 不要介入任何与毒品有关的活动；3. 不要酗酒；4. 不能打架；5. 不能调戏女人；6. 缴税；7. 对人要有礼貌；8. 参加社区服务，帮助他人……

15条全是小学生守则上的话。不过，对蒋大龙来说，最重要的一条是：要交三百美元保外监督费。蒋大龙说："我没钱呀。"老爸爸监督官说："我知道。没钱不要紧。等你成了好人，就会有个工作，那时你再付也行。"

我觉得，蒋大龙很可怜，他得从小学重新学不撒谎不骗人。他在小学时，忙考试、忙训练、想挣钱，没学做个正常人。长大了，心理错位，以为人人都得撒谎、骗人。

现在，蒋大龙已被遣送回到北京，正在等候中国法院审判。从国外遣送回国，蒋大龙看起来不像是小犯人了。

我们见到了他的爸爸蒋毛虫。蒋毛虫说："我儿子不学种地，学骗。我教子无方，有罪。但是，把我家地拿走的那个工厂要负责任。他们把我们好好过日子的路子给断了。我们不知道怎么过。不能因为他们有钱，就没事儿，我们没钱，就坐牢。我儿子坐牢我认了，那个汽车厂的老板害了我们一家，就没事了？他也该坐牢！"

南律师说，她小时候见到过一些"骗子公司"的小偷和骗子，那个公司叫"五湖四海"。南律师还说，看见"窃钩者诛"总让她想到谁为社会的罪恶买单的问题。

第九章：商场如战场

沙4：戚道宽

　　春天，鸟叫得很响，一群一群呼叫着从头顶上飞过，一圈一圈绕着，呼啦一下都停在还光着枝条的树丛中，叫的声音更响，像是要把树叶子叫出来。多少的富裕和活力都在这个时代按捺不住地冒出来。迎春花已经开出来一串串黄灿灿的小金币，飞流直下的金瀑布，肥水不外流，春天在中国。

　　喇叭爸爸颐希光在鳏居二十年后，得了老年痴呆症，老糊涂了，记不得"文革"烧照片的事，也记不得"五湖四海"。讲起家史，把舒暖的家事当作他自己的。这让喇叭对她爸爸无比担心。但颐希光却突然起了桃花运，结婚了。

　　老人家虽然糊涂，说话声音依然洪亮，举手投足还是给学生上大课的风范。前说后忘也没关系，年轻时好看，到老还是个帅老头。光听声音，不像九十岁的人。越老越爱帮助人，人家跟他要什么，他都给。

　　N大的低温楼曾经是他的老儿子，讲着讲着，"低温楼"三个字就夹在随便什么句子里冒出来了。除了"低温楼"，夹在句子里冒出来的常用词就是"政策"。得了老年痴呆症后，"低温楼"就不怎么讲了，"政策"还会时常冒出来。但是有一件事不知什么原因，老人家就是没忘掉。

有记性的时候，没忘，却不敢说，像是习惯成了条件反射，一到清明节上坟或有人开追悼会，颐希光就像个罪犯一样，一溜就走。跟"坟"有关的事儿与他无关。他躲着清明节，躲着坟地。人糊涂了以后，倒反而敢说一点了，有时候，"政策"二字一冒出来，下面动不动跟着的就"砸墓碑"。除了青门里的人，外人不懂什么意思。

居然有一天，颐希光在电话里对喇叭说了一句清清楚楚的话：他"文革"砸老先生墓碑的事，平反了。N大学历史系王教授把"砸墓碑"写进了历史书。[1]他是给逼着砸的。可惜第二天，"王教授"和"平反"就又忘得一干二净，只剩下"砸墓碑"，一讲又害怕得要命。

喇叭说："你前天才告诉我，王教授把这事儿写进了历史书，你平反啦。不是你想砸的，是给红卫兵逼的。"颐希光就高兴起来："真的？哪个王教授呀？我找他要一本历史书去。"

喇叭跟浪榛子说起她爸，两个人都感叹，政治恐吓，能吓得老年痴呆症都不敢忘记。喇叭说："他打我妈一个耳光的事，倒忘了。砸他老师坟的事却不能忘。人的心理真是一个细致世界。"浪榛子说："你妈生病的时候，你爸对她多好呀，日夜守着，任劳任怨。还有什么过节解不开呢？你妈一定原谅了他打耳光的事。但是那'砸墓碑'，是他自己的内疚和恐惧，他自己不原谅自己。你爸的内心，我们谁想过要进去看一看的呀？现代人可能不拿'砸墓碑'当回事，可对他那代人来讲，这是十恶不赦的罪过。'砸墓碑'就是砸了中国文化的根基呀！"

喇叭就说起他爸最近的表现，总结为："他们给裹挟着闹了革命，结果把自己吓得都改不回正常人了。阶级等级加群众运动，把我爸给培养成了正统的'中央人民广播电台'。"

喇叭说，她爸虽说人是越来越糊涂，但对有些事情的反应就跟本能似的。有一天，宁照跟喇叭讨论"文革"，两人先是说，"文革"中把教授排在娼妓之后，用了元朝的等级制"八娼，九儒"，教授叫"臭老九"。

---

[1]　王觉非：《逝者如斯》，北京：中国青年出版社，2001，P458.

颐希光坐在一边看电视，没什么反应。宁照和喇叭都以为老头子糊涂了，当他面说这样的话没关系。他俩就说到群众运动 的恐怖，其实是几个人利用几亿人当工具，打心理战，用阵势吓死人。

突然，颐老头子就有反应了。一个"广播电台开关"就像张嘴吃饭一样，立刻本能地就开了。老人家用洪亮坚决的声音给他们上了一堂长长的政治课。他们走到哪儿，老头子跟到哪儿。从楼上到楼下，从厨房到厕所，烦得宁照撒尿都撒不出。政治课，逻辑是没有的，但是套话一句接一句："中国的形势越来越好。中国有希望……砸坟的事我有罪……退休教授也有一万块钱一个月的薪金……你们还要怎么样？"

这让喇叭、宁照和浪榛子得出结论：政治灾难可以揉到人的神经里去，像语言一样成为第二本能。就像动物让警惕突然袭击成了本能一样。颐希光只要语言还没忘记光，她喇叭家政治课就不会停。而物理定理和公式，颐希光倒是忘得一干二净。那些定理和公式太理性了，成不了第二本能。除了本能不会忘，大概什么都能忘。为什么野兽那么紧张？害怕危险是它们活命的条件。一次一次的危险不但吓到它们神经里去，还遗传呢。吓你一千年，光吓唬，还没得治疗，什么民族也吓成奴才了。

可惜，颐希光再当"形势大好广播电台"也没有用，他婚一结，名声很坏。他娶的新女人是他学生的老婆。他学生七十岁，学生老婆也七十岁，人家刚结婚两年，幸幸福福一个二婚家庭。学生老婆突然就为了颐希光把七十岁的新丈夫离了，要三婚了。现在商品经济，世界不一样了。就像"文革"的残酷，是许多普通人同意和接受的行为一样，如今的撒谎和腐败，也成了许多普通人同意和接受的行为。学生老婆也就是一个普通民众，学了一点唯利是图，那实在不足为奇。人家一比较，反正是二婚，七十岁和九十岁又不是一岁和二十岁的差别，又不要生儿生女，大二十岁有什么关系。九十岁教授的钱却比七十岁的丈夫多。三婚当然比二婚好。

两个人就结了婚。老太太得了钱，颐希光得了一个"晚节不保"，成了青门里的新闻人物，名声坏了。有时候颐希光走到低温楼去，路上就有人指指点点。终于，这个故事在莫兴歌去N大找女儿回家的时候，听女儿说了。

莫兴歌不能算成功人士，蒋达里劳改农场已经解散，以前的一些老犯人就留在他的果园和果酱厂工作。果园和果酱厂还是能挣钱的。莫兴歌依然做噩梦。梦里，他被抓进自己管的劳改队。有一次，他在自己的噩梦里，被戴上"叛徒、卖国贼"的帽子，醒来以后，心脏都吓得乱跳，明白了：这是因为他果酱厂早期用了法国人的投资和技术，现在还得分利给人家，养着人家的技术员。工资给得高高，还很会挑茬子，活儿也没做多少。他是给气的。还有一次，他在自己的噩梦里梦见被戴上"贪污犯"帽子，这个，莫兴歌就说不清了。他不想贪污腐败，但是得看贪污腐败的标准怎么定了。他已经不记收下的礼金或礼卡。他收，他也送人这些东西。前一年过年，他收了人家一棵玉白菜，转送给了一个朋友。不知那玉白菜一年的经历如何，反正一年后，又被人转送回来了。人人都这么干，不请客送礼怎么经商？但他没做太过的事，将来若抓贪污犯，抓到百分之八十才会有他。

这些噩梦莫兴歌只敢跟浪榛子说，隔一阵子就想说一次。人都需要一个垃圾桶，倒倒心里的脏东西。对他老婆和哥们儿，他都不提这些噩梦，怕有一天什么运动来了，人家说他做贼心虚。浪榛子在美国，"垃圾"都倒美国去。美国就是藏贪官的林子，倒点垃圾进去，算不得什么。再说浪榛子也愿意听。听的时候，还常联想到她以前的建筑二队，不知那些工人对现在的腐败怎么看？是不是也有腐败的可能？莫兴歌很肯定地告诉浪榛子，他比建筑队的任何一个队长、工头都清廉。

莫兴歌与浪榛子一直保持着个把月问候一次的松散联系。既然是同患难的"对对"，那就是缘分。

当莫兴歌知道喇叭爸爸名声坏了，他想想这事儿还是得告诉浪榛子。他太知道浪榛子跟喇叭家的关系不一般了。两家，四个老一辈人，只剩下喇叭爸爸一个人长寿，这对喇叭和浪榛子都太重要了。而他，作为小辈，虽然不是直系亲属，却也不是路人。把颐希光当祖国一样关照，总不会错吧？更不要说，当年莫兴歌女儿上 N 大时，他也去找过颐希光利用老关系，让女儿进了英文系。那时颐希光还不像现在这么糊涂，正在帮助人的高潮阶段。莫兴歌一说是喇叭浪榛子小时候的朋友，老头子立刻就说："只要有政策，我帮你到英文系问去。"

这样，喇叭爸爸结婚得了坏名声的消息就传到国外。

浪榛子把莫兴歌传来的新闻再转给喇叭，对喇叭说："你爸爸结婚了！"

喇叭大吃一惊，说："真的？我怎么不知道。"

这是大事，喇叭赶快打电话回去，问她爸爸。她爸爸说："我没结婚，谁说我结婚啦，我怎么不知道？"

老人家忘记了。名声坏得很冤枉。

七十岁的新太太抢过电话对喇叭说："结了，结了。你回来，我给你看结婚证。要不是我看着，你爸的钱全给上门来卖保健品的骗子骗光了。"

喇叭对浪榛子说："我爸被人骗婚了，都是因为没有子女在身边。"

浪榛子很冷静，安慰喇叭："七十岁的老太能把九十岁的老头骗到哪里去呢？无非是想你爸的钱。只要她能对你爸好就行。我们也不要下结论，叫莫兴歌经常去看看你爸，了解了解你的后妈是什么人。莫兴歌识破诈骗犯有一套，他去几次，七十岁的老太想骗也不敢了。"

莫兴歌与浪榛子的关系从统治与被统治的关系变成了情谊关系，莫兴歌放弃了对浪榛子的管制，浪榛子也不再跟他拧着干了。谈多了还会吵，不谈又想谈。浪榛子还是浪榛子，莫兴歌成了生意人。生活环境相差很远，但空间产生和平。难得莫兴歌这么多年一直愿意跟青门里的人交往，又知道喇叭家人的经历。喇叭也觉得该请莫兴歌帮忙鉴定一下她老爸的"枯杨生华"式婚姻。

正在两个女儿操心国内九十岁的老人没有子女照顾，被人骗婚时，颐希光不仅来了桃花运硬被赖上了一个老婆在身，又来了儿孙福，天上突然掉下来一个"大儿子"。

大儿子登门造访，先被颐太太怀疑成骗钱的推销商，后来立马发现错错错，原来，天上掉下来的是"送钱孝子"。新颐太太马上爱这个"大儿子"，爱得超过自己的儿子。

登门送钱的孝子一进门就说："不孝之子戚道宽来迟了。"

新颐太太在颐希光跟天上掉下来的儿子胡扯的时候，拿着戚道宽的名片，钻进书房，上网查了戚道宽。原来戚道宽是成功人士，有一个房地产王国。戚道宽写在公司网页上的头衔有二十个：高级经济师、工程师。江岸房产集团股份有限公司董事长，江岸投资控股有限公司执行董事。市第九届、第十届、第十一届人大代表。商业全国理事会主席团主席。××大学MBA研究生企业导师。中国经营大师。中国优秀房地产企业家。全国五一劳动模范……新颐太太十分感慨地想：有钱人真是行，想要什么头衔都能得到。他的名片正面反面都写满，也写不下这么多重要头衔呀！做着房地产商还又能当大学MBA导师！想她那离掉的二婚丈夫，在大学忙一辈子，就想评一个"硕导"好晚几年退休，都没弄成。世界上的好处，原来就在几个人手里。成功人士的头衔想不要都推不了。

戚道宽写在网页上的成功经验是："我的王国是打了一个时机战赢来的。再早一点，死路。再迟一点，没路。商场如战场。商机如战机。我赶上了最好挣钱的时代。"

新颐太太很高兴。这是一个房地产业山呼万岁的年代。她三婚结对了。紧接着，新颐太太又悟出了"大儿子"出现的原因：

戚道宽成了地产之王以后，突然很想认祖归宗，对着一副巨大无比的大家产，想到死后怎么办时，他产生了一种补缺心理。儿子，他有一个，长得像个豆芽菜。就算儿子能传宗接代，他的"宗"在哪里？戚道宽从小无亲无故，一路靠的是大胆、时机和朋友。功成名就为了荣宗耀祖，他的宗和祖在哪里是一个比前途在哪里还要不清楚的问题。

戚道宽年轻时候忙创业，没时间多想。那时候反正什么都缺，得到什么都能填到生命里，得到一时的满足和成就感。等有了一个房地产王国之后，有钱了，想干什么都不成问题，却发现：除了要把多余的脂肪锻炼掉外，他生命里还有一块地方怎么也填不满。他没有根。

戚道宽无父无母，他的"光宗耀祖"就是回到山里，把"外公"坟修得像个豪宅。但是，"外公"不是他的外公。戚道宽是被人不知从什么地方带到浙西的大山里来的，他跟着大字不识一个的"外公"过。"外公"告诉他的一点故事是，他的亲生父母是有钱人。外公说："有钱人没心没肺，能把儿子丢了，全跑台湾去了。""外公"还说是他女儿——那大户人家的女佣人，把戚道宽送到他戚家来的。戚道宽根本就不姓戚。女佣人也得结婚成家呀，不能带个别人的儿子嫁人。只好由他带。

从小，"外公"一遍一遍问戚道宽：长大孝敬谁？戚道宽一遍一遍说："外公。""外公"活到戚道宽进了建筑队到城里工作，成了瓦匠队的绘图员。等到戚道宽当上了小官员——江岸区团委书记时，"外公"就死了。戚道宽在建筑队每个月挣的薪水，加上自学的本事，给人画建筑图得到的额外收入，一拿到手，都寄一半给"外公"，自己一分钱不舍得乱花。结果，没有好衣服穿，不能给姑娘买礼物，找了个老婆其貌不扬，但是能吃苦。到"外公"死，两人结婚。婚礼的钱是从"外公"被子里扯出来的三千块钱现金，全是戚道宽寄回去的钱。"外公"盖在身上，图个安全感。每晚摸着这些"孝子钱"，幸福就从安全感中冒出来。

戚道宽在四十岁时，做了一个惊人的决定。这个决定是"敢破敢立"的决定，跟发动"文化大革命"差不多。那时，他已经当上了江岸区区长。他突然辞了区长的官位，让副区长当。自己下海开了公司，做起了房地产。官员不准经商，这是明文规定。辞了官的人就不是官人了，可以大胆经商。当年，官不当，去从商，还得要有点勇气。戚道宽比人聪明的地方，就是比别人多那么一点儿勇气。他看到了房地产业的商机。

而在原来的官场上，副区长则因为他的禅让而对他感恩戴德。江岸区的好地，他要拿，没人能跟他竞争。他以前的建筑队就成了他的包工队，一套一套公寓楼在江岸区竖起来，卖出去。到六十多岁，戚道宽已经成了正宗的房地产商。他和副区长之间的情谊升级成他和副市长之间的关系。当年江岸区的副区长，升成副市长。戚道宽的路子更宽，出手也大方。官场上的事他不再过问，却从来没停止送"护官符"，让官场战友摆平了。

但是，戚道宽是个水漂儿，没有宗，没有根。人到老了，一天赶着一天过，就是赶着去"彼岸世界"。"上帝"无父无母，不孝不悌，戚道宽不能在"上帝"那里找到什么共同语言，他从来没想过要到上帝那里去。佛也不行，佛要禁欲望，可是"资本"就是欲望做的，有了它，就停不下来要天天都下"资本蛋"，不下就死了。戚道宽去拜佛，求佛让他能发达，新拿到的地能盖上房子就卖出大钱，但他不至于笨到相信佛也会爱钱。

钱多了，就怕死。一死，就等于彻底破产。挣得再多，也全从他手里滑走，等于全赔。那种当年他"外公"担心没人孝敬的恐惧，也在他心里发芽了。

戚道宽六十岁后开始爱打扮，整天穿着西装，打着红黄相间的领带，头发梳成主席式，染得乌黑贼亮，不像真的。儿子高考的时候，他又去拜了孔庙，上了七炷香，结果儿子还是没考上。这时候，他才明确认识到：儿子不争气，因为不是戚家人，祖宗不保佑。他没有"根"。

孔家家谱修了七八十代，他戚道宽没有祖宗。所有的问题都在这里：他是谁？他属于谁？在茫茫的商场上，他是个司令级人物，可他手下再用无数个毕恭毕敬的奴才，也没一个能替他死。难怪皇帝要为自己修阴府陵寝。生死两界不通，唯物主义也只能"唯"到"修陵寝"就走不过去了。

戚道宽决定，往回找，找到他的来处，找到"根"。"根"能把他和生命之树连接起来。"祖宗"在戚道宽的生意生涯中变成了宗教信仰。上帝、佛祖、孔圣人了不得，因为他们不犯错误。"祖宗"也不犯错误。他家的祖宗犯过什么错误？没有。能在心理上让他记得不死的，就是家族之脉源源相续。

现在是网络时代，没有祖宗也难不倒聪明人。戚道宽的那点儿心思，没说出口，就有部下帮他上网查，托人追踪。几番筛选，他找了父系家族，进了范氏家谱，血脉通到了"周宣王"。现在，又从父系找到母系来了。原来，母亲家族才是望族，往回推七八十年，母亲家就是大银行家了。他苦巴巴走出来的成功之路，在母系家族中，是三代前的老祖宗走的。到他，不过是一轮回，原地开始，重新积累起家。

等戚道宽发现母亲家族的辉煌后，他证实了很重要的一点：他原来是大资本家之后！一百年前的先进生产力代表就在他的血液里注下了先富起来的命运！难怪他经商有道，他一定是继承了母系祖先的"商智"和父系祖先的"勇敢"。要不然，那么多人，有关系，有背景，有学历，怎么就他成功了？

可惜，就算祖宗都找到了，父母均不在人世。不过，有个继父也是好的，颐希光是和母亲生活了大半辈子的人，也是文化之人。一见面，戚道宽看到颐希光眉宇堂堂，声音洪亮，立马就本能地在脑袋里产生了一个广告意识。他正在建的三个生活小区"风露香汀""水月香汀""云雾香汀"，名字都算高雅，住的人也该高雅。他这位文化"继父"不正好应该上三个"香汀"的广告牌？父母不在了，孝敬继父，让继父既扬名，又得广告费。老人重回社会……

当然，这只是想法，戚道宽没说，说了就有点过。戚道宽知道什么时候说什么话。他只是高高兴兴与继父随便聊天，并不以一个"老总"身份说话，而是以一个"儿子"身份说话，突然觉得这种感觉很好。商场上没有一个关系是真的，戚道宽从来不相信任何人。任何人的建议，任何人的讨好，他都能听出后面的意图：只想要他的钱。

和这个文化继父谈话，就感觉老头子头脑里的事儿前说后忘，反复说来说去，没有逻辑，没有联系，好像事情与事情之间毫不相干，但是，戚道宽听出了一个一以贯之的主题：老头子就想把自己的东西给人。

"真是上个世纪的人呀！"戚道宽想，"老头子根本就没进入到如今的这个金钱世界里来。"

跟颐希光谈话，戚道宽感到，在中国，恐怕只有父子关系还是真的。他找到青门里来，算是做对了一件事。

话儿正谈到颐希光的物理书，老头子指着满书架的"符号"和"公式"，洪亮地说："你随便拿，想要哪本拿哪本。" 颐太太插话道："一有推销商上门，他就叫人家随便拿书。现在谁要看物理书？没一个人要他的书。里面又没夹存折，谁要？他自己儿孙都不会要。"

戚道宽就想做得与众凡人不同，他认认真真选了一本硬皮的、蓝布封面的厚物理书《绝对零度》，如珍贵遗产一样捧在手上。颐希光非常高兴，满面红光。戚道宽也很高兴，也满面红光，越发有了当孝子的好感觉。他对自己说："和这位老爸谈话，不谈钱，好感觉也还挺多的呀。"

商场兵法

正在这个时候，颐希光家又来人了。莫兴歌受喇叭和浪榛子嘱托，来查诈婚了。

颐太太把莫兴歌让进家。莫兴歌皱着眉头，眼睛横着，一根阶级斗争弦紧绷在里面，把颐太太吓得大气不敢出。莫兴歌一进门就先看了厨房窗户上的防盗窗，摇一摇铁栏杆："这还是我上次来的时候装的，锈成这种样子，还不换？老头子的钱不用在保护老头子的地方，你用在哪儿？"

颐太太听莫兴歌的口气，知道是颐家的老熟人，又听莫兴歌说起喇叭和浪榛子就像说自己的姐妹，就知道她得小心对待了。莫兴歌说："为什么颐教授结婚不告诉颐教授的家人亲友？女儿都不知道，这结的是什么婚？你不是存心叫人家女儿不放心吗？"

颐太太立刻跑到里屋，把结婚证拿出来，捧在胸前，又把莫兴歌拉进书房，介绍给戚道宽。介绍的时候，红红的结婚证就在胸前发着诚心诚意的红光，颐太太口口声声说："今天是我最高兴的一天。颐家的大儿子和颐家的大管家都来了。我在颐家人面前也有了一个交代。我们是为了爱情结婚的。"一副挺可怜的样子，好像心里有一个小鬼被人捉住了。

莫兴歌和戚道宽都是眼睛雪亮的人。两人相对一视，什么话没说，却都懂了。这年头，子女不在身边的老人，他们若不保护，就是受骗上当的命。

然而，婚已经结了，结婚证贴在老太太胸前了。大家就都祝老夫妻幸福吧。戚道宽说："你们好好过。我爸的工资全归你管，都花在生活上。其他财产，我们做子女的管。我刚回来，不多说不中听的话，但我妹妹若不满意，起诉你骗婚，那你犯的就是拐卖妇女、儿童罪。"

颐太太被这几句绵中带针的话一吓，再一抬头，目光撞上莫兴歌横着眼睛，立刻赌咒发誓：一定对老头子好。她是真的为爱情结婚。

莫兴歌看见颐希光家里，不但多了个老婆，还多了个老儿子。老儿子一看就不是一般人。他也就不再多说敌对的话，十分钟后，让眼睛变圆了。

戚道宽很高兴认识莫兴歌。颐希光张冠李戴，说不出多少往事，颐太太对他找到的"母亲"舒暖知道的很少。莫兴歌的到来，满足了戚道宽的寻根欲望。莫兴歌也尽力描述了旧时的青门里和蒋达里劳改农场。漂亮的舒暖如何挑着大粪担子从田埂上走过，农民当仙女下凡，停下活儿，站在水田里看，总之，细致到"蒋善良""善良氏"和"赛凤""赛凰"……把戚道宽听得动容感慨，把颐太太听得下决心要对颐希光好。

然后，莫兴歌和戚道宽就有了共同语言，两人谈得很来劲。一谈，世界还真小。两人还有共同熟人，关系网结起来了。熟人叫善全春，也是蒋达里出去的。两年前选择海归，入了国家千人计划。戚道宽投资赞助，从投资房地产突然转向做药业。引了一群跟着他做房地产发达起来的商人都对他侧目以视，还有不少人给他的新公司投了股。最近，戚道宽和善全春正准备开奠基仪式，在科技开发特区建实验室和制药厂。药，将来是对付艾滋病的。国家优惠卖给海归科学家一块好地，办"爱安药业"，在开发区最热闹的地段上。作为"爱安药业"的投资人和股东，戚道宽说起那块地，眼睛就发亮了，他做了这么多年房地产，"拿地"对他是个充满雄性激素的词。他知道，光得那块地，他投资就投对了，更别说他也喜欢报纸上的新闻称他是搞"慈善事业的房地产商"。

出了颐家，莫兴歌和戚道宽成了朋友。莫兴歌觉得自己一定是小时候积了"苹果德"，在浪榛子家和喇叭家倒霉的时候，他扔过去一个苹果，一打打出了一个精彩人生。和戚道宽比，莫兴歌不但是小弟，还是一个小商小贩，根本不能算成功人士。戚道宽对他不吝指教，没有多久，莫兴歌就把他经营果园和果酱厂的生意苦恼对戚道宽这个"商人大家"说了。

莫兴歌虽然能挣钱，却发不快。他也是日夜苦干的厂长啦，怎么就不能快速致富，富成个"大款"。"大款"成不了，成个"中款""小款"也行。他得成一个什么名人。男人一辈子想要的不就是社会地位？他发不大，只能见到乡长、镇长。市长、省长就不会拿他当"人物"看。他不被当"人物"也没什么，莫兴歌老了，再干几年就退休。打打麻将，旅游旅游，这样的日子过起来也是舒服的。可他有个漂亮女儿，他得给女儿在大城市找个好工作，或者找个好男人。不是"人物"，没有关系网，做事情难。女儿在城里打拼，靠自己，会受人欺侮。所以，莫兴歌还想再发达。

在戚道宽看来，莫兴歌的苹果是"生产型资源"问题。靠一瓶一瓶果酱的生产，不可能发得快。那样的资本积累叫"苦力"式积累。但他没有把这个判断说出来。商人思维得用《孙子兵法》，说出来的，总是"健康长寿"，不能是"病得不轻"。所以，戚道宽说出来的是："不要着急，资本要慢慢积累。"（这句话，他自己也不信。资本刚生下来的时候，得吃激素长，不然就被吃。他的资本就是疯狂积累起来的。）

莫兴歌就讲到了他的烦恼。刚开厂子的时候，引进了法国技术，还合了资。厂里常驻两个法国技术员。现在有些赢利还要和法国人分红。那点技术莫兴歌手下人早会了。两个外籍技术员工资极高，也没做什么特别的活儿。莫兴歌想和法国断掉合同，退了这两个技术员。他想请教戚道宽有什么经验。

戚道宽真心想帮莫兴歌出点子了。他说："你'文革'中没有当过红卫兵吧？"莫兴歌说："当过红小兵。"戚道宽说："红卫兵打人斗人不好，但是，红卫兵胆子大。我这个年纪一路发展出来的人，都是红卫兵。

红卫兵有一句话："'破'字当头。你懂吗？"莫兴歌不懂。戚道宽加了一句解释："只要胜利，不计手段。胜利能让所有的手段合法。"莫兴歌还是不懂。这让戚道宽有点着急，他已经看出来莫兴歌根本就不是能发大财的人。莫兴歌的思维只到"斗争"，没到"战争"。商场是没有硝烟的战场。当个高管、当个老板应该有本事把"恐惧感"当作管理工具，没这种狠心不行，权威不立，哪能有好工人、好公司？戚道宽把这话也说出来了。

　　这句，是戚道宽的真经。戚道宽六十多岁，年轻时从山里出来，上了县中。那时候谁有个穷家庭，谁是红五类。戚道宽外公没钱给他，但给了他一个好出身。在县中时代，他割破手指写了要入红卫兵的血书，带了一串红辣椒到东北串联去了。从此以后，走风浪如烹小鲜。从商以后，他发现，他心里原来有一些红卫兵时代的元素，留在他内心深处，从来没褪尽，也没法明说出来。他其实喜欢这些元素，这些元素让他事实上当了一辈子红卫兵。他能用"大无畏"的本事经商，敢作决断，对商业对手毫不留情。只指责对手，从不自责。用手下的人就一个标准：站队。不是一个车上的人，全赶下车。上了一个车的人，要拿得住他们。怎么拿得住，就是他用资源的时候了。该撒钱的时候，眼睛都不眨。

　　这本事，只能让才当过红小兵的莫兴歌慢慢悟去吧。

　　莫兴歌和戚道宽谈过话之后，还真悟出来了：现在是大好时机！他从来没想到"恐惧感"也能成为合法经营中的暗道来用。他以为"恐惧感"是吓犯人用的。为了戚道宽戚董事长给他的点拨，他得给戚董敬酒。下次有幸再见，他要端着酒杯向戚董说一长串感恩不尽的话："戚董，您呀，说话像东北人，吃辣像四川人，做生意像浙江人，这就是您的本事。小弟学了。"

　　有了"上级"精神，莫兴歌想来想去，就想出办法来了。他回到蒋达里果园果酱厂，把果园里的所有农民工，果酱厂的所有工人，都召集起来，在以前劳改农场的旧场地上开了一个"千人大会"。两个法国老技术人员也被邀到台上，平常果酱厂的人都尊称他们"然技师"和"果技师"。两个五十多岁的法国技术师天经地义就坐台上了。莫兴歌对着上千人说了几句动员令,两个技师也听不懂。不知怎么的,突然,千人职工高呼口号了:

"法国佬,滚回去!"

"然技师,滚回去!"

"果技师,滚回去!"

"资本家滚回去!"

"蒋达里永远是中国人的!"

真应了"商场如战场",那阵势热烈凶猛。两个法国人哪见过这种阵势,也不懂为什么突然他们就把一千个职工都得罪了。昨天还客客气气的中国职工,一天后就翻了脸,吓得他们连忙对着麦克风你一句我一句高喊:

"不敢当,不敢当。我们不是资本家。"

"别叫我们'技师',叫我们'小然''小果'就行。"

"我们明天一定走。"

这样,莫兴歌成功地赶走了法国人。

莫兴歌只告诉浪榛子,喇叭家的"大哥"自己找回来了。这"千人大会"的事,他没立刻告诉浪榛子,他能猜到浪榛子会怎么说。浪榛子肯定会说:"你违法啦。等着打官司吧。"但是,戚道宽却是这样给莫兴歌说的:"等打官司了,再找人摆平。在你的地盘上打官司,你怕什么?"

但是,莫兴歌只能把这么精彩的故事藏在肚子里几天。几天后,他还是跟浪榛子说了。还把从戚道宽那里听来的几句真经讲给浪榛子听。浪榛子不懂经商,也不懂办果园和果酱厂的难处。她非常吃惊莫兴歌眼睛里的那根"阶级斗争"弦居然能用来解雇人、终止合同。她很怀疑"恐惧感"能成好东西。浪榛子说:"你这样搞,不担心用恐惧感管理人,结果会是工作环境里没有了信任、尊重、同情、忠诚和互相协作!"

莫兴歌说:"'对对'呀,你简直是旧社会思维啦。我们这里没有工会。商场如战场。这是久经沙场的戚董、喇叭家天上掉下来的'大哥'告诉我的真经！"

这样，喇叭的"大哥"就找到了！

众里寻他千百度，得来全不费工夫。真假不重要，重要的是大家互相需要，感觉好。

浪榛子在向喇叭报告"大哥奇迹"的时候，对喇叭说："莫兴歌听了你'大哥'的话，在果园建了宗法制。他一人独大，想斗争人就斗争人。那个制度的实质是：动物政治中，在不公平的前提下，强制性和平分配资源的制度。它和低下的社会生产能力分不开。我就不相信它和资本自由发展能相容。莫兴歌有法不依，人家法国人可是一定会要用法律的。"

果然，法国公司起诉了莫兴歌用威胁方法撕毁合同，把两个技师吓出了PTSD，不但要求赔偿经济损失，还要求赔偿精神损伤费。

下面就看莫兴歌如何在自己的地盘上玩得转了。

浪榛子III隐秘之二

戚道宽也有重大发现告诉莫兴歌，他天生就是要发就大发的命，他突然有了一群"妹妹"。

戚道宽从颐希光家里，孝子一样拿了一本物理书回来。本来也是想图个让老人高兴，并没有当回事。回家后，随手把那本砖头一样的厚书翻了一翻，一句也看不懂，但是，却发现书里夹了一封未拆封的信。信封上的收信人，写的是"颐希光"，寄信人是"范筛河"。信封后注了一行小字："勿拆。务必请于清明在她坟前烧掉。范某拜托并谢罪。"

信，颐希光未拆，也未烧。戚道宽不知道颐希光恐惧"坟"字，有上坟恐惧症，也不懂为什么这信就夹进书里忘记了。若真能忘记，那也就无怨无恨了。生命全是迷途，大家都在找路，大家都走错路，大家只能互相原谅。不管当时是什么原因，反正这封信就从此被忘记了。直到戚道宽编故事一样，找到了"父母"，见到了"继父"，这封信才冒出来。这就只能解释成：冥冥之中，有神灵布局。

戚道宽是生意人，看别人的东西没有什么道德顾忌。这是他生父寄给他继父的信，不知多少故事在里面呢，更不用说，这本书是给他的礼物，自然书中的一切都属他所有。戚道宽拆了就读，没想到，读完之后，哭了。哭的时候感觉很好，感觉到自己很像个好人，还能为他人的不幸哭。而这些"他人"，说不定都是他孤儿故事里的人物。这些人物中有一个妹妹，跟他一样，爱为骨，情为肉，被父母造就出来，却不能被父母相认。这个可怜的妹妹呀，浪迹天涯，不知她活在哪一条路上。一群妹妹一封信，他要找的根就续上了。

信里的内容是："最后一篇《战事信札》"

到今年5月15日，你离开这个世界已经十七年了。这是我给你写的最后一篇《战事信札》，也是我为你写的祭文。我一直想给你写祭文，却一直没勇气写。如今，快到轮着别人给我写祭文的时候了，我才下决心把我想给你的祭文写出来。这个世界不用知道我们的故事，我们的故事是这个世界不准结的无花果。如果是我的错，我忏悔；如果是这个世界的错，我替这个世界忏悔。

十七年前，南诗霞写信告诉我，你终是死于血吸虫后遗症。你走的时候，喇叭和浪榛子在你身边。你跟医生讲过，如果你不行了，千万不要再抢救了，让你走。南诗霞说，两个孩子要医生抢救。医生说："你妈得有想活下去的欲望，不然，抢救也没有用。"

你比我小十几岁，却先我而去。这十七年，我总会自言自语："锦瑟无端五十弦，一弦一柱思华年。"你的如诗华年，在五十弦上断了。而且，你自己想离开了。这让我一想起来就痛心疾首。我年轻时所有的《战事信札》都寄给了你，而这篇是我最想让你读到的，却再也没有地址寄了。在这篇里，我就想对你说：你是我最对不起的女人。

　　我没有种许诺给你的榛子林，连一棵榛子树都没给你种过。为这个食言，我这辈子受的什么惩罚都是活该。我就该没有幸福。

　　当我从台湾驾机回大陆的时候，你在澳门的宅子里。我不知道你怀了孕，我只知道你会理解我为什么这么做的。八年抗日才结束，我们又打三年内战，我心里对战争的痛恨和对同胞互残的不耻，我全告诉过你。我没想当什么"英雄"，我就是一个范水出去的军人，有任务，我完成任务，完成了，好回家。要说我想什么？我只想和平、回家和过日子。我没有想到"任务"会和你对立。

　　但是，我没有来得及替你着想。我知道你见过钱，见过权，你不屑为钱和权活。而我不过是一个寄养在你家、靠你父亲供养才上学读书、靠了你姐夫的关系才出国受训的人。没有背景。

　　你未婚，怀了我的孩子，而我却投了共，除了你妈能容你，大概你们那个大家庭是谁也不能容下这件事的。

　　孩子一岁之后，你不顾一切上了"宏远号"，来找我。这就是你的性格。不要说你，就是我，当年也没有把飞回大陆看成是没有回头路的一举。你把孩子交给你的贴身丫头，告诉她，要是你半年不回来，就把他送到我们范水老家去。你准在那里。

　　但是，我最后那一次飞浪榛子Ⅱ，完全不同于以前的出任务。那次飞出来的是"政治"。我就是一个军人，不是搞政治的，结果，却成了一个政治人物。就像你的"弃暗投明"是奔我来的，是为爱情，结果也成了"政治"一样。我们都在那样的特殊时期，却又在一个千年不变的社会结构中。

　　那次分离，不像我在"驼峰航线"跳伞，你不信我死了，结果你和我又在昆明基地重见。那次分离，是我活着，却背叛了你。

　　我跟你说过，我们范水老家有"爬灰"的习惯。被爬了灰的大儿子灰溜溜的，想不通也得想通了。我也跟你说过，从我这代起，这个侮辱人的习惯废了。我的新媳妇，是我保护的花朵。谁也别想欺侮。

　　我说这些话的时候，以为自己是玉树临风，能顶天立地，却没想到范水不是一个地方，是一种压力，连空气里都有。规矩这样定，守了几千年，不是一个人能挣得开的。在范水这样的地方，折腾来折腾去，那个模子就一个目的：把人制成物件。

对你的归来，组织跟我谈了话，很明确：我和你之间，不可以建立婚姻关系。你的家庭背景不适合我正从事的国防航空工作。我以前跟你的关系，我父亲知道，组织也知道。那时，组织认为，你是我的工作对象和掩护。通过你对我的信任，我可以进入丛司令的家庭，在地下为了党的利益工作。这样，你对我的爱情，不再是我的追求和渴望，反成了我可以利用的保护伞。

我当时没有时间细想这些性质变化，直到组织指出，你回来也没有用，因为地下工作需要建立的敌后关系，绝不能成为家庭关系。

我和你的多年爱情，在内战中变成了政治关系，在战后变成了危险关系。这是你再也不可能知道的。就是我，开始也不知道事情会变成这样。但是，我后来知道了，回到范水，就只能当范水人。范水、军队、组织都一样：你必须为集体牺牲，你的个人价值是由集体的成败决定的。我个人没有自由选择，只能是跟着命运走。我除了国防航空，什么事业都不可以有。

你比我纯粹、勇敢。为爱情，你背叛了一个家族。你的"投共"，定是让你的家庭在海峡那边无比难堪。最好的方法就是当你死了，给你建一个墓碑。听南诗霞说，你那第一个墓碑上，年龄是二十一岁。

在你二十一岁那年，我做的最勇敢的事就是：当南诗霞告诉我，你因为我的无情，吃安眠药自杀未遂，被她从医院接回她家去了；我在一个深夜，悄悄溜进南诗霞在北京西郊的小屋，在你的床前坐到天亮。你还昏睡不醒，那么年轻，那么漂亮，那么任性。原来烫成荷花瓣一样的头发，变成了一根长辫子。

南诗霞告诉我，我们的儿子丢了。你的贴身丫头按你说的时间，半年后，带着孩子回到了大陆，就再没了消息。你刚听桂林老家的人说，"镇压反革命"运动中，看见她被拖着游街，没有孩子的影子。

好在南诗霞比你政治，她能懂对抗"军令"的代价太大。在当时的情况下，我和你在一起是不可能的，谁能相信我们不是"美蒋特务"？我离开你，才能给我和你一个真爱国的清白。虽然，我知道我需要这个清白，你并不知道你需要。你从来就没有不清白过。

我终于没有胆量选择背叛家族。我自私、胆小、窝囊。我在第14航空军的时候，就不是什么英雄。你爱错了人。我欺骗了你。我实质上就是一个范水男人。

那时候，我对没见过面的儿子，没有感觉。但我从南家走出来时的感觉，就像范水的大小伙子被"爬了灰"的感觉一样。

我终是保护不了我的新媳妇。再高昂的口号，在那天晚上，都是放屁。我放眼一看，四周就是一个大范水，宗法即定：按着保护上下等级、群体利益的军纪活，却不保护"我"。范水的"公正"是：谁也不能例外，不是谁都能有自己的一份权利。

范水的儿子们，为了孝敬老爸，新婚之时，孤独徘徊在山顶上，对着星空发着一腔怨气，把自己最美好的给贡献出去了。其实，图什么？不就图一个被范水接受。范水想方设法告诉我的就是：离了它，我什么都不是。有它我才有身份。

这都是范水说的，凭什么这就是真理，却没人提问了？

范水能接受上人"爬灰"，却不能接受"不同"。这是何等尖刻的基本训练呀。

范水出来的兵，最多到骂娘。该做什么还得做什么。那天，我对着月亮骂了娘，然后，自己安慰自己：范水有很多不能忍受的规矩，但是，范水也有它的好处，大家都一样，按角色活就行。大家都这么活，我又能怎么样？

那时，我们年轻。大家都希望满怀，并不清楚想要什么，以为时代是新的就是最好的。大家都想出力。我不知道你后来是怎么活下来，南诗霞一定会告诉你：随你怎么努力，你都不可能成为"我们"中的人。也许，少说话或者不说话，是你最好的活法。你怎么才能和自己的"小姐任性"划清界线，全看你的生存本能了。

我没让南诗霞告诉你，我在你身边坐到天亮。你应该恨我。你就是一个女学生，不是军人，不是政客，你没想玩争夺权力的游戏，谁利用你的情感，哪怕是为了天大的事业，也是不道德。

我就是那个江洋大盗。但是，天知道，我是真爱。

到1960年，我小心谨慎逃过了"反右"运动，却终没逃过"反右倾运动"。我被定为"右倾"。回到家，我新娶的"组织配给太太"给我办学习班。她也不是一个懂政治的人，却用她苦力出身的头脑，坚定地相信一切报纸上的指示。家庭学习班让我觉得可笑透顶。那时，我才开始问：难道我错了？为什么我们一个运动接一个运动地搞，不给和平一个机会？

那年，因为我的问题，我被发配到边远的南方小山村金湖去扫盲。金湖村的男劳力多被调到山下修水库。村里只剩下老人、妇女和孩子。白天，我和妇女们一起在梯田里插秧、挑粪。晚上，一家一家到农民家去教农村妇女识字。

我一个有问题的人，能做这样的事，应该无怨无悔啦。

这一天，头上有个白月亮，白得像块白玉石。孤零零的一张诗人脸，坐在天上看着我吃了三个红薯。吃完了，我就到我家旁边一户农民家去，教那家的妇女识字。那个妇女坐在灶膛后面，我教三个字，她头一歪，靠着灶膛打一个盹。我声音一高，她一惊醒来，才学的三个字忘了两个。我说："我也很困，很累，还来教你识字。你还不好好学。"她回答："你来了很久了吧。"我说："三个月了。三个月你也没学到一百个字，太慢。"她说："你什么时候回去呀？"我只当她是关心我，就说："等金湖村扫完盲，我就回去。"她说："你要回去了，我到天晚就能睡个好觉了。"说完，头又靠灶膛上睡着了。

原来人家农民不喜欢学文化，也不喜欢我，盼着我早走。

正在这个沮丧的时刻，堂屋门开了。你站在门口。堂屋的桌子上放着一盏昏暗的油灯，风一吹，火苗倒向一边，你的影子长长地落在地下，飘然如我从前做的剪纸，让我不敢相信这是真实还是梦境。我想：哪怕这就是一个梦境，也是一个好梦，不是我动不动就做的噩梦。

我没有跳起来去抱住你，我怕把好梦给惊醒了。是你走到我跟前，把我从柴堆上拉起来。当你的手在我的手里的时候，我知道，你原谅了我对你做的一切。这不是我想要的，我不值得你原谅。但是，我真高兴。

我们俩都成熟到懂了：范水的政治就是爬灰政治，老的拿走小的权利，天经地义。连皇帝还得忍着太上皇干政。

如南诗霞在"文革"后下的总结：这种宗法等级制能成势，五千年也不断，是因为，这种制度不仅是一种政治结构，而且是一种生活方式。这种结构从上到下，每一个位置都是"权力"做的。它必然演绎成一种人格分裂的文化，我们得双重人格才能活。宗法等级制酿造这种文化，这文化又反过来支持着那个制度。宗法道德在，军纪在。宗法道德一破，不是权力的滥用，就是权力的腐败。

我们个人的爱情不幸，和以前所有的"梁祝"一样，只是因为我们的爱情不符合这个制度的定义。在我，不仅我的理性对着权威跪下了，我的良知也跪下了。而你，居然敢在我最沮丧的时候来到我身边，我何德何能，值了这样的爱情？

在我住的这间小草屋里，在这个掉在山里就是一粒沙的小山村里，你说你来这里，原本是想搞清楚：爱情是不是一个骗局。但是，看见我坐在柴堆上的颓唐样，你就什么也不想搞清楚了。哪怕爱情就是一个骗局，你也走进去。你还说：这个问题解决了，从今以后，你一定让我过范水式的既定日子。而你也要和一个有胆量爱你的男同学结婚了。

　　这是你回大陆后，我们第一次真正意义上的团圆。我们都感谢上苍，还在地球上放了一个叫"金湖"的地方。在金湖，我知道：你真正长大了。我等着你长大，等了这么多年。我像以前一样尊重你，我君子一样为你开了我的小柴门。

　　然后，我就疯了。我所有的军人血，都成了自由的元素。在月亮和星光的允许下，奔向宇宙之心。

　　有些权利，必须像水和空气一样赋予个人。因为，哪怕就是奴隶，也有向往这些权利的本能。譬如说：追求幸福和自由。

　　为了金湖的那三个日夜，我感谢你，有你在，我没做一个噩梦。

　　浪榛子Ⅲ是金湖三日的后果。

　　南诗霞写信来，把我臭骂了一顿，说我太欺侮人。还说你一定要生下这个浪榛子，因为，你已经丢了一个儿子。我知道你的心和你的任性，可你要结婚了，我不想再一次毁掉你的生活。

　　再一次，我们靠了南诗霞的仗义。

　　我和南诗霞达成条约：让你顶着南诗霞的名，到她先生黄觉渊乡下老家去生产，生下后，就是南诗霞的孩子。姓"南"。孩子如何教养，我和你不插一句话，全由南诗霞夫妇做主。凭着南家和舒家三代的友谊，这孩子成了南诗霞的女儿，还有你在附近照看，我放心。

　　一年后，南诗霞告诉我，孩子的大名叫"南嘉鱼"，跟她姓了。小名"浪榛子"，你起的。

　　浪榛子，疯狂的榛子。希望孩子们能自由地活，自由地爱。

　　……

虚无时代之二

　　寇狄到了中国，先在H城学了一年中文。这一年，感觉太好啦。街上的人无端就过来拦下他，要跟他照相，好像他是一个大明星。他想跟路上撞见的漂亮姑娘说中文，人家却主动跟他说英文，让他天天都有宾至如归的感觉。要是他一讲他爷爷老兵契尼在中国打过抗日战争，还从关岛轰炸过东京，那他就是朋友遍天下。这个要请他吃饭，那个要请他吃饭。寇狄的感觉从"小兵级"突然就升到"少校级"。寇狄不知道自己何德何能，突然，眼前的大门全开了。他可以在中国，自由地活，自由地爱。"会说英文"加"爷爷"让寇狄觉得，他在中国大有作为，甚至有了他爷爷当年想调解国共内战的野心（寇狄不喜欢看见中国人在大街上、地铁里吵架）。

　　寇狄见到的中国和他爷爷见到的中国大不一样啦。

　　寇狄是小地方出来的人。高中的时候，康里的老师带学生去纽约旅行，注意事项上写得清清楚楚："不要努力装作是个纽约人。你们脸上挂出来老实巴交的笑容，就宣布了你们是西部乡下人。"寇狄喜欢纽约，但纽约已经是纽约了。到纽约生活，你只能适应纽约，想方设法转变成"纽约人"。别的，你啥都做不了。H城却是水做的。寇狄进了H城，觉得自己就是当个水桶，也能在H城搅出一小块"桶"式生活。这不懂，那不懂，没什么关系。哪里都是机会，试着过就行了。寇狄是农民，过日子就是高兴，用不着什么远大目的。按善全博士的成功教学法："学汉字，就是把你扔到汉字的大江大河里去。"寇狄发挥出自己的理论：在中国生活，当然就是跳到中国人的大江大河里去。

　　在这五光十色的新世界，仙人如云，美食遍地，充满快快活活的新人和新生活。所有的东西都在动，都在变，都是活的。为什么活？为什么动？不重要，重要的是"发展"。多、多、多，要、要、要。要什么？不重要。重要的是"我要"。寇狄看到的中国就跟魔术师变出来的巨大城池一样。

H城，与他爷爷老故事里的中国村庄毫不相干，却和中国的许多大城市一样，是一个没有定型的新城市，很多新楼正在盖，很多新车往马路上挤。大家热情洋溢地想把生活过好。街上来来往往全是精力十足的丽人。天不下雨，女人也打着雨伞。一边走一边啃着冰糖葫芦的小伙子，却穿着一本正经的西装。什么矛盾的东西都可以在这个新世界寻找新组合。谁觉得可笑，那是谁少见多怪。中国在找自己的方向，条条路都可能是通的。

寇狄来中国之前，南博士曾在她家给他开了一个送别晚会。快散会的时候，南博士把他拉到一边，给了他三个文化忠告：1. 中国是个等级制国家，等级如流水，渗到生活里，到处都是。要学会在等级中活。2. 没决定要娶这个姑娘，别说跟她谈恋爱（Date），中国姑娘对Date的理解和美国人不一样，不是玩玩乐乐，是以结婚为目的的。3. 在美国的时候，你可以骂美国和中国，在中国你只可以骂美国。

这三个忠告，晚会还没散，寇狄就忘记了。但是，在晚会快散的时候，少校沙顿突然来了，少校沙顿给他一个忠告，他时刻没敢忘。他看见少校沙顿就害怕，少校沙顿是他当军官生时的基本训练官，他再走到天边也不敢忘。

少校沙顿说："出去少给我丢脸。"

因为寇狄在中国的好感觉，加上太自信，他没有接受善全博士给他提供的工作机会。他不懂药，虽然学过化学，他的化学还不如他的英文好，他想教英文。他要靠他自己的本事挣钱，还部队付的学费债，还要过自己的好日子。他要先找工作，然后找女朋友。

结果，在中国，事情发展太快，说"日新月异"一点也不为过。就像抗日的时候，昨天还是水田，一眨眼，成千上万苦力齐心协力，蜂拥而上，明天，水田就变成了飞机场。寇狄工作还没找到，先有女朋友了。从那以后，南博士给他的文化忠告才一个一个回到他的脑袋里来。

寇狄的女朋友，是天上掉下来的缘分。

寇狄是乡下人，在H城待了大半年后，就想到中国农村去玩，看看中国农民。南博士南嘉鱼就建议寇狄到蒋达里去。南博士告诉过寇狄，蒋达里过去有过一个劳改农场，是她小时候常去的地方。那里还有一个跟她吵了一辈子青春架的老朋友莫兴歌，在蒋达里开果园。南博士认为寇狄会对果园感兴趣。那样的果园，会让他想起康里的山坡和玉米地。

在一个周末，寇狄坐上高铁，到蒋达里苹果园去玩了。他还很想看看过去的劳改农场长什么样子。

劳改农场已经没有了。莫兴歌带着"小老外"在蒋达里果园走了一大圈，一边走，一边说："那有什么好看，都是过去的事了。你的南老师，别看她是个教授，我是不听她的。她没见过中国大发展，还叫你看劳改农场？你到我家来，得吃苹果，吃果酱。看看是不是比你们美国的好吃。"寇狄说："好吃，好吃，比美国的好吃，南博士说，您这里是苹果之乡。"

莫兴歌说："我们这里虽说是乡下，你到我果酱厂看看，就知道我们有多现代化了。"

莫兴歌的果酱厂厂长办公室，仿大理石瓷砖铺地，大黑屏风上有镀金的凤凰衔着金苹果在天上飞。干净光亮的瓷砖地上东一个西一个摆着紫砂花盆，里面种着扭成不同形态的松、梅、橘盆景。办公桌上、玻璃柜里放着各色紫砂茶壶。

蒋介石的"堂孙壶"生到第四代，全成了"一壶千金"的大师级艺术品，按钱分高低，不按阶级了。

寇狄说："中国真是有钱呀，一个厂长的办公室，比我爸的镇长办公室气派一百倍。"

莫兴歌一心就想把他家在蒋达里的好生活展现给"小老外"看。他说："我们不仅现代化，我们蒋达里还出美女，不仅出美女，我们还有美食街。"说着，就从手机里拿出一张以绿色为主调的美人照，在寇狄眼前显了一下：“这是我女儿，叫莫琪乐，她学的就是英文。她要在家就好了，可以替你做翻译。等你回H城，我叫她去找你。你们可以说英文。”寇狄连说："漂亮，漂亮。"

莫兴歌太想把他们美食街的小笼包翻译成英文说给寇狄。但是，他实在不知道"小笼包"有没有英文名，也不知怎么说。他说："我女儿在就好了，她肯定知道。你到我们蒋达里来，不吃我们镇上的小笼包，就是白来了。"

接着，就带着"小老外"去镇上的美食街，吃地方小吃。

他们进了蒋达里镇上的一家百年点心店。店不大，一幢老式木楼，有两层，里面热气腾腾。他们上了二楼，坐在木窗子前，能看见远处的果园和楼下的行人。寇狄在那里吃到了正宗的小笼包。

莫兴歌带着寇狄挤在各色吃得稀里哗啦的蒋达里老百姓中间，吃小笼包。寇狄感觉，这是他想看到的中国，真的中国，跟他爷爷说到的中国相通。莫兴歌一边说着"烫、烫、烫"，一边一个接一个往嘴里送。寇狄看莫兴歌吃得那么香，也拿起一个送到嘴里。这一送，就停不住了。他也一边说着"烫、烫、烫"，一边一个接一个往嘴里送。世界上还有这么好吃的饺子呀！

莫兴歌得意洋洋地说："中国菜的妙笔神工都在这一个小面团里，等以后你吃多了各种风味，就知道了。我女儿想出国。就为这小笼包，我也不能离开祖国。" 寇狄立刻想起他以他爷爷名字为代价学会的经典中文，连忙说："你吃、你吃。"

店里的老百姓都看着寇狄笑。莫兴歌像是认识所有蒋达里人，他说："不要看，不要看，吃你们的。我们厂子里也不是第一次来老外。没见过怎么的！"

清风如许的故事到这里为止。寇狄在蒋达里又学了一堂中国礼貌课。

小笼包店里正是喜气洋洋、热火朝天的时候，突然，二楼上来一个瘦老头，瘦老头后面跟着四个腰圆膀粗的男人。瘦老头手一挥，喊了声：

"砸！"四个男人就开始砸店主柜台上的盘子、杯子、碗。一时间，凳子倒了，酒瓶碎了，一片"乒乒乓乓"的打砸声。

寇狄哪见过这种事情，跳起来就要去拉架，被莫兴歌一把按住。

莫兴歌不惊不怒，对寇狄说："你吃你的，不要管。"

寇狄说："欺侮人啦！"

莫兴歌说："那是店老板他爸，没你的事。"

果然，店老板和他老婆一声不响站在墙角，任瘦老头的人乱砸了一番，扬长而去。然后，老板娘自己唉声叹气收拾满地碎片残局。

瘦老头走后，小笼包店恢复正常。店里的吃客们开始你一句我一句骂那个当老爸的瘦老头不讲理。莫兴歌也骂，说："老东西，越老越糊涂。儿子不孝，回家教育。来砸儿子的店，丢自家的脸。"寇狄也跟着骂，说："坏人，官倒，腐败分子。"

莫兴歌就不高兴了，眼睛看着就成了一条线，就开始骂美国："这个美国，就是个祸害，到处发动侵略战争，到处插手，只要有它插手的地方，就不得安宁。"寇狄就也转过话题跟着一起骂美国，说："美国的资本家为了钱，背叛美国人的基本价值观。居然能想得出来让石油管道过我们康里的平河，破坏环境，断了成千上万仙鹤迁徙路线……我爸爸带着三家农民起诉资本家，刚赢了官司……"

听寇狄骂美国，莫兴歌眼睛还原正常，也开始说中国的环保问题。那城里的雾霾弄得蒋达里空气都坏了。寇狄就开始抱怨H城里的雾霾能弄得他眼睛痛。莫兴歌就又不高兴了。寇狄还没悟到是怎么回事，继续说出了他真心诚意地替农民担心。他说："我一路过来，看见不少农田荒了。我看了几块地，土质坏了。化肥使多了不行，土地结成块，再好的土地都恢复不过来的。"莫兴歌就真不高兴了，说："你们这些老外，就是难伺候。"

寇狄一开始不知道为什么这位莫兴歌莫大叔一会儿高兴，一会儿不高兴，几个来回谈下来，寇狄突然醒悟：中国人对"礼貌"有独特解释。我家的坏事，再打再闹，都是我家的事，我可以说，你不可以说。你说了我家，就是骂我，就是没礼貌，我就要严正抗议。

他这才想起南博士给他的三个文化忠告之一：在美国的时候，你可以骂美国和中国，在中国你只可以骂美国。

好在美国政府一天到晚犯错误，够他骂的。

从蒋达里回来，寇狄得了一大筐苹果，一天吃三个，吃也吃不完。蒋达里的苹果天生就是红绣球，寇狄的浪漫故事就开始了。

一天晚上，吃过晚饭，寇狄出去跑步，随手拿了一个苹果，一边跑一边啃。跑到大街上，寇狄把一个苹果也啃完了，看见路边一个铁桶，就把苹果核扔进去了。突然，路边跳出来一个妇女挡在前面，对着他叫喊。他不知道出了什么事，一脸茫然和无辜。很快就有人围过来看热闹，有人试图帮着女人让寇狄明白发生了什么事。几个人说了半天，比比画画告诉寇狄：寇狄把苹果核扔人家炸肉串的油锅里去了，他得买下三十五根肉串作赔偿，不然不让走。

寇狄万分羞愧，少校沙顿的吼声就在耳边响："出去少给我丢脸。"

他赶快买下肉串，一大堆拿在手上，也没花多少钱。吃一根，很好吃呀。中国真是好呀。这么一个黑桶，就给炸出这么好吃的肉串来，见前面来两个小孩子，寇狄就分给两个小孩子吃，两个小孩子都笑而不吃，一个说："我们不是要饭的。"另一个说："地沟油。"

寇狄就自己吃。跑步的计划换成吃肉串，一边走，一边吃，吃到第十根，突发事件产生了。

他前面有一男一女，一边走一边吵架。女的大概在抱怨男的。寇狄没听清，也没想听。这时男的叫起来："我在外面做生意挣钱。你在家饭都不做，就知道打扮漂亮坐着享受。我有钱，我想干什么就干什么，想花在女人身上，你管不着。"女的说："你是男人吗？怎么就跟动物一样？我爸爸当男人，不到结婚都不碰人家。"男的就冷笑："你爸那个时代，过得叫男人？他连男人的事儿都不会，生了你才学会。学会了，还不跟我一样。你妈跟他闹得少啦？你管不了你爸，少来管我。我还回你这个家，就算好男人了。"（这些话寇狄当然没听懂，是他后来的女朋友告诉他的。）

那个女人一转身，"噼啪"给那男人两耳光，打完就径直往前走。

到这女人打男人耳光时，寇狄停住了吃肉串。

男人愣在原地两秒钟，想是被打傻了。等回过神，三步两步追上那女的，从后面一拳，把女人打倒在人行道的路沿上，女人鼻子当场流血。那男人骑在女人身上，从兜里拔出一把刀，高叫着："你不想活啦！"

这时，寇狄还能干看热闹吗？军官生受的格斗训练，全从他的肌肉里冒出来。他一步跳到那个男人背后，把手里二十五串肉串儿全砸在那男人头上。那男人倒在女人身上，顶着一头肥油，回过头来，拿刀相对。寇狄赶快用脚把那男人拿刀的手踩住。

这时两个警察跑来了，拨开一圈看热闹的人，把寇狄推开，把一头肥油的男人从女人身上拉起来，叫大家说怎么回事。男人和女人一顿高喊高叫之后，警察对寇狄说："你走吧，人家是夫妻吵架，我们都管不了，你以后少管这种闲事。"

寇狄说："他拿刀。"警察说："他不会真杀她，这是他老婆。"谁知那个女人说："他会真杀我，他就是个杀人犯。他外面能养小三，对我什么事做不出来？"

警察说："大家散了，回家回家，清官难断家务事。"

人群散了。这时，有一对"绿青蛙"在一个姑娘的鬓角一闪，从寇狄眼前走过去。姑娘把警察的话翻译成英文，撂给寇狄了。寇狄不懂：这明明是家庭暴力，打得女人血流满面，明着是违法啦。警察怎么不处理，光叫大家回家。

寇狄再一次看到，中国原来以"家"为单位，护"家"不护"人"。他干涉人家内政没有好结果。

那天晚上，寇狄回到家，想着晚上打的那一架。那男人手里拿着刀，幸亏是个不会格斗的。想着，觉得不行，安全感没了。就给少校沙顿写了一个邮件，问他的军事长官：碰到对方带刀，该怎么打？

叮一声，他的问题传到地球那边去了。这时，正是美国的白天。只几分钟时间，叮一声，少校沙顿的答案回来了：

"掉头就跑。拳头对刀，没有不流血的。"

寇狄打架打错了。中美长官一致反对。

再往下看，少校沙顿还有指示：

"两个月后放暑假，南博士和我将去中国。南博士找到了她的哥哥和妹妹。他们要一起到中国衡阳去烧一封信。我要去研究第14、第20航空军中国战史。我很感兴趣你在中国怎么过的，到时候告诉我。"

寇狄很高兴。少校沙顿像个朋友一样跟他说话了，不是那种"长官脸"了。寇狄是牛仔，不适合那么多集体主义和纪律，但所有的人都是他的朋友。虽然他不清楚什么叫"烧一封信"，但是，就要在中国看见他的大学老师和军队的基本训练官，他非常兴奋。

他到中国后，天天学到新东西，故事太多啦。他得好好准备一个总结报告，不然少校沙顿那里过不了关。他还想：等他们一来，他就要带他们去吃"沙县小吃"。

这时候，善全博士给他打电话来了。善全博士说，他的"爱安药业"戚董事长决定请他爸爸来参加他们科技开发区的实验室和厂房的奠基式。戚董认为中国的"市"和美国的"镇"平级，请个美国镇长来，更有中外合作的气氛。这样H市的市长也会来。戚董认为，"爱安药业"需要科技开发区和市领导的支持。

寇狄更高兴了。但是，他不得不提醒善全博士，康里镇虽然在面积上比H市大一倍，但人口还不及H市的一个中学多。只有农业，没有制药业。镇上只有一个药店。

善全博士说："我知道。戚董看重的是国际合作的形式，不指望你爸能给什么其他支持。他要的是中国市长的支持。在中国什么都要个形式，喜庆，是要显出正式。你爸来，穿套西装，戴条绶带，就像走个仪仗队，再说几句喜庆的话就行了。"

寇狄说："我爸喜欢替大家做事，也不是说他不能帮助你的公司。你跟他谈好了，这是帮助中国人治疗艾兹病，你那药要做动物实验，他保证能免费供你动物饲料。这三年，我家的玉米都丰收了。"

善全博士说："好好好，这也是国际合作，我告诉董事会。"

寇狄就忘记了晚上打架的事，他不但希望他爸来，还希望他爷爷也来。他爷爷自从1945年离开中国，就没再来过。等他爸爸和爷爷来了，他就要带他们去吃小笼包。寇狄一定要带他们去吃那种一肚子鲜肉汁的饺子。他爸他爷爷是西部农民，要吃肉，得要二十笼。小笼包好吃呀，寇狄会告诉他们，要一边说着"烫、烫、烫"，一边一个接一个往嘴里送。

几天后，寇狄去了一个叫"为搏"的私立英文学校应聘工作。在"为搏"，他正式认识了他后来的女朋友。

要说寇狄没工作，也不全对。这一年学汉语，他也教英语挣钱。他没有找长期的正式工作而已。应聘"为搏"私立英文学校，算是找正式工作了。

寇狄说标准的美国中部英语，没有口音，一应聘就准。但是和他一前一后应聘的一个纽约大学来的黑人没得到工作。寇狄很同情纽约来的黑人，并为自己的好运气高兴。校长要他立刻就上班，周一就先帮助学校招聘英文老师和秘书。

周一，寇狄穿着西装，打着领带去上班。学校里的男老师都穿得这样正式上班。上班第一天，寇狄穿着西装革履就又打了一架。就在"为搏"私立英文学校大楼门口打的。那天有一大群姑娘来应聘，一大群姑娘都看见寇狄上演了一次美国大片里的英雄壮举。那只"绿青蛙"是这群姑娘中的一个。

寇狄骑自行车去上班。他正弯着腰把自行车锁在学校大楼门外的停车杆子上，突然觉得屁股被人轻拍了一下。立刻，他那军官生训练就被拍活了，手往屁股后的裤兜上一摸：钱包被人偷走了。他一回头，看见那个小偷拼命往过马路的天桥上跑。

跑？！寇狄立刻拿出牛仔套马追牛的架式，三步两步追上天桥，追上小偷，一脚把小偷绊倒，硬从小偷手里抢回钱包，踩着小偷膀子，打开钱包给小偷看："你看见没有？里面没钱，没礼品卡，就几张家庭照片。与你有什么关系？你为什么要偷？"

天桥下的应聘姑娘，全仰着头看。姑娘们当时就分了派。多数派捂着嘴，吃惊地看，立刻就想嫁给寇狄的也有。"绿青蛙"就在这多数派里。还有两三个少数派，大叫："小偷快跑。"少数派认为，小偷再坏也是中国人，是中国人就是自己人，不能让老外捉住。

等寇狄拿回钱包，从天桥上下来，姑娘们停止叫喊。寇狄很得意。西装脏了，领带歪了。他对姑娘们挥挥钱包，开玩笑说："你们不公平。怎么叫小偷快跑？"姑娘们也乐了："谁叫你是老外呀。"寇狄说："不对。我入乡随俗，你们不能按长相分好人坏人。"

一听寇狄会说中文，没有一个姑娘反对他这个老外了。大家都说，小偷是人民公敌。

寇狄很高兴，在姑娘们面前显了一把。几年兵没白当。感谢少校沙顿严格要求，护身的基本功有了。

接下来，寇狄开始工作了，就像公司里招职员，应聘人在会议室门口等着。校长来了，手指一勾，招呼一个进来。寇狄紧走几步，给第一个姑娘开门。姑娘对寇狄回眸一笑。她在天桥下的时候还是少数派，现在成坚定的多数派了。

寇狄很君子地点点头，给了姑娘一个鼓励的微笑。

第一位姑娘说英文马马虎虎。校长才问了她几句，她就递上来一本书，《婴儿竞争必备》，说："这是我爸爸写的。他要我送给您。"这书上几个汉字寇狄认识，他脑袋使劲转，想不出这本书与应聘英语老师的关系。

校长接过来，一翻，里面夹了一张卡，六千块钱。校长把书合上，还给那姑娘，说："我这里是私人学校，不收'点招'。"姑娘硬要把书留下，说："我带了两本，还有一本也是送您的。"校长把两本书塞姑娘手里，和气有礼地说："你替我谢谢你爸。我女儿还没生，你先拿回去。等我女儿怀上楚霸王了，我找你爸要去。”就叫姑娘走了。姑娘一副要哭的样子。校长说：“你别哭。你要哭，就把书留下吧。”

寇狄听他们对话，就像猜谜：“点招”？这个词儿善全博士没给他在报上圈过。他不懂。

第一个姑娘一走，寇狄赶快起身去招呼第二位姑娘。

寇狄又给人家开了门。这个姑娘圆脸，带俩酒窝，挺好看的，穿一条黑色和咖啡色条纹相间的呢连衣裙。乌黑的发髻下坠了一对浅绿色的耳坠子，坠子是一对透明的带墨绿条纹的绿青蛙。会议桌上面有一大串蓬勃的水晶吊灯，灯光透明，点石成金，仙气仙踪，绿青蛙在姑娘耳朵边一跳一跳，就差点没叫出一声“呱”来。寇狄很喜欢。他已经想起前天他跟人打架时，这双“绿青蛙”帮他翻译了警察的话。想着，他就对这个姑娘有好印象了。

校长问“绿青蛙”：为什么从N大毕业之后，在旅游学校教英文教得好好的，突然就不想干了？

“绿青蛙”就直接用英文回答说：“我叫莫琪乐。旅游学校的学生太难教，以为旅游就是轻松快乐过好日子。男学生上课吃鸡蛋饼，我管都不管了。可还有女学生上课剥毛豆。我叫她回家去剥，她说：‘我父母付了两百块一节课，我为什么要走？’我说：‘你这样不好好学习，找不到工作。’人家回答：‘我嫁人。’把我当场就气哭了。我又不比这些学生大多少，又不比她们任何一个丑，就拿这三千块钱一个月，我凭什么要受这种气？”

校长只说了一句：“懂了。”就把姑娘打发走了。

寇狄却疑问多多。大半天下来，寇狄还是最喜欢“绿青蛙”。她的英文不错。寇狄把自己的想法跟校长说了，校长不置可否。

下午，寇狄准备骑自行车回家的时候，看见“绿青蛙”站在他自行车旁边等他。看见寇狄，“绿青蛙”嘴巴嘟起来不说话，等寇狄先开口。寇狄就对她笑，说：“你的英语很好。”

“绿青蛙”说：“你吃了我家的苹果，却到现在也不认识我。你不是见过我的照片吗？"寇狄惊喜地一跳："原来，你就是我蒋达里莫大叔家的那个莫琪乐！中国姑娘都长得一样漂亮，我没想到是你呀！"

"绿青蛙"说："在这个学校，我只有你一个关系。我就说一句话，这个学校搞'点招'，歧视外地人。我家在乡下，他们不会要我的。"

寇狄问"绿青蛙"，"点招"两个字怎么写？

"绿青蛙"说："手拿来。"就把这两个字写在寇狄手心上了。

果然，几天后，那个送《婴儿竞争必备》的姑娘得到工作了。寇狄听同事说，校长私下抱怨："没办法，养着吧。"

这样，那个新词"点招"就招惹得寇狄不安宁了。这两个字寇狄都学过，放在一起就不知所云了。少校沙顿的训示在他耳边响："碰到问题解决问题，不要把问题留在那里。"

寇狄就写了个邮件问善全博士。善全博士答道："你不懂？我举个例子你就懂了。三条腿的羊，被你爷爷'点招'进家，当宠物养着。"寇狄懂了。正想着懂了，善全博士又加了一句送来："三条腿的羊的爹是你爷爷的老同学。"寇狄的眼睛瞪大，脑袋来不及转了。

寇狄再去"为搏"上班，心情就不大好。每天，"为搏"老师碰到一起，不是这个有这个问题，就是那个有那个问题：教室旁边的厕所堵上了；学生教材没到；新租的老师宿舍漏水；学生家长闹要退钱；俩学生一打架，都说我爸是谁谁谁；盖新楼的方案区里不批；某老师和女学生动手动脚……可是，没人讨论怎么解决问题。大家说："找人。"

再过些时候，寇狄去上班，就有了像进黑市的感觉。不久，他发现，"为搏"就是黑市，难怪他们薪水高。他教的一个班，二十来个学生，英文也不怎么好，晚上周末来上课，谈的多是如何到美国上大学。除了上课，校长要他帮各色入了"为搏"的学生写申请入美国大学的作文。寇狄说："我可以帮他们改，不能帮他们写。那是帮他们作假。"

校长就叫他改别的老师替学生写的作文。寇狄看了一篇又一篇，都是相似的格式，一律把学生自己写成"超人"。美国大学若不录取，就是有眼不识泰山。

"为搏"原来是所中介学校。寇狄一搞清楚这一点，心里一惊。他因为回家帮他爸爸喂牛、收玉米撒了谎，被逼着滚出军官生的行列。这回好，他帮助"为搏"当中介，给学生造假申请材料，欺骗美国的这所那所大学。

一想到少校沙顿一个月后就要来了，他再也不敢在"为搏"干下去了，干了三个星期就辞了职。

活着、干着、不抱怨

辞了职之后，寇狄有很多去处。他有美国朋友开了咖啡厅，他也想试试。结果，他的朋友说，你若连中介做的事都没有心理承受能力做下去，你开不了咖啡厅。在中国当商人和你当农民可不是一回事。你要努力工作，还要懂资本主义。商场如战场。你那农民的道德观，拿到华尔街去用，光你那一脸无辜的农场脸，就是赔钱的命。

寇狄就断了做生意的念头。他决定到善全博士的"爱安药业"去做事了。不过，去之前，他先到了旅游学校找了"绿青蛙"。这一找，就是他"有了女朋友"的开始。

有了女朋友，再有了一份工作，寇狄发现，他有了两份工作。两份工作，把他忙死了。在中国，谈恋爱原来也是工作。

寇狄忘记了南博士给他的另外一个关于和中国姑娘谈恋爱的文化忠告，在还没决定娶"绿青蛙"的时候，由着绿青蛙把他称作"男朋友"介绍给这个，介绍给那个。接着，文化冲突冒出来了。他对"女朋友"要有跟对"老婆"差不多的责任。在寇狄的文化言语中，Dating（恋爱），和"快乐"同义，和"结婚"相差十万八千里。不带预设目标，轻松快乐。一谈，就想着"结婚"，定一个实际的目标，向着这个目标走，那不成完成工作了？

　　寇狄接受文化挑战。活法有很多种，寇狄愿意试不同的活法。他愿意好好工作，挣钱，挣很多钱，给"绿青蛙"买零食吃，买漂亮衣服穿。这些寇狄很乐意。但是，"绿青蛙"出门要打伞，叫寇狄给她举着。寇狄说："大晴天，打什么伞呀。不拿。"绿青蛙就不高兴了，不高兴也不说为什么，就一个人哭了。叫他猜。等寇狄猜出是为打伞的事，他觉得很荒唐，不值得生气呀。"绿青蛙"说："当然值得生气。你看街上都是男人勾着女人的肩，给女人打着伞嘛。你为什么不？"

　　寇狄说："我为什么要跟别的男人一样？你喜欢我不就是因为我跟别的男人不一样吗？"

　　"绿青蛙"说："你不是入乡随俗吗，你不给我打伞，就是对我不好。"

　　寇狄吃一惊，有这么上纲上线的？连忙给女朋友买冰激凌吃。

　　下一次，绿青蛙自己背个小坤包，叫寇狄替她背着。寇狄说："这是女孩的小钱包，为什么要叫我背？""绿青蛙"就又生气了。还是生气了也不说为什么，就是气着，叫寇狄猜。寇狄猜不出，"绿青蛙"就哭。哭得寇狄很着急，要送她上急诊室。后来，"绿青蛙"终于说了："不用上急诊室，是给你气的。你看街上男人都给女人拿着包，你为什么不给我拿？"寇狄说："你要扛个行李，我帮你拿。这是女人的包。你喜欢我女里女气，像个女人呀？""绿青蛙"说："你不帮我拿，你知道我的朋友怎么想我？"寇狄说："我们俩的事，跟你的朋友有什么关系？你们中国的礼貌不是不干涉人家内政吗？""绿青蛙"说："你跟我还是'人家'呀？你不跟大家一样，我怎么活？"

　　原来，寇狄得当"中国男人"了。入了这一伍，他就成"内政"了，得按家规（叫军纪也行）行事了。得跟所有的中国男人一样，不能自成一谱。

　　最后寇狄给"绿青蛙"买了一个她喜欢的世博会的那种蓝颜色吉祥动物，和解。寇狄把蓝宝宝给她挂在书包上，"绿青蛙"高兴了。她撒娇装小，每次吃饭，要把蓝宝宝放在汤碗前，说："宝宝先喝。"

寇狄觉得她不正常。不仅如此，她还要寇狄抱着那个蓝宝贝，贴在脸上说："好可爱，好可爱。"寇狄做了一次，"绿青蛙"非常高兴，就叫他天天做这个动作。寇狄忍不住了，说："那是你喜欢。我不喜欢，我没觉得它可爱。"不做戏了。"绿青蛙"就又生气了。

寇狄觉得，找了个女朋友，跟找了个女基本训练官似的，整天训练他。累呀。

"绿青蛙"也为寇狄累。要照顾寇狄，要给他放好洗澡水，要给他洗脸刷牙，还要喂他吃饭。寇狄说："我不是伤病员，你干什么要这样。我在厕所里，你不要推门进来，这是我的私人空间。""绿青蛙"又哭，说寇狄不是男人，不懂她的心。说完还跑，要寇狄满街追她，气得寇狄头发冒烟。

"绿青蛙"不生气的时候，喜欢在网上和朋友社交，还喜欢照相。不停地把自己的照片放到网上去给大家看。照相的时候要嘟嘴噘着，手指作V型，或者把腮鼓得像个气泡鱼，手指作V型。"绿青蛙"很爱自己。

寇狄很喜欢看"绿青蛙"平常时正常的样子，因为她好看。但看着"绿青蛙"把一张又一张嘟腮噘嘴的照片放在网上给朋友看，就觉得，要多傻有多傻。不过，只要女朋友喜欢，寇狄也喜欢。后来，他发现，他的女朋友做小儿女状，因为中国有个词叫"剩女"。就跟裹小脚一样，中国男人喜欢把"自然的"变成"小的"，把"天生的"变成"人造的"。他的女朋友想把自己缠得很小，像缠起来的小脚或扭成的盆景，不长大，不长成"剩女"。"绿青蛙"二十四岁了，二十五岁以后就要叫"剩女"了。

后来，有一天，在西安博物馆，寇狄看见一样东西，他突然开窍，懂了和他的中国女朋友"绿青蛙"谈恋爱的症结在哪里。那是博物馆橱窗里两个文物陶人。一个男的戴个瓜皮帽，坐在椅子上，头歪着，嘴咧着；一个女人站在旁边给男的掏耳屎。寇狄想，"绿青蛙"就要叫我这样。同时，要我替她背小钱包，中国真的是处处等级制呀。"绿青蛙"软的、硬的，把着、教着，就是要把我训练成她的奴隶。中国男女恋爱就是互为奴隶。

以后，寇狄想着的就是，怎么弄到两张"奴隶解放证书"。他实在太喜欢"绿青蛙"了。下面，就看爱情的力量能不能比自由强啦。

寇狄另一份工作当然就是跟着善全博士干，感觉不错，善全博士在做正事。公司里事务众多，上上下下都是忙人。寇狄上班第一天，善全博士就对他说："在中国工作，我的原则是：活着、干着、不抱怨。"寇狄同意，他是牛仔，没有抱怨的习惯。跟善全博士回国办"爱安药业"的原则统一。但是，没多久，寇狄就发现善全博士的"不抱怨"跟他的"不抱怨"不在一个水平层次上。善全博士的，叫"任劳任怨，能忍就忍"。寇狄的"不抱怨"是"不叫苦、不叫累、不容忍"，不包括忍受不公正。善全博士对他说："你再好好学吧。孔子是把'孝'放在'直'之上的。"寇狄说："孔子可以当司令。我当军官生时学的座右铭就是：集体先于个人。"

奇怪的是，善全博士又改名字了。在"爱安药业"，善全博士不叫"善全博士"，也不叫"善全春"，叫"善总"。

"善总"穿了一身黑西装，打着一条红黄条相间的领带，脚下是双黑皮鞋。走起路来，腰挺着，脚下还蹬蹬响。寇狄跟在他后面去会议室。迎面，一个男秘书过来，硬把"善总"手里的电脑抢了过去，一路小跑，先行送到会议室里去了。"善总"脸上的神情有一点儿"总"气，还有一点儿无可奈何。善全博士告诉寇狄，他不喜欢人家帮他拿包，好像他是个伤残人。他喜欢什么事儿都自己做。

但是，有一件事儿，善全博士很不喜欢做。他把这件事儿塞给寇狄做了。寇狄在"爱安药业"得做一项工作叫："吃饭"。

第一次吃，是善全博士带着他去赴宴。为什么要赴宴，寇狄也搞不清楚。反正他年轻力壮，喜欢吃，什么都吃，吃什么都是"味道像鸡"。善全博士就从此给了他这个工作，起了个职业名字：吃关系餐。

总之，善全博士要求，以后这些饭局，就寇狄一个人去。他们俩一起去，寇狄是老外，善全春还得时时替他翻译。浪费两人的时间，两人都累。

善全博士说："以前你学过一个词，'人际关系'。叫你去吃饭，那不是吃饭，是加肥、灌水、除草、灭虫。这就是'人际关系'。在中国，要人帮人，时间长了，你就知道，没有这些关系，你再会种田，也收获不到。"

寇狄就笑："我不在乎天天吃好饭，只是我常常听不懂别人说话呀。"善全博士说："没关系。只要你去了，就是给人际关系加肥了。大家喜欢你一定超过喜欢我。我不喝酒，一开口，就把人得罪了。你个'小老外'，反正也不用开口，又能喝酒，又会说几句中文，跟大家逗乐子就行。大家开心，就是朋友，好办事情。"

寇狄很快学会了把什么人都叫成"总"或者"长"，还有无数次地说"干杯"。要围着桌子走一圈，跟每个人都说"干杯"。寇狄觉得，吃饭真是一个好游戏，肚子一开心，大家都开心。

吃了几次"关系餐"，寇狄认识了一张"椅子"。那张椅子让他一通皆通，懂了中国文化。

寇狄发现，每一次吃关系餐，一张大桌子，总会有九张椅子是黑座垫，一张椅子是红座垫。第一次和善全博士一起去，他上来就一屁股坐在红椅子上，喝起茶。两个餐厅的小姐看着他笑。"善总"跟着进来了，看见寇狄坐在红椅子上，就一把把他拖起来，说："我告诉你，每个人屁股底下都有一个自己的位置。这红椅子不是你的位置，这是主座。你得坐宾座。以后，无论谁请你吃饭，你就想着这个餐桌不是圆的，是三角的。红的是一个顶，黑的是三角架。坐在顶上的人说了算。你不能说了算，就别坐'红顶子'。你要能说了算，那'红顶子'就是你坐。这是文化问题。"

懂了这个文化问题，寇狄就快速地懂了很多问题。譬如说：善全博士成了"善总"后，为什么就不能自己拿包了？因为，他在这个"爱安药业"公司里，是坐"红顶子"的人。为什么"为搏"的老师，天天抱怨，但一见到校长，说起话来都眼睛看着地面？因为，"为搏"校长是学校里坐"红顶子"的人。为什么"为搏"的学生一打架，就说我爸是谁谁谁，因为他爸是那个小区里坐"红顶子"的人。为什么蒋达里的那个瘦老头，砸了儿子的小笼包店，不负法律责任？因为，他是他家坐"红顶子"的人。为什么"绿青蛙"硬要叫他给她打伞、背包？因为，在他俩这种小小的关系中，"绿青蛙"要显给她的朋友看，她是坐"红顶子"的……

寇狄懂了南博士给他的另一个文化忠告：中国是个等级制国家，等级如流水，渗到生活里，到处都是。要学会在等级中活。他眼睛要学会不平视，不是向上看，就是向下看。像他当军官生受基本训练时那样过，没有个人，只有军衔；不讨论是非，只讨论成败。他一定尊重中国文化。高楼林立，美人如云，在这热闹的世界里面却有一个古老的结构，金字塔一样支撑着，稳定性很好。哪怕是坐在圆型的桌子上，也得把桌子拉出尖角来，呈三角形。寇狄无所谓，他不介意坐红椅子还是黑椅子。

接下来，寇狄家"坐红顶子的人"就真被"爱安药业"请来了。他爸镇长包尔·寇狄带着他爷爷老兵契尼·寇狄，给"爱安药业"实验室和工厂开工奠基剪彩来了。

这天，善全博士告诉寇狄，晚上"爱安药业"的戚董事长要设重大家宴，请他们全家共进晚餐。善全博士说得很清楚：这次不是去吃"关系餐"，是家宴，和戚董的家人一起共进晚餐。

那一次家宴是一次盛宴。戚董事长订下了包间。包间侧间有四把木太师椅和茶桌，都是镂空雕花的仿古家具，油漆味还没全散，上面放着一个大果盘。寇狄就想，这里怕是饭后喝茶聊天的地方。包间另一侧间，门微开着，可以看见一个白光闪闪的马桶，很自信地蹲在里面。寇狄从来没进过这么高级的餐厅，包间里还自带卫生间。康里、北湾的几家小餐馆，连包间都没有。好一点的法国餐馆，饭菜贵得要命，椅子却简单地只有四条腿。再远一点的墨西哥餐厅，橘红，大绿，流水叮咚响的音乐，菜倒是给一大盘，可哪有这种中国的包间的深厚情怀呀，连太师椅都像方方正正的大将军。就是北湾市中心的意大利餐馆，好吃是好吃，可也没带个白马桶呀。

寇狄带着爸爸、爷爷走进包间大餐厅，正好两个穿粉红旗袍的小姐，一个端着茶，一个拿着香槟酒，飘着进来了，像两片蔷薇花瓣。老兵契尼立刻激动万分："吸管服！我又看见穿吸管服的中国妹妹啦！"说着，就给了拿着香槟的小姐一个大拥抱，又问寇狄："穿黄布衣服的共产党妹妹呢？到哪里能看到她们？"寇狄说："那要到红色博物馆，城里街上看不到了。"

老兵契尼说："我要去南京。南京从前就有个航空战士墓地。我们来之前在网上查了，那里新建了博物馆。张爱萍将军题的字。我跟张爱萍的兵打过篮球。我到那里找穿黄布衣服的妹妹，怎么样？"

这时，端茶的小姐给老兵契尼端来一杯香茶，两粒小兔子的红眼睛快乐地漂在茶杯里。这是什么仙茶呀，怎么里面会漂着小红眼睛？老兵契尼太喜欢中国了，连喝一杯茶都喝出创造性来。

寇狄就用经验十足的口气对他爷爷说："美国官员说中国人没有创造力，那是他们不了解中国人。中国人太有创造力了。谁都知道鸭蛋里面有个蛋黄吧？美国那么多搞化学的博士、专家，有谁能想到给那蛋黄里加点什么，就能把蛋黄变得橘红油亮，好卖钱？这多有创造力？您在农场活了一辈子，想都想不到吧？"

镇长包尔问："中国饲养法说可以给蛋黄里加东西？！"

这时，戚董事长进来了，亲自扶着一个白发老人，老人一路哈哈笑，很有风度。这是戚董新找到的继父，颐希光。继父后面跟着的是戚董新找到的妹妹喇叭和妹夫宁照。还有一个满面春风的老太太，颐太太。

戚董夫人前后陪着喇叭，她给喇叭看一只名牌包，三万人民币买的，她要送给喇叭。喇叭穿了一件蓝风衣，背了一个背包，戴着的项链还是宁照给她用小贝壳做的。戚董的儿子盯着宁照问，他的小堂弟芦笛怎么没有来？宁照说，芦笛去维吉利亚大学参加一个物理会议，他要写一篇关于什么"子"的文章，要迟两天才能来。戚董的儿子说："'子'？我只知道，子子孙孙，真龙天子，防君子不防小人。"

眼睛一眨，桌子上突然间就冒出来八小盘凉菜。除了白切鸡，寇狄家的人一盘也不认识。那些凉菜每一盘都做得像花朵一样有吸引力。然后，大家在排座次的问题上你推我让了好一会儿，最后，颐希光被让到红椅子上坐了，老兵契尼坐一边，戚董自己坐另一边。

按照善全博士教给寇狄的"红顶子"理论，得了老年痴呆症的老继父颐希光今天说了算。其余的黑椅子的位置还有朝向问题，也有高下讲究。一阵友好谦虚地推让之后，大家都入了座。

戚董提示服务小姐，酒开两瓶，菜一个一个上。一人先吃一条鱼。寇狄就主动给他爸和他爷爷充当英文翻译。戚董叫他翻译小河豚，寇狄翻译得不错，他爸和他爷爷都懂了。然后，又上了一些小棍子，戚董又叫翻译田鸡腿，寇狄就翻译成："水田里出的鸡腿。"寇狄家的两个老农民，从来没见过这么小的鸡腿，小心翼翼地吃了一个，都说："鸡腿小是小，好吃。"

再接下来，上了一盘"稻香鸡"。寇狄一家全都认识这是鸡，就不用翻译了。一看色香味这么好，金黄加蜜色，仙鸡一般诱人，下面还垫着一层稻秸。老兵契尼就问这鸡是怎么做出来的，送"稻香鸡"的服务小姐就用英文对客人解释："是用稻秸熏出来的。"

戚董又非常热情地加上一段：我们中国人以前在乡下，稻子收了，不知怎么对付秸秆子。都是烧掉，弄得满天都是烟，很不环保。但是，秆子地里没跑掉的鸡被烧死了，发现很好吃，就发明了"稻香鸡"。现在，我们不烧秸秆子了，我们回收压缩了，用来做墙板，做家具。我新盖的小区，"风露香汀"，墙壁上的书架就是秸秆压缩板做的。

这一段不难翻，可是，不知是小姐说错了，还是寇狄没听明白。寇狄把小姐说的"Hay（稻秸）"翻成了"Hell（地狱）"（或者，小姐把"Hay"说成了"Hell"）。

老兵契尼和镇长包尔眼睛瞪圆，嘴巴张大，对中国人回收"地狱"的创造性思维，简直惊呆了！把"地狱"压压扁，还能用！哪还有什么在中国是不能用的？！

喇叭听出翻译问题，就哈哈笑了，把"稻香鸡"被寇狄译成了"地狱鸡"的笑话给大家点白了。戚董一家人也都笑。戚董就很大气地招呼大家："来来来，大家都吃'地狱鸡'，一定要尝尝'地狱鸡'的味道。"

正在大家左一个"地狱鸡"、右一个"地狱鸡"说笑的时候，颐希光突然头脑清楚了。他高声谈起了很久不提的"低温楼"。他很紧张地说："我签了字，低温楼是人间地狱，低温楼不是测试绝对零度以下物质性质的吗？生出'地狱鸡'来了？不可能呀。"

喇叭和宁照一听，知道"地狱"二字刺激了老头子。老头子没听出笑话，听出"文革"了。难不成"文革"的恐惧一直流传到今天？

戚家的人并不知道"低温楼是人间地狱"的典故，还在讲"地狱鸡"。这就刺激出颐希光更多的关于"低温楼"和"地狱"的恐惧。颐希光居然说出红卫兵斗他的时候，让他讲一系列东西进了低温楼出来会变成什么样子。

红卫兵问："钱、权、科学都进了低温楼，出来成什么样子？"

颐希光颐教授说："爱情，都变成爱情。无限热爱，无限忠诚。"

喇叭和宁照听出在大团圆时的历史苦涩。宁照就转而谈起他对历史的研究。他的画儿有积淀。积淀在他西洋画法下的，是他自己的历史。他觉得，把历史拆了，或把历史篡改了，或把历史掩盖起来，或拿历史来卖钱，都是一种糟践。一个民族就是它的历史。没有历史的民族，无法自我认同；有一个假历史的民族，是自欺欺人。不如面对历史来检验人的错误、民族性的问题和人性的表现。宁照对戚董说："我和你另一个妹妹浪榛子讨论最多的就是历史和文化。你妹妹说，哲学家杜威把人和动物的区别定在：人能记忆自己的过去，动物只记住一个一个与自己相遇却不联系的事件。换一句话说，过去的沙，躺在今天的沙滩上，你的脚印全是从昨天来的。你今天要面对的问题，也许就是中国三千年的老问题。你看，几十年前的事，还在颐教授已经坏了的记忆里。历史就是历史。"

戚董也感觉到"地狱"笑话惹出了一点只有中国人能感觉到的不舒服，他就赶快转而谈他的成功和计划。他说他正在建的"三汀"，全是高档小区，"风露香汀""水月香汀""云雾香汀"。中国有钱人多呀，没造完就卖出了一半，能不能和康里镇的小区结成姐妹区呀？建成有国际特色的小区。他还说，科技开发区拿下那块中心地段，太好了，一定是要赢利的。他说："中国有希望，做事效率高。说干，我们就能干。看我们的这些大工程，不跟你扯皮，说干就干。有问题以后再说，先干起来。只要能吃苦，不抱怨，钱有你挣的。"

戚夫人也转而去继续谈那只三万块钱的包。

宁照不了解房地产商的心情，他用艺术家慢条斯理的语调说："山是你的，水是你的，中国要急急忙忙赶到哪里去呀？青山绿水，白墙黑瓦，这是中国文化呀。毁了，这群人就没着落了。卖了，就不再是历史，成了商品。每一种文化都是一段人类历史，应该属于人类，哪一阶段的人也没有权力糟践它。我们的后代不一定会感谢我们建了高楼，他们会跟我们要清风明月的。"

喇叭看宁照有不讨人喜的倾向，就赶快也转而谈家庭团聚。她不想让好不容易找到的大哥不高兴。喇叭就说，浪榛子和范医生不久也要回来了。在喇叭的"大哥工程"积极推动下，她们已经全联系好了。三个妹妹和戚先生商量来商量去，要找一个地方，把范筕河写给舒暖的祭文，即最后一篇《战事信札》给烧了，遂了老人的心愿，还了范筕河和舒暖的旷世情债。但是，舒暖没有坟墓，她的骨灰给喇叭葬在了安大略湖了。最后，三个妹妹决定：到衡阳去。那最后一篇祭文应该在衡阳第14航空军的旧基地遗址上烧掉。戚先生没有意见。他已经知道，因为舒暖给范筕河的那首《疯狂的榛子》定情诗是在衡阳危急的时候，送到范筕河手上的。情起情终，一个轮回。

就是衡阳了。

老兵契尼说："我也要去衡阳。我们康里出去的两个第14航空军的航空兵，最后一张照片就是我给他们在衡阳忠勇亭照的。我得去忠勇亭看他们。那回，他们俩骂我，说我的B-29一来，就压坏了衡阳基地的跑道。他们其中一人还给了我一沓日军传单。我得告诉他们：传单，我给扔回日本去了。"

　　大家正说着故事和家事，这时候，戚董的电话响了，是善全博士打来的。善全博士一反常态，声音很高。坐在戚董旁边的寇狄听到几个字"梦幻香汀"，不懂。戚董赶快拿着电话出了包间，到外面去处理问题了。

　　寇狄以中国通的口气替善全博士解释："活着，干着，不抱怨。——找人靠戚董。"

结尾：给和平一个机会

沙5：宋辈新

范白苹和浪榛子相识、相认，成了姐妹，少校沙顿非常有成就感。范家、舒家、南家的女儿们商量来商量去，最后决定去衡阳，这也让少校沙顿高兴。少校沙顿不会玩，只会工作。到衡阳第14航空军的老基地，这是他想做的中国战场空战史的研究。他太想看看年轻的文森特将军一次又一次在日记里提到的衡阳前沿基地，就是为了文森特将军记在日记里的一句话："炸掉我们美丽的衡阳基地，我心都要碎了。"少校沙顿也要到衡阳去。从衡阳到桂林，文森特将军在空中看着一个一个基地被他下令烧掉，他说他要写一本书，叫《烈火与陷落》。这本书，到他四十五岁去世，没写出来，只好等着后人来完成了。那是一片壮烈的战场，少校沙顿愿意做这个研究。

医生范白苹对少校沙顿和浪榛子说，对付PTSD，其实是一种"反训练"。压力、无助和恐惧造成PTSD，把个人的自信心给抹灭了；"反训练"就是解除压力和恐惧，让病人回顾，释放，重建自我，慢慢习惯宽松与和平。不是一天的事。少校沙顿应该作为一个历史学家，把到衡阳旧基地去当作一种"反训练"的开始，而不是作为军人去回访一个古战场。少校沙顿已经承认他是一个PTSD患者，并且懂得他要用很长的时间，也许，一辈子来对付PTSD。

懂了就好，懂了就会正确对待心理疾病。

范白苹比所有人都早了两天到达衡阳，她要去找一个叫"宋辈新"的人。这个人，被她三叔列在家谱中，是另一个自称为范笛河与舒暖的儿子的人。这个人，和戚道宽戚董犯冲。按范三叔一次次考证，范笛河与舒暖只有一个儿子，没生过双胞胎。所以，范白苹得到衡阳文武中学去找这个"宋辈新"。不能因为戚道宽有钱，且歪打正着得了范笛河的祭文，就把另一个可能性给淹没了。

范白苹从小到大，家里都生活在某种"大哥危机"中。她情不自禁地对大哥的真假很慎重。范白苹走之前跟浪榛子通了电话，问她的意思，那也是她的"大哥"。如果要做DNA，浪榛子最该上阵。那是她同父同母的嫡亲"大哥"。但是，浪榛子没有经历过"大哥危机"，没有避讳，她说："真假有那么重要吗？在我们这种美国小镇，中国人都是一家人。父母都不在了，谁愿意当'大哥'，我都要。"浪榛子更关心的是如何帮助少校沙顿对付PTSD。所以"宋辈新"的故事，就全由范白苹来研究了。

衡阳，是一个只可以叫作"衡阳"的城市，不声不响地坐落在交通要道上。老城区的房子和弯弯曲曲的街道，说着一种棕灰色的方言，狭窄、变调、认命，可以被人遗忘了，却依然带着独特的口音。老房子中间坚决地挤着几个老式的黑瓦房，民国式或者更早，有小朋友背着书包走进去。大多数老房子已经是60年代的风格，简单结实、方头方脚，像一排老铁路工人。也许，有一天，这一排两层楼的老房子，就会被高楼代替，长成小业主或资本家的模样。但是，只要它们还在一天，它们就坚守着传统的脚印。

范白苹走在老街上，感觉来到了真正的中国。她常常听她医院的美国医生说："纽约不是美国，纽约是美国的一个国际化大都市。"那哪儿是美国？什么是美国？她的同事说："'美国精神'是美国。时刻警惕地保卫着个人的自由、开放和尊严。没有美国精神，美国什么都不是。"在衡阳，走在不直、不光鲜的老街上，范白苹感到的是："中国精神——坚忍。"像五千年的时间那么坚忍，怎么都能活下去。这是面对敌人十万大军，孤城坚守了四十八天的衡阳。地上有方先觉官兵们在呐喊，天上有第14航空军的飞机来回俯冲。"自由"和"坚忍"曾经手挽手，成为一种文化：捍卫和平。

宋辈新在"衡阳烧信的决定"做出之前，给范白苹、浪榛子和喇叭邮寄去了一篇两百页的宏大论文："宇宙玄秘密码破译终极图。"他说，他的文武中学就在湘江边上，旁边就是空旷破落的老飞机场。他四十五岁的时候，有一天，坐在老飞机场上仰望星空，突然就感觉到了一种"宇宙玄秘密码"，让他的血液快速流动，兴奋得不能睡觉。根据他悟到的"宇宙密码"，他可以解释天、地、人三界所有事端和冲突。从那以后，他不管不顾，用了十年时间，一下班回家就写呀，算呀，写成了这篇"宇宙玄秘密码破译终极图"。

为写这篇"终极图"，宋辈新付出了大大的代价，先是老婆带着女儿跟他离婚，跑了。因为他不想着挣钱，不肯下班后再教几个数学补习班，整天想着吃不到喝不到的宇宙。谁能跟他过？

后来，文武中学在"高考励志"教育中发现了宋辈新的问题。为了励志，学校领导要打击学生自以为是，要让他们知道，考不上大学，你什么都不是。这样，高三学生才知道要从零开始，才能吃得了为高三拼搏一年的苦。口号是："少睡不睡死不了，死后可以永远睡！"

尽管宋辈新能研究出宇宙密码，尽管宋辈新的教室墙上也贴着拼搏口号——"错一题悔一生，一题决定终身"，但是，他班上的高中生，在学校的抽查考试中考砸了，而且被证明，连小学生的考试题都不会做。

来抽查的校领导，发给三个被抽查到的宋辈新的学生如下考题：

1. 一个小房子，有门没有窗，进去出不来，外面热里面冷。答案：_____。

学生填了：棺材。

2. 小鸡和小鸭一起走，小鸭掉进坑里了，小鸡应该怎么救小
鸭？答案：_____。

学生填了：起诉拆迁公司。

3. 为啥北极熊不吃企鹅？答案：_____。

学生填了：北极熊还没有进化成中国人。

4. 什么狗用两条腿走路？答案：_____。

学生不会，宋辈新在考场外面的窗户上挤鼻子弄眼睛，想提
示，也没成功。学生填了：汉奸走狗。

……

总之宋辈新学生做得全错。正确答案是：1. 冰箱；2. 倒水；3. 离
太远；4. 没有狗两条腿走路……

这些答案是唯一的。宋辈新替他教的学生争辩，说："抽查题都是一
些臭题目，既测不出智商，也测不出情商。"

没用。正确答案只有一个。高考就考你能不能抓住这"唯一正确"。
校长说："抽查题是我兄弟的孙子小学考试用的。我侄孙子没做对，重点
小学就没考上。小学都考不上，你还想我们的学生考上大学呀？"

从此，宋辈新不能再当高中班主任了。而他带过的毕业班学生，不
久，在军训的时候，和说他们"连小学生都不如"的军训武警打了一架，
这一打，打得宋辈新被迫提前退休。

宋辈新则坚决地认为他是怀才不遇。因为他研究"宇宙密码"，学校
找茬儿压制他。但是，宋辈新是中学数学老师，有信念。用"数"挣钱，
那是小看了数。"数"是用来说天地大化的。宋辈新五十五岁完成论文，
从此，他的事业就成了：发表。他相信他的《终极图》是一举成名的极
品，可以把倒霉的命运扭转回来，证明他是优秀老师，能教出数学家来。

但是，论文寄出去一百次，不是退回，就是石沉大海。这是《终极
图》的命。宋辈新自己的命运，就成破产了的"孔乙己"。多乎哉不多
也，"茴香豆"的"茴"字，再写到宇宙天边，也写不出"钱"字。

　　世界在一代人之间从"扔掉钱"跑到"钱钱钱"，再往前看一代，就是走了一个轮回。大观园里换了新人。

　　就如同戚道宽继承了先祖舒谘行精明的商业头脑，宋辈新继承了先母舒暖的执着，两人又都继承了范笛河开浪榛子I、II轰炸机的疯狂。（所以"大哥"难分真假。）宋辈新一咬牙，变卖家产，自己把这篇伟大论文印了一千份，带到北京，在北京各高校里散发，希望突然得到某一教授的赏识，让世界从此一目了然他的成就。宋辈新说，他一年又一年在北京高校里宣传自己的理论，五年里，只在清华大学食堂门口，有一个女学生，停下来，翻看了一下他的论文。给他一个评论："你说了半天，说的就是相对主义嘛。"此外，没有一个教授理他，也没有一个专家听他的。

　　五年后，他六十岁了，钱也没了，论文也散完了。正在想募捐，从头开始，他被一所高校的保安抓起来了。说他有毛病，鼓动邪说，扰乱学校治安，把他一杆子遣送回衡阳。宋辈新的坚持，到六十岁止。他没觉得自己犯了错误，别人不懂他的宏大思想，是他命不好。没人帮助捧他一把。

　　人过一年老一年，突然，天上掉下来三个妹妹，都是文化人。他给妹妹们写信：什么要求都没有，就请妹妹们帮他把他的毕生心血给发表了。

　　范白苹看不懂宋辈新的论文。她是仔细读的。宋辈新把宇宙称作"质数"和"素数"，有两个，互为姐妹，太极一爆炸就往两边跑，跑出阴和阳……她不知道这篇充满宏大词汇的论文想说什么。在范白苹看来，会思想要三个条件：1. 正确的思维方法，即逻辑；2. 勇气，即对真理的热情；3. 自由开放的安全环境。没有前两个能力，你最多能做的就是诠释。为某个独裁权力诠释它的合法性，或为某个科学理论诠释其正确性。但是，没有最后一个条件，再聪明的大脑也能被扼杀掉。宋辈新还多出了一点：想当名人。

　　等她见到宋辈新，作为心理学家，她懂了一点宋辈新的论文。这篇论文是一个叫宋辈新的中学数学老师画在自己身上的"文身"，说得更清楚一点，这篇宏大的论文，是这个叫辈新的人，想把自己从一支军队中标志出来；因为大家都太像了，而他是一个级别最低的小兵，活得没有尊严。他只能用"文身"告诉世界：这个人是"我"，不是一个数字

"0"，我不想被一踩就炸没了。

若这个宋辈新是她"大哥"，范白苹看到范家人的"小我"意识很疯狂。就像她爸，再打仗，也要把一个"小我"放在梦境里；就像她妈甘依英有了大爱还不够，一定要用"小我"占领范箶河心里的每一寸土地。

宋辈新就是要发表论文。

一年前，他又回来给文武中学看大门。宋辈新穿着簇新的中山装在文武中学门口等范白苹。他眉毛白了，额上有数学"恒等号"那样的三条深皱纹；两个眼角，一边有一个数学"大于号、小于号"那样的深皱纹；鼻尖下是一个深深的"括号"，嘴巴抿着，呈"无限远，∞"状。

他见到范白苹就说："妹妹呀，你要到我家去看一眼，你就知道我为什么一定要发表我的论文了。我们这种非重点中学的数学老师，社会地位太低，非重点中学看大门的地位就更低。你过来的时候看见机场东路那边棚子里住的农民工吗？我就在那样的棚子里住了好几年，自己种点菜吃吃，这才搬到这门房来住。我地位就比农民工略高一点点。你帮我把这篇论文发了，我提高一点社会地位，为我女儿啦。"

宋辈新说，他两岁的时候，被一个不知名的女佣人送到机场跑道旁边的"衡阳女校"去了。因为送他去的女佣人说，他妈跑了，他爸以前是住在"衡阳女校"的飞行员。想那"衡阳女校"还能找到他爸的地址或籍贯。"衡阳女校"把他送到孤儿院，宋辈新就在孤儿院长大。姓了"宋"，是因为孤儿院的老师说，谐了"送"的音。政府养他长大，宋辈新无限热爱共产党。党是他的爹，党是他的妈。他没想去找自己的亲生父母。

宋辈新老老实实活到四十五岁。因为大家都在讨论"钱"的时候，他讨论"宇宙"去了。虽有一篇宏文在手，但他是衡阳真正的穷人。不仅穷，多少年还时不时被大家看作神经不正常。被赶回衡阳后，他才动了找亲生父母的心。他不在意"穷"，孤儿院长大的文人，"穷且益坚，不坠青云之志"。本来什么都没有，有了一点儿，就是发财。但他要找背景，有背景才能有地位。他就想要那么一点社会地位。看看那些有地位的人，做什么荒唐事都被当作新闻："官"还可以在衡阳酒店里公开卖，有权的人放屁都能成诗。他一个数学老师，写一篇论文，还有数学公式在里面，却被人当作疯子。这公平吗？一个孤儿，在家都受老婆欺侮。一个孤儿的女儿，在外面也受人欺侮。

宋辈新就想把他的伟大论文发表了，然后他就印一个名片，上面堂堂正正写着：宋辈新，数学老师（退休）。宋辈新让范白苹想到她医院里的老黑人。一百年前，黑人还在盼着"解放证书"，成为自由人，就像宋辈新盼着一张承认他身份的名片。人想要的是不是同一种东西——被当人待？

范白苹不知怎么帮助宋辈新，她觉得，宋辈新恐怕对"烧信"这样温情的家庭仪式，不会感兴趣。那是肯定别人的仪式，宋辈新一脑袋想着的都是让人肯定他。

宋辈新说，直到他得到了文武中学门房的工作，才有一些中学生和老师拿他当人待。但是，他说，这个工作凭什么给我呀？是我女儿给我找的。靠了女儿孝。中国只有一个"孝"字可靠。我把我女儿和文武中学校长的对话学给你听，你就知道我是什么心情了：

校长嘻笑着说："你叫我什么？"

"钱校长。"

"不对。"

"钱老师？"

"不对。"

女儿把头歪了，细起声音说了一声，"钱爸爸"。这个"钱爸爸"就喜笑颜开。"好，这下我们关系深了。说吧，要我给你办什么事？"

宋辈新说："我听了这样的对话，只有一个念头：把我的论文发表了，让人不敢这样对我女儿说话。我一个教了三十年书的数学老师，还提着一大箱子礼物，在校长办公室门口傻等着。我箱子里要是一颗炸弹，当时我就拉弦炸了。"

非常遗憾，宋辈新在做一个被当人待的梦。范白苹不可能帮他发表论文。那篇论文估计也发表不了，就是发表了，也圆不了宋辈新的人权梦。

宋辈新没跟着大众走，走了一条独路。竖着看，没听上面领导的话，横着看，做了群众不做的事。他竖不被认同，横也不被认同。

范白苹只觉得，这个她的父辈在抗战年代就下决心要改造的古老的世界，先跟"革命"作了一个交换，后又跟"资本"作了一个交换。它说：你可以拿走一切，但保护我的权力结构。不知谁赢了。"革命"试了又试，没赢；"资本"也试了又试，还没赢。

范白苹想起在读少校沙顿坏感觉记录时读到的那段富兰克林关于"贪婪和雄心"的名言，觉得宋辈新是被革命（雄心）和资本（贪婪）甩下时代列车的人。

为什么不让"和平"试一试呢？

范白苹总是对她的PTSD病人说：恐惧、仇恨、警惕性、复仇心都是浪费能量。和平也不难，世界上都是人，只要尊重不同就行了。不必先假设与你不同就是坏人，那不过就是另外一种活法。与其假设坏人，不如假设每个人都有人性弱点，得让法管着。把有些权利像水和空气一样赋予人，而不是赋予官位。对官，赋予职责就行了。要是有一亿人喜欢让官为民作主，选择不要这些空气一样的权力，他们可以做他们自己的选择，过他们选择的日子。但是，要是有一个人不想这样过，他也应该有权利不过那一亿人过的日子。

听到宋辈新最后一句有暴力倾向的话，范白苹吓了一跳：PTSD？

衡阳小苹果

寇狄一家一到衡阳，老兵契尼就要带领所有人去找"衡阳的亭子"。老兵契尼说："亭子在刻着两个大字的石头上。"衡阳人立刻说："知道，知道，那是忠勇亭。"

忠勇亭找到了。它就在写着"岳屏"两个大字的山坡后面。这个著名的方亭子是老百姓给军人立的。多少年过去了，从下面往上看，依然像一个头戴军帽的士兵，四四方方，简单正直。它以前叫"忠勇亭"，现在还叫"忠勇亭"。两边的对联是新描的："忠昭青史弘浩气，勇冠神州壮军魂"。

老兵契尼坐在忠勇亭的台阶上，这是当年很多衡阳基地的中美航空兵手挽手照团结照的地方。他们高高地站在台阶上，胸挺着。其中有两个康里的儿子和一个不知名的中方航空兵，也在这里留了影。老兵契尼把他们的照片带回了康里，而他们却把生命留在了中国。

老兵契尼已经去过南京。他知道他的第14航空军的战友们当年多次炸过南京机场上的日机和长江上的日舰。而他这次去，是去祭奠90年代重修的"南京航空战士公墓"。

张爱萍将军题字的"航空战士纪念碑"，立在山顶。两边是一排排墙壁一样的黑色大理石，上面写满了他的老战友的名字，名字从"A"开头，到"Z"结束，有二十一块。他也看到了有几块黑色大理石上，竖排写着很多中方航空兵的名字。他想，他照片上那个不知名的中方航空兵的名字应该在上面。

这些黑色大理石上的名字，是挡住战火的墙。老兵契尼在黑色大理石下放了一束鲜花。他旁边有两个中国姑娘，一个对另一个说："我们不知道，没有带花。我们就给他们鞠三个躬吧。"

现在，老兵契尼又坐在忠勇亭的台阶上，看着他一步一步走上来的石阶，想在上面寻找两位康里儿子留下的脚印。他们在一个永远年轻的年龄，把一个形象留在这个亭子前面。

忠勇亭下，一大群衡阳的平民在唱一支歌："你是我的小呀小苹果儿，怎么爱你都不嫌多……" 这让老兵契尼高兴，他会唱一句中文歌："You are and is wood."

没有人知道这位坐在台阶上的洋老头是谁。

少校沙顿和浪榛子去了离忠勇亭不远的"衡阳老图书馆"一趟。回来了，老兵契尼还坐在那里听"你是我的小呀小苹果儿……"。

　　少校沙顿想找一些当年文森特将军在衡阳一天下两百次任务的资料看看，没有找到，他们只找到一本厚厚的《衡阳人口志》，其中只有一句："1944年6月–1945年8月，衡阳人口锐减。"

　　也许，"You are and is wood"和"1944年6月到1945年8月，衡阳人口锐减"这两句话，换成"你是我的小呀小苹果儿……"是世界上最好的故事。老兵契尼心领神会，比谁都懂。若不是寇狄催着他下午还要去旧衡阳空军基地，他能坐在忠勇亭听一整天。

　　看到老兵契尼的神情，浪榛子、喇叭和范白苹都不约而同地想到，"如闻仙乐耳暂明"原来是这种情景。

　　唱"小苹果"的平民日子，也许就是《疯狂的榛子》这首史诗，进衡阳、丢了衡阳、炸衡阳、又回到衡阳的故事的意义。

　　"活着、爱着、原谅着"[1]，人们往前过。

　　喇叭、浪榛子、范白苹把到老空军基地去烧范筊河给舒暖的祭文看得就像宗教仪式，那是她们父母的一生。姐妹情该说的，以前在电话里都说了。到见面的时候，最重要的事就成了计划怎么做好明天的家祭，似乎这个家祭是她们的使命，因为这个使命，她们成为一家人。

　　衡阳城不大，几乎所有的出租司机都知道老空军基地。但是，没有什么人知道这里曾是美军空军基地，也没有多少人知道在老空军基地跑道旁边原来有一所女校，是当年中美航空兵住的宿舍。

　　一从忠勇亭下来，三个妹妹就领头到老空军基地去选地址。这个仪式可以跟别人无关，却跟她们的生命有关。纸钱是不用烧的，舒家、南家人连真钱都不要。她们仨是再也不敢把那"荼毒人心的东西"给舒暖送到彼岸世界去。花是一定要送的。南诗霞和黄觉渊，也要一块儿祭奠。南家和舒家分不开。甘依英呢？她地下有灵，怎么能忍下这样的家祭却没有她的位置？她也是一个范筊河对不起的女人。范筊河不能光给一个女人道歉，

---

　　① 托尔斯泰《战争与和平》中的名句。

所以，甘依英也要一块儿祭奠。她是小苦力，在这个时候，没有她，她能把地狱给掀了。而且，她也可以认识认识让她怨恨了一辈子的两个"大哥"，也就是一般人嘛。

喇叭因为已经先见过了戚道宽，叫过人家"大哥"了，对后出现的这个"宋大哥"又叫"大哥"，就不像认第一个那么紧张。没想到，在文武中学大门口和宋辈新见面，却让少校沙顿又一次"旧景回返"。

文武中学大门的铁栅栏门锁着，宋辈新站在铁栅栏门外等着"亲人"。铁栅栏门里的操场上，高三的学生正在开"高考誓师大会"。上千名学生一个方队一个方队，都穿着校服，戴着绶带，按班站在大操场上，气势宏壮。领宣誓的学生高喊："英雄少年，决战沙场，奋战百日，地狱天堂。战鼓热血，超级磁场，为了学校，为了爹娘，为了大学，为了考场，全体起立，举起右拳——"

哗，一下子，一片学生站起来，举着拳头高喊：

"我宣誓：拼了！拼了！拼了！"

在校园里面的学生高喊"拼了！拼了！拼了！"的时候，少校沙顿高喊一声："卧倒！"一把将站在他旁边的浪榛子和宁照按路边的泥沟里去了。

过了几分钟，三个人爬上来，成三个泥猴子了。少校沙顿非常难为情，上来就对范医生说："我听你的，回去就吃药。"

范医生就安慰他："噩梦，靠掩盖是好不了了。你要面对它。"

老兵契尼赶快以兵对兵的态度安慰少校沙顿："你说'You are and is wood'，心就能平静。我到现在，一遇到危险就说这句修炼语。"少校沙顿说："那是您的。我说了不管用。"老兵契尼说："那你找一句能管用的说。"少校沙顿想了想："我有一句能安慰自己：战争拿生命作筹码赌输赢，我们只能把生命押在正义上，死得才有意义。"老兵契尼说："这句不行，这是战前用的。"少校沙顿说："那还有一句可以，是战后用的：有得有失。我选了军队，我知道我会失去什么，我承担了，别人就可以过自由自在的日子。"

　　但是，少校沙顿百思不解：中国的学生们为什么要这样大喊大叫，像是军队基本训练？寇狄就以"中国专家"的态度解释："据我观察，中国人在所有的地方都可以讲相对主义，除了三个地方绝不能相对：一是，我们都是中国人，我们都要爱中国；二是，高考，生死一搏；三是，iPad，iPhone，所有最时尚的我都要有。今天我们这是碰上了学生在高考宣誓。"

　　少校沙顿说："'所有最时尚的我都要有'，是资本主义，自由纵欲，非得法律管。军队是共产主义，有军纪军德，不能纵欲，不然就成强盗。高考宣誓是对哪种主义？"

　　浪榛子拍着身上的泥土，加进来说："什么'主义'到中国，都会成中国特色。衡阳失了，曹长官还开着仪仗队来走秀，高考宣誓也是'秀'。'且'和'也'才是长长的生命和时间。中国事，慢慢来。"

　　……

　　说着话，第14航空军的老衡阳基地到了。那么巨大，第一次来到这里人都得为之感叹。过去的宽大飞机跑道还在，有好几条。宽的几条，想是给B-25滑行；窄的两条，想是给P-40滑行。在磨损的跑道路面下，露出一块一块小卵石，那是成千上万苦力的集体杰作。老兵契尼立刻趴在地下，吻了那些卵石。他说："这搞不好就是我当年的B-29超级堡垒压坏的。"

　　"机场东路"和"机场西路"很长很长，跑道之间的草地上，草长得跟灌木一样高，站在跑道中间，背对着后面通向机库的分岔跑道往前看，前面直伸到湘江。风一吹，黄尘漫天，像历史呼出的粗气。苍凉之中，不管过去的70年间出了多少事故，历史在这时说话了。

　　残存的美式空军指挥塔，上层方方正正，下层结结实实。一位"二战"中最年轻的美国将军文森特曾在这里指挥过无数次飞行任务。"二战"空战史上，必谈他领导的第14航空军68航空大队在前沿基地的英勇战争。空对空，空对地，上山打游击，没有油，穿草鞋，吃桐油，用豆油当机油……"浪榛子，疯狂的榛子"，那些一架一架灰橄榄色、大榛子形状的B-25；那些一架一架带着大鲨鱼嘴的P-40；那些方头大脑四个引擎，丑归丑，却是陈纳德的秘密战将的B-24J；那些一架一架体态修长银光闪闪的B-29……在天上飞过。

还有，在地下砸石块的小苦力们，仰着头看天，就能听出哪架飞机回来了，哪架受了伤……

一条大路通到今天。衡阳第14航空军旧空军基地现在是"练车场"。那些新买了车、急着要考驾驶执照的衡阳平民们，在这里练车。

历史还是留下了一些有用的东西。

三个妹妹有很多感叹：她们的父辈们用艰苦的战争结束了战争，却没有彻底结束暴力。她们这一代走过了一条长长的对付暴力和暴力后遗症的道路。总算认识到和平的胜利不是靠消灭一个阶级或一批又一批"坏人"得来的，而是找到一条共存的道路。若她们这一代人还没有找到这条道路，那就让孩子们接着找。如怀尔特在"驼峰航线"跳机时说的话："一跳下去，我们'每一步都是迷失，直到我们找到正确的路'①。"

在三个"妹妹"认真选家祭地址的时候，刚赶到衡阳的芦笛，被"大舅"宋辈新从高铁站接来了。两人一见面，就一谈即合，谈得没停。这个外甥小记者让宋辈新欢喜极了、高兴极了。他两人在妹妹们面对老空军基地感慨沧桑的时候，谈起了宇宙。宋辈新的《宇宙玄秘密码破译终极图》通篇都是谈宇宙。在这个让宋辈新产生宇宙悟性的老飞机场上，总算有一个人能跟他畅谈宇宙了！

芦笛告诉这位大舅，他才从一个国际物理会上来，正要写一篇新闻报道，介绍物理学家怎么讨论一种新抓到的微中子。满宇宙，到处都是。宋辈新就紧起眉眼，说："道，微妙玄通，深不可识，'道之为物，惟恍惟惚。惚兮恍兮其中有象；恍兮惚兮其中有物'。物理学家能解微妙玄通，抓'道'里的'物'啦？我是怕人抓不到，才在论文中把

---

① 原句出自但丁的《炼狱》。

那道中之物叫作'数'。"

芦笛说："您不用担心，真抓到了，连名字都有了，叫T2K。"

宋辈新说："宇宙呀，除了我们伟大的老子，早早就说过'恍兮惚兮其中有物'，外国人也有猜到这个'物'藏在'道'里？"芦笛说："60年代有物理学家预言了。这个微中子之所以难抓，因为它是个'子精'，会变形。"宋辈新说："会变形，我没有想到。我以为会变形的只有孙悟空，你这个微中子却也有孙悟空的本事？"

芦笛就得意洋洋地说："那是。T2K到处都是，一个太阳里全是这种微中子，全是能源。可是它一出太阳就变了形，等人刚要抓住它，它又变了形。它没有固定的形状，像一群无骨无物的变形鱼。这些'变形鱼'不但会变形，还有三种味道，三种颜色。它们到处都是，在我们的眼睛里都有。"宋辈新被吓住了："哇，成千上万条'小小鱼'在我们眼睛里游泳，就像在游泳池里游泳一样？我们的眼睛多了不得呀！"

芦笛和宋辈新说这些人间烟火之外的话题时，宁照在听，他以为能够穿越时间的是历史和美。没想到还有"小鱼"也能干这样的绝活。听儿子说："世界上就没有一样东西能拦住这种微中子。它们想穿过什么就穿过什么。以后，天上的人造卫星就都可以废掉了。打个越洋电话什么的，不用送到卫星上接收，再反射到地球另一边。就让这些小小的、空气一般的变形鱼带着信息，直接从岩层地壳穿过去，发到地球那边就行了。"

宁照要对儿子刮目相看了。人要想和月亮说话，也不必送个嫦娥去探了，直接用"变形鱼"的语言对着月亮喊就行了。人们从此也不用抱怨油价上涨了。要想开车，手一伸，到自己眼睛里去抓两条"小鱼"，带在车上，够开好几天，绝对是干净能源。宋辈新也跟宁照想到同一条路子上了。宋辈新说："哇，这下雾霾也能制住了。要想给中国治雾霾，赶快都加入抓'鱼'队伍……怎么他们说这些不着边际的'子'呀、'味'呀、'色'呀、'鱼'呀，就叫科学发现。我说不着边际的'数'呀、'太极'呀，就被人瞧不起？"

这时候，浪榛子的手机响了，是戚道宽打来的电话。他说："妹妹呀，所有的妹妹中，我最想见的就是你。你是我的亲妹妹，你身上是祖宗的基因，我身上也是。我是定好了，再忙今晚也是要赶到衡阳的。到我这个年龄，什么事也没有家事重要。爸爸给妈妈写的祭文还在我这里。我是想要亲自烧给母亲。喇叭说给她先带去衡阳我都没同意。但是，我这边实在是出了一点大事，我这两天怎么也离不开公司。我今晚去不了衡阳啦。"

喇叭因为爱母亲，竭尽全力找寻"大哥"。一找，不但找到了一个"大哥"，还找到两个"姐妹"。"大哥"还多出了一个。找到两个比一个没找到好。她也不介意真假，是"大哥"就行。一听"戚大哥"不能来了，喇叭急得跳起来："我们计划这次家祭，计划了好几个月。再大的事儿，戚大哥也得来。"

浪榛子也很着急，不能衡阳家祭白计划了。她把喇叭的抱怨说给戚道宽，叫他一定要来。戚道宽说："我向你们赔罪。喇叭很情感，你替我解释，告诉她，我会像我们说好的，所有这些《战事信札》都复印了交给你的少校沙顿做历史研究用。还有范妹妹，我心里都想见，但是我真的来不了。我马上找特快专递，把爸爸的祭文给你们快递过去，不能让你们的计划落空。"

浪榛子说："告诉我们为什么？不然我们不接受你的赔罪。"

戚道宽说："我被人起诉了，今天明天我得赶快找人打点。我这里是家大、业大、事多。"

浪榛子还能说什么？"大哥"有官司在身，赶快找律师。就算明天祭文不能到衡阳，他们家祭也一样进行。就算是天意：上一辈人没有给后代一个和平世界，欠世界一个反思。

浪榛子刚把这个想法说出来，手机电话铃又响了。这回，是莫兴歌。莫兴歌告诉浪榛子，善全春，这个倔文人，他起诉了你家戚大哥。善全春，他不懂做生意赚大钱的事。戚董要把从科技特区批到的那块地，改用来造豪华办公楼。不久，那科技特区会来很多科技公司，豪华办公楼一定能挣钱。还能把公司住宅小区的一幢办公楼腾出来，改造成一个"梦幻香汀"住宅区。这两个项目都能赚快钱。制那艾滋病药，得七年才能上市，大好商机就跑掉了，楼市就这么多年强劲。可善全春说，他海归，不是回来做房地产的，是回来做药的。任戚董给他两百五十万美元，让他回美国过好日子，他都不放弃那块刚奠了基、要造实验室和制药厂的地。他向有关方面起诉了戚董作为"爱安药业"董事长，利用科学家名声，骗到国家科技开发区的地，转做房地产。

莫兴歌说："戚董不知道你跟善全春的关系比我深，我劝他没用。他一向听你的。你去劝劝他。都是一家人，和和平平做事儿，好商量。何必闹到法庭。他是中国人，不是法国人。起诉这事一干，情面就没了。"

浪榛子想了想，对莫兴歌说："当年，我们俩被人诈了'通奸'，你赔了两条好烟、一车大白菜，把我赎出来。要是那时有地方起诉，我当时就起诉了他们。现在善全春有地方起诉。他和我们戚大哥之间的事，我只说一句：'没有法律，不可能有和平。'①"

莫兴歌说："我叫你劝善全春撤诉，那是为大家好。善全春的官司多半打不赢。戚董在江岸区的关系是铁的。中国的事儿就这样，法归法，关系归关系。打起官司来，戚董难看，善全春流血。你不替善全春的老骨头着想，我还得替我的准女婿的工作着想呢。你想大家都成仇人是不是？"

浪榛子站在过去和现在相交的衡阳老机场跑道上，又感到莫兴歌的逻辑有向"苹果公式"发展的趋势。她的家祭热情和大哥故事却反着"苹果公式"得出了一句话："无论有多难，如果我们这一代人还没有给后代建成一个和平世界，我们欠世界一个反思。"

坐在空旷的衡阳老空军飞机场上，三个"妹妹"都不说话了。家祭能不能成真，就看明天的了。好消息是：从宇宙中那些"变形鱼"的小小眼睛往下看，明亮的星空中，有一颗小行星，叫地球。地球的轨道只有一条，可以叫"正道"。

---

①　美国第34届总统艾森豪威尔Dwight D. Eisenhower（1890-1969）名言。

518

Note (参考文献)

专著:

Auden, W.H. *The Shield of Achilles.* New York: Random House, 1995.

Baker, Anni. *Life in the U.S. Armed Forces: (Not) Just Another Job.* Westport: Praeger Security International, 2008.

Birdsall, Steve. *Saga of the Superfortress: The Dramatic Story of the B-29 and the Twentieth Air Force.* New York: Doubleday & Company, Inc., 1980.

Byrd, Martha. *Chennault: Giving Wings to the Tiger.* Tuscaloosa: University Alabama Press, 1987.

Carrozza, Anthony R. *William D. Pawley: The Extraordinary Life of the Adventurer, Entrepreneur, and Diplomat who Cofounded the Flying Tigers.* Washington DC: PotomacBooks, 2012.

Chennault, Claire Lee. *Way of A Fighter.* New York: G. P.Putnam's Sons,1949.

Crouch, Gregory. *China's Wings.* New York: Random House, 2012.

Daniels, Ken. *China Bombers: The Chinese-American Composite Wing in World War II,* North Branch: Specialty Press, 1998.

Feuer, A. B. *The B-24 in China: General Chennault's Secret Weapon in WWII.* Mechanicsburg: Stackpole Books, 2006.

Ford, Corey. *Donovan of OSS.* Toronto: Little, Brown and Company, 1970.

Ford, Daniel. *Flying Tigers: Claire Chennault and His American Volunteers, 1941-1942.* New York: Smithsonian Books, 2007.

Glines, Carroll V. *Chennault's Forgotten Warriors: The Saga of the 308th Bomb Group in China.* Atglen: Schiffer Publishing Ltd., 1995.

Glover, Jonathan. *Humanity: A Moral History of the Twentieth Century.*

New Haven: Yale University Press, 1999.

Hastings, Max. *Retribution: The Battle for Japan, 1944–45*. New York: Knopf , 2008.

Heiferman,Ronald. *Flying Tigers, Chennault in China*. New York: Ballantine Books, Inc., 1971.

Hillenbrand, Laura. *Unbroken*. New York: Random House, 2010.

Hoge, Charles. *Once A Warrior–Always a Warrior*. Guilford: GPP Life , 2010.

Kozak, Warren. *LeMay: The Life and Wars of General Curtis LeMay*. Washington: Regnery Publishing Inc., 2009.

Liang, Ching–chun. *General Stilwell in China,1942–1944: the full story*. New York: St. John's University Press, 1972.

Karl Marx , *ThePoverty of Philosophy*.

Martin, Barry S. *Forgotten Aviator: The Adventures of Royal Leonard*. Indianapolis: Dog Ear Publishing, 2011.

Mitter, Rana. *Forgotten Ally: China's World War II, 1937–1945*. Boston: Houghton Mifflin Harcourt, 2013.

Molesworth, Carl and Moseley, Steve. *Wing to Wing: Air Combat in China, 1943–45*. New York: Orion Books, 1990.

Sherman Nancy, *The Untold War: Inside the Hearts, Minds, and Souls of Our Soldiers*. New York: W.W.Norton & Company, 2011.

Molesworth, Carl. *P–40 Warhawk vs Ki–43 Oscar: China 1944–45*. Oxford: Osprey Publishing, 2008

Morgan, Robertand Powers Ron. *The Man Who Flew the Memphis Belle: Memoir of a WWII Bomber Pilot*. New York: Penguin, 2001.

Morrow, Don and Moore, Kevin. *Forsaken Heroesof the Pacific War: One Man's True Story*. The Bedford Group Inc., 2011.

Mullaney, Craig M. *The Unforgiving Minute: A Soldier's Education*. London: Penguin, 2010.

Rittenberg Sidney and Bennett Amanda. *The Man Who Stayed Behind.* Durham: Duke University Press, 2001.

Rosholt, Malcolm. *Flight in the China Air Space, 1910–1950.* Rosholt,Wis.: Rosholt House, 1984.

Rust, Kenn C., and Muth, Stephen. *Fourteenth Air force Story.* Temple City: A Historical Aviation Album Publication, 1977.

Schiraldi, Glenn R. *The Post–Traumatic Stress Disorder Sourcebook.* New York: McGraw–Hill Education, 2009.

Schultz, Duane, P. *The Maverick War: Chennault and the Flying Tigers.* New York: St. Martin's Press, 1987.

Shamburger, Page and Christy, Joe.*The Curtiss Hawks.* Kalamazoo: MIL Wolverine Press, 1972.

Sledge, E. B. *China Marine.* Oxford: Oxford University Press, 2002.

Shephard, Ben. *A War of Nerves: Soldiers and Psychiatrists in the Twentieth Century.* Cambridge: Harvard University Press, 2001.

Smith, Jim and McConnell, Malcolm, *The Last Mission: The Secret History of World War II's Final Battle.* New York: Broadway Books, 2003.

Tuchman, Barbara W. *Stilwell and the American Experience in China, 1911–45.* New York: Macmillan, 1970.

Vincent, Clinton D. and McClure.Glenn E. *Fire and Fall Back.* Texas: Barnes Press, 1975.

Volkogonov, Dmitri. *Lenin: His Life and Legacy,* translated and edited by Harold *Shukman,* London: HarperCollins, 1994.

王宁生, 主编《二战时期美国援华空军》. 北京：环球飞行杂志社, 2005.

王觉非,《逝者如斯》. 北京：中国青年出版社, 2001.

Young, Edward M. *B–24 Liberator Units of the CBI.* Oxford: Osprey Publishing, 2011.

Yu, Maochun. *OSS in China.* New Haven: Yale University Press, 1996.

报纸杂志:

Lt. Col. Kenneth Kay, "The Chinese-American Composite Wing," *Air Force Magazine*, USAF ret., February 1976.

Aircraft of the World: The Complete Guide, International Master Publisher AB . Aircraft "How Army Air Force Cleared China's Skies". *The China Lantern*, June 6th, 1945.

1944–1945, *China Lantern* (《中国灯笼》), 第14航空军战时报纸。

网页:

台湾国军历史文物馆. "中美混合团." Last motified, December 17th, 2014.

http://museum.mnd.gov.tw/Publish.aspx?cnid=1458&p=59305

http://www.flyingtiger-cacw.com/new

致谢

这部长篇小说能完成，我感谢所有青门里的小朋友和老人，特别是陈爱思和赵宁。感谢他们对我写作能力的信任和几十年情同手足的友谊。感谢他们给我提供了很多素材。

我感谢二战老兵及他们的后代：Adam Kirchofer（美军第6步兵团，吕宋、东京）；Dr. Earl Stubbe（第 20 航空军315 轰炸机队，关岛）；Tad Nakaki（美国战略情报局 101 和 202 支队，缅甸、中国山东）；杨孤帆（中美空军混合联队第3驱逐机队队长）之子杨光中先生；Dr. Robert Townley（美军队医生）。感谢他们让我懂得战士的心理，并知道了众多不为人知的二战英雄的故事。最让我吃惊的是，没有一个为正义与和平而战的英雄，愿意看流血电影。"没有一场战争不同时也是内心的战争。"任何暴力都是人类悲剧。"二战"的意义在于平民保住了人性。

我感谢爱荷华大学的大学生、研究生、军官生和教授：Andrew Trapp，Jeremy Jordan，Douglas Corley，Anthony Schlimgen，Nathan Peterson，Nicholas Avouris，Dan Meyer，Scott Jordan，Davis Florick，Huiqing Ju，Xiaoran Wu，Dr. Maorong Jiang，Dr. Fidel Fajardo-Acosta，Fr. Ross Romero。感谢他们告诉我他们在现代中国工作、学习的经历。我们对军衔制与宗法制的讨论，对正义和良知的讨论，对我写这部小说有重要影响。

我感谢诗人路也和我一起寻找第14航空军战士的旧事，并帮助我确定书名。

我也感谢南师附小某届小（三）班的小朋友，和他们的讨论，让我一直生活在中国文化中，并感受到"文革"这场人为灾难留在上代人和我们这代人心理上的PTSD痕迹。

人如果不自己站着，走不到现代文明。

2011年构思
2013年1月写于宾州水码头
2014年11月改于奥马哈、衡阳
2014年12月完稿于奥马哈

图书在版编目 (CIP) 数据

疯狂的榛子 / 袁劲梅著. — 北京：北京十月文艺
出版社，2016.5
ISBN 978-7-5302-1554-8

Ⅰ.①疯… Ⅱ.①袁… Ⅲ.①长篇小说—中国—当代
Ⅳ.①I247.5

中国版本图书馆 CIP 数据核字 (2016) 第 021964 号

十月长篇小说创作丛书

疯狂的榛子
FENGKUANG DE ZHENZI

袁劲梅　著

出　　版　北京出版集团公司
　　　　　北京十月文艺出版社
地　　址　北京北三环中路 6 号
邮　　编　100120
网　　址　www.bph.com.cn
发　　行　新经典发行有限公司
　　　　　电话（010）68423599
经　　销　新华书店
印　　刷　三河市三佳印刷装订有限公司
版　　次　2016 年 5 月第 1 版
　　　　　2016 年 5 月第 1 次印刷
开　　本　700 毫米 ×990 毫米　1/16
印　　张　34
字　　数　474 千字
书　　号　ISBN 978-7-5302-1554-8
定　　价　49.80 元
质量监督电话　010-58572393